Astrid Scharlau

Zwei Türen hat das Leben

Erinnerungen von Dimitris Mandilaras

Zu diesem Buch

Dieses Buch ist aus den Lebenserinnerungen des 1917 im Dorf Koronos auf der griechischen Insel Naxos geborenen Dimitris Mandilaras entstanden. Beginnend mit der Kindheit als Hirtenjunge innerhalb der traditionellen Selbstversorgergesellschaft im abgelegenen Bergarbeiterdorf Koronos werden Dimitris' Erlebnisse als Soldat während des zweiten Weltkrieges, während der italienischen und deutschen Besatzung und im Griechischen Bürgerkrieg geschildert. Ebenso werden die Aufbauphase nach den Kriegen sowie die Zeit der Junta in seinen Erzählungen nachgezeichnet, bis die Geschichte im Jahr 2007 ihr Ende nimmt. Anhand der vielen kleinen Erlebnisse, aus denen das Buch sich zusammensetzt, werden die Verhältnisse in Griechenland über einen Zeitraum von über 80 Jahren lebendig. Abgerundet werden die Erzählungen durch eine Einführung in die Geschichte der Insel Naxos sowie durch ausführliche Erläuterungen zur traditionellen dörflichen Lebensweise und zu den bemerkenswerten Besonderheiten des Dorfes Koronos wie dem Schmirgelabbau und den denkwürdigen Prophezeiungen, die sich um das Dorf ranken.

Die Autorin, Jahrgang 1969, lebt in Azalas auf Naxos; sie ist mit einem Sohn von Dimitris Mandilaras verheiratet, und alle hier wiedergegebenen Begebenheiten wurden ihr von ihrem Schwiegervater selbst erzählt.

Astrid Scharlau

Zwei Türen hat das Leben

Δυο πόρτες έχει η ζωή

Erinnerungen von Dimitris Mandilaras

Δημήτρης Μανδηλαράς - Η ζωή ενός Έλληνα

Herstellung und Verlag: Books on Demand GmbH, Norderstedt, Deutschland

ISBN: 978-3-8391-1930-3

© Astrid Scharlau, 2009
e-mail: astridscharlau@yahoo.com
          winfried.scharlau@web.de
          doro.scharlau@t-online.de

Bibliografische Information der Deutschen Bibliothek
Die Deutsche Bibliothek verzeichnet diese Publikation in der
Deutschen Nationalbibliografie; detaillierte bibliografische Daten
sind im Internet über **http://dnb.ddb.de** abrufbar

Vorwort

Dieses Buch ist entstanden aus den Anekdoten, kleinen Erzählungen und Erinnerungen, die mir mein Schwiegervater Dimitris (Mitsos) Mandilaras im Alter von 86 bis 88 Jahren größtenteils aus eigenem Antrieb, teilweise aber auch auf meine Anfragen hin erzählt hat. Ich habe die Geschichten so gut es ging sortiert und in die richtigen Zusammenhänge gebracht, dabei aber seine eigene Erzählweise beibehalten. Nur geringfügig habe ich die Berichte durch Informationen aus anderen Quellen (z.b. zum Dorfleben und zu den Handwerkstechniken) oder aus eigener Beobachtung (z.b. bei den Landschaftsbeschreibungen auf Naxos) ergänzt und abgerundet. Das erste Kapitel, die Einführung zur Insel Naxos und zum Dorf Koronos, habe ich allerdings unabhängig von den Geschichten unter Benutzung verschiedener anderer Quellen verfasst; das gilt auch für Teile des dritten Kapitels über das Leben im Dorf.

Man mag sich beim Durchlesen des Buches fragen, in wie weit alle die Geschichten denn wirklich wahr seien. Nun, sie sind definitiv nicht erfunden. Allerdings entsprechen sie nur so weit der Wirklichkeit, wie zum Beispiel zehn verschiedene Personen ein und dasselbe Ereignis auf zehn verschiedene Weisen erleben. Es ist eine subjektive Wahrheit, zudem noch beeinträchtigt durch bis zu über 80 Jahre Lagerzeit im Gedächtnis eines inzwischen alten Menschen und überarbeitet durch häufiges Erzählen. Ich habe, wie gesagt, offensichtliche Irrtümer korrigiert und Unstimmigkeiten ausgebügelt; wo ich mehrere Versionen einer Geschichte gehört habe, habe ich die wahrscheinlichste ausgewählt. Sicher wird noch der ein oder andere „Fehler" in den Erzählungen stecken, und sicherlich handelt es sich um eine persönliche Sichtweise der Dinge. Aber ich denke, das tut dem Wert der Lebenserinnerungen, der Nachrichten aus einer vergangenen Zeit, keinen Abbruch.

Ich habe lange überlegt, ob ich alle Erzählungen einschließlich der ausführlichen Einleitung aufnehmen oder etwas herauskürzen sollte. Ich hatte die verschiedenen Kapitel des Buches im Hinblick auf eine unterschiedliche Leserschaft geschrieben: die Einleitungen für Griechenland- und Naxos-Interessierte, die Kapitel über die Familiengeschichte für Familienangehörige und Nachfahren, andere Teile eher aus einem volkskundlichen Interesse heraus. Schließlich habe ich außer ein paar belanglosen Episoden nichts gestrichen. Dadurch kann das Buch je nach Interesse des Lesers sicher manchmal langatmig erscheinen. Es können jedoch ohne Schwierigkeiten einzelne Abschnitte oder auch ganze Kapitel überschlagen werden.

Zum Abschluss noch einige kurze Danksagungen. An erster Stelle steht selbstverständlich die Hauptperson des Buches, Mitsos Mandilaras, der eigentliche Erzähler. Ohne ihn hätte es natürlich kein Buch gegeben. Auch sein Sohn Nikos, mein Mann, hat viel dazu beigetragen. Mein besonderer Dank gebührt außerdem unserer langjährigen Freundin Brigitte, die im Austausch gegen nicht mehr als ein paar Flaschen Wein das ganze Buch geduldig durchgelesen und mit einer Unzahl von sprachlichen Korrekturen und sonstigen Anmerkungen versehen hat.

Auch meinem Vater, meiner Mutter und Dorothee möchte ich für ihr Korrektur- lesen und ihre vielen Verbesserungsvorschläge danken. Wichtig für das Fort- kommen waren mir auch die Ermutigungen unserer Nachbarin und Freundin Da- niela.

Und nun viel Spaß beim Lesen!

Hier noch einige **Anmerkungen zur Schreibung der griechischen Wörter** im Text –
ein Thema, das einiges Kopfzerbrechen bereiten kann!

Ich handhabe die Umschreibung der griechischen Eigennamen mit lateinischen Buchstaben etwas anders als die Schreibung der sonstigen griechischen Wörter (kursiv geschrieben), die im Text vorkommen, um bei den Namen nicht zu sehr von den allgemein üblichen Schreibweisen abzuweichen.

Bei den griechischen Wörtern habe ich mich bemüht, die Schreibweise zu wählen,
die der Aussprache am nächsten kommt. Das griechische θ schreibe ich wie allgemein
üblich „th" (Aussprache wie im englischen „thing"). Für das griechische δ verwende ich
„dh" (Aussprache wie im englischen „the"); bei den Eigennamen benutze ich allerdings
wie meistens üblich „d". Dabei schreibe ich dann beim ersten Mal, wenn ein Wort im
Text auftaucht, das δ als „dh", um es vom griechischen ντ abzugrenzen, das wie ein
deutsches „d" oder „nd" gesprochen wird (z.B. *mándra*).

Wie im Griechischen schreibe ich „ou" für den Laut „u". Die griechische Schreib-
weise „ai" für den Laut „ä" wird beibehalten (z.B. Tragaia, *kai* = und, *nai* = ja, *paidhí* =
Kind). Wenn „ai" als „a-i" ausgesprochen wird, verwende ich wie im Griechischen die
Schreibweise „aï", z.B. *laïká* = Volkslieder: „la-ika" und *kaïki* = Fischerboot: „ka-iki".

Das griechische σ wird immer als scharfes „s" ausgesprochen. Für das weiche „s"
behalte ich die griechische Schreibweise „z" bei (z.B. *bouzoúki*, Azalas, *kazáni*).

Im Griechischen wird das hier als „g" geschriebene γ vor hellen Vokalen wie „j"
ausgesprochen (also „Trajäa"), vor dunklen wie eine Mischung aus dem deutschen „g"
und dem deutschen Rachen-„r". Auch das „ch" (χ) wird im Griechischen (wie im Deutschen) auf zweierlei Weise ausgesprochen (ich/ach), wobei die Aussprache im Griechischen jedoch von dem Vokal bestimmt wird, der hinter dem „ch" steht (nicht wie im
Deutschen von dem davor): also z.B. *écho* = ich habe, *Chóra* wie deutsch „ach" und
óchi = nein, Achilleas wie deutsch „ich".

In den griechischen Wörtern und Ortsnamen (nicht den Namen aus der Mythologie) schreibe ich das griechische φ als „f". Es gibt im Neugriechischen fünf Schreibweisen für den Laut „i". Davon wird hier nur das „y" in der Umschreibung beibehalten
(Aussprache „i").

Bei den griechischen Wörtern setze ich (wie im Griechischen) einen Akzent auf die
betonte Silbe, ebenso bei den Eigennamen, wenn sie zum ersten Mal auftauchen. Bei
Namen aus der Mythologie oder bekannteren Ortsnamen verwende ich die deutsche
Form oder die im Deutschen übliche Schreibweise (z.B. Athen, Piräus, Dionysos, Theseus).

3

Kapitel 1: Naxos

Φτενό στα πόδια σου το χώμα
για να μην έχεις πού ν'απλώσεις ρίζα
και να τραβάς του βάθος ολοένα
και πλατύς επάνου ο ουρανός
για να διαβάζεις μόνος σου την απεραντοσύνη

Οδυσσέας Ελύτης, Άξιον εστί

Es ist Nachmittag. Die Sonne ist schon hinter den Bergen verschwunden. Draußen sind Kinderstimmen zu hören: Die Mädchen spielen noch in der Weinlaube. Da kommt Mitsos, der Großvater, vorbei. Er ist auf dem Weg zur kleinen Kapelle des Heiligen Dimitris, seines Namenspatrons[1], die nahebei auf den Felsen über dem Meer steht. Im Vorübergehen singt er ein Liedchen und bleibt hier und da stehen, um bei den gerade austreibenden Weinstöcken nach dem Rechten zu sehen und zu schauen, wie viele Trauben sie dieses Jahr ansetzen. In der Kapelle wird er wie jeden Abend die Öllämpchen anzünden, bedächtig und ohne Eile, und ein wenig mit dem Heiligen plaudern. Danach wird er sich noch ein Weilchen hinsetzen und aufs Meer schauen, das heute so friedlich daliegt. Wenn die Abendkühle vom Meer heraufzieht, wird er zu unserem Haus zurückkehren, seinen Stock vor die Tür stellen und hereintreten. Er wird sich ein Gläschen *rakí*[2] einschenken und sich aufs Sofa setzen, wo sein jüngster Enkel, der fünf Monate alte Nikiforos, im Schaukelsitz quengelt. Während er seinen *rakí* trinkt, wird er sich mit ihm unterhalten:

„Na, was ist denn?" wird er sagen und die kleinen Hände fassen: „Wie geht's uns denn heute? Ja, da freust du dich, wenn dein alter Großvater kommt und sich mit dir unterhält, was? Da lachst du! Das ist gut; lach nur immer schön! Das sind Vitamine, gleich doppelte Ration! Den kennst du schon, deinen Großvater, was? Den Klappergreis! Ja, wenn ich deine Jugend hätte... Siehst du, so fängt das Leben an, und so geht es dem Ende zu. Ich bin jetzt zu nichts mehr zu gebrauchen. Schau, da will mir schon das Glas aus der Hand fallen! Und du, was machst du? Du lutschst am Daumen? Das sind wohl die Zähne, die sich melden, was? Ja, bis die alle da sind, wirst du was durchzustehen haben. Da fangen sie an, die Schmerzen, die Schwierigkeiten! Und später erst, wenn du in die Schule musst... Oh nein, das Leben besteht nicht nur aus Honigschlecken, das hält Mühen für dich bereit, Hindernisse, Stolperschwellen! Wer

---

[1] „Mitsos" ist eine in Griechenland allgemein übliche Kurzform des Namens Dimitris.
[2] *Rakí* heißt der Tresterschnaps, der in Griechenland noch auf traditionelle Art selbst gebrannt wird.

4

weiß, was es dir alles bescheren wird… Ich hatte einiges durchzustehen, oh nein, leicht haben wir es nicht gehabt! Wenn ich daran zurückdenke, da fallen mir Geschichten ein, dass dir die Haare zu Berge stehen! Wie wir im Krieg in Albanien vier Monate im Schnee gelegen haben, von Läusen zerfressen, halb verhungert und erfroren, die Italiener vor uns. Ja, wenn jemand die Geschichte meines Lebens aufschreiben würde, der könnte Bände füllen! Na, du gähnst ja. Die langweilen dich wohl, die alten Geschichten deines Großvaters, was? Wollen wir doch mal sehen, ob du vielleicht lieber schlafen möchtest…"

Und der Großvater wird Nikiforos schaukeln und ihm etwas vorsingen, bis er einschläft, und dann ein Kreuz über seinem Gesicht schlagen, wie es schon seine Eltern und Großeltern bei ihren Kindern machten. Danach wird er leise aufstehen und zu seinem Haus nebenan gehen, um ein Feuer im Kamin anzuzünden und die Nachrichten zu sehen.

Später zum Abendessen kommt er wieder bei uns vorbei. Großvater Mitsos isst langsam und genüsslich, trinkt seine drei, vier Gläschen Wein und erzählt uns unterdessen die eine oder andere Geschichte aus seinem Leben. Er zeichnet Bilder mit seinen Worten, lässt Menschen, Begebenheiten und Ereignisse vor unseren Augen lebendig werden und sich entfalten. Zu jedem Stichwort fällt ihm eine Geschichte ein; es ist, als habe man eine magische Saite angezupft, und ganze Melodien, Lieder werden hervorgelockt. Ich habe sie aufgeschrieben, all diese Geschichten, sie sortiert, geordnet und abgerundet. Nein, sie sollen nicht verloren gehen, diese abenteuerlichen Erinnerungen! Doch bevor wir mit der Familiengeschichte beginnen, wollen wir erst einen Blick auf den Schauplatz werfen: das Dorf Koronos auf der Kykladeninsel Naxos.

Die Landschaft von Naxos

Als unsere Insel erschaffen wurde, verteilte Mutter Erde ihre Gaben ungleichmäßig: Im Westen und Süden gestaltete sie hübsch und ordentlich freundliches Hügelland und sandige Ebenen, die Livádhia, und schuf weite, verlockende Strände. In die Mitte der Insel legte sie als grünes Herz eine schöne, baumreiche Ebene, die Tragaia, umsäumt von hohen Berggipfeln. Im Norden und Osten dagegen formte sie steile, unwegsame Gebirge mit tief eingeschnittenen Tälern und breitete dazwischen nur an wenigen Stellen offeneres, lieblicheres Gelände aus. Bleiche, kahle Marmorschichten wechseln sich hier ab mit dunklen, dichter bewachsenen Schieferbändern, schroffe Bergkuppen mit steilen Abhängen und Schluchten. Zahlreiche Quellen und Wasserläufe entspringen in den felsigen Bergregionen, von denen die nördlicheren bis ins Meer fließen, während andere bald versickern; durch ihre trockenen Betten rauscht nur nach heftigen Unwettern im Winter das Wasser als reißender Fluss zum Meer hinab.

Hier in den Bergen liegen drei Dörfer in den drei größeren Talkesseln, hoch an die Bergflanken geschmiegt. Im nördlichsten der Täler dominieren Schiefergesteine, die das Regenwasser gut speichern und fruchtbare Erde bilden. Hier befindet sich das Dorf Komiakí, in dem Weinstöcke, Obstbäume, Kartoffeln und Bohnen reiche Ernte bringen. Im südlichsten Talkessel liegt auf einem kleinen Rücken zwischen zwei malerischen, grünen Tälern das traditionsreiche Dorf Apíranthos. Dieses Dorf besitzt ein sonnigeres und freundlicheres Klima entsprechend seiner windabgewandten Lage; es ist hier allerdings auch etwas trockener.

Zwischen den Gebieten von Komiaki und Apiranthos eingezwängt liegt der engste und unfreundlichste der drei Talkessel, nach Nordosten blickend, von wo im Winter Regenwolken, Nebel, Schnee und böse beißende Winde die Schlucht heraufziehen. Hier verstreute Mutter Erde zwischen den schroffen Bergen aus kahlen, unfruchtbaren Marmorschichten nur wenig Erde, so dass die Bewohner ihr das tägliche Brot mühsam abringen müssen. Wo immer möglich sind die steilen Hänge von Terrassen gesäumt, oftmals nur schmale Streifen, die je einigen Ölbäumen oder Weinstöcken einen Halt gewähren. Nur im Hochtal direkt um das Dorf herum bestehen die Terrassen aus einem tieferen und weniger steinigen Boden, der eine reichere Ernte ermöglicht.

Aber auch in dieser Einöde hat Mutter Erde ihre Kinder nicht vergessen. Unterhalb des Talkessels beginnt eine malerische, tiefe Schlucht, die in der engen Bucht von Lionas das Meer erreicht. Die südlichen Hänge dieser Schlucht sind besonders karg und öde, kein Baum gedeiht hier und kaum ein Strauch. Nicht einmal den genügsamen Ziegen vermag dieser Hang viel Nahrung zu bieten. Und doch sind hier wahre Schätze verborgen: Zwischen den tristen, grauen Marmorschichten liegen in den Berg eingebettet große linsenförmige Massen des tiefschwarzen Schmirgels. Dieses einzigartige, in der Härte dem funkelnden Diamanten nahe kommende Mineral, das nirgendwo sonst auf der Welt in derartiger Reinheit auftritt, schenkt den Bewohnern auch dieses Fleckchens Erde eine Erwerbsquelle.

Über dem Talkessel der Schlucht liegt hoch an den Berg gelehnt, feucht und neblig im Winter, im Sommer von den anhaltenden Nordwinden gekühlt, das Dorf Kóronos, in dem unsere Geschichte ihren Anfang nimmt. Hier lebt ein gastfreundliches, friedliches Völkchen von arbeitsamen und klugen Dörflern. Denn während die Bauern im niederen, flacheren Teil der Insel in jahrhundertealter Eintracht mit ihren Tieren ihre zwar geringen, aber sicheren Ertrag bringenden, einfach zu bearbeitenden Felder bewirtschaften und kaum einmal ihre Augen zum Horizont erheben, muss der Bergbewohner im ständigen Kampf um seine mühselig der Natur abgerungene Existenz immer neue Wege und immer effizientere Arbeitsweisen erfinden. Hier, wo die spärliche Erde den Wurzeln nur wenig Raum und Nahrung bietet, waren seit alters her viele Kinder der Familien gezwungen, sich andere Verdienstmöglichkeiten als die Landwirtschaft zu suchen; sie wanderten aus, erlernten ein Handwerk, arbeiteten, studierten. Als der Schmirgelabbau größere Bedeutung erlangte und die Dörfler durch den Verkauf des wertvollen Minerals zu einem gewissen Wohlstand kamen, eröffneten sich bislang ungeahnte Möglichkeiten: Die Menschen begannen zu träumen und zu hoffen. So nahm das Schicksal der Bergbewohner einen ganz anderen Verlauf als das der Bewohner der Ebenen, und viele Lehrer, Ärzte, ja Professoren und Politiker sind ihren Geschlechtern entsprossen.

Naxos im Altertum: Die Insel des Dionysos

Naxos, die Insel, von der unsere Familie stammt, ist die größte und vielgestaltigste der Kykladen-Inseln. Sie liegt mitten in der Ägäis, etwa gleich weit entfernt vom kleinasiatischen Festland, von Attika und von Kreta. Ihre Bewohner können auf eine Jahrtausende umfassende Geschichte zurückblicken. Schon während der **Jungsteinzeit** (6500 bis 3000 v. Chr.) war Naxos bewohnt. Die ersten Menschen lebten in den zahlreichen Höhlen der Insel. Die Fundstücke aus dieser Zeit (zum Beispiel aus der Höhle am Zeus-Berg) umfassen eine grobkörnige, teilweise mit Flechtmustern verzierte Keramik, Werkzeuge aus Obsidian und aus Bronze und sogar ein kleines goldenes Schmuckstück. Die Funde zeigen uns, dass die Menschen damals außer Ton und Stein auch schon Metall bearbeiteten und eine einfache Landwirtschaft betrieben. Außerdem liefern sie uns den Beweis dafür, dass Handel mit den benachbarten Inseln und den umliegenden Küstengebieten getrieben wurde: die Bronze (übrigens von sehr guter Qualität) stammte teilweise aus Lavrion in Attika und der Obsidian von der Insel Milos; das erwähnte aus Gold gefertigte Schmuckstück stammt vermutlich gar aus Bulgarien, wo man bei Warna in einem einzigartigen, über sechstausend Jahre alten Goldschatz ähnliche Stücke gefunden hat.

Aus der folgenden Epoche, der **Bronzezeit** (etwa 3000 bis 1100 v. Chr.), gibt es auf Naxos zahlreiche Fundstellen und Ausgrabungen, so dass wir uns ein recht genaues Bild von der Lebensweise der damaligen Menschen machen können. Eine bedeutende Rolle spielte die Insel insbesondere während der frühen Bronzezeit (etwa 3. Jahrtausend v. Chr.), in der sich die frühkykladische Kultur entwickelte. Die Kykladen waren in dieser Zeit noch von vorgriechischen Volksstämmen bewohnt, den Pelasgern und den Karern, die beide vermutlich aus dem Osten eingewandert waren und von dort ihre Kultur, ihre Sprache und ihre Lebensweise mitgebracht hatten. Sie besiedelten in verschiedenen Bewegungen und Wanderungen die kleinasiatische Küste, das griechische Festland und die Inseln der Ägäis und unterhielten Beziehungen zu den weiter östlich lebenden Volksstämmen, zu den Phöniziern und vermutlich zu den Ägyptern. Sie sprachen eine nicht indo-europäische Sprache, von der sich im heutigen Griechisch noch einige Wörter und vor allem viele Ortsbezeichnungen erhalten haben.

Der kykladischen Kultur entsprachen auf Kreta die minoische und auf dem Festland die helladische sowie ab etwa 1500 v. Chr. die mykenische Kultur. Naxos war eines der wichtigsten Zentren der frühkykladischen Kultur; in der mittleren und späten Bronzezeit traten die Kykladen jedoch gegenüber Kreta und dem Festland in ihrer Bedeutung zurück. Die bekanntesten Fundstücke aus dieser Zeit sind die berühmten Kykladen-Idole, kleine harmonisch geformte, stark abstrahierte und auf wesentliche Merkmale reduzierte Frauen-Statuetten aus Marmor, die als Beigaben in die Gräber gelegt wurden. Die Siedler hatten den Ölbaum und den Weinstock aus dem Osten mitgebracht und bauten sie auf Naxos an, wie Funde von Öllampen und Weinkrügen belegen. Sie hielten Schafe, Ziegen, Schweine und Rinder und ernährten sich außerdem von vielerlei Meeresfrüchten. Es entwickelte sich eine rege Seeschifffahrt und, zum ersten Mal in Europa, eine bedeutende Metallurgie; auch die Töpferei war hoch entwickelt. Die Kunst der Kykladenkultur zeichnet sich durch besondere Phantasie, Frische und Lebendigkeit aus. Sie vermittelt uns den Eindruck, dass es sich bei den Siedlern dieser Epoche um ein lebensfrohes, ausgeglichenes, geschicktes und erfinderisches Volk handelte.

Noch heute trifft der Besucher der Insel auf Spuren der kykladischen Kultur: verstreute Reste von Ansiedlungen, Friedhöfen und antiken Akropolen, wie zum Beispiel nahe der Bucht Pánormos ganz im Süden der Insel, dem besten natürlichen Hafen von Naxos, aber auch in der Nähe der heutigen Hauptstadt Chóra[3]. Bei den frühesten bekannten Ansiedlungen handelt es sich um nicht befestigte Streusiedlungen. Später errichteten die Menschen auf mehr oder weniger gut geschützten Hügeln leicht bewehrte Akropolen mit einer Fülle winzigster Häuser innerhalb der Umfassungsmauern. Die Verteidigung erfolgte hauptsächlich mit der Steinschleuder. Das Bemerkenswerteste an diesen frühen Siedlungen ist, dass sie nur gleichwertige Unterkünfte aufweisen: Es gab keinen Palast, kein Fürstenhaus, keine größere Wohnstätte für ein Oberhaupt des Dorfes: Alle Bewohner waren offensichtlich gleichgestellt. Von Tempeln oder Altären sind keine Überreste bekannt. Vermutlich wurden Fruchtbarkeits- und Naturgottheiten an einfachen Altären in der freien Natur verehrt.

Aus der kykladischen Periode sind keine historischen Quellen erhalten. Die alte griechische Mythologie und Geschichtsschreibung berichtet, dass die Insel zunächst von Pelasgern besiedelt war; später folgten thrakische und karische Einwanderer. Schon die Pelasger sollen den alten Geschichtsschreibern zufolge den Fruchtbarkeitsgott **Dionysos** (auch Bacchus genannt) verehrt haben (der griechische Zwölfgötterstaat etablierte sich in seiner bekannten Form erst kurz vor Homer, d.h. etwa 800 v. Chr.). Die den Pelasgern folgenden Stämme behielten den Kult des Dionysos bei. Auch alte Inschriften zeigen, dass der Bacchus-Kult mit seinen wilden, ekstatischen, weinseligen Umzügen auf den Kykladen (oder auf Kreta) entstand, und nicht erst mit den späteren Siedlern aus Thrakien und Kleinasien auf die Inseln kam. Er hat sich vermutlich aus der Verehrung der ältesten lokalen Naturgottheiten, der Nymphen, entwickelt.

Im Mythos ist Dionysos in besonderer Weise mit Naxos verbunden. Einer der ältesten Namen der Insel ist „Dhionysiádha". Die antike Geschichtsschreibung berichtet, dass Dionysos Naxos als seine Heimat betrachtete. Viele der mit ihm verknüpften Mythen ranken sich um die Insel. In der Odyssee berichtet ein ehemaliger Seemann namens Akoites dem König von Theben über seine Begegnung mit dem Weingott, durch die er zum Bacchus-Kult bekehrt worden war: Er war mit anderen Seemännern in der Gegend von Delos gesegelt, als sie an einem Gestade einen schönen Jüngling gefangen nahmen, den sie als Sklaven verkaufen wollten. Nur Akoites schien die Schönheit des Jünglings göttlichen Ursprungs zu

---

[3] Auf den meisten griechischen Inseln heißt die Hauptstadt *Chóra*, wörtlich „Heimat".

sein und er protestierte, allerdings erfolglos, gegen diese Pläne seiner Kameraden. Der Jüngling bat darum, in seine Heimat, nämlich nach Naxos, gefahren zu
werden, aber die Seemänner verspotteten ihn und steuerten in eine andere Richtung. Daraufhin erfuhr das Schiff eine wundersame Verwandlung: Es hielt in seiner Fahrt inne, Efeu rankte an den Rudern und den Masten empor, ein duftender
Strom von Wein entsprang auf dem Deck, Panther und Leoparden erschienen,
und der Gott zeigte sich in seiner strahlenden Gestalt, weinlaubumkränzt, den
Thyrosstab schwingend. Die frevelhaften Schiffer – mit Ausnahme des Akoites –
stürzten sich in ihrer Angst ins Meer und wurden noch im Sprung in Delphine
verwandelt. Nun fuhr das Schiff nach Naxos; dort wurde Akoites von Dionysos
zum Priester geweiht.

Gemäß der Mythologie wurden die ersten Bewohner von Naxos, die Pelasger,
von dem thrakischen Königssohn Butes vertrieben, der sich auf Naxos ansiedelte,
nachdem er wegen einer Familienstreitigkeit seine Heimat verlassen musste.
Damals hieß die Insel Strongýle, das heißt „die Runde". Butes entführte vom
Berg Dhrios (vermutlich der heutige Berg Koronos) die Lieblingsnymphe des
Dionysos namens Koronis, woraufhin der Weingott ihn in einen Brunnen warf
und dort begrub. Die Thraker blieben zweihundert Jahre auf Naxos und verließen
die Insel schließlich wegen einer anhaltenden Dürreperiode. Die Nachfolger des
Butes unternahmen Raubzüge aufs Festland und brachten dabei aus Thessalien
Frauen mit, darunter Iphimedia, die Frau, und Pankratis, die Tochter des thessalischen Königs Aloeus. Dieser schickte den Thrakern seine Stiefsöhne Otos und
Ephialtis hinterher. Sie sollten jene bestrafen und die Frauen wieder nach Hause
bringen.
     Die Heroen (Halbgötter) Otos und Ephialtis waren Söhne der Iphimedia und
des Poseidon und für ihre Größe, Schönheit und Stärke berühmt. Sie besiegten
die Thraker und ließen sich selbst auf der Insel nieder. Noch in jüngerer Zeit hielten die Bewohner von Naxos die unvollendeten Marmorstatuen in Apóllonas und
Mélanes für ihre Standbilder. In der Nähe von Melanes gibt es eine antike Inschrift, die zeigt, dass die Heroen hier verehrt wurden („OROS TEMENOS TOU
OTOU KAI EPHIALTOU" = Grenze des (heiligen) Bezirkes des Otos und des
Ephialtis); seit kurzem kann man das kleine Heiligtum besichtigen. Die beiden
Heroen wurden ihrer übermenschlichen Stärke entsprechend als Beschützer des
nahegelegenen Marmorsteinbruchs verehrt; außerdem galten sie auch als Be-
schützer der nahen Quellen, deren Wasser schon seit dem 6. Jahrtausend v. Chr.
über eine Leitung aus tönernen Rohren bis zur Chora geleitet wurde. Der Name
Melanes ist schon seit dem Altertum dokumentiert und soll sich davon ableiten,
dass die Bewohner des Ortes sich nach dem Tod ihrer Heroen zum Zeichen der
Trauer in Schwarz kleideten (melanós = blauschwarz).
     Otos und Ephialtis forderten später die Götter heraus: Sie wollten auf den
Olymp steigen und Hera und Artemis von dort entführen und freien. Sie fühlten
sich den Unsterblichen durchaus gewachsen, denn gemäß einer Prophezeiung
konnten sie weder von Menschen- noch von Götterhand fallen. Die durch ihre
freche Anmaßung beleidigte Artemis verwandelte sich jedoch in ein Reh und

lief, als die beiden auf Naxos auf der Jagd waren, zwischen ihnen hindurch, so dass sie sich versehentlich gegenseitig erschossen.

Nach den Thrakern kamen der alten Geschichtsschreibung zufolge Karer auf die Insel, die nun eine ruhige und friedliche Epoche erlebte. Ebenso wie die Pelasger waren auch die Karer ein vorgriechischer Volksstamm aus Kleinasien. Von ihrem ersten König Naxios soll die Insel der Mythologie zufolge ihren heutigen Namen erhalten haben, der erst aus archaischer Zeit (7. Jhd. v. Chr.) verbürgt ist. Homer bezeichnet die Insel noch als „Dhía" (wohl abzuleiten von *Dhías* = Zeus); der höchste Berg der Insel, der gut tausend Meter hohe *Zas* (neugr. für Zeus) war dem Göttervater geweiht, wie eine alte Inschrift bezeugt *(„OROS DIOS MILOSIOU"* = Grenze (des heiligen Bezirkes) des Zeus, des Beschützers der Herden). Dem König Naxios folgten als Regenten sein Sohn Leukippus und sein Enkel Smerdius. Unter letzterem gelangte Theseus auf seiner Rückkehr von Kreta nach Naxos.

Theseus war der Sohn des athenischen Königs Ägius, der jedoch fern vom väterlichen Königssitz aufgewachsen war, da Ägius ihn heimlich mit einer zweiten Gattin gezeugt hatte, um einen Sohn zu erhalten. Als Jüngling begab er sich zu seinem Vater und wurde von ihm ehrenvoll aufgenommen. Zu dieser Zeit musste die Stadt Athen alle neun Jahre sieben Jünglinge und sieben Jungfrauen als Tribut für die Tötung eines Sohnes des kretischen Königs Minos nach Kreta entsenden, die dort im von Dädalos erbauten Labyrinth eingeschlossen und vom darin hausenden Minotauros verspeist wurden. Theseus erbot sich freiwillig, gemeinsam mit den soeben erwählten Jünglingen nach Kreta zu fahren, um den Minotauros zu bezwingen.

Im Königspalast von Kreta verliebte sich Minos' Tochter Ariadne in den jungen Helden und gab ihm ein Garnknäuel, dessen Ende er am Eingang zum Labyrinth befestigen und das er dann abspulen sollte, um danach mit Hilfe dieses berühmten („roten") Fadens aus dem Labyrinth wieder herauszufinden. Außerdem gab sie ihm ein Zauberschwert, mit dem der Minotauros zu besiegen war. Nach vollendeter Tat flohen Theseus und die athenischen Jünglinge und Jungfrauen zusammen mit Ariadne von der Insel, nachdem sie auf deren Anraten hin noch die kretischen Schiffe zerstört hatten, um eine Verfolgung durch Minos zu verhindern.

Auf dem Rückweg nach Athen übernachteten die Flüchtenden auf Naxos. Theseus sah (der attischen Version des Mythos zufolge, s.u.) in dieser Nacht im Traum den Weingott Dionysos, der die schöne Ariadne von ihm forderte. Der gottesfürchtige Jüngling ließ sie daraufhin auf der Insel zurück. Dionysos offenbarte sich ihr und entführte sie zum Berg Drios, wo bald die Hochzeit stattfand. Ariadnes silberner Brautkranz, der von Hephästos gefertigt und ihr von Aphrodite geschenkt worden war, glänzte so stark, dass er als Sternzeichen an den Himmel versetzt wurde. Den unvollendeten Tempel bei der Hauptstadt Chora bezeichnen die Einwohner der Insel noch heute als Palast der Ariadne, und einen in der Nähe gelegenen Brunnen als Ariadne-Brunnen. (In anderen Versionen des Mythos wurde Ariadne von Theseus schändlicherweise und entgegen seinem Versprechen, sie zu heiraten, zurückgelassen und beging dann Selbstmord oder wurde von Dionysos aufgenommen. Die Athener veränderten diesen Mythos zugunsten ihres Helden Theseus. Eine andere Version berichtet uns, dass Ariadne sich in Kreta dem Dionysos versprochen hatte, aber später mit Theseus durchbrannte, woraufhin Dionysos Artemis damit beauftragte, sie zu töten, was auf Naxos geschah. Wie auch immer – der Ariadne-Mythos in all seinen Varianten war während der Antike über viele Jahrhunderte einer der beliebtesten und am weitesten verbreiteten Mythen und ist es vielleicht heute noch; siehe auch S. 71f.).

König Minos fuhr später nach Naxos, um seine Tochter zurückzuholen, aber Dionysos versteckte sich mit seiner Braut auf der kleinen Nachbarinsel Dionysia (heute Dhonoússa). Ariadne gebar dem Dionysos den Staphylos (*stafýli* = Weintraube). Sie wurde von den Naxiern[4] ganz besonders verehrt. Nach der Hochzeit besuchten Dionysos und Ariadne den Olymp, wo der Weingott seine Braut vorstellen wollte. Sie brachten als Geschenk für die Götter naxischen Wein mit. Nach seinem Genuss mussten die Götter anerkennen, dass dieser sogar besser sei als der olympische Nektar. Auch unter den Menschen wurde der naxische Wein besonders gerühmt und der Dichter Properz berichtet uns gar: *„Dir, Bacchus, zu Ehren ergießt sich mitten durch Naxos ein Strom, aus dem die Naxier in Scharen deinen Wein trinken."*

Theseus aber kehrte ohne seine Braut nach Athen zurück. In seinem Kummer vergaß er, die schwarzen Segel des Schiffes zum Zeichen der glücklichen Rückkehr gegen weiße auszutauschen. Als der an der Küste Wache haltende König Ägius des Schiffes mit den schwarzen Segeln gewahr wurde, stürzte er sich verzweifelt in das Meer, das seitdem nach ihm das Ägäische genannt wird. Mit diesen Ereignissen wurde das Ende der minoischen Periode auf Kreta eingeläutet.

Ab etwa 2000 v. Chr. waren die ersten griechischen Volksstämme vermutlich von Norden kommend auf das griechische Festland vorgedrungen, wo sie mit den früheren Siedlern verschmolzen und dadurch eine Mischkultur, die **mykenische Kultur,** hervorbrachten. Im 14. und 13. Jhd. v. Chr. trafen als erste Griechen die Achaier auch auf den ägäischen Inseln ein. Die pelasgischen oder karischen Bewohner der Inseln wurden mitsamt ihrer kykladischen (beziehungsweise minoischen) Kultur von den Neusiedlern verdrängt. Diese brachten die mykenische Kultur (etwa 14. bis 12. Jhd. v. Chr.) auf die Inseln mit. Auf Naxos ist aus der mykenischen Epoche eine bedeutende Siedlung in der Nähe der Chora nachgewiesen, sowie einige verstreute Gräber in der Nähe von Komiaki, Sangrí, Apiranthos und Moutsoúna. Charakteristisch für die mykenische Kultur sind die Verzierungen der Kannen und Vasen mit Tintenfischen und anderen Meeresmotiven.

Hier noch eine Ergänzung zum Namen „Naxos": Er entstammt heutigen Erkenntnissen zufolge wie viele andere Ortsbezeichnungen im griechischen Raum einer vorgriechischen Sprache (vermutlich der karischen). Möglicherweise be-

---

[4] In der klassischen Literatur heißen die Bewohner von Naxos meistens Naxier. Spätestens seit dem 19. Jahrhundert ist diese Bezeichnung unüblich; heute werden sie Naxioten genannt (und nennen sich auch selbst so).

steht ein Zusammenhang mit der griechischsprachigen Stadt Axós in Kappadokien, in deren Nähe bedeutende antike griechische Ruinen liegen: Von hier könnten zu Beginn der mykenischen Epoche die ersten griechischen Einwanderer nach Naxos gekommen sein, wobei sie den (von den früheren karischen Bewohnern der Region vererbten) Namen ihrer kappadokischen Heimat mitgebracht hätten. Später wurde der karische Ursprung des Namens dann möglicherweise durch die Erfindung eines mythischen Karerkönigs Naxios erklärt.

Interessanterweise findet sich der Name Axós auch auf Naxos als Flurname eines fruchtbaren, geschützten Hochtales in der Nähe von Komiaki (ebenfalls als *Komniakí* vermutlich vorgriechischen Ursprungs). Diese Gegend war während der mykenischen und der späteren archaischen Epoche sicherlich dicht besiedelt entsprechend ihrer Fruchtbarkeit, ihrem Wasserreichtum und ihren Naturgütern, insbesondere Holz und Marmor; auch bis zu den Schmirgelbrüchen ist es nicht weit. In direkter Nähe der Flur mit dem alten Namen Axós liegt ein mykenisches Kuppelgrab: offenbar das Grab eines reichen Fürsten, der über den umliegenden Landstrich herrschte. Denn so wie sich im Laufe der Jahrhunderte die Technik zum Beispiel der Bearbeitung von Stein und Metall entwickelt hatte und eine höhere Kulturstufe erreicht worden war, so hatte sich auch das Gesellschaftssystem entwickelt, und eine Aristokratie war entstanden: Die mykenischen Staaten und Siedlungen standen unter der Herrschaft von Königen oder einer Oligarchie.

Ab der mykenischen Epoche entwickelten sich auf Naxos der Abbau und die Bearbeitung des Marmors so weit, dass die Insel durch den Export von Marmor und fertigen Marmorstatuen, aber auch durch die Weitergabe der Technik der Marmorbearbeitung und des Stils der Plastiken überregionale Bedeutung erlangte. So wurden Statuen aus naxischem Marmor (oder aber auch aus lokalem Marmor, aber in naxischem Stil) auf den umliegenden Inseln, in Nordgriechenland, aber auch in Kleinasien, Sizilien und Kyrene gefunden. Der bedeutendste antike Steinbruch der Insel liegt bei Apollonas im Norden der Insel (in etwa fünf Kilometern Entfernung von Komiaki). Es ist gut vorstellbar, dass der Name eines Fürstenreiches Axos, zu dem der Exporthafen bei Apollonas gehörte, von den handeltreibenden Schiffern auf die gesamte Insel übertragen wurde und sich gegenüber dem älteren Dia als Bezeichnung für die Insel durchsetzte.

Die mykenischen Siedler übernahmen die Verehrung des Fruchtbarkeitsgottes Dionysos und errichteten ihm ein Heiligtum bei Íria in der Schwemmebene nahe der Chora, dessen Existenz, später als bedeutender Tempel, über 2000 Jahre bis hinein in die römische Epoche nachgewiesen werden kann. Im 5. Jahrhundert n. Chr. wurde der Tempel in eine Kirche umgewandelt, die etwa dreihundert Jahre später zerstört wurde. Eine Zeit lang war der höchste Priester des Dionysos gleichzeitig das Oberhaupt der Insel. Auf den ältesten naxischen Münzen (aus dem 6. Jahrhundert v. Chr.) ist Dionysos oder eines seiner Symbole abgebildet: der Weinstock mit seinen Trauben, die Efeuranke, der Thyrosstab mit dem Pinienzapfen an der Spitze und der *kántharos,* die elegant geformte und fein verzierte zweihenkelige Trinkschale.

Außer Dionysos wurde auf Naxos die Göttin Demeter besonders verehrt, ebenfalls eine Gottheit der Fruchtbarkeit, die insbesondere als Beschützerin des

Ackerbaus angesehen wurde (der Name Demeter entwickelte sich aus *Gi-mitéra* = Erdmutter). Weiterhin ist die Insel mit den Zwillingsgöttern Artemis und Apollon verknüpft. Dem Gott des Sonnenlichts und der Künste Apollon war ein (unvollendet gebliebener) Tempel auf einer kleinen Halbinsel bei der heutigen Hauptstadt geweiht. Zu ihm gehört das berühmte gigantische Tempeltor, das Wahrzeichen der Insel. Die Mutter der Zwillingsgötter, die Titanentochter Leto, war von Zeus geschwängert worden. Dessen eifersüchtige Gattin Hera, die nicht zulassen wollte, dass ein mächtigerer Abkömmling des Zeus als ihr Sohn Ares geboren wurde, belegte sie mit folgendem Fluch: Sie sollte auf keinem festen Boden gebären können. Leto kam auf ihrer Suche nach einem Ort, der bereit wäre, sie für die Geburt aufzunehmen, auch nach Naxos und dann auf das nahe gelegene Delos. Dieses war eine schwimmende Insel, geformt aus dem Körper der vor Zeus fliehenden Titanin Asteria, so dass Leto hier, da sie sich nicht auf festem Land befand, ihre Zwillingskinder Apollon und Artemis zur Welt bringen konnte. Dabei verwurzelte sich die Insel im Meeresboden, und die übrigen Inseln scharten sich im Kreis um sie herum, um die neugeborenen Götter zu beschützen; seitdem wurden sie „Kykladen" (von *kýklos* = Kreis) genannt. In Delos wurde später ein bedeutendes Apollo-Heiligtum errichtet.

Ab dem 12. Jahrhundert v. Chr. wanderten die dorischen Volksstämme in das Gebiet des heutigen Griechenlands ein. Im Zuge der vielen dadurch ausgelösten Bewegungen und Wanderungen fand der von Homer besungene Trojanische Krieg statt. Im 11. bis 9. vorchristlichen Jahrhundert siedelten sich Ionier aus Athen, Theben und Euböa auf Naxos an, die von den auf dem Festland vordringenden Doriern verdrängt worden waren. Die Ionier brachten die **geometrische Kultur** auf die Insel, benannt nach den charakteristischen nicht figürlichen, oft im Mäandermuster gehaltenen Verzierungen der Tongefäße. Eine der bekanntesten Fundstellen dieser Epoche auf Naxos ist ein Friedhof bei Tsikalarió am Westrand der Tragaia mit in Kreisen stehenden Steinplatten (Überreste der Gräber) und einem aufrechten Steinmenhir.

Während der geometrischen Epoche bildete sich erstmals eine im gesamten griechischen Raum gleiche Kultur heraus mit einer einheitlichen Sprache, der ersten griechischen Schrift (die mit einigen Veränderungen von den in der Ägäis Handel treibenden Phöniziern übernommen worden war), mit der Etablierung der klassischen griechischen Religion, der olympischen Götterwelt und mit der Gründung der wichtigsten Heiligtümer. Die Homerischen Epen entstanden und fanden weite Verbreitung. Üblichste Staatsform war das Königreich mit einem Ältestenrat.

Als Stammvater der die Insel Naxos besiedelnden Ionier wurde Promithos betrachtet. Dessen Vater, der athenische Königssohn Nileas, war auf dem Weg zur kleinasiatischen Küste, wo er sich niederlassen wollte, durch ein Unwetter auf Naxos festgehalten worden. Promithos und andere Gefährten des Nileas blieben auf der Insel. Unter ihren Nachfahren befand sich die schöne Kydippe. Diese wurde beim Besuch einer großen Feier auf der Insel Delos von einem Fürstensohn von der Insel Kea namens Akontios erblickt. Akontios verliebte sich sogleich in die schöne Naxierin und ersann einen listigen Plan, wie er sie zu der Seinen machen könnte: Er schrieb etwas auf einen Apfel[5], den er im Tempel der Artemis Kydippe zu Füßen warf. Kydippe hob den Apfel neugierig auf und las das darauf Geschriebene. Da in der Antike immer laut gelesen wurde, sprach sie die Worte aus: „Ich schwöre, Akontios zu heiraten!" Wieder zurück auf Naxos wollte Kydippes Vater sie mit einem naxischen Fürsten verheiraten. Aber sie erkrankte plötzlich schwer, so dass die Hochzeit verschoben werden musste. Später wurden erneut Vorbereitungen für die Hochzeit getroffen, aber wieder erkrankte Kydippe am letzten Tag. Daraufhin suchte ihr Vater Rat beim Orakel von Delphi, wo er über den Schwur aufgeklärt wurde. Gezwungenermaßen musste er seine Tochter mit Akontios verheiraten, und das Paar und seine Nachfahren lebten glücklich und in Ehren in der Stadt Ioulida auf Kea.

Besondere Bedeutung erlangte die Insel Naxos während der folgenden **archaischen Periode** von 800 bis 500 v. Chr., in der sie die Vorherrschaft über die Kykladen errang. In dieser Periode bildete sich die typische „griechische Kultur" mit ihren Tempeln und Marmorstatuen, ihren schwarzfigurigen Keramiken, ihrer Literatur und ihren Wettspielen heraus. In den meisten Gegenden Griechenlands wurde das Königtum von einer Herrschaft der Aristokratie oder einer Demokratie abgelöst. Die bedeutendsten griechischen Stadtstaaten waren Athen und Sparta.

Naxos war reich bevölkert und für seinen Schmirgel, seine guten Ziegenrassen, seinen Wein und seinen hervorragenden Marmor berühmt. Die ersten griechischen Monumentalplastiken entstanden auf der Insel (7. und 6. Jhd. v. Chr.). Eine dieser Statuen liegt noch heute unvollendet im schon erwähnten antiken Steinbruch bei dem Hafenort Apollonas. Dieser erhielt seinen Namen von einer alten Inschrift an einer Felskante eines oberhalb des Ortes gelegenen Hügels (,,OROS CHORIOU IEROU APOLLONOS" = Grenze des heiligen Bezirkes des Apollon). Dieser offenbar im Altertum dem Gott der Künste geweihte Hügel besteht aus besonders reinem Marmor, aus dem die alten Baumeister viele Statuen hergestellt haben. Im Steinbruch liegt eine unvollendete, elf Meter lange Statue (,,koúros")[6], die Dionysos darstellt; sie war vermutlich für das große Kulturzentrum auf der Nachbarinsel Delos bestimmt. Oberhalb des koúros kann der Besucher Stellen ausmachen, an denen weitere große Marmorblöcke mit Hilfe von Keilen gelöst und entfernt worden sind. Vermutlich stammen von hier auch andere berühmte naxische Statuen wie zum Beispiel die im Jahre 575 v. Chr. gestiftete delphische Sphinx, oder die neun Meter hohe Apollo-Statue und die Löwenallee auf Delos. Über mindestens fünfzig Jahre wurden überlebensgroße Statuen nur auf Naxos hergestellt. Einige Merkmale der naxischen sowie allgemein der ersten griechischen Marmorstatuen waren offenbar aus Ägypten übernommen (so die Körperhaltung der Statuen: linkes Bein vorgestellt, Arme mit geballten Fäusten am Körper anliegend, Gesicht nach vorn gerichtet; auch die Größenverhältnisse entsprechen oft dem ägyptischen Kanon; ferner stammen die Figur der Sphinx und die Idee der Löwenallee aus Ägypten). Teilweise ist die

---

[5] Durch das Zuwerfen eines Apfels erklärten sich die jungen Männer und Frauen im Altertum ihre Liebe.

[6] Derartige Statuen bezeichnen die Griechen als koúri, Einzahl: koúros (= Jüngling).

Ähnlichkeit mit ägyptischen Denkmälern so groß, dass man annehmen muss, dass die naxiotischen Baumeister die ägyptischen Werke aus eigener Anschauung kannten. Auch in der Entwicklung der griechischen Tempelarchitektur spielte Naxos eine bedeutende Rolle. Auf der Insel wurden die ersten Tempel errichtet, die als reine Marmorbauten geplant waren, wie man von einigen Konstruktionsmerkmalen ableiten kann. Von besonderer Bedeutung für die Entwicklung der Tempelarchitektur Griechenlands sind der große Tempel des Dionysos (570 v. Chr.) bei Iria in der Nähe der Chora, damals der größte Tempelbau der Kykladen, und der Demeter-Tempel beim Dorf Sangri (540 v. Chr.), beide in inselionischem Baustil. Dieser Stil gelangte durch die von den Kykladeninseln gestifteten delphischen Schatzhäuser auch auf das Festland und wurde später im Erechtheion und im Nike-Tempel der Athener Akropolis nachgeahmt. Die Naxier waren von dem transparenten Marmor als Baumaterial so begeistert, dass sie ihre Tempel mit lichtdurchlässigen Marmorplatten deckten; auch diese Technik wurde auf das Festland exportiert.

In der archaischen Blütezeit hatte die Insel alten Quellen zufolge eine Bevölkerung von etwa 100.000 Menschen, fast zehnmal mehr als heute. Im Jahre 735 v. Chr. gründeten die Naxier zusammen mit den Chalkidäern die erste griechische Kolonie auf Sizilien. Sie erhielt den bis heute überlieferten Namen Naxos. Herodot bezeichnete das fruchtbare und wasserreiche Naxos als „Glücklichste der Inseln" und „kleines Sizilien".

Im Jahre 537 v. Chr. vertrieb der naxische Adelige Lygdamis die herrschende Aristokratie von Naxos und ernannte sich zum Tyrannen, das heißt zum Repräsentanten der bäuerlichen Unterschicht (der Begriff Tyrann hatte anfangs keine negative Belastung; jemanden „tyrannisch" behandeln bedeutete ursprünglich etwa das, was wir heute unter „königlicher Behandlung" verstehen). Unter Lygdamis' Regierung wurde mit dem Bau des unvollendeten Apollo-Tempels bei der Hauptstadt mit seinem gigantischen, aus sechs Meter langen Marmorblöcken bestehenden Tor begonnen. Auch der Kult des Dionysos gelangte in dieser Zeit zu seiner höchsten Bedeutung. Der Tyrann Lygdamis gewann unter anderem dadurch die Sympathie der bäuerlichen Unterschicht, dass er ihnen wieder das Recht zur Ausübung der althergebrachten Riten des Dionysos-Kultes einräumte, der ihnen als Fruchtbarkeitskult von so großer Bedeutung war; dies war dem einfachen Volk von der Aristokratie verwehrt worden.

Lygdamis brachte die Steinbrüche der Insel in staatlichen Besitz. Nun begann jedoch nach und nach der Niedergang der naxischen Marmorplastik. Mit der höheren Entwicklung der Technik wurde der naxische Marmor im Handel vom parischen (von der Nachbarinsel Paros) und attischen (pendelischen) verdrängt: Diese waren zwar schwerer abzubauen, da sie nur in geringem Maß oberirdisch anstanden, hatten aber aufgrund ihrer feineren Körnung eine höhere Qualität.

Nach Lygdamis geriet die Insel unter spartanische Vorherrschaft, dann übernahm die naxische Oberschicht wieder kurzzeitig die Regierung. Diese wurde jedoch im Jahre 500 v. Chr., zu Beginn der **klassischen Periode**, vom Volk vertrieben, und es wurde eine Demokratie errichtet. Die naxischen Adeligen flüchteten nach Milet und überredeten den miletischen Statthalter Aristagoras zu einem Feldzug gegen Naxos gemeinsam mit dem Perser Xerxes, zu dem sie mit über 200 Schiffen aufbrachen. Wegen Streitigkeiten mit seinem Verbündeten Aristagoras ließ der persische Feldherr Magabates jedoch in letzter Minute die Naxier vor der drohenden Gefahr warnen. Nach viermonatiger Belagerung mussten die Angreifer unverrichteter Dinge abziehen. Die Naxioten behaupten, dass der persische Feldherr damals bewundernd über die Verteidiger gesagt habe: *„Na oi áxioi"*, das heißt: „Siehe, das sind die Tüchtigen", und leiten davon ihren Namen ab. Bis heute bezeichnen sie sich oft als *Axiótes* (und dabei handelt es sich wohl um den richtigeren Namen: das „N" von Naxos stammt vermutlich vom letzten Buchstaben des Akkusativ-Artikels: *„tin Áxo"* wurde zu *„ti Náxo"*).

Im Jahre 490 v. Chr. unternahmen die Perser unter Datis und Arthaphernes einen Feldzug nach Attika (wo sie im selben Jahr von den Griechen in der Seeschlacht von Salamis besiegt wurden) und kamen auf dem Weg dahin an Naxos vorbei. Um sich für die vorige Niederlage zu rächen, griffen sie die Insel erneut an, diesmal mit 600 Schiffen. Jetzt flüchteten die Naxier auf die Berge, die Chora wurde zerstört und große Teile der Bevölkerung wurden in die Sklaverei entführt.

Nach diesem Schlag hat Naxos seine alte Bedeutung nie wiedererlangt. Die Insel musste in der Schlacht von Salamis vier Schiffe auf Seiten der Perser stellen, die jedoch schon vor der Schlacht zur athenischen Seite überliefen. Danach geriet Naxos erst unter athenische Vorherrschaft, dann fiel es nacheinander an Sparta, Athen, die makedonischen Könige, an Großgriechenland und an Rom. In diesen wechselvollen Jahren war die Insel zeitweise fast verlassen und diente als Verbannungsort.

Naxos im Mittelalter: Byzanz, Venezianer und Türken

Im Jahre 330 n. Chr. gründete der griechische Adelige Konstantinos das byzantinische Reich mit dem Christentum als Staatsreligion und Konstantinopel als Hauptstadt und ernannte sich zum Kaiser. Nun begann die fast tausendjährige **byzantinische Periode**. Auch auf Naxos wurde die alte Religion durch den neuen Glauben abgelöst. (Allerdings kann man in vielen orthodoxen Ritualen die älteren heidnischen Wurzeln deutlich erkennen; manche alten Bräuche wurden kaum verändert übernommen wie z. B. zu Epiphanias die Wasserweihe. Zudem blieben viele insbesondere der dionysischen Geschöpfe und Gottheiten als dämonische Wesen im Volksglauben erhalten.) Überall auf der Insel wurden Kirchen und Kapellen errichtet, insbesondere an den Stätten der alten heidnischen Heiligtümer. Zahlreiche byzantinische Kirchen sind heute noch fast unverändert erhalten, viele davon mit bemerkenswerten Wandmalereien. Die ältesten Kirchen stammen aus dem 6. Jahrhundert.

Naxos spielte nun keine eigene politische Rolle mehr. Wir besitzen nur wenige Dokumente über diese Zeit, aber die bedeutenden Wandmalereien bezeugen uns, dass Naxos auch im Mittelalter eine führende kulturelle Stellung innehatte. Außerdem war es wichtige Zwischenstation für die Schiffe auf dem Seeweg von Konstantinopel nach Kreta. Die Festung auf dem Berg Kalógeros bei Apollonas sowie die Burg Apalírou im Süden der Insel wurden ausgebaut und dienten als Wachtposten und als befestigte Versorgungsplätze für die Schiffe. Nahe der Spitze des Mávro Boúni bei Koronos liegt eine Art kleiner Festung oder ungewöhnlich gut ummauerter Wohnstätte, die eventuell als Wachtposten mit Sichtverbindung sowohl nach Apalirou als auch Richtung Apollonas gedient haben könnte.

Während des Mittelalters wurde Naxos immer wieder von arabischen, türkischen oder katholischen Piraten heimgesucht. Wegen der ständigen Bedrohung durch Piraten legten die Bewohner der Ägäis ihre Dörfer so an, dass sie vom Meer aus nicht zu sehen waren; die Hafenorte und auch die fruchtbaren Schwemmebenen an der Küste wurden verlassen. Generationen von Naxioten versteckten ihre Schätze, Reichtümer und Ikonen in Höhlen, die auch ihren steinzeitlichen Vorfahren schon als Wohnplätze und den Anhängern des Dionysos als Kultstätten gedient hatten. In den späteren Jahrhunderten wurden diese Schätze nach und nach wieder ausgegraben, von fremden Antiquitätenräubern oder auch von mutigen Dorfbewohnern (die glaubten, von den versteckten Schätzen durch Träume zu erfahren, in denen Heilige oder die Muttergottes ihnen deren Lage mitteilten).

Im Jahre 1204 nahmen die Franken und Venezianer im 4. Kreuzzug Konstantinopel ein, und das byzantinische Reich fiel knapp 900 Jahre nach seiner Gründung. Die Sieger teilten das eroberte Reich unter sich auf: Frankreich bekam größtenteils das Festland, Venedig die Inseln zugesprochen. Viele der Inseln waren zu dieser Zeit noch in der Hand der Griechen oder unter der Herrschaft von Piraten. Darum erklärte die venezianische Regierung, sie werde jeden ihrer Bürger, der eine Insel erobere, zum Herrscher über diese machen; er müsse jedoch die venezianische Oberherrschaft anerkennen.

Im Jahre 1207 fuhr der venezianische Kreuzfahrer Marco Sanudo mit seiner Flotte zu den Kykladen und eroberte die südöstlichen Inseln ohne große Schwierigkeiten. Naxos war damals in der Hand genuesischer Piraten, die sich auf die byzantinische Burg Apalirou zurückzogen, als sich die Venezianer der Insel näherten. Marco Sanudo, der ein fähiger und tapferer Kriegsherr war, ließ nach der Landung auf Naxos die Schiffe verbrennen, so dass seinen Männern die Rückzugsmöglichkeiten genommen waren. Nach fünfwöchiger Belagerung nahmen die Venezianer die Burg und damit die Insel Naxos ein. Marco Sanudo errichtete ein **venezianisches Herzogtum**, ernannte sich zum Herzog der Ägäis und errichtete seinen Regierungssitz an der damals verlassenen Stelle der heutigen Hauptstadt auf den antiken Ruinen. Er baute ein starkes Kastro mit einer katholischen Metropole und befestigte den Hafen als Landeplatz für seine Schiffe. Die Burg Apalirou ließ er schleifen. Im Laufe der Zeit nahm Marco Sanudo noch mehrere benachbarte Inseln ein, baute sein Herzogtum weiter aus und festigte seine Herrschaft.

Der Venezianer zeigte sich jedoch seiner Heimatstadt nicht treu, sondern stellte sich unter den fränkischen Kaiser Heinrich von Konstantinopel. Als er von den Venezianern abgeordnet wurde, ihnen bei der Einnahme des noch griechischen Kretas zu helfen, lief er bald zur griechischen Seite über und versuchte, jedoch erfolglos, sich selbst zum Herrn über die Insel zu machen. Später unternahm der Herzog Kriegszüge an die kleinasiatische Küste und nahm Smyrna ein, geriet dadurch jedoch in Auseinandersetzungen mit dem griechischen Herrscher von Nikaia, Theodor Laskari. Dieser besiegte ihn mit seiner weit überlegenen Flotte und nahm ihn gefangen; er bewunderte den tapferen Venezianer jedoch so sehr, dass er ihn nicht nur wieder freiließ, sondern ihm auch seine Schwester zur Frau gab.

Die Familie Sanudo stellte bis zum Jahre 1371 die Herzöge von Naxos. Marco Sanudo hatte die Ländereien der Insel unter seinen gut fünfzig Gefährten aufgeteilt und sie zu Feudalherren ernannt. Diese herrschten insbesondere in den späteren Jahrhunderten mit großer Härte über die griechische Bevölkerung: Sie beanspruchten nicht nur ein Drittel oder sogar die Hälfte der Ernte, sondern erhoben auch bei jeder Gelegenheit zusätzliche Steuern, etwa beim Bau eines Hauses. Sie schlachteten die Tiere, die sich auf ihren Grund und Boden verirrten (und bei Bedarf auch mit Absicht darauf getrieben wurden) und ordneten die griechischen Bauern zu allerlei Zwangsarbeit ab, wie zum Erstellen öffentlicher Bauten und Straßen, aber auch zum Rudern ihrer Schiffe. Außerdem besaßen sie uneingeschränkte Rechte über die Frauen und Kinder ihrer Untergebenen.

Das Verhältnis zwischen der katholischen Oberschicht und der griechischen Bevölkerung war infolgedessen denkbar schlecht. Unter Marco dem Zweiten, Enkel des ersten Herzogs, versuchten die Katholiken, die griechische Bevölkerung an der Ausübung bestimmter religiöser Bräuche zu hindern, was eine solche Empörung unter den Griechen hervorrief, dass der Herzog zur Verhinderung eines Aufstandes und zur Einschüchterung der Griechen die Burg Apáno Kástro auf der Hügelkuppe zwischen dem fruchtbaren Tal von Potamiá und der Tragaia bauen ließ. Diese diente später auch als Fluchtburg bei Piratenüberfällen: Immer noch wurde die Insel von genuesischen, katalanischen, türkischen oder arabischen Piraten heimgesucht. Mehrmals wurden große Teile der Bevölkerung in die Sklaverei verschleppt, die Insel verarmte und verödete. Viele Griechen wanderten auf das sicherere Kreta aus. Die Herzöge waren fast ständig in Kämpfe gegen die Piraten oder ihre griechischen, fränkischen oder venezianischen Nachbarn verwickelt.

Der letzte Herzog der Familie Sanudo, Nicolo dalle Carcere, Sohn einer Florentina Sanudo, versuchte die unter venezianischer Herrschaft stehende Stadt Chalkida auf Euböa zu erobern. Dadurch brachte er die Herrscher von Venedig so gegen sich auf, dass sie ihn im Jahre 1383 von Franziskus Crispi ermorden ließen und diesen zum Herzog von Naxos ernannten.

Die Herrschaft der Familie Crispi über Naxos brachte keine Verbesserung der Verhältnisse auf der Insel. Die katholische Oberschicht beutete die griechische Bevölkerung so übermäßig aus, dass viele Griechen sogar in das Osmanische Reich nach Kleinasien auswanderten. Im Jahre 1537 wurde der Herzog Johann Crispi dem türkischen Piraten Barbarossa tributpflichtig, nachdem dieser die Nachbarinsel Paros eingenommen hatte. Sein Sohn Jakob wurde im Jahre 1566 durch einen Aufstand der unterdrückten griechischen Bevölkerung vertrieben und vom türkischen Sultan abgesetzt und inhaftiert.

Nun fiel Naxos an das Osmanische Reich. Der Sultan beauftragte zunächst einen Juden, Josef Nasi, mit der Regierung, der sich seinerseits durch einen spanischen Adeligen, Francesco Coronello, vertreten ließ.

Die Verhältnisse auf der Insel änderten sich während der **türkischen Periode** kaum. Es siedelten sich nur wenige türkische Familien an. Die katholischen Feudalherren blieben weiter im Besitz ihrer Ländereien. Sie hatten nun Steuern an die türkischen Herrscher zu zahlen und verschärften dementsprechend noch die Belastungen der griechischen Unterschicht. Im Jahre 1621 bestimmte der türkische Hof, dass auf Naxos, wie im übrigen Griechenland, die Gemeinden von Ältestenräten geleitet werden sollten. Die Feudalherren wussten jedoch die Durchführung dieser Anweisungen für weitere hundert Jahre zu verhindern und blieben selbst an der Macht. Die Ausübung ihrer Religion wurde den Griechen von der türkischen Oberherrschaft nicht untersagt. Es siedelte sich sogar eine Reihe von katholischen Orden auf Naxos an; Kirchen und Klöster wurden errichtet (diese religiöse Toleranz der Osmanen lag allerdings vor allem daran, dass nur Andersgläubige Steuern zu zahlen hatten). Im Osmanischen Reich konnte sich aufgrund des Feudalsystems kaum ein Bürgertum herausbilden, und Handel und Wirtschaft wurden vor allem von Ausländern betrieben. Das förderte das Entstehen beispielsweise einer reichen griechischen Handelsflotte, deren Eigentümer später auch eine wichtige Rolle im Unabhängigkeitskrieg spielten.

Im Jahre 1700 wurde die Insel vom französischen Botaniker Tournefort bereist, der uns mit seinem ausführlichen Reisebericht einen Einblick in die Verhältnisse auf der Insel zur damaligen Zeit gibt und von regem Handel mit Gerste, Weizen, Feigen, Baumwolle, Seide, Flachs, Öl, Käse, Salz, Ochsen, Schafen, Mauleseln und Schmirgel berichtet. Ferner erwähnt er eine reiche Produktion von Labdanum, dem (sehr vitaminreichen) Öl einer Zistrosen-Art, vom Harz der wilden Pistazie (Mastix), von Holz und Kohlen, von Zitronen, Pomeranzen, Limonen, Granatäpfeln, Maulbeeren und Zedern. Zu dieser Zeit lebten auf Naxos nicht mehr als 8000 Menschen, davon etwa 300 Katholiken. Es gab zwei Erzbischöfe, einen katholischen und einen orthodoxen. Die Katholiken hielten sich nach wie vor streng von den Griechen getrennt und hatten von Rom sogar die Erlaubnis zur Heirat unter leiblichen Geschwistern erhalten.

Im Befreiungskrieg der Griechen gegen die Türken, der im Jahre 1821 begann, spielte die Insel keine bedeutende Rolle. Da es kaum türkische Bewohner gab, fanden auch keine Kampfhandlungen statt. 1832 wurde der neue Griechische Staat gegründet. Die europäischen Großmächte, die die Griechen in ihrem Befreiungskampf unterstützt hatten, setzten den jungen Sohn Otto des bayrischen Königs Ludwig als König ein.

Zunächst änderten sich durch die Befreiung die Verhältnisse auf Naxos kaum: Noch im Jahre 1835 beklagen sich die Dörfler bei einem deutschen Rei-

senden, dass sie ihren Lehnsherren nicht nur zwei Drittel (!) der Ernte schulde-
ten, sondern auch das Saatgut selbst stellen und die Pflugtiere unterhalten müssten. Wenig später wurden die Feudalherren jedoch endgültig entrechtet.

Der Besucher der Insel findet heute kaum eine Spur der über zweihundert-
jährigen türkischen Periode. Von den venezianischen Herrschern zeugen dagegen
das gut erhaltene Kastro in der Chora, die Ruinen des Apano Kastro bei Tsikalarió und die zahlreichen über die Insel verstreuten Wehrtürme, die *pírgi* (*pírgos* =
Turm).

Die Geschichte des Dorfes Koronos

Unsere Familie stammt aus Kóronos, einem der Bergdörfer von Naxos. Wir wissen nicht genau, seit wann das Dorf Koronos existiert. Aus zahlreichen Funden
ist bekannt, dass die Gegend um Koronos bereits in der kykladischen Epoche (ab
etwa 3000 v. Chr.) besiedelt war, wahrscheinlich auch schon während der Stein-
zeit. Nennenswerte antike Ruinen sind im Gebiet von Koronos jedoch nicht zu
finden. Die erste amtliche Erwähnung des Dorfes stammt aus dem Jahre 1703,
und zwar von einer Liste über Steuereinnahmen des türkischen Agas, laut der das
Dorf damals dreizehn steuerpflichtige Häuser umfasste. Zu der Zeit hieß es Tri-
kokkiés nach seinen wilden Mispelbäumen, die hier auch heute noch häufig vorkommen.

Im Jahre 1833, nach der Befreiung Griechenlands, war die Zahl der Häuser
auf 60 angewachsen; 1846 wurden 246 Bewohner registriert. 1861 wies das Dorf
eine Bevölkerung von 1700 Einwohnern auf. In jenem Jahr wurde der Name des
Dorfes in Vóthri umgeändert, was sich von *vótrys*, Weinberg, ableitet. Tatsächlich war in Koronos der Anteil der Weinberge an der landwirtschaftlich genutzten Fläche besonders hoch. Heute sind viele der Weinberge aufgegeben. Die
noch genutzten Terrassen bearbeiten die Dörfler im wesentlichen auf dieselbe
Weise wie schon ihre Vorfahren im Altertum. Der honigfarbene koronidiatische
Wein hat ein einzigartiges, fruchtiges Aroma (heute man kann leider nur noch
selten guten hausgemachten Wein finden). Ebenso wie das Brot darf auch der
Wein in den Bergdörfern bis heute bei keiner Mahlzeit fehlen.

Von größter Bedeutung für Koronos ist der Schmirgel, durch dessen Abbau
das Dorf ab der Mitte des neunzehnten und besonders in den ersten Jahrzehnten
des zwanzigsten Jahrhunderts zu einem gewissen Reichtum gelangte. Um 1920
erreichte das Dorf mit fast 2000 Einwohnern seine höchste Bevölkerungszahl,
womit es zu den größten Dörfern von Naxos zählte.

Im Jahr 1927 wurde das Dorf Vothri erneut umbenannt. Diesmal erhielt es
den Namen Koronos nach dem Berg, an dessen Hang es liegt. Dieser Name leitet
sich wohl von der Amme Koronis ab, einer der drei Nymphen, die der Sage nach
den Weingott Dionysos in der Höhle *Kakó Spílaio* am Koronos-Berg aufgezogen
haben. Somit ist seit Urzeiten die Gegend von Koronos in besonderer Weise mit
dem Weingott verknüpft. Eine andere Erklärung des Namens Koronos verweist
auf den für das Dorf so bedeutsamen Schmirgel. Sie leitet das Wort von dem
Verb *koróno* ab, was „stark erhitzen" bedeutet: Beim Schmirgelabbau wurden

große Brocken dadurch zum Zerspringen gebracht, dass man sie stark erhitzte und dann mit Wasser überschüttete.

Der Schmirgel

Schmirgel besteht aus mehr oder weniger reinem Korund (Aluminiumoxid). Dieses Mineral bildet in perfekt auskristallisierter Form den roten Rubin und den blauen Saphir. Korund entsteht durch Metamorphose aus aluminiumreichen Sedimenten (Bauxit). Reiche und reine Bauxitvorkommen können sich nur unter speziellen Bedingungen bilden, nämlich wenn aluminiumhaltige Schiefergesteine unter subtropischen, feuchtwarmen Klimaverhältnissen durch chemische Prozesse verwittern und von starken Regenfällen ausgewaschen werden, so dass nur Aluminiumhydroxide zurückbleiben, die sich als Flusssedimente ablagern. Auf Naxos entstanden dicke Lagen solcher Bauxite im Gebiet von Koronos: Die aluminiumhaltigen Erosionsprodukte aus höher gelegenen, heute abgetragenen Bergregionen, die aus Schiefergesteinen bestanden, wurden durch die Flüsse in eine tiefer gelegene Kalklandschaft transportiert und dort in Karstschründen abgelagert. Die Kalkschichten hatten sich im warmen Flachwassermeer, das über Jahrmillionen weite Bereiche des heutigen Südeuropas bedeckte, durch chemische Ausfällung von Kalk sowie durch die Sedimentation von kalkhaltigen Muschelschalen und Skeletten mikroskopischer Kalkalgen gebildet. Nach der Ablagerung des Bauxits wurde die Region erneut unter den Meeresspiegel gesenkt und es lagerten sich weitere Kalkschichten ab. All diese Gesteinsmassen gerieten durch Absenkung und ständige weitere Sedimentation in tiefere Bereiche der Erdkruste und wurden dort im Zuge der alpidischen Gebirgsbildung (bei der die Alpen, die Gebirgsketten des Balkanraumes und auch die Bergketten der Inseln des Ägäischen Meeres aufgefaltet wurden) hohem Druck und hohen Temperaturen ausgesetzt. Dadurch kam es zur Metamorphose der Gesteine, die das Kalkgestein in Marmor oder Dolomit und den Bauxit in Schmirgel verwandelte. Später wurde die ganze Region wieder angehoben, und die oberhalb der schmirgelführenden Massen liegenden Gesteinsschichten wurden abgetragen. So gelangten die Marmorschichten mit den Schmirgellinsen wieder an die Erdoberfläche. Weil für seine Entstehung so spezielle Bedingungen erfüllt sein müssen, ist insbesondere Schmirgel guter Qualität nur sehr selten zu finden. Die reichen Vorkommen im Gebiet von Koronos sind tatsächlich eine Besonderheit.

Schon den ersten Bewohnern von Naxos fiel das schwarze, schwere Gestein auf, das an dem Gebirgszug östlich von Koronos in dunklen, unfreundlich wirkenden Gesteinsfeldern ansteht und von dem man überall Stücke herumliegen sieht, die sich deutlich vom weißen Marmor abheben. Natürlich machten sich die Menschen auch Gedanken um die Entstehung des merkwürdigen Gesteins. Sie verknüpften dies mit den zwei Heroen von Naxos, den Aloaden Otos und Ephialtis. Diese Söhne des Poseidon und der Iphimedia hielten sich für so stark und mächtig, dass sie sich sogar mit den Göttern anlegten. Sie wollten nicht nur (wie schon berichtet, s. S. 9) die zwei Göttinnen Hera und Artemis heiraten, sondern nahmen auch den Kriegsgott Ares gefangen und versteckten ihn dreizehn Monate lang gefesselt in einer Wüste. Schließlich wurde Ares jedoch von Hermes entdeckt und befreit und auf Naxos unterirdisch im „eisenschwarzen" Gestein verborgen: So erklärten sich die alten Griechen die Entstehung des Schmirgels durch die Berührung des Gesteins mit dem feurigen Kriegsgott.

Der Schmirgel von Naxos wurde schon von den ersten Bewohnern der Insel genutzt. Die Menschen entdeckten seine außergewöhnliche Härte und benutzten ihn insbesondere für die Bearbeitung von Marmor: Schmirgelpulver vermischt mit Wasser wurde zum Aushöhlen, Sägen und Schleifen des Marmors verwendet. Die Herstellung beispielsweise der herrlichen, dünnwandigen Marmorgefäße aus der Bronzezeit wurde nur durch den Schmirgel ermöglicht. Ebenso wie der Obsidian von Milos stellte auch der naxiotische Schmirgel ein bedeutendes Exportgut dar. Auf vielen umliegenden Inseln, aber auch in weiter entfernten Regionen hat man in den antiken Ausgrabungsstätten Schmirgel gefunden. Um 600 n. Chr. luden Schiffe, die aromatische Kräuter von der naxiotischen Ostküste nach Smyrna in Kleinasien brachten, Schmirgel als Ballast.

Während der venezianischen Feudalherrschaft und der darauffolgenden osmanischen Periode gehörten die Schmirgellager den katholischen Großgrundbesitzern. Damals wurden die noch reichen oberirdischen Vorkommen ausgebeutet. Der Schmirgel wurde mit Eseln zum unterhalb der Schmirgelhänge gelegenen Hafenort Lionas transportiert. Dort kauften ihn vor allem englische Schiffe als Ballast. Im Jahre 1736 konnte die griechische Unterschicht einige Rechte gegenüber den Feudalherren durchsetzen, unter anderem über die Ausbeutung des Schmirgels. Als 1780 die Katholiken versuchten, den Schmirgelhandel wieder in ihre Hände zu bekommen, legten die Dörfler darüber beim türkischen Aga Beschwerde ein, und dieser bestätigte erneut die alleinigen Rechte der Bewohner der Bergdörfer. Von 1812 an wurden die Schmirgelminen von den Gemeinden an einen griechischen Händler verpachtet.

Nach der Befreiung Griechenlands beanspruchte die Regierung die Schmirgelvorkommen als staatlichen Besitz und verpachtete sie an einen anderen Interessenten. Im Jahre 1835, mit dem Auslaufen des Vertrages, beantragten die Dörfler beim Staat das alleinige Recht der Schmirgelausbeutung ohne Möglichkeit der Verpachtung durch den Staat an Dritte. Daraufhin wurde ein Vertrag ausgearbeitet, nach dem die Schmirgelvorkommen weiterhin im Besitz des griechischen Staates verblieben, ihre Ausbeutung jedoch ausschließliches Vorrecht der Bewohner der Dörfer Koronos, Apiranthos, Skadhó, Mési, Keramotí und Dhanakós war. Im wesentlichen hat sich daran bis heute nichts geändert.

Etwa seit der Mitte des 19. Jahrhunderts wird der Schmirgel in unterirdischen Minen abgebaut. Die meisten Schmirgelminen liegen auf dem Gemeindegebiet von Koronos (71), wenige in Apiranthos (7) und nur eine gehört zu Skado. Für die Anlage einer Mine schloss sich jeweils eine Gruppe von Dörflern zusammen, die sich die Ausgaben und die Arbeit des Stollenbaus bis zum Auffinden des Schmirgels ebenso wie dessen Ausbeutung teilten. Eine Mine konnte beispielsweise in mehrere Anteile aufgeteilt sein. Ein Schmirgelarbeiter konnte maximal ein Viertel einer Mine besitzen. Die Anteile an den Minen wurden von den Besitzern gegebenenfalls auch verkauft, und zwar vor allem bei ertragreichen Minen für ansehnliche Summen. Dörfler, die selbst keine Anteile an einer Mine besaßen, wurden von anderen als Arbeiter eingestellt, darunter auch Bewohner der Dörfer, auf deren Gebiet keine Minen lagen.

Natürlich war es für die Minenbesitzer und Arbeiter von außerordentlicher Bedeutung, wie viel und wie guten Schmirgel eine Mine hergab. Gelegentlich geschah es, dass tiefe Stollen in den Berg getrieben wurden, die am Ende doch auf kein Schmirgellager stießen. Wenn andererseits eine Mine gute Ausbeute erbrachte und auf große Vorkommen erster Güte stieß, versuchten auch die Besitzer benachbarter Minen, schnell in diese Richtung vorzustoßen und dieselben Vorkommen zu erreichen. In der Nähe der Minen errichteten die Dörfler dem Heiligen Fanoúrio eine Kapelle, von dem sie Hilfe beim Finden der einträglichen Schmirgellinsen erhofften (*faneróno* = enthüllen).

Die Arbeit in den Minen war anstrengend und gefährlich. In den Gängen sowie auch in den größeren Höhlungen war es sehr dunkel, da zur Beleuchtung nur Öllampen verwendet wurden; Petroleumlampen verschlechterten die Luft zu sehr. Das wenige Licht wurde zudem von den schwarzen Wänden weitgehend verschluckt.

Die Arbeiter brachen das Gestein wurde mit Eisenstangen und großen Hämmern weg und sprengten mit Dynamit. Dazu mussten erst mit den Eisenstangen Löcher in den Fels getrieben werden, die mit Dynamit gefüllt wurden. Die Sprengungen wurden vor der Mittagspause durchgeführt, damit der unangenehme und schädliche, Kopfschmerzen und Schwindel verursachende Dynamitstaub sich verziehen konnte, bis die Männer in die Mine zurückkehren mussten.

In einigen Minen gab es nicht genug Sauerstoff, so dass die Arbeiter nur kurz unter Tage bleiben konnten und sich in schnellem Wechsel ablösten. Manchmal wurden handgetriebene Pumpen installiert, die über einen Schlauch Luft in die Mine pumpten.

Den losgebrochenen Schmirgel trugen die Arbeiter mit Eimern und Körben aus der Mine. In den meisten Minen gab es am Eingang ein Stück geraden Stollen, der durch Marmorschichten in den Berg getrieben war, bis er die Schmirgelvorkommen erreichte. Auf solchen Strecken verlegten die Arbeiter zur Vereinfachung des Transportes Gleise und beförderten den Schmirgel mit Loren zum Ausgang. Eine Abstützung der Minendecke war nicht erforderlich, da die übergelagerten Marmorschichten generell stabil sind. Wenn große Freiräume durch das Abtragen des Schmirgels entstanden, ließen die Arbeiter allerdings breite Stützpfeiler stehen, die erst am Schluss entfernt wurden, wenn die Mine sonst keinen weiteren Schmirgel mehr hergab. Es kam vor, dass eine Mine dabei einstürzte, und mehrere Arbeiter wurden bei derartigen Unfällen erschlagen.

In den Minen wurde nur im Winter gearbeitet. Jeden Tag war nur ein Teil der Teilhaber und Arbeiter in der Mine tätig, während die anderen ihre Felder bewirtschafteten, denn trotz der großen ökonomischen Bedeutung, die der Schmirgel für die Dörfer hatte, gaben die Minenarbeiter die Landwirtschaft doch niemals völlig auf. Besonders abhängig vom Schmirgel war das Dorf Koronos, das über die meisten und besten Minen, aber nur über wenig und zudem wegen der Kargheit und Steilheit des Geländes schlecht nutzbare landwirtschaftliche Fläche verfügte.

Die starke Bevölkerungszunahme in Koronos von der Mitte des 19. Jahrhunderts an bis zum Beginn des zweiten Weltkrieges ist auf den relativen Wohlstand des Dorfes durch den Schmirgelabbau zurückzuführen. Der Schmirgel hatte eine solche Bedeutung für die Wirtschaft des griechischen Staates, dass die Schmirgelarbeiter im Ersten Weltkrieg und im Kleinasiatischen Krieg nicht eingezogen wurden. Während des Ersten Weltkrieges wurden die Minen von der französischen Armee beschlagnahmt. Auch in den ersten Jahren nach dem Krieg konnten nur geringe Mengen Schmirgel verkauft werden. Die Dörfler verarmten und viele Männer gingen nach Amerika, um dort zu arbeiten. Die meisten von ihnen kehrten aber nach wenigen Jahren zurück, als der Schmirgelabbau einen neuen Aufschwung nahm. Die zwanziger Jahre des zwanzigsten Jahrhunderts können als die „Goldene Zeit" des Schmirgels bezeichnet werden: Es wurden jährlich zwischen 12.000 und 20.000 Tonnen abgebaut.

Bis zum Jahr 1927 transportierten die Koronidiaten den abgebauten Schmirgel mit Maultieren zum Hafenort Lionas, wo er auf Schiffe verladen wurde. Anfangs brachten die Arbeiter je ihren eigenen Schmirgel nach Lionas, wo sie ihn lagerten und an ein Schiff zu verkaufen versuchten. Dazu mussten sie oft einige Zeit in Lionas zubringen und ihren Schmirgel bewachen, was gleichermaßen unpraktisch wie unrationell war. So wurde bald eine organisierte Lagerung eingeführt, bei der ständig in Lionas ansässige Koronidiaten die Bewachung und den Verkauf des Schmirgels übernahmen.

Danach wurde zur Vereinfachung des Transportes eine Seilbahn gebaut, die den Schmirgel von den koronidiatischen Minen über den Berg zu den apiranthitischen Minen und von dort zum Hafen von Moutsouna transportierte. Der Bau der Seilbahn, in jener Zeit angeblich das größte industrielle Bauunternehmen im Balkanraum, fand in den Jahren 1923 bis 1927 statt. Finanziert wurde er durch eine zusätzliche Steuer, die auf den Schmirgelverkauf erhoben wurde. Die Seilbahn hat eine Länge von etwa neun Kilometern und überwindet in unwegsamem, schwierigem Gelände einen Höhenunterschied von etwa 700 Metern. Es gibt fünf Verladestationen: *Pigí*, *Pesoúles* und *Stravolangádha* auf der koronidiatischen Seite und *Kakóriakas* und *Aspalathropós* auf der apiranthitischen.

Gleichzeitig wurde der Schmirgelabbau besser organisiert. Alle Schmirgelarbeiter hatten pro Jahr eine bestimmte Menge an Schmirgel abzuliefern (heute etwa 27 Tonnen) und wurden dafür entsprechend der Qualität des Schmirgels bezahlt. Nach dem Zweiten Weltkrieg konnten die Schmirgelarbeiter ihre Kranken- und Rentenversicherung bei der staatlichen Kasse IKA durchsetzen. Von nun an wurde ihr Tagewerk entsprechend der abgelieferten Schmirgelmenge jährlich registriert, so dass sie mit Vollendung des 50. Lebensjahres (wegen der gesundheitsschädlichen Arbeit unter Tage) in Rente gehen konnten. Nach diesem System wird heute noch verfahren.

Jeden Winter wurde die Gesamtmenge an abzubauendem Schmirgel festge-
legt und auf die verschiedenen Minen aufgeteilt. Je nach Ergiebigkeit der Mine
brauchten die Arbeiter bis zu vier Monate, um ihren Anteil zusammenzutragen.
Viele Besitzer guter Minen bauten wesentlich mehr als ihr Jahressoll ab; die
Mehrausbeute überschrieben sie dann ihren Arbeitern als Bezahlung oder ver-
kauften ihn (zum Beispiel an Koronidiaten, die in Athen lebten, aber wegen der
Versicherung ebenfalls als Schmirgelarbeiter registriert waren und den jährlichen
Schmirgelsoll nun kauften statt ihn selbst abzubauen).

Der Schmirgel wurde zunächst außerhalb der Minen gelagert. Im Frühling transportierten die Arbeiter ihren Schmirgel zur Verladestation. Nacheinander wurden
die verschiedenen Minen zum Wiegen und Verladen aufgerufen, was jeweils
mehrere Tage in Anspruch nehmen konnte. Der Schmirgel wurde nach vier Qualitätsstufen getrennt gewogen; Steine zu niedriger Qualität wurden verworfen.
Dann wurde der Schmirgel von den Arbeitern der jeweiligen Mine in die Loren
geladen und mit der Seilbahn nach Moutsouna transportiert. Eine Lore fasste etwa 300 Kilo Schmirgel. Die Seilbahn war ungefähr drei Monate im Jahr in Betrieb. Sie wurde mit einem Dieselmotor angetrieben, der sich in der Hauptstation
Stravolangada befand. In Moutsouna wurde der Schmirgel bis zum Verkauf gelagert. Auch hier waren viele Arbeiter tätig, insbesondere für die Verladung des
Schmirgels auf die Schiffe. Der Hafen von Moutsouna gewann durch den
Schmirgel sehr an Bedeutung. Viele Apiranthiten siedelten sich ständig an, und
mehrere Geschäfte wurden betrieben. Es soll zeitweise gar mehrere Bäckereien
gegeben haben – umso ungewöhnlicher, als in den meisten bäuerlichen Haushalten auf den Dörfern das Brot nicht gekauft, sondern selbst gebacken wurde.

Auch mehrere Koronidiaten waren dauerhaft im Schmirgelabbau angestellt wie
der Direktor und die Qualitätsprüfer. Zusätzlich wurden für die Zeit, in der die
Seilbahn arbeitete, Arbeiter für ihren Betrieb eingestellt sowie Reparaturtrupps,
die auch regelmäßig die Räder fetteten, über die das Drahtseil lief. Es gab mehrere Wachtposten, von denen aus die Zentralstation über eine Klingel benachrichtigt wurde, wenn ein Problem auftrat. An der höchsten Stelle gerieten gelegentlich die Loren ins Rutschen und gefährdeten die Masten. Nicht selten fielen
Loren herunter und mussten dann mühselig geborgen werden. Ein Arbeiter zog
mit einem Maultier über die Berge und sammelte heruntergefallenen Schmirgel
und abgestürzte Loren auf.

Trotz der großen Vereinfachung des Transportes war die Seilbahn aus verschiedenen Gründen kein besonderer Erfolg. Schon ihr Bau war sehr kostspielig
gewesen. Außerdem arbeitete sie nicht einwandfrei, und es traten häufig Probleme beim Betrieb auf. Vor allem aber erwies sich die Verladung des Schmirgels
auf die Schiffe als sehr unrentabel. Mangels einer geeigneten Hafenanlage musste der Schmirgel mit Barken zu den weiter draußen ankernden Schiffen transportiert werden. Das war nur bei Windstille möglich, so dass die Schiffe oft lange
warten mussten und nicht selten sogar wieder abfuhren, ohne geladen zu haben.
Zudem war die Verladung sehr teuer: Der dafür zuständige Apiranthite verdiente
allein mit dem Verladegeschäft ebenso viel Geld wie alle Schmirgelarbeiter und

Angestellten der Seilbahn zusammen. Derselbe politisch einflussreiche Mann verhinderte den Bau einer geeigneten Mole mit Transportanlage, um seine lukrative Einnahmequelle nicht einzubüßen. Dadurch blieb die Verladung so nachteilig, dass viele Käufer dem kleinasiatischen Schmirgel den Vorzug gaben, obwohl er von geringerer Qualität war. So begann der Niedergang des naxiotischen Schmirgelabbaus.

Nach dem Zweiten Weltkrieg verlor der Schmirgel aufgrund der Einführung technischer Schleifmittel stark an wirtschaftlicher Bedeutung. Im Jahr 1965 wurden Asphaltstraßen zu den Minen gebaut und der Transport von Lastwagen übernommen. Die Seilbahn ist seitdem außer Betrieb. Inzwischen wurden auch viele Minen aus Sicherheitsgründen geschlossen, und das ganze System wird praktisch nur noch aufrechterhalten, um den Bewohnern der verarmten und weitgehend verlassenen Bergdörfer ihre Versicherung und Rente zu sichern.

Die Wundertätigen Ikonen von Koronos

Im Jahre 1834 wurde der deutsche Geologe Karl Gustav Fiedler vom bayrischen König Griechenlands Otto beauftragt, die Bodenschätze des Landes zu untersuchen und einen Bericht über Steinbrüche und Minen anzufertigen. Im Zuge dieser Untersuchung kam Fiedler im Herbst 1835 nach Naxos und besuchte hier vor allem die Dörfer Koronos und Apiranthos, um die Schmirgellager zu kartieren. Er berichtet uns über das Dorf Koronos, das damals noch Vothri hieß:

„Wir waren bisher immer auf dem höhern Gebirg gezogen, senkten uns jetzt aber herab nach einem kleinen, armen Dorfe Wothri. Es ist nur eine Ansiedlung derer, welche auf dem in der Nähe befindlichen Schmirgel arbeiten, sonst hätte man niemals daran gedacht, hier ein Dorf anzubauen, denn die Lage ist am Anfang einer hochgelegenen, engen Thalschlucht kalt und unfreundlich. Bacchus hätte es nie erlaubt, denn die Traube bleibt hier sauer und kaum können sie auf den kleinen Terrassen an den steilen Abhängen ihren Bedarf an Gerste erbauen. Seit einigen Jahren hat der Betrieb auf Schmirgel aufgehört und die armen Leute sind nun fast gänzlich verarmt, da ihre einzige Erwerbsquelle versiegte."

Fiedler beschreibt in seinem Bericht weiter die Lage und Qualität der Schmirgelvorkommen von Koronos, die damals nur oberirdisch ausgebeutet wurden. Er empfiehlt den Bau einer Fahrstraße nach Lionas und die Verlegung des Dorfes näher zu den Schmirgellagern:

„Kaum ½ Stunde von diesem Schmirgel rückwärts südsüdwestlich gelangt man auf eine kleine fruchtbare Ebene, die gute Felder und Weingärten hat und einer Bergcolonie hinreichend Nahrung geben könnte, dieser Platz ist nicht nur für den Abbau des Schmirgels zu Paesules, sondern auch für den zu Smirigles (3/4 St. weit) gut gelegen, hierher muss Wothri übersiedelt werden, während bis jetzt der Arbeiter von dort 1 Stunde schlechten Wegs bis Paesules und Abends wieder zurückgehen musste, um einen spärlichen Tageslohn, seinen einzigen Verdienst zu gewinnen, wobei noch überdiess alle Bearbeitung seiner Terrassen für Gerste und Wein, die ihm die Nahrungsmittel liefern müssen, den armen Weibern und Kindern zur allzuschweren Last aufgebürdet ist."

26

In dieser Hochebene, auf die nach Fiedlers Meinung das Dorf umgesiedelt werden soll, liegt die heute verlassene kleine Ansiedlung Atsipápi mit einer schönen Quelle, fruchtbaren Gärten, Weinfeldern und Olivenhainen. Fiedler berichtet weiter: „*Dicht bei jener Ebene arbeiten nun schon seit 1832 die Bewohner von Wothri unentgeltlich, und bringen ihre dürftige Nahrung mit. Sie graben einen Platz aus und brechen die Felsen weg, denn es ist ihnen geweissagt worden, sie würden hier im Gebirg ein Loch finden ohne Grund und darüber müsse eine Kirche erbaut werden, und sollte man kein Loch eröffnen, so findet sich gewiss ein wunderthätiges Bild oder Kreuz, denn das Land umher ist gut.*"

Mit dieser merkwürdigen Angelegenheit hatte es folgende Bewandtnis: Im Jahr 1830 erschien einem Koronidiaten die *Panagía*[7], die Muttergottes, im Traum und berichtete ihm das Folgende: Etwa im 8. Jahrhundert nach Christi Geburt sei eine Familie, die aus Ägypten stammte, nach Naxos gekommen. Diese Menschen hatten drei wundertätige Ikonen bei sich. Zu dieser Zeit herrschte der Bilderstreit, und in ganz Griechenland wurden Ikonen verbrannt und zerstört. Die Ägypter befanden sich auf einem Landstück namens Argokíli, einem unfruchtbaren Gelände in der Nähe von Atsipapi, als sich ihnen Priester näherten, die ihnen die Ikonen entwenden wollten, um sie zu verbrennen. In ihrer Not beteten die Ägypter zu den Heiligen und baten sie um Hilfe; daraufhin öffnete sich der Fels und verbarg die Ikonen in der Tiefe. Die ägyptische Familie wurde getötet und fand an derselben Stelle ihr Grab. Nun aber, so erklärte die *Panagía*, sei die Zeit gekommen, dass die Ikonen wieder das Tageslicht erblickten. Darum sollten die Koronidiaten am Argokili graben: Sie würden die Ikonen in zehn Metern Tiefe wiederfinden. Tatsächlich begann der Mann, der dies geträumt hatte, gemeinsam mit seinen beiden Geschwistern an der bezeichneten Stelle zu graben, und zwar über Jahre, ohne aber etwas zu finden. Im Jahr 1835 gaben sie es auf.

Nun erschien aber auch dem Besitzer des besagten Feldes, einem Mann namens Christódhoulos, die *Panagía* im Traum und forderte ihn auf, nach den Ikonen zu graben. Mehrere andere Koronidiaten hatten ähnliche Träume; es geschahen merkwürdige Dinge, Wunder. Es gab jedoch auch viele, die die Träume anzweifelten und die Wundergläubigen verspotteten. Die *Panagía* prophezeite Christodoulos, dass sie beim Graben bald die Gebeine der Ägypter finden würden. Tatsächlich stieß man wenig später auf Knochen zweier Erwachsener und eines Kindes. Nun begannen noch mehr Menschen an die Wahrheit der Prophezeiungen zu glauben. Christodoulos bat die *Panagía*, die Ikonen bald zu offenbaren, damit auch die letzten ungläubigen Koronidiaten überzeugt würden. Sie antwortete ihm, dass sie die Ikonen bald finden würden; zuvor sollten sie jedoch eine Kirche am Argokili bauen, die die Ikonen nach der Auffindung aufnehmen sollte.

Die Koronidiaten bemühten sich, den Anweisungen der *Panagía* zu folgen, aber das war leichter gesagt als getan. Erstens war es nämlich verboten nach antiken Gegenständen zu graben (außer für Archäologen in staatlichem Auftrag), und zweitens brauchte man für den Bau einer Kirche nicht nur das Einverständnis der Kirchenobrigkeit, sondern auch eine Genehmigung des Königs. Man

---

[7] *Panagía*, ausgesprochen Panajía, bedeutet wörtlich „Allheilige".

wandte sich an den Metropoliten von Naxos, aber dieser lehnte das Unterfangen ab.

Die *Panagía* gab inzwischen Christodoulos genauere Anweisungen und sagte ihm, mit welchen Mitteln und Baumeistern die Kirche erbaut werden sollte. So begann man schließlich, ohne Genehmigung eine kleine Zelle zu bauen, die als Kirche dienen konnte. Der *Dhespótis*, der Bischof von Naxos, schickte einen Abgeordneten, der den Verlauf der Dinge vor Ort verfolgen sollte. Er überwachte die Arbeiten, und das Graben ohne sein Beisein wurde untersagt. Die Koronidiaten hatten nun das Gelände eingeebnet und an der von der *Panagía* bezeichneten Stelle eine große Grube von mehreren Metern Tiefe ausgehoben.

In dieser Zeit hatte auch ein Mann namens Manouíl aus dem Nachbardorf Skado prophetische Träume und begann zu „lehren", wie man damals sagte. Er war ein einfacher Bauer, der normalerweise kaum einen vollständigen Satz hervorbringen konnte. Nun sprach er nach der Liturgie in der Kirche auf eine Weise, dass ihm die Gemeinde zwei Stunden lang kniend zuhörte; das geschah am 16. November 1835. Er „träumte" und berichtete viele Dinge, wurde aber von einem Teil der Dörfler dafür verhöhnt und verspottet, ja sogar geschlagen.

Am 10. Januar des Jahres 1836 begann schließlich ein weiterer Koronidiate mit dem Namen Joánnis zu „träumen". Dieser hatte bislang zu den Ungläubigen gehört, aber in diesen Tagen war er von einer seltsamen Lähmung ans Bett gefesselt worden, bis ihm die Erleuchtung kam, dass seine Ungläubigkeit die Ursache seiner Krankheit sei, woraufhin er rasch genas. Nun erschien auch ihm die *Panagía* und teilte ihm mit, dass die Ikonen am 25. März[8] erscheinen sollten; sie sollten sich beeilen mit dem Graben, um bis dann fertig zu sein. Die Ikonen sollten in einer Tiefe von siebeneinhalb *orgiés* (fast 14 Meter) liegen.

Am Montag, dem 23. März, eine Woche vor Ostern, ordnete die *Panagía* an, sie sollten für den 25. März, den Tag der Auffindung der Ikonen, den *Dhespótis,* das heißt den Bischof, und den *Éparchos,* das weltliche Oberhaupt der Kykladen, einladen; diese würden der Einladung zwar nicht Folge leisten, müssten aber wegen der Bedeutung der Ereignisse dennoch Bescheid bekommen. Manouil wurde zur Chora entsandt und informierte den *Dhespótis* und den *Éparchos,* die jedoch beide nicht nach Koronos kamen. Manouil verbreitete die Nachricht von den zu erwartenden wundertätigen Ikonen auch unter der Bevölkerung. So kam es, dass sich am Mittwoch, dem 25. März etwa 4000 Menschen in Argokili einfanden, darunter sechs Priester, die schon am Vorabend eingetroffen waren und gebetet und gefastet hatten.

Morgens früh wurde eine Liturgie gehalten. Die Menschen versammelten sich um die tiefe Grube, die ausgehoben worden war. Manouil und Joannis beteten und kletterten hinein. Joannis hob die Hacke und tat einen Schlag: Da erbebte die Erde, und aus dem Felsen traten drei völlig unversehrte Ikonen zutage. Die Menge fiel in Ekstase; viele brauchten Wochen, um sich wieder zu fangen. Wun-

---

[8] Der 25. März ist der griechische Nationalfeiertag: An diesem Tage begann im Jahr 1821 der Unabhängigkeitskampf gegen die Türken. Außerdem ist es ein christlich-orthodoxer Feiertag: tou Evangelismoú = Mariä Verkündigung.

derheilungen geschahen: Blinde wurden sehend, Lahme konnten wieder gehen. Alle Anwesenden wurden gänzlich zum Glauben bekehrt.

Die erste Ikone war ein Bild der *Panagía*, ein Werk des heiligen Lukas. Die zweite stellte die Kreuzigung Jesu dar; diese Ikone hatte einen silbernen Rahmen. Als dritte erschien eine Ikone des Joánnis Prodhrómou. Joannis übergab die Ikonen einem Priester, der sie der Menge zeigte, dann wurden sie in die Kapelle getragen.

Zu Ostern erhielten die Koronidiaten eine weitere Prophezeiung: Am 23. April, dem Namenstag des heiligen Georg, sollte eine weitere Ikone in einer verfallenen kleinen Kirche am Thólos ganz in der Nähe vom Argokili gefunden werden. Die *Panagía* gab den *onirevámeni*, den „Träumenden" wieder genaue Anweisungen, wo und wie sie graben sollten, und gebot Eile, damit alles rechtzeitig fertig würde. Es wurde nun noch eifriger gegraben als zuvor, und am bezeichneten Tag waren die Vorbereitungen beendet. Diesmal fand sich eine weit größere Menschenmenge ein. Sogar von anderen Inseln waren Menschen angereist, die von den Vorgängen gehört hatten. Es wird von 11.000 Versammelten berichtet. Auch der Bischof war diesmal gekommen. Vom Vorabend an wurden Liturgien gehalten, sowohl am Argokili als auch am Tholos. Am Morgen des 23. April versammelten sich alle um die kleine Kirche am Tholos. Der Bischof sprach Gebete und leitete den Gottesdienst.

Da bückte sich ein junger Mann aus Syros, um eine Handvoll der heiligen Erde, die in der verfallenen Kirche aufgegraben war, aufzunehmen – und stieß auf eine kleine Ikone! Sie war etwa zigarettenschachtelgroß und aus einer besonderen Sorte Wachs geschnitzt, dessen genaue Zusammensetzung und Herstellung man heute nicht mehr kennt. Sie gilt ebenfalls als ein Werk des heiligen Lukas und stellt auf der einen Seite Christi Geburt und auf der anderen Seite seine Taufe dar. Eine ähnliche Ikone aus Wachs gibt es auch auf der Insel Tinos im berühmten, 1823 gegründeten Wallfahrtszentrum der *Panagía Evangelístria*. Der Bischof stammte von dieser Insel und erkannte sogleich die Ähnlichkeit und die Bedeutung dieser Ikone. Um sich von dem Material der Ikone zu überzeugen, biss er ihr eine kleine Ecke ab. Er wollte sie dann nicht mehr herausgeben, damit sie, wie er sagte, vor Diebstahl sicher sei. Die versammelten Menschen ließen das aber nicht zu: Die *Panagía* hatte ja angeordnet, dass die Ikonen hier vor Ort in einer neuen Kirche aufbewahrt werden sollten.

Es gab einige Aufregung um das Thema der Aufbewahrung der Ikonen. Vorläufig wurden sie in die Dorfkirche von Koronos, die Ágia Marína, gebracht. Die Koronidiaten waren sich einig, dass der *Panagía* am Argokili eine neue Kirche errichtet werden sollte. Sie verfassten einen Bericht über die Ereignisse und setzten einen Antrag für den Kirchenbau auf. Damit schickten sie zwei Abgesandte nach Athen, um beim König um eine Genehmigung für den Bau zu ersuchen. Sie wurden dort jedoch abgewiesen: Um mit ihrem Antrag beim König vorsprechen zu können, brauchten sie vollständige, von einem Ausschuss genehmigte Pläne. So kehrten sie unverrichteter Dinge zurück.

Damit war die Sache jedoch noch nicht abgeschlossen, denn auch in der Dorfkirche durften die Ikonen nicht bleiben: Der Bischof forderte die Unterbringung in der Bischofskirche der Chora, um eine sichere Aufbewahrung zu gewährleisten. Am 2. November 1838 übergab der Bürgermeister von Koronos die Ikonen auf drängende und barsche Aufforderung hin dem Polizeichef von Naxos. Seitdem wurde von den drei am Argokili gefundenen Ikonen nichts mehr gehört. Ihr Aufenthaltsort ist unbekannt: Sie sind in den Schlünden der Kirche verschwunden. Aus dem Jahr 1839 wird uns noch von einer Anfrage der Kirchenobrigkeit *(Hierá Sýnodho)* über den Verbleib der Ikonen berichtet; diese ergab jedoch nichts. Die Koronidiaten verdächtigen den damaligen Bischof von Naxos der Entführung der wundertätigen Ikonen.

In den folgenden Jahrzehnten wandelten die Koronidiaten trotz des Verlustes der Ikonen die Zelle am Argokili in eine kleine Kirche um, die am 17. Mai 1851 vom Bischof geweiht wurde. Sie erhielt den Namen *Panagía Argokiliótissa* und feiert am Freitag nach Ostern, dem Feiertag des Heiligen Lebensspendenden Quells *(„Niá Paraskeví")*, ihr Kirchenfest. Seitdem wird dort jedes Jahr an diesem Tag ein großes Fest veranstaltet, zu dem sich schon am Vortag zahllose Menschen von Naxos und auch von anderen Inseln einfinden. Insbesondere Kranke und Gebrechliche suchen die Kirche an diesem Tag auf und erhoffen sich Heilung. Früher kamen die Frauen schwarzgekleidet zur Kirche. Die meisten legten den oft viele Kilometer weiten Weg barfuß, manche sogar auf den Knien rutschend zurück (auch heute noch kommen viele Menschen trotz der großen Entfernungen zu Fuß). Die Besucher übernachteten am Argokili und blieben meist gleich mehrere Tage: Viele trafen schon am Dienstag nach Ostern ein. Es wurde tagelang gefeiert, gegrillt und gegessen, Musik gespielt und getanzt.

Jahre später träumte ein Koronidiate, die kleine Ikone vom Tholos befände sich in der Bischofskirche der Chora, eingemauert in einer Nische gegenüber dem Altar. Zusammen mit einem Priester aus Koronos ging er zur Metropole und bekam die Erlaubnis, dort zu suchen. Tatsächlich entdeckten sie in der Wand eine zugemauerte Höhlung, in der sich Ikonen befanden; sie waren jedoch völlig zerstört und unkenntlich. Die kleine Wachsikone war nicht darunter.

Die Prophezeiungen der Koufitena

Etwa um die Mitte des 19. Jahrhunderts lebte in Koronos eine Bauersfrau, die Koufitena genannt wurde (abgeleitet von „Koufítis", dem Spitznamen ihres Ehemannes). Sie wohnte mit ihrem Mann, ihrer Mutter und ihren fünf fast erwachsenen Söhnen ganz unten im Dorf, im letzten Haus nahe am Bach. Eines Tages pflückte sie auf den Feldern unterhalb des Dorfes *vroúva* (wilde Rauke). Dabei traf sie auf einen Mann in Priesterkleidung, der ebenfalls Rauke sammelte. Sie entfernte sich ein wenig, um ihn nicht zu stören, aber er folgte ihr und trat auf sie zu. Sie sah nun, dass er ein ihr unbekannter älterer Mann war und fragte sich, wo er wohl herkommen mochte.

Der Mann sprach sie an und sagte: „Fürchte dich nicht, ich tue dir nichts zuleide! Ich bin der heilige Spiridon und bin gekommen, um dir zu helfen. Nimm diese Rauke und pflücke nicht mehr!" Und damit schüttete er die Rauke aus seinem Beutel in ihre Tasche. Dann fuhr er fort: „Die Rauke wird dir reichen, denn sie ist gesegnet: Du wirst deine ganze Familie mit ihr sättigen können. Nun hör mir genau zu!" Und dann wies der Heilige sie an, in ihrem Haus ein bestimmtes Holzbrett zu suchen, das er ihr genau beschrieb. „Nimm dieses Brett", sagte er, „und geh damit zum Ikonenmaler im Dorf und trage ihm auf, er solle darauf mein Abbild malen, also eine Ikone des Heiligen Spiridon anfertigen. Lass die Ikone rahmen und mit einem Glas bedecken und stelle sie in deinen Hausaltar. Ich werde dann von Zeit zu Zeit zu dir sprechen und dir viele Dinge mitteilen, die du der Gemeinde weitersagen sollst. Wenn ich mit dir sprechen will, werde ich das Glas der Ikone klirren lassen, damit du zum Hausaltar kommst und mir zuhörst. Geh nun und spute dich, damit keine Zeit unnütz verloren geht!" Nachdem der Mann so gesprochen hatte, entfernte er sich eilig.

Die Koufitena ging zurück zu ihrem Haus, bereitete die Rauke zu und verteilte davon noch an alle ihre Verwandten und Nachbarn, und die Rauke nahm kein Ende. Danach suchte sie das Brett, von dem der Heilige gesprochen hatte, und ging damit zum Ikonenmaler. Sie wies ihn an, darauf das Bild des Heiligen Spiridon zu malen, und bat ihn auch um Eile, wie der Heilige es ihr aufgetragen hatte. Der Ikonenmaler erwiderte jedoch, dass er zur Zeit viel zu tun habe und sicher zwei Wochen brauchen werde, um die Ikone fertig zu stellen.

Auf dem Rückweg zu ihrem Haus traf die Koufitena wieder auf den alten Mann, der sie fragte, wie die Sache liefe. Sie berichtete ihm, was der Ikonenmaler gesagt hatte. Der Heilige erwiderte: „Zwei Wochen – das ist zu lange. Kehre wieder um und fordere vom Ikonenmaler das Brett zurück; sag ihm, dass du keine zwei Wochen warten kannst. Und wenn er dir das Brett nicht geben will, dann sage ihm, er solle nur nachschauen, das Bild ist schon darauf erschienen und die Ikone fertig."

Die Koufitena kehrte also um und verlangte das Brett vom Ikonenmaler zurück. Als dieser es holte, war darauf tatsächlich das Bild des Heiligen Spiridon schon erschienen. Der Ikonenmaler war zutiefst erstaunt und begriff, dass es sich um ein Wunder und eine besondere Ikone handeln müsse und wollte sie nicht herausgeben; er versprach der Koufitena, eine andere Ikone des Heiligen für sie zu malen. Sie beharrte jedoch darauf, genau diese Ikone zu bekommen; da warf der Ikonenmaler sie aus dem Haus und verschloss die Tür.

Am nächsten Tag ging die Koufitena mit ihren fünf Söhnen zum Ikonenmaler. Sie verschafften sich Einlass, und die Söhne, mit ihren Stöcken bewaffnet, drohten dem Maler, ihn sogleich zu Grabe zu tragen, wenn er ihnen die Ikone nicht gebe. Eingeschüchtert rückte er sie daraufhin heraus. Die Koufitena ließ sie verglasen und rahmen und stellte sie in ihren Hausaltar.

Von da an sprach der Heilige regelmäßig zur Koufitena, die immer, wenn sie das Glas der Ikone klirren hörte, zum Hausaltar ging. Dort verfiel sie in eine Art Trance, so dass es so aussah, als schliefe sie. Danach berichtete sie den Dörflern, was der Heilige ihr mitgeteilt hatte. Manches, was sie prophezeite, betraf Dinge des Alltags. Sie sagte zum Beispiel voraus, dass demnächst nachts eine bestimmte Schmirgelmine einstürzen würde. Daraufhin wurden die damals üblichen nächtlichen Schichten in den Minen eingestellt. Und tatsächlich stürzten einige Zeit später gleich mehrere benachbarte Minen gleichzeitig ein – doch niemand kam zu Schaden.

Die meisten Prophezeiungen betrafen jedoch die fernere Zukunft und mussten den Menschen damals phantastisch klingen. Erst viele Jahre später, als die Koufitena schon längst gestorben war, konnte man den Inhalt dieser Wahrsagungen verstehen. Nach den Ereignissen mit den Ikonen, die am Argokili aufgrund derartiger „Träume" gefunden worden waren, fanden die Prophezeiungen der Koufitena im Dorf große Beachtung. In den *kafenía*[9] diskutierte man darüber, und die Kinder wurden mit diesen Geschichten großgezogen wie anderswo mit Ammenmärchen.

Folgende Prophezeiungen der Koufitena sind uns heute überliefert:
„Eines Tages werden alle Häuser der Dörfer mit Schnüren verknüpft sein, und man wird mit der ganzen Welt reden können."
„Eines Tages werden die Wege in den Dörfern nachts leuchten, so dass man auch in der Dunkelheit ohne Schwierigkeiten laufen kann."
„Es wird eine Zeit kommen, wo die Menschen sitzend zu ihrer Arbeitsstelle und in die Chora gelangen werden."
„Es werden Menschen von allen Völkern nach Naxos kommen, und die Strände werden sich mit Frauen füllen."
„Am Óxi Bouní (in der Nähe des Argokili) wird eine Glocke gebaut werden, die in aller Welt zu hören sein wird."
„Eines Tages werden nicht nur die guten Schmirgelsteine gesammelt werden, sondern alle Steine, die nur ein bisschen schwarz aussehen."
„Der Schmirgel wird an Schnüren durch die Luft wandern."

Die meisten Prophezeiungen betrafen jedoch eine düstere Zeit in der Zukunft, vor der die Menschen gewarnt werden sollten:
„Es werden fremde Herren ins Land kommen, und wer den Hunger nicht erträgt, wird sterben. Der Nachbar wird den Nachbarn nicht mehr erkennen, so verändert werden die Menschen aussehen."
„Es werden große Geflügelte kommen, die Feuer über der Erde ausstreuen."
„Es wird keine Nahrung geben, die Backöfen werden verfallen, und sogar Salz und Streichhölzer werden den Menschen fehlen."
„Nach dieser Zeit wird der *Panagía Argokiliótissa* ein großer Tempel gebaut werden; aber wenn die Baumeister die oberen Schlusssteine der Fenster einsetzen, wird der „Dritte" ausbrechen, eine große Katastrophe, bei der fast die ganze Welt zerstört werden wird."

Die Bedeutung der meisten dieser Prophezeiungen ist heute nicht schwer zu verstehen: Die Koufitena sprach vom Telefon, von der elektrischen Straßenbe-

---

[9] Das *kafeníon* (= Kaffeestube) ist die besonders abends und sonntags viel frequentierte Kneipe, die hauptsächlich von den Männern aufgesucht wurde.

leuchtung, von den Autos, vom Tourismus und von der Schmirgelseilbahn; was den Schmirgel betrifft, gibt man sich in der Tat heute mit Schmirgel von sehr viel geringerer Qualität als früher zufrieden.

Die in aller Welt zu hörende Glocke wird als das Radar der Militärstation am Argokili interpretiert (zur Erinnerung an diese Prophezeiung ließ später ein Koronidiate am Argokili einen hohen Campanile errichten).

Die düsteren Prophezeiungen über die herannahenden Notzeiten wurden während der italienischen und deutschen Besatzung im Zweiten Weltkrieg wahr: die Bombardierungen, der Hunger, die Not, die in dieser Zeit besonders über das Dorf Koronos hereinbrach. Das erwähnte Salz wurde damals von einer staatlichen Firma, die auch Streichhölzer herstellte, in der großen Lagune nahe der Chora produziert; diese stellte im Krieg ihren Betrieb ein, so dass es auf Naxos kein Salz und auch keine Streichhölzer mehr zu kaufen gab. Die große Wallfahrtskirche der *Panagía Argokiliótissa* schließlich wird gerade jetzt am Argokili errichtet. Und wer weiß, ob wir nicht am Beginn eines dritten, vernichtenden Weltkrieges stehen?

Einige Prophezeiungen der Koufítena blieben bisher unverständlich oder haben sich (noch?) nicht erfüllt:

„In Lionas wird eine große Fabrik gebaut werden."

„In Lioíri (in der Nähe von Atsipapi) wird eine große Stadt entstehen."

„Eines Tages werden die kleinen Schulmädchen Steinchen von der Straße in ihre Schürzen sammeln und für jedes dieser Steinchen eine Handvoll Gold bekommen."

Die Prophezeiungen der Koufítena haben das Bewusstsein des Dorfes nachhaltig geprägt, und noch heute ist viel die Rede davon: Die große Prophetin von Koronos bleibt unvergessen.

Die Wiederauffindung der Ikone

Im Jahre 1929, fast hundert Jahre nach der ersten Auffindung der Ikonen, begannen erneut viele Menschen in Koronos zu „träumen" und zu „lehren", das heißt in einer Art Trance von Dingen zu berichten, die ihnen die Heiligen mitteilten. Insbesondere erzählten diesmal auch viele Kinder, dass sie seltsame, prophetische Träume hätten.

Eines dieser Kinder war ein Mädchen aus Koronos, das in der Chora zur Schule ging. Sie wohnte dort in einem gemieteten Zimmer gemeinsam mit ihrem Bruder, der Lehrer war. Am 1. Februar 1930 erzählte sie dem Bruder, sie habe geträumt, in dem Zimmer, wo sie schliefen, befinde sich die kleine verlorengegangene Wachsikone vom Tholos im Hausaltar. Ihr Bruder tat das als Phantasterei ab. Zwei Tage später sah das Mädchen nachts den Hausaltar leuchten und weckte ihren Bruder, dem jedoch nichts Ungewöhnliches auffiel. In der nächsten Nacht erschien ihr im Traum eine schwarzgekleidete Frau, die ihr sagte, die kleine Ikone stehe im Hausaltar hinter den anderen Ikonen versteckt, so dass sie nicht zu sehen sei; dort habe sie die ganzen Jahre gestanden, und nun sei die Zeit gekommen, sie wieder zum Argokili zu bringen.

Als das Mädchen am nächsten Morgen ihrem Bruder von dem Traum erzählte, begann auch er, die Sache ernst zu nehmen und rief die Hausfrau. Diese zeigte ihnen eine kleine Wachsikone, die hinter den anderen Ikonen versteckt stand, und berichtete ihnen, dass ihr Sohn diese Ikone im Kleinasiatischen Krieg von 1912 und 1913 bei sich getragen habe. Als sie in Sorge um ihren Sohn geweint habe, sei ihr im Traum eine schwarzgekleidete Frau erschienen, die sie tröstete: Sie solle nicht weinen, die Ikone werde ihren Sohn beschützen.

Der Lehrer schickte eine Nachricht nach Koronos und informierte den Bürgermeister und den Priester über den Fund. Diese sandten drei Männer zur Chora, die die Ikone holen sollten. Sie kamen spätnachmittags bei dem Haus an, entwendeten die Ikone einfach und machten sich wieder auf den Rückweg. Die Naxioten alarmierten die Polizei, doch bis die eintraf, war die Ikone schon in Koronos, wo sie trotz der nächtlichen Stunde von Priester und Dörflern erwartet wurde. Der Priester bestätigte, dass es sich um die Ikone vom Tholos handele: Es fehlte die eine Ecke, die der Bischof bei der ersten Auffindung abgebissen hatte. Nun setzten die Koronidiaten gegenüber den Naxioten durch, dass die Ikone in Koronos bleiben durfte.

Am 9. Februar 1930 wurde die Ikone von der Priesterschaft und der gesamten Dorfbevölkerung zum Argokili gebracht und eine Liturgie in der Kirche der *Panagía Argokiliótissa* gehalten. Während der Liturgie hörten die Menschen draußen ein merkwürdiges Brummen, das von einem nahe gelegenen trockengefallenen Brunnen ausging, und plötzlich schoss aus diesem eine Wassersäule hervor, vier, fünf Meter hoch. „To ágiasma! Die Weihe!" schrien die Menschen und stürzten herbei, um das heilige Wasser aufzufangen. Nach wenigen Minuten sackte die Wassersäule in sich zusammen und versiegte, und der Brunnen lag wieder genauso trocken da wie zuvor.

Nach der Liturgie wurde die Ikone zur Sicherheit wieder nach Koronos gebracht. Der Priester ließ für sie in Athen einen großen Silberrahmen anfertigen.

Die *onirevámeni*, die „Träumenden", kündigten für den 25. März, den Nationalfeiertag, ein erneutes *ágiasma* an, wobei wieder das geweihte Wasser aus dem Brunnen hervorsprudeln sollte; dabei würden auch alle Kranken geheilt werden. Eine große Menschenmenge versammelte sich in Erwartung dieses Ereignisses. Nach der Liturgie vernahm man ein Donnern. Viele verloren die Besinnung, ein *ágiasma* erschien jedoch nicht. Später berichteten allerdings Arbeiter, sie hätten das *ágiasma* gesehen und brachten Weihwasser mit. Für die Woche nach Ostern es erneut von den „Träumenden" angekündigt: für den Mittwoch und den Freitag, den Feiertag der Kirche am Argokili, und fand beide Male auch statt.

Es wurden Versuche unternommen, der *Panagía* die große Kirche zu bauen, von der auch die Koufitena schon gesprochen hatte. Die Koronidiaten begannen erneut daran zu arbeiten. Das Gelände wurde mit einer Mauer eingefasst, und weitere Zellen wurden gebaut. Der Bau einer neuen Kirche wurde jedoch auch diesmal vom Bischof untersagt und die Ikone weiterhin in der Kirche der Heiligen Marína in Koronos aufbewahrt. Viele Koronidiaten führen die Not, von der Koronos später heimgesucht wurde, darauf zurück, dass die Anweisungen der *Panagía* nicht befolgt wurden.

Des Abends versammelten sich stets zahlreiche Menschen am Argokili, und die *onirevámeni*, die „Träumenden", predigten und „lehrten". Diese Traum-Besessenheit zeitigte allmählich bedenkliche Ausmaße. Ein Zeitzeuge berichtet Folgendes:

„Die Träumenden geraten in Zustände des Deliriums und prophezeien große Katastrophen. Die Angst geht im Dorfe um, und viele Dörfler weigern sich sogar am hellen Tag, ihre Häuser zu verlassen. Beim leisesten Windhauch rennen sie in die Kirchen, zittern und beten. Die träumenden Nachfolger der großen Prophetin Koufitena predigen, und alle bereiten sich auf schreckliche Ereignisse vor. Von den anderen Dörfern aus sehen die Menschen des Abends die Kerzen leuchten und verspotten die Koronidiaten."

Schließlich begannen die Koronidiaten sogar den Abbau des Schmirgels zu vernachlässigen. Daraufhin wurde einer der „Träumenden" mit Namen Vréstas nach Athen zum berühmtesten Psychologen Griechenlands, Tanágras, geschickt, der der Sache auf den Grund gehen sollte. Seine Diagnose lautete „religiöses Delirium", mehr konnte er jedoch nicht ausrichten. Vrestas übernachtete in Athen bei einem Verwandten des koronidiatischen Priesters, der die Ikone nach der Wiederauffindung in seinem Haus aufbewahrt hatte, und prophezeite auch dort nach dem Abendessen vielerlei: dass Hunger und Not über das Land hereinbrechen werden, und dass die Menschen mit einem Sack voll Geld zum Markt gehen und diesen dennoch nicht mit Nahrungsmitteln füllen können werden.

Etwa ein Jahrzehnt später erlebten die Menschen, wie die Prophezeiungen der *onirevámeni* und der Koufitena nach und nach eintrafen: der Beginn des Zweiten Weltkrieges, die Besatzung durch die Italiener und Deutschen, die große Hungersnot, der in Koronos etwa 300 Menschen zum Opfer fielen. Nach dem Krieg wurde die Radarstation in der Nähe des Argokili errichtet, Telefonleitungen wurden zwischen den Häusern verhängt und die Straße gebaut, auf der täglich ein Bus in die Chora fährt. Und schließlich wird heute, 170 Jahre nach der ersten Auffindung der Ikonen, am Argokili ein großes Gotteshaus gebaut: einer der größten Kirchenbauten Griechenlands, der die wundertätige Ikone beherbergen und zu einem der bedeutendsten Wallfahrtszentren des Landes werden soll.

Kapitel 2: Die Familie Mandilaras

Ήθελα να 'μαι στο χωριό
στο σπίτι μας στο μαεριό
στην μπάγκα να καθίσω.
Μα έστω και 'ια μια σταλιά
τα χρόνια 'κείνα τα παλιά
πάλι να ξαναζήσω.

Απεραθίτικο κοτσάκι

Es ist nicht lange her, da ging ich mittags zu des Großvaters Haus, um ihn zum Essen zu rufen. Schon von weitem höre ich Musik. Großvater Mitsos hat beide Türen des Hauses offen stehen, und drinnen spielt der Kassettenrekorder in voller Lautstärke (Mitsos fängt an, ein bisschen schwerhörig zu werden) seine geliebte Musik: die traditionellen, etwas schwermütigen Lieder vom griechischen Festland mit Klarinette, Laute und Geige. Und was macht Mitsos? Nun, ich hatte mich schon öfter über den Zweck eines kurzen, zusammengeknoteten, dicken Seiles gewundert, das an einem Haken von der Decke hängt. Nun sehe ich des Rätsels Lösung: Der Großvater, immerhin 87 Jahre alt, hält sich mit der einen Hand an dem Seil fest, wie der Vortänzer vom nächsten Tänzer in der Reihe mit einem kleinen Tuch gehalten wird, und tanzt begeistert und mit völliger Hingabe ... ganz allein für sich ... er kann es einfach nicht lassen!

Ich muss an die Feste im Sommer denken, an die Feiern mit vielen Freunden, an Dhrósos mit seinem *bouzoúki*[10] und Níkos mit der Laute, die gutgelaunt und ausdauernd ein Lied nach dem anderen spielten. Wie oft stand dann der Großvater als Einziger auf, tanzte und rief den jungen Leuten zu: „Ach, hätte ich doch eure Jugend! Dann würde es hier anders zugehen. Ach, wäre ich doch bloß zehn Jahre jünger! Dann würde ich euch zeigen, wo's langgeht! Auch jetzt noch als klappriger Greis tauge ich mehr als ihr alle zusammen, ihr Schwächlinge! Schämt ihr euch gar nicht, ihr Memmen? Wozu habt ihr denn eigentlich eure Beine? An euch ist wirklich die Jugend verschwendet! Als ich in eurem Alter war, habe ich keinen Tanz ausgelassen, und die Mädchen waren wie verrückt hinter mir her. Wenn ich aufstand und tanzte, wollte man mich danach nicht wieder gehen lassen. Ein Glas nach dem anderen haben sie mir ausgegeben, damit ich dableibe und weitertanze. Jetzt, ja jetzt kann ich nicht mehr, so gerne ich auch wollte! Nun sollte ich lieber gleich abdanken! Was soll man mit so einem Leben schon anfangen? Ach, könnte die Jugend doch zurückkehren..."

---

[10] Traditionelles griechisches Saiteninstrument ähnlich einer Mandoline.

Und er setzte sich wieder hin und sang ein Weilchen, aber bald hielt er es nicht mehr aus und tanzte wieder eine Runde... Wie viele Abende haben wir so verbracht, gegessen, getrunken und gesungen, ein Lied nach dem anderen, *rembétika, nisiótika, laïká*[11]...

Mitsos' Großvater Boublojannis

Unser Großvater Dhimítris[12], abgekürzt Mítsos, wurde am 15. Juli 1917 in Koronos auf Naxos geboren. Sein Nachname ist Mandhilarás, was vom *mandhíli*, dem Hals- oder Kopftuch, abgeleitet wird. In ganz Griechenland kommt dieser Name nur in Koronos vor. Unter den Mandhilarádhes gehört er dem Geschlecht der *Boúblidhes*[13] an und wird Boublomítsos genannt.

Der Ursprung der Boúblidhes verliert sich im Dunkel der Jahrhunderte. Der erste Angehörige dieses Familienzweiges, von dem wir wissen, war Mitsos' Urgroßvater *Manólis Mandhilarás*, Boublomanólis genannt. Er hatte viele Söhne, die alle mit einem Spitznamen bedacht wurden, den die von ihnen abstammenden Familien bis heute tragen: *Boublonikólas, Boublojánnis, Zacháris, Dzouánis, Konstantákis* und *Zazánis*. Boublomanolis war ebenso wie seine Nachfahren Hirte. Mitsos hat seinen Urgroßvater nicht kennen gelernt; er ist lange vor seiner Geburt gestorben.

Mitsos' Großvater war der 1849 geborene *Boublojánnis*, der zweite Sohn von Boublomanolis. Er heiratete María Sidherís, Tochter des Saliakojánnis. Sie brachte als Mitgift zwei Häuser in die Ehe. Im einen wohnten Boublojannis und seine Familie; das andere übernahm später ihr Sohn Manolis, und in ihm wuchs unser Großvater Mitsos auf. Boublojannis und Saliakomaría bekamen vier Söhne, *Nikólaos, Dimitris, Manolis* und *Giórgos*, und zwei Töchter, *Margaríta* und *Sofía*.

Der erste Sohn Nikolaos, bekannt unter dem Spitznamen *Kamináris*, war besonders tüchtig und von allen wegen seiner Stärke gefürchtet. Dimitris, der zweite, starb etwa zwanzigjährig. Nach ihm erhielt unser Großvater Mitsos seinen Namen. Manolis, Mitsos' Vater, bekam den Namen seines Großvaters Ma-

---

[11] Bei den „*rembétika*" handelt es sich um eine sehr beliebte Musikgattung der städtischen Unterschicht vom Anfang des letzten Jahrhunderts, die von den verarmten Flüchtlingen nach der Kleinasiatischen Katastrophe (1921) ins Leben gerufen wurde. Die „*nisiótika*" sind die auf den ägäischen Inseln üblichen traditionellen Lieder; sie stammen zu einem beträchtlichen Anteil von Naxos. Als „*laïká*" werden die Lieder bezeichnet, die nach dem Zweiten Weltkrieg in den Städten Griechenlands entstanden mit Wurzeln in der bäuerlichen Volksmusik (auch den *nisiótika*) und den *rembétika*, beeinflusst von verschiedenen europäischen, amerikanischen und lateinamerikanischen Stilrichtungen sowie der türkisch-arabischen Volksmusik.

[12] In diesem Kapitel werden die (Spitz-)Namen der wichtigeren Personen zur besseren Übersicht kursiv geschrieben. Dabei setze ich beim ersten Auftauchen jedes Namens einen Akzent auf die betonte Silbe, um die Aussprache zu erleichtern.

[13] Ursprung und Bedeutung des Spitznamens „Boublis" sind der Familie nicht mehr bekannt; auch das Lexikon sagt uns zu diesem Wort nichts. Der im Neugriechischen eigentlich nicht vorkommende Laut „b" (gr. „*μπ*") lässt einen Bezug zu einem nicht-griechischen, zum Beispiel türkischen oder italienischen Wort vermuten.

nolis *(Boublomanolis)*. Giorgos, der jüngste und schlauste der Söhne, wurde später allgemein unter dem Spitznamen *Sorákis* bekannt.

Saliakomaria starb, als die Kinder noch klein waren. Boublojannis heiratete wenig später eine junge, starke Frau aus Komiaki namens Iríni (Skinadhoiríni). Sie brachte eine Mitgift von fünfzig Ziegen und Schafen in die Ehe, die Boublojannis in seine Herden eingliederte. (Die meisten Tiere liefen jedoch wieder zu ihren früheren Herden nach Komiaki zurück, wo sie von den dortigen Hirten geschlachtet und aufgegessen wurden.) Mit Skinadoirini bekam Boublojannis noch drei Töchter, Matína, Kyriakí und Maria. Skinadoirini war eine vitale und tüchtige Frau, außerdem eine Schönheit. Mitsos liebte seine Großmutter Irini, und auch sie hatte eine besondere Schwäche für ihn. Oft ging Mitsos zu ihrem Haus, um sie zu besuchen und ihr zu helfen. Jedes Mal erhielt er dann von ihr einen kleinen Leckerbissen, beispielsweise ein wenig süße Quittenmarmelade oder einen Brotkringel.

Boublojannis war, wie fast alle Familienmitglieder, Hirte. Das Hirtenleben hatte im Dorf eine lange Tradition: Bevor der Schmirgelabbau in der zweiten Hälfte des 19. Jahrhunderts größere Bedeutung erlangte, hatten die meisten Koronidiaten als Hirten gelebt, da die steilen, unwegsamen Hänge um das Dorf nur wenig Raum für Landwirtschaft boten, während für Ziegen und Schafe als Weidegrund nutzbare Berghänge reichlich zur Verfügung standen.

In seinen letzten Lebensjahren war Boublojannis nahezu erblindet. Die Herden hatten seine Söhne übernommen, und er blieb nun zu Hause im Dorf. Hier saß er, wenn das Wetter es erlaubte, auf einem Stuhl im kleinen Hof vor seinem Haus, auf seinen Stock gestützt, und wärmte seine alten, müden Knochen in der Sonne.

Das Dorf Koronos liegt steil an den Berghang geschmiegt: Die meisten Häuser stehen mit dem Rücken direkt am Berg, während sie sich an der Vorderseite bis zu zwei Stockwerke hoch über die Gasse erheben. So erreichte das Haus des Boublojannis an der Rückseite gerade die obere Gasse, während die Frontseite, wo Boublojannis auf seinem Stuhl neben dem Eingang saß, etwa fünf Meter hoch war. Auf das Flachdach des Hauses kletterten öfters die Kinder der Nachbarschaft und spielten dort. Da geschah es eines Tages, dass ein kleines Mädchen, im Spiel geschubst, vorne vom Dach fiel. Es stürzte genau auf den ahnungslos dort unten sitzenden Boublojannis, landete auf seinem Nacken, sprang in Windeseile herunter und rannte davon. Boublojannis fuhr hoch; blind, wie er war, glaubte er, die Kinder hätten ihm einen Streich gespielt, und hätte er das Mädchen erwischt, so wäre es wohl noch übers Knie gelegt worden. Aber die Nachbarsfrau, die gesehen hatte, was geschehen war, rief ihm zu, das Mädchen sei vom Dach gefallen und habe sich gottlob auf diese Weise nichts getan; welch ein Glück, dass sie noch lebe! „Was? *Christós kai Panagía*[14]! Vom Dach ist sie gestürzt …!" brummte Boublojannis. Er war jedoch ein gemütlicher Mann, den so leicht nichts aus der Ruhe bringen konnte: „Na, wenn sonst nichts weiter passiert ist …"

---

[14] Üblicher Ausruf des Schreckens und des Erstaunens: „Jesus und Maria!"

Boublojannis besaß drei besonders große, schön gearbeitete und wertvolle Ziegenglocken, alte Familienerbstücke aus den Zeiten seines Großvaters oder noch älter. Diese hob er für seine Söhne auf: Er wollte jedem eine vererben. Er verwahrte sie zu Hause in einem Tongefäß unter alten Tüchern versteckt und bewachte sie wie seine Augäpfel. Schöne und gut klingende Ziegenglocken waren der Stolz jedes Hirten. Für eine besondere Glocke wurde gern ein Preis von zwei oder drei Ziegen bezahlt, und für die drei Glocken des Boublojannis wären zwanzig Ziegen wohl nicht zuviel gewesen. Die Hirten wetteiferten darin, wer die schönsten Glocken hatte, und legten großen Wert auf die Ausstattung ihrer Tiere. Wenn die Herden über die Berge zogen, füllten sich die Täler mit melodischem Geläute. Glocken mit besonders schönem Klang genossen regelrechten Ruhm, und es war allen Hirten bekannt, welche Tiere sie trugen. Das größte Vergnügen der Hirten bestand allerdings darin, sich gegenseitig die Glocken zu stehlen. Der pfiffigste Dieb errang auch das größte Ansehen als erfolgreicher Hirte (nicht von ungefähr betrachteten schon die alten Griechen Hermes als Schutzgott der Hirten und der Diebe!).

Ein Enkel des Boublojannis namens Vassílis, Sohn des Kaminaris, erwarb sich einen besonderen Ruf als Meisterdieb. Er wurde nur mit seinem Spitznamen *Karavélis* gerufen und war ein Jahr älter als Mitsos. Oft hüteten die beiden gemeinsam die Tiere der Familie. Karavelis hatte eine ganz besondere Schwäche für Ziegenglocken und verbrachte so manche Nacht mit raffinierten Raubzügen.

Zu Beginn seiner Karriere beschloss der damals etwa neun Jahre alte Karavelis, die drei wertvollen Glocken seines Großvaters zu stehlen. Dazu brauchte er seinen Cousin Mitsos, der den Großvater ablenken sollte, während er die Glocken entwendete. Er verabredete mit ihm, dass Mitsos eine der Glocken und er selbst zwei bekommen sollte. Sie gingen also zum Haus von Boublojannis, wo der Großvater wie üblich vor der Tür saß, an einem kleinen Tisch, dessen runde Platte aus einer Scheibe eines Baumstammes bestand. Auf diesem Tisch pflegte der Großvater das am Meer gesammelte Salz mit einem Stein zu zerreiben, wodurch im Laufe der Zeit eine tellergroße Vertiefung in der Tischplatte entstanden war.

Mitsos trat zu seinem Großvater: „Hallo Großvater, wie geht es dir?" „Wer ist denn da?" „Ich bin's, Dimitris!" „Ach, der kleine Dimitris, mein liebes Enkelchen! Wie geht's, was machst du? Wie schön, dass du mich besuchen kommst! Hast du vielleicht Hunger? Setz dich zu mir und iss etwas!" So unterhielten sie sich eine Weile. In der Zwischenzeit stahl sich Karavelis lautlos am Großvater vorbei ins Haus zum Tontopf mit den Glocken. Er nahm die Lumpen heraus und dann, mit großer Vorsicht, damit kein Geräusch entstünde, die drei Glocken. Dann schlich er mit seiner Beute wieder zur Tür hinaus, vorbei am Großvater, der noch immer mit Mitsos redete. Als er jedoch die zwei Stufen vom Hof zur Gasse hinaufstieg, geriet er ins Stolpern, und die Glocken stießen aneinander. Boublojannis war vielleicht fast blind, aber Ohren hatte er wie ein Luchs. Er fuhr sogleich auf: „Was war das?! Das waren doch meine Glocken!" Da hatte er auch schon begriffen, was sich hier abgespielt hatte, und warf seinen Stock in Richtung Treppe, aber Karavelis war schon fort: „Meine Glocken! Das war der Karavelis, der die Glocken gestohlen hat! Dimitris! Bring mich sofort zum Haus von Kaminaris!" Mitsos führte ihn zum Haus seines Onkels Kaminaris, und Boublojannis forderte seine Glocken zurück: „Sag deinem Sohn, dem Karavelis, er soll mir auf der Stelle die Glocken zurückbringen! Wenn ich sie morgen nicht wiederhabe, gehe ich zur Polizei!"

Kaminaris war ein unerschrockener und starker Mann, ein *pallikári*[15], der sich vor nichts und niemandem fürchtete und vor dem alle gehörigen Respekt hatten, ein Mann, mit dem nicht zu spaßen war. Auch Karavelis wusste, woran er bei seinem Vater war, und so kam es, dass Boublojannis schon am nächsten Tag seine Glocken wiederhatte. Um die Sorge jedoch ein für alle Mal los zu sein, verteilte er sie dann sogleich an seine Söhne. Kaminaris und Boublomanolis banden die Glocken sofort ihren Leitziegen um, und sie waren der Stolz der ganzen Herde. Auch der dritte Sohn Sorakis bekam seine Glocke, obwohl er kein Hirte war. (Er war in den Jahren zuvor in Amerika gewesen und hatte dort gearbeitet. Jetzt lebte er in Koronos und beschäftigte sich mit der Landwirtschaft). Was aus den Glocken später geworden ist, erinnert Mitsos sich nicht.

Boublojannis starb im Jahr 1927 im Alter von 78 Jahren. Der zehnjährige Mitsos wurde am Tag der Beerdigung frühmorgens zu seinem neun Jahre älteren Bruder Nikos geschickt, der die Ziegen hütete; er sollte ihm auftragen, eine Ziege für den Begräbnisschmaus ins Dorf zu bringen. Es war ein weiter Weg bis zum *mazomós*[16], dem Kambí: Dieser lag nahe am Meer etwas oberhalb einer kleinen felsigen Bucht nördlich von Lionas, an der ein hoher, freistehender Felsturm namens Vassilopoúla, Königstochter, aus dem Meer aufragt. Mitsos lief hin, so schnell er konnte. Am Kambi musste er seinem Bruder zunächst helfen, die Tiere zu melken und auf die Weidefläche zu treiben. Nikos suchte einen schönen Ziegenbock für den Leichenschmaus aus. Das Tier sollte erst in Koronos geschlachtet werden, also lud Nikos es sich auf die Schultern, um es ins Dorf zu tragen; es an einem Strick hinter sich her zu ziehen, war bei den störrischen Tieren zu mühsam, und als kräftiger junger Mann scheute er die Anstrengung nicht. Sie brachen also auf. Unterwegs jedoch, an einer steilen, unwegsamen Stelle, gelang es dem Ziegenbock zu entwischen. Nikos wies Mitsos an, weiter zu gehen und an einer bestimmten Stelle auf ihn zu warten, dann setzte er dem Tier nach über Felsen und Gestrüpp, bis er es nach einer Stunde mühseliger Kraxelei wieder einfangen konnte. Als sie schließlich im Dorf ankamen, war das Begräbnis schon vorbei, aber Boublomanolis und Kaminaris schlachteten die Ziege in Windeseile und bereiteten sie zu. Alle Boublides versammelten sich, schmausten und feierten, sangen und tanzten bis in die Nacht hinein: Es war ein würdiges Begräbnis für den alten Hirten.

---

[15] *Pallikári* ist eine im Griechischen häufig verwendete Bezeichnung für einen jungen Mann mit vielen guten Eigenschaften: ein rechter *pallikári* ist stark, tüchtig, mutig, tapfer, schön usw.

[16] Der *mazomós* (mit weichem „s" gesprochen; Plural: *mazomí*) ist die außerhalb des Dorfes gelegene Hirtenstelle. Am *mazomós* gibt es stets ein *mitátos*, ein Steinhaus, und eine *mándra*, einen Pferch, in dem die Tiere gemolken, geschoren und manchmal auch für die Nacht zusammengetrieben werden, sowie eine Weidefläche *(provóli)*. Im Kapitel „Hirtenleben" wird mehr dazu erklärt.

Boublomanolis

Mitsos' Vater Boublomanolis wurde im Jahr 1883 als zweiter Sohn des Boublojannis und der Saliakomaria geboren. Im Jahre 1908, nach seinem Militärdienst, heiratete er die erst siebzehnjährige Stamáta Moutsopoúlou, die Tochter von Bekonikólas (Nikólas Moutsópoulos) und Kyriakí Koufopoúlou aus der Sippe der Fafoúlidhes.

Boublomanolis und Stamata bekamen neun Kinder. In Griechenland ist es üblich, die Kinder nach den Großeltern zu benennen, wobei der erstgeborene Sohn üblicherweise den Namen des Großvaters väterlicherseits und die erstgeborene Tochter den Namen der Großmutter mütterlicherseits erhält. Das erste Kind der jungen Familie wurde dementsprechend Jannis getauft; es starb jedoch bald nach der Taufe. Das zweite Kind, das im Jahr 1910 geboren wurde, war ebenfalls ein Junge und wurde nach Stamatas Vater Bekonikolas *Nikos* genannt. Der dritte Sohn, 1911 geboren, erhielt wiederum den Namen *Jannis* nach Manolis' Vater Boublojannis. Dann folgte 1915 eine Tochter, die nach Stamatas Mutter *Kyriaki* (abgekürzt *Koúla*) genannt wurde.

Außer der normalen zweijährigen Militärzeit verbrachte Boublomanolis noch viele weitere Monate seines Lebens als Soldat: Insgesamt siebenmal wurde er während unruhigen Zeiten um den Ersten Weltkrieg herum eingezogen. Unter anderem kämpfte er in den historischen Schlachten in Mittelgriechenland bei Sarandáporos und Elassóna sowie bei der Rückeroberung der Stadt Thessaloniki.

Im Jahre 1917 wurde Manolis aus dem Soldatendienst entlassen, weil sein fünftes Kind geboren wurde, unser Großvater *Mitsos*. Dieser erhielt seinen Namen *Dhimítris* nach dem verstorbenen Bruder seines Vaters. Später folgten noch *Chrístos* (1920), *Giorgos* (1922), *Nikifóros* (1925), *Adónis* (1927) und *Maria* (1935). Bei der Geburt des letzten Kindes war Stamata 43 Jahre alt und der älteste Sohn schon 25.

Boublomanolis war ein zurückhaltender, gemütlicher Mann, ein guter Familienvater, der seine Kinder liebte, aber auch leicht aufbrauste und sie schon mal schlug, wenn sie Unsinn angestellt hatten. Abends ging er nur selten ins *kafeníon* wie die meisten Männer des Dorfes, die dort ihre spärliche Freizeit mit Kartenspielen und Geplauder verbrachten. Er blieb lieber zu Hause, setzte sich mit seinem Teller Essen und einer Karaffe Wein an den Tisch, trank ein Gläschen und noch eins, sang vor sich hin und erzählte den Kindern Geschichten aus seiner Soldatenzeit. Boublomanolis hatte Lesen gelernt und las manchmal im *Erotókritos,* dem Standardwerk der Dörfler, einer in Versen geschriebenen, märchenartigen Liebesgeschichte, die viele Dörfler in Teilen oder ganz auswendig konnten. Er war ein friedlicher Mensch, der wie alle Boublides die Musik liebte und gern und gut tanzte.

Wie die meisten Koronidiaten seiner Generation trug Boublomanolis keine langen Hosen, sondern hielt bis zu seinem Tod an der traditionellen Tracht fest:

der *vráka*, der knielangen, dunkelblauen Pluderhose, die mit weißem Hemd, Weste und breitem Stoffgürtel getragen wurde. Dazu gehörten ein roter Fez, ein breiter, gezwirbelter Schnurrbart, der Hirtenstock und ein schönes Messer mit geschnitztem Horngriff; manche Männer trugen auch Pistolen bei sich.

Zeit seines Lebens war Boublomanolis Hirte: Die Familie lebte vom Verkauf von Lämmern und Zicklein und vor allem von Käse. Meistens schlossen sich mehrere Hirten für ein Jahr zusammen und teilten sich die Arbeit. Oft betreute Boublomanolis die Herden gemeinsam mit seinem Bruder Kaminaris. Die Tiere wurden abwechselnd an verschiedenen *mazomí* gehalten, die gewöhnlich weit vom Dorf entfernt lagen. Trotzdem kehrten die Männer in der Regel für die Nacht nach Koronos zurück. Die Überwachung der Herden in der Nacht übernahmen, soweit erforderlich, die älteren Kinder. Nur im Frühjahr, wenn die Tiere gemolken wurden und die Hirten Käse produzierten, hielten sie sich jeweils abwechselnd für eine Woche ganz bei den Herden auf.

Die Boublides betrieben als Hirten Landwirtschaft nur für den eigenen Bedarf. Das eigene Getreide reichte oft nicht übers Jahr, so dass sie dazukaufen mussten. Für das Brot wurde meist ein Gemisch aus Weizen und Gerste angebaut. Die Frauen backten einmal in der Woche, am Samstag. Die großen Laibe bewahrte Stamata auf einem Brett auf, das unter dem Rundbogen zwischen der Wohnstube und der Küche angebracht war. Auf einem weiteren Brett lagen in einer langen Reihe die Käselaibe. Noch heute erinnert Mitsos sich daran, wie sein Vater nichts Böses ahnend auf einem Hocker fast unter dem Brett saß, während sich der ewig hungrige Mitsos heimlich von hinten heranschlich, lautlos einen Stuhl unter das Brett stellte und sich von einem Laib Brot und einem Sauerkäse je ein großes Stück abschnitt. Dann stahl er sich davon, ohne dass der Vater etwas merkte, um seine Beute genüsslich im Weinberg oberhalb des Dorfes zu verspeisen. Einmal aber knarrte der Stuhl ein wenig, und Boublomanolis ertappte seinen Sohn beim Stibitzen. „Aha, du bist es also, der da vom Brot stiehlt!" rief er empört. „Pass nur auf, dass ich dich nicht noch einmal erwische, sonst setzt es was! Und wenn uns am Freitag das Brot nicht reicht, was glaubst du, wer dann verzichten muss?"

Der Familie gehörten mehrere Weinberge, die vor allem von Boublomanolis' Bruder Sorakis bearbeitet wurden. Meistens reichte der Wein für den eigenen Bedarf. Auch mit Öl versorgte sich die Familie zum Teil selbst. Wenn die Olivenbäume schlecht trugen, mussten sie jedoch Öl zukaufen. Boublomanolis gehörte auch ein Anteil an einer der Ölmühlen des Dorfes.

Mitsos' Vater Boublomanolis besaß keinen Anteil an einer Schmirgelmine. Seine Familie sammelte den Schmirgel, der im Tal unterhalb der Minen auf einem Landstück namens Tirópites verstreut herumlag. Als Mitsos alt genug dazu war, übernahm er den Transport des Schmirgels per Esel zur untersten Verladestation *Pigí*, wo er bis zum Wiegen gelagert wurde. Er übernachtete dazu auf dem einige Kilometer entfernt gelegenen Landstück der Familie in Lákkous und kam morgens früh mit dem Esel nach Tiropites, wo seine älteren Brüder und der Vater den Schmirgel sammelten. Sie luden für einen Gang jeweils etwa 130 Kilogramm auf den Tragesattel des Esels. Dann trieb Mitsos den Esel zu der eine Viertelstunde entfernten Verladestation. Dort klappte er, wenn kleine Schmirgelstücke geladen waren, nur die Bretter des Sattels herunter, so dass die Steine herunter rutschten; größere Brocken musste er von Hand abladen. Täglich schaffte Mitsos sechs oder sieben Gänge mit dem Esel. Abends brachte er ihn zurück nach Lakkous, sattelte ihn ab, tränkte ihn und band ihn zum Weiden an; er selbst schlief im kleinen Steinhaus auf dem Grundstück.

Häufiger Gast im Haus des Boublomanolis war dessen guter Freund Manolis Koufópoulos, genannt *Koutsavákis*. Er war fünf Jahre jünger als Boublomanolis und taufte später dessen Sohn Nikiforos. Er hatte eine Hand verloren, als er bei der Feier zu seiner Entlassung vom Militär Dynamitstangen in die Luft warf – Knallkörper auf koronidiatische Art. Den spitzen Armstumpf benutzte er zum Boxen und war deswegen sehr gefürchtet. Er besaß ein starkes, wildes Maultier namens Stavromána, das nur er beladen konnte: Er gab ihr einen Rippenstoß mit seinem Armstumpf, dann war sie friedlich. Koutsavakis war fest beim Schmirgel angestellt. Er zog mit seinem Maultier entlang der Seilbahn über die unwegsamen, steilen Berge und sammelte die abgestürzten, schweren Loren auf sowie den Schmirgel, der aus den Loren gefallen war – wie auch immer er das mit nur einer Hand bewerkstelligte.

Nach Stavromana hatte er ein zweites Maultier mit dem Namen Vláchos. Dieses ließ er wie einen Arbeiter in die Liste der Schmirgelarbeiter eintragen: Es bezog im Alter sogar Rente. Mit seinem Vlachos betätigte Koutsavakis sich auch als Postbote, das heißt, er brachte jeden Tag Briefe und Waren zur Chora und holte solche von dort ab. Außerdem brachte er den Kindern, die in der Chora ins Gymnasium gingen, das Essen, das ihnen ihre Mütter täglich schickten. Wenn das Wetter im Winter zu schlecht war für den Abstieg in die Chora, blieben die armen Schüler ohne Essen. In den Jahren der Besatzungszeit war auch ein Neffe von Boublomanolis, Sorakis' hochbegabter Sohn Nikiforos, unter den Schülern, die in der Chora das Gymnasium besuchten. Nikiforos wurde ein bekannter Rechtsanwalt – doch dazu später.

Stamata

Mitsos' Mutter Stamata entstammte einer der vornehmeren Familien in Koronos. Ihr Vater besaß einen ganzen Anteil an der besten Schmirgelmine, der *Stravolangádha*. Mehrere Brüder ihrer Mutter waren nach Konstantinopel ausgewandert.

Stamatas Mutter *Fafoulokyriaki* hatte mit vierzehn Jahren geheiratet. Sie bekam sechs Söhne und sechs Töchter; die im Jahre 1892 geborene Stamata war ihr erstes Kind. Stamata besuchte die Schule nur kurze Zeit: Die anderen Kinder neckten sie wegen eines Ringes, den sie trug, weswegen sie sich bald weigerte hinzugehen. Ihre Mutter war darüber nicht böse: In dem kinderreichen Haushalt gab es immer reichlich zu tun und die älteste Tochter war ihr eine große Hilfe. Aus diesem Grund lernte Stamata in ihrer Kindheit nicht lesen und schreiben und holte das erst als junge Mutter nach, als sie gemeinsam mit ihren Freundinnen die im Dorf kursierenden Zeitschriften mit Handarbeitsanleitungen und kleinen Romanzen lesen wollte.

Mit etwa zwölf Jahren ging Stamata zu einer ihrer Tanten nach Konstantinopel, wo sie im Haushalt mithalf und sich dafür im Laufe der Zeit eine kleine Aussteuer zusammenverdiente. Als sie siebzehn Jahre alt war, holte ihr Vater sie wieder nach Koronos zurück, weil einer der Hirten des Dorfes um ihre Hand angehalten hatte: Boublomanolis. Stamata brachte aus Konstantinopel Besteck, Gläser und einen schönen Wandspiegel mit; außerdem besaß sie mehrere Möbelstücke, die einer ihrer Brüder angefertigt hatte.

Stamatas Vater *Bekonikolas* war bei den Enkelkindern nicht sonderlich beliebt, weil er ziemlich mürrisch und streng war. Er hatte die Angewohnheit, alle Todesfälle und Geburten im Dorf zu notieren, wofür er ein kleines Heft besaß. Gelegentlich suchte ihn jemand auf, um zum Beispiel den Todestag eines Verwandten von ihm zu erfragen. Bei einer solchen Gelegenheit fragte ihn der fünfjährige Mitsos: „Und wenn du stirbst, Großvater, wer wird dann deinen Todestag notieren?" Bekonikolas empörte sich sehr über diese Frage und rief: „Hört nur, *to kolokythósporo tou dhiavólou,* dieser Kürbissamen des Teufels, was der für Fragen stellt!"

Stamata war ungewöhnlich intelligent und tüchtig. Mitsos beschreibt uns seine Mutter als eine Frau, die alle guten Eigenschaften in sich vereinte: Sie war liebevoll, gutmütig, fleißig, hilfsbereit und unermüdlich tätig für ihre Familie und alle, die der Hilfe bedurften. Auch ihre Mutter Fafoulokyriaki war ein ungewöhnlich gutherziger und hilfsbereiter Mensch. Sie war eine fähige, geduldige Hausfrau, die stets eine große Familie zu versorgen hatte. Nachdem ihre Kinder verheiratet und aus dem Haus waren, hatte sie jeden Tag einige ihrer zahlreichen Enkel zum Essen bei sich. Sie war so daran gewöhnt, zusätzliche Esser am Tisch zu haben, dass ihr etwas fehlte, wenn kein Gast erschien; dann schüttete sie stets ein wenig Essen in die Asche. Häufig stellte sie bedürftigen Nachbarn heimlich Essen in den Ofen (ihr Mann hatte für ihren Wohltätigkeitssinn nicht viel übrig, so dass sie derlei barmherzigen Taten vor ihm verbarg).

Fafoulokyriaki kannte sich in der Kräuterheilkunde aus und gab ihr Wissen an ihre Tochter weiter, die häufig den Kranken und Verletzten im Dorf half. Stamata arbeitete mit dem Arzt des Dorfes wie eine Krankenschwester zusammen und war oftmals abends noch unterwegs, um Wunden zu versorgen oder einem Kranken durch Teeaufgüsse und Umschläge zu helfen. Außerdem betätigte sie sich als Hebamme und machte ihre Sache so gut, dass die Frauen auch als eine ausgebildete Hebamme ins Dorf kam für die Geburten lieber Stamata riefen. Sie half fast allen Kindern im Dorf auf die Welt, ohne dass es ein einziges Mal zu ernsthaften Komplikationen gekommen wäre.

Stamatas Mutter bekam ihre letzten Kinder, als Stamata selbst schon ihren ersten Sohn geboren hatte. Da ihre Mutter etwas schwächlich und von den vielen Schwangerschaften erschöpft war, stillte Stamata ihre jüngsten Geschwister gemeinsam mit ihren eigenen ersten Kindern; und später stillte sie gleichzeitig mit ihrer letzten Tochter Maria auch das erste Kind ihrer ebenfalls nicht sehr robusten Tochter Koula.

Die Frauen in Koronos gingen in der Regel nicht mit auf die Felder, wie in den meisten andern Dörfern üblich, sondern bewirtschafteten lediglich ihre Gemüsegärten. Sie hatten aber alle Hände voll zu tun mit der Verarbeitung der Feldfrüchte: Sie stellten Tomatenmark her, kochten süße Marmeladen, legten Oliven ein, trockneten Früchte und Bohnen, salzten Fleisch ein und machten Würste. Sie versorgten die Hühner und das Schwein sowie ein oder zwei in der Nähe des Dorfes gehaltene Milchziegen. Außerdem hatten sie meist große Familien zu bekochen.

Gefrühstückt wurde nicht regelmäßig: Gewöhnlich brachen die Männer und die älteren Söhne schon in aller Frühe, lange vor Sonnenaufgang, zu den Minen oder den oftmals weit vom Dorf entfernt gelegenen Feldern auf. Ihr Mittagessen nahmen sie dort ein, bestehend aus Brot, Käse, Zwiebeln und Oliven oder auch Resten vom Vortag. Abends aß die Familie gemeinsam zu Hause.

Gekocht wurde über dem Feuer im großen Kamin, dem *maerió,* einer großen Nische an einer Wand des Hauses mit der offenen Feuerstelle in der Mitte und einer kleinen Holzbank als Sitzplatz an jeder Seite. Manchmal machten die Jungen des Dorfes sich einen Spaß daraus, auf die Hausdächer zu klettern und kleine Steinchen in den Schornstein zu werfen, die dann klappernd auf die Topfdeckel sprangen.

Die Frauen mussten ständig darauf achten, dass ihnen das Feuer nicht ausging, denn Streichhölzer waren rar. Abends wurde die Glut im Kamin mit Asche bedeckt, damit sie bis zum Morgen nicht verlosch. Die Dörfler stellten *fokéria* für das Wiederanzünden des Feuers her, indem sie aus Lumpen lange Streifen schnitten und diese in geschmolzenen Schwefel tauchten[17]; so entstanden dünne, leicht entzündliche Stränge, die in Bündeln neben dem Kamin aufgehängt wurden. Ein kleines Stückchen glühende Kohle unter der Asche reichte aus: Hielt man ein *fokéri* daran, fing es sofort Feuer. Wenn das Feuer trotz allem einmal gänzlich erloschen war, wurden die Kinder zu den Nachbarn geschickt, um etwas Glut zu holen. Mitsos erinnert sich, wie er einmal abends vom *mazomós* in Kambi aus viele Kilometer über die finsteren Hügel bis zum nächsten Hirten laufen musste, um Feuer zu holen. Der Hirte legte ihm ein Stück glühende Kohle in ein Tontöpfchen und bedeckte es mit Asche, damit es unterwegs nicht verlosch.

Prometheus, der der griechischen Sage zufolge den Menschen das Feuer brachte, das er vom Olymp entwendet hatte, benutzte zu dessen Transport einen Stängel des auch auf Naxos vorkommenden Riesenfenchels. Dessen dicker Blütenstiel enthält leicht entzündliches Mark, das im Innern des Stängels lange glühen kann, ohne zu verlöschen. So kann die Glut unauffällig und sicher transportiert werden. Derartige Stängel verwendeten die Matrosen früher auch als sturmsichere Feuerzeuge. Heutzutage werden die dicken Stängel des Riesenfenchels auf Naxos nur noch als Stecken beim Karnevalsumzug der Hirten in Apiranthos

---

[17] Der Schwefel wurde von der Vulkaninsel Santorin importiert und hauptsächlich für das Schwefeln der Weinstöcke zur Bekämpfung von Mehltau und anderen Krankheiten verwendet.

verwendet; auch diese Nutzung hat eine lange Tradition und ist seit den dionysischen Umzügen im Altertum nachgewiesen.

Die Frauen, insbesondere die der Hirten, verwendeten auch viel Zeit auf die Verarbeitung der Wolle, die gewaschen, gekämmt und versponnen werden musste. Sie strickten Pullover und wollene Unterhemden und stellten auf ihren Webstühlen Decken, Teppiche und Mäntel her. Aus gekauftem Baumwollgarn webten sie auch Stoffe für Kleider, Beutel, Gardinen und Tischtücher, die mit rot-blauen Mustern und feinen Häkelspitzen verziert wurden. Mit einem kleinen Webrahmen fertigte Stamata die hübschen Schmuckbänder, mit denen die Männer ihre *vrákes* an den Knien zubanden. Sie besaß eine Nähmaschine, die sie bei einer Nachbarin gegen einen guten Weingarten und einen großen Quittenbaum in der Nähe des Dorfes eingetauscht hatte. Stamata webte gegen Entgelt auch für Nachbarsfrauen, die ihr das Material stellten. Besonders geschickt war sie beim Schneiden der Kleiderstoffe, so dass ihr viele Nachbarinnen ihre Stoffe zum Zuschneiden brachten. Oft saß sie bis spät in die Nacht hinein beim Licht der Öllampe und arbeitete, um ihre große Familie mit Kleidung, Decken und allem anderen Erforderlichen zu versorgen.

Die Frauen trugen knöchellange dicke Röcke mit mehreren Unterröcken und langen Unterhosen darunter, dazu Hemdblusen oder Jacken. Außerhalb des Hauses banden sie stets Kopftücher um. Die Haare wurden lang getragen und oft zu schönen, bis auf die Hüfte fallenden Zöpfen geflochten.

Stamata hatte aus Konstantinopel eine besondere Schwäche für Kaffee mitgebracht. Sie besaß eine kleine Tasche mit einem Töpfchen darin, einem kleinen Gaskocher, einem Anzünder, einem Gläschen gemahlenem Kaffee (immer mit Gerste gemischt), einem Tässchen und einem Fläschchen Wasser. Diese Tasche trug sie stets bei sich, um sich überall und jederzeit ihren Kaffee kochen zu können. Wenn sie etwa auf den Feldern in der Nähe des Dorfes Wildgemüse sammelte, machte sie zwischendurch zwei, drei Male halt, ließ sich für ein Weilchen nieder und genehmigte sich ein Tässchen. Später fertigte ihr Sohn Christos, der als Schmied arbeitete, ein kleines Gerät für sie an, mit dem sie den Kaffee selbst rösten konnte. Nun duftete Stamatas Kaffee so verlockend, dass bald auch die Nachbarinnen ihre Kaffeebohnen brachten und von ihr rösten ließen.

Einmal in der Woche, am Samstag, wurde Brot gebacken, zehn bis zwölf große Laibe, die für die ganze Woche reichen mussten. Dazu wurde jede Woche die erforderliche Menge Getreide zum Mahlen zur Mühle gebracht. Vorher mussten die Frauen das Getreide verlesen und sorgfältig alle Steinchen aussortieren. Nach dem Mahlen wurde das Mehl gesiebt; die Kleie verfütterte man an die Schweine. Am Freitagabend setzten die Frauen einen Teil des Mehls mit dem vom vorigen Mal in einer Holzschale aufbewahrten Sauerteig an. Samstag früh wurde der Brotteig in einem großen Holztrog geknetet. Die Laibe wurden auf einem speziellen Brett, der *pinakotí*, geformt und zum Aufgehen an einen warmen Ort gestellt. Nicht jede Hausfrau hatte einen großen Ofen zum Brotbacken, daher wechselten sich benachbarte Frauen an einem Ofen ab. Stamata benutzte

46

den Ofen ihrer Mutter, die in derselben Nachbarschaft wohnte[18]. Die Brote wurden auf einem unter der Zimmerdecke aufgehängten Brett aufbewahrt.

Wenn die Großmutter Kyriaki ihre Brote backte, formte sie stets auch ein paar kleine Kringel für die Kinder. Als kleiner Junge kam Mitsos oft samstags bei seiner Großmutter vorbei, um den trockenen Ginster, der zum Anfeuern verwendet wurde, zu zerhacken und den Ofen zu befeuern. Dann bekam er drei oder vier Kringel von ihr und verkroch sich im nahe dem Dorf gelegenen Weinberg, um sie dort in Ruhe zu verspeisen. Die Großmutter steckte Mitsos auch schon mal ein bisschen Geld zu, und er war häufiger Gast an ihrem Mittagstisch. Manchmal spielte Mitsos ihr freilich auch Streiche: So versteckte er sich etwa unter der Außentreppe des Hauses und zog ihr, wenn sie die Treppe hinaufstieg, heimlich die Schnur auf, mit der sie ihre langen Unterhosen am Knöchel zuband.

Das Haus, in dem die Familie lebte, war klein. Es gab unten drei Kellerräume (in dem einen war der Esel untergebracht; der Eber wohnte unter der Treppe) und darüber eine Wohnstube und zwei Schlafräume. Die Einrichtung war denkbar einfach. Vor dem Kamin stand der Tisch, an dem die Familie aß. Ein zweiter größerer Tisch wurde nur benutzt, wenn Besuch kam. Es gab einen Schrank und zwei, drei Truhen. Die Möbel in Mitsos' Elternhaus hatte der Bruder von Stamata, der Schreiner war, angefertigt. Er verwendete meist gekaufte Bretter. In früheren Zeiten hatte man die Möbel aus dem Holz der großen Walnussbäume, die an den Bachläufen wuchsen, hergestellt. Am Sidherítis, dem Bachlauf oberhalb des Dorfes, hatten mächtige Walnussbäume gestanden, die von ihren Besitzern, der Familie Axaópoulos, gefällt worden waren. Die Stämme mussten mühselig von Hand mit großen Sägen in riesige, etwa fünf Zentimeter dicke Bretter zersägt werden, die sogenannten *távles*. Dazu ließ man Spezialisten aus dem Dorf Kalóxylos („Gutes Holz") in der Tragaia kommen. Die *távles* wurden, so wie sie waren, als Mitgift für die Töchter aufbewahrt. Wenn diese sich verheirateten, wurden aus einer *távla* alle erforderlichen Möbelstücke hergestellt: Tisch, Stühle und Truhen.

Für die Betten wurden große Bretter auf Dreifüße gelegt; darauf kamen mit Stroh gefüllte Matratzen aus dickem Segeltuch, das man den Seeleuten abkaufte. Laken und Decken webten die Frauen selbst. Die Babys, die während der ersten sechs Monate fest in Tücher gewickelt wurden, schliefen in Wiegen.

Zum Hausrat gehörten gekauftes Besteck, Messer, Töpfe und Schüsseln aus Metall, auch eine große Schüssel, in der die Kinder gewaschen wurden, der hölzerne Backtrog, tönerne Karaffen, Teller, Schüsselchen und Gläser. Den Wein servierte man in *sfoúnia*, tönernen, rundlichen Krügen mit einem engen Loch oben zum Ausgießen.

Alles im Haushalt benötigte Wasser musste in tönernen Kannen, die zehn, zwanzig oder mehr Liter fassten, vom Brunnen geholt werden. Am Eingang des Hauses befand sich eine Nische in der Wand, in der, auf einen kleinen Dornenstrauch (*astiví*, Dornige Bibernelle) gebettet, die Amphore mit dem Trinkwasser lag.

---

[18] Das Dorf Koronos gliedert sich in vier Nachbarschaften: *Kástro* und *Livadháki* auf dem westlichen Hang und *Anegyrídha* und *Káto Gitoniá* auf dem östlichen.

Auch das Brauchwasser musste herbeigetragen werden. In jeder Nachbarschaft des Dorfes gab es eine Quelle. Ein besonders erfinderischer Mann hatte von der Quelle am Sideritis oberhalb des Dorfes eine Wasserleitung zum Kastro verlegt, wo die Quelle in regenarmen Jahren im Sommer oft trocken fiel (die Leitung führte auch an seinem Haus vorbei, wo er sich einen privaten Wasserhahn einge-baut hatte: Er verfügte somit als einziger Dörfler über einen Wasseranschluss im Haus).

Im Sommer wurde das Wasser an den Quellen häufig knapp und floss nur noch als dünnes Rinnsal. Dann mussten die Frauen in langen Schlangen an der Quelle warten, bis die Krüge sich füllten. Dabei kam es häufig zu Zank, wenn manche es besonders eilig hatten und sich vordrängeln wollten. Nicht selten gin-gen bei solchen Streitereien Krüge zu Bruch, die in langer Reihe neben der Quel-le warteten. Auch Mitsos' spätere Freundin Vásso hatte als zwölfjähriges Mäd-chen einmal sämtliche aufgestellten Krüge der wartenden Frauen zerschlagen, weil diese sie nicht an die Reihe ließen.

Die Wäsche wuschen die Frauen am Fluss ein Stück außerhalb des Dorfes, wohin sie die Kleidung in großen zweihenkeligen Körben trugen. Nur eine der Frauen von Koronos trug den schweren Korb auf dem Kopf; unterwegs strickte sie auch noch Strümpfe! Am Fluss gab es auf beiden Seiten mehrere steinerne Waschstellen, in denen die Kleider geschrubbt und ausgespült wurden. Die Frau-en benutzten grüne Olivenölseife zum Waschen, die in einer kleinen Fabrik in der Chora hergestellt wurde. Einmal im Jahr kamen die Seifenhändler mit ihrer Ware vorbei und kauften als Rohmaterial die ölige Masse (amoúrga) auf, die sich als Rückstand in den Ölfässern absetzte.

Nach der Wäsche wurden alle Kleider wieder in den Korb geschichtet und ein Säckchen Asche obendrauf gelegt. Dann wurde heißes Wasser aus einem ständig befeuerten großen Kessel darüber geschüttet. Diese Prozedur diente dem Bleichen der Wäsche. Danach wurden die Kleider auf den umliegenden Mauern zum Trocknen ausgebreitet und abends wieder eingesammelt. Natürlich nutzten die Frauen das Waschen zum Klatsch und Tratsch; sämtliche Neuigkeiten des Dorfes wurden ausgetauscht. Und manchmal schlichen sich die Lausbuben des Dorfes heran, um den sich bückenden Frauen unter die Röcke zu schauen!

Sonntags gingen Frauen und Männer (vor allem die älteren) in die Kirche. Die Dorfjugend hatte freilich auch da allerlei Unfug im Sinn und die Jungen neckten die Mädchen. Diese wiederum nahmen sich manchmal Nadel und Faden mit und nähten zwei andächtig vor ihnen sitzende ältere Damen aneinander fest, was zu einiger Verwirrung führte, wenn die Damen hinterher aufzustehen versuchten.

Nach dem Kirchgang trieben sich die Kinder und Jugendlichen im Dorf he-rum, und machten die Gassen unsicher. Die Männer gingen ins *kafenion*, und die Frauen besuchten sich gegenseitig oder begleiteten ihre Männer. Im Gegensatz zu vielen anderen Regionen Griechenlands waren die naxiotischen Frauen selbst-bewusst und unternehmungslustig und fühlten sich den Männern nicht un-terlegen. Auch die jungen Leute ließen sich nicht sonderlich bevormunden: Wenn die Eltern einer Heirat nicht zustimmten, dann „stahl" der Freier seine Braut einfach; nachdem sie dann eine Nacht miteinander verbracht hatten, mussten sie heiraten, ob die Eltern damit glücklich waren oder nicht (auch heute noch wird dieser Brauch auf den Dörfern gelegentlich praktiziert).

Mitsos' Kindheit

Mitsos war das vierte Kind von Boublomanolis und Stamata. Er war ein ruhiges Baby: Seine Mutter konnte ihn tagsüber mehrere Stunden schlafend allein lassen, wenn sie beispielsweise *chórta*[19] in der Umgebung des Dorfes sammelte. Als Kind war Mitsos brav und folgsam, so dass seine Eltern und Großeltern ihn besonders liebten.

Um die vielen Kinder der Familie kümmerte sich außer der Mutter auch die Großmutter Kyriaki. Von klein an halfen die Kinder im Haushalt mit: Sie schaukelten abwechselnd ihre jüngsten Geschwister in der Wiege, hielten den Großmüttern das Garn, wenn diese es zu Knäueln aufwickelten, verlasen das Getreide, machten Botengänge und wurden zum Einkaufen geschickt. Die größeren Kinder wurden von ihren Müttern auch mit schwereren Arbeiten beauftragt: Sie holten Wasser vom Brunnen, sammelten und zerhackten Feuerholz, fütterten und tränkten die Tiere oder brachten sie zum Weiden auf die Felder.

In ihrer Freizeit spielten die Kinder in den Gassen. Die vielen Kinder einer Nachbarschaft bildeten Banden, die sich gegenseitig bekämpften. Mitsos war der „Kapitän"[20] der oberen Nachbarschaft Kastro. Nachmittags versammelten sich oft sieben oder acht Jungen vor seiner Tür und warteten, dass er herauskäme und das Kommando übernähme. Dann fochten sie Kämpfe mit den Kindern der tiefer gelegenen Nachbarschaft aus, die heraufkamen und versuchten, das Kastro zu erobern. Dabei ging es wild zu, und nicht selten gab es Verletzte. Auch Mitsos wurde einmal so heftig an der Schläfe getroffen, dass er bewusstlos zu Boden ging.

Wie überall auf der Welt spielten die Kinder Fangen, Verstecken und Bockspringen. Sie fingen Zikaden und große schillernde Rosenkäfer und banden sie an lange Fäden. Ein Cousin von Mitsos fing mit besonderem Geschick Eidechsen. Dafür benutzte er Schlingen, die er aus dünnen, biegsamen Grashalmen herstellte und mit Speichel benetzte: Wenn die Eidechse herbeihuschte, um von den Tropfen zu naschen und dabei den Kopf in die Schlinge steckte, zog er sie blitzschnell zu.

Von klein auf jagten die Kinder kleine Vögel, indem sie mit großer Treffsicherheit Steine nach ihnen warfen. Schleudern sowie Pfeil und Bogen stellten sie sich selbst her. Zur Zeit der Obsternte trieben sie sich auf den Feldern herum und sti-

---

[19] *Chórta* ist eine Sammelbezeichnung für Wildgemüse. Es handelt sich um die Blattrosetten beispielsweise von Zichorie und Löwenzahn oder um die Triebspitzen verschiedener Arten wie Rauke, Wilder Möhre oder Margerite. Die *chórta* werden in Salzwasser gekocht und dann mit Öl und Zitronensaft übergossen. *Chórta* werden noch heute im Winter von den ländlich wohnenden Griechen eifrig gesammelt und oft auch in Restaurants angeboten.
[20] Als „Kapitän" (*kapetános*) werden im Griechischen Anführer aller Art bezeichnet.

bitzten Weintrauben, Granatäpfel und Quitten. Sie schleuderten Steine über das Tal auf die Zinkdächer der gegenüber liegenden Häuser, sehr zum Ärger der Bewohner. Wer Glück hatte, kam in den Besitz von ein paar Münzen, so dass er sich Murmeln kaufen konnte, die sich großer Beliebtheit erfreuten.

Wenn zu Karneval die Schweine geschlachtet wurden, balgten sich die Kinder um die Blasen, die sie aufbliesen, um damit Ball zu spielen. Bälle verfertigten sie auch aus den Haaren der Kühe, wenn diese im Frühjahr ihr Winterhaar verloren. Dazu liefen sie auf die Felder, wo die Kühe weideten, und bürsteten sie; den Tieren gefiel das. Die Haare verrieben sie zu festen, verfilzten Bällen, mit denen man gut spielen konnte.

Die größeren Kinder, aber auch die Erwachsenen, spielten mit hölzernen Kugeln eine Art Boule. Ebenfalls sehr beliebt war *amádhes,* ein Wurfspiel, bei dem alle Teilnehmer je ein Geldstück auf einen Stapel legten, der dann aus großer Entfernung mit flachen Schieferplatten so umgeworfen werden musste, dass die Geldstücke auf die geworfene Schieferplatte fielen: Jeder gewann das Geld, das auf seine Platte fiel oder ihr am nächsten zu liegen kam.

Mitsos' liebste Beschäftigung war aber anderer Art: Er spielte Hirte und imitierte so seinen Vater und seine großen Brüder, die die Herde der Familie versorgten. Er hatte viele Ziegenhörner gesammelt, die er sorgfältig aufbewahrte und die sich im kindlichen Spiel in seine Ziegenherde verwandelten. Die schlichten, leicht gebogenen Hörner der jungen weiblichen Tiere stellten die Milchziegen und die kleinen Böcke dar, die allerkleinsten die Zicklein und die großen, merkwürdig gewundenen Hörner die starken erwachsenen Böcke. Er band den Hörnern als Glocken kleine hölzerne Garnrollen von seiner Großmutter um und pflegte seine Herde mit Hingabe. Wenn er unterwegs auf seinen Gängen zu den *mazomí* des Vaters und des Onkels ein schönes Horn fand, säuberte und polierte er es sorgfältig und reihte es stolz in seine Sammlung ein. Auch von den geschlachteten Tieren entwendete er die Hörner. Nur die allergrößten gab sein Vater nicht her: Diese brachte er zum Löffelmacher, der daraus schöne Hornlöffel schnitzte, mit denen der Weichkäse gegessen wurde.

Oft stahl sich Mitsos von den anderen Kindern weg zu ein paar Felsen am Dorfrand, wo er seine Ziegenherde versteckt hatte, sorgsam abgeschirmt vor den Blicken der Geschwister und der Nachbarskinder. Dann führte er die Herde zwischen den Felsen auf die Weide oder zur *mándra*, dem Ziegenpferch, den er unter dem größten Felsen eingerichtet hatte. Stundenlang spielte er so selbstvergessen vor sich hin; erst wenn es Abend wurde, versteckte er die Hörner wieder und lief nach Hause.

Mit sechs Jahren kamen die Kinder in die Volksschule. Es wurde vormittags und nachmittags Unterricht gehalten mit einer zweistündigen Mittagspause, in der die Kinder zum Essen nach Hause gingen. Jeden Tag außer Sonntags war Schule, nur im Sommer blieb die Schule für eine längere Ferienzeit geschlossen. Mädchen und Jungen wurden gemeinsam unterrichtet, jeweils alle Kinder einer Altersstufe in einer Klasse, die dementsprechend hundert und mehr Kinder umfasste. Je vier Kinder saßen eng gequetscht an einem Pult, damit alle Platz fanden. Es gab ein Schulgebäude, das aber nicht für alle Klassen ausreichte; daher fand der Unterricht auch in verschiedenen Häusern mit besonders großen Räumen oder in der Kirche statt. Die Kinder bekamen Schulbücher und schrieben anfangs auf Tafeln, später in Heften.

Die Volksschule umfasste sechs Jahre. Es gab sechs Lehrer, für jede Klasse einen. Die Lehrer waren streng und schlugen die Kinder, die ihre Aufgaben nicht konnten. Freilich hatten die meisten Kinder kaum eine Möglichkeit, zu Hause zu lernen. Insbesondere viele der älteren Jungen hatten kein Interesse an der Schule. Sie trieben wilden Unfug und waren von den Lehrern kaum zu bändigen. In den Jahren, bevor Mitsos zur Schule kam, war ein älterer, schwächlicher Lehrer gar von den großen Jungen im Schulraum totgeschlagen worden!

Mitsos ging nicht gern zur Schule. Schon vor Beginn des Unterrichts musste er oft zu den weit entfernten *mazomí* laufen und seinem Vater und seinen älteren Brüdern, die dort bei der Herde übernachteten, das Mittagessen bringen. Nicht selten hütete er auch selbst die Tiere, wenn der Vater auf den Feldern zu tun hatte oder Schmirgel sammelte; dann ging er gar nicht in die Schule. Zu Hause seine Aufgaben zu machen hatte er weder Gelegenheit noch Interesse; und in der Familie gab es niemanden, der ihm beim Lernen hätte helfen können. Wenn die Kinder ihre Aufgaben nicht erledigt oder nicht gelernt hatten, sperrte der Lehrer sie mittags im Klassenraum ein, so dass sie nicht zum Mittagessen nach Hause gehen konnten. Mitsos musste häufig die Mittagspause absitzen; dann nagte der Hunger. Aber er wusste sich zu helfen: Einmal sammelte er unter den sieben Jungen, die mit ihm eingesperrt worden waren, die paar Münzen ein, die sie in der Tasche hatten; er selbst konnte auch etwas beisteuern. Mit dem Geld kletterte er durch ein halboffenes Fenster, lief zum Bäcker und kaufte ein großes Brot von zweieinhalb Kilo. Wieder zurück teilte er es gerecht auf und alle aßen. Am nächsten Tag verpetzte ihn jedoch einer der Jungen an den Lehrer, und der schlug ihm zur Strafe die Handflächen wund. Später rächte sich Mitsos allerdings: Er lauerte dem Verräter auf und zahlte es ihm gründlich heim.

Im Winter regnete es in die Schulräume hinein und auf dem Boden bildeten sich Pfützen. Die Jungen bastelten Papierschiffchen und ließen diese abwechselnd auf den Pfützen segeln. Bald war Mitsos an der Reihe, und er bückte sich unter das Pult, um sein Schiffchen schwimmen zu lassen. Ein mit dem Lehrer verwandter Junge namens Giorgos war von diesem beauftragt worden, die anderen Kinder zu überwachen, dass sie keinen Unsinn machten. Dieser bemerkte nun, dass an Mitsos' Pult nur drei Köpfe zu sehen waren, und kam durch den schmalen Gang herbei. Mitsos setzte sich schnell wieder auf, aber der Junge schlug ihn mit dem Stock so fest auf den Kopf, dass das Blut lief.

Giorgos war älter als Mitsos, der damals in die fünfte Klasse ging, aber dieser beschloss, sich an ihm zu rächen. In der Pause suchte er ihn auf dem Schulhof auf und versetzte ihm einen so heftigen Faustschlag, dass Giorgos die Besinnung verlor und zu Boden stürzte. „Der Mandilaras hat ihn umgebracht!" schrien die anderen Kinder. Mitsos erschrak selbst über das Resultat seines Hiebs. Er rannte davon, aus dem Dorf hinaus und auf die Berge, versteckte sich dort und wartete voller Angst darauf, die Totenglocken läuten zu hören. Im Laufe des Nachmittags sah er, wie viele Menschen zum Haus des Jungen gingen, auch den Arzt sah er kommen. Die Glocken ertönten jedoch nicht; Giorgos lebte also.

Abends kamen Mitsos' Mutter und Großmutter aus dem Dorf heraus und riefen nach ihm, aber er rührte sich nicht. Die Nacht verbrachte er im Weinberg versteckt. In seinem kurzen, unruhigen Schlaf wurde er von Alpträumen geplagt: dass die Polizei ihn suchte, dass er geschnappt worden sei und gehängt werden sollte. Früh morgens lief er, durchfroren und hungrig, auf die Hügel bei Lioíri, wo sein Vater die Tiere hütete.

Mitsos blieb nun fürs Erste bei seinem Vater. Ein paar Tage später erfuhren sie, dass Giorgos, nachdem er sich zunächst wieder erholt hatte, schließlich gestorben war. Nach einer Woche kam Mitsos' Bruder Nikos, um ihn ins Dorf zu holen, damit er wieder in die Schule ginge. Mitsos sah ihn von ferne kommen und lief vom *mazomós* fort auf die Berge, aber sein Bruder hatte ihn entdeckt und setzte ihm nach. Schnell fing er ihn ein und brachte ihn zum *mazomós* zurück. Dann trug er Mitsos über die Schulter geworfen zum Dorf, den ganzen weiten Weg, obwohl Mitsos sich nach Kräften wehrte, ihn schlug und gegen Bauch und Rippen trat. Als sie sich dem Dorf näherten, kam ihnen die Großmutter Irini entgegen, schnappte den sich sträubenden Mitsos, klemmte ihn sich einfach unter den Arm und brachte ihn nach Hause. Dann ging sie zum Lehrer und drohte ihm: „Untersteh dich, den Dimitris zu bestrafen! Wenn du ihm auch nur ein Härchen krümmst, dann steche ich dir mit dem Spieß die Augen aus!" Tatsächlich rührte der Lehrer ihn nicht an. Die anderen Kinder aber riefen „Mörder!" hinter ihm her und mieden ihn. So kam es, dass Mitsos nur noch dieses Schuljahr beendete und das sechste (und letzte) Jahr nicht mehr absolvierte.

Ein anderes Ereignis aus seiner Kindheit ist Mitsos deutlich in Erinnerung geblieben. Sein jüngster Bruder Adonis war zehn Jahre jünger als er. Als dieser etwa ein Jahr alt war, geschah Folgendes: Adonis saß auf dem Boden in der Stube und spielte, nicht weit entfernt vom Kamin, wo in einem über dem Feuer aufgehängten Topf das Abendessen kochte. Auf dem Sims über dem Kamin lag die Taschenuhr von Mitsos' Vater, und Mitsos nahm sie herab, um nach der Uhrzeit zu schauen. Dabei fiel ein zusammengeknülltes Stück Papier, das neben der Uhr gelegen hatte, ins Feuer. Mitsos dachte sich zunächst nichts dabei, aber als das Papier in der Glut verbrannte, sah er eine Zündkapsel darin, die sein Vater unbedachterweise auf das Sims gelegt hatte, um sie zu den Schmirgelminen mitzunehmen. Was nun? Wenn die Zündkapsel explodierte, würde sie den Topf vom Feuer sprengen; auch sein kleines Brüderchen war in Gefahr. Ohne lange nachzudenken, schnappte Mitsos mit einer schnellen Bewegung die Kapsel, nahm sie aus der Glut, legte sie auf den Boden und setzte fest seinen Fuß darauf. Er trug neue Schuhe mit einer dicken Gummisohle aus Autoreifen. Bam! Kaum hatte er seinen Fuß darauf gesetzt, explodierte die Zündkapsel. Mitsos passierte nichts. Aber seinem kleinen Bruder verletzten die seitlich unter dem Schuh herausspritzenden Metallstückchen der Kapsel die Beine. Es gab Geschrei, das Blut floss, sie mussten zum Arzt. Glücklicherweise war es keine ernsthafte Verletzung, und so war die Sache glimpflich abgelaufen.

Kapitel 3: Das Leben im Dorf

Καλοδουλέψετε τσ'ελιές
να βγάλομε το λάδι
ια νά'χομε το λύχνο μας
ν'ανάψομε το βράδυ.

Όλοι μαζί με όροξη
κοπέλια πολεμάτε
ιατί τα χόρτα αλάδωτα
το βράδυ θα τα φάτε.

Απεραθίτικο παραδοσιακό τραγουδάκι

Es ist ein warmer Morgen Anfang Juni. Wir fahren nach Koronos, wo Nikos im Weinberg nach dem Rechten schauen möchte. Auch Mitsos kommt mit. Schnell lassen wir die Kapelle und die kleine Siedlung Ágios Dhimítris hinter uns. Das leicht gekräuselte Meer glitzert neben uns im Gegenlicht; im Hintergrund liegen die Mákares-Inseln, Dhonoússa und Amorgós. An kahl gefressenen, vergilbten Feldern und verwilderten, von Zistrosen, Thymian, Heidekraut und Ginster bewachsenen Flächen vorbei geht es die Schotterstraße entlang Richtung Moutsouna. Wir passieren die Bucht von Azalás[21] mit dem schönen Blick auf das malerische, an seiner Spitze dreigespaltene steile Kap, das wir jeden Tag von unserer Terrasse aus in so vielen verschiedenen Beleuchtungen und Stimmungen sehen, das Kap, das unsere Welt in Agios Dimitris einfasst.

Wir erreichen die Asphaltstraße, die sich in zahllosen Windungen die steilen Hänge bis zum Dorf Apiranthos hinaufschlängelt. Danach geht es den Berghang des Fanári entlang oberhalb des bewirtschafteten, grünen Hochtales bis zur Straßenkreuzung am Stavró tis Keramotís mit seiner kleinen Kirche. Hier öffnet sich der Blick in beide Richtungen. Nach Osten schauen wir in das steile, wilde Tal des *Kakóriaka* (Schlechter Bach) mit den apiranthitischen Schmirgelminen hinab bis zur Bucht von Azalas und nach Moutsouna. Dort, weit unten, sehen wir wieder das Kap, das von hier aus wie ein kleines unbedeutendes Anhängsel der Insel wirkt – kaum mag man glauben, dass es dasselbe Kap ist, das zu Hause so majestätisch vor uns aufragt. Auch nach Westen schweift der Blick bis zum Meer, den hohen felsigen Rücken des Koronos-Berges entlang; tief unten im Tal liegt malerisch das winzige Dorf Keramotí.

---

[21] Das Wort *Azalás* leitet sich ab von „*Zevs aliévs*", das heißt „Zeus des Meeres": Diese Bezeichnung bezieht sich auf das etwa einen Kilometer ins Meer vorspringende, sechzig Meter hohe Kap bei Moutsouna, das im Altertum offenbar dem Göttervater geweiht war.

Von *Stavrós* (Kreuz) führt die Straße nur noch ein kleines Stück aufwärts bis zum Pass, der *Pórta* (Tür). Danach windet sie sich hinab nach Koronos, an einer restaurierten Windmühle und einem Steinbruch vorbei. Hier liegt es unter uns, das Dorf, dicht an dicht die schlichten weißen Häuser, an den beiden einander gegenüberliegenden Hängen des Tals hochkletternd, umgeben von grünenden Weingärten und Terrassen mit Gemüsebeeten, von verwilderten Hängen mit dicht sprießenden Sträuchern und Bäumen. Der bewirtschaftete Hang oberhalb des Dorfes heißt Vallindrás. Dort liegt auch unsere Weinterrasse. Wir halten an der Stelle an, wo der Fußweg beginnt, der von der Straße aus in vielen Stufen durch die Gärten bis zum Dorf hinabführt.

Die Luft ist noch feucht und frisch hier oben in den Bergen, noch ist die Sonne nicht über den gegenüberliegenden Bergrücken geklettert. Hinab geht es zwischen den Trockenmauern und den Weinterrassen. Hier und da huscht eine frühe Eidechse davon, Insekten schwirren um die vielen Blumen, die aus den Mauerspalten wuchern und am Wegrand blühen. Eine Zaunammer klappert, und tief unten im Tal erklingt der laute, wetzende Gesang des Seidensängers. Aus dem Dorf dringen friedliche Geräusche zu uns herauf: das Krähen eines Hahns, gelegentliches Hundegebell, lautes Hämmern und ab und zu die Stimmen der geschäftigen Dörfler.

Nikos klettert in den Weinberg, schaut nach dem Rechten, bricht hie und da einen Zweig heraus und hackt die Brombeeren weg, die sich hartnäckig zwischen den Weinstöcken ausbreiten wollen.

Mitsos geht, von mir und den Kindern begleitet, den Pfad weiter hinab bis zum Dorf. Wir kommen an der Zisterne mit unseren zwei Walnussbäumen vorbei und erreichen das Dorf ganz unten im Tal, an der *Plátsa*, dem Dorfplatz. Hier setzen wir uns für ein Weilchen in eine Taverne. Mitsos bestellt einen *rakí*, der uns mit einem Schälchen Nüsse serviert wird. Für die Kinder holen wir ein Glas Wasser von der neben der Taverne gelegenen, ummauerten Quelle. Irini und der kleine Nikiforos knabbern die Nüsse und untersuchen die Blumen, die üppig in den großen Töpfen sprießen.

Mitsos trinkt seinen *rakí* und schaut sich um. Vieles hat sich verändert im Dorf, und doch ist so vieles gleich geblieben. Immer noch kommen die Männer mit ihren schwer bepackten Eseln vorbei; immer noch gibt es den Schmied, die kleinen Kramlädchen und den Schuhmacher. Immer noch ziehen früh morgens die älteren Männer mit den Hacken auf den Schultern zu ihren Feldern, wo sie ein wenig Gemüse pflanzen, hacken und gießen; immer noch treibt die alte, schwarzgekleidete Frau ihre zwei Ziegen vorbei, um sie irgendwo zum Weiden anzubinden.

Aber es ist so still geworden im Dorf. Früher waren die Gassen erfüllt vom Geschrei und Lärm ganzer Heerscharen von Kindern, Nachbarinnen schwatzten und schimpften, und ganze Gruppen von Männern brachen zu den Minen oder den Feldern auf. Jetzt sind die meisten Häuser verlassen und viele verfallen, andere sind nur während der Sommerferien bewohnt, wenn es die nach Athen Ausgewanderten wieder ins Dorf zieht. Es sind fast nur Rentner im Dorf geblieben; nur noch wenige Familien mit Kindern leben hier. Zweiundzwanzig Kinder gehen heute in die Schule. Vor fünfzig Jahren waren es noch vierhundert. Es ist still geworden...

Ein paar ältere Männer kommen vorbei, mit denen Mitsos ein wenig plaudert und Neuigkeiten austauscht: Axaovassílis, ein Cousin seiner Frau, Zacharogiórgis, ein entfernter Verwandter. Aber die meisten von Mitsos' Verwandten und Freunden haben das Dorf schon vor Jahrzehnten verlassen. Und viele seiner Altersgenossen sind schon gestorben, liegen schon seit vielen Jahren in der steinigen Erde... Immerhin, auch von den etwas jüngeren Jahrgängen kennt er die meisten: Alle im Dorf sind Bekannte, Freunde.

Schließlich brechen wir wieder auf und steigen die steilen Gassen des Dorfes mit ihren unzähligen Treppenstufen hinauf zur Fahrstraße. Wir kommen an Mitsos' verfallenem Vaterhaus vorbei. Es gehört nun einer Tochter seiner Schwester Maria, die wie alle Verwandten in Athen wohnt. Die Außenmauern stehen noch, aber die Zwischendecke und das Dach sind eingestürzt, und ein Feigenbaum sprießt im Gemäuer.

Oben an der Fahrstraße liegt der kleine Platz mit dem Denkmal des berühmtesten Sprösslings des Dorfes: Mitsos' Cousin Nikiforos Mandilaras, der in ganz Griechenland bekannt gewordene Rechtsanwalt.

Wir genießen die schöne Aussicht: die steilen, felsigen Abhänge über uns mit dem malerischen Fußpfad nach Komiaki, den Mitsos als Kind so viele Male entlang gelaufen ist; unter uns das Dorf und das bewirtschaftete Tal mit seinen grünen Weinbergen, der kleinen Kirche Ágios Jánnis, den Sauerkirschbäumen und den großen Platanen und Walnussbäumen in den Flussläufen; darunter die enge, felsige Schlucht mit dem Pfad nach Lionas und auch nach Lakkous, dessen Steilhang gerade noch zu erkennen ist; die kahlen Berghänge mit den Schmirgelminen, und in der Ferne, weißbläulich herüberschimmernd, das Meer. Gegenüber am nördlichen Hang oberhalb des Tales liegt das kleine Nachbardorf Skado und an der Straße dahin die Kirche Ágios Nektários mit dem Friedhof. Dorthin spazieren wir nun, um ein Öllämpchen anzuzünden am Grab von Mitsos' Frau Angeliki, die vor drei Jahren gestorben ist.

Landschaften voller Erinnerungen, Ausblicke in die Vergangenheit...

Die Landwirtschaft

Das Leben im Dorf folgte bis etwa zur Mitte des 20. Jahrhunderts fast unverändert den überlieferten Traditionen. Die Dorfbevölkerung versorgte sich weitgehend selbst mit allem Lebensnotwendigen. Nur ein geringer Teil der Nahrungsmittel wurde aus Athen importiert. Allerdings betrieben die Menschen einigen Handel innerhalb der Insel: Öl wurde vor allem in der Tragaia produziert, Hülsenfrüchte wie Bohnen und Kichererbsen in der Gegend um Sangrí, Getreide, Kartoffeln und Melonen in den Livadia um die Dörfer Glinádho, Galanádho und Trípodhes, Obst wie Aprikosen und Pfirsiche bei Engarés und Zwiebeln in der Gegend von Apollonas.

Das Dorfleben hatte seit jeher seinen festen Rhythmus, welcher von den landwirtschaftlichen Tätigkeiten der verschiedenen Jahreszeiten bestimmt wurde. Im September oder Oktober begann die Saison mit der Weinernte und dem Säen des Getreides. Im Herbst wurden die Wintergemüse angebaut, ab November die Oliven geerntet und die Ölmühlen betrieben. Im späten Winter mussten die Weinberge bearbeitet und Kartoffeln gepflanzt werden. Im Frühling wurde das Sommergemüse angebaut, im Juni das Getreide geerntet und im August die Winterkartoffeln gesetzt.

Die drei wichtigsten Grundnahrungsmittel, mit deren Produktion der Bauer den größten Teil des Jahres sein Tagewerk verbrachte, waren wie überall im Mittelmeerraum das Getreide, das Olivenöl und der Wein. Jeder Hausstand in Koronos besaß mehrere Terrassen mit Wein sowie Ölbaumhaine und Getreidefelder. Zum Grundbesitz aller Dörfler gehörten weiterhin in der Nähe der Bachläufe gelegene bewässerbare Terrassen *(potistiká, baxédhes)*, auf denen Kartoffeln und Gemüse angebaut wurden: im Winter verschiedene Kohlsorten, Salat, Rote Beete, Erbsen, Zwiebeln und Knoblauch, und im Sommer Tomaten, Paprika, Gurken, Auberginen, Zucchini, Kürbisse und Melonen, Bohnen verschiedener Sorten und Süßkartoffeln. Außer Weintrauben gab es an Obst vor allem Birnen, Äpfel, Quitten, Pflaumen vieler Sorten, Sauerkirschen, Maulbeeren, Mispeln, Feigen, Granatäpfel, Orangen und Zitronen; außerdem besaßen viele Dörfler Walnussbäume. Pfirsiche und Aprikosen gediehen nur in den niedrigeren Regionen der Insel und wurden vor allem um das Dorf Engares angebaut, Mandelbäume waren in der Tragaia besonders verbreitet.

Für den Winter bewahrten die Dörfler Äpfel, Quitten, Birnen und geeignete Weintraubensorten auf, die sie ebenso wie die Zwiebeln und den Knoblauch an unter der Decke des Hauses angebrachten Stangen aufhängten: So dufteten die Häuser nach Quitten und den kleinen, wohlschmeckenden Saueräpfeln. Weintrauben und Feigen wurden nach der Ernte auf den Flachdächern der Häuser getrocknet und in großen Tonkrügen *(kioúpia)* aufbewahrt. Quitten, Sauerkirschen und junge, grüne Walnüsse kochten die Frauen mit Zucker ein und servierten sie den Gästen als Willkommensspeise. Aus den Tomaten bereiteten sie Tomatenmark, indem sie die fein zerriebenen Tomaten in ein Kopfkissen gaben und dieses in der Sonne aufhängten, bis das Mark ausreichend eingetrocknet war. Erbsen und Bohnen wurden getrocknet und ebenfalls in *kioúpia* gelagert. Die Dörfler aßen viele Hülsenfrüchte, vor allem Bohnen, Linsen, Kichererbsen und *fáva*, ein aus getrockneten gelben Erbsen hergestellter Brei (das wahre Nationalgericht Griechenlands ist nämlich nicht etwa *souvlákia* oder *brizóles* oder *kalamarákia*, sondern die gute alte *fasoládha*, die Bohnensuppe).

Fleisch kam nur in den Hirtenfamilien häufig auf den Tisch. Alle Dörfler hielten sich ein, zwei Ziegen oder Schafe, damit sie ihre Kinder mit Milch und eventuell etwas Quark oder Käse versorgen konnten. Außerdem mästeten alle Haushalte ein Schwein, das in einem niedrigen Verschlag im Hof oder unter der Treppe untergebracht war und mit Küchenabfällen und Eicheln ernährt wurde; tagsüber trieben sich die Schweine frei im Dorf herum. Zur Karnevalszeit schlachteten die Dörfler ihre Schweine, und die Frauen legten das Fleisch in Salz oder Fett ein und stellten wohlschmeckende Würste her. Rindfleisch aßen die Dörfler nur selten. Alle Familien besaßen einige Hühner, um ihren Bedarf an Eiern zu decken.

Die Koronidiaten hatten traditionell eine große Vorliebe für Fisch. In Lionas gab es mehrere Fischer, die ihren Fang mit Maultieren zum Dorf brachten. Auch andere Meeresfrüchte waren (und sind) sehr beliebt: Tintenfische, Meeresschnecken, Napfschnecken und Seeigelkaviar. Zu jeder Mahlzeit gehörten rohe aufgeschnittene Zwiebeln, eingelegte Oliven und natürlich das selbstgebackene Brot und der eigene Wein.

Fast alle Koronidiaten betrieben ihren Möglichkeiten entsprechend Landwirtschaft und die meisten waren auch als Schmirgelarbeiter tätig; Ausnahmen waren nur der Arzt und die Lehrer. Manche Männer übten zusätzlich ein Handwerk aus: Alle unentbehrlichen Haushalts- und Arbeitsgeräte wurden im Dorf oder in der nächsten Umgebung hergestellt. Es gab Schmiede, die Arbeitsgeräte für die Landwirtschaft und den Schmirgelabbau herstellten und schärften, *fanaritzídhes*, das heißt Lampenmacher, die Öllampen, Töpfchen und anderes Hausgerät herstellten, und *ganotzídhes*, die die großen Kupferkessel für die Käseherstellung und das Schnapsbrennen schmiedeten und verzinnten. Ein Töpfer versorgte nicht nur das Dorf Koronos, sondern halb Naxos mit Tongefäßen aller Art. Andere Dörfler arbeiteten als Korbflechter, Kalkbrenner, Sattler, Tischler, Schuster und Barbiere. Mehrere transportierten als Postboten Briefe und Güter zur Chora und zurück. Einige Männer besaßen Bäckereien, kleine Lebensmittelgeschäfte, Fleischereien und *kafenía*. Die zwei Wassermühlen und die Windmühle des Dorfes wurden reihum von mehreren Teilhabern betrieben. Und natürlich gab es einen Bürgermeister, den Gemeindesekretär und ein oder zwei Priester. Sogar ein Fotograf übte im Dorf sein Gewerbe aus (seine Fotografien wiesen allerdings eine eher bescheidene Qualität auf).

Manche Handwerke waren in Koronos nicht vertreten, so dass die Koronidiaten für den Kauf ihrer Erzeugnisse Nachbardörfer aufsuchen mussten: So arbeiteten in Keramoti spezielle Korbflechter, die *tyrovólia* und *tsimiskia* herstellten, die bei der Käseherstellung benutzten Binsenkörbchen, und Löffelmacher, die Löffel aus den Hörnern der Ziegen schnitzten. In der Tragaia gab es Schneider und Seiler, die aus den Ziegenhaaren starke, unverwüstliche Seile und die Matten für das Auspressen der Oliven in den Ölmühlen herstellten.

Das Getreide – Geschenk der Demeter

Im griechischen Altertum war Demeter (Mutter der Erde) als Göttin der Vegetation und der Feldfrüchte für das Getreide zuständig. Sie wurde auf Naxos in einem kleinen, aber sehr reizvollen Tempel im inselionischen Stil verehrt, der auf einer sanften Anhöhe inmitten der fruchtbaren, noch heute vor allem mit Getreide bebauten Ebenen südlich des Dorfes Sangri steht.

Demeters Tochter Persephone war von Pluto, dem Gott der Unterwelt, entführt worden. Über den Verlust ihrer geliebten Tochter verfiel die Göttin in solche Trauer, dass sie die Pflege der Vegetation vernachlässigte und die Pflanzen schließlich verdorrten und abstarben. In ihrer Not flehten die Menschen den Göttervater Zeus an, Abhilfe zu schaffen. Dieser erlaubte Pluto zwar, Persephone zu freien, bestimmte jedoch, dass sie jeweils nur die eine Hälfte des Jahres in der Unterwelt zubringen müsse, die andere Hälfte aber auf die Erde zu ihrer Mutter dürfe. So erklärten sich die Griechen den jahreszeitlichen Wechsel von Absterben und Ergrünen der Natur.

Seit der Bronzezeit wurden im griechischen Raum verschiedene einfache Weizen- und Gerstesorten kultiviert, die aus dem Nahen Osten gekommen waren. Die Einführung des Getreides bedeutete gegenüber der zuvor verbreiteten Kost aus Eicheln und den Wurzelknollen des Asphodills eine gewaltige Verbesserung.

Das Getreide wurde zunächst als Brei gegessen, wie auch heute noch als *pligoúri*, oder als auf einem heißen Stein gebackener Fladen. Bald entwickelte sich die Brot- und auch die Kuchenbäckerei in Griechenland jedoch zu großer Vervollkommnung. Noch heute gehört das Brot obligatorisch zu jeder Mahlzeit.

Der Mythologie zufolge hatte Triptolemos die Menschen den Anbau des Getreides gelehrt, der erste Priester der eleusinischen Mysterien. Bei diesen wichtigsten Mysterien Athens handelte es sich um einen geheimnisvollen, der Demeter geweihten Fruchtbarkeitskult, der mit der jährlichen Wiedererneuerung der Natur zusammenhing und die Menschen vor allem auf ihren Tod vorbereitete. Die Teilnahme an den Mysterien, die jedem nur einmal im Leben möglich war, erforderte eine langwierige Vorbereitung.

Auch im Christentum versinnbildlichte das Getreide das Weiterleben nach dem Tode, abgeleitet vom Wiedererwachen der Natur nach dem Winter. Wie so häufig wurden die älteren „heidnischen" Bräuche fast unverändert von der christlichen Religion weitergeführt. Auch der schon aus der mykenischen Epoche nachgewiesene Brauch, den Verstorbenen als Symbol für die Hoffnung auf ein Leben nach dem Tod etwas Getreide auf das Grab zu streuen, wurde von der orthodoxen Kirche übernommen. Daraus entwickelte sich die Sitte, bei Begräbnissen eine Speise aus gekochtem Weizen, die *kólliva*, zu servieren, wie es noch heute üblich ist.

Sein täglich Brot erarbeitete der Bauer in Koronos mit viel Schweiß und Mühe. Das Säen, Ernten und Dreschen nahm bei vielen Bauern jeweils mehrere Wochen in Anspruch. Nach den ersten Regenfällen im September, Oktober oder manchmal erst im November begann die Saison mit der Saat. Getreide wurde nicht nur auf allen größeren, nicht bewässerbaren Feldern angebaut, sondern auch in den Olivenhainen unter den Bäumen. An steilen Hängen errichteten die Bauern kleine Mäuerchen, die je ein wenig Erde hielten, auf der ein Streifen Getreide angebaut werden konnte. Aber auch in felsigen, unfruchtbaren Gebieten säten die Bauern vielerorts in den schmalen, mit roter Erde angefüllten Klüften zwischen den Marmorfelsen je ein paar Körner Getreide – jeder verfügbare Flecken Erde wurde genutzt.

Größere Felder mit guter Erde, wie es sie auf Naxos vor allem in der Region von Sangri und um die Chora gab, wurden mit einem von zwei Rindern gezogenen hölzernen Pflug gepflügt. In Koronos besaßen nur wenige Bauern Rinder, und die meisten Felder waren so klein oder steinig, dass sie nicht gepflügt werden konnten; diese Felder wurden von den Bauern von Hand bearbeitet. Zur Zeit der Saat hallten die Berge auf ganz Naxos vom Hacken wider – überall waren die Dörfler fleißig tätig, um die Ernte für das nächste Jahr zu sichern.

Die Besitzer von Rindern, die *zevgádhes*, pflügten reihum alle größeren Felder des Dorfes gegen einen Anteil an der Ernte. Manche Bauern benutzten Maultiere zum Pflügen; diese waren zwar weniger stark, aber leichter zu halten und auch als Tragtiere zu nutzen. Mitsos' Familie hatte kein Pflugtier. Für den Getreideanbau geeignete Felder besaß Boublomanolis in Lakkous, in Skalí, am Tirokomió, am Katságrila bei Lionas und am Kalogeros bei Apollonas. Bei den letzteren handelte es sich um relativ kleine, steinige Felder, die mit der Hand durchgehackt wurden; nur in Lakkous ließ Boublomanolis das große Feld von einem *zevgás* bearbeiten.

Wichtig war, den richtigen Zeitpunkt für die Aussaat abzupassen. Die Erde musste vom Regen gut getränkt, aber nicht mehr zu nass sein, da sie sonst verklumpte. Wenn möglich, wurde sofort nach den ersten Regenfällen gesät, damit kein Unkraut aufkommen konnte. Nur wenn Felder länger brach gelegen hatten, war ein Säubern von Sträuchern und anderem Wildwuchs erforderlich.

Zur Saat streute der Bauer zuerst das Getreide auf dem Feld aus, dann pflügte oder hackte er es unter. Gesät wurde mit der Hand. Meist bauten die Bauern eine Mischung aus Weizen und Gerste an, so wie sie für das Brot gern verwendet wurde. Mitsos' Vater ging beim Säen sehr sorgfältig vor. Er teilte das Feld vorher in Streifen ein, um das Saatgut möglichst gleichmäßig zu verteilen. Das Saatgetreide brachte er in einem doppelten Sack mit dem Maultier oder Esel zum Feld. Diesen lud der Sämann sich dann auf die Schulter und schritt, das Getreide händeweise ausstreuend, über das Feld. Am ersten Tag legten die Bauern in den Sack auch einen Granatapfel, den sie auf dem Feld aufbrachen und dessen Samen sie verstreuten, damit das Feld reichlich Frucht gebe so wie die zahlreichen Samen im Granatapfel (auch dieser einer Opfergabe ähnliche Brauch kann gut und gern mehrere Jahrtausende alt sein).

Nach der Aussaat brauchte das Feld keine weitere Pflege. Die Bauern hofften nun auf günstige Regenfälle. Von besonderer Bedeutung für das Reifen des Getreides waren ausreichende Niederschläge im März und April; später richtete Regen mehr Schaden als Nutzen an. Wenn das Wetter günstig verlief und die Felder gut gedüngt waren, stand das Getreide manchmal brusthoch und bildete schwere, reiche Ähren. Dann glänzten und schimmerten die Hügel und Berge der Insel im Sonnenlicht, wenn der Wind über die wogenden Ähren strich.

Geerntet wurde das Getreide im Juni. Auch dabei war der richtige Zeitpunkt entscheidend: Das Getreide musste in voller Reife stehen, durfte jedoch nicht völlig austrocknen, damit die Körner nicht schon auf dem Feld aus den Ähren fielen. Zur Getreideernte kamen auch die Frauen mit. Die Männer schnitten das Getreide mit Sicheln, und die Frauen lasen es auf und banden es zu Garben, die sie zu großen Bündeln zusammenfassten und am *alóni,* dem Dreschplatz, lagerten. Die Getreideernte war eine der anstrengendsten bäuerlichen Tätigkeiten, vor allem, da es zur Erntezeit oft besonders heiß war und die Menschen den ganzen Tag in voller Sonnenglut arbeiten mussten. Mitsos' Großmutter Irini war besonders tüchtig bei der Ernte; sie kam bis ins hohe Alter mit auf die Felder und mähte wie zwei Männer.

In den Getreidefeldern versteckten sich häufig Hasen, die bei der Ernte aufgescheucht wurden; dann rannten alle herbei, um den willkommenen Leckerbissen mit Steinen oder Stöcken zu erlegen. Manche *pallikária* wie Mitsos' Cousin Mavromichalis waren gar so schnell und geschickt, dass sie die Hasen sogar ohne Hilfsmittel mit der Hand erwischten! Auch viele Wildtauben versammelten sich zur Erntezeit auf den Feldern, und wer schießen konnte, wie Mitsos' Bruder Nikos oder der Cousin Tsitojánnis, kam ebenfalls auf seine Kosten.

Auf die abgeernteten Felder trieben die Hirten ihre Herden, die die Stoppeln abweideten und dabei gleichzeitig den Boden düngten. Es wurde Wechselwirtschaft betrieben, das heißt auf den Feldern, die im einen Jahr mit Getreide bebaut wurden, weideten im darauffolgenden Jahr die Herden der Hirten; dann wurden die Felder in einem anderen Gebiet des Dorfes mit Getreide bebaut. In Koronos bildete der Fluss nach Lionas die Trennlinie: Im einen Jahr wurde auf den Feldern nördlich davon das Getreide angebaut, im anderen südlich.

Nach der Ernte musste der Bauer das Getreide dreschen. Auf allen größeren Feldern gab es an einer windexponierten Stelle einen Dreschplatz, den *alóni,* eine runde Fläche von etwa fünf Metern Durchmesser, von aufrecht gestellten Steinplatten eingefasst. Manchmal war auch der Boden mit Platten ausgelegt; bei den meisten Dreschplätzen bestand er jedoch aus festgestampfter Erde und wurde vor dem Dreschen mit angerührtem Kuhmist ausgestrichen, der hart wurde wie Beton. Bei kleineren Landstücken hatten nicht alle Bauern einen eigenen *alóni,* sondern droschen der Reihe nach an einem gemeinsamen Dreschplatz. In Lakkous baute Mitsos mit Hilfe seines jüngeren Bruders Adonis einen guten Dreschplatz, den sie sorgfältig mit Steinplatten, auf denen sich das Getreide leicht reiben ließ, auslegten und mit Zement verfugten. Der aufmerksame Wanderer kann auch in heute völlig verlassenen Gegenden der Insel vielerorts noch halb zugewachsene *alónia* entdecken, die von der Nutzung des Landes in vergangenen Zeiten zeugen.

Zum Dreschen war große Hitze besonders wichtig, da sich dann die Körner leicht aus den Ähren lösten: Das Getreide musste nun vollständig trocken sein. Außerdem war für das Worfeln ein nicht zu starker, gleichmäßiger Nordwind erforderlich. Oft mussten die Bauern viele Nächte auf dem Dreschplatz zubringen, um auf geeigneten Wind zu warten. Zu starken Wind versuchten sie durch einen Wall aus aufgeschichteten Sträuchern und Geäst abzuschirmen.

War das Wetter günstig, belud der Drescher frühmorgens den Dreschplatz mit den Garben, wobei die Ähren nach oben gelegt wurden und die Halme nach unten. Wenn die Sonne hoch genug gestiegen war, um das Getreide vollständig zu trocknen, band der Bauer mehrere Rinder oder Maultiere eng nebeneinander und trieb sie dann bis zum Nachmittag im Dreschplatz immer rundherum, wobei er sie mit einem (zum „Anstacheln" mit einem Nagel versehenen) Stock antrieb. Besser geeignet waren die schwereren Rinder mit ein oder zwei Maultieren oder Eseln in der Mitte. Wenn Boublomanolis in Lakkous sein Getreide drosch, ging er auf die benachbarten Felder der Zóni, wo die Bauern ihre Tiere zum Weiden auf die Stoppelfelder getrieben hatten, sammelte ein paar Rinder und Maultiere ein und trieb sie zu seinem *alóni*, um sie dort zum Dreschen zu verwenden. So machte es jeder Bauer, ohne dass die Besitzer der Tiere etwas dagegen hatten.

Während des Dreschvorgangs fügte der Bauer ab und an neues Getreide hinzu. Auf diese Weise gewann er pro Tag zwischen 300 und 500 Kilogramm Korn. Nachmittags musste geworfelt werden, um Körner und Spreu zu trennen. Damit begann man an der dem Wind zugewandten Seite des Dreschplatzes und arbeitete nach und nach alles Korn bis zur anderen Seite durch. Der Wind trug die Spreu davon, und das Getreide blieb im Dreschplatz zurück. Schließlich siebte der Bauer das Korn durch, einmal mit einem groben Sieb, dem *drimóni*, das die Körner durchfallen ließ und noch übrig gebliebene Ähren zurückhielt, dann mit einem feineren Sieb, das die Körner zurückhielt und sie von Staub, Sand und feineren Unkrautsamen säuberte.

Gelegentlich war das Korn mit einem getreideähnlichen Unkraut, der *níra*, verunreinigt, das bei Verzehr Schwindel, Übelkeit und Erbrechen hervorrief. Mitsos' Familie war die *níra* ursprünglich unbekannt gewesen, bis sie einmal damit verunreinigtes Saatgut gekauft hatten. Als sie dann später nach dem Essen des aus dem Getreide hergestellten Brotes an Schwindel und Erbrechen litten, erfuhren sie von älteren Nachbarn die Ursache. Sie mussten nun alles Getreide vor dem Mahlen durchsieben. Es gab spezielle Siebe, die die kleineren Samen der *níra* durchließen. Von da an siebten sie auch das Saatgut sicherheitshalber jedes Mal vor dem Säen durch.

Beim Dreschen war ebenso wie bei der Ernte Eile geboten, denn vielerlei Tiere wie Hasen, Mäuse, Wildtauben, Spatzen und vor allem die Ameisen hatten es auf die Körner abgesehen und konnten für erhebliche Einbußen sorgen. Um die Ameisen von den Dreschplätzen fernzuhalten, wurden sie von manchen Dörflern „besprochen". Bei Azalas hatte ein Apiranthite zur Erntezeit eine große Menge Getreide am *alóni* gelagert, während er auf geeignetes Wetter zum Dreschen wartete. Da fielen die Ameisen in riesigen Scharen über das Getreide her und trugen emsig die Körner davon. In seiner Not rief der Bauer einen Nachbarn, der sich mit dem Besprechen auskannte. Dieser bannte durch seine Beschwörungsformeln die Tiere und befahl ihnen, den Dreschplatz zu verlassen. Tatsächlich wanderten die Ameisen davon und ließen das Getreide in Ruhe. Zum Lohn bekam der Besprecher eine ganze Maultierladung Getreide.

Nach dem Dreschen wurde das Getreide mit Maultieren ins Dorf transportiert und aufgeteilt: Etwa 30 bis 50 Kilo erhielt der Schmied für das Schärfen und Reparieren der Feldgeräte und manchmal auch der Priester des Dorfes. Wenn das Feld von einem *zevgás* gepflügt worden war, bekam dieser soviel Getreide, wie an Saatgut für das Feld benötigt wurde. Oft erhielten auch die Eltern der Braut, die die Felder als Mitgift bekommen hatte, einen Anteil, sowie gegebenenfalls andere Dörfler, in deren Feldern die Ziegen des Bauern Schaden angerichtet hatten. Das schließlich übrig bleibende Getreide lagerte man unter der Bettstelle des Ehepaares oder in großen Tonkrügen im Keller. Wenn erforderlich rösteten die Frauen es kurz im Ofen, um Schädlinge abzutöten.

Mitsos' Vater produzierte in guten Jahren über eine Tonne Getreide, was der Familie dann über das Jahr reichte. Wenn die Ernte schlecht ausfiel, besonders bei mangelndem Regen im Frühjahr, kauften sie bei den Händlern in der Tragaia Mehl. Einen Sack von 100 Kilo verbrauchte die Familie in etwa einem Monat.

Jede Woche entnahm die Hausfrau den Vorratskrügen die zum Brotbacken erforderliche Menge Getreide. Aus diesem musste sie zunächst sorgfältig alle Steinchen und fremden Samen herauslesen. Dann wurde das Getreide zur Mühle gebracht und dort gegen ein Zehntel der Menge gemahlen. Es gab zwei Wassermühlen in Koronos, die von verschiedenen Dörflern, die einen Anteil an ihnen besaßen, betrieben wurden, sowie eine Windmühle. Die Wassermühlen mahlten das Getreide besser, da sie mit gleichmäßiger Geschwindigkeit liefen, wogegen die Windmühlen das Getreide oft bei zu starkem Wind „verbrannten", wenn die Mahlsteine sich zu schnell drehten und das Getreide dadurch übermäßig erhitzt wurde. Zum Schroten des Getreides für die Herstellung des *pligoúri*, des gekochten Getreidebreis, besaßen manche Frauen des Dorfes aus zwei kleinen Mahlsteinen bestehende Handmühlen. Das Mehl siebte die Hausfrau, um die Kleie abzutrennen, die an die Hühner oder das Schwein verfüttert wurde. Dann bereitete sie den Teig und backte die großen Laibe im Holzofen; und wenn sie schließlich die duftenden Brote aus dem Ofen holte, fanden Mühe und Arbeit eines ganzen Jahres ihren Lohn...

Als Mitsos fünfzehn Jahre alt war, wurde er vom *Papás*, dem Popen, für die Getreideernte eingestellt. Papa-Stélios besaß ein großes Landstück mit Getreide am Kalogeros bei Apollonas. Mitsos half zusammen mit mehreren Arbeitern, die tageweise kamen, bei der Mahd. Er übernachtete gemeinsam mit einer Tochter und einer Schwester des *Papás*, die ebenfalls mithalfen, in einem *mitátos* auf dem besagten Landstück. Etwa vierzehn Tage benötigten sie für die Ernte. Große Bündel Getreide wurden um den *alóni* aufgeschichtet.

Nun kam das Dreschen an die Reihe. Mitsos musste morgens früh den besonders großen Dreschplatz des *Papás* füllen, dann wurden fünf, sechs Tiere nebeneinander gebunden, die er den ganzen Tag in der glühenden Hitze im Dreschplatz in der Runde trieb. Am späten Nachmittag musste Mitsos worfeln und sieben, und schließlich das gewonnene Getreide in Säcke füllen, jeden Tag vier Säcke von etwa 120 Kilo. Diese lud er mit Papa-Stelios auf zwei Maultiere, und dann musste er die Tiere den über drei Stunden langen Weg nach Koronos führen, sie dort mitten in der Nacht mit Hilfe von Nachbarn abladen und die Säcke in den Speicher des *Papás* bringen. Sodann musste er mit den Tieren, schon im Halbschlaf, nach Apollonas zurückkehren, wo er schließlich im *mitátos* todmüde ins Stroh fiel, um ein paar kurze Stunden bis zum nächsten harten Arbeitstag zu schlafen. Eines Nachts knabberten Mäuse seine Fingernägel an, so dass seine Finger bluteten, und Mitsos bemerkte das in seiner Erschöpfung nicht einmal.

Papa-Stelios war geizig und gönnte seinen Arbeitern kaum eine kurze Unterbrechung für das Mittagessen, geschweige denn Ausruhpausen. Beim Mittagessen pflegte er schlechtgelaunt zu sagen: *„evlogiména chéria, kataraména stómata!"* („gesegnete Hände, verfluchte Münder!"). Nach etwa einem Monat waren sie schließlich mit der Ernte fertig, und Mitsos kehrte völlig erschöpft und ausgezehrt nach Hause zurück. Papa-Stelios zahlte Boublomanolis den vereinbarten Lohn; Mitsos selbst bekam davon nichts zu sehen. Im nächsten Jahr bat Papa-Stelios wieder um Mitsos' Hilfe, aber dieser weigerte sich und sagte zu seinem Vater, er werde sich in den tiefsten Abgrund stürzen, wenn er ihn noch mal zum *Papás* schicke!

Das Öl – Geschenk der Athene

Noch unentbehrlicher als das Getreide war für die Menschen das Olivenöl, das für jedes Gericht benötigt wurde. Während der italienischen Besatzungszeit im Zweiten Weltkrieg lebten und überlebten viele Koronidiaten ein oder zwei Jahre ohne einen Bissen Brot, aber bei den Menschen, die auch kein Öl mehr hatten, traten schnell Mangelerscheinungen auf, die Bäuche blähten sich auf, und die Hungernden starben, wenn keine Abhilfe geschaffen werden konnte.

Schon in der griechischen Mythologie spielt der Ölbaum eine große Rolle. In einem Wettstreit mit dem Meeresgott Poseidon, wer Schutzgott der Stadt Athen werden sollte, ließ Athene einen Ölbaum wachsen, während Poseidon durch einen Stoß seines Dreizacks einen Salzquell auf der Akropolis entspringen ließ. Die Athener wählten Athene und ihren segensreichen Baum.

Seit der Bronzezeit wurde der Ölbaum in Griechenland kultiviert. Die Wildform des Ölbaums mit winzigen Blättern und kleinen, bitteren Früchten ist auf Naxos vor allem im Südosten zu finden. Aus dieser Gegend holten sich die Koronidiaten seit alters her kleine Bäumchen, auf die sie dann die kultivierten Sorten aufpropften. Außerdem schnitten sie hier kräftige Wildtriebe für ihre Hirtenstöcke und als unverwüstliche Stiele für die landwirtschaftlichen Geräte.

In der Antike wurde das Öl anfangs vor allem für die Körperpflege und Hautreinigung benutzt; dies hat sich in den in der orthodoxen Kirche üblichen

Salbungen, die der Läuterung dienen, bis heute erhalten. Erst später, mit der Züchtung weniger bitterer Sorten, fand das Olivenöl zunehmend auch in der Küche Verwendung. Bald spielte es in der Ernährung eine so bedeutende Rolle, dass der Ölbaum mit Wohlstand und Reichtum gleichgesetzt wurde. Auch wurde der Ölzweig zum Symbol für den Frieden, und siegreiche Athleten und andere bedeutende Persönlichkeiten bekränzte man mit Ölzweigen. Die Sieger bei Wettkämpfen erhielten vielfach Olivenöl als Preis.

Große Faszination übte der Ölbaum auf die Menschen des Altertums auch deshalb aus, weil er sozusagen „unsterblich" ist: Er kann gut und gerne tausend Jahre alt werden und altert praktisch nicht. Immer wieder schlägt er aus und trägt neue Frucht. So kann man in Athen einen uralten Ölbaum bewundern, der angeblich schon zu Platos Zeiten existierte. Die Verehrung der Menschen des Altertums für den Ölbaum war so groß, dass zeitweise das Fällen eines Ölbaumes mit derselben Strafe geahndet wurde wie ein Mord.

Alle Koronidiaten besaßen Ölbäume und produzierten ihr eigenes Öl. Um ihren Bedarf zu decken mussten sie jedoch in den Jahren, in denen die Ernte weniger reich ausfiel, etwas dazukaufen (die lokale Ölbaum-Sorte trägt gewöhnlich nur jedes zweite Jahr gut). Der größte Teil der naxiotischen Ölproduktion stammte aus der Tragaia, die auch heute noch von den umliegenden Bergen aus betrachtet wie ein einziger großer Olivenwald aussieht. Die Olivenbäume brauchtes das Jahr über kaum Pflege: Die Bauern hackten nur die Terrassen gründlich durch und düngten sie gelegentlich. Oft wurde unter den Bäumen Getreide angebaut. Die Ölbäume wurden von den Koronidiaten meist nicht beschnitten, was allerdings für die Ernte nachteilig war: Ölbäume tragen nur dann gut, wenn sie regelmäßig gründlich ausgelichtet werden; sie sind dann auch leichter abzuernten. Beim Schnitt fällt auch viel gutes Brennholz an.

Die Erntezeit der Oliven fällt in die Monate Oktober bis Dezember. In ertragreichen Jahren benötigten die Bauern einen guten Monat für die Ernte. Das ganze Dorf zog aus; alle halfen mit einschließlich der Alten und der Kinder. Es war üblich, dass die Eltern die Bäume so unter den Kindern aufteilten, dass jedes von ihnen auf jedem Landstück einige Bäume erhielt, damit keines benachteiligt wurde. Das Ergebnis war, dass alle Familien an vielen Stellen Ölbäume besaßen, manchmal einen ganzen Hain, oft jedoch nur einige Bäume innerhalb eines Hains. In solchen Fällen gingen alle Teilhaber eines Olivenhaines gemeinsam ernten, damit nicht einer die Oliven des anderen sammelte. Am Vorabend riefen sich die verschiedenen Bauern von der einen Seite des Dorfes zur anderen zu, wo sie morgen ernten wollten. Natürlich gab es immer wieder Streitereien und Zwistigkeiten, bis sich alle Teilhaber einigen konnten. Als Zeichen für den Aufbruch läutete der Flurwächter morgens früh die Kirchenglocke. Dann stellte er sich unterhalb des Dorfes auf dem Pfad nach Lionas an einer Engstelle auf und ließ die Bauern erst durch, wenn sich alle Familien versammelt hatten. Wenn ein Hain mehreren Teilhabern gemeinsam gehörte, schütteten diese beim Sammeln alle Oliven zuerst auf einen Haufen und teilten sie nachher mit einem Korb als Maß entsprechend den jeweiligen Anteilen auf.

Die Olivenernte war ein anstrengendes Geschäft. Zunächst sammelten die Bauern eine Zeit lang die von selbst herabfallenden Oliven auf. Dazu gingen sie etwa einmal in der Woche zu den Hainen, insbesondere nach windigen Nächten, wenn der Wind die reifen Oliven herabgeschüttelt hatte. Den ganzen Tag arbeiteten die Sammler gebückt und kniend; oft mussten die Oliven mühselig aus Unkraut und Stachelbüschen herausgeklaubt werden. Zum Aufsammeln wurden vor allem die Kinder mit ihren kleinen, geschickten Händen herangezogen. Mitsos erinnert sich an die Ermahnungen seines Großvaters: „Ihr habt doch zwei Hände! Warum tut die eine denn nichts? Hat die Gold gehortet, dass sie sich ausruhen darf? Los, ich will beide Hände arbeiten sehen!" Oft war das Wetter ungemütlich und kalt, und die Finger der Sammler wurden klamm und steif; nicht selten regnete es noch dazu und der Wind pfiff durch die Kleidung.

Wenn alle Oliven reif waren, gab der Flurwächter Bescheid, dass die restlichen Oliven von den Bäumen geschüttelt werden sollten. Nun ernteten die Familien alle ihre Bäume nacheinander vollständig ab. Die jungen Männer kletterten auf die Ölbäume und schlugen die Oliven mit langen Rohrstöcken oder Platanenstecken herunter. Dabei kam es manchmal zu Unfällen, denn Olivenholz ist tückisch: Es bricht leicht und ohne jede Vorwarnung, oft nachdem man schon Minuten auf dem Ast gestanden hat. Die Oliven waren jedoch so wertvoll, dass die jungen Männer trotzdem hoch in die Bäume kletterten, um auch noch an die letzten heranzukommen.

Auch Mitsos stürzte einmal von einem Ölbaum, als sie in Amádhes Oliven ernteten, wo die Familie gemeinsam mit Verwandten ein paar Bäume besaß. Einer der Bäume hatte einen großen Ast in ziemlicher Höhe, der sich über ein kleines Tälchen streckte. Die erwachsenen Männer kletterten auf diesen nicht hinauf, aber Mitsos traute sich überall hin, und auch dieser Ast trug viele herrliche Oliven, an die man von unten auch mit den längsten Stöcken nicht herankam. Also schob er sich Stück für Stück den Ast entlang, bis er fast an die Spitze gelangt war, so dass er alle Oliven herunterschlagen konnte. Ein ganzes Weilchen hatte er schon gearbeitet, da knackte es plötzlich, und der Ast brach ab und stürzte mitsamt dem fleißigen Sammler zu Boden. Mitsos klammerte sich an den Zweigen fest, aber als sie auf den Boden aufschlugen, wurde er zurückgeschnellt, so dass er auf der andern Seite des Baumes landete. Glücklicherweise kam er ohne Verletzung davon. Nicht wenige Männer hatten sich jedoch durch Stürze von Olivenbäumen schon die Knochen gebrochen und einige ältere Leute hatten bei derartigen Kletterereien den Tod gefunden.

Jedes Jahr sammelten die Dörfler auch Oliven zum Verzehr, die auf verschiedene Weise haltbar gemacht wurden. Meist wurden die sogenannten *kolymbádhes* hergestellt. Dazu legten die Frauen die Oliven zusammen mit ein paar Zweigen der aromatischen wilden Pistazie (*skiniá*, Mastixstrauch) in großen Tontöpfen in Salzlake ein, in der sie sich praktisch unbegrenzt hielten. Seltener wurden *tsakistés* hergestellt: Dafür schlägt man die Oliven mit einem Stein auf und entbittert sie in Wasser; dann werden sie mit Salz und Fenchelsamen gewürzt. Diese Oliven sind sehr wohlschmeckend, halten sich jedoch nicht lange. Nicht so üblich waren auf Naxos die *charaktés*, die mit Messern eingeritzt, in Wasser entbittert, gesalzen, mit Essig versetzt und in Öl gelagert werden.

Die beliebtesten Speiseoliven waren die *askoúdhes* oder *throúmbes*, die dadurch entstehen, dass die Oliven unter Einwirkung eines Pilzes in der Sonne auf eine besondere Weise reifen. Dabei verlieren sie ihre Bitterkeit und entwickeln eine hellbraune Färbung und ein angenehmes Aroma. *Askoúdhes* bilden sich nicht an allen Bäumen; je nach den Witterungsverhältnissen werden sie in manchen Jahren besser, in anderen gibt es kaum welche. Wenn Mitsos' Familie in der Nähe eines Baumes arbeitete, der gute *askoúdhes* hervorbrachte, dann schickte der Vater Mitsos morgens hin, damit er die reifen Oliven vom Baum schüttele. Diese breitete er dann auf einem Laken in der Sonne aus, wo sie bis zum Mittagessen zu köstlichen *askoúdhes* wurden. Die *askoúdhes* wurden ebenfalls für die Vorratskammer gesammelt und in Salz aufbewahrt.

Unter Mitsos' Verwandten besaß sein Onkel Sorakis die meisten Ölbäume. Dieser war Anfang der zwanziger Jahre in Amerika gewesen, wo er als Straßenhändler einiges Geld verdient hatte. Mitte des Jahrzehnts war er zurückgekehrt und hatte in Koronos geheiratet. Dadurch kam er in den Besitz einiger Ländereien; außerdem bewirtschaftete er die Weinberge seines Vaters. Von dem aus Amerika mitgebrachten Geld hatte er einen Anteil an einer ertragreichen Schmirgelmine gekauft. Als einziges Familienmitglied war er somit nicht als Hirte tätig.

Bei Pentakrínes zwischen Skado und Mesi besaß Sorakis einen großen Olivenhain. Hier hatte er im Herbst 1929, als Mitsos zwölf Jahre alt war, zwei Arbeiter für die Ernte eingestellt, die ihm die Oliven von den Bäumen herunterschlugen, während er sie mit seiner Schwiegermutter aufsammelte. Es waren herrliche Oliven, groß und völlig makellos. Sie arbeiteten den ganzen Tag: Nicht einmal eine Mittagspause gönnten sie sich, damit sie vor Einbruch der Nacht mit dem Aufsammeln fertig würden, denn nachts weideten Ziegen in der Nähe, und wenn diese in den Hain eindrängen, würden sie gewiss keine Olive übriglassen. Am späten Nachmittag hatten die Arbeiter alle Oliven heruntergeschlagen und gingen nach Hause. Bald verschwand die Sonne hinter den Bergen, und immer noch waren viele Oliven aufzulesen. Da hörten sie schon Ziegenglocken!

„Pass auf", sagte Sorakis zu seiner Schwiegermutter, „das hört sich nach den Glocken meines Bruders an. Vielleicht hütet der Dimitris die Herde; der wird uns helfen! Ich will mal rufen; wenn er es ist, dann sind wir gerettet: Der arbeitet schnell wie der Blitz!" Er rief also und tatsächlich antwortete ihm Mitsos. Als Sorakis ihm erklärt hatte, worum es ging, trieb Mitsos die Ziegen zurück auf den Hang, dann kam er herbei und machte sich mit an die Arbeit. In Windeseile füllten sie zwei riesige Säcke, und als die Dämmerung hereinbrach, waren sie fertig.

Sorakis rief einen Mesoten von einem benachbarten Grundstück, dass er ihnen beim Beladen der Maultiere helfe. Er besaß ein großes Maultier, stark wie ein Auto, das schwer beladen auch noch ihn selbst zu tragen vermochte. So etwas war damals ein Vermögen wert und eine große Stütze für eine Familie. Ein zweites Maultier hatte er gemietet. Nun beluden sie die Tiere mit den Säcken, dann dankte Sorakis Mitsos herzlich. Noch heute erinnert sich seine Tochter Katerína, dass Sorakis Mitsos unter allen seinen Neffen am meisten schätzte. Die Schwiegermutter gab Mitsos ihren *durá,* den Essenssack, der wohlgefüllt war, denn sie hatten in der Eile das Mittagessen ausgelassen. Mitsos sammelte seine Ziegen ein und trieb sie ein Stück weiter, dann kletterte er auf einen Gipfel, von dem aus er sie gut überwachen konnte, setzte sich an ein windstilles Plätzchen und machte den Sack auf. Es war ein großes Stück köstliches weißes Brot darin, eingesalzene Oliven, gepökelter Fisch, Salami und ein Fläschchen Wein. Mitsos breitete alles vor sich aus und schmauste. Danach machte er es sich in einem Busch gemütlich, lauschte den Ziegenglocken und sah die Sterne über sich kreisen...

In der Nacht überfiel ihn nach all den salzigen Köstlichkeiten, die er gegessen hatte, ein unwiderstehlicher Durst, doch er hatte kein Wasser mehr! Was tun? Die nächste gute Quelle war in Pentakrines, und das war weit zu laufen in der Nacht. Zwar gab es auch in der Nähe eine kleine Quelle mit ein wenig Wasser, aber dort wurden nur die Tiere getränkt, denn es gab im Wasser *vidhélles,* Blutegel, die sich in der Kehle festsetzten und Blut saugten; man konnte an ihnen ersticken. Auch die Ziegen litten gelegentlich unter diesen Parasiten, die ihnen die Hirten dann aus der Kehle entfernen mussten. Mitsos zögerte erst, aber schließlich wurde der Durst übermächtig, und er lief zu dieser Quelle. Zum Trinken hielt er sich vorsichtshalber sein Taschentuch vor den Mund und saugte das Wasser hindurch.

Die Bauern lagerten die Oliven zu Hause, bis sie zum Pressen in einer der Ölmühlen des Dorfes an der Reihe waren. Eine lange Lagerung war ungünstig, da insbesondere die angeschlagenen oder von Schädlingen befallenen Oliven leicht verfaulten und das Öl dann an Qualität verlor. (Die Olivenfliege, die heute mit Abstand die größten Ertragseinbußen hervorruft, spielte damals auf Naxos noch kaum eine Rolle.) Wenn die Oliven länger aufbewahrt werden mussten, breiteten die Bauern sie an einem geschützten Lagerplatz aus und streuten Salz darüber.

Die Oliven wurden in handbetriebenen Ölmühlen, den *fábrikes,* gepresst. In Koronos gab es fünf *fábrikes,* die jeweils mehreren Teilhabern gehörten. Die Ölmühlen waren in kleinen Häusern eingerichtet, in denen alle notwendigen Gerätschaften untergebracht waren. Wenn alle Oliven gesammelt waren, wurden die Ölpressen in Betrieb genommen. Sie arbeiteten nun jeden Tag und oft auch des Nachts, damit die Oliven nicht zu lange lagern mussten. Jeder Teilhaber schickte täglich entsprechend seinem Anteil mindestens einen Arbeiter zur Presse. Manchmal wurden auch weitere Arbeiter als Helfer eingestellt. Zum Betreiben der Presse waren stets mindestens zehn Männer erforderlich. Mitsos' Großvater Boublojannis besaß einen ganzen Anteil an einer der Ölpressen von Koronos, den er auf seine drei Söhne aufteilte. Die anderen Anteile an dieser Presse besaßen Nikiforákis, der später Mitsos' Schwester Koula heiratete, und mehrere andere Koronidiaten. Nikiforakis war der *kapetános,* der das Wort führte und den Betrieb der Mühle regelte.

Mitsos' Vater arbeitete, sobald seine Kinder groß genug waren, nicht mehr selbst in der *fábrika,* der Ölpresse, sondern schickte seine Söhne. Mitsos' Aufgabe war es meist, die Oliven der Bauern, die als nächste an der Reihe waren, zur Presse zu tragen. Dazu musste er große, siebzig Kilo fassende Körbe aus allen Teilen des Dorfes heranschleppen, oftmals viele Treppenstufen herauf und herunter, was bei dem großen Gewicht keine Kleinigkeit war. Dafür hatte er aber bei dieser Tätigkeit Gelegenheit für kleine Schwätzchen mit den Mädchen der Nachbarschaft und den Töchtern der Bauern, von denen er die Oliven holte. Nicht selten zogen sich die Schwätzchen in die Länge, so dass den Arbeitern in der Presse die Oliven ausgingen. Dann holte der *kapetános* die *bouroú,* das große Tritonshorn, die Riesen-Meeresschnecke, mit der auch morgens die Arbeiter zur *fábrika* gerufen wurden. Darauf tutete er laut, um den Säumigen zur Arbeit zu rufen, und ausgescholten wurde er natürlich auch. Aber andererseits sagten die Alten in der *fábrika* zueinander: „Ein Glück, dass es all diese hübschen jungen Mädchen gibt, sonst hätten unsere Jungen gar keine Lust, die schweren Körbe aus den entferntesten Ecken des Dorfes herbei zu schleppen!"

Im ersten Arbeitsgang wurden die Oliven in der Mühle zu einem Brei zerquetscht. Dazu diente der *kýlindhros,* ein großer, liegender, leicht konisch geformter Zylinder aus Granit oder Marmor, der an einem waagerecht als Achse durch ihn gesteckten Holz auf einer großen Marmorplatte mit einem einige Zentimeter hohen Rand immer im Kreis um einen senkrecht stehenden Stamm gedreht wurde. Die Oliven wurden auf die Marmorplatte geschüttet und vom *kýlindhros* zu Brei zerquetscht. Vier kräftige Männer drehten den *kýlindhros,* jeweils zwei an den beiden Enden des waagerechten Holzes, von denen einer den Ast schob und der andere ihn an einer Seilschlaufe zog. Ein weiterer Arbeiter, stets ein älterer Mann, ging immer vorm *kýlindhros* her und schob mit einem Spatel den Olivenbrei wieder in die Mitte der Steinplatte. So wurde jeweils eine Fuhre Oliven in etwa einer halben Stunde zu Brei zermahlen.

Danach schüttete ein weiterer älterer Arbeiter den Olivenbrei auf spezielle aus Ziegenhaar hergestellte, filzige Matten, die *tsourápes.* Diese faltete er wie einen Umschlag zusammen. Etwa zwanzig solcher *tsourápes* wurden für einen Pressgang auf dem *mángano,* der Presse, gestapelt. Die Pressen waren aus Gusseisen gefertigt und wurden in Fabriken, zum Beispiel in Piräus, hergestellt. Sie bestanden aus einer absenkbaren, in den vier Ecken an Stäben befestigten Metallplatte mit einer großen Stahlschraube in der Mitte. Die Presse stand auf einer Steinplatte mit einem Ausguss, über den das Öl in einen darunter eingebauten Trog lief, aus dem es von einem Arbeiter herausgeschöpft wurde.

Das Entscheidende bei der Ölgewinnung war das gründliche Auspressen. Hier kam es auf Kraft an! Zum Anziehen der Schraube gab es ein Hilfsgerät, den *ergáti,* eine Winde aus einem senkrecht stehenden Holz mit waagerechten Ästen, die zum Drehen benutzt wurden. Beim Drehen wurde ein Seil auf den *ergáti* aufgewickelt, das an einem starken, an der Presse eingehakten Ast befestigt war, so dass durch eine Drehung des *ergáti* die Presse jeweils um eine weitere Vierteldrehung angezogen werden konnte. Dann wurde der an der Presse eingehakte Ast versetzt und erneut angezogen. Hier konnten die jungen *pallikária* alle ihre Kraft beweisen, und manchmal schlossen sie Wetten ab, wer den *ergáti* allein noch eine weiteres Mal drehen könnte. Die Alten schätzten freilich solcherlei Wettspielchen nicht; sie wollten kein Herumtrödeln.

Schon wenn die *tsourápes* auf die Presse gestapelt wurden, begann das Öl zu laufen. Dieses erste Öl, das von allein auslief, hatte die beste Qualität und war besonders begehrt. Während des Pressens wurden die *tsourápes* mit kochendem Wasser übergossen, um möglichst viel Öl heraus zu lösen. Das Wasser wurde in einem großen Kessel erhitzt. Diesen befeuerte ein Gehilfe mit dem *pyrínas,* der nach dem Pressen übrig bleibenden Masse, die vor allem aus den Olivenkernen bestand, aber immer noch viel Öl enthielt. Den übrigen *pyrínas* bekamen als besonders stärkendes Futter die Schweine, oder er wurde in den Haushalten als Brennmaterial verwendet.

Der Trog, in den das Öl aus dem *mángano* hineinlief, hatte zwei getrennte Becken mit einem Überlauf dazwischen, so dass das schwerere Wasser im ersten Becken zurückblieb, wo es von Zeit zu Zeit abgelassen wurde, während das leichtere Öl in das zweite Becken überlief. Das Öl wurde mit einem Tonkrug und danach mit einem aufgeschnittenen, flachen Flaschenkürbis sorgfältig abgeschöpft.

Die naxiotischen Oliven enthalten etwa ein Fünftel ihres Gewichtes an Öl, Oliven aus trockenen Lagen wie aus Lionas oft auch ein Viertel oder sogar ein Drittel. Allerdings konnte man mit den alten handbetriebenen Ölpressen längst nicht alles Öl gewinnen, so dass der Ertrag deutlich geringer ausfiel. An einem Arbeitstag konnten in der *fábrika* etwa 300 bis 500 Liter Öl gewonnen werden. Eine gute Ernte erbrachte für eine Familie wie die des Boublomanolis bis zu einer ganzen Tonne Öl; diese Menge reichte dann etwa für zwei Jahre.

Die Betreiber der Presse erhielten von den Bauern, deren Oliven sie pressten, ein Zehntel des Ertrages, also etwa fünfzig Liter Öl pro Tag, das auf alle Teilhaber verteilt wurde. Arbeiter, die von den Teilhabern der Presse eingestellt wurden, erhielten als Lohn für einen anstrengenden zwölf- oder gar achtzehnstündigen Arbeitstag etwa zwei Kilo Öl. Einen solchen Wert hatte dieses damals für die Dörfler!

Die Bauern, deren Oliven gepresst wurden, beköstigten die Arbeiter, wobei sie sich stets bemühten, besonders gute und reichhaltige Mahlzeiten wie z.B. Bohneneintopf zu liefern, um die Arbeiter zum gründlichen Auspressen anzuhalten. Wenn sich die *fabrikátores* zum Essen hinsetzten, schöpften sie vorher noch einen Liter Öl aus dem Trog und gossen es in den Suppentopf. Zur Mittagszeit kamen die Schulkinder mit großen Scheiben Brot angerannt und baten, sie in das frische Öl tauchen zu dürfen.

Das Öl wurde in großen Tonkrügen im Keller gelagert. In den Krügen setzte sich ein öliger Bodensatz ab, die *amoúrga,* mit der die Hirten die Käselaibe einrieben, um sie vorm Austrocknen zu bewahren. Die übrige *amoúrga* verkauften die Dörfler an die Seifenhändler, denen sie als Ausgangsmaterial für die Seife diente.

Der Wein – Geschenk des Dionysos

Der dritte im Bunde war der Wein, der für die traditionelle naxiotische Mahlzeit ebenso unentbehrlich ist wie Brot und Öl. Als Gott des Weines wurde im Altertum der Fruchtbarkeitsgott Dionysos verehrt. Dionysos war einer Verbindung des

Göttervaters Zeus mit einer Sterblichen namens Semele entsprungen. Die eifersüchtige Hera flößte der schwangeren Semele den Wunsch ein, Zeus in seiner wahren Gestalt zu erblicken. Als Zeus aber ihren eindringlichen Bitten nachgab und ihr seine wirkliche Gestalt enthüllte, verbrannte sie von dem allzu strahlenden Anblick, den nur Götter zu ertragen vermochten. Zeus rettete den Fötus und nähte ihn in seinem Schenkel ein. Nach der „Geburt" brachte er den Säugling nach Naxos und übergab ihn an die drei Nymphen von Naxos Philia, Kleis und Koronis. Deren Namen leben noch heute in Ortsnamen auf der Insel fort, nämlich Filóti (der Hauptort der Tragaia), Kleidhó (Landstrich im südöstlichen Naxos nicht weit von Pánormos) und Koronos beziehungsweise Koronídha (Komiaki). Die drei Nymphen zogen Dionysos in der Höhle *Kakó Spílaio* am Berg Koronos auf. Sie bekränzten den Gott mit Efeu: Die später in Griechenland so verbreiteten und beliebten Bekränzungen waren zuerst im Dionysos-Kult üblich (und wer einmal einen Kranz aus Efeu gefertigt hat, der weiß, wie überaus schmückend diese Pflanze ist!). Als Dank dafür, dass sie ihn in seiner Kindheit beheimatet hatte, schenkte Dionysos der Insel Naxos ihren hervorragenden Wein und ihre besondere Fruchtbarkeit.

Nahe der Höhle *Kakó Spílaio* befindet sich eine antike Inschrift: „*DRIOS DIONYSOU"*: Dieser antike Name des Berges Koronos wird in mehreren Mythen um den Gott Dionysos erwähnt (s. S. 10). Höchstwahrscheinlich befand sich hier ein heiliger dem Weingott geweihter Bezirk. Vom Berg Drios aus soll Dionysos auch zusammen mit Ariadne endgültig die Erde verlassen haben, um sich auf dem Olymp niederzulassen, als sich die Götter zu Beginn des historischen Zeitalters von ihren irdischen Abenteuern zurückzogen und sich außerhalb der direkten Reichweite der Sterblichen auf dem Göttersitz einrichteten.

In der Höhle wurden kleine tönerne Statuetten des zur Gefolgschaft von Dionysos gehörenden bocksfüßigen Waldgottes Pan sowie von Nymphen gefunden, die hier sicher seit alters her verehrt wurden. Heute ist der Berg Koronos nicht mehr bewaldet. Noch vor wenigen Jahrhunderten waren jedoch, wie alte Reiseberichte bezeugen, zumindest seine niedrigeren Hänge von Eichenwäldern bestanden – der ideale Wohnort für Dionysos und sein Gefolge. Und der Wanderer, der an seinem Hang unvermutet an einer in einem kleinen, geschützten Tälchen gelegenen Quelle vorbeikommt, wird die Ehrfurcht der Alten vor diesen Stätten nachempfinden können: Man könnte meinen, dass in diesen heimlichen, grün umsprossenen, von mächtigen Platanen beschatteten Tälern mit ihren murmelnden Bächen auch heute noch die Nymphen wohnen.

Der Kult des Bacchus mit seinen ekstatischen Feiern, seiner Trunkenheit und Raserei hat neueren Erkenntnissen zufolge seine Wurzeln vermutlich tatsächlich auf den Inseln der Ägäis, und das heißt zweifellos auf Naxos. Es ist anzunehmen, dass er sich aus der uralten Verehrung der Nymphen entwickelt hat. Diese waren lokale Naturgottheiten der Wälder, Flussläufe und Quellen und wurden als Fruchtbarkeitsgöttinnen verehrt. In der alten Mythologie tauchen sie häufig in Zusammenhang mit Dionysos auf. Im Gefolge des Dionysos befanden sich außer den Nymphen und dem deren Tanz anführenden Pan auch die ebenfalls bocksfüßigen Satyrn, die Bacchen, der Silen, halb Mensch, halb Pferd, Eros und andere

Wesen, die mit der Fruchtbarkeit und der Vegetation verknüpft waren. Diesem „weiblichen" Aspekt des Bacchus-Kultes entsprechend waren insbesondere viele Frauen Anhänger dieses Kults und zogen, von ihrer sonst eher passiven und zweitrangigen Rolle befreit, in wilden, weinseligen Prozessionen durch die Wälder.

Häufigstes Attribut des Gottes Dionysos außer dem Weinlaub war der Efeu, der auch heute noch entlang der Flussläufe von Naxos häufig vorkommt und ebenfalls eine leicht berauschende Wirkung besitzt, sowie der schon erwähnte Thyrosstab, der aus dem dicken, hohlen Blütenstiel des Riesenfenchels hergestellt wurde (s. S. 45). Den Anhängern des Bacchus-Kultes empfahl man den Thyrosstab zur Benutzung, da er stark genug ist, den Trunkenen zu stützen, aber nicht so schwer, dass die Rasenden sich damit gegenseitig verletzen könnten.

Von den ägäischen Inseln aus verbreitete sich der Kult des Dionysos über den ganzen griechischen Raum. Der Mythologie zufolge wanderte Dionysos in seiner Jugend über die ganze Erde und verbreitete seine Religion in allen Ländern. Von den Menschen wurde er mit Begeisterung aufgenommen. Überall verbreitete er Freude und Frieden und die Glückseligkeit des Rausches. Er brachte den Völkern auch die Freiheit: Der Sage nach befreite er sie von Unterdrückung, Fremdherrschaft und Sklaverei. Wie schon erwähnt spielte der Dionysos-Kult eine besonders große Rolle in der bäuerlichen Unterschicht, während er von der machthabenden Oberschicht, die an der neuen Religion und an einem Umsturz der bestehenden Ordnung wenig interessiert war, nur zögernd angenommen wurde.

Auch Dionysos' Gattin Ariadne war ursprünglich eine kretische Fruchtbarkeitsgöttin (Nymphe). Ihr Name leitet sich von „Ari-ágni" ab, das heißt „die All-Reine". Sie wurde als mythische Figur in den Dionysos-Kult aufgenommen, als dieser ihre Verehrung ablöste. Auf Naxos huldigte man Ariadne mit zwei Festen, die ursprünglich den jahreszeitlichen Wechsel der Natur versinnbildlichten: Das Verwelken und Absterben der Natur im späten Sommer wurde in einer Trauerfeier begangen und ihr Wiedererkrünen im späten Winter in einem fröhlichen, bacchischen Fest (auch bei der Verehrung der Fruchtbarkeitsgöttin Demeter sind, wie schon geschildert, diese beiden Aspekte repräsentiert). Später wurden die beiden Feste durch den Mythos illustriert, in dem man auf der Trauerfeier der Ariadne als tragischer Heldin gedachte, die von Theseus auf der Rückfahrt von Kreta nach Athen auf Naxos zurückgelassen wurde und Selbstmord beging oder auf andere Weise den Tod fand, während man beim Frühlingsfest die Aufnahme der verlassenen Ariadne durch Dionysos und ihre Hochzeit feierte.

Aus dem antiken Fest, das zu Beginn des Frühjahrs zu Ehren des Fruchtbarkeitsgottes Dionysos begangen wurde, den Dionysaden, entwickelte sich das heutige Karnevalsfest. Bei den Feierlichkeiten, die in der späteren Antike in Athen zu diesem Anlass begangen wurden, zog der Gott in großer Prozession in einem auf Rädern fahrenden Schiff in die Stadt ein. Der Höhepunkt der athenischen Feiern war die Hochzeit des Gottes mit der „Vassilinna", die aus der naxiotischen/kretischen Ariadne hervorgegangen war. Dieser Brauch wurde wiederum von den Römern übernommen, die den Wagen des Dionysos als „*carrus navalis*" bezeichneten: Karneval.

Die traditionellen Bräuche beim Karneval in Apiranthos gleichen den Bräuchen bei den Dionysaden der Antike bis in Einzelheiten: Heute wie damals tanzen die Feiernden und ziehen in einer Prozession durch die Gegend, heute wie damals wird der Winter unter dämonischem Lärm ausgetrieben, heute wie damals tragen die Tänzer Ziegenfell-Umhänge und verhüllen ihre Gesichter mit Tüchern, das heißt sie maskieren sich. Die schon in der Antike verwendeten Riesenfenchel-Stöcke sind heute noch in Gebrauch, wenn die mit Ziegenfell-Umhängen bekleideten und mit unzähligen Ziegenglocken schwer behängten jungen Männer *(koudhounáti)* wild und lärmend durch das Dorf toben: Sie können sich mit diesen Stecken (heute *sómba* genannt) unbedenklich schlagen, ohne dass Verletzungen zu befürchten sind. (Die Koronidiaten, offenbar von noch wilderer Natur, benutzten bei ihren Umzügen als *koudhounáti* zum gegenseitigen närrischen Verhauen allerdings ihre normalen Hirtenstöcke aus den unverwüstlichen Stecken des wilden Olivenbaumes, die ebenfalls schon seit der Antike genutzt werden, wie man bei Homer nachlesen kann.) Heute wie damals wird der Umzug von Musikanten begleitet: heute mit Trommeln *(toumbákia)* und Dudelsack *(tsamboúna),* früher mit Trommeln und Flöten.

Am traditionellen Umzug in Apiranthos nahmen eine Braut und ein Bräutigam teil (göttliches Brautpaar Dionysos-Ariadne) und eine alte Frau, die einen Korb trug (in Erinnerung an die Opfergaben für den Gott). Ferner wurde ein Pflug auf den Dorfplatz gebracht, wo er „pflügte" – genau denselben Brauch treffen wir auch schon in den antiken Berichten über die Dionysaden an: Damit wurde eine gute Ernte erfleht. Antiken Ursprungs ist auch das als fröhliches Fest gefeierte Schlachten des Ebers in der Karnevalswoche: nicht ein gewöhnliches Schlachten eigentlich, sondern mehr ein Opfer für den Gott, mit dem um Gesundheit für die Familie gebeten wurde.

Für die Umzüge wurde ferner ein Mann als Toter verkleidet, der zum Friedhof gebracht wurde, wo er unter großem Gelächter aus dem Sarg wieder aufstand. Dieses symbolisierte den Sieg des Lebens über den Tod, was der Kernpunkt der antiken Feiern war: Die orgiastischen Tänze der Mänaden dienten dazu, den toten Fruchtbarkeitsgott wieder zum Leben zu erwecken. Aus diesen schauspielerischen Tänzen entwickelten sich später über die Darstellung des göttlichen Dramas das Theater, die Tragödie und die Komödie (das Wort *théatro* leitet sich ab von der „Tragödienschau": *théasi tis tragodhías;* das Wort *tragodhía* vom *trágos,* dem Bock, das heißt dem dionysischen Satyrn). Wichtigstes Requisit der antiken Theatervorführungen war wiederum die Maske, eines der Attribute des Dionysos, das auch heute in den Karnevalsverkleidungen wieder auftaucht.

Und schließlich ist es heute wie damals üblich, dass die an den Umzügen Teilnehmenden grobe Scherze reißen und ungestraft die Reichen und Mächtigen verspotten: In der Antike zogen die Menschen vor den Häusern der Reichen auf und taten lautstark alle deren Sünden kund; heute werden bei den Karnevalsumzügen Politiker und Einflussreiche verspottet. Hier wird ein wichtiger Wesenszug des bacchischen Kultes deutlich: die Umkehrung der herrschenden Ordnung, der Umsturz der täglichen Gewohnheiten. Dies findet seine Parallele auch im Mythos in der Verwandlung des Schiffes durch Dionysos, womit erstmalig die natürliche Ordnung der Dinge umgeworfen wurde.

Kern und Wesen des dionysischen Kultes ist mit einem Wort die **Befreiung**: die Befreiung durch das Betrinken, durch den ekstatischen Tanz, durch den Spott, durch die Maske, die das Äußerliche des Menschen verhüllt und damit das innere, heilige Selbst befreit; die Befreiung von den alltäglichen Sorgen, Befreiung durch den Sieg über den Tod im rauschenden Frühlingsfest. Der Mensch sollte im Miterleben des alljährlichen Wiedererwachens der Natur seine Angst vor dem Tod überwinden, sollte mit sich selbst und mit der Natur in Harmonie gebracht werden, sollte sich als Teil der Gemeinschaft und des großen göttlichen Ganzen empfinden. Dionysos war der Gott, der das Leben und die Lebensfreude ganz und gar bejahte. Die Vereinigung des Menschen mit Gott wurde in der Befreiung des Menschen von (geistigen) Zwängen gesucht, in der Erweckung der Lebenskraft, die jedem Menschen innewohnt[22].

Nun aber zurück zum naxiotischen Wein. Dieser war, wie gesagt, schon seit dem Altertum besonders berühmt, und noch heute kann man in einem guten hausgemachten naxiotischen Wein den Segen des Dionysos nachempfinden. In Koronos war der Anteil der Weinberge an der bewirtschafteten Fläche besonders hoch. Die Bewohner des Dorfes erzählten sich, dass ihre Vorfahren vor vielen Jahrhunderten im oberen Dorfviertel, der Anegyrida, ein riesiges Tonfass aufstellten. Darein schütteten alle Dörfler den Most, der nicht mehr in ihre *methíres* (die großen Tonkrüge, in denen der Wein aufbewahrt wurde) hineinpasste. Nachdem der Wein gegoren war, füllten die Männer auf dem Weg zu den Schmirgelfeldern aus dem Fass jeden Morgen ihre aus einem Flaschenkürbis gefertigten *flaskiá*, die sie für die Mittagsmahlzeit mitnahmen. Und während das Fass jedes Jahr von den Bauern wieder aufgefüllt wurde, reifte der Wein und alterte und wurde immer aromatischer. Eines Tages jedoch mussten die Bewohner das Dorf wegen eines Piratenüberfalls verlassen, und das Fass und sein Inhalt wurden vergessen. Viele Jahre später, als das Dorf wieder besiedelt war, wunderten sich einige Hirten über das große Fass und zerschlugen es, vielleicht in der Hoffnung, darin Gold zu finden. Der noch im Fass befindliche, Jahrzehnte alte Wein lief aus und bildete einen kleinen Fluss, wie zu Zeiten des mythischen Weinflusses der Alten... Wochenlang duftete das Dorf nach dem göttlichen Trank des Dionysos!

Wein wird auf Naxos vor allem in den höheren Lagen angebaut; nur besonders schattige, kühle Lagen sind ungeeignet. Am besten geeignet sind Hänge mit

---

[22] Hierin war der bacchische Kult das genaue Gegenteil der christlichen Religion, die die Vereinigung mit Gott durch das strikte Einhalten von Regeln, durch Askese, durch die Verneinung des Körpers, durch ein Abwenden von der Natur zu erreichen versuchte. Es ist anzunehmen, dass der bacchische Kult von den frühen Christen dementsprechend aufs Schärfste verurteilt wurde – vielleicht stammt daher die so auffällige Ähnlichkeit des Teufels mit Satyrn, Silen und Pan.

Schiefergestein, das eine günstige Erde bildet. Die Bauern legten hier sorgfältig errichtete Terrassen an. Der Weinanbau ist recht aufwendig und erfordert das ganze Jahr über viele verschiedene Arbeitsgänge. Im Winter hackten die Bauern die Weinberge mehrmals durch, um die Erde von Unkraut freizuhalten und zu lockern, damit sie das Regenwasser besser aufnehmen konnte. Um junge Weinstöcke herum vertieften sie den Boden zu einer kleinen Grube, damit die flachen Wurzeln des Weinstocks durchtrennt wurden und dieser ausreichend tiefe Wurzeln bildete, so dass die Reben die lange Sommertrockenheit überstehen konnten. Damit der Weinberg einen guten Ertrag brachte, musste er auch gedüngt werden, wozu die Bauern Mist einbrachten.

Zu Beginn des Winters entfernten die Bauern von den Weinstöcken die überflüssigen Ruten; die übrig gebliebenen Zweige wurden etwa im Januar auf zwei oder drei Augen zurückgeschnitten. Wenn beim Austreiben die Knospen erschienen, schnitt man die Zweige wiederum ein oder zwei Blätter oberhalb der Trauben ab, damit sie nicht in die Länge schossen. Auch die Seitenzweige mussten öfter gekappt werden, damit der Wind die Äste nicht herausbrach: Der Stock sollte relativ niedrig bleiben. In den höheren, kühleren Lagen mussten im Sommer die Blätter, die die Trauben beschatteten, entfernt werden, damit diese gut reiften, während in den trockenen, niederen Lagen die Blätter erforderlich waren, um den Trauben Schatten zu spenden.

Nach dem ersten Erscheinen der Blüten sowie mehrere Male danach bis zur Reife wurden die Trauben geschwefelt, das heißt mit von der Vulkaninsel Santorin eingeführtem Schwefel bestäubt. Das Schwefeln half vorbeugend gegen Mehltau und andere Krankheiten, war jedoch eine unangenehme und gesundheitsschädliche Tätigkeit, die nur bei vollkommener Windstille durchgeführt werden konnte. Unter Trauben, die bis auf den Boden hingen, schoben die Bauern lockere Sträuchlein, um sie vor Fraß durch Bodenlebewesen und vor Beschädigung durch Reiben auf der Erde zu schützen.

Trotz all dieser Bemühungen fiel die Ernte nicht in jedem Jahr gut aus: Starke Winde zur Zeit des ersten Austreibens konnten die noch empfindlichen Triebe abbrechen, die Blüten konnten durch einen verspäteten Kälteeinbruch geschädigt werden, die kleinen Trauben konnten im Juni oder Juli durch heiße, trockene Winde ausdörren oder die fast reifen durch zu frühe Regenfälle im September verderben. In guten Jahren lieferten sorgfältig gepflegte Weinberge aber eine reiche Ernte. In den höheren, feuchteren Lagen erbrachte eine kleine Terrasse leicht ein ganzes Fass Wein. Besonders viele Trauben trugen die Weinstöcke, die an den Häusern als Laube gezogen wurden: Oft konnte man von einer Laube aus einem einzigen Weinstock ebenso viele Trauben ernten wie von einer kleinen Weinterrasse.

Wie die meisten Koronidiaten besaß auch Boublomanolis mehrere Weinterrassen: einen guten Weinberg direkt beim Dorf, den er sorgfältig bearbeitete, und zwei große Terrassen in der Nähe von Komiaki: bei Laérou an der kleinen Kirche Ágios Konstantínos und am Troúllo. Später wandelte er auch einen Teil des Geländes von Lakkous in einen Weinberg um.

Der Weinberg in Laerou war in besonders gutem Zustand. Die ganze Gegend war mit Wein bebaut und brachte reichlich Frucht: Die Komiakiten produzierten stets einen Überfluss an Wein. Neben der Kirche Agios Konstantinos gab es einige kleine Räume, in denen sich viele *methíres* befanden. In diese entleerten die Weinbauern der Umgebung, wenn sie ihren Most herstellten, je einige *touloúmia* (aus Ziegenhäuten hergestellte Weinschläuche), so dass die Tonfässer jedes Jahr gefüllt wurden. Wenn die Bauern in der Nähe der Kirche arbeiteten, holten sie sich den Wein für die Mittagsmahlzeit aus den *methíres* der Kirche und versorgten sich aus den Tonfässern auch zum Kirchenfest, das gegen Ende des Sommers mit viel Musik und gutem Essen gefeiert wurde.

Mitsos liebte guten Wein, der für ihn unbedingt zu jeder Mahlzeit dazugehörte. Er mochte kaum essen, wenn er keinen Wein dazu bekam. Er war allerdings kein besonderer Freund von Weintrauben; viel lieber aß er zum Beispiel Feigen. Und wenn er im Herbst am Weinberg am Laerou war, pflückte er sich nicht etwa Trauben, sondern die dort in Massen wachsenden Brombeeren.

Auf Naxos wird eine ganze Reihe von Traubensorten kultiviert. Die beste Sorte für Wein heißt *Potamísi*; sie verleiht dem Wein ein ausgezeichnetes Aroma und eine honiggelbe Farbe. Von dunkelblauer Farbe ist die Sorte *Mandhilariá*; weiterhin wurden die Sorten *Charabraïm, Moscháto, Bastárdhiko, Asírtiko, Stavrokidhonáto* und viele andere kultiviert. Als Tafeltrauben waren besonders die rosafarbene, süße *Rozakó* und die helle, duftende Sorte *Aïdháni* beliebt. Von diesen wurden im Herbst die letzten Trauben im Haus unter dem Dach aufgehängt und hielten sich so bis Weihnachten.

Natürlich produzierten die Dörfler auch Rosinen. Im Oktober waren die Dächer der Häuser im Dorf sowie der *mitáti*, der einfachen Steinhäuser auf den weit vom Dorf entfernten Landstücken, mit trocknenden Trauben und Feigen beladen. Nach dem Trocknen wurden die Trauben mit heißem Wasser, dem etwas Asche und Öl zugesetzt wurde, überbrüht und dann nach dem Brotbacken im noch warmen Ofen nachgetrocknet. Nach der eigentlichen Lese konnten oft noch kleine Träubchen geerntet werden, die sich als zweiter Ansatz an den Seitenzweigen gebildet hatten, die sogenannten *kambanákia* (Glöckchen). Hinter diesen waren besonders die Kinder her, die die Weinberge eifrig nach ihnen absuchten.

Der Wein wurde in den niederen Lagen ab August und in den Berglagen im September bis Oktober geerntet. Gut war es, wenn die Lese vor den ersten Regenfällen erfolgte, damit die Trauben nicht verwässerten und verfaulten. Dennoch mussten sie auch gut gereift sein. Wenn möglich ließ man die geernteten Trauben ein oder zwei Tage in der Sonne liegen, zum Beispiel auf dem Dach eines *mitátos*. Danach wurden sie in der *linoú*, einem großen, eckigen, gepflasterten Becken mit etwa einen Meter hohen Seitenwänden, mit den Füßen zerstampft. Der Traubensaft floss aus der *linoú* über einen Ausguss in ein darunter gelegenes, kleineres Becken, das *polími*. Aus diesem wurde er herausgeschöpft und in Schläuchen aus Ziegenhäuten, den *touloúmia*, zum Dorf transportiert.

Das Weintreten war eine der schönsten Tätigkeiten des Jahres. Wenn der leuchtende Most in das *polími* sprudelte, freute sich das Herz des Bauern. Allerdings konnten Heerscharen von Wespen und Hornissen die Freude etwas verderben, so dass meist erst abends getreten wurde. Um die Insekten fernzuhalten, verbrannten die Dörfler während des Weintretens neben der *linoú* Pferdeäpfel. Mitsos' Familie besaß eine eigene *linoú* bei dem Weinberg in Laerou. Die Trauben, die sie von dem Weinberg in Koronos ernteten, traten sie in einer *linoú* der Familie Axaópoulos in der Nähe der kleinen Kirche Agios Jannis unterhalb des Dorfes. Nachdem die Boublides in Lakkous einen größeren Weinberg angelegt hatten, bauten sie auch dort eine *linoú*. Diese war jedoch eine Enttäuschung: Weil sie unzementiert war, wurde ein großer Teil des Mostes vom *polími* aufgesaugt. Deshalb brachten die Boublides in den folgenden Jahren die Weintrauben doch wieder mit dem Esel nach Koronos, um sie dort zu treten.

Nach dem ersten Treten der Trauben häufte der Bauer die Maische zum vorläufigen Auspressen in einer Ecke der *linoú* auf. Danach wurde sie ein zweites Mal getreten, damit alle Trauben gründlich zerquetscht wurden. Zum Schluss schichtete der Bauer die Maische in der Mitte der *linoú* zu einem hohen Haufen auf, den er mit Weinruten umwand und auf den große Steinplatten, die *mángana*, gelegt wurden, damit auch noch der letzte Saft herausgepresst wurde. Der letzte ausfließende Most, der *manganítis*, hatte eine besonders dunkle Farbe und enthielt die meisten Tannine, die dem Wein einen herben Geschmack verliehen.

Die Maische *(strofiliá)* wurde meist bis zum nächsten Tag zum gründlichen Auspressen stehen gelassen und danach in Fässer oder große Krüge gefüllt, mit Steinplatten beschwert und mit etwas Wasser bedeckt. Sie vergärte innerhalb von ein, zwei Monaten; dann wurde daraus der Tresterschnaps gebrannt.

Der Most wurde zu Hause im Keller in *methíres* gefüllt, in denen er von selbst ohne weitere Zusätze gärte. Beim Füllen der Krüge wurde der liebe Gott angerufen, dass er den Wein gut werden lasse. Solange der Most gärte, rührte der Bauer ihn täglich um. Nach Abschluss der Gärung lagerte er ihn in ein anderes Gefäß um, damit er vom Bodensatz getrennt wurde. Den Bodensatz, die *níli*, formten die Frauen zu kleinen Bällchen, trockneten ihn und verkauften ihn an die vorbeiziehenden Händler: Er wurde in der Gerberei verwendet. Die naxiotischen Weine sind besonders stark und aromatisch, oft ähneln sie eher einem Cognac. Für gewöhnlich wurde der Wein gut, manchmal produzierten die Bauern jedoch auch Essig...

Aus dem Most stellten die Frauen eine beliebte Süßspeise, die *moustalevriá*, her und kochten ihn außerdem zu einem Sirup, dem *petimézi*, ein, der für die Herstellung von Kringeln verwendet und den Kindern im Winter bei Erkältungen verabreicht wurde.

Den meisten Dörflern reichte der Wein in etwa über das Jahr; selten wurde dazugekauft. Jeden Tag nahmen die Koronidiaten zur Arbeit auf den Feldern oder in den Minen ihren Wein in einem hohlen Flaschenkürbis, dem *flaskí*, mit. Aus den *methíres* wurde der Wein mit Hilfe des *sfoúni* entnommen, mit dem er auch bei Tisch serviert wurde. Dabei handelt es sich um einen rundlichen Tonkrug, der durch Ansaugen über seinen hohlen Griff gefüllt wird: Den Griff setzt man an ein in den Vorratskrug getauchtes hohles Schilfrohr an und saugt dann den Wein über das kleine, auch zum Ausgießen dienende Loch am zugespitzten oberen Ende des *sfoúni* an.

Ein bis zwei Monate nach der Traubenernte wurde der Schnaps *(raki* oder *tsikoudhiá)* gebrannt. Dazu verwendete man besondere Kupferkessel *(kazánia).* Es gab etwa zehn Bauern in Koronos, die ein *rakitzó* besaßen und gegen ein Zehntel des Ertrages auch für die übrigen Dörfler den Schnaps brannten.

Das *rakitzó* besteht aus einem großen Kupferkessel und einem gleich großen bauchigen Deckel mit einem oben an der Seite angesetzten Rohr, das schräg abwärts durch einen großen mit Wasser gefüllten Tonkrug gesteckt ist. Hier kondensiert der verdampfte Alkohol durch die Abkühlung wieder und tropft aus dem unteren Ende des Rohres in einen Krug, das *laïni.* Es ist wichtig für das Destillieren, dass der Kessel mit der Maische langsam mit nur schwachem Feuer erhitzt wird, damit möglichst wenig Alkohol entweicht. So saßen die Männer an den kalten, ungemütlichen Herbsttagen stunden-, ja tagelang um das *rakitzó*, grillten Fleisch, backten Quitten in der Glut oder garten sie im Schnapskessel und mussten natürlich regelmäßig vom Schnaps probieren, um festzustellen, ob er die richtige Stärke hatte...

Freizeit

Das Leben der Dörfler bestand tagtäglich aus harter Arbeit. Einen großen Teil des Jahres verbrachten die Männer mit anstrengendem Tagewerk in den Schmirgelminen, und zu jeder Jahreszeit gab es außerdem auf den Feldern, in den Ölhainen und in den Weinbergen zu tun. Jeden Tag standen sie vor dem ersten Morgengrauen auf und nutzten jede verfügbare Minute. Zu der an sich schon schweren Arbeit kamen auch noch die weiten Fußwege, die sie bis zu den Feldern oder Minen zurücklegen mussten. Die Menschen hatten eine für uns kaum noch vorstellbare Kraft und Ausdauer; ein Fußweg von zehn Kilometern die Berge hinauf war für sie auch schwer beladen nicht der Rede wert, und beispielsweise bei der Getreidesaat konnten sie den ganzen Tag und oft bei Mondschein auch noch bis in die Nachtstunden die Felder tief durchhacken ohne auch nur zu ermüden.

Ohne die uns heute selbstverständlichen Hilfsmittel und Maschinen waren alle Arbeiten wesentlich anstrengender und zeitraubender. Die Frauen mussten sparsam und sorgfältig haushalten – so musste ja zum Beispiel jeder Tropfen Wasser herbeigetragen werden. Nach dem anstrengenden Tagewerk saßen sie bis spät in die Nacht beim Licht der Öllampe und spannen, webten und nähten. Für Männer wie Frauen waren Wissen, Sorgfalt und handwerkliches Geschick von entscheidender Bedeutung, da sie so viele Güter des täglichen Lebens und vor allem den größten Teil des Essens selbst produzierten. Eine schlechte Ernte bedeutete einen Mangel am entsprechenden Gut; Ausfälle konnten nur schwer ersetzt werden. Abgesehen vom Geschick und Fleiß der Bauern hing eine gute Ernte natürlich auch vom Wetter ab, der ständigen Quelle der Sorge für die Dörfler.

Diese tägliche Mühsal und Last konnte die Menschen aber nicht daran hindern, ihr Leben auch zu genießen und bei jeder Gelegenheit zu feiern: Darin waren sie ebensolche Meister wie im alltäglichen Ringen um die Existenz. Sonntags sowie an allen kirchlichen Feiertagen wurde nicht gearbeitet, und die Dörfler, Männer wie Frauen, setzten sich zusammen oder gingen in die *kafenía*, um sich zu amüsieren. Oft wurde bis spät in die Nacht gefeiert. Auch zu den Namenstagen besuchten sich die Menschen und feierten ausgiebig. In den *kafenía* und auf den Plätzen spielten jeden Sonntag, sommers wie winters, mindestens drei Gruppen von Musikanten, und das halbe Dorf versammelte sich, feierte und tanzte.

Auf den Festen wurde hauptsächlich die traditionelle Inselmusik gespielt, die *nisiótika*. Die üblichen Instrumente waren Geige, Laute, Trommel und Dudelsack, seltener wurde die auf dem Festland sehr beliebte Klarinette benutzt. Die beliebtesten Tänze waren der paarweise in freier Gestaltung getanzte *bálos*, der *sirtós*, ein Reigentanz mit mehreren unterschiedlich zu kombinierenden Schrittfolgen, und der *kalamatianós*, ein Reigentanz mit festgelegtem Schrittablauf. Besonders bei Besuchern aus Athen war der *zeimbékikos* besonders beliebt, der von einem Tänzer allein in freier Ausführung mit diversen Sprüngen, in-die-Hocke-Gehen und vielerlei anderen Figuren getanzt wird. Dazu gab der Lautenspieler manchmal kleine Versgesänge zum Besten, die er entweder dem großen schon bestehenden Schatz entnahm oder der Situation entsprechend spontan verfasste.

So geschah es bei einem Fest, an dem der jugendliche Mitsos teilnahm, dass ein Mann namens Tássos bei den Musikanten einen Tanz nach dem anderen bestellte und keinen anderen mehr tanzen lassen wollte. Tassos stammte aus Apiranthos. Er war fest beim Schmirgelabbau eingestellt und deswegen eine Respektsperson in Koronos. Seine Tochter heiratete später Mitsos' engen Freund und Trauzeugen Frixos. Tassos war schon etwas älter; er machte noch ganz gute Sprünge, aber bei den „Hinhockern" kam es vor, dass er sich zum Wiederaufrichten mit der Hand abstützen musste. Da sang ihm der Lautenspieler folgenden Vers:

> *„Ja dhíte avtón ton chorevtí,*
> *kondévi na petáxi - "*
> „Ja schaut euch diesen Tänzer an,
> fast woll'n ihm Flügel wachsen - "
> (stolz reckte sich der Tänzer in die Höhe)
>
> *„ma dhen borí na sikothí,*
> *ótan tha kondokátsi!"*
> „doch wenn er sich zu Boden hockt,
> kommt er nicht auf die Haxen!"

Erbost über diese Beleidigung riss sich der Tänzer den schweren handgefertigten Hirtenschuh vom Fuß, schleuderte ihn auf den Sänger und zertrümmerte die Laute!

Auch sonst kam es bei den Feiern nicht selten zu Zank und Streit oder sogar zu Schlägereien vor allem unter der Dorfjugend, man neckte und ärgerte sich; das Leben brodelte.

Die Boublides waren seit jeher besondere Liebhaber von Musik und Tanz. Mitsos bildete da keine Ausnahme: Er erschien auf jeder Feier und ließ keine Gelegenheit zum Tanz aus. Er sang ausgezeichnet und tanzte noch besser. Wenn er tanzte, ein *pallikári* in der Blüte seiner Jugend, dann spendierten ihm die Zuschauer oft einen *rakí* nach dem anderen, damit er bleibe und noch einmal tanze... Noch heute kennt Mitsos unendlich viele Lieder mit ihrem vollständigen Text auswendig und singt fast ständig vor sich hin.

Als Jugendlicher war Mitsos mit einem etwa gleichaltrigen Nachbarjungen namens Manólis Koufópoulos befreundet. Bei dessen Familie wohnte auch der alte, erblindete Großvater. Dieser war als Soldat in der Nähe von Lárissa zur Jagd auf Kítsos, einen berühmten Räuber *(kléphtis)*, abgeordnet worden. Kitsos raubte die Reichen aus, aber er gab von dem Geld den Armen; insbesondere stattete er viele arme Mädchen mit einer Mitgift aus. Darum war er beim Volk beliebt und geradezu zu einem Volkshelden geworden. Zuletzt wurde er aber doch gefasst und getötet. Jedenfalls gab es ein schönes Lied, das etwa folgendermaßen lautete:

„Die Mutter von Kitsos sitzt am Fluss,
sie sitzt am Fluss und schimpft mit ihm,
sie schimpft mit dem Fluss und bewirft ihn mit Steinen
und ruft: Hemme deinen Lauf,
hemme deinen Lauf und kehre zur Quelle zurück,
kehre zur Quelle zurück, damit ich dich überqueren kann,
denn auf der anderen Seite feiern die Klephten ein Fest,
sie feiern ein Fest und braten Lämmer,
sie braten Lämmer und drehen sie am Spieß,
die Klephten und die Kapetane,
sie feiern ihr Fest, die Klephten,
und sie tanzen und singen dabei..."

Manchmal rief Manolis' Großmutter Mitsos herbei, er solle dem Großvater das Lied vorsingen. Dann ging Mitsos hin und sang; und der Großvater stand auf, warf seinen Stock fort und tanzte und rief: „Bravo, Mitso[23]! So fühle ich mich wieder wie ein Jüngling!"

Die ausgelassenste Zeit in Koronos war die Karnevalszeit. Dann feierte das ganze Dorf, lustige Gesellschaften zogen von Haus zu Haus, und jeden Tag lud ein anderer die Nachbarschaft zum Essen und Feiern ein. Gegen Ende der Karnevalszeit wurden die Eber geschlachtet, alle am selben Tag; dann war vom Morgengrauen an das Dorf erfüllt von panischem Gequieke, von Hektik, Aufregung und Freude. Manche Eber entwischten in letzter Sekunde ihren Besitzern, die ihnen dann in wilder Jagd durch die Gassen nachsetzten. Die Kinder balgten sich um die Blasen und die Schwänze, die viele roh knabberten; die Frauen eilten mit heißem Wasser und Messern hin und her und machten sich ans Einsalzen, Einlegen und Wursten.

---

[23] „Mitso" ist die Rufform von „Mitsos".

In den letzten Tagen der Karnevalszeit holten die Hirten ihre Ziegenglocken aus den Verstecken (im Winter hielten die Hirten die besseren Glocken versteckt, da die Herden dann weniger gut bewacht wurden, so dass die Glocken einfacher zu stehlen gewesen wären), und die Hirtenjungen verkleideten sich als *koudhounáti*: Sie banden sich zur üblichen Hirtentracht so viele Gürtel mit daran befestigten Glocken um, wie sie nur tragen konnten. In dieser Aufmachung rannten sie unter ohrenbetäubendem Geläute durch die Gassen des Dorfes, jagten sich und zogen sich auch schon mal eins mit den Hirtenstöcken über.

Aber bald schon war die schöne Karnevalszeit vorbei. Am letzten Abend wurden die Bäuche der Kinder mit einem gekochten Ei „verschlossen", denn nun begann die 45-tägige Fastenzeit vor Ostern. Der erste Tag der Fastenzeit, der „Reine Montag" *(katharí dheftéra*, entspricht dem Rosenmontag) wurde ebenfalls als Feiertag begangen. Die Menschen aßen ein besonderes Fladenbrot, die *langána*, Oliven, Salate ohne Öl, Meeresfrüchte wie Tintenfische, Napfschnecken, Meeresschnecken und Seeigelkaviar, und *chalvá*, eine aus Sesampaste und Zucker oder Honig hergestellte Süßspeise.

Meistens liegt die *katharí dheftéra* etwa Anfang März, also am Beginn des letzten Wintermonats. Nun klettert die Sonne am Himmel schon hoch hinauf, und es kann bei gutem Wetter schön warm werden. Am ersten März banden die Mütter den kleinen Kindern ein aus rotem und weißem Garn gewundenes Bändchen um das Handgelenk, den *márti* (März), damit die Sonne sie nicht verbrannte. Meist gibt es im März aber auch noch kalte Tage, an denen eisige Nordwinde wehen und sogar Schnee fallen kann. „*Tou Márti xýla fílaxe min kápsis ta paloúkia!"* sagten die Dörfler, das heißt: „Bewahre dir Holz für den März auf, damit du nicht die Zaunpfähle verheizen musst!"

Bis Ostern wurde streng gefastet: Fleisch, Fisch, Eier und Milchprodukte waren verboten, teilweise auch das Öl. Und das, obwohl jetzt die Zeit war, in der der erste Käse produziert wurde und die Hennen die meisten Eier legten! Mitsos' Schwester Koula, die die Hühner der Familie versorgte, sammelte die Eier während der Fastenzeit in einem großen Korb, aber Mitsos, der es mit dem Fasten nicht so genau nahm, stibitzte gelegentlich welche und schmauste zusammen mit seinen Freunden. Schließlich begann sich seine Schwester zu wundern, warum die Eier im Korb nicht mehr wurden und befragte Mitsos dazu; der stritt freilich jede Schuld ab.

Der höchste Fastentag war der Karfreitag. Nur Mitsos' Cousin Karavelis, der Meisterdieb, brachte es fertig, sogar am Karfreitag eine Ziege zu stehlen und zu kochen. Er hütete Kaminaris' Herde bei Atsipapi in der Nähe des Argokili. Am Karfreitagabend kam Mitsos dort auf dem Weg von der Hirtenstelle in Lioiri zum Dorf vorbei (die bei den Herden übernachtenden Hirtenjungen wurden in der Osterwoche üblicherweise am Freitag zum Waschen und Kleiderwechseln ins Dorf geschickt und verbrachten dann den Ostersamstag und –sonntag bei den Herden, während ihre Väter an diesen Tagen ins Dorf gingen, um die Kirche zu besuchen). Karavelis sah nun seinen Cousin, als er am *mazomós* vorbeilief, und rief ihn herbei: Mitsos solle mit ihm essen, er habe tolles Fleisch gekocht und auch guten Wein dazu. „Pfui, schämst du dich nicht, sogar am Karfreitag?!" protestierte Mitsos und lehnte ab, aber Karavelis ließ nicht locker; er wollte Gesellschaft: „Ach was, dummes Zeug! Du wirst doch nicht an diesen Fastenunsinn glauben?" Und schließlich ließ Mitsos sich überreden.

Am nächsten Morgen ging er von Atsipapi aus direkt nach Lioiri zurück. Sein Vater schimpfte, als er erfuhr, dass er nicht im Dorf gewesen war. Mitsos redete sich mit Unwohlsein heraus: Als er bei Karavelis vorbei gekommen sei, habe er solche Bauchschmerzen bekommen, dass er nicht weitergehen konnte. Und tatsächlich fühlte er sich nicht wohl, das sündige Fleisch lag ihm schwer im Magen, und er bereute seine Untat...

In der letzten Woche vor Ostern stellten die Hirten jeden Tag *xinógalo*, Sauermilch, her und hängten sie zum Abtropfen in einem großen Kissenbezug auf. Zu Ostern gab es dann für alle Familienangehörigen und Freunde ein Körbchen Sauermilch. Am Ostersamstag wurden die Lämmer geschlachtet. Die Frauen bereiteten die *magirítsa*, eine Suppe aus Gemüse und den Innereien der Lämmer. Gegen Mitternacht gingen alle Dörfler zur Messe; nur die Hirtenjungen blieben auf den *mazomí* bei den Herden. Am Ende des Gottesdienstes verkündete der Priester die Auferstehung Christi mit dem dreimaligen Ruf: *„Christós anésti!"* („Christus ist auferstanden!"), auf den die Gemeinde antwortete: *„Alithós anésti!"* („Er ist wahrhaftig auferstanden!"). Dabei wurde mit Pistolen und Gewehren geschossen, und die Jugendlichen warfen selbstgebastelte Knallkörper in die Luft. Alle zündeten an der heiligen Flamme ihre mitgebrachten Kerzen an und zogen nach Hause, um die *magirítsa* zu essen: Die Fastenzeit war zu Ende. Als erste Speise bekamen die Kinder wiederum ein gekochtes Ei, das die Mägen wieder „öffnen" sollte. Gekochte und mit dem Färber-Krapp *(Rubia tinctorum)* rot gefärbte Eier gehörten stets auf den Ostertisch; sie versinnbildlichten die Auferstehung Christi. Die Hütejungen auf den *mazomí* hörten die mitternächtlichen Glocken läuten und kochten sich Eier und aßen Sauermilch und *gardhoúmia*, die aufgedrehten Gedärme der Lämmer.

Am nächsten Morgen gingen die Hirten in aller Frühe zu den *mazomí* zum Melken, dann kehrten sie zeitig zurück und brachten die in den letzten Tagen hergestellte *misíthra* (weicher Frischkäse) ins Dorf mit. Dort hatten sich schon die Dörfler zur vormittäglichen Messe vor der Kirche versammelt, aber der Priester wartete ebenso wie zur Auferstehungsmesse darauf, dass alle Hirten eintrafen, bevor er mit der Liturgie begann. Die Menschen trugen ihre Festtagskleidung, und der Kirchplatz verwandelte sich in ein wogendes rotes Meer mit all den roten *fésia* (Feze*)*, die die Männer trugen. Nach der Liturgie wurden die Ikonen in einer langen Prozession unter fortwährendem Glockengeläut und Kanonendonner durch das Dorf getragen. Die Koronidiaten feierten die Auferstehung Christi nämlich nicht nur mit Gewehr- und Pistolenschüssen und dem Werfen von Dynamitstangen, nein, sie hatten für diesen Zweck eigens eine kleine Kanone, die unter höllischem Geknalle abgefeuert wurde. Dabei handelt es sich wohl um die letzten Überbleibsel des dionysischen lärmenden Austreibens des Winters. Danach gingen alle nach Hause und aßen das am Spieß gegrillte oder im Ofen gebackene Lamm.

Ein besonders wichtiger Feiertag für Koronos war der Freitag nach Ostern, der Tag des Lebensspendenden Quells, an dem die Kirche der *Panagía Argokilió-tissa* ihren Namenstag feierte. Einer dieser Feiertage ist Mitsos unvergesslich geblieben: Es war im Jahre 1930, als Mitsos dreizehn Jahre alt war. Im Februar dieses Jahres war, wie schon geschildert (s. S. 33ff.), die aufgrund eines Traumes wiedergefundene wundertätige Ikone zum Argokili zurückgekehrt. Während der Liturgie, die bei dieser Gelegenheit am Argokili zelebriert worden war, war aus einem trockengefallenen Brunnen nahe der Kirche springbrunnenartig eine Was-sersäule hervorgeschossen, das *„ágiasma"* (Weihe). Noch zwei Mal war seitdem das *ágiasma* von den *onirevámeni* angekündigt worden und auch eingetreten, und nun, am Feiertag der *Panagía Argokiliótissa*, sollte wieder eines stattfinden.

Mitsos war mit seiner Mutter, seinen Geschwistern und vielen anderen Ver-wandten zur Liturgie zum Argokili gekommen. Es hatte sich eine riesige Men-schenmenge versammelt. Auf dem Kirchplatz und auch auf den Felsen, Mauern und Kuppen rundherum standen dicht gedrängt die Gläubigen. Die Priester hiel-ten die Liturgie ab. Danach trugen sie die wundertätige Ikone aus der Kirche her-aus und in einer großen Runde über den Kirchplatz. Mitsos hatte sich ganz nach vorn gedrängt, um alles gut mit ansehen zu können. Und da ertönte plötzlich das merkwürdige Brummen, lauter und lauter anschwellend, und dann schoss aus dem trockenen Brunnen die Wassersäule hervor, fünf Meter in die Höhe. Die Nahestehenden, auch Mitsos, wurden nass gespritzt, und alle stürzten mit Fla-schen, Bechern und anderen Gefäßen herbei, um etwas von dem heiligen Wasser aufzufangen und nach Hause zu tragen. Einige Minuten lang sprudelte das Was-ser, dann versiegte es ebenso plötzlich, wie es erschienen war. Alle Anwesenden waren vom Erleben dieses erneuten Wunders erschüttert – sie hatten den göttli-chen Hauch über sich hinwegstreichen gefühlt.

Ein weiterer wichtiger Feiertag war in Koronos der Namenstag der Dorfkirche Agia Marina am 17. Juli. An diesem Tag wurden auf dem Dorfplatz Tische auf-gestellt, und die Kirche spendierte den Dörflern Käse, Wein und anderes mehr. Die Dörfler übereigneten nämlich der Kirche bei mancherlei Gelegenheiten Öl-bäume, Weinstöcke und auch Tiere: Wenn sie oder ihre Tiere von einer Krank-heit genasen, wenn sie bei einem Unfall heil davongekommen waren und so wei-ter. Die der Kirche vermachten Tiere versahen die Hirten mit einer besonderen Ohrmarkierung, damit sie nicht gestohlen wurden; entsprechend berechneten sie dann den Anteil an Käse, der der Kirche gehörte, und gaben diesen später dem Priester. Ebenso lieferten die Dörfler der Kirche auch einen Anteil von ihrem Öl oder Wein entsprechend den Bäumen oder Weinstöcken, die sie der Kirche über-tragen hatten. Der *Panagía Argokiliótissa* gehörten auch viele Bienenstöcke, die am Argokili standen und der Kirche reichlich Honig und Wachs für Kerzen lie-ferten. Sie wurden von einem besonders aggressiven Bienenvolk bewohnt: Wenn jemand die Bienen etwa durch einen Steinwurf aufscheuchte, konnte man sich für Stunden nicht in die Nähe wagen. Bei einem Fest der *Argokiliótissa* wurde das Maultier eines Mannes aus den Livadia von den Bienen so böse gestochen, dass es starb, obwohl die Koronidiaten einen ganzen Krug Essig aus dem Dorf holten, um es damit abzureiben.

Abgesehen von diesen großen Feiertagen nahmen die Dörfler aber wie erwähnt auch jede sonstige Gelegenheit wahr, aus der täglichen, ermüdenden Routine auszubrechen; so feierten sie zum Beispiel alle Namenstage ausgiebig in der Nachbarschaft und unter den Verwandten. Freilich benötigte ein junger Mann auch ein bisschen Geld, um sich für die Feiern auszustatten. Wenn ein Fest anstand, oder Mitsos sonst ein paar Drachmen brauchte, dann ging er, wenn er dazu Zeit fand, irgendwo einen Weinberg hacken oder ein Feld entsteinen oder sammelte für ein kleines Trinkgeld Feuerholz für die älteren Leute der Nachbarschaft. Öfter half er der Töpferfamilie, die ganz oben in Koronos wohnte, *frýgana* (Dorniger Ginster, *Genista acanthoclada*) für das Befeuern des Brennofens herbei zu schaffen. Es gab immer etwas zu tun im Dorf und immer irgendwo ein paar Drachmen zu verdienen für jemanden, der die Arbeit nicht scheute. Mitsos kannte sich mit vielen Arbeiten aus und war nicht wählerisch, aber bis ins hohe Alter blieb seine Lieblingsbeschäftigung doch das Hacken. Den ganzen Tag gebeugt einen Weinberg durchhacken, das ermüdete ihn nie, da ging die Arbeit schnell voran...

Mitsos' *nonós*, sein Patenonkel, hieß Státhis und stammte aus dem Dorf Kinídharos. Die Patenschaft spielt in Griechenland eine ganz besondere Rolle, sie ist fast gleichwertig mit der echten Verwandtschaft. Stathis war mit Boublomanolis gut befreundet und besuchte ihn gelegentlich in Koronos, dann setzten sie sich zusammen, aßen und tranken und prosteten sich zu: *„Ja sou, koumbáre!"* („zum Wohl, Gevatter!") und erzählten sich was. Stathis war ein ruhiger und gutmütiger Mann. Er hatte einen riesigen gezwirbelten Schnurrbart, der an beiden Seiten weit über das Gesicht hinausstand.

Mitsos' Patenonkel war verheiratet, hatte aber keine Kinder, und darum bat er seinen *koumbáros*, den Boublomanolis, öfter: „Bitte, lass mich doch den Dimitris adoptieren! Du weißt, dass ich selbst keine Kinder habe! Wenn er zu mir kommen will, werde ich ihm all meinen Besitz schon jetzt überschreiben! Wie du weißt, bin ich kein armer Mann. Ich kann gut leben mit meinen Ländereien, ohne Sorgen. Aber was hat man davon, wenn man keine Kinder hat? Dein Sohn Dimitris ist ein gutes Kind, er gefällt mir sehr! Lass mich ihn adoptieren; er wird es gut bei mir haben!"

Boublomanolis hatte nichts dagegen. Freilich war Mitsos auch für ihn eine wichtige Hilfe. Aber sie waren eine große Familie, und wenn es ihnen auch nicht schlecht ging, so war es doch nicht leicht, so viele Kinder zu versorgen. Wenn Mitsos von Stathis adoptiert würde, wäre sein Lebensunterhalt gesichert. Warum also nicht?

Er fragte nun seinen Sohn, ob er einverstanden wäre. Das war Mitsos allerdings ganz und gar nicht. Im Gegenteil, er wollte auf keinen Fall von zu Hause fort, und so sehr sein Vater auch auf ihn einredete, es fruchtete nichts. Von da an versteckte sich Mitsos jedes Mal, wenn er seinen Patenonkel kommen sah, aus Angst, der könnte ihn mitnehmen. So schlief der Kontakt allmählich ein, und Stathis kam immer seltener nach Koronos.

Viele Jahre später, als Mitsos achtzehn Jahre alt war, besuchte er einmal das Dorffest in Keramoti, dem kleinen Dorf, das tief unten im Tal südlich des Koronos-Berges liegt. Es war der Namenstag der kleinen Kirche oben auf dem Pass, der auch nach Koronos führt, *tou Stavroú,* der 14. September. Bald war das Fest in vollem Gange, es wurde gespielt, gesungen und getanzt. Mitsos schaute sich nach geeigneten Tänzerinnen um und hatte bald ein Mädchen gefunden, dass ihm außerordentlich gut gefiel, eine richtige Schönheit, wohlgestaltet, brünett, mit einem Gesicht, das Freundlichkeit und gute Laune ausstrahlte. Er sprach sie an und forderte sie auf, und sie tanzten lange miteinander.

Je länger sie zusammen tanzten, desto besser gefiel Mitsos das Mädchen. Schließlich fragte er sie, ob sie ein wenig verschnaufen wollten, und sie spazierten durch die Gassen und weiter durch die das Dorf umgebenden Gärten bis zur Quelle. Hier war es angenehm kühl im Schatten der großen Platanen. Das Blätterdach schirmte das grelle Sonnenlicht ab und sprenkelte den Platz mit kleinen Licht- und Schattenpunkten. Musik und Trubel klangen nur noch gedämpft herüber; das Plätschern des Wassers und das sanfte Rauschen der Blätter umgab die beiden wie eine Hülle. Es war, als wären sie in einen privaten, abgeschirmten Raum getreten, ins geheimnisvolle Reich der uralten Quellnymphen und Nereiden.

Mitsos setzte sich auf ein Mäuerchen und plauderte mit seiner Begleiterin: Er hatte ernsthafte Absichten und hätte sie am liebsten vom Fleck weg geheiratet. Er fragte sie, aus welchem Dorf sie stamme: Sie kam aus Kinidaros. Da erzählte Mitsos ihr, dass sein Patenonkel, sein *nonós,* ebenfalls aus Kinidaros sei: „Es ist der kinderlose Stathis. Er wollte mich sogar adoptieren, aber ich habe nicht gewollt... Fast wäre ich also auch aus Kinidaros. Meine Großmutter nennt mich sowieso immer Kinidarioti, weil mein *nonós* daher kommt...“ „Ach“, rief das Mädchen, „dann sind wir ja miteinander verwandt, *kalo-adhélfia* („Patengeschwister“)! Der Stathis, von dem du redest, ist auch mein Patenonkel, und nun hat er statt deiner mich adoptiert; ich bin jetzt seine Tochter!“ Mitsos war zutiefst enttäuscht, denn die Kirche untersagte die Heirat zweier Menschen, die von demselben Paten getauft waren...

Auch das Mädchen fand Mitsos sympathisch und schlug vor, sie sollten sich trotzdem öfter mal sehen: „Bitte, komm doch einmal bei uns zu Hause in Kinidaros vorbei! Ich möchte dich gern wiedersehen; und auch mein Stiefvater, dein *nonós,* würde sich schrecklich freuen! Weißt du, wie oft er mir von dir erzählt hat, von seinem Patenkind Dimitris aus Koronos? Ja, er liebt dich wirklich sehr!“

Doch es blieb bei diesem einen schönen Tag. Spät in der Nacht trennten sie sich, und Mitsos sah das Mädchen nie wieder. Noch im selben Herbst ging er zusammen mit seinen Eltern nach Athen und kehrte erst viele Jahre später unter ganz veränderten Umständen nach Naxos zurück.

Lügengeschichten und Träume

Wie schon berichtet, war in den dreißiger Jahren in Koronos nach der Wiederauffindung der wundertätigen Ikone aufgrund prophetischer Träume kleiner Kinder ein wahres Traumfieber ausgebrochen, und alle diese Träume wurden abends in den *kafenía* eifrig diskutiert.

Zu jenen Zeiten und teilweise bis heute noch war in den Dörfern von Naxos neben einer tiefen christlichen Frömmigkeit auch ein starker Aberglauben verbreitet. Die Menschen fürchteten sich vor dem Teufel und einer Vielzahl von Dämonen und führten mancherlei Rituale durch, um sie zu „bannen" und abzuwehren. So war die Haltung der Inselbewohner zu ihrer Umwelt oft von Furcht, Unsicherheit und einer gewissen Feindseligkeit geprägt: Überall lauerten gefährliche mythische Wesen. Dabei handelte es sich häufig um die uralten heidnischen, von der christlichen Kirche dämonisierten Naturgottheiten wie Nereiden und Nymphen oder dionysische Wesen, oder aber um antike, im Volksglauben verwurzelte Schreckgestalten der Unterwelt. In Sichtweite aller kultivierten Ländereien wurden Kapellen errichtet, um die Dämonen fern zu halten. Nachts wagten sich die meisten Menschen kaum aus dem Dorf.

Solcherlei Ängste wurden freilich auch mit Absicht geschürt, damit sich niemand nachts im Schutze der Dunkelheit zum Stehlen auf den unbewachten Feldern herumtrieb, und damit die Kinder sich nicht allein vom Dorf entfernten: Die Erwachsenen erzählten ihren Kindern, dass an den Grenzen des Dorfes sowie an bestimmten Stellen entlang der Wege, die vom Dorf wegführten, Dämonen und Nereiden hausten. Im Dorf kursierten viele Berichte von Begegnungen mit solcherlei Wesen.

Als Mitsos eines Abends unterhalb von Koronos an einem Hang saß und die Ziegenherde hütete, sah er in der Dämmerung einen Mann eilig herbeilaufen. Dessen Ziege war auf einem benachbarten Feld zum Weiden angebunden, und er hatte vergessen, sie rechtzeitig nach Hause zu holen. Jetzt saß ihm die Angst vor den vielen *telónia* und *xorkisména,* den unheimlichen Wesen der Mittagshitze und der Nacht, im Nacken. Er hastete zur Ziege, um sie loszubinden, wobei er immer wieder um sich schaute; Mitsos hörte sein Schnaufen und leises Fluchen. Als er sich bückte, um den Knoten zu lösen, warf Mitsos ein Steinchen hinüber, das raschelnd neben ihm ins Gras fiel. Der Mann fuhr erschrocken zurück und schaute sich angstvoll um. Dann bückte er sich erneut, kriegte aber den Knoten mit seinen zitternden Händen nicht so schnell auf. Mitsos warf den nächsten Stein. Wieder fuhr der Mann zurück, bekreuzigte sich und murmelte bebend das Vaterunser. Noch ein, zwei Kiesel – der Mann stand wie erstarrt. Schließlich wurde Mitsos bange, der Arme könnte einen Herzanfall erleiden, und so rührte er sich nicht mehr. Da kam wieder Leben in den Mann; er zog sein Messer und schnitt den Strick kurzentschlossen durch. Dann rannte er, das Tier hinter sich herziehend, davon, dass die Steine Funken schlugen... Später erzählte er im *kafenion* ausführlich, wie ihn die Dämonen mit Steinen beworfen hätten, als er seine Ziege holte, und schwor bei allen Heiligen, dass er nie wieder nach Sonnenuntergang aus dem Dorf gehen würde.

Die *onirevámeni* kommunizierten dagegen mit den Heiligen und vermittelten die schon beschriebenen Prophezeiungen über die Zukunft, über das drohende Unheil und aufziehende schlimme Zeiten. Außerdem träumten viele Menschen auch von praktischeren Dingen, so zum Beispiel von Schätzen, deren Lage ihnen die Heiligen enthüllten. Oft gaben die Heiligen den Träumenden genaue Anweisungen, wie und mit wem zusammen sie die Schätze ausgraben sollten, und nicht wenige Krankheits- und Todesfälle im Dorf wurden darauf zurückgeführt, dass jemand einen Schatz zu heben versuchte, ohne die Anordnungen der Heiligen zu befolgen, wodurch er deren Zorn auf sich zog.

Nikiforakis, dem Mann von Mitsos' Schwester Koula, erschien eines Nachts im Traum ein Heiliger, der ihm mitteilte, dass in einem bestimmten Weinberg in der Nähe des Argokili ein Schatz versteckt sei, den er heben solle. Der Heilige bezeichnete ihm die genaue Stelle und wie tief er graben müsse. So ging Nikiforos eines Abends dorthin, wartete in der Nähe versteckt, bis es ganz dunkel war, und machte sich dann mit seiner Hacke an die Arbeit. Nach ein paar Hackenschlägen sah er auf, aber was war das?! Er sah oben hinter dem Hügel einen ungeheuren Schatten auftauchen: einen gewaltigen Giganten, der mit riesigen Schritten die Terrassen hinunter stapfte, genau auf ihn zu! Natürlich ließ Nikiforakis alles fallen und rannte davon, was das Zeug hielt.

Der einzige im Dorf, der an solche Geschichten nicht glaubte und der keine Angst vor dem Teufel und den Dämonen hatte, war Mitsos' Onkel Kaminaris. Er sagte zu den anderen: „Was ist denn das für ein Unsinn? Schämt ihr euch nicht, so kindisch zu sein? Teufel, Dämonen! Warum erscheinen mir denn nie welche, könnt ihr mir das erklären? Wenn sich mir einer vor die Nase wagen würde, dem würde ich das Teufel-Sein gründlich austreiben! Das sind doch alles Hirngespinste, nichts als Ausgeburten eurer Phantasie!"

Zu Mitsos sagte Kaminaris: „Fürchte dich vor nichts, das ist alles nur Einbildung! Und wenn dich mal ein Dämon belästigen sollte, dann sag es nur mir, ich regele das dann schon!" Auch Kaminaris' Söhne Karavelis und Mavromichalis trieben sich nachts ohne Angst herum, und sie profitierten nicht wenig von der Furchtsamkeit der Dörfler, denn so konnten sie ohne Sorge ihre Diebeszüge unternehmen und in aller Ruhe die schönsten Weintrauben und Feigen stehlen, ganz zu schweigen von Ziegenglocken.

In den *kafenía* verbrachten die Männer des Abends ihre spärliche Freizeit nicht nur mit Trinken und Kartenspielen, sondern sie neckten sich auch mit allerlei Streichen und erzählten haarsträubende Geschichten über alle möglichen Abenteuer, die sie erlebt hatten.

Der Ehemann von Mitsos' Cousine Katerina war einer der Koronidiaten, die ein besonderes Erzähltalent hatten. So berichtete er einmal Folgendes: Er war mit zwei anderen Männern mit einem Segelboot zu den unbewohnten, etwa zehn Kilometer vor der Küste liegenden Makares-Inseln hinüber gefahren. Dort sammelten die Gefährten *patelídhes* (Napfschnecken) und *kochýlia* (Strandschnecken) und angelten auch ein paar Fische. Wieder zurückgekehrt ging Giorgos abends ins *kafenion* und begann zu erzählen:

„Also, habt ihr so was schon gehört? Wir fuhren nach Makares rüber, das Wetter war ja prima, und das Boot flog über die Wellen wie ein Vogel. Auf Makares legten wir in der großen Bucht an und vertäuten unser Boot. Dann gingen wir die Uferfelsen entlang und sammelten *kochýlia*; die Schnecken gibt's da in rauen Mengen, ganze Säcke könnte man füllen. Als wir genug zusammen hatten, machten wir's uns gemütlich, schlugen ein paar Schnecken mit einem Stein auf, steckten sie als Köder an unsere Angelschnüre und warfen sie aus. Und ich sag euch, da beißen die Fische an wie nichts! Im Nu hatten wir eine gute Mahlzeit zusammen.

„He", sage ich zu den anderen, „wollen wir uns nicht jetzt schon ein paar braten? Ich habe jedenfalls Hunger!" Alle waren einverstanden. Also ging ich ans Wasser und putzte ein paar Fische. Gleich daneben lag halb im Wasser ein schöner runder Felsen, da setzten wir uns drauf, sammelten ein paar Hölzer vom Strand zusammen, zündeten ein Feuerchen an und packten unser Essen aus: Brot und Käse hatten wir dabei, ein paar Zwiebeln, Oliven und Wein. Dann spießten wir die Fische auf Stöckchen und grillten sie über der Glut. Hm, was duftete das köstlich! Mir lief schon das Wasser im Mund zusammen! Aber da – was war das? Plötzlich schien uns, als wackele der Felsen! Wir sprangen alle auf – ein Erdbeben?! Wieder wackelte der Felsen, zitterte und ruckte; aber jetzt sahen wir, dass nur unser Felsen wackelte, während die übrige Insel stille stand, wie es sich für eine Insel gehört. Noch ein gewaltiger Stoß – wir fielen auf die Knie und riefen von Schrecken gepackt die *Panagía* an.

Da löst sich der Felsen von der Insel! Wir springen wieder auf die Füße, stolpern übereinander, stürzen zu Boden, eine wilde Panik hat uns erfasst! Wie die Hasen springen wir über den Spalt, der immer breiter wird, ans Ufer! Glücklicherweise gelingt es uns allen, uns an Land zu retten. Wir schauen zu unserem Felsen herüber: Der entfernt sich unter Geplansche von uns, mitsamt unserem Essen und dem *flaskí* mit dem Wein, auch unsere Messer hatten wir in der Eile liegen lassen. Da senkt sich der Felsen plötzlich und verschwindet im Meer, unser Feuer verlöscht, es zischt und dampft gewaltig, dann ist alles vorbei!

Doch nein, da sehen wir wieder eine Bewegung: Der Felsen taucht wieder auf, und jetzt erkennen wir es: Es ist eine *riesige* Schildkröte!! Die hatte am Ufer gelegen und geschlafen, als wir uns drauf gesetzt und unser Feuerchen angezündet hatten; und da war ihr durch die Glut heiß geworden, und sie ist ins Wasser gesprungen, um sich abzukühlen! Sie schaut uns also böse an, wir stehen steif wie die Stöcke vor Schreck und können uns nicht rühren! Dann taucht sie wieder unter, ein letztes Aufschäumen des Meeres, und alles ist still. Nur ein paar Brotstückchen, Zwiebeln und unsere gegrillten Fische treiben auf den Fluten... So mussten wir also hungrig nach Hause fahren! Aber, ich kann euch sagen, nach dem Schrecken waren wir froh, überhaupt wieder heil nach Hause zu kommen! Die ganze Zeit während der Überfahrt habe ich mit den Augen das Meer abgesucht, gezittert und die *Panagía* angerufen! Aber die Heiligen hatten Mitleid mit uns, und die Schildkröte ließ sich nicht wieder blicken ...!"

Kapitel 4: Hirtenleben

Πράσινη μέρα λιόβολη, και καλή πλαγιά σπαρμενή
κουδούνια και βελάσματα, μυρτιές και παπαρούνες,
η κόρη πλέκει τα προικιά κι ο νιός πλέκει καλάθια
και τα τραγιά γιαλό-γιαλό βοσκάνε τ'άσπρο αλάτι.

Γιάννης Ρίτσος, Λιανοτράγουδα

Der Fußweg nach Lakkous führt über steinige, öde Berghänge. Es ist ein
ganzes Stück zu laufen von der Schotterstraße, wo wir das Auto stehen
gelassen haben. Wir kommen nur langsam voran, vor allem wegen der
Kinder, die es auf dem steinigen und stufigen Pfad schwer haben. Aber
auch Mitsos, der mit seinem Stock tapfer marschiert und überraschend
leichtfüßig von Stein zu Stein springt, bleibt immer wieder stehen. Er ist
so lange, so viele Jahre nicht hier gewesen, und nun strömen die Erinnerungen unaufhaltsam auf ihn ein.

Der breite Pfad ist an vielen Stellen mit Steinplatten ausgelegt. Eine
Zeit lang führt er an einer hohen Ziegenmauer entlang. Überall auf den
trockenen Hängen wächst Stachelgestrüpp zwischen den bleichen Marmorfelsen: vor allem Ginster, aber auch wilde Oliven und Kermes-Eichen,
die hier von den Ziegen zu niedrigen, dichten, stacheligen Polstern ver-
bissen werden. Es ist schon Nachmittag, als wir zum *mazomós* aufbrechen,
aber die Sonne brennt noch heiß herab, und auch der Wind kühlt kaum.
Die Landschaft ist staubig und graubraun, der Himmel stählern, das
Meer von *meltémi*-Schaumkronen weiß gezeichnet. Die fernen Inseln ver-
schwimmen im Dunst. Das Pfeifen des Windes wird nur vom eintönigen
Gezirpe der Heuschrecken unterbrochen sowie hie und da vom Klappern
einer Samtkopfgrasmücke oder vom melancholischen Pfeifen des Grau-
ortolans. Und in der Ferne ertönt das Glockengeläute einer verstreut auf
dem Hang weidenden Ziegenherde.

Hinter einer flachen Hügelkuppe steigen wir hinab in die sanfte Vertiefung des Geländes von Lakkous. Hier wachsen einige kleine Bäume:
wilde Birnbäume und Oliven. Gegenüber liegt windgeschützt hinter einer Felsstufe der *mitátos*, das alte Steinhaus, direkt neben dem von einer
Steinmauer umgrenzten Ziegenpferch. Ein in einem alten Ölfass hausen-
der Hund bellt uns an. Es riecht nach Mist, nach Ziegenbock und nach
Staub. Der Hirte kommt aus dem Haus heraus, begrüßt uns und lädt uns
in den *mitátos* ein. Es dauert ein Weilchen, bis sich unsere Augen vom
grellen Sonnenlicht an das Halbdunkel im fensterlosen Steinhaus gewöhnt haben. Wir setzen uns auf die niedrigen, mit Fell bezogenen Holz-
schemel. Auf die als Tisch dienende Kiste stellt der Hirte Gläser und eine
Plastikflasche mit gelblichem Wein und schneidet dann einen Sauerkäse

und ein großes Stück Brot auf. Eine neugierige Ziege schaut mit ihren merkwürdigen, ausdruckslosen Augen mit den schlitzförmigen Pupillen zur niedrigen Tür herein. Von einer kleinen Baumgruppe in der Nähe dringt das unermüdliche Schrillen der Zikaden herüber, das Geräusch des griechischen Sommers.

Mitsos unterhält sich schon eifrig mit dem Hirten über alle Veränderungen, die die neuen Besitzer am *mazomós* vorgenommen haben, über die Herde und den Käse, und über die vergangenen Zeiten. Die so lange nicht gesehene und doch so vertraute Umgebung ruft in Mitsos die Erinnerungen hervor, vor allem an seinen Vater und an den Onkel Kaminaris, die in diesem selben Haus ein und aus gingen, auf denselben Schemeln saßen, dieselben Geräusche hörten und denselben Geruch atmeten. Was war das doch für eine Zeit, als er noch Hirtenjunge war!

Das Hirtenhandwerk

Das Hirtenhandwerk hat auf Naxos eine lange Tradition. Schon während der frühkykladischen Periode etwa 3000 Jahre v. Chr. wurden Schafe, Ziegen, Rinder und Schweine gehalten. In der archaischen Zeit waren die Ziegen von Naxos berühmt für ihre Größe und wurden auf andere Inseln exportiert. Bis ins 20. Jahrhundert hinein änderte sich die Art der Haltung und der Käseproduktion kaum; jahrhundertealte Traditionen wurden unverändert beibehalten. Im Dorf Koronos lebte ursprünglich der überwiegende Teil der Einwohner von der Schaf- und Ziegenhaltung, der einzigen nennenswerten Erwerbsquelle der Koronidiaten, bevor im 19. Jahrhundert der Schmirgelabbau eine größere Bedeutung für die Bewohner erlangte.

Die Vorfahren unseres Großvaters, die Boublides, gehörten zu den koronidiatischen Familien, die auch nach dem Aufkommen des Schmirgelabbaus das traditionelle Hirtenhandwerk fortführten. Mitsos' Urgroßvater, Großvater und Vater waren ihr Leben lang Hirten. Die Familie besaß eine Herde von etwa hundert Ziegen und einigen Dutzend Schafen.

Die Hirten hielten ihre Herden gewöhnlich in einiger Entfernung vom Dorf an einem *mazomós,* der Hirtenstelle. Der *mazomós* bestand aus einem von einer hohen Steinmauer umgrenzten Gelände, der *mándra,* und einem niedrigen Steinhaus, dem *mitátos.* Von der *mándra* war ein Teil durch eine Mauer abgetrennt. In diesen Pferch wurden die Tiere zum Melken getrieben, und sie konnten dort gegebenenfalls auch die Nacht verbringen. Neben dem *mazomós* lag das *provóli,* eine von einer Mauer umgebene Weidefläche. Damit die Mauern auch für die kletterfreudigen Ziegen unüberwindbar waren, baute man sie etwa zwei Meter hoch, nach oben hin leicht überhängend, und belegte sie außerdem mit dichtem Stachelgestrüpp. (Wandert man auf Naxos querfeldein, so kann das Überwinden dieser Ziegenmauern ziemlich lästig werden!)

Der *mitátos* war gewöhnlich von länglichem Grundriss mit einem niedrigen Eingang in der Mitte der windabgewandten Seite. Die Wände waren ohne Verwendung von Mörtel sorgfältig aus Steinen der Umgebung gemauert. Nur wenige *mitáti* waren mit tonhaltiger Erde verputzt. Größere Spalten zwischen den Steinen dichteten die Hirten mit Erde, alten Säcken oder Ähnlichem ab. Die *mitáti* waren meist mit großen, von Wand zu Wand reichenden Steinplatten abgedeckt. Dabei wurde nach alter, schon aus der mykenischen Zeit nachgewiesener Technik der Abstand zwischen den Wänden oben kuppelartig ein Stück verengt, indem die Wände des Steinhauses innen nach oben hin allmählich dicker gemauert wurden (außen waren die Wände gerade). Wo keine ausreichend großen Steinplatten zur Verfügung standen, wurden erst starke Wacholderäste aufgelegt und darüber kleinere Steinplatten gedeckt. Über den Steinplatten folgte eine 30 bis 40 Zentimeter dicke Erdschicht, die zum Abdichten jeden Herbst nach den ersten Regenfällen mit dem *kýlindhros*, einem großen Marmorzylinder, gewalzt wurde.

Im Eingangsbereich des *mitátos* lag die Feuerstelle, auf der bei der Käseherstellung der große Kessel erwärmt wurde. Zu beiden Seiten entlang der Wände waren lange Holzbretter zur Lagerung der Käselaibe aufgestellt. Außerdem bewahrten die Hirten im *mitátos* Feuerholz und Stroh als Futter für den Esel auf und es gab ein, zwei Schlafstellen für die dort übernachtenden Hirten.

Nahe beim *mazomós* musste ein Brunnen oder eine Quelle liegen, an der die Tiere getränkt werden konnten. Meist tranken die Hirten von denselben Wasserstellen wie ihre Herden. Gute Quellen mit fließendem Wasser waren rar; oft handelte es sich bei den Tränken um flache, offene Wasserlöcher, in denen sich Staub, Schmutz und Ziegenköttel ansammelten. Es wird gespottet, dass die Hirten so große Walrossschnurrbärte trugen, damit die Köttel daran hängen blieben, wenn sie aus den Wasserstellen tranken. Nicht weit vom Argokili gab es einen großen Felsen mit einer schüsselförmigen Vertiefung, in der sich im Winter das Regenwasser ansammelte. Die Bauern deckten diesen Wasservorrat mit Steinplatten ab, damit er nicht verschmutzte. Im Laufe des Frühlings und Frühsommers nutzten sie ihn als Trinkquelle, solange bis der Vorrat erschöpft war, indem sie das Wasser mit dicken Schilfhalmen durch eine Lücke zwischen den Platten ansaugten.

Außer dem *provóli* dienten die umliegenden Berghänge als Weidefläche. Im Sommer weideten die Ziegen und Schafe wegen der Hitze hauptsächlich nachts, wurden dann morgens getränkt und verbrachten den Tag im Schatten von Bäumen, unterhalb von Felsüberhängen oder in Höhlen in der Nähe des *mazomós*. Im Winter konnten sie auch tagsüber auf die Weidefläche.

Die Hirten hielten die Herden nicht immer an demselben *mazomós*, sondern wechselten von Jahr zu Jahr je nachdem, welcher Teil des Gemeindegebietes für die Beweidung freigegeben war. Trennlinie war in Koronos das (im Sommer trockene) Flusstal nach Lionas. In einem Jahr bauten die Bauern auf den Feldern südlich des Flusses ihr Getreide an, während auf der nördlichen Seite die Hirten ihre Herden weideten, im nächsten Jahr war es umgekehrt. Bei dieser Wechselwirtschaft wurden außerdem die Felder jedes zweite Jahr von den weidenden Tieren gedüngt. In Sommer wurden die Tiere oft auf die abgeernteten Felder getrieben, damit sie dort die Stoppeln fraßen, ruhten, wiederkäuten und dabei das

Feld düngten. Außerdem wurde durch den jährlichen Ortswechsel auch eine übermäßige Ausbreitung von Parasiten verhindert.

Mitsos' Familie besaß einen *mazomós* auf einem großen Landstück mit Feldern für den Getreideanbau sowie mit Weinbergen nördlich des Tales nach Lionas in einer Entfernung von etwa sieben Kilometern vom Dorf. Dieses Gelände namens Lákkous lag in einer windgeschützten Senke hinter der oberen Kante des Flusstales. Unterhalb der Kante lag eine steile Felswand von etwa hundert Metern Höhe. Lakkous war schon lange im Besitz der Familie. Außer Weinbergen und Getreidefeldern gehörte zu Lakkous auch ein Gelände, das so dicht mit Gestrüpp und kleinen Bäumen bestanden war, dass die Herden kaum zu entdecken waren, wenn sie dorthinein getrieben wurden. Hier versteckten die Boublides gestohlene Tiere oder verbargen die eigenen Herden vor Dieben.

Als Mitsos ein kleiner Junge war, kauften die benachbarten Hirten, die Provatáridhes, einen Teil des Geländes von Lakkous auf. Auf diesen Feldern lag ein alter Brunnen, von den Vorvätern gegraben, der sich im Winter mit Wasser füllte, so dass Trinkwasser für die Hirten zur Verfügung stand und auch die Herden getränkt werden konnten. Im Sommer fiel der Brunnen jedoch trocken. Dann mussten die Hirten ihre Tiere zur Tränke an eine etwa einen Kilometer Richtung Lionas gelegene Quelle treiben und auch das Trinkwasser musste von dort geholt werden. Wie oft hatte Mitsos den großen, 25 Liter fassenden Tonkrug dort gefüllt und nach Lakkous getragen! Später gruben die Provatarides den auf ihrem Gelände gelegenen Brunnen tiefer und mauerten ihn ordentlich aus, so dass ganzjährig Trinkwasser zur Verfügung stand.

In Lakkous gab es einen guten *mitátos*, in den es niemals hinein regnete, so dass die Hirten dort bequem übernachten konnten. Allerdings gab es manchmal Ungeziefer. Einmal wurde Mitsos' Vater von einem Skorpion gestochen, was ihm solche Schmerzen bereitete, dass er schreiend umher sprang. Es dauerte mehrere Stunden, bis der Schmerz nachließ. Skorpione saßen gelegentlich unter großen Steinen oder verbargen sich unter den für das Anheizen der Öfen benötigten Ginstersträuchern *(frýgana)*. Die Bauern hackten den Ginster ab und beschwerten ihn zum Trocknen mit Steinplatten. So zusammengepresst konnte er bequem nach Hause transportiert werden, indem die Männer ihn mit ihrem Stock aufspießten und sich über die Schulter hängten.

Mitsos' Vater Boublomanolis hielt jedes zweite Frühjahr seine Herden in Lakkous. Er brachte sie von der Winterweide dorthin, sobald die Melksaison und die Käseproduktion begannen. Im anderen Jahr, wenn in Lakkous Getreide angebaut wurde, hielt Boublomanolis die Herden anfangs an einem *mazomós* namens Skalí, der auf der südlichen Flussseite gleich unterhalb des Dorfes lag. Auch auf den Terrassen dieses steilen Geländes hatte der Großvater von Mitsos noch Getreide angebaut. Sein Vater vernachlässigte jedoch den Getreideanbau, da der Verkauf des Schmirgels genug Geld einbrachte, um ausreichend Getreide zu kaufen. Die Terrassen in Skali verfielen, und die Erde wurde nach und nach fortgeschwemmt. Auch die Herden hielt Mitsos' Vater nicht mehr oft an diesem *mazomós,* sondern meist in der Region von Lioiri, einer fruchtbaren Hochebene südlich des Argokili. Für gewöhnlich tat er sich mit anderen Hirten zusammen, zum

Beispiel mit seinem Schwager Bekovassilis, der in Lioiri einen guten *mazomós* besaß. In anderen Jahren hielt er die Herde an einem anderen nicht weit davon entfernt gelegenen *mazomós* namens tou Manolioú, der keramiotischen Hirten gehörte und den er für eine gewisse Menge an Käse pachtete. Gelegentlich waren die Herden zur Zeit der Käseproduktion auch auf dem Berg Koronos an einem *mazomós* auf der Ráchi (*ráchi* = Bergkamm, Rücken).

Im Sommer und im Winter wurden die Tiere auf anderen Weiden gehalten als im Frühjahr zur Zeit der Käserei. Sobald im Sommer die Milch der Ziegen und Schafe zurückging und die Hirten mit der Käseproduktion aufhörten, brachten sie die Herden in die kühleren Bergregionen oder die küstennahen Gebiete. Dann hielt Boublomanolis seine Herden meist in Limnári an der Küste südlich von Lionas, oder auch auf dem Kalogeros in der Nähe von Apollonas, auf den Küstenhängen unterhalb von Lioiri oder auf dem Koronos-Berg. Dort weideten die Tiere meist auf gepachtetem Gemeindeland oder auf privaten Weideflächen und Hängen, die gegen eine bestimmte Menge Käse gemietet wurden. Im Sommer brauchten die Herden nicht viel Betreuung; benötigt wurde nur eine Weidefläche, die ausreichend Futter hergab. Gut war es, wenn die Tiere jeden Tag getränkt werden konnten, aber auch ohne Wasser konnten die Ziegen und Schafe überleben; dann deckten sie ihren Flüssigkeitsbedarf durch Wurzeln und Knollen, die sie aus der Erde scharrten.

Auf den Berghängen, die der Gemeinde gehörten und als Weide verpachtet wurden, hielten meist mehrere Hirten ihre Herden, die sich dann oft auf ihren nächtlichen Weidezügen vermischten. Insbesondere bei Herden, die von ihren Besitzern nicht ständig überwacht wurden, kam es dabei häufig vor, dass sich einzelne Tiere einer fremden Herde anschlossen. Wenn ein Hirte bei seiner Herde fremde Tiere entdeckte, schlachtete er sie meist sofort, so dass die Herden, die den Sommer über unbewacht auf den Bergen weideten, stets größere Verluste erlitten.

Boublomanolis und seine Familie bewachten ihre Tiere auch im Sommer, um solche Verluste zu vermeiden. Dafür waren die älteren Söhne verantwortlich, die ständig bei den Herden lebten und nur einmal in der Woche abgelöst wurden, damit sie ins Dorf gehen, sich waschen und die Kleidung wechseln konnten. Essen bekamen sie alle paar Tage von ihren jüngeren Geschwistern gebracht.

Auch nachts mussten die Herden überwacht werden, wenn sie in der Nähe von Ländereien weideten, insbesondere in mondhellen Nächten, da sie dann weidend große Strecken zurücklegen konnten. Abgesehen vom Schadensersatz, der zu leisten war, wenn die Herde in bewirtschaftete Felder eindrang, hatte der Bauer, der Schafe oder Ziegen auf seinem Land erwischte, das Recht, diese abzuschießen. Oft wurden zwei Kinder gemeinsam zum Hüten geschickt, damit sie sich gegenseitig wach hielten. Wenn keine ständige Überwachung nötig war, liefen die Hütejungen so weit, wie die Tiere vordringen durften, und legten sich dort im Windschatten eines Busches schlafen und standen nur gelegentlich auf, um nach der Herde zu schauen. Oder sie ließen sich durch das Geläut der Ziegenglocken wecken, wenn die Herde sie erreichte, und trieben die Tiere dann wieder zurück.

Eine große Hilfe beim Hüten waren die Hirtenhunde. Diese richtete man ab, indem man mit den jungen Hunden nachts wiederholt um die Herde herumging, bis sie lernten, die Tiere selbständig zusammen zu halten. Außerdem brachte der Hirte ihnen bei, auf Anweisung ein bestimmtes Tier aus der Herde zu schnappen und festzuhalten. Ein gut abgerichteter Hund konnte natürlich auch beim Stehlen sehr nützlich sein!

Auf den *mazomí* reichte als Schutz vor Diebstählen gewöhnlich die Anwesenheit eines Hütejungen aus. Die meisten Diebe wagten sich nur an unbewachte Herden heran, damit sie nicht vom Hütejungen erkannt werden konnten.

Wenn das Wetter Ende Oktober oder Anfang November wieder kühler wurde, brachten die Hirten die Tiere auf die Winterweiden, die in niedrigeren Regionen liegen mussten, in denen den ganzen Winter über kein Schnee lag. Hier war vor allem ein gutes, dichtes Steinhaus wichtig, damit die Hirten eine trockene Unterkunft für die Nacht hatten und auch Schlechtwetterperioden gut überstehen konnten. Futter für die Tiere gab es im Winter überall genug.

Die Ziegen und Schafe bekamen ihren Nachwuchs im Winter, etwa um Weihnachten herum. In dieser Zeit mussten die Tiere gut betreut werden. Nicht wenige Lämmer brauchten Hilfe beim ersten Saugen. Muttertieren, deren Neugeborene nicht überlebten, schob man wenn möglich eines von Zwillingslämmchen unter: So hatten die Lämmer bessere Überlebenschancen, und beide Mutterschafe behielten ihre Milch und konnten später gemolken werden. Um diese Zeit war gutes Wetter wichtig: Insbesondere die kleinen Zicklein litten bei Schlechtwetterperioden.

Etwa zwei Monate später begann die Melksaison und die Herden wurden wieder zum *mazomós* gebracht. Zum Melken trennte man die Muttertiere morgens von den Kleinen und trieb sie in den Pferch, wo sie nacheinander gemolken wurden. Während die älteren Tiere meist von allein zum Melken kamen, waren die einjährigen Mütter noch scheu und widerspenstig; hier brauchte der Hirte Hilfe durch den Hütejungen, der ihm die Muttertiere zutrieb und sie während des Melkens festhielt. Nach dem Melken durften die Lämmer wieder zu den Müttern, damit sie auch noch ein bisschen abbekamen; dann wurden alle auf die Weide getrieben.

Die meisten Lämmer und Zicklein wurden zu Ostern geschlachtet und verkauft. Danach stand alle Milch der Muttertiere zum Melken zur Verfügung, so dass zu dieser Zeit der meiste Käse produziert wurde. Zu Beginn des Sommers verringerte sich die Milchmenge wegen der beginnenden Trockenheit, und bei ansteigenden Temperaturen wurde der Käse nicht mehr so gut, so dass die Hirten Ende Juni oder Anfang Juli mit dem Melken aufhörten und die Tiere auf die Sommerweiden brachten.

Für die Käserei schlossen sich meist mehrere Hirten zusammen, damit die Milch jeden Tag für die Produktion von mehreren Käselaiben ausreichte. Außerdem konnten sich die Hirten so bei der Arbeit abwechseln: Einer von ihnen blieb am *mazomós,* molk die Tiere und stellte den Käse her, während die anderen ihrer sonstigen landwirtschaftlichen Tätigkeit nachgingen oder in den Minen arbeiteten. Entsprechend der Anzahl der Tiere, die sie besaßen, übernahmen die beteiligten Hirten reihum jeweils für etwa eine Woche die Käseproduktion. Dabei molken sie die Tiere nach den Besitzern getrennt und maßen die jeweilige Milchmenge mit Hilfe eines aufgeschnittenen Flaschenkürbisses; dann notierten sie diese mit kleinen Strichen an der Wand des *mitátos* und berechneten entsprechend die Anzahl der Tage, an denen jeder Hirte Käse machen durfte.

Die frische Milch wurde nach dem Melken durch ein dichtes Thymiansträuchlein und dann durch ein Tuch gefiltert, um Haare und sonstigen Schmutz zu entfernen. Dann wurde sie in den großen Kupferkessel, das *kazáni*, geschüttet. Jeder *mazomós* besaß *kazánia* in mehreren Größen, die beispielsweise 50, 100 oder 150 Liter Milch fassten. Eine Herde von 200 Ziegen gab etwa 100 Liter Milch. Zur Herstellung des sogenannten „männlichen" Käses *(arsenikó tyrí)* oder *kefalotýri* kochte der Hirte die Milch nicht, sondern erwärmte sie nur leicht (auf etwa 30°C). Dann gab er das Lab zu, das aus den Labmägen kleiner Lämmchen gewonnen und in Tongefäßen mit Milch und Salz versetzt aufbewahrt wurde. Nun ließ man die Milch ein, zwei Stunden lang dicken. Wenn sie steif geworden war, rührte der Hirte sie mit dem *tarachtí* um, dem Ast einer wilden Olive mit Zweiglein unten daran, so dass die Masse zerfiel; danach verfestigte sie sich ein zweites Mal. Wenn die Milch so weit eingedickt war, dass der *tarachtí* darin stehen blieb, ohne umzusinken, war die Käsegrundmasse, das *manoúri* oder der *komós*, fertig und wurde herausgeschöpft. Sie kam zum Abtropfen auf den *tyróskamno*, ein spezielles Brett mit einer Ablaufrinne rundherum. Danach schnitt der Hirte die Käsegrundmasse in Stücke und füllte sie unter sorgfältigem Zusammendrücken in die *tyrovólia*, aus Binsen geflochtene Körbchen, die spezielle Korbflechter in Keramoti herstellten. 100 Liter Milch ergaben etwa 25 Kilo Käsegrundmasse, das heißt fünf große Laibe *kefalotýri*.

Ein paar Tage später nahm man den Käse wieder aus den Körbchen und salzte ihn auf einem flachen Stein rundherum mit Meersalz, das zuvor mit einem großen Kieselstein zerrieben worden war. Dann kamen die Laibe umgedreht wieder in die Körbchen und blieben für weitere drei, vier Tage auf dem *tyróskamno* stehen. Schließlich wurde der schon ausreichend getrocknete Käse aus dem Körbchen genommen und auf den an den Wänden des *mitátos* aufgestellten Brettern getrennt für jeden Hirten gelagert. Der aus Rohmilch hergestellte *kefalotýri* musste vor dem Verzehr wenigstens drei Monate lang reifen. Während dieser Zeit wendete der Hirte die Käselaibe regelmäßig und rieb sie gelegentlich mit *amoúrga*, dem Bodensatz des Olivenöls, ein.

Zur Herstellung des sogenannten „weiblichen" Käses *(thylikó tyrí)* oder *anthótyro* gab der Hirte zu der im Kessel zurückgebliebenen Flüssigkeit, dem *tyrógalo*, erneut etwa ein Viertel der Menge Rohmilch und die erwünschte Menge Salz zu und erhitzte alles vorsichtig, wobei er den sich bildenden Schaum abschöpfte. Die Milch wurde unter ständigem Rühren mit einem riesigen, aus einem Palmwedel geschnitzten Löffel fast zum Kochen gebracht; dabei stieg nach und nach die eingedickte Milch, die *misíthra*, auf. Diese schöpfte der Hirte ab und gab sie zum Trocknen in die Käsekörbchen. Die *misíthra* konnte auch sehr gut frisch als Weichkäse gegessen werden. Die im Kessel zurückbleibende Flüssigkeit vermischte der Hirte mit Kleie und verfütterte sie an die am *mazomós* gehaltenen Schweine.

Zu Beginn des Sommers, wenn der *kefalotýri* wegen der ansteigenden Temperaturen nicht mehr so gut gelang, oder wenn nicht mehr genügend Milch zur Herstellung wenigstens eines *kefalotýri* pro Tag zur Verfügung stand, wurden die kleineren Sauerkäse, die *xinótyra,* hergestellt. Dazu ließ man die mit Lab gedickte Milch ein, zwei Tage stehen, bis sie sauer wurde. Diese Sauermilch, das *xinógalo,* füllte der Hirte in kleinere Körbchen, die *tsimískia,* salzte die kleinen Käse von außen und stellte sie zum Trocknen auf. Auch das *xinógalo* war sehr gut frisch als Quark zu genießen. Die Hirten aßen die Sauermilch mit aus Ziegenhörnern geschnitzten Löffeln, die sie in einem Käsekörbchen im *mitátos* aufbewahrten; jeder besaß seinen eigenen Löffel, in den sein Name eingeritzt war.

Die Herstellung von gutem, wohlschmeckendem und haltbarem Käse erforderte große Sorgfalt, Sauberkeit und einige Erfahrung. Bis heute kann unser Großvater Mitsos den leckeren, aromatischen Käse seines Vaters nicht vergessen: Heutiger Käse kann sich seiner Ansicht nach nicht mit ihm messen.

Ein weiteres Produkt der Schaf- und in geringerem Maße auch der Ziegenhaltung war damals noch von Bedeutung für die Hirten: die Wolle. Vor der Schur im Frühjahr wuschen die Hirten ihre Schafe gründlich im Meer. Dazu führten sie die Herde an eine seichte Meeresbucht. Dort packten sie die Schafe eines nach dem anderen und tunkten sie kräftig ins Wasser. Das war eine ermüdende Arbeit, die aber manchmal einen überraschenden Nebenlohn einbrachte: Durch den Geruch der Schafe wurden nicht selten Tintenfische angelockt, die sich an die hellen Tiere klammerten. Tintenfische haben nämlich eine besondere Vorliebe für alles, was weiß ist; sie heften sich auch häufig an die weißen Füße (oder …Popos!) von ahnungslos im flachen Wasser badenden Menschen. Einmal zog Mitsos' Vater zusammen mit einem schönen weißen Widder, den er gewaschen hatte, auch einen riesigen Kraken aus dem Wasser. Damals war das fast die einzige Möglichkeit, so große Tintenfische zu fangen.

Nach dem Waschen wurden die Schafe geschoren. Boublomanolis arbeitete dabei langsam, aber sorgfältig; er schaffte nicht mehr als sechs, sieben Schafe an einem Tag. Die Wolle wurde später von den Frauen zu Hause verarbeitet, das heißt nochmals gewaschen und dann gekämmt, versponnen und verstrickt oder verwebt. Aus den Haaren der Ziegen stellten spezielle Handwerker die *tsourápes* für die Olivenölgewinnung her (die dichten filzigen Teppiche, in denen die zerquetschten Oliven ausgepresst wurden), ferner Decken, regenabweisende Übermäntel und hervorragende Seile, die sehr geschmeidig waren und ewig hielten, solange sie regelmäßig benutzt wurden.

Als Schutzheiligen verehrten die Hirten auf Naxos wie in weiten Teilen Europas den Heiligen Mámas, der aus alten heidnischen Hirtengöttern wie dem Dionysos hervorgegangen ist und wie dieser meist als Jüngling dargestellt wird. Im Altertum betrachteten die Hirten auf Naxos keinen geringeren als Göttervater Zeus als ihren Schutzgott, wie uns eine noch heute erhaltene, bereits erwähnte Inschrift auf einem Marmorfelsen am Aufstieg zum Berg Zeus beweist: *„OROS DIOS*

MILOSIOU", das heißt „Grenze (des heiligen Bezirks) des Zeus, des Beschützers der Herden"[24].

Der Heilige Mamas wurde von den Hirten um Beistand angefleht, wenn Tiere erkrankten. Im Falle einer glücklichen Genesung übertrugen die Hirten meist einige ihrer Tiere der Kirche. Sie hielten diese weiterhin in ihrer Herde, lieferten jedoch den entsprechenden Käse an die Kirche, die ihn wiederum auf den Kirchenfesten den Dörflern servierte. So wurde für alle gesorgt.

Es gibt viele Kapellen des Heiligen Mamas auf Naxos. Im Bereich von Koronos liegt eine solche hinter Pentakrines am Fußweg, der auch nach Lakkous führt. Sie war allerdings zu Mitsos' Zeiten schon verfallen, und es wurden darin keine Liturgien mehr gehalten. Im verfallenen Gebäude dieser Kapelle versteckte sich einmal ein Mann aus Skado, der eine gestohlene Ziege bei sich hatte: Er hatte einen Mann den Weg von Lakkous her kommen gesehen, von dem er nicht entdeckt werden wollte. Bis dieser sich entfernt hatte, war jedoch die Dunkelheit hereingebrochen, und der Skadiote traute sich nicht mehr aus dem Gelände der Kapelle heraus: Er fürchtete sich vor den Dämonen. Als er am nächsten Morgen nach Skado kam, berichtete er, dass ihn die ganze Nacht lang Dämonen belagert hätten, bis um drei Uhr der erste Hahnenschrei aus dem Dorf Mesi ertönte, da mussten die Dämonen weichen. Nach diesem Erlebnis verlor der Mann den Verstand und begann, wie so viele andere, zu „träumen" und zu „lehren". Manchmal geriet er gar in solche Wahnzustände, dass er festgebunden werden musste!

Der naxiotische Hirte verstand sich selbst als Künstler und sein Handwerk als eine Kunst. Er kannte jedes Tier seiner Herde. Für die unterschiedlichen Altersstufen der Tiere, für die Fellfärbungen und Hörnerformen benutzte er viele spezielle Bezeichnungen. Die Tiere wurden durch Schnitte an den Ohren gekennzeichnet. Mitsos' Großvater schnitt am einen Ohr die Spitze ab und machte am anderen eine kleine runde Einbuchtung an der unteren Kante des Ohres. Diese Markierungen (*koutsávti* und *kóka*) übernahmen auch seine Söhne.

Der Hirte kommunizierte mit seiner Herde über eine Vielzahl von Pfiffen. Es ist nicht einfach, eine große Ziegenherde von einem Ort zum anderen zu treiben: Die neugierigen Ziegen haben stets Unfug im Kopf und versuchen, in alle Richtungen auszubüchsen. Für das Treiben benutzten die Hirten das Wort *kendáo*, das außer „treiben, anstacheln" auch „sticken, feine Spitzen häkeln" bedeutet. Mit solcher Liebe und Sorgfalt wurde diese scheinbar so einfache, anspruchslose Tätigkeit durchgeführt, solches Geschick erforderte sie und so stolz war der gute Hirte auf seine Fähigkeiten!

Das spezielle Hobby, die Leidenschaft aller Hirten waren aber die Ziegenglocken. Besonders schöne, große Glocken bekamen von ihren Besitzern einen Namen und wurden über Generationen vererbt. Alle Hirten erkannten nicht nur ihre eigenen Glocken, sondern auch viele Glocken der benachbarten Hirten am Klang. Die besten Glocken banden die Hirten ihren Ziegen nur in der Osterwo-

---

[24] Nach anderer Interpretation bedeutet „milosiou" als Beiname des Zeus „der mit einem Ziegenfell Bekleidete" und weist auf die Eigenschaft des Göttervaters als Wettermacher und Regenbringer hin.

che um: Dann hallten die Täler vom melodiösen, herzerfreuenden Geläute der Glocken wider. Den Rest des Jahres wurden sie gut versteckt aufbewahrt. Im Winter, wenn die Herden kaum beaufsichtigt auf den meist weit vom Dorf entfernten Winterweiden gehalten wurden, nahmen die Hirten den Tieren fast alle Glocken ab, damit sie nicht die Beute von Dieben wurden.

Die Herstellung der Ziegenglocken war ein aufwendiges und kompliziertes Verfahren, so dass es nur wenige Handwerker auf Naxos gab, die sich damit befassten. Einer davon mit Spitznamen Tsétse lebte in Komiaki. Er stellte auch allerlei andere Gerätschaften her, die vor allem von den Hirten verwendet wurden: Messer, Taschenmesser, Pinzetten, Pfrieme, Ahlen und vieles mehr.

Einmal wollten drei Jungen aus Komiaki Taschenmesser von ihm kaufen und hatten, weil sie kein Geld besaßen, aus einem *mitátos* drei Käselaibe entwendet, die als Bezahlung dienen sollten. Als sie zur Werkstatt von Tsetse kamen, war der gerade nicht da, und sie mussten warten. Die Käselaibe legten sie solange auf eine Bank vor dem Haus. Einem älteren Mann, der sie dort sah, war sogleich klar, dass sie den Käse gestohlen hatten, und er sann auf einen Trick, wie er sie zur Herausgabe des Käses bringen konnte. (Die Bewohner von Komiaki haben die Eigenart, dass sie nichts ernsthaft angehen können, sondern alle Situationen mit Scherzen, Streichen und Schabernack würzen müssen.) Es gab einen Apotheker auf der Insel, der „Vatsináris" genannt wurde, weil er durch die Dörfer zog und die Kinder impfte. Nichts konnte den Kindern auf den Dörfern einen solchen Schrecken einjagen wie dessen Name. Also rief der alte Mann aus voller Kehle: „Der Vatsinaris kommt!" Die Jungen sprangen erschrocken auf und rannten davon, was das Zeug hielt. Die Käselaibe blieben auf der Bank zurück, die hatten sie in ihrer Eile vergessen. So konnten sie ihrem Besitzer zurückgegeben werden, nachdem der den Verlust bemerkt hatte.

Zurück zu den Glocken: Eine Herde mit vielen wertvollen, gut abgestimmten Glocken war der Stolz eines jedes Hirten. Wenn eine große Ziegenherde mit vielen schönen Glocken durch ein Tal zog und sich dieses mit ihrem friedlichen Geläute füllte, saß der Hirte zufrieden dabei und erfreute sich seines Besitzes. (Das wird jeder nachvollziehen können, der es einmal gehört hat.) Eine gewöhnliche Ziegenglocke kostete etwa so viel wie zwei oder drei Ziegen, und für besonders berühmte Glocken hätten viele Hirten gerne ihre halbe Herde hergegeben. Einige Hirten freilich trieben diese Leidenschaft so weit, dass sie eine unglaubliche Energie für das Stehlen von Ziegenglocken aufwandten. Erfolgreiche Diebe brachten es nicht nur zu einigem Reichtum, sondern auch zu großem Ruhm. Und ebenso groß war die Schande des Hirten, der sich seine Glocken hatte stehlen lassen und dessen Herde verstummt war...

Mitsos' Onkel Kaminaris

Der tüchtigste Hirte der Familie war Mitsos' Onkel Kaminaris (Nikolaos), der älteste Sohn des Großvaters Boublojannis. Er war sehr schnell zu Fuß und geschickt im Umgang mit den Tieren; außerdem arbeitete er sehr sorgfältig und sauber und produzierte ausgezeichneten Käse. Zudem war er auch ein überaus versierter Dieb und leidenschaftlicher Glocken-Sammler.

Kaminaris war eine stolze Erscheinung, nicht sehr groß, aber kräftig und gutaussehend, einer der stolzesten *pallikária* der Insel, das heißt stark, mutig und unerschrocken. Er fürchtete sich vor nichts und niemanden und sagte oft zu seinen Kindern: „Wenn du es in dieser verkommenen Welt zu etwas bringen willst, müssen sich die anderen entweder vor dir schämen oder aber dich fürchten *(prépi na se dréponde i na se fovoúnde)*, sonst ist es bald aus mit dir!" Dabei war Kaminaris innerhalb der Familie nicht besonders streng und auch nicht so aufbrausend wie sein Bruder Boublomanolis, der seinen Kindern häufiger mal eine Tracht Prügel verabreichte. Er liebte sowohl ein gutes Gläschen Wein in netter Gesellschaft als auch schöne Frauen und hatte sehr viele Freunde, die ihn als entschlossenen und tatkräftigen Menschen schätzten. Viele Bekannte hatten ihn gebeten, eines ihrer Kinder zu taufen, um ihn damit als Patenonkel in die Familie aufnehmen zu können, oft aus Sympathie, aber auch, weil sie ihn fürchteten und ihn auf ihrer Seite wissen wollten. Bei Streitigkeiten oder Auseinandersetzungen redete Kaminaris erst geduldig auf den Gegenpart ein und versuchte ihn zu überzeugen. Wenn der andere sich nicht überreden ließ, dann verlor er jedoch schließlich die Geduld und griff zu seinem schlagkräftigsten Argument, dem Stock; und dann half seinem Gegenüber nur noch die schnelle Flucht.

Kaminaris hatte aus erster Ehe zwei Töchter (Katerina und Maria). Seine zweite Frau hieß Maria Koufopoúlou (Vassilakomaria). Mit ihr bekam er fünf Söhne und zwei Töchter: Jannis (Tsitojánnis), Michális (Mavromichalis), Vassilis (Karavelis), Giorgos, Kóstas, Vassilikí (Vassara) und Anna.

Wie die meisten Männer seiner Generation trug er noch die traditionelle blaue Pluderhose, die *vráka*, mit dem breiten Stoffgürtel; dazu gehörte als Kopfbedeckung ein rotes *fési*. Wenn sein Stimmungsbarometer auf Sturm stand, pflegte er das *fési* schief auf seinen Kopf zu setzen. In diesem Zustand ärgerte er sich einmal aus irgendeinem Grund sehr über seine Frau Vassilakomaría. Er schnappte sie an den Haaren und zog sein Messer aus dem Gürtel, als wollte er ihr die Kehle durchschneiden. Vor Schreck wurde seine Frau ohnmächtig, da warf er das Messer fort und schrie erbost: „Verfluchtes Weibsstück, kratzt du schon von allein ab, ehe ich dich schlachten kann?!"

Kaminaris hatte die Angewohnheit, dass er manchmal für ein, zwei Tage verschwand und bei irgendwelchen Freunden in anderen Dörfern blieb, ohne seiner Familie Bescheid zu sagen, wo er sich befand. Als seine Brüder Boublomanolis und Sorakis sich bei ihrem Vater beschwerten, dass Kaminaris durch sein Vagabundieren seine Pflichten bei der Herde vernachlässige, antwortete der: „Was, ihr beschwert euch über Kaminaris? Vergesst ihr, dass unsere Herden nur seinetwegen existieren, dass wir nur seinetwegen nachts ruhig schlafen können? Wisst ihr nicht, dass alle Welt vor ihm Angst hat und sich nur seinetwegen die Diebe nicht an unsere Herden wagen? Schon vor seinem Schatten zittern die anderen Hirten und trauen sich nicht heran; ihn fürchtet die ganze Insel! Schweigt also, macht eure Arbeit und seid ihm dankbar, denn selbst wenn er eine Woche lang im entferntesten Dorf von Naxos steckt, sind durch ihn unsere Herden doch besser beschützt als durch euch!"

Zu Beginn der zwanziger Jahre gab es einen außergewöhnlich harten Winter. Bei einem Unwetter schneite es so stark, dass das Maultier eines Nachbarn vom Schnee begraben wurde und starb – und das war für eine Familie damals ein ähnlicher Verlust wie der Tod eines besonders tüchtigen und fleißigen Familienmitgliedes. Die Boublides konnten wegen des Schneesturms mehrere Tage lang nicht nach ihren Schafen schauen. Es war unmöglich, vor die Tür zu gehen, geschweige denn auf den steilen Gebirgspfaden über die Berge zu klettern. Als sich das Wetter schließlich besserte, machten sich Kaminaris und Boublomanolis auf den Weg, um die Schafe zu suchen.

Die dreißig Tiere starke Herde hatte vor dem Schneesturm auf Gemeindeland nördlich des Dorfes geweidet. Von dort war sie dem Schnee ausgewichen und in die niedrigeren Regionen um das Dorf Mesi gezogen. Da hatten die dortigen Hirten sie gefunden, zwei oder drei Tiere geschlachtet und verzehrt und die übrigen in der Nähe des Dorfes versteckt, um sie später in ihre eigenen Herden einzugliedern, die sie an einem *mazomós* unterhalb von Mesi direkt am Meer hielten.

Nachdem Kaminaris und Boublomanolis erfolglos die gesamte Gegend nach ihren Schafen abgesucht hatten, fanden sie heraus, welche Hirten ihre Herde eingesammelt hatten. Sie suchten diese in ihrem Haus in Mesi auf und Kaminaris forderte die Schafe zurück: „Wie viele Tiere ihr verspeist habt – sei's drum, die schenke ich euch. Aber die übrigen gebt mir heraus, sonst werdet ihr es bereuen!" Die Hirten taten so, als wüssten sie von nichts, und weigerten sich, irgendwelche Schafe herauszugeben. Kaminaris und Boublomanolis zogen unverrichteter Dinge ab, kamen jedoch am nächsten Tag noch einmal, um es erneut zu versuchen. Wieder wurden sie abgewiesen.

Früh am nächsten Morgen nahm Kaminaris seinen Bruder mit zum *mazomós* dieser Hirten. Deren Schafe weideten auf den umgebenden Hügeln. Kaminaris trieb die ganze Herde in den direkt am Meer gelegenen Pferch hinein und befahl Boublomanolis, den Ausgang des Pferches gut zu bewachen, damit kein Tier entwischen könne. Dann schnappte er die Schafe eins nach dem andern, betäubte sie durch einen kräftigen Stockschlag und warf sie ins Meer, wo die starke Strömung sie sofort erfasste und davon trieb. Fünf, zehn, zwanzig Schafe ... der Pferch leerte sich und auf dem Meer trieb eine lange Reihe verendender Tiere. Schließlich wurde es Boublomanolis zu viel, er gab den Ausgang frei, und die letzten Tiere suchten verängstigt das Weite. Kaminaris aber schimpfte mit dem Bruder, der ihn das Werk der Rache nicht hatte vollenden lassen: „Was machst du denn da, du Dummkopf? Hast du etwa Mitleid mit denen? Hier darf man kein Mitleid haben, hatten die etwa welches mit uns? Man muss den anderen zeigen, wo's langgeht, sonst erlauben sie sich ständig so was! Dreißig Schafe hätte ich denen ertränkt, damit sie sich nicht noch einmal an unseren Herden vergreifen!" Tatsächlich wurden Kaminaris nie wieder Schafe oder Ziegen in größerer Zahl gestohlen, höchstens einzelne Tiere.

Kaminaris war mit Leib und Seele Hirte und hielt sich das ganze Jahr bei den Herden auf. Meist hatte er ein Kind als Gehilfen bei sich, und dafür bevorzugte er seinen Neffen Mitsos, weil der fleißig war und sich gut um die Tiere kümmerte. Seine eigenen Kinder hatten dagegen für das Hirtenhandwerk nicht so viel übrig, oder sie dachten zu sehr ans Stehlen und vernachlässigten darüber die eigene Herde, wie sein Sohn Karavelis. Er pflegte ihnen zu sagen: „Zu keinem von euch habe ich so viel Vertrauen wie zu Mitsos! Wenn der bei der Herde ist, dann weiß ich, dass alles in Ordnung ist. Der wacht die ganze Nacht und kümmert sich um alles!"

Kaminaris besaß einen besonders guten Hütehund, der nicht nur nachts die Herde allein zusammenhielt, sondern den Hirten wenn nötig auch durch Bellen weckte. Wenn Kaminaris ein bestimmtes Tier aus der Herde fangen wollte, pfiff er nur kurz, um den Hund aufmerksam zu machen und warf dann ein Steinchen auf das Tier. Der Hund schnappte daraufhin das betreffende Tier und hielt es fest, bis der Hirte herbei kam. Damit er die Tiere nicht verletzte, band Kaminaris ihm ein Stöckchen ins Maul, so dass er es nicht ganz schließen konnte.

Dieser Hund, so fähig er auch als Hütehund war, begann eines Tages gemeinsam mit einer Hündin von Mitsos' Vater kleine Lämmer zu reißen. Kaminaris und Boublomanolis hielten die Herden damals in der Nähe von Lioiri, an einem *mazomós* namens tou Manolioú. Die beiden Hunde taten sich nun nachts manchmal zusammen, liefen auf die Berge zum Firó Gremnó, wo die Herden der benachbarten Hirten standen, und töteten jeweils einige Lämmer oder Zicklein.

Im Laufe der Zeit rissen sie an die fünfzig Tiere und verursachten so einen gewaltigen Schaden. Schließlich erwischten die dortigen Hirten, die Béidhes, die beiden Hunde auf frischer Tat und kamen mit ihnen zum *mazomós* von Kaminaris. Sie waren so erbost, dass es wohl noch zu einer Prügelei oder zu Mord und Totschlag gekommen wäre, wenn sie Kaminaris nicht gefürchtet hätten. Als der erfuhr, worum es ging und was für einen Schaden sein geliebter Hund angerichtet hatte, zog er einen festen Strick aus der Tasche, band ihn dem Hund um den Hals, hängte ihn an einem Baum auf und tötete ihn durch zwei Schläge gegen den Hals. Am nächsten Tag weinte er jedoch um den Hund. Boublomanolis' Hündin wurde verschont, weil sie trächtig war und offensichtlich nicht die Anführerin gewesen war. Kaminaris und Boublomanolis mussten den Schaden ersetzen, und so gaben sie jeder schweren Herzens fünfundzwanzig Lämmer an die Béidhes.

Später richtete sich Kaminaris erneut einen kleinen Hund zum Hüten ab, den er Karnásso nannte. Dieser entwickelte sich bald zu einem ebenso guten Hütehund wie sein Vorgänger, ohne dessen schlechte Angewohnheiten anzunehmen. Einmal trieben die Hirten ihre Tiere von Lioiri bis nach Lionas, während der Hund allein auf den Bergen geblieben war. Am nächsten Morgen jedoch war er schon wieder bei der Herde: Er war den ganzen weiten Weg den Spuren gefolgt. Das Dorf scheute Karnasso; wenn die Hirten auf dem Weg von einem *mazomós* zum anderen durch Koronos kamen, lief er außen über die Hügel um das Dorf herum und traf auf der anderen Seite wieder mit ihnen zusammen.

Seine Herden hielt Kaminaris an verschiedenen *mazomí*. Er besaß unter anderem einen Anteil am *mazomós* Spilaio mit einer schönen natürlichen Höhle nicht weit von Lakkous, außerdem gehörte ihm ein *mazomós* in der Nähe von Skado. Bei diesem *mazomós* gab es einen so großen Olivenbaum, dass alle hundertfünfzig Schafe unter ihm Schatten fanden. Im Winter hielt Kaminaris seine Herden entweder am Kambi an der Meeresküste nördlich von Lionas oder auf dem Kalogeros bei Apollonas. Dort hatte er in einem Winter Mitsos als Hütejungen bei sich. Eines Abends machte er sich mit seinem Hund zum gegenüber gelegenen Berghang nach Áfres auf. Dort hatte er es auf eine halbwild lebende Ziege mit einer besonders schönen Glocke abgesehen. Nach langer Suche im Dunkeln auf dem unwegsamen Gelände fand er sie anhand des Glockenklangs, schnappte sie sich mit Hilfe seines Hundes und brachte sie auf sein Landstück. Dort schlachtete er das Tier und verbarg es im Gebüsch; auch die Glocke versteckte er gut. Dann machte er sich gleich wieder auf den Weg und lief mitten in der Nacht den knapp zwei Stunden weiten Weg nach Koronos, schlief noch ein Stündchen zu Hause und brach dann morgens früh in Richtung Apollonas auf, so als sei er die ganze Nacht zu Hause gewesen.

Am nächsten Nachmittag sahen Mitsos und Kaminaris, die am Hang saßen und die Herde hüteten, zwei mit Pluderhosen bekleidete Komiakiten auf der anderen Seite den Hang zum Fluss hinabsteigen und dann zu ihnen heraufklettern. Sie grüßten Kaminaris, der grüßte zurück. Dann erkundigten sie sich, wo er diese Nacht gewesen sei. „Wo soll ich gewesen sein?" fragte Kaminaris, „Ich war in meinem Haus in Koronos, warum fragt ihr?" – „Du lügst!" gaben die anderen zurück, „du warst heute Nacht auf unserem Land und hast unsere Ziege mit der Glocke gestohlen!" – „Fragt doch die Fafoúlidhes!" erwiderte Kaminaris, „Die waren heute morgen in aller Frühe auf ihrem Feld und haben mich gesehen, wie ich von Koronos aufbrach!" – „Wir glauben dir nicht!" riefen die Komiakiten, „Nur du kannst dieses scheue Tier mitten in der Nacht auf den Felsen gefangen haben! Und wenn du auch die ganze Nacht auf dem Mond gewesen wärest – du hast es doch gestohlen, das wissen wir! Kein anderer wäre dazu fähig als du! Rück es sofort heraus!" – „Ich habe es aber nicht gestohlen!" entgegnete Kaminaris, „bei was soll ich schwören? Bei der *Panagía*? Ich schwöre, bei was ihr wollt!" – „Ich glaube deinem Schwur genau so wenig, wie ich meinem Hund glauben würde!" eiferte sich der eine der Komiakiten. Da fuhr Kaminaris auf: „Was? Du vergleichst mich mit deinem Hund?! Na warte! Macht euch fort, solange ihr noch laufen könnt!" Und er sprang auf und schlug mit seinem Stock zu, so dass beide panisch die Flucht ergriffen; während sie hastig den Hang hinabstolperten, hagelten seine Schläge auf sie herab. Sie wagten sich nicht noch einmal in seine Nähe...

Zu den damaligen Zeiten waren Milch und Käse der ganze Reichtum der Hirten, und sie versuchten mit allen Mitteln Verluste zu vermeiden. Wenn eine Ziege tot gebar oder ihr Neugeborenes starb, versuchten sie darum eines von Zwillingslämmern bei ihr anzusetzen, damit sie weiterhin Milch produzierte und später gemolken werden konnte; oder sie stahlen eine Ziege eines benachbarten Hirten, die ebenfalls gerade geworfen hatte, schlachteten sie und schoben deren Junges ihrer eigenen Ziege unter. So gewannen sie die Milch, ein Zicklein und für einige Tage Fleisch zur Verpflegung.

Eines Tages im späten Frühjahr kam Kaminaris zur *mándra* eines benachbarten Hirten. Da fiel ihm ein inzwischen herangewachsenes Zicklein auf und er rief den Hirten zu sich und zeigte es ihm: „Das da ist mein Zicklein! Das ist das Junge der braun gescheckten Ziege, die im Winter hochträchtig verloren gegangen ist! Soso, du warst das also! Nun gib es mir heraus, wenn du keinen Ärger willst!" So gut kannte Kaminaris seine Tiere, dass er sogar ein Junges, das er nie gesehen hatte, innerhalb einer großen Herde auf den ersten Blick als zu einer seiner Ziegen gehörig erkannte! Der Hirte gab zu, dass das Zicklein Kaminaris gehörte, und der nahm es mit nach Hause.

Unter Kaminaris' fünf Söhnen war Mavromichalis ihm am ähnlichsten, was seine Kraft und Schnelligkeit betraf. Der hatte jedoch für das Hirtenleben nicht viel übrig; er verließ als junger Mann die Insel und ließ sich nach vielen Abenteuern im Krieg und während der deutschen Besatzung in Korinth nieder. Was Kaminaris' Schwäche für Ziegenglocken angeht, so trat sein schon erwähnter Sohn Karavelis ganz in seine Fußstapfen und wurde zum berüchtigtsten Meisterdieb der Bergdörfer – doch davon später.

Als Hütejunge

Die erste Aufgabe, die Mitsos im Alter von sieben, acht Jahren im Hirtenhandwerk übernahm, war es, seinem auf dem *mazomós* übernachtenden Vater oder den älteren Geschwistern die Verpflegung zu bringen. Dazu musste er im Morgengrauen noch vor der Schule schon eine weite Strecke von vier, fünf oder mehr Kilometern hin und zurück laufen, und das bei jedem Wetter. Auf dem Hinweg hatte er den Essenssack zu tragen, aber das machte ihm wenig aus: Er freute sich darauf, zum *mazomós* zu kommen und die Tiere und seinen Vater oder seine Brüder zu sehen. Zu gern wäre er einfach dort geblieben und hätte mitgeholfen, statt die Schulbank zu drücken! Aber kaum hatte er das Essen abgeliefert, musste er schon wieder los, damit er nicht zu spät zur Schule kam. Manchmal freilich, wenn sein Vater sehr viel mit dem Melken zu tun hatte, behielt er Mitsos zur Hilfe da – und der freute sich doppelt: dass er beim *mazomós* bleiben durfte und dass er nicht zur Schule musste. Er liebte den strengen Geruch der Ziegen, er liebte ihre Geräusche, das Meckern, Blöken, das Scharren der Hufe, das Glockengebimmel. Er liebte es, den Hirten bei allen ihren Arbeiten zuzuschauen. Das hier war eine Beschäftigung für Männer, das war ihm klar. Und wenn sein Vater ihn brauchte, dann erfüllte ihn das mit Stolz: Auch er war schon bald ein Mann, und er würde seinem Vater ein tüchtiger Gehilfe sein, darüber gab es keinen Zweifel!

Als Mitsos etwa acht Jahre alt war, beschlossen die Männer, einen Teil des Feldes von Lakkous in einen Weinberg umzuwandeln, wofür es wegen seiner windgeschützten Lage besonders geeignet war. Neue Weinstöcke werden im Winter gepflanzt, wozu man die beim Beschneiden anfallenden Ruten etwa einen halben Meter tief in die Erde steckt. Damit die Ruten gut anwachsen, muss die

Erde vorher möglichst tief umgegraben werden. Für dieses Umgraben des großen Feldes hatten Boublomanolis und Kaminaris sich fünf Arbeiter genommen, mit denen zusammen sie für mehrere Tage in Lakkous blieben. Mitsos war auch dabei; er sollte ihnen das Essen kochen. Zur Beschäftigung hatte auch er eine kleine Hacke bekommen, mit der er sich an den Rändern des Feldes zu schaffen machte. Mitsos' Vater hatte in Komiaki einen großen Sack getrocknete Saubohnen *(koukiá)* gekauft, sättigende, Kraft spendende Nahrung. Diese kochte Mitsos für das Abendessen, das heißt, er holte Wasser von der Quelle, überwachte das Feuer und legte Holz nach: Die Bohnen mussten mehrere Stunden lang kochen. Am Vortag wurden die Bohnen jeweils schon eingeweicht, und abends nach dem Essen setzten sich Boublomanolis und Kaminaris hin und pellten die harten Schalen ab. In den Bohnen lebten nicht wenige Käfer, die durch das Wasser munter wurden und den Männern über die Hände krabbelten. Wenn sich einer von ihnen zu Kaminaris verlief, verspeiste der ihn genüsslich und trank noch ein Gläschen Wein dazu. Und wenn die anderen darüber lachten oder sich schüttelten, sagte er: „Was habt ihr denn? Dieses kleine Geschöpf frisst nur Bohnen, nichts als Bohnen! Es ist also ganz und gar Bohne! Warum sollte ich es nicht essen?"

Als Mitsos einmal auf dem Weg von Skado nach Lakkous war, hörte er plötzlich ein merkwürdiges Brummen, das immer lauter wurde. Er schaute sich um, und da sah er plötzlich einen riesigen, silbernen Vogel über dem Hügel auftauchen und unter gewaltigem Donnern auf ihn zukommen. Er dachte sofort an die Prophezeiungen der Koufitena: „Es werden große Geflügelte kommen, die Feuer über der Erde ausstreuen!" Und so stürzte er sich, während der Silbervogel auf ihn zubrauste, Hals über Kopf in das Bachtälchen und verkroch sich unter den erstbesten Sträuchern. Aber der Donnervogel flog über ihn hinweg, ohne dass etwas passierte, zog weiter und verschwand schließlich über dem Meer in Richtung Osten. Erleichtert, aber mit zitternden Knien setzte Mitsos seinen Weg fort. In Lakkous klärten ihn die Männer dann auf, dass es sich um ein Flugzeug gehandelt habe, das von einem Menschen, den man „Pilot" nennt, gesteuert werde, und dass Griechenland mehrere solcher Flugzeuge angeschafft habe.

Von Hirten aus Komiaki wird erzählt, dass sie beim Anblick des ersten Flugzeugs ihre Stöcke in die Luft warfen, um den Riesenvogel zu verscheuchen. Von anderen Hirten ist folgender Kommentar überliefert: *„Aah – énas poúlakas!" – „Árage fagósimos na'nai?"* Das mag man etwa so übersetzen: Der eine Hirte ruft beim Anblick des Flugzeugs erstaunt aus: „Oh, was für ein Riesenvogel!" Daraufhin meint der andere nachdenklich: „Ob der wohl essbar ist?"

In einem Frühjahr wohnte Mitsos mit seinem Vater zur Zeit der Käseproduktion über mehrere Wochen am *mazomós* in Lakkous. Er half ihm beim Melken, indem er ihm die Ziegen zutrieb. Das war eine gar nicht so einfache Aufgabe, da vor allem die jüngeren Tiere wild und widerspenstig waren. Außerdem empörte sich gelegentlich der Ziegenbock der Herde über die „Annäherungsversuche" an seine Bräute und stieß dabei einmal den kleinen Mitsos so heftig in den Po, dass er durch den halben Pferch genau gegen den melkenden Vater geschleudert wurde und den Melkeimer mit umriss. Daraufhin bekam ausnahmsweise nicht Mitsos, sondern der Bock eine Tracht Prügel. Zu der Zeit besaß Boublomanolis zwei sehr kampflustige Böcke, die beide gleich stark waren, so dass sie sich ständig bekriegten, ohne dass einer von ihnen sich unterordnen wollte. Schließlich musste er einen der beiden an einen anderen Hirten geben, damit wieder Ruhe einkehrte.

Eines Morgens kam Mitsos' älterer Bruder Nikos aus Koronos und brachte Essen. Da erfuhr er von den melkenden Männern, dass Mitsos schon seit dem Vortag krank sei; sie hatten aber keine Zeit gefunden, sich darum zu kümmern. Nikos ging in den *mitátos* und fand Mitsos dort im Stroh schlafend vor. Er glühte vor Fieber und war halb bewusstlos. Nikos sattelte schnell ein Maultier und brachte seinen Bruder nach Koronos zum Arzt. Der fand nach gründlicher Untersuchung eine fast gänzlich in seine Brust eingedrungene Zecke, die die Ursache des schlimmen Zustands war. Nachdem er sie entfernt hatte, erholte Mitsos sich schnell.

Später hütete Mitsos manchmal mit Nikos zusammen die Herde und lernte von ihm. Mitsos liebte seinen Bruder und genoss seine Gesellschaft. Nikos besaß ein Gewehr und war ein guter Jäger. Wenn sie mit den Herden in Lioiri waren, kamen sie abends auf dem Weg von der Weidefläche zum *mazomós* durch mehrere Olivenhaine. Oftmals sagte Nikos seinem Bruder dann, er solle schon vorgehen und das Feuer anzünden. Er selbst aber nahm sein Gewehr, streifte durch die Olivenhaine und schoss fünf, sechs fette Pirole, die sie an dünnen Stöcken zum Abendessen grillten.

Mitsos' zweitältester Bruder Jannis hatte nicht viel für die Jagd übrig. Sein Hobby war es, aus Ziegenhäuten Dudelsäcke herzustellen, und er brachte es zu einigem Geschick im Dudelsack-Spielen.

In Lioiri liegt die hübsche kleine Kirche der *Panagía Kerá* am Rande der Hochebene mit von Ölbäumen bestandenen Terrassen. Nicht weit davon entfernt entspringt am Wegesrand eine schöne Quelle aus einem Felsen, beschattet von einer riesigen Platane. Halb in den Felsen hinein hatten die Bauern eine durch die Quelle gespeiste Zisterne gebaut. Das Wasser wurde mit einem Eimer geschöpft, der an einem langen, schwenkbaren Balken befestigt war, und dann in eine Wasserrinne gegossen, die zu den unterhalb gelegenen Feldern führte. Als Mitsos einmal zu dieser Zisterne kam um zu trinken, fand er dort eine Ziege, die ins Wasser gefallen war. Sie stand bis zu den Ohren im Wasser, so dass sie nur gerade noch Luft bekam. Irgendwie gelang es Mitsos unter tausend Mühen, das schwere Tier an den Hörnern aus der Zisterne zu ziehen. Die arme Ziege spuckte einen ganzen See Wasser aus!

Als Mitsos mit seinem Bruder Jannis in einem Sommer die Herde in Limnari südlich von Lionas hüteten, brachte Jannis ihm das Schwimmen bei. Dazu benutzte er eine etwas ungewöhnliche Methode: Er warf Mitsos einfach an einer tiefen Stelle ins Meer. In seiner Angst strampelte Mitsos und schrie, aber Jannis holte ihn erst aus dem Wasser heraus, als er gänzlich untergegangen war. Trotz dieses ersten Misserfolges führte Jannis' Methode schnell zum Ziel: Mitsos entschied nun selbst, dass es das Beste sei, wenn er Schwimmen lernte, damit ihm so etwas nicht noch einmal passierte, und er übte an den folgenden Tagen im flachen Wasser. So wurde er ein ganz passabler Schwimmer; noch im Alter von über 80 Jahren schwamm er in Agios Dimitris regelmäßig vom Strand an der kleinen Kapelle zum vorgelagerten Felseninselchen.

Mitsos' kaltblütiger und gewiefter Cousin Karavelis lernte Schwimmen auf eine noch erstaunlichere Weise: Mitsos und Karavelis waren am Limnari; da nahm Karavelis Mitsos mit auf die andere Seite der kleinen Bucht und eröffnete ihm, dass er hinüber schwimmen wolle. „Bist du verrückt? Du kannst doch gar nicht schwimmen! Willst du etwa ertrinken?" fragte Mitsos erschrocken. „Sei still, du Dummkopf! Ich weiß schon, was ich mache!" erwiderte Karavelis, zog seine Kleidung aus und beauftragte Mitsos, sie zurück zum Strand auf der anderen Seite der Bucht zu tragen. Dann sprang er ins Wasser und tatsächlich gelang es ihm, über die ganze Bucht zu schwimmen.

Oft hielten die Hirten am *mazomós* auch ein Schwein, das mit den Milchresten gefüttert wurde. Als Mitsos die Herde an den Trikóryfa oberhalb von Limnari betreute, brachte ihm sein Vater eines Tages ein kleines schwarzes Schweinchen, das an der *mándra* leben sollte. Hier an den Trikoryfa war eine Überwachung der Herde in der Nacht nicht erforderlich und so ging Mitsos abends nach Koronos zurück. Aber als er sich auf den Weg machte, lief das Schweinchen hinter ihm her. Mitsos beschleunigte seinen Schritt, doch auch das Schweinchen lief schneller und folgte ihm unbeirrt nach. Da begann er, Haken zu schlagen und rechts und links vom Weg abzuweichen, und verbarg sich dann hinter einem Busch, um zu beobachten, ob das Schweinchen zur *mándra* zurücklaufen würde, wenn es seine Spur verlor. Aber davon war keine Rede! Das Schweinchen lief ihm auf dem Boden schnüffelnd nach, und besser als ein Spürhund fand es ihn in jedem Versteck! Es war offenbar fest entschlossen, ihm bis ins Dorf zu folgen. Schließlich trug Mitsos es wieder zur *mándra* zurück und baute dort an einem halbzerfallenen *mitátos* die Wände mit ein paar Steinen soweit auf, dass ein geschlossener Verschlag entstand, in dem er das Schweinchen zurückließ. Dann machte er sich eilig auf den Weg, aber inzwischen war es fast dunkel geworden, und Mitsos hatte einige Mühe, den Pfad ins Dorf zu finden, ohne sich die Beine zu brechen.

Im Jahr 1927 gingen Mitsos' ältere Brüder nach Athen und verdingten sich dort als Bauarbeiter. Nun war Mitsos allein für das Hüten der Herde zuständig. Während der Melksaison wohnte er am *mazomós*, überwachte die Tiere in der Nacht soweit erforderlich und tränkte sie in der Frühe, bevor die Männer zum Melken kamen.

In einem Frühjahr war Mitsos mit der Herde oberhalb des Dorfes am Berg Koronos. Eines Morgens sah er zwei Fremde auf Maultieren daher reiten. Als er neugierig herbeilief, riefen diese ihn zu sich. Es waren Ausländer, vermutlich Engländer, die nur ein paar Brocken Griechisch beherrschten. Sie fragten Mitsos nach dem Weg nach Koronos. Mitsos wies hinunter zum Dorf. Da erklärten ihm die Fremden, dass sie nicht das Dorf, sondern den Berg Koronos meinten. Sie versprachen Mitsos eine gute Belohnung, wenn er sie hinauf führe. Das ließ dieser sich nicht zweimal sagen: Schon lief er los. Es ging die schmalen Saumpfade entlang über den Rücken des Gebirges. Mitsos lief immer vor den beiden Reitern her, bis sie schließlich den Gipfel erreichten.

Dort winkte ihn einer der beiden Fremden herbei und gab ihm ein 50-Drachmen-Stück. Mitsos konnte sein Glück kaum fassen: 50 Drachmen war ein ganzer Tageslohn! So viel eigenes Geld hatte er noch nie besessen. Nun musste er aber schleunigst zur Herde zurück und so sauste er unverzüglich los, während die Fremden in irgendwelchen Heften oder Büchern blätterten. Als er bei der Herde ankam, war sein Vater schon zum Melken aus Koronos gekommen, und Mitsos bekam einigen Ärger, weil er die Herde allein gelassen hatte.

Später dachte Mitsos oft darüber nach, was die beiden Fremden wohl am Koronos-Berg gewollt hatten. Bestimmt waren sie Schatzsucher! Hatten nicht schon so viele Koronidiaten von Schätzen am Koronos-Berg geträumt? Lag nicht nahe beim Gipfel des Berges die *Kakó Spílaio*, die „Schlimme Höhle", in der Ariadne gehaust hatte, als sie auf Naxos weilte, und die sicherlich mit Schätzen angefüllt war bis obenhin? So manches Mal nahm Mitsos sich vor, zur Höhle zu klettern, um nachzuschauen, ob die Fremden dort irgendwo gegraben hatten. Aber es ergab sich keine Gelegenheit und er erfuhr nie etwas Genaueres über die Sache.

In einem anderen Jahr hielt Boublomanolis seine Herde während der Melksaison gemeinsam mit den Tieren von Kaminaris und von zwei, drei anderen Hirten am *mazomós* tou Manolioú, der Hirten aus dem Dorf Keramoti gehörte und den sie gegen eine vereinbarte Menge Käse gepachtet hatten. Es war gegen Ende des Frühjahrs. Die Bretter an den Wänden des *mitátos* bogen sich unter dem Gewicht großer reifender Käselaibe. Mitsos übernachtete bei den Herden und bewachte die Tiere. Eines Nachts kam ein kalter *garbís* auf, ein heftiger, böiger Südwestwind, und nachdem Mitsos spät abends noch einen Gang um die nahebei weidende Herde gemacht hatte, zündete er auf der Feuerstelle im *mitátos* ein paar Zweige an, um sich aufzuwärmen. Dann legte er sich auf die provisorische Bettstelle neben dem noch glimmenden Feuer und schlief ein.

Mitten in der Nacht wachte er plötzlich aus schlechten Träumen auf. Um Gottes Willen, was war das? Der *mitátos* war erfüllt von dichtem, stinkendem, beißendem Rauch! Mitsos konnte kaum noch atmen und sprang, mühsam nach Luft ringend, ins Freie. Der durch die Ritzen der gemauerten Wände pfeifende Wind hatte ein glühendes Kohlenstück an die alten Säcke geblasen, mit denen die größeren Spalten der Wände abgedichtet waren, und diese hatten Feuer gefangen; dann hatte sich ein wenig dort gelagertes Stroh entzündet, und schließlich waren zwei der Bretter, auf denen der Käse lagerte, in Brand geraten. Nun verschmorte der Käse und verbreitete einen höllischen Gestank. Schnell holte Mitsos mit einem Eimer Wasser vom nahen Brunnen und löschte den glimmenden Brand. Aber oh weh! Eine ganze Reihe Käselaibe waren völlig ruiniert und viele angeschmort! Was würde sein Vater sagen? Bis zum Morgen tat Mitsos kein Auge zu, vor Sorge, aber auch, weil er immer noch nicht richtig atmen konnte: Noch tagelang verfolgte ihn der scheußliche Geruch und verursachte ihm Übelkeit.

Früh morgens erschienen sein Vater und Kaminaris zum Melken. Boublomanolis war außer sich beim Anblick der Bescherung. Nahezu sein gesamter Käse war hin. Die nur angeschmorten Käselaibe konnten wenigstens noch von der Familie selbst verzehrt werden, aber wie sollte er nun die Pacht bezahlen? Was an die Käsehändler verkaufen? Wie sollte er seine Schulden bei den Lebensmittelhändlern begleichen? Wie Mehl und Getreide kaufen? Während Boublomanolis sich die Haare raufte, fluchte und Mitsos anschrie, redeten Kaminaris und die anderen Hirten beruhigend auf ihn ein: Mitsos könne doch nichts dafür; er solle lieber froh sein, dass der Junge nicht auch noch erstickt sei bei dem Brand, man werde schon irgendwie über die Runden kommen...

Oft wurden zwei Kinder gemeinsam zum Hüten geschickt, damit sie sich in der Nacht gegenseitig wach hielten. So hatte Mitsos eine Zeit lang, als er die Herde bei Lioiri hütete, seinen drei Jahre jüngeren Bruder Christos bei sich. Dieser war das widerspenstigste und ungebärdigste Kind der Familie und hatte viel Unsinn im Kopf. Die beiden Brüder bekamen nicht jeden Tag Essen gebracht, und als ihnen einmal alles Essbare ausging, beauftragte Mitsos seinen Bruder, ins Dorf zu gehen und Brot zu holen. Dieser hatte aber keine Lust dazu und weigerte sich einfach. So stritten sie sich ein Weilchen, ohne dass Christos nachgab. Schließlich wurde Mitsos wütend und verpasste ihm ein paar Schläge mit seinem Stock. Da zog Christos sein Messer, das er im Gürtel stecken hatte, und stieß mit aller Kraft zu! Blitzschnell fuhr Mitsos zurück. So schlitzte das Messer nur sein Hemd und nicht seinen Bauch auf. Mitsos war entsetzt. Um ein Haar hätte ihn sein eigener Bruder schwer verletzt, vielleicht gar erstochen! Jetzt schnappte er sich ihn freilich, entwand ihm das Messer, warf es fort und verabreichte ihm eine tüchtige Tracht Prügel. Christos lief davon und versteckte sich auf dem benachbarten Hügel.

Am nächsten Tag gab es für Mitsos, der die Herde nicht allein lassen konnte, nur *misíthra* (Frischkäse) und Milch zu essen. Christos aß einen Tag lang gar nichts und ließ sich nicht blicken. Dann wurde sein Hunger aber so groß, dass er doch zum Dorf ging und Verpflegung holte.

Abgesehen von der Betreuung der Herde tagsüber mussten die Hirtenjungen auch während der Nacht die Bewegungen der Herde überwachen, um zu verhindern, dass die Tiere in bewirtschaftetes Land eindrangen. Nicht selten hatte Mitsos' Vater Schadensersatz in Form von Käse entrichten müssen, weil seine Herde in Gärten oder Feldern Schaden angerichtet hatte. Außerdem kam es vor, dass die Bauern die auf frischer Tat erwischten Tiere erschossen, was natürlich möglichst vermieden werden musste.

So erschoss ein Bauer aus Komiaki in einem Winter drei Schafe von Boublomanolis, die auf sein Feld geraten waren. Der Komiakite besaß selbst ein paar Tiere, die er an einer *mándra* am Troullo auf dem Weg nach Komiaki hielt. Nun beschlossen Mitsos und Kaminaris' zweiter Sohn Mavromichalis, sich an diesem Bauern zu rächen und ihm ihrerseits drei Schafe zu stehlen. Das war allerdings gar nicht so einfach, denn er bewachte seine Tiere gut und war ständig bei ihnen. Nachts an seiner *mándra* würden sie auch nichts ausrichten können, denn der Mann hatte einen Wachhund, der die Diebe gewiss verraten hätte. Die *mándra* lag nahe bei einem Bach im dichten Wald. Es führte nur ein schmaler Pfad zwischen großen Felsblöcken und Bäumen dahin, über den der Bauer abends seine Herde von der Weide zum Stall trieb, wo sie übernachteten. Mitsos und Mavromichalis beschlossen, hier am Pfad ihr Glück zu versuchen. Eines Abends versteckten sie sich zwischen den Felsen gleich neben dem Weg. Es dauerte nicht lang, da kam die Herde: Eins nach dem anderen liefen die Schafe den Pfad entlang, ganz hinten kam der Bauer, der sie durch Zurufe und Pfiffe antrieb. Schnell warf sich Mavromichalis auf eines der vorbeiziehenden Schafe, zog es zwischen die Felsen und schob es Mitsos zu, der es so niederdrückte, dass es sich weder rühren noch einen Laut von sich geben konnte. Dann schnappte Michalis noch ein zweites Schaf, das er selbst festhielt. Auf ein drittes mussten sie verzichten; sie hätten es nicht auch noch bewältigen können, ohne sich zu verraten. Da kam schon der Bauer an ihnen vorbei, so nah, dass sie ihn fast hätten berühren können. Er bemerkte sie nicht! Am nächsten Morgen wunderte er sich allerdings sehr, wohin seine zwei Tiere verschwunden waren...

Aber auch vor anderen Formen der Bestrafung schreckten die Hirten nicht zurück: So rächte sich Mitsos einmal an einem Koronidiaten, der ihnen mehrere Tiere gestohlen hatte, indem er am Ostersonntag, als das ganze Dorf in der Kirche war, seine Herde in dessen nahegelegenen Weinberg trieb. Die Ziegen fraßen sämtliche frischen Triebe ab, so dass die Ernte für jenes Jahr vollständig vernichtet und der Weinberg dauerhaft geschädigt war. Solche Aktionen hielten die Hirten durchaus nicht für moralisch verwerflich; entscheidend war nur, dass man sich nicht erwischen ließ!

Nur ein einziges Mal geschah es, dass Mitsos mit Dieben am eigenen *mazomós* zu tun bekam: Als er in einem Frühling in Lakkous bei den Herden übernachtete, wurde er mitten in der Nacht durch Gebell des Hundes geweckt, und als er aus dem *mitátos* heraustrat, hörte er wildes Gebimmel der Ziegenglocken: Jemand war in die *mándra* eingedrungen und versuchte, einen Teil der Herde abzusprengen und fortzutreiben. Im *mitátos* hatten die Boublides ein altes Gewehr, einen Vorderlader, der ein Geknalle machte wie eine Kanone. Mitsos holte das Gewehr und feuerte zwei Mal in Richtung des Lärms. Sofort wurde alles still; von den Dieben war nichts mehr zu hören: Die waren erschrocken geflüchtet.

Eine Zeit lang besaß Boublomanolis nur Schafe. Diese waren einfacher zu halten als die neugierigen und unternehmungslustigen Ziegen, und ihre Milch war begehrt, weil sie wesentlich fetter ist als Ziegenmilch. Für die Käseherstellung wurden stets Schafs- und Ziegenmilch gemischt; ohne einen Anteil Schafsmilch gab es keinen guten Käse. Nun tauschte Boublomanolis mit den benachbarten Hirten: Er gab ihnen einen Teil der Schafsmilch und bekam Ziegenmilch dafür. Im Frühsommer, als die Milch so weit zurückgegangen war, dass sich die Käseherstellung nicht mehr lohnte, wurde die Herde zur Sommerweide nach Limnari an der Küste südlich von Lionas gebracht. Hier waren sie weit genug entfernt von den Getreidefeldern der Bauern, die bald abgeerntet werden sollten.

Limnari wird eine kleine zweigeteilte Meeresbucht südlich von Lionas genannt. Zu dieser Bucht führen zwei steile Täler hinab. Das nördliche der Täler ist teilweise terrassiert und dicht bewachsen, das südliche ist felsig und unwegsam. Am südlichen Arm der Bucht liegt nahe am Strand ein winziges gemauertes

Hüttchen; einen richtigen *mitátos* gibt es nicht. An der Nordseite der Bucht haben die Hirten eine kleine ausgewaschene Höhlung im Felsen oberhalb des Kieselstrandes durch eine Steinmauer erweitert und abgegrenzt und so einen kleinen Unterstand für ein Dutzend Tiere geschaffen.

Nördlich der Bucht erstreckt sich ein sanfter Hang, der den Schafen den Sommer über viel Futter bot. Auf diesen Hang trieb Mitsos abends die Herde zum Weiden. Dann nahm er seinen warmen, aus Ziegenhaar hergestellten Umhang, lief in Richtung Lionas soweit, wie die Schafe vordringen durften, und legte sich dort in einem Pistazien-Busch schlafen. Nachts stand er gelegentlich auf, um zu schauen, wie weit die Schafe gewandert waren, und trieb sie gegebenenfalls wieder zurück. Die meiste Zeit hatte Mitsos Karnasso, Kaminaris' Hütehund, bei sich. Abends ging er mit dem Hund zu der Stelle, wo er sich zum Schlafen hinlegen wollte, zeigte sie ihm und brachte ihn danach zur Herde zurück. Der Hund folgte in der Nacht der Herde und führte die Schafe so, dass sie nicht in andere Richtungen abwanderten und nicht über Mitsos' Schlafstelle hinaus liefen.

Wenn die Schafe morgens von den Berghängen wieder zur Bucht zurückkehrten, mussten sie an einem Engpass vorbei, wo immer nur eines hinter dem anderen laufen konnte. Dort setzte Mitsos sich hin und zählte sie durch: hundertvier Stück. Danach tränkte er die Schafe. Dazu schöpfte er aus einem kleinen, nahe beim Strand gelegenen Brunnen hundert Eimer Wasser und goss es in die steinernen Tränken. Das Wasser war wegen der Nähe zum Meer etwas brackig, was den Schafen aber nichts ausmachte. Auch Mitsos trank meist von diesem Wasser, da der nächste gute Brunnen recht weit entfernt lag, hoch auf dem Hügel bei einem Grundstück namens Mávri Pétra, das seinem Onkel Bekovassilis gehörte. Den Tag verbrachten die Schafe im Schatten einer Felswand oberhalb des Limnari.

Vormittags molk Mitsos mehrere Schafe, die noch ein bisschen Milch gaben. Er dickte die Milch mit etwas Lab, das er in einem kleinen Tongefäß aufbewahrte, und stellte sich so *xinógalo* (Sauermilch) her. Dazu aß er Brot, Oliven und Zwiebeln; gekochtes Essen bekam er nur einmal in der Woche aus dem Dorf gebracht.

Manchmal kam ein älterer Koronidiate zum Limnari zum Fischen. Mitsos hatte ihn zwar schon mehrere Male gesehen, aber nie angesprochen. Da sah er eines Tages, als er am Hang in der Nähe des Meeres saß, wie der Alte zum Wasser hinunter stieg, seine Kleidung ablegte und sich wusch. Mitsos nahm einen Stein, warf nach ihm und traf den splitternackten Alten in der Nierengegend. Der Mann fuhr hoch und entdeckte Mitsos, der sich schleunigst aus dem Staub machte. Er rief ihm zu, er solle doch herunter kommen, aber Mitsos rechnete mit einer Tracht Prügel und hielt sich fern.

Ein, zwei Tage später kam der Alte wieder. Mitsos hatte sich, als er ihn kommen sah, auf den Hang gegenüber verzogen und beobachtete ihn nun von dort. Der Alte rief ihn wieder an und sagte: „Komm nur herunter, ich bin dir nicht mehr böse! Ist schon vergessen. Schau, ich habe dir Feigen und Weintrauben mitgebracht!" Nach einer Weile traute Mitsos sich näher heran, blieb aber auf der Hut, stets bereit, schnell Reißaus zu nehmen, wenn der Alte etwa nach seinem Stock greifen sollte. Tatsächlich hatte der aber nichts dergleichen im Sinn. Und so setzte sich Mitsos schließlich zu ihm, und sie aßen die Weintrauben und Feigen, die der Alte mitgebracht hatte, und Mitsos holte auch die Schüssel mit Sauermilch aus seinem kleinen Unterstand. Bald wurden die beiden die besten Freunde. Jedes Mal, wenn der Alte zum Meer herunter kam, half er Mitsos, die Tiere zum Melken in den Pferch zu treiben, und sie setzten eine große Schüssel Sauermilch an. Danach machten sie es sich gemütlich und speisten: die Sauermilch vom Vortag zusammen mit frischem Brot und Früchten oder anderen guten Sachen aus dem Beutel des Alten.

Der Alte war ein begeisterter Fischer. Er knackte eine Meeresschnecke auf, hängte sie an einen Haken, den er an einer Schnur befestigt hatte, und warf den Köder aus. Meist dauerte es nicht lange, bis ein Fisch anbiss. Wenn er einen weiblichen *skáros* (Seepapagei, Mittelmeerfisch) erwischte, dann band er ihn an einer Schnur fest und führte ihn die Küste entlang spazieren. Auf diese Weise wurden die männlichen Seepapageien angelockt, und der Alte fing sie mit einem Kescher. Den ganzen Sommer über vertrieben sie sich so die Zeit mit Fischen und leisteten sich Gesellschaft. Der Alte hieß Beofótis, Fótis Sidherís. Eine seiner Enkelinnen war die jetzt gerade acht Jahre alte Angelikí, die Mitsos fünfzehn Jahre später heiraten würde, was damals freilich noch keiner von ihnen ahnte...

Im folgenden Jahr tauschte Boublomanolis fünfzig seiner Schafe wieder gegen siebzig Ziegen ein; diese waren zwar anstrengender und schwieriger zu hüten, gaben dafür aber doppelt so viel Milch. Und das Leben mit den Ziegen war einfach aufregender als mit den langweiligen Schafen! Vor allem aber trugen sie die schönen Ziegenglocken, während die Glocken der Schafe längst nicht so klangvoll läuteten und viel weniger wert waren. Und der Leitziege seiner Herde band Boublomanolis wieder die große Glocke des Boublojannis um.

Glocken- und Ziegendiebe

Oft hütete Mitsos die Herden der Familie zusammen mit seinem ein Jahr älteren Cousin Karavelis. Wie schon erwähnt, hatte dieser von seinem Vater Kaminaris die Leidenschaft für Ziegenglocken geerbt und stahl sich im Laufe der Zeit eine ansehnliche Sammlung zusammen. Er war klein und schmächtig; man konnte ihm seine besonderen Fähigkeiten nicht ansehen. Er war jedoch ein hervorragender Hirte und konnte besonders gut mit den Tieren umgehen. Außerdem war er ein unermüdlicher Läufer, der auch die größten Entfernungen nicht scheute, weder in finsterer Nacht noch bei schlechtem Wetter.

Vielleicht hatte Karavelis sich auch einen seiner Onkel, einen Bruder seiner Mutter, zum Vorbild genommen, denn dieser war ebenfalls ein berüchtigter Dieb. Von ihm ist folgendes Meisterstück überliefert: Ein Koronidiate hatte ihn geärgert und er wollte sich rächen, also beschloss er, dessen einzige Ziege zu stehlen. Diese führte der Mann morgens zum Weiden auf die Felder und holte sie abends wieder heim. Eines Morgens schlich Karavelis' Onkel also heimlich dem Mann nach, der in den Gassen des Dorfes seine Ziege an einem Strick hinter sich her zog. Er näherte sich von hinten, ohne dass der andere ihn bemerkte, und band geschickt die Ziege los. Unauffällig scheuchte er sie eine Seitengasse hinauf und hielt selbst noch ein Weilchen den Strick, damit der andere den Diebstahl nicht aufgrund des Schlaffwerdens des Seils bemerkte. Bei den letzten Häusern ließ er schließlich los, stahl sich durch die Nebengassen davon, fing die Ziege ein und lief mit ihr nach Hause. Ein Stück weiter schaute sich der Bestohlene um – keine Ziege! Er kehrte um, sie zu suchen – ohne Erfolg, die Ziege war und blieb verschwunden wie vom Erdboden verschluckt!

Einen Sommer lang hüteten Karavelis und Mitsos, die damals etwa vierzehn und dreizehn Jahre alt waren, die Herde der Familie auf den Küstenhängen unterhalb von Lioiri. Dieses Gebiet war Gemeindeland, und hier weideten auch die Herden anderer Hirten. In der Nähe der Herde der Boublides hielten sich meist die Tiere eines Apiranthiten auf, der sie unbewacht umherstreifen ließ. Karavelis und Mitsos hatten in einem Busch ein wenig Salz und Streichhölzer versteckt sowie einen großen, aufgeschnittenen Metallkanister, der ihnen als Kochtopf diente. Wenn ihnen das Essen ausging, liefen sie nach Lioiri zur Quelle, füllten den Kanister mit Wasser und brachten ihn zu ihrem „Wohnsitz", einem Versteck zwischen den Ruinen eines alten *mitátos*. Dann suchten sie die Herde des Apiranthiten und trieben die Tiere zu einer Engstelle zwischen zwei Mauern. Hier verbarg sich Karavelis hinter einer Quermauer, und Mitsos trieb die Tiere so, dass sie an ihm vorbeilaufen mussten. Karavelis schoss dann plötzlich hervor und packte eine Ziege, indem er ihr halb auf den Rücken sprang und sie am Hals umklammerte; darauf eilte auch Mitsos herbei und half ihm, das Tier zu überwältigen. Sie schnürten ihm die Beine zusammen und schleppten es in ihr Versteck, wo sie es schlachteten und einen Teil des Fleisches im Kanister kochten. Wenn das Fleisch gar war, gossen sie den Kanister über einem trockenen Strauch aus, so dass die Brühe ablief. Dann aßen sie so viel, wie sie konnten: Damit es nicht schlecht wurde, musste das Fleisch so schnell wie möglich verzehrt werden. War ein Tier aufgegessen, fingen sie sich nach derselben Methode ein neues.

Nach diesem Prinzip verfuhren viele Hirten: Wenn sie Essen brauchten, stahlen sie einfach ein Tier der benachbarten Herde. Man kann sich vorstellen, dass ein Hirte, der seine Tiere nicht gut bewachte, kaum auf einen grünen Zweig kommen konnte.

In einem gewissen Maße waren Diebereien dieser Art zwischen den Hirten gang und gäbe und glichen sich mehr oder weniger aus. Dennoch kam es gelegentlich auch zu ernsthaften Zusammenstößen. Als einem Bruder von Mitsos' Großvater Boublojannis namens Zazanis einmal eine Ziege fehlte, ging er gleich zu den benachbarten Hirten, die berüchtigte Diebe waren. Sie waren gerade dabei, eine Ziege zu kochen. Zazanis forderte, wie in solchen Fällen üblich, die „Zeichen" zu sehen: Fell, Hörner, Füße oder ähnliches, woran er das Tier erkennen könnte. „Es gibt keine Zeichen!" antworteten die anderen unwirsch; Zazanis bestand aber darauf. Da sagte einer der Hirten: „Dir gebührt nichts anderes als eine Kugel!" Als der kleine Gehilfe der Hirten, ein etwas beschränkter Junge, das hörte, holte er gleich ein Gewehr aus dem *mitátos* und schoss auf Zazanis! Der war sofort tot. Der Hirtenjunge flüchtete sich auf die Berge und entwich später nach Athen, wo er als Bauarbeiter sein Brot verdiente.

Karavelis stahl Ziegen, wann immer er Hunger hatte; vor allem ging es ihm aber um die Ziegenglocken. Er unternahm viele Diebeszüge, auf denen er den Ziegen nur ihre Glocken abnahm. Das war gar nicht so einfach, denn die Glocken hingen den Tieren an festen Lederriemen um den Hals, die der Dieb ihnen über den Kopf streifen musste. Das war für einen einzelnen Mann schwierig: Es bedurfte eines starken Helfers, der die Ziege sicher festzuhalten vermochte. Der kleine, schmächtige Karavelis hatte freilich seine eigene Methode: Er sprang den Ziegen auf den Rücken und streifte ihnen von da aus die Glocken ab. Die gestohlenen Glocken bearbeitete er durch leichte Hammerschläge, so dass sich ihr Ton veränderte und sie von den Eigentümern nicht am Klang wiedererkannt werden konnten.

In einem Winter hüteten Karavelis und Mitsos die Herden am Akrotiráki oberhalb von Limnari. Eines Abends fragte Karavelis, ob Mitsos mit nach Komiaki zum Glockenklau käme, aber der lehnte ab. Abgesehen davon, dass er sich ohnehin nicht so sehr für solche Diebeszüge begeistern konnte, schien ihm auch das Wetter zu schlecht: Es war dicht bewölkt und sah nach Regen aus. Und in der stockfinsteren Nacht stundenlang über die steinigen, womöglich auch noch regennassen Pfade zu stolpern – das verlockte Mitsos wenig. Also brach Karavelis allein auf. Er lief im Sauseschritt den über dreistündigen Fußweg (an die 10 Kilometer Luftlinie mit etwa 600 m Höhenunterschied rauf und wieder runter) über die Berge nach Apollonas. Dort musste er noch wieder hoch hinauf in die Berge auf einen felsigen, weit oberhalb des Hafenörtchens gelegenen Hang namens Áfres. Hier lag der *mazomós* von einem *koumbáros* (Gevatter) seines Vaters namens Aléxandhros, auf dessen Glocken Karavelis es schon seit langem abgesehen hatte.

Als Karavelis nach dem langen Fußmarsch den *mazomós* erreichte, hielt er sich zunächst eine Zeit lang in der Nähe versteckt und überlegte, auf welche Weise er die Glocken unbemerkt entwenden könnte. Die Tiere standen im Pferch neben dem *mitátos*. Es gab keinen Hund, aber der Hirte befand sich im Steinhaus und dieses hatte keine Tür, so dass er auffällige Geräusche sicherlich bemerken würde.

Während Karavelis noch auf eine günstige Gelegenheit wartete, setzte ein leichter Regen ein. Die Tiere begannen, im Pferch umherzulaufen, um sich Unterstände zu suchen und sich vor dem Regen zu schützen. So entstand einige Unruhe, wodurch die Glocken ins Bimmeln gerieten. Das war die Gelegenheit! Schnell sprang Karavelis in den Pferch und begann, den Ziegen die Glocken abzustreifen, und zwar so überaus geschickt, dass kein ungewöhnlicher Tumult entstand. Nach und nach nahm er allen Tieren die Glocken ab. Gerade als er fertig war, ließ der Regen nach. Karavelis verstaute die Glocken in einem mitgebrachten Sack, indem er jede mit einem kleinen Lappen umwickelte, damit sie nicht scheppern konnte, dann stahl er sich aus dem Pferch und machte sich auf den Heimweg. Inzwischen merkte der Hirte im *mitátos*, dass der Regen aufgehört hatte und erwartete nun das gewohnte Glockengebimmel zu hören, wenn die Tiere sich das Wasser abschüttelten. Er wartet, er horcht – nichts. Alexandros kommt aus dem *mitátos*: Sind die Tiere etwa aus dem Pferch entwichen? Nein, alle Tiere sind da – aber keine Glocken! Der Hirte meint, verrückt zu werden, kann es nicht glauben: Wer hat ihm nur direkt vor der Nase die Glocken gestohlen, ohne dass er das Geringste bemerkt hat?! Die Glocken sind weg – ein schlimmer Verlust; aber schlimmer noch ist, dass sich alle über ihn lustig machen werden: Er sitzt gemütlich im *mitátos,* und draußen werden ihm die Glocken geklaut!!

In der folgenden Zeit hörte sich Alexandros unter den anderen Hirten um, wer ihm wohl diesen Streich gespielt haben könnte, und bekam überall die gleiche Antwort: Das kann nur Karavelis aus Koronos gewesen sein, der berüchtigte Meisterdieb!

Einige Zeit später ging Kaminaris zu einer Arbeit nach Komiaki und hatte seinen Sohn Karavelis dabei. Unterwegs begegnete ihnen Alexandros. Der begrüßte seinen *koumbáros* erfreut und fragte ihn dann, ob er einen berüchtigten „Karávelos" aus Koronos kenne, der ihm die Glocken geklaut haben solle. Ja freilich kenne er den, antwortete Kaminaris, dieser hier sei es, und er wies auf seinen Sohn. „Was? Der soll meine Glocken geklaut haben?" rief Alexandros. „Ha, dass ich nicht lache! Diesen Winzling hätte ich morgens auf das Horn der ersten Ziege aufgespießt gefunden! Nein, der kann es natürlich nicht gewesen sein. Das waren mehrere starke Männer. Wie soll dieses Kind allein allen meinen Ziegen die Glocken abgestreift haben, noch dazu, ohne dass ich etwas davon bemerkte?!" Sie verabschieden sich, und Alexandros' Suche blieb erfolglos.

Später nahm Alexandros Karavelis sogar für kurze Zeit als Hütejungen zu sich, immer noch ohne etwas von dessen Tat zu ahnen. Er war jedoch bald unzufrieden mit ihm und entließ ihn wieder: Karavelis hatte zu viele Flausen im Kopf…!

Ein anderes Mal hatte es Karavelis auf eine Ziege mit einer besonders schönen, großen Glocke abgesehen, die wild auf dem Berg Koronos lebte. Sie war so scheu, dass ihre keramiotischen Besitzer sie nicht einfangen konnten. So machten sich Mitsos und Karavelis eines Nachts vom Kambi nördlich von Lionas aus auf den weiten Weg zum Berg Koronos. Sie hatten fast 1000 Meter Höhenunterschied zu bewältigen: Kambi liegt direkt am Meer und der Koronos-Berg ist 999 Meter hoch. Die beiden Diebe suchten im Mondschein die *troúlla,* die Spitze des Berges, ab und entdeckten schließlich zwischen großen Felsblöcken einige ruhende Tiere. Unter ihnen erkannten sie auch die Ziege, auf die sie es abgesehen hatten. Karavelis schlich lautlos näher. Es gelang ihm, nahe an die Tiere heran zu kommen, ohne dass sie ihn bemerkten. Dann sprang er plötzlich vor, warf sich auf die Ziege und versuchte sie nieder zu drücken; er konnte das große Tier jedoch kaum bändigen. Aber nun rannte auch Mitsos herbei und half ihm.

Dann brachten die beiden Diebe die Ziege nach Kambi, lebendig, damit sie das schwere Tier nicht zu tragen brauchten. Karavelis zog sie am Horn, Mitsos hielt sie am Bein und schob – so legten sie den ganzen Weg nach Kambi zurück, und das war eine Entfernung, für die sie auch bei schnellem Schritt über drei Stunden brauchten! Als die keramiotischen Hirten bemerkten, dass ihre Ziege mit der Glocke fehlte, sagten sie nur: „Wer auch immer es geschafft hat, diese Ziege zu fangen, der hat sie sich verdient!"

In einem anderen Winter hüteten Karavelis und Mitsos die Herde der Familie am Kalogeros bei Apollonas. Das war nicht gerade einer ihrer Lieblingsplätze, denn erstens war die Entfernung zum Dorf groß, und außerdem gab es keinen guten Unterschlupf: Das Dach des *mitátos,* in dem sie hausten, war undicht und bei Regen tropfte es an allen Ecken und Enden. Oben auf dem Kalogeros, wo der *mitátos* lag, gab es nicht einmal geeignete Erde, mit der sie das Dach hätten abdichten können.

Anfangs war das Wetter noch gut und sie verbrachten die Tage leidlich. Dann begann es zu regnen, und es regnete tagelang so heftig, dass man kaum vor die Tür treten konnte. Niemand kam aus Koronos, um ihnen Essen zu bringen, und so ging ihnen am dritten Tag alles Essbare aus. Einen Tag fasteten sie, dann wurde der Hunger zu groß.

Karavelis schlug Mitsos vor, er solle versuchen, einen Eimer Wasser vom Meer zu holen; sie hatten nämlich kein Salz mehr und kochten darum mit Meerwasser. Er selbst wollte in der Zwischenzeit eine Ziege heranschaffen. Er kannte eine überhängende Stelle an den Felsen, wo die Tiere sich bei Regen unterstellten, und er leicht eines erwischen konnte. Mitsos kletterte im strömenden Regen die Felsen hinab zum Meer. Es herrschte Nordoststurm, und an der Küste toste die Brandung. Mitsos hatte den Eimer an einem Seil festgebunden und suchte eine geeignete Stelle, wo er ihn ins Wasser werfen könnte. Nach vielen vergeblichen Versuchen, bei denen die schäumenden Wellen ihm den Eimer fast aus der Hand rissen, gelang es ihm schließlich, ihn wenigstens halb mit Wasser zu füllen.

Als Mitsos wieder am *mitátos* ankam, war auch Karavelis schon mit einer Ziege zurückgekehrt; natürlich hatte er keine von der eigenen Herde gebracht, sondern eine der benachbarten Hirten. Sie schlachteten die Ziege, machten ein Feuer mit ihren letzten trockenen Zweigen und kochten die Innereien. Dann setzten sie sich hin, aßen und wärmten sich auf, und danach sangen sie noch ein paar Liedchen.

Gegen Abend hatte es immer noch nicht aufgehört zu regnen. Nun hatten sie auch kein Feuerholz mehr, sie froren und die Feuchtigkeit war ihnen bis auf die Knochen gedrungen. Die Lust zu singen war ihnen vergangen, und sie fühlten sich nur noch elend. Hier musste etwas geschehen! So beschlossen sie, mit der Ziege zu den nächsten Nachbarn zu gehen, einem alten Ehepaar, das nicht weit entfernt auf der anderen Seite des Flusses wohnte.

Sie steckten die Ziege in einen Sack und machten sich durch den strömenden Regen auf den Weg. Bald erreichten sie den Fluss. Aber wie sollten sie über ihn hinüber kommen? Er war vom Regen ungeheuer angeschwollen, tosende Wassermassen schossen durch sein felsiges Bett. An ein Hindurchwaten war nicht zu denken – wer in den Fluss fiel, würde unweigerlich davon gerissen und ins Meer gespült. Da erinnerte sich Karavelis an eine große Platane etwas flussaufwärts, die ihre starken Äste bis fast zum anderen Ufer reckte. Sie gingen den Fluss entlang, bis sie die Platane fanden. Karavelis band ein langes Seil um den Sack mit der Ziege und wies Mitsos an, dieses zur Sicherung gut festzuhalten, falls ihm der Sack ins Wasser fallen sollte. Dann kletterte er auf einen kräftigen, waagerechten Ast der Platane, der beinahe bis zum anderen Ufer reichte, und hievte auch den Sack herauf. Stück für Stück schob er sich den Ast entlang über das reißende Wasser, den Sack hinter sich herziehend. Schließlich ging es nicht mehr weiter, aber er hatte das andere Ufer fast erreicht. Mit all seiner Kraft schleuderte er den Sack hinüber; dann sprang er selbst hinterher. Nun kletterte Mitsos auf den Baum, und auch er kam gut auf die andere Seite.

Jetzt hatten sie es nicht mehr weit bis zum Haus der Nachbarn, des Fafatsadónis und seiner Frau. Sie waren mit dem Ehepaar gut befreundet; Mitsos' ältester Bruder Nikos und ein Sohn des Fafatsadonis hatten zwei Schwestern geheiratet. Die Alten schlugen die Hände über dem Kopf zusammen, als sie die durchnässten Hütejungen sahen. Die Frau gab ihnen Kleidung ihres Mannes, damit sie die nassen Sachen ausziehen konnten; diese wendete sie dann die ganze Nacht über am Feuer, bis sie getrocknet waren. Als Karavelis die Ziege aus dem Sack holte, begann die Frau sofort Kartoffeln zu schälen. Sie kochte einen köstlichen Eintopf aus Kartoffeln und Fleisch. Alle setzten sich ums Feuer und speisten; Wein gab es auch zu Genüge. Bald kamen sie richtig in Stimmung und sangen und tanzten sogar.

Am nächsten Morgen klarte der Himmel auf und Kaminaris kam aus Koronos, um nach ihnen zu schauen und ihnen Verpflegung zu bringen. Als er die Jungen nicht am *mitátos* fand, rief er zu den Nachbarn über den Fluss hinüber, ob die Kinder bei ihnen seien und ob alles in Ordnung wäre: „Seid ihr noch nicht verhungert, ihr Armen?" erkundigte er sich. „Wie sollen wir verhungern", gab Karavelis zurück, „die ganzen Berge sind doch voller Fleisch!"

Der Kalogeros hat einen spitzen, felsigen Gipfel, der nur vom flacheren Nordhang aus einigermaßen zugänglich ist; nach Osten, Süden und Westen ist er durch steile Felswände geschützt, durch die man nur an einer Stelle auf einem halsbrecherischen Pfad hindurch klettern kann. Oben auf der höchsten Spitze stand früher eine kleine byzantinische Festung, von der nur noch einige Grundmauern erhalten sind. Vor etlichen Jahren waren fremde Antikenräuber mit Maultieren auf die Festung gezogen und hatten, so wird erzählt, „säckeweise" Gold davon getragen. Am nächsten Morgen fanden die neugierigen Bauern nur die aufgegrabenen Löcher und einige Goldstücke, die die Fremden verloren hatten.

Nördlich der Akropolis schloss sich ein flacheres Gelände an, auf mehrere kleine Felder lagen. Auch Boublomanolis gehörte hier ein Landstück, das er jedoch nur selten bebaute: Es lag zu weit von Koronos entfernt. Im Winter des Jahres 1935 hielt Boublomanolis seine Ziegen auf dem Kalogeros. An einem vereinbarten Tag sollte Mitsos, der die Ziegen hütete und einige Zeit auch bei ihnen übernachtet hatte, die Tiere vom Berg hinunter treiben, wo sein Vater ihn erwarten wollte, um die Herde mit ihm zusammen zu einer anderen Weide zu bringen. Dazu musste Mitsos den erwähnten steilen Pfad hinab klettern. Es wehte ein eisiger Wind, und Mitsos' Finger waren steif vor Kälte. Da löste sich ein Stein, an dem er sich gerade festhielt, ein zweiter fiel hinterher und traf genau auf eine seiner Fingerkuppen. Der Nagel wurde zerschlagen, der Finger übel zerquetscht, es blutete und schmerzte heftig, umso mehr, als die Finger so kalt waren. Mitsos kletterte stöhnend vor Schmerzen ganz herunter. Nun tauchte sein Vater auf, der vom Dorf herkam, um Mitsos mit den Tieren zu helfen. Er fragte ihn, was los sei, und ließ sich den Finger zeigen, maß der Verletzung aber keine besondere Bedeutung bei. Dann verkündete er Mitsos voller Freude, dass seine Mutter in der Nacht ihr neuntes Kind bekommen habe. Nach sieben Söhnen und nur einer Tochter (dem dritten Kind) war es wieder ein Mädchen. Darüber freute Boublomanolis sich ganz besonders, denn er wollte unbedingt einem seiner Kinder den Namen seiner Mutter Maria geben, die gestorben war, als er selbst noch ein kleiner Junge war. Mitsos gratulierte ihm, wie es in Griechenland üblich ist: „*Na mas zísi!* Möge sie uns leben!"

Im nächsten Winter hüteten Mitsos und Karavelis die Herden ihrer Väter in Lakkous. Es war um Weihnachten, und die beiden hatten alle Hände voll zu tun mit der Betreuung der neugeborenen Zicklein und Lämmer. Viele Lämmer brauchten Hilfe beim ersten Saugen: Die Hütejungen mussten Milch aus den übervollen Eutern der Mütter abmelken, damit die Kleinen die Zitzen fassen konnten. Den ganzen Tag verbrachten die Jungen bei der Herde; wenn sie Hunger bekamen, legten sie sich einfach unter ein friedliches Mutterschaf und molken sich etwas Milch in den Mund.

Auch vor mancherlei Gefahren mussten die Hütejungen die kleinen Lämmchen bewahren. Zum Beispiel wurden sie gelegentlich von Raben behelligt: Ein Rabe zwickte ein Lämmchen in den Po und ein anderer hackte ihm, wenn es daraufhin jämmerlich zu blöken begann, die Zunge heraus. Auch Adler hatten es manchmal auf die Lämmer abgesehen und mussten mit Steinwürfen vertrieben werden. Von manchen Hirten wurden die Adler und Raben mittels komplizierter Rituale und Beschwörungsformeln unter Anrufung des Heiligen Mamas, des Beschützers der Herden, gebannt. Mitsos' Familie glaubte jedoch nicht an solche „Zaubereien".

Manchmal vernachlässigten die beiden Hirtenjungen ihre Pflichten jedoch. Dann stiegen sie zum Beispiel auf einen kleinen Hügel oberhalb der Steilwand des südlich von Lakkous gelegenen Flusstales. Dort war eine Spalte im Boden, gerade breit genug, dass ein schlanker Mensch hätte hineinklettern können. Die beiden Jungen legten sich neben der Spalte auf den Bauch und versuchten hinein zu spähen, um den Grund auszumachen, doch das war unmöglich: Drinnen herrschte pechschwarze Finsternis. Sie sammelten Steine, große und kleine, und begannen sie hinein zu werfen. Sie lauschten dem Klappern der Steine, die über zahllose Vorsprünge und Stufen bis ins Innere der Erde hinabsprangen. „Lass uns so viele Steine hineinwerfen, bis wir die Spalte gefüllt haben!" schlug Karavelis vor. Voller Eifer machten sie sich an die Arbeit und verbrachten ganze Stunden damit, Steine herbeizutragen und in den Schlund hinab zu werfen – freilich ohne Erfolg: Die Erde verschlang unersättlich alle Brocken, ohne dass auch nur ein Unterschied zu bemerken war. Und von ihren Vätern setzte es auch noch Schläge, wenn sie die Jungen bei der Spalte erwischten: Sie waren alles andere als erbaut davon, dass die beiden ihre Aufgaben wegen solchem Unsinn vernachlässigten.

In der Steilwand unterhalb von Lakkous, nicht weit von der Spalte entfernt, lag ein schon seit vielen Jahren bewohnter Adlerhorst, gut geschützt an einer unzugänglichen, überhängenden Stelle. Auch in diesem Jahr nistete dort wieder ein Paar des mächtigen, seltenen Habichtsadlers. Wenn die Adler auch hauptsächlich Vögel jagten, so kam es doch auch manchmal vor, dass sie sich ein neugeborenes Lamm oder ein Zicklein schnappten. Einmal beobachtete Mitsos, wie ein Adler auf ein kleines Lamm herabstieß und es in seinen Fängen in die Luft trug. Schreiend rannte er herbei und warf seinen Stock nach dem Adler, freilich ohne ihn zu treffen; aber er erschreckte den Adler doch so sehr, dass er das Lamm fallen ließ. Es stürzte aus ziemlicher Höhe herab, aber welch ein Glück – es fiel genau auf einen federnden Strauch, wurde wieder in die Luft geschnellt, landete auf seinen Füßen und sprang sogleich davon.

Als die Adlerjungen im Horst geschlüpft waren, konnten Mitsos und Karavelis die Eltern beobachten, wie sie Nahrung für sie herbeitrugen: Sie brachten vor allem Vögel, meist Turteltauben und Steinhühner. Da kam Karavelis eine tolle Idee, und sie machten sich sofort an die Ausführung. Zunächst holten sie alle Seile herbei, die sie finden konnten, und liefen auch zu einer benachbarten *mándra,* um sich dort die Seile von den Packsätteln der Maultiere auszuleihen. Dann knüpften sie die Seile aneinander und drehten sie noch einmal auf, so dass ein dickes, stabiles Tau von etwa zwanzig Metern Länge entstand; zwei weitere Seile verknoteten sie zu einem einfachen Tau. Nun gingen sie zur Steilwand. Karavelis band sich das dicke Tau um die Hüfte; das andere Ende befestigten sie an der Wurzel eines wilden Olivenbaumes, der oberhalb des Adlerhorstes stand. Das zweite, einfache Seil banden sie ebenfalls fest und ließen es die Felswand hinab. Mitsos suchte sich einen kleinen Haufen Steine als Geschosse zusammen.

Dann begann Karavelis sich zum Adlerhorst abzuseilen, etwa fünfzehn Meter tief, wobei er den größten Teil der Strecke frei baumelte, weil die Felswand etwas überhing. Schließlich erreichte er das kleine Sims, wo die Adler ihren Horst gebaut hatten. Dieser befand sich in einer Spalte in der Wand, die gerade groß genug war, dass Karavelis dort stehen konnte. Die Adler hatten, auf welche Weise auch immer, einen riesigen Ast herbeigeschleppt und quer im Eingang der Spalte verklemmt; dann hatten sie dahinter im Laufe der Jahre große Mengen Holz aufgeschichtet und so ein unverwüstliches, trockenes, bequemes Nest errichtet. Nun packte Karavelis das eine der Adlerjungen, band es am zweiten Seil fest und rief zu Mitsos hinauf, dass er es hochziehen solle. Inzwischen hatten die erwachsenen Adler die beiden Nesträuber bemerkt und kamen im Sturzflug herbei. Mitsos hatte alle Hände voll zu tun, die Adler mit Steinwürfen fernzuhalten und das Junge hochzuziehen. Als es endlich oben war, knüpfte er es los und band es mit einem kleinen Strick an einer Wurzel fest. Dann warf er das Seil wieder zu Karavelis hinunter, der auch das zweite Junge daran befestigte; es wurde auf dieselbe Weise hochgezogen.

Schließlich kletterte Karavelis am dicken Seil wieder hoch, ununterbrochen von den Adlern attackiert. Er schrie Mitsos zu, sie nach Kräften mit den Steinen zu vertreiben: Er fürchtete um sein Leben! Nachdem er glücklich wieder oben war, nahmen sie die Adlerjungen und bauten ihnen ein Stück von der Kante entfernt an einer geschützten Stelle einen Ersatzhorst, in dem sie sie festbanden.

Dann entfernten sie sich ein Stück, versteckten sich und beobachteten, was geschehen würde. Die Adler verfolgten die Vorgänge erst aus großer Höhe; schließlich flogen sie zu den Jungen in ihrem neuen Horst herunter und am Abend fütterten sie sie schon wieder in ihrer neuen Behausung.

Von da an hatten Karavelis und Mitsos bei jeder Gelegenheit ein Auge auf die Adler, und kaum sahen sie, dass die Eltern ihren Jungen eine Beute brachten, stürzten sie herbei. Handelte es sich um eine fette Turteltaube oder ein Steinhuhn, nahmen sie es mit und verspeisten es selbst. War das ein Leben! Jeden Tag gab es leckere frische Jagdbeute zu essen. Alle Vögel waren durch einen Stich mit den Fängen ins Herz getötet worden und hatten keinen Kopf mehr: Den fraßen die Altvögel wohl selbst. Einmal aber sahen die beiden Jungen abends noch einen der Adler eine große Beute bringen und rannten um die Wette, um sie sich zu schnappen. Karavelis war schneller, aber was fand er im Horst? Eine dicke, fette Ratte! Schimpfend warf er sie den Adlerjungen vor; Mitsos lachte ihn aus und wünschte ihm spöttisch einen guten Appetit.

Im späten Frühjahr waren die Adlerjungen groß geworden und fast flügge. Als die Käsehändler aus der Tragaia am *mazomós* vorbei kamen, um den Käse der Boublides aufzukaufen, sahen sie die Adler und kauften sie auch gleich für 50 Drachmen pro Stück: Sie wollten sie wohl als Beizvögel für die Jagd nach Athen weiterverkaufen.

Im Spätsommer 1934 hüteten Mitsos und Karavelis die Ziegen der Familie auf einem Hügel zwischen Koronos und dem Nachbarort Skado. Dabei brach die Herde eines Nachmittags in skadiotisches Gemeindeland ein. Bald wurden sie von den dortigen Feldhütern bemerkt, die eilig angelaufen kamen. Als Feldhüter waren ältere Männer tätig, die aufpassten, dass keine Tiere in das bewirtschaftete Land eindrangen, dass niemand Obst oder Gemüse stahl, dass keine Streitigkeiten bei der Bewässerung ausbrachen und so weiter. Nun wollten die Feldhüter, wie in solchen Fällen üblich, eine oder zwei Ziegen beschlagnahmen, die der Besitzer dann später gegen eine Strafe von etwa 200 Drachmen auslösen musste. Als Karavelis und Mitsos die Männer kommen sahen, scheuchten sie die Herde durch Steinwürfe und Pfiffe davon und begannen, auch die Feldhüter mit Steinen zu bombardieren; diese flüchteten sich hinter die Büsche. Zwei der Männer wurden von den Steinen arg getroffen und verletzt. Die Feldhüter zogen sich zurück, als sie sahen, dass sie nichts ausrichten konnten. Sie gingen jedoch zur Polizei und verklagten die zwei Hütejungen. Bald darauf wurden Mitsos und Karavelis vor Gericht geladen. Auf Naxos gab es zu dieser Zeit kein Gericht, so dass die Naxioten für solche Fälle auf die Insel Syros mussten. Das Gericht in Syros verurteilte den achtzehn Jahre alten Karavelis zu sechs Monaten Haft, während der erst siebzehnjährige Mitsos aufgrund seiner Minderjährigkeit ohne Strafe davonkam.

Statt nun aber nach der Gerichtsverhandlung nach Naxos zurückzukehren, fuhr Mitsos kurzerhand mit dem nächsten Schiff nach Athen; er hatte die Insel und das Hirtenleben satt. Von Piräus aus fragte er sich zum Stadtteil Kypséli durch; dort, so wusste er, wohnten seine älteren Brüder Nikos und Jannis. Auch Mitsos' jüngere Brüder Christos, Giorgos und Nikiforos arbeiteten in Athen als

Gehilfen. Mitsos staunte gewaltig über die große Stadt. Was es nicht alles zu sehen gab! In Kypseli angekommen fragte er solange herum, bis er jemanden fand, der ihn zu seinen Brüdern führen konnte. Nikos und Jannis waren nicht wenig überrascht, als Mitsos plötzlich bei ihnen auftauchte, und versuchten natürlich, ihn sofort nach Naxos zurückzuschicken. Mitsos weigerte sich jedoch standhaft. Da sandten seine Brüder eine Nachricht zu den Eltern, dass Mitsos in Athen sei, und nahmen ihn am nächsten Morgen mit zur Arbeit. Sie beschlossen, ihn so mit schwerer Arbeit zu traktieren, dass er von selbst aufgeben und wieder abreisen würde.

Mitsos' Brüder arbeiteten damals auf einer Baustelle im Zentrum von Kypseli. Dort gab es eine natürliche Quelle, die eine Reihe von Wasserhähnen speiste, an denen die Anwohner sich ihr Trinkwasser holten; ständig war der Platz auch von großen Scharen von Kindern bevölkert, die zum Spielen kamen. Das Wasser floss durch ein schmales Tälchen ab. Jetzt wurde dieses mit Schutt aufgefüllt. In der Mitte wurden kleine Teiche aufgestaut, Bäume gepflanzt und Rasenflächen angelegt und seitlich Gehwege aus Beton gegossen.

An dieser Baustelle waren Mitsos' Brüder über einen längeren Zeitraum tätig. Nun teilten sie Mitsos die anstrengendste Arbeit zu: Er musste zusammen mit einem anderen Arbeiter den Beton ausleeren. Dazu stand ihnen keine Schubkarre zur Verfügung, sondern nur eine Art großes Blech mit vier Griffen, auf das der Beton geschüttet wurde und das sie zur entsprechenden Stelle trugen und dort auskippten. Der Arbeiter, mit dem Mitsos das Blech trug, war ein kräftiger *pallikári* von fünfundzwanzig Jahren, mit dem er unmöglich mithalten konnte. Sie gönnten ihm keine Pause. Aber Mitsos war fest entschlossen durchzuhalten und gab nicht auf. Abends fiel er wie tot ins Bett, sogar zum Essen war er zu erschöpft; einschlafen konnte er aber trotzdem lange nicht, weil ihm alle Knochen wehtaten.

So vergingen die Tage, ohne dass Mitsos klein beigab. Nach zwei Wochen sahen seine Brüder ein, dass sie auf diese Weise nichts erreichten, und begannen wieder auf ihn einzureden, dass er nach Naxos zurück müsse: Sein Vater war dort ohne Unterstützung geblieben und hatte nur den erst sechsjährigen Adonis bei sich. Er brauchte jetzt dringend Hilfe bei den Herden; in Kürze würde auch die Arbeit mit dem Schmirgel wieder beginnen, und der Vater wäre gezwungen, die Tiere zu verkaufen, wenn Mitsos nicht zurückkäme... Schließlich ließ Mitsos sich überzeugen, fuhr nach Naxos zurück und blieb dort weitere zwei Jahre.

Karavelis saß seine Haftstrafe in Syros ab, dann kehrte er nach Naxos zurück. Seiner Leidenschaft für das Glockenstehlen hatte der Gefängnisaufenthalt keinen Abbruch getan. In den Jahren 1937 und 1938 war Karavelis erneut in Syros, wo er einen Teil seines Militärdienstes absolvierte. Er war eine Zeit lang Adjutant eines Majors und wohnte in Syros in dessen Haus.

Eines Abends nach Dienstschluss fuhr er heimlich mit einem *kaïki*, einem kleinen Fischerboot, das auch Transporte durchführte, nach Naxos. Er hatte sich mit einem anderen Koronidiaten namens Jakumákis verabredet: Sie wollten einem Hirten bei Ágia Kyriakí in der Nähe von Apiranthos Ziegenglocken stehlen. Karavelis lief vom Hafen aus im Sauseschritt nach Agia Kyriaki – immerhin eine

Entfernung von etwa 25 Kilometern Luftlinie – und traf dort mit Jakumakis zusammen. Schnell fanden sie die Ziegenherde, auf die sie es abgesehen hatten. Sie trennten sieben Tiere, denen sie die Glocken abnehmen wollten, von der Herde ab und trieben sie zu einem abseits gelegenen Pferch.

Karavelis hatte eine Pistole dabei und fragte Jakumakis, ob er den Tieren die Glocken abnehmen oder mit der Pistole den Weg überwachen wolle. Jakumakis meinte, Karavelis sei geschickter mit den Tieren; also nahm er die Pistole und stellte sich an den Eingang zum Pferch. Karavelis streifte nun den Ziegen nacheinander die Glocken ab, indem er ihnen nach seiner bewährten Methode auf den Rücken sprang. Als nur noch der Bock übrig war, bemerkte er, dass die anderen Tiere aus dem Pferch entwichen. Er schaute auf – Jakumakis war fort! Und nun sah er auch warum: Der Hirte kam den Pfad heruntergelaufen, und da hatte Jakumakis einfach ohne ein Wort der Warnung das Weite gesucht. Karavelis rannte mit den Glocken schleunigst davon, aber er konnte mit den schweren Soldatenstiefeln und beladen wie er war nicht so schnell laufen wie sonst, und außerdem verrieten die scheppernden Glocken seinen Weg. Sein Verfolger war ihm dicht auf den Fersen, und nach erbitterter Hetzjagd erwischte er ihn und zog ihm eins mit dem Stock über, so dass Karavelis zu Boden ging. Noch lange später litt er immer wieder unter Kopfschmerzen von diesem Schlag. Nun erkannte der Hirte im schwachen Schein des Mondes, wen er vor sich hatte: „Karavelis!“ rief er erstaunt, „Mensch, hätte ich gewusst, dass du es bist, dann hätte ich nicht zugeschlagen!“ Die beiden waren nämlich befreundet, das heißt ... sie hatten schon oft gemeinsam die Glocken anderer Hirten gestohlen!

Karavelis gab dem Mann die Glocken zurück und ging mit ihm zu seinem Haus; dort bekam er einen *raki* für seinen brummenden Kopf und brach dann in aller Eile wieder auf, damit er rechtzeitig zurück sei. In den ersten Morgenstunden fand er in der Chora wieder ein *kaïki* nach Syros und war zum Morgenappell zurück auf seinem Posten.

Irgendwie kam die Geschichte dem Polizeichef von Naxos zu Ohren, und der meldete dem Major in Syros, dass der Soldat Vassilis Mandilaras in der und der Nacht in Naxos auf Raubzügen unterwegs gewesen sei. Darauf antwortete der Major, das sei unmöglich: Jener Soldat sei nicht von Syros fort gewesen, er selbst habe ihn als Adjutanten ständig bei sich und er sei gut, fleißig und redlich. Nun schrieb der Polizeichef zurück: „Besagter Vassilis Mandilaras ist so flink wie ein Reh und in der Lage, innerhalb einer Nacht von Syros nach Naxos zu kommen, die ganze Insel auszurauben und noch in derselben Nacht wieder zu seiner Einheit zurückzukehren!“ Der Major gab Karavelis die Briefe, als er entlassen wurde, und er hat sie noch lange aufbewahrt und seinen Freunden gezeigt.

Als der Krieg ausbrach, wurde Karavelis eingezogen; er kam aber nicht zur kämpfenden Truppe wie Mitsos, sondern zu den Versorgungseinheiten. Die Besatzungszeit verbrachte er größtenteils wieder auf Naxos, und schließlich ging er wie alle Familienmitglieder nach Athen, wo er auf dem Bau arbeitete. Das heißt, zum Arbeiten war er zu bequem. Wenn er irgendwo eine Anstellung bekommen hatte, dann lungerte er meist herum und faulenzte, bis ihn nach ein, zwei Tagen der Arbeitgeber entließ, weil er nicht nur nichts tat, sondern auch noch die anderen durch sein Geschwätz von der Arbeit abhielt. Aber das focht ihn nicht an, denn Baustellen gab es in Athen in Hülle und Fülle, und indem er alle durchprobierte, kam er gut über die Runden. Schließlich baute er sich sogar ein schönes Mehrfamilienhaus, lebte dort glücklich mit seiner Frau und starb vor wenigen Jahren fast neunzigjährig, kinderlos, verwitwet, von seiner Schwester Vassara und seinen Neffen gepflegt.

Kapitel 5: Zum Militär

…Ο ήλιος πλυμένος
με το καθάριο πρόσωπο στραμμένο στον άνθρωπο
χαιρετάει τους δρόμους που τραβούν στη μάχη.
Αυτοκίνητα περνούν γεμάτα πλήθος.
Αποχαιρετιούνται στις πόρτες και γελάνε
κι ύστερα ακούγονται τ' άρβυλα στην άσφαλτο
το μεγάλο τραγούδι των αντρίκιων βημάτων
που μακραίνει και σβήνει στο μάκρος του δρόμου
ως το βραδινό σταθμό με τα χαμηλομένα φώτα.
...

Γιάννης Ρίτσος, Οκτώβρης 1940

Als Mitsos 21 Jahre alt war, änderte sich sein Leben grundlegend: Seine Soldatenzeit begann, von der er heute noch häufig erzählt und an die er sich erinnert, als sei es erst gestern gewesen. Nach der Ausbildung diente er zunächst auf den Wachtposten an der albanischen Grenze, danach kämpfte er im Albanischen Krieg und schließlich im Bürgerkrieg; insgesamt war er über acht Jahre Soldat (mit einer Unterbrechung während der italienischen und deutschen Besatzung). Und wenn er auch manche Erlebnisse heute wie durchstandene Abenteuer erzählt, so hat er doch nicht vergessen, wie schrecklich der Krieg war, wie schlimm die Verluste an Menschenleben unter Freund und Feind und wie nah er selbst wieder und immer wieder dem Tod gewesen ist. Obwohl er ein fähiger Soldat war und seine Heimat mit allen seinen Kräften verteidigte, ja weit über seine normalen Kräfte hinaus, so versuchte er doch immer, das Töten zu vermeiden und sah auch im feindlichen Soldaten den Menschen.

Wenn heute das auf Naxos stationierte Militär zur Übung Schüsse auf das Kap unternimmt und die Gegend von den Explosionen widerhallt, dann meint er, der Krieg sei wieder ausgebrochen und will sich freiwillig melden um die Angreifer abzuwehren; ja, um eine Waffe zu halten, ist er sicher noch gut genug und Erfahrung hat er auch zur Genüge! Nein, diese Erlebnisse vergisst man nicht, so viele Jahre auch vergangen sind.

Die ganze leidvolle Zeit des Zweiten Weltkrieges machte Mitsos mit: Er hatte das Pech gehabt, zur falschen Zeit geboren zu sein, so dass er in seiner Jugend in diesen Strudel weltbewegender Ereignisse hineingezogen wurde und die Jahre seines Lebens, die die schönsten sein sollten, mit dem Gewehr in der Hand verbrachte…

Mitsos' Soldatenzeit begann im Jahr 1938 mit der Einberufung zum Militär.

Griechenland nach der Befreiung von den Türken

Nach mehreren erfolglosen Aufständen war es den Griechen ab 1821 im Unabhängigkeitskampf mit Unterstützung durch den bedeutenden Philhellenismus im westlichen Abendland sowie mit Hilfe der „Schutzmächte" England, Frankreich und Russland gelungen, den Peloponnes und Stereá Elládha (Attika und Umgebung) sowie Teile der Ägäis von der türkischen Herrschaft zu befreien. Die europäischen Schutzmächte bestimmten, dass der befreite neugegründete Staat eine Monarchie werden sollte, und setzten 1833 den noch nicht volljährigen Sohn Otto des Bayernkönigs Ludwig I. als König ein. Dieser brachte viele deutsche Architekten, Künstler, Verwaltungsfachleute und Gelehrte mit ins Land, die die weitere Entwicklung des jungen Staates maßgeblich beeinflussten.

Trotz der Befreiung kam ein wirtschaftlicher Aufschwung nur sehr langsam in Gang. Die wenige vorhandene Industrie war weitgehend zum Erliegen gekommen und nach wie vor war die Infrastruktur sehr unterentwickelt und das Land kaum erschlossen. Weiterhin lebte der größte Teil der Bevölkerung als Bauern und Selbstversorger. Erschwert wurde die Lage durch eine hohe Verschuldung im Ausland (vor allem an England) und durch die Einmischung der europäischen Großmächte, die die Wirtschaft kontrollieren und sich wichtige Stützpunkte nach Nahost sichern wollten. Im Jahr 1843 wurde eine Verfassung angenommen; im Jahr 1862 wurde Otto abgesetzt und durch den dänischen Georg I. ersetzt, der mit dem englischen Königshaus und dem Zar verwandt war. Nach einem gewissen Aufschwung musste im Jahr 1893 der Staatsbankrott erklärt werden. So blieb die Lage trotz gewisser Fortschritte weiterhin schwierig. Im Laufe der Jahre wurde das Staatsgebiet stückweise vergrößert, vor allem durch die beiden Balkankriege 1912 und 1913.

Im Ersten Weltkrieg befürwortete der König eine Anlehnung an Deutschland (unter anderem wegen verwandtschaftlicher Beziehungen seiner Frau Sofia), während die liberale Regierung unter dem bedeutenden Politiker Eleuthérios Venizélos eine Kooperation mit der Entente unterstützte. Zunächst konnte der König sich durchsetzen. Die Regierung trat zurück, aber nach der Besetzung Thessalonikis durch Entente-Truppen putschte das Militär und Venizelos übernahm wieder die Regierung; der König ging ins Exil. In den nördlichen Landesteilen sowie in den angrenzenden Ländern kam es zu schweren Kämpfen mit hohen Verlusten auch unter der Bevölkerung. Griechenland bekam jedoch durch den Krieg weiteres Territorium zugesprochen: Thrakien und die Gegend um Smyrna in Kleinasien, wo nach einer Frist von fünf Jahren ein Volksentscheid über den endgültigen Anschluss an Griechenland bestimmen sollte.

Im Jahr 1922 begann Griechenland den kleinasiatischen Feldzug, mit dem das gesamte überwiegend von Griechen besiedelte kleinasiatische Küstengebiet sowie weitere Teile des Balkans befreit werden sollten. Nach anfänglichen Erfolgen wurden die weit auf das türkische Staatsgebiet vorgedrungenen Griechen jedoch von den übermächtigen Türken vernichtend geschlagen. Diese „Kleinasiatische Katastrophe" endete in der Flucht zehntausender in der Türkei lebender

Griechen unter sehr hohen Opfern. Die blühende Stadt Smyrna, Zentrum des kleinasiatischen Griechentums (das die Jahrhunderte während türkische Oberherrschaft im Osmanischen Reich unversehrt überstanden hatte), wurde zerstört und ein großer Teil der 550.000 griechischen Einwohner massakriert, ohne dass die beobachtenden ausländischen Mächte eingriffen. Schon im Ersten Weltkrieg waren etwa eine Million Griechen in Kleinasien getötet worden und etwa 450.000 nach Griechenland geflohen, dazu etwa 170.000 aus Bulgarien und anderen slawischen Ländern. Nun wurde ein Bevölkerungsaustausch zwischen der Türkei und Griechenland beschlossen, bei dem über 1,2 Millionen Griechen und etwa 500.000 Türken umsiedeln mussten.

Die Eingliederung der Flüchtlinge vor allem in Athen und Piräus sowie in Nordgriechenland stellte das Land natürlich vor ungeheure Probleme, aber nach einer anfänglichen schweren Zeit führte sie im Endeffekt zu einem starken Aufschwung sowohl des Kleingewerbes und der Industrie als auch der Landwirtschaft in den neu besiedelten Gebieten. Die politische Situation blieb weiterhin instabil. Im Jahr 1924 wurde Griechenland Republik, aber die Regierungen wechselten in schneller Folge. Als es aufgrund der Weltwirtschaftskrise zu sozialen Unruhen kam, versuchte Venizelos diese durch Verfolgung der Protestierenden zu unterdrücken. Durch eine gefälschte Volksabstimmung kam es 1935 zur Wiedereinführung der Monarchie. Im Jahr 1936 errangen die Liberalen und die Konservativen im Parlament die gleiche Stärke, so dass der damals noch sehr kleinen Kommunistischen Partei eine entscheidende Rolle zufiel. Daraufhin errichtete der Premierminister Metaxás im Einverständnis mit König Georg II. wegen der angeblichen „kommunistischen Gefahr" die Diktatur. Metaxas versuchte, ein ähnliches Regime wie Hitler und Mussolini aufzubauen mit entsprechenden Jugendorganisationen, Arbeitsdiensten und Polizei- und Terrorsystem. Es fehlte jedoch eine populäre faschistische Massenpartei, und der Faschismus wurde nicht von der Bevölkerung getragen.

In Athen

In diesem Jahr 1936, nach der Machtergreifung Metaxas', kam Mitsos zum zweiten Mal in seinem Leben nach Athen: Zwei Jahre vor Beginn ihrer zweijährigen Militärzeit, das heißt mit neunzehn Jahren, wurden die jungen Männer nach Athen gerufen, um dort bei der Militärbehörde anzugeben, in welcher Abteilung sie ihren Wehrdienst ableisten wollten. Das war für Mitsos der Auftakt zu seiner langen, schweren Zeit beim Militär.

Ein mürrischer Offizier führte die Einschreibung durch. Nachdem er ein paar einleitende Worte gesagt hatte, rief er die Rekruten der Reihe nach auf und fragte sie, zu welcher Abteilung sie wollten. Die meisten wollten zur Marine, denn sie kamen alle von den Inseln. Auch Mitsos wäre am liebsten zur Marine gegangen, aber nun protestierte der Offizier: „Warum wollt ihr denn alle zur Marine? Kann überhaupt einer von euch schwimmen? Also jetzt reicht es! Keiner kommt mehr zur Marine! Such dir etwas anderes aus!" Nun hätte Mitsos gern die

Artillerie gewählt *(pezikó pyrovolikó)*, aber er hatte Sorge, dass er dort als Schmirgelarbeiter mit Dynamit-Erfahrung zu der Abteilung käme, die für Sprengungen und Minen zuständig war; also entschied er sich für die Infanterie. „Bravo", rief der Offizier, „das lob ich mir! Und hab keine Sorge, dort wird es dir am besten ergehen!"

Die zwei Jahre bis zum Beginn seiner Militärzeit blieb Mitsos in Athen, wo alle seine Brüder als Bauarbeiter oder Gehilfen arbeiteten, mit Ausnahme des Jüngsten, Adonis, der bei den Eltern auf Naxos lebte. Mitsos' ältere Brüder, Nikos und Jannis, redeten ihren Eltern zu, nach Athen zu kommen, wo das Leben für sie bequemer und einfacher sei. So fasste der Vater schließlich den großen Entschluss: Er überließ die Herde gegen die Hälfte des Ertrages an Käse und Fleisch einem keramiotischen Hirten, und sie packten ihre Siebensachen und zogen nach Athen. Nur Mitsos' ältere Schwester, die einundzwanzigjährige Koula, eine schöne, ruhige Frau, blieb auf der Insel. Sie hatte im Jahr 1939 Nikiforos Legákis geheiratet, den schon öfter erwähnten Nikiforakis. Sie bekamen drei Kinder namens Maria, Markos und Stamata; eine weitere Tochter starb im Alter von einem Jahr.

In Athen wohnten die Eltern in Kypseli bei ihrem Sohn Jannis. Dieser war ein lebensfroher, gut aussehender Mann, der gern feierte und hervorragend tanzte. Er war bei allen beliebt, und noch heute erinnern sich viele ältere Menschen auf Naxos an ihn. Jannis hatte in Athen geheiratet und wohnte im Haus seiner Schwiegereltern. Die Braut Katina Koufopoúlou stammte ebenfalls aus Koronos; sie war eine besonders schöne und tüchtige Frau. Ihr Vater Adonis (genannt Politikákis) war ein cleverer Geschäftsmann. Er besaß ein Haus in der Chora von Naxos und ein kleines Boot, mit dem er Passagiere und Güter ausbootete und zu den Schiffen transportierte; damals gab es noch keine Mole, an der die Fähren anlegen konnten. Später eröffnete er am Hafen eine kleine Taverne.

Kurz nach seiner Ankunft in Athen arbeitete Mitsos zusammen mit anderen Koronidiaten auf einer Baustelle in einer noch wenig erschlossenen Gegend von Kypseli. Es war auch ein Onkel von Mitsos dabei, ein Bruder seiner Mutter namens Bekojánnis. Sie mussten Felsen wegsprengen, um ein Grundstück einzuebnen, und hatten dazu Sprengsätze quer über das Grundstück gelegt. Als alles zur Sprengung fertig war, riefen sie, wie damals üblich: „Achtung – Sprengung!" – es waren nicht viele Passanten in dieser Gegend unterwegs. Außerdem stand an jeder Straßenecke ein Arbeiter zum Aufpassen. Aber gerade in dem Moment, als der erste Sprengsatz explodierte, bog eine alte Frau um die Ecke. Mitsos' Onkel sprang hervor, um sie zur Seite zu ziehen. Da schoss ein tellergroßer Stein herbei und schlug ihm beide Füße ab! Die anderen legten ihn in eine Bauhütte und rannten los, um Hilfe zu holen, einen Arzt, Verbände, irgendetwas. Mitsos blieb bei dem Verletzten, der das Bewusstsein verloren hatte. Als schließlich ein Arzt eintraf, war Bekojannis schon verblutet.

Mitsos' Brüder, die schon mehrere Jahre als Bauarbeiter in Athen gelebt hatten, waren dort mit kommunistischen Ideen in Berührung gekommen und hatten die

Ungerechtigkeit der Verhältnisse und die Ausbeutung der schwer arbeitenden Bauarbeiter am eigenen Leib erlebt. So war Jannis einmal als Vorarbeiter auf einer Baustelle tätig und geriet mit dem Bauunternehmer in Streit um die Rechte der Arbeiter. In der Diskussion warf der Bauunternehmer Jannis vor: „Wie redest du denn da? Du unterstützt ja die Arbeiter! Du redest ja wie ein Kommunist!" Darauf antwortete ihm Jannis: „Ja, wen soll ich denn unterstützen? Ich bin doch selbst ein Arbeiter! Wenn der Kommunismus diese Dinge sagt, dann ist er gut und richtig!"

Der Diktator Metaxas verbot die kommunistische Partei und ließ Menschen mit linksgerichteten politischen Ansichten verfolgen. In den *kafenia*, in denen sich die arbeitsuchenden Männer trafen, wurde über Politik diskutiert, kommunistische Ideen wurden verbreitet, aber auch Spitzel trieben sich herum, die die Gespräche belauschten; Verdächtige wurden verhaftet, Akten angelegt. Auch Mitsos und seine Brüder standen bald auf der Liste der Verdächtigen. Sie trafen sich gelegentlich heimlich mit anderen Koronidiaten mit ähnlichen politischen Ansichten. Manchmal merkten sie, dass sie bespitzelt wurden.

Ebenso wie früher im Dorf nutzten die Menschen auch in Athen jede Gelegenheit, um zu feiern und sich zu amüsieren. In den winzigen Zimmern feierten sie mit der halben Verwandtschaft die ausgelassensten Feste, das Grammophon wurde gekurbelt und die Jugend tanzte die neuesten europäischen Tänze. Oft ging man zum Essen und Feiern in die Tavernen, insbesondere am Wochenende. Dabei kam es nicht selten zu Schlägereien. In Kypseli gab es eine sehr beliebte Taverne namens *Hollywood*, die ein Koronidiate, der in Amerika gewesen war, eröffnet hatte. Sie wurde sowohl von den Koronidiaten, als auch von den lokalen Athenern frequentiert. Zwischen den beiden Parteien bestand eine ausgemachte Feindschaft, und es kam immer wieder zu handfesten Prügeleien.

Als Mitsos eines Abends mit seinen Brüdern im *Hollywood* war, brachten die Athener einen Afrikaner mit, der die Naxioten verprügeln sollte. Während nun gerade ein Koronidiate zur Life-Musik tanzte, spazierte der Afrikaner um die Tanzfläche herum und drohte: „*Mia bouniá – éna Naxióti káto!* (Ein Faustschlag – ein Naxiote am Boden!)" Darüber ärgerte sich besonders ein Freund von Mitsos' Brüdern, der mit ihnen am Tisch saß, und er ergriff eine Flasche, schleuderte sie durch den halben Raum – und landete einen Volltreffer, der den Schwarzen zu Boden schmetterte. Natürlich sprangen die Athener nun alle auf, und sofort war die herrlichste Prügelei im Gange. Die Männer zerbrachen die Stühle, um die Hölzer als Schlagstöcke zu benutzen, und hieben aufeinander ein. Andere zertrümmerten die Lampen und wieder andere schlugen die Fenster ein, um durch diese Notausgänge zu flüchten. Mitsos wollte sich auch ins Getümmel stürzen, aber Jannis zog ihn am Ärmel und meinte, sie sollten sich lieber aus dem Staub machen, bestimmt käme bald die Polizei, und dann gäbe es Scherereien. Also kämpften sie sich nur bis zur Tür durch und suchten dann das Weite.

Zu jener Zeit war die Arbeit auf dem Bau noch hart. Es gab keine Maschinen oder andere Hilfsmittel: Gearbeitet wurde mit Spitzhacke und Schaufel und Körben zum Forttragen des Aushubes. Beton wurde auch für mehrstöckige Bauten

mit Schaufeln gemischt und in Eimern auf den Schultern über schmale, wacke-
lige Bretter bis in das oberste Stockwerk und aufs Dach getragen. Unfälle waren
an der Tagesordnung. Die Bauarbeiter schufteten von morgens bis abends; nur
sonntags war frei.

Erst nach langen Kämpfen, Streiks und Demonstrationen, bei denen die
durchtrainierten Bauarbeiter sich regelrechte Schlachten mit der Polizei lieferten,
konnte der Acht-Stunden-Tag durchgesetzt werden. Dabei wurde jedoch die Ar-
beitszeit zunächst wieder sehr ungünstig festgelegt: die Arbeiter hatten vormittags sieben Stunden von acht bis drei zu arbeiten und nach der offiziellen Mittagspause von drei bis sechs noch eine weitere Stunde. Nach weiteren Kämpfen
konnten sie erreichen, dass nur noch vormittags von acht bis halb drei gearbeitet
wurde mit einer halbstündigen Mittagspause um elf.

Ihren Lohn bekamen die Bauarbeiter am Samstagabend in bestimmten *kafenía* ausgezahlt, aber oftmals erschienen die Bauunternehmer erst sehr spät, so
dass die Arbeiter ihre Einkäufe nicht mehr erledigen konnten, oder sie kamen
sogar überhaupt nicht. Also wurde erneut gestreikt und demonstriert, bis die
Bauarbeiter den Feierabend am Samstagmittag um ein Uhr durchsetzen konnten
und vom Arbeitgeber direkt auf der Baustelle bezahlt werden mussten.

Mitsos arbeitete fast die gesamten zwei Jahre auf der Baustelle eines Gebäudes
der Armee *(metochikó tamío)* im Zentrum von Athen. Dieses war damals das
größte Bauwerk von Athen. Zusammen mit vielen anderen Koronidiaten war
Mitsos am zwölf Meter tiefen Aushub für das Gebäude beschäftigt; es sollten
drei Kellergeschosse entstehen.

Auf derselben Baustelle arbeitete auch ein Koronidiate namens Stavrákis; es
war der Mann, der als Hirtenjunge Zazanis, den Bruder von Mitsos' Großvater
Boublojannis, erschossen hatte. Wie viele Koronidiaten in dieser Zeit hatte Stav-
rakis prophetische Träume, er gehörte zu den *onirevámeni*. So erklärte er den
anderen Arbeitern auf der Baustelle: „Wartet nur ab! Jetzt plagen wir uns noch!
Aber es wird nicht lange dauern, dann werden Maschinen die Arbeiten übernehmen, die wir jetzt mit der Hand machen: das Schaufeln, das Ausgraben, ja sogar
das Mischen des Betons – alles wird automatisch gehen! Nicht von einem Tag
auf den anderen, das ist klar; aber nach und nach werden für alle Arbeiten Maschinen entwickelt werden, und wir werden unsere Spitzhacken und Schaufeln
wegwerfen!" Die anderen lachten ihn aus: „Hahaha!! Was erzählst du da wieder
für einen Quatsch, du Spinner! Wie sollte das wohl gehen?! Sollen die Schaufeln
ganz allein durch die Luft schweben?! Das ist ja völlig unmöglich..."

Auf dieser Baustelle arbeitete auch Mitsos' Vater. Dafür legte er, für die
einzige Zeit in seinem Leben, seine geliebten Pluderhosen ab und zog gewöhnliche Hosen an. Das war aber nicht von langer Dauer: Nach weniger als einem Jahr
hatte Boublomanolis genug vom Leben in der Stadt; und so packten die Eltern
ihre Koffer wieder und zogen mit Maria und Adonis nach Naxos zurück.

Nach dem Krieg versuchte Mitsos noch, einen Nachweis über seine mehr als 300
énsima (Stempelmarken der Arbeitstage für die Versicherung) von der Arbeit am
metochikó tamío zu bekommen; diese waren als *énsima* für schwere Arbeit be-

sonders wertvoll. Doch obwohl sein Name in den Büchern vermerkt war, waren keine *énsima* notiert. Die schrieben die Bauunternehmer nicht ihren Arbeitern an, sondern verkauften sie anderswo schwarz und die Arbeiter gingen leer aus.

Insgesamt sparte Mitsos vor dem Krieg 20.000 Drachmen, das waren etwa 400 Tageslöhne. Jemand schlug ihm vor, ein großes Gelände in Fokíonos Négri in Kypseli zu kaufen, aber er wollte nicht: „Was soll ich denn da? Da werden mich die Wölfe fressen!" Heute ist es allerdings eine der teuersten Gegenden in Athen. Stattdessen trug Mitsos das Geld zur Bank. Dann brach während seiner Soldatenzeit der Krieg aus, und als er schließlich nach den Strapazen und Wirren des Krieges zurückkehrte, bekam er nur noch einen Haufen wertloser Scheine – das Geld war verloren.

Nach dem Krieg verteilte die Regierung einige *énsima* an Arbeiter, die wegen der Kriegswirren keine Nachweise hatten. Es gab einen Ausschuss, der für die Verteilung zuständig war. Mitsos wurden jedoch keine anerkannt. „Warum hast du dich nicht eher darum gekümmert? Wo warst du denn all die Jahre?", fragte man ihn. „Wo ich war?" fragte Mitsos zurück. „In den Bergen war ich mit dem Maschinengewehr auf dem Rücken und habe die Heimat verteidigt!" Das half ihm aber auch nichts; die *énsima* wurden vom Ausschuss an die eigenen Leute verteilt, die politisch auf der richtigen Seite standen...

Im Jahr 1937 ging Mitsos' Bruder Jannis wieder nach Naxos zurück, eröffnete ein Lebensmittelgeschäft in der Chora und trieb Handel mit den Bauern aus Koronos und Komiaki. Die Bevölkerung des Dorfes Komiaki war damals königsfreundlich und kommunistenfeindlich eingestellt. Bald war Jannis, der linksgerichtete Ideen verbreitete, als Kommunist verschrien. Er ließ keine Gelegenheit aus, die Bauern über ihre Rechte und über die Ausbeutung der unteren Bevölkerungsschichten im Kapitalismus aufzuklären. Er sagte ihnen: „Wenn wir eine kommunistische Regierung hätten, die die Bauern und Arbeiter und nicht die Kapitaleigner unterstützt, dann könnte ich euch doppelt so viel für eure Waren zahlen! Dann könntet auch ihr gut leben!"

Im Sommer kam Mitsos für kurze Zeit nach Naxos. Er ging zum Dorffest nach Komiaki, um sich ein wenig zu amüsieren. Es gab schöne Musik und Mitsos wollte gern tanzen. Aber er hörte, wie die Komiakiten untereinander tuschelten: „Wer ist denn das?" – „Das ist ein Bruder des Boublojannis!" – „Ach, auch so ein Kommunist, was?" Dann war Mitsos an der Reihe zu tanzen, aber was für ein Lied spielten die Musiker für ihn? „Der Sohn des Adlers...", die Hymne der Königstreuen! Mitsos ging davon, wer weiß, ob er nicht am Ende auch noch Prügel bekäme!

Steter Tropfen höhlt jedoch den Stein: Irgendwann konvertierte das ganze Dorf Komiaki zur kommunistischen Partei, und noch heute ist es ihre Hochburg auf Naxos, ja in ganz Griechenland.

Im Jahr 1938 verbrachte Mitsos Ostern in Koronos. Zum Kirchenfest der *Panagía Argokiliótissa* kam sein Bruder Jannis aus der Chora ins Dorf und sie gingen zusammen zum Argokili. Unterwegs sprach ihn jedoch jemand an: „He, Boublojannis, du bist hier? Weißt du nicht, dass dich die Polizei von ganz Naxos sucht?

Du sollst gestern den Exil-Offizieren zur Flucht von der Insel verholfen haben! Sieh zu, dass du dich aus dem Staub machst, sonst bekommst du Schwierigkeiten!" Jannis wusste von nichts, und so gingen die beiden trotzdem weiter. Am Argokili trafen sie auf den Bürgermeister von Koronos, der mit Jannis befreundet war. Dieser rief Jannis sogleich zu sich und bestätigte ihm, dass er von der Polizei gesucht würde. Mehrere Offiziere, die Anhänger des liberalen Politikers Venizelos waren und die Diktatur ablehnten und die in Koronos im Exil gewesen waren, hatten sich heimlich von der Insel abgesetzt, und Jannis sollte ihnen bei der Flucht geholfen haben. Der Bürgermeister erbot sich, Jannis aus der Klemme zu helfen und ging mit ihm nach der Feier zum Gemeindebüro, wo er eine Bescheinigung ausstellte, dass sie den ganzen Vortag miteinander verbracht hätten und Jannis somit nichts mit der Angelegenheit zu tun haben könne.

Trotz solcher einflussreichen Freunde wurde Jannis aufgrund seiner politischen Einstellung das Leben schwergemacht. Es kamen ständig Polizisten zur Kontrolle in sein Geschäft, die, wenn sie nichts zu bemängeln fanden, heimlich die Preisschilder von seinen Waren entfernten und dann Anzeige erstatteten. Dann musste Jannis jedes Mal zur Gerichtsverhandlung nach Syros, was umständlich und teuer war; außerdem hatte er regelmäßig Bußgelder zu zahlen. Einmal erwischte Jannis einen Polizisten auf frischer Tat, wie er gerade ein Preisschild in seiner Tasche verschwinden ließ. Er packte ihn am Kragen und warf ihn laut schimpfend mit einem Fußtritt aus dem Laden: „Schämt ihr euch nicht, ihr Bastarde…"

Soldatenausbildung

Mitsos' Militärzeit begann im Oktober 1938. E kam zunächst in eine Kaserne in Goudhí zwischen Athen und dem Hymettós-Berg. Er wurde in die Gruppe von Soldaten eingeteilt, die eine Ausbildung zum Offizier erhielten, und nach drei Monaten erreichte er den untersten Rang und wurde *dhekaennéas*, das heißt Unterfeldwebel.

Der Oberleutnant von Mitsos' Truppe, ein tüchtiger Mann namens Libéris, war ein guter Ausbilder. In den ersten Tagen wollte er sich ein Bild vom Niveau seiner Truppe machen und stellte den Soldaten verschiedene Fragen. Mitsos fragte er nach dem Namen des Berges, der östlich von Goudi liegt. Mitsos antwortete selbstsicher mit dem damals unter der Bevölkerung allgemein üblichen Namen: „*O Trellós!* Der Verrückte!" Empört schrie ihn der Oberleutnant an: „*Na trellathís esí!* Du sollst selber verrückt werden!" Dann fragte er ihn, ob er noch einen anderen Namen des Berges wisse. Mitsos meinte, er habe auch den Namen Hymettos gehört; da war der Oberleutnant wieder besänftigt.

Später schätzte Oberleutnant Liberis Mitsos aber besonders für seinen Fleiß und seine Gewissenhaftigkeit. Mitsos führte alle Übungen mit Lust und Eifer durch. Er hielt sich selbst, seine Kleidung und seine Ausrüstung tipptopp in Ordnung, und Liberis ließ ihn mehrmals als Beispiel aus der Gruppe heraustreten und lobte ihn für seine gute Erscheinung.

Als Ende des Jahres der türkische Präsident Kemal Atatürk starb, wurden aus der Truppe die besten und schönsten Soldaten ausgewählt und als Ehrengarde zur Beerdigung nach Istanbul geschickt. Liberis wollte auch Mitsos hinschicken, aber leider war der zwei Zentimeter zu klein.

Auch mit den anderen Offizieren kam Mitsos gut aus. Nur einmal hatte der Hauptmann etwas an ihm auszusetzen. Mitsos war ein guter Sänger; wenn er zu singen begann, fielen auch alle anderen mit ein. In seiner Truppe hatten sie auch einen erstklassigen Trompeter, und die Lieder klangen herrlich. Wenn sie so an ihrem Hauptmann vorbei marschierten, dann war der stolz auf seine glänzende Truppe! An einem Morgen schaffte es Mitsos jedoch nicht, zum Frühstück anzutreten, und hatte dann wegen seines leeren Magens schlechte Laune und keine Lust, während des Marschierens zu singen. Der Hauptmann bemerkte dies sofort, kam von hinten angelaufen und fragte: „Mandilaras, warum singst du nicht?" – „Ich habe Hunger", erwiderte Mitsos, „so kann man nicht singen!" – „Fünf Tage Gefängnis!" schnauzte ihn der Hauptmann unwirsch an. Am nächsten Tag erließ er ihm jedoch die Strafe.

In Goudi war ein ganzes Regiment stationiert. Manchmal wurde eine generelle Ausgangssperre verhängt und das Militär in erhöhte Einsatzbereitschaft versetzt. Dann tummelten sich tausend Männer im Hof des Lagers. Hier stand ein großes Radio, das den ganzen Tag in voller Lautstärke spielte. So wurde aus der lästigen Ausgangssperre gelegentlich ein Anlass zum Feiern: Einmal tanzten alle Soldaten im Hof des Lagers *chasápiko*: tausend Mann!

Nachdem sie Ende Januar die Ausbildung zum *dhekaennéas* abgeschlossen hatten, folgten weitere drei Monate Ausbildung zum *lochías*, zum Feldwebel. Für die Übungen wurde Mitsos' Einheit in eine andere Kaserne verlegt: nach Kioukákia. Mitsos hatte nun eine Truppe von zwölf Soldaten unter sich, für die er verantwortlich war. Er war ein großzügiger Feldwebel und gewährte seinen Soldaten so manche Freiheiten.

An einem Nachmittag bat ihn ein frischverheirateter Soldat aus Mesógia in der Nähe von Athen, ihn über Nacht fort zu lassen, er wolle nach Hause. „Wenn dir eine Nacht reicht, dann ist es machbar", meinte Mitsos. „Zum abendlichen Appell kann ich dich decken, da sind keine Offiziere dabei. Aber morgen früh musst du zum Appell wieder hier sein!" Der Soldat machte sich glücklich auf den Weg, und tatsächlich war er morgens pünktlich wieder da. Und er brachte Mitsos etwas mit: eine Fünf-Liter-Flasche besten Weines, ein gegrilltes Huhn und hausgebackenes Brot. Zum Mittagessen gab Mitsos seine *karavána*, sein Essenstöpfchen, einem Soldaten, dem sein Essen nie reichte, und ging in sein „Büro", ein kleines Zimmer mit Telefon. Dort machte er sich über das Huhn her und sprach auch dem Wein kräftig zu. Und wie das schmeckte! Der Wein war von ungewöhnlich dunkler Farbe und besonders stark: Die Bauern in Mesogia ließen den getretenen Most mit der Maische zusammen zwei, drei Tage in der *linoú* stehen, wodurch der Wein besonders kräftig und herb wurde. Durch das prächtige Mahl und den Alkohol wurde Mitsos müde, die Augen fielen ihm zu, und bald schlief er am Schreibtisch ein. Einige Stunden später wurde er durch seine Soldaten geweckt, die ihn schon vermisst hatten. „Mensch, was ist das denn für ein Wein?"

fragte er den Mann aus Mesogia. „Wenn du noch mal nach Hause willst, sag mir nur Bescheid!"

Am 25. März wurde wie jedes Jahr der Griechische Nationalfeiertag, der Beginn des Unabhängigkeitskampfes gegen die Türken, mit einer großen Militärparade gefeiert. Auch Mitsos' Bataillon marschierte bei der Parade mit. Sie wurden früh geweckt, bekamen aber nichts zu essen, nicht einmal Tee, damit sie nicht zur Toilette müssten. Dann marschierten sie zum Sýntagma-Platz, wo sie sich mit ihren Gewehren aufstellten. Sie mussten lange warten, sehr lange, bis ihre Arme und Beine steif waren. Um elf Uhr war endlich der Gottesdienst beendet, die Priester kamen zum Syntagma, und die Parade konnte beginnen. Heerscharen von Soldaten marschierten durch die Stadt, Fahrzeuge, Panzer, Geschütze fuhren mit: Griechenland wollte in dieser kritischen politischen Situation kurz vor dem Ausbruch des Krieges Stärke demonstrieren. Die Menschen hatten sich auf den Straßen versammelt, um der Parade zuzusehen, alte Männer, Kinder, Frauen grüßten sie und jubelten ihnen zu.

Als sie durch Ambelokípous marschierten, setzte ein starker Platzregen ein, der die Soldaten bis auf die Haut durchnässte. Jetzt hatten sie die Sache endgültig satt, nass, hungrig und erschöpft, wie sie waren. Schließlich war alles überstanden und sie kehrten in die Kaserne zurück. Wegen der angespannten politischen Lage bekamen sie jedoch keinen Ausgang nach der Parade, sondern mussten sich alle in der Kaserne in Bereitschaft halten. So beschäftigten sie sich den Nachmittag über damit, sich selbst und ihre nasse Kleidung im Hof der Kaserne in der Sonne zu trocknen – die schien schon wieder strahlend und warm.

Es war kurz vor Ostern. Eine gute Woche später, Anfang April, wurde Mitsos' Kompanie zur albanischen Grenze verschickt, noch bevor sie die Ausbildung zum *lochías* beendet hatten.

Zur Grenze

Zwei Tage zuvor hatte der Hauptmann seine Kompanie zusammengerufen und ihnen eine Ansprache gehalten: „Meine Jungs, ich habe euch eine betrübliche Mitteilung zu machen. Unser Nachbarstaat Albanien ist von der Übermacht, die ihn angegriffen hat, überwältigt worden. Italien hat Albanien besiegt und besetzt. Aus diesen Gründen müssen wir unsere Truppen an der Grenze nach Albanien verstärken; wir müssen unsere Grenzen bewachen, denn es ist nicht auszuschließen, dass Italien sich auch an Griechenland vergreifen will… Es werden Soldaten gebraucht, die auf den Grenzposten unsere Heimat bewachen und verteidigen. Wer von euch meldet sich freiwillig?"

Es blieb still in der Kompanie, einen Augenblick lang rührte sich niemand. Dann, ehe er richtig begriff, was er tat, trat Mitsos vor: „Ich melde mich freiwillig!" Nun traten auch andere Soldaten vor; viele meldeten sich. Aber die Anfrage des Hauptmanns diente nur dazu, die Bereitschaft seiner Kompanie zu überprüfen. Die Verlegung stand ohnehin schon fest: Zwei Tage später, am Karfreitag

1939, brach Mitsos' Bataillon zur Grenze auf: das 34. Bataillon der 9. Division, bestehend aus 1000 Männern von den Inseln und aus Piräus.

Am Karfreitag marschierte das Bataillon morgens früh zum Athener Bahnhof, um mit dem Zug nach Nordgriechenland zu fahren. Sie hatten nur ihre Soldatenmäntel und ihr Essgeschirr mit der Feldflasche dabei, keine Gewehre. Sie marschierten in Reih und Glied durch die Straßen. Die Passanten, an denen sie vorbeikamen, riefen ihnen aufmunternde Worte zu, Frauen winkten und grüßten. Eine Frau musterte die Kompanie genau, die an ihr vorbeiging, dann blieb ihr Blick an Mitsos hängen. Sie eilte hinter den Soldaten her, holte Mitsos ein und sprach ihn an: *„Pou pas, moré pallikári mou...* Wohin gehst du, mein Junge? Töten werden sie dich im Krieg...“ – *„Dhen variése...“* gab Mitsos zurück, „sei's drum, und wenn schon...“ – „Oh nein“, erwiderte sie und fasste Mitsos am Ärmel, „es ist eine Sünde und eine Schande, deine strahlende Jugend...“ Dann leuchteten ihre Augen auf, als fiele ihr etwas ein, und sie zog ein zusammengefaltetes Papier aus ihrer Tasche, während sie die ganze Zeit eilig neben der marschierenden Kompanie einher lief, und steckte es Mitsos zu: „Da, nimm das und bewahr es gut auf, hüte es wie deinen Augapfel! Steck es in deine Brusttasche und leg es niemals ab, es wird dich beschützen ... Damit deine Mutter dich wieder sieht und du zu deinen Eltern zurückkehrst, die dich lieben!“ Ihre Augen füllten sich mit Tränen und unter vielfältigen Segenswünschen verabschiedete sie sich immer weiter zurückbleibend... Mitsos bedankte sich und schaute sich noch einmal um, aber später machte er sich Vorwürfe, dass er nicht daran gedacht hatte, die gute Frau nach ihrem Namen und ihrer Adresse zu fragen. Das zusammengefaltete Papier steckte er in seine Brusttasche und schaute es sich erst am Abend in aller Ruhe an: Es war die *Ágia Epistolí*, der Heilige Brief. Tatsächlich trug Mitsos ihn während des ganzen Krieges bei sich und verlor ihn erst, als er zum Bürgerkrieg ein zweites Mal eingezogen wurde. So manches Mal musste er später an die Segenswünsche der unbekannten Frau denken, als er im Krieg um Haaresbreite dem Tod entging...

„...Gesegnet sei der Christ durch seinen Vater, der meinen Heiligen Brief mit aller Bereitwilligkeit aufnimmt und ihn in seinem Hause liest. Und wenn er auch so viele Sünden auf sich geladen hat wie die Zahl der Haare auf seinem Kopf und wie die Blätter des Baumes, alle werden vergeben und schmelzen dahin. Gott verzeiht und segnet sein Haus und seine Werke und alle seine Güter. Und wieder sage ich, wer Hungrige speist, Unbedeckte kleidet und wer Fremde in seinem Haus aufnimmt und ihnen Barmherzigkeit erweist, dessen Güter werden sich vermehren und den will ich segnen wie Abraham, Isaak und Jakob. Und wieder sage ich, wehe den Eltern, die ihre Kinder nicht anleiten und ihnen nicht anraten, zur Heiligen Kirche zu gehen. Besser wäre es, sie hätten sie nicht geboren, denn sie werden am Tag des Jüngsten Gerichts furchtbare Rechenschaft vor dem gewaltigen Richter ablegen müssen...
...Gesegnet sei der Mensch, der diesen Heiligen Brief in seinem Hause bewahrt. Niemals soll ihm Böses geschehen, noch soll der Teufel sein Eigentum berühren, und im Ewigen Königreich verzeiht ihm Gott seine Sünden und nimmt ihn in sein

*Königreich auf. Im Namen des Vaters und des Sohnes und des Heiligen Geistes
in alle Ewigkeit. Amen.*

*Dieser Brief wurde gefunden auf dem Heiligen Grab der Heiligen Gottesmutter
Jungfrau Maria. Und alle Menschen sollen wissen, wer diesen Segen einmal am
Tag liest und diesen Heiligen Brief bei sich trägt, der braucht keinen schlimmen
Tod zu fürchten, weder durch Fluten, noch durch Feinde, sondern diese werden
zerstreut im Namen Jesu Christi. Amen."*

In Kastoria

Die Soldaten bestiegen den Zug Richtung Thessaloniki, immer jeweils zu vierzig
Männern und acht Maultieren in einem Wagen. Die Fahrt dauerte endlos, weil
der Zug lähmend langsam fuhr, so langsam, dass sie unterwegs manchmal ab-
stiegen und sich Orangen oder Mandarinen von den Bäumen pflückten. Sie verließen den Zug in Amíndio, der letzten Haltestelle vor Thessaloniki, und mussten
dort eine Weile warten, bis sie abgeholt und auf offenen Lastwagen nach Kastoria gefahren wurden. Dort wurden sie in einer Schule einquartiert und legten sich
in ihre Mäntel und je eine kleine Decke gewickelt zum Schlafen auf den Boden;
es war schon zwei Uhr nachts. Aber kaum waren sie nach dem langen Tag erschöpft eingeschlummert, da fuhren sie wieder hoch: Es wurde Alarm geblasen!
Der Hauptmann teilte ihnen mit, dass die Grenze vom Feind angegriffen und
mehrere Wachtposten überfallen worden seien, und so setzten sie sich gleichermaßen übermüdet wie aufgeregt in Marsch zur Grenze... Nach etwa einer Stunde
hieß es jedoch wieder umkehren: Es sei ein Fehlalarm gewesen, lediglich ein
kleiner Schusswechsel. In Wahrheit handelte es sich wohl um eine Übung zur
Abhärtung.

Der größte Teil der Kompanie brach am nächsten Tag zur Grenze auf, fast
die ganze Strecke zu Fuß marschierend, nachdem die Soldaten neue Waffen erhalten hatten. Mitsos dagegen blieb zusammen mit den anderen *dhekaennées* in
Kastoria, wo sie in einem Monat ihre Ausbildung zum Feldwebel beendeten.
Dann schloss sich noch ein weiterer Monat mit Zusatzausbildungen für ihre neu-
en Aufgaben an.

Vor ihnen waren Soldaten aus Nordgriechenland in der Kaserne einquartiert
gewesen. Im Vergleich zu diesen *Vláchi* (Wlachen, ein in Nordgriechenland le-
bendes Volk mit einer dem Rumänischen verwandten Sprache) waren die Soldaten aus Mitsos' Bataillon, insbesondere die Piräoten, unternehmungslustig,
selbstbewusst und aufmüpfig. In der Küche stand eine Tonne mit einem Schild:
„Küchenabfälle hier hinein!"; die Essensreste sollten an die Schweine verfüttert
werden. Schon in der ersten Nacht hängten die Piräoten ein Schild daneben:
„Leider unmöglich, es bleibt nichts übrig!" Der Kommandant tobte, fand aber
natürlich keinen Schuldigen. Später kommentierten die Soldaten so auch alle
neuen Anweisungen und Befehle, die der Kommandant am Schwarzen Brett aus-
hängte: „Durchführung wird verweigert!" oder „Nicht angenommen!"

Mitsos gefiel das Leben in Kastoria, der schönen alten Stadt. Kastoria liegt an den Ufern eines idyllischen Sees, größtenteils auf einer schmalen, flachen Landzunge, die sich in den See erstreckt. Überall bot sich ein wunderbarer Ausblick auf die noch schneebedeckten Berge in der Ferne. Am Abend ging Mitsos wie alle Soldaten bei jeder Gelegenheit in die Stadt, besuchte das Kino oder schlenderte in den Gassen umher und bandelte mit Mädchen an. Gelegentlich bekam er wegen unerlaubten Verlassens der Kaserne eine Ausgangssperre aufgebrummt. Doch während er in anderen Dingen sehr gewissenhaft war, nahm er es mit der Ausgangssperre nicht so genau und machte sich manchmal trotzdem in die Stadt auf. Einmal hatte er allerdings Pech: Als er trotz Ausgangssperre im Kino war, traf er dort seinen Hauptmann mit dessen Freundin! Dieser war sehr verärgert, weniger, weil Mitsos die Kaserne unerlaubterweise verlassen hatte, als vielmehr, weil er ihn mit seiner Freundin gesehen hatte: Er fühlte sich selbst ertappt. Mitsos bekam fünf Tage Gefängnis aufgebrummt. Diese wurden wie alle Gefängnisstrafen beim Militär nicht sofort abgebüßt, sondern angeschrieben, das heißt, sie mussten nach Beendigung der Militärzeit vor der Entlassung abgesessen werden.

Mitsos freundete sich mit einem Kreter namens Mazánis an; oft machten sie gemeinsam die Stadt unsicher. Nach einer regnerischen Nacht ging Mazanis in einen nahe der Stadt gelegenen Wald und sammelte eine Tasche voll großer Schnecken. In der Kaserne konnten sie sie nicht zubereiten, und so gaben sie die Schnecken einer alten Frau, die sie in ihrem Häuschen über einem offenen Holzfeuer kochen sahen. Die Alte kannte sich mit Schnecken nicht aus; in dieser Gegend aß man keine. Als der Kreter ihr versicherte, sie brauche sie einfach nur zu kochen, bis sie gar seien, erklärte sie sich jedoch gerne dazu bereit; Mitsos und Mazanis wollten abends wiederkommen, um sie zu essen.

Aber als sie abends an der Hütte der Alten eintrafen, rang diese betrübt die Hände: „Ach Kinder", jammerte sie, „wie soll ich es euch sagen? Ich habe sämtliche Bündel Holz verfeuert, stundenlang habe ich diese Schnecken gekocht, aber sie wollen und wollen nicht weich werden, ich habe immer wieder mit der Gabel probiert…" Nein, freilich, die Schneckenhäuser waren noch genauso hart wie vorher. Doch von den Schnecken selbst war nichts mehr übrig, die leeren Häuser schwammen in einer Schneckenbrühe! Mazanis und Mitsos platzten fast vor Lachen, auch wenn sie um ihren schönen Schmaus gekommen waren.

Gegen Ende des Frühjahrs ging die sorglose, angenehme Zeit in Kastoria zu Ende, und sie wurden auf die Wachtposten an der albanischen Grenze abkommandiert.

Kapitel 6: Die Bewachung der Grenze

...Φεύγουν οι μέρες μου βαριά
σαν της βροχής οι στάλες.
Αχ, ψέφτικε άδικε ντουνιά
που άναψες τον καημό μου,
είσαι μικρός και δεν χωράς
τον αναστέναγμό μου.
...

Τάσσος Λειβαδείτης

Als Mitsos heute nach seinem Mittagsschläfchen bei uns vorbeikommt, ist er noch ganz benommen von seinem Traum. Er nimmt sich ein Gläschen *rakí* und bekommt ein kleines süßes Kuchenstück dazu. Dann setzt er sich hin und erzählt: Ihm träumte, er wäre wieder als Feldwebel mit seiner Truppe von zwölf Soldaten auf dem Wachtposten an der albanischen Grenze. Da sei plötzlich ein anderer Feldwebel mit zwölf bewaffneten Soldaten am Wachtposten angekommen und habe zu Mitsos gesagt, er habe Befehl, sich ebenfalls hier einzuquartieren. Mitsos protestierte sofort, das sei unmöglich, wo solle er zwölf weitere Mann unterbringen? Wo sollten sie schlafen? Was sollten sie essen? Er habe nur Anweisungen und Mittel für die Unterbringung seiner eigenen Männer. Während sie diskutierten, überlegte er fieberhaft. Die ganze Sache kam ihm höchst verdächtig vor. Wer mochte diese Männer wohl geschickt haben? Mit welcher Absicht waren sie gekommen? Ob es sich um Provokateure handelte?

Er ließ zunächst niemanden herein und telefonierte mit dem Oberst in Kastoria, um die Sache zu überprüfen. Der Oberst teilte ihm mit, er habe die Soldaten nicht geschickt und wisse von nichts. Die Angelegenheit komme auch ihm höchst bedenklich vor: ein ganzer Trupp Soldaten und dann auch noch bewaffnet... Wer weiß, was das auf sich habe und was die anrichten könnten: Mitsos solle sie nicht aufnehmen!

Mitsos berichtete dem anderen Feldwebel von diesem Bescheid, aber der beharrte darauf, dass er hergeschickt worden sei, damit er hier untergebracht werde: „Ich weiß auch nicht wozu, aber so lauten jedenfalls meine Anweisungen; du musst mich aufnehmen!" So rätselte Mitsos, wer diese Anweisungen gegeben haben könnte und warum, und was er nun machen solle – und da wachte er auf, noch ganz erfüllt von der Unruhe und Sorge.

Nun sitzt er auf unserer Veranda und lacht darüber, wie ihn noch nach so vielen, nach über sechzig Jahren die Erinnerungen an die Zeit auf dem Wachtposten verfolgen. Ja, das war nicht einfach damals! Endlos erschienen ihm die eineinhalb Jahre auf dem Wachtposten; er glaubte, sie würden nie vorüber gehen. Fast verzweifelt war er damals...! Und was kam danach? Der Krieg, und der war noch viel schlimmer. Das waren Strapazen und Qualen! Nicht zu wissen, ob man im nächsten Augenblick noch leben würde! Und doch, er hat alles überlebt... Und nun sitzt er hier auf der Veranda in Agios Dimitris, lässt die Erinnerungen vorüberziehen und erzählt.

136

In Ieropigi

Nach etwa zwei Monaten in Kastoria wurde Mitsos Ende Mai 1939 an die albanische Grenze versetzt. Er war nun *lochías*, das heißt Feldwebel, und befehligte eine *omádha*[25], eine Truppe von zwölf bis vierzehn Soldaten. Zunächst kam er in ein Militärlager nahe beim Dorf Ieropigí, das etwa vier Kilometer von der Grenze entfernt liegt[26]. Die Landschaft war beeindruckend: rundherum lagen gewaltige, weich geformte Bergzüge mit noch schneebedeckten Gipfeln und weiten Tälern dazwischen. Das Dorf Ieropigi lag auf etwa 1000 Metern Höhe; die umgebenden Berge hatten bis zu 1650, in der weiteren Umgebung bis zu 2000 Meter Höhe.

Das Militärlager in Ieropigi war für mehrere Wachtposten zuständig. Diese lagen direkt an der Grenze in Abständen von etwa ein bis zwei Kilometern voneinander. Auf jedem Posten war eine *omádha* untergebracht, die Tag und Nacht die Grenze überwachte. Im Militärlager waren etwa vierzig Soldaten stationiert. Es gab ein für die Armee errichtetes Steinhaus, in dem sich die Wohnräume für den Hauptmann und andere Offiziere befanden. Zum Lager gehörte auch eine Bäckerei, von der aus das ganze Regiment mit Brot versorgt wurde. Außerdem gab es einen großen Stall, in dem fünfzig Maultiere und zehn Pferde untergebracht waren. Die meisten der Soldaten waren in der Bäckerei und in den Ställen beschäftigt. Sie wohnten nicht im Militärlager selbst, sondern in einem Zeltlager ganz in der Nähe. Geleitet wurde das Lager von einem fähigen und sympathischen Hauptmann namens Karafotiás. Mitsos befehligte als Feldwebel die Infanterie.

Das Dorf Ieropigi befand sich in geringer Entfernung vom Lager. Hierher kamen auch die Soldaten von den nahe gelegenen Wachtposten, wenn sie frei hatten. Es boten sich allerdings nur wenig Möglichkeiten zum Zeitvertreib und zur Unterhaltung. Die einheimische Bevölkerung bestand aus Bauern bulgarischer Sprachzugehörigkeit, zu denen die Soldaten kaum Kontakt bekamen. Die Mädchen waren unnahbar. Als Mitsos einmal einem kräftigen, gut aussehenden Mädchen, das er in der Nähe des Dorfes an der Quelle traf, etwas „Nettes" zurief, schleuderte sie einen Stein nach ihm, dass die Felsen Funken schlugen. „He, Mädchen", protestierte Mitsos, „was soll denn das? Du brauchst mich doch nicht gleich zu erschlagen, nur weil ich dir ein Kompliment mache!"

Mit der weiblichen Dorfjugend konnten die Soldaten also nicht anbändeln, was das Leben immerhin ein bisschen reizvoller gemacht hätte. Nur ins *kafenion* gingen sie ab und zu, tranken griechischen Kaffee und ließen sich von den alten Frauen aus dem Kaffeesatz die Zukunft lesen. Mitsos verfügte immer über etwas Geld für solcherlei Unternehmungen. In jeden Brief, den ihm sein Bruder Nikos

---

[25] Eine *omádha* (wörtl. = Gruppe), hier vielleicht nicht ganz treffend als „Truppe" übersetzt, umfasst etwa 14 Mann; drei *omádhes* zusammen werden als *dhimiría* bezeichnet. Vier *dhimiríes* einschließlich einiger Hilfstruppen bilden einen *lóchos* (Kompanie) von 200 Mann; fünf *lóchi* bilden ein *tágma* (Bataillon, 1000 Mann).

[26] Ieropigi (ausgesprochen Ieropijí) liegt nordwestlich von Kastoria, etwas südlich des heute viel befahrenen Grenzübergangs an der Straße Korçë – Florina.

schickte, legte er auch ein wenig Taschengeld hinein. Nikos schrieb stets dazu: „Wagt nicht, das Geld anzurühren, der Empfänger ist Feldwebel!" Tatsächlich kam es immer an.

Seinen Soldaten gab Mitsos, so oft er konnte, zwei Tage frei. Dann ließen sie sich von Militärwagen nach Kastoria mitnehmen (etwa zwanzig Kilometer Entfernung), um ein bisschen unter Leute zu kommen und sich zu amüsieren. Er selbst freundete sich im Laufe der Zeit mit einem älteren Ehepaar im Dorf an, tauschte bei ihnen gelegentlich eine *kouramána*, ein Brot der Armeebäckerei, gegen andere Lebensmittel oder ein Abendessen ein und blieb manchmal ein Weilchen zu Besuch.

Jeden Monat bekamen die Soldaten einen bescheidenen Sold. Die meisten gingen dann unverzüglich ins *kafeníon* und betranken sich mit Ouzo. (Wein war in dieser unwirtlichen, kalten Gegend kaum zu finden.) Mitsos hatte seinen Soldaten streng untersagt, sich mit der Bevölkerung anzulegen; wer Schwierigkeiten machte, sollte sofort vor das Militärgericht kommen. Aber untereinander stritten sich die angetrunkenen Soldaten ebenso gern. Es waren einige Soldaten in der Gruppe, die aus Kreta stammten und keine Gelegenheit zu einer Rauferei ausließen. Einmal betranken sie sich so heftig, dass es zu einer wüsten Schlägerei kam und mehrere Soldaten begannen, Sachen zu zerschlagen. Mitsos überwältigte zusammen mit den anderen noch halbwegs nüchternen Männern die drei schlimmsten Raufbolde und band sie an einen großen Baum. Am nächsten Morgen wurden alle zur Meldung beordert. Die drei Trunkenbolde wurden bestraft, die anderen streng ermahnt. Auch Mitsos als Feldwebel bekam einen Rüffel.

Neben dem Lager in Ieropigi lag ein seit Jahren unbebautes Feld. Der Hauptmann Karafotias schlug Mitsos vor, darauf Tomaten anzupflanzen. Mist hatten sie aus den Ställen buchstäblich haufenweise, und Wasser gab es auch zur Genüge: Mitten durch das Feld floss ein munteres Bächlein. Mitsos schickte zwei der kretischen Soldaten, die sich mit Gartenarbeit auskannten, nach Kastoria, wo sie die Tomatenpflänzchen kaufen sollten. Dann borgte er vom Bürgermeister des Dorfes einen Pflug. Die Kreter spannten zwei allseits unbeliebte Maultiere ein, die stets alle Reiter abwarfen, und pflügten das Feld, bis die Maultiere vor Erschöpfung umfielen. Sie düngten fleißig, und die kleinen Pflänzchen sprossen munter. Nach zwei Monaten stand das Feld voll mit riesigen, üppig tragenden Tomatenpflanzen. Die Bauern des Dorfes kamen aus dem Staunen nicht heraus; hier oben auf den Bergen waren Tomaten noch unbekannt. Als die Tomaten reif waren, schickte Mitsos jede Woche ein Maultier mit zwei großen Körben voll zu den Wachtposten und benachrichtigte auch das benachbarte, auf dem Berg Malimás stationierte Bataillon, Maultiere mit Körben herzuschicken, wenn sie Tomaten haben wollten.

Die vier Pferde im Lager brauchten die Offiziere, die gelegentlich zu Kontrollen kamen, um zu den Wachtposten zu reiten. Einmal wollte ein Offizier eines streicheln, eine prachtvolle weiße Stute, da trat ihn diese vors Knie, so dass er vor Schmerz zu Boden ging. „Fünf Tage Gefängnis!" brüllte der Offizier in höchster Wut – das hieß fünf Tage kein Futter. Mitsos hatte nichts dagegen. Er sammelte das Futter, das ihr in den fünf Tagen zugestanden hätte, in einem Sack und verkaufte es dann im Dorf (ein bisschen gab er ihr allerdings doch). Auch Mehl schafften sie manchmal heimlich beiseite und verkauften es; dann lud Mitsos seine Soldaten zum Ouzo ins Dorf ein.

Einen Monat lang machte Mitsos eine Ausbildung bei der Kavallerie, danach wurde er Stallmeister. Für zwei Wochen wurde er selbst zum Ausbilder für zehn Soldaten ernannt. Die Reiterei sollte bei der Durchquerung großer Ebenen das langsamere Fußvolk vor dem ständigen Beschuss durch den Feind schützen. Zu diesem Zweck wurden sie in der Durchführung schneller berittener Angriffe mit leichten Maschinenpistolen trainiert. Sie lernten die Pferde zu pflegen, zu striegeln und zu füttern, Figuren zu reiten und zu Pferd einen Angreifer abzuwehren.

Als Ausbilder unternahm Mitsos mit sechs Soldaten einmal einen weiten Ausritt. Sie verspäteten sich und galoppierten scharf über eine weite Strecke zurück, damit sie noch rechtzeitig zum Mittagessen kämen. Kurz vor Ieropigi trafen sie auf einen Major, der an der Quelle Wasser trank. Er rief die Reiter zu sich und war entsetzt darüber, wie verschwitzt die Pferde nach dem schnellen Ritt waren. „Wer ist hier der Verantwortliche?" fragte er. Mitsos meldete sich. „Soso, auch noch Feldwebel, was? Was denkst du dir eigentlich dabei, die Pferde so zum Schwitzen zu bringen?! Vierzig Tage Gefängnis!" Und er schrieb Mitsos einen Zettel, den er seinem Vorgesetzen zeigen musste. Sie trollten sich zum Lager und bekamen noch verspätet ihr Mittagessen, die anderen Kameraden hatten sie irgendwie entschuldigt. Später ging Mitsos zu Karafotias, berichtete ihm, was geschehen war, und reichte ihm den Zettel des Majors. „Mach dir deswegen keine Sorgen!" beruhigte ihn der Hauptmann und zerriss den Zettel: „So ein Schwachkopf! Vierzig Tage Gefängnis, weil die Pferde geschwitzt haben – pffft!" So kam Mitsos mal wieder um die Strafe herum.

Ein anderes Mal bekam er jedoch fünf Tage Gefängnis angeschrieben. Rund um das Dorf wurde auf vielen Feldern Mais angebaut. Der gedieh hier gut, und bald strotzten die Pflanzen von prallen Kolben. Jeden Tag, wenn die Soldaten auf ihren Ausritten an den Feldern vorbeikamen, lief ihnen das Wasser im Mund zusammen. Und sie waren ständig hungrig – das Essen war nicht nur meistens ziemlich schlecht, sondern auch stets zu wenig. So baten die Soldaten Mitsos, sie Mais pflücken zu lassen. Der hatte nichts dagegen. Sofort machten sich die Männer über das nächste Feld her und verursachten dort bald einen unübersehbaren Schaden. Ein paar Tage später kam der Bauer und beschwerte sich über die gefräßigen Soldaten. Mitsos wurde zum Vorgesetzten bestellt und bekam fünf Tage Gefängnis aufgebrummt. Er bereute sein Delikt allerdings nicht – wer konnte den Soldaten übel nehmen, dass sie Hunger hatten? Die Strafe musste er ebenso wie die anderen, die ihm schon angeschrieben worden waren, letzten Endes niemals absitzen, da er wegen des Kriegsausbruches nicht regulär aus dem Militär entlassen wurde.

Als in der Kavallerie ausgebildeter Feldwebel musste Mitsos häufig zu den Wachtposten reiten und Nachrichten oder Briefe übermitteln. Er liebte diese einsamen Ritte über die Berge. Er hatte ein gutes Pferd und kam so mühelos die steilen, hohen Berghänge hinauf. Bald kannte er alle Wege und Pfade der Umgebung. In den Wäldern wuchsen unzählige Walnussbäume. Als die Nüsse Ende des Sommers reiften, sammelte Mitsos bei seinen Botengängen seinen Rucksack voll und aß dann davon, bis er nicht mehr konnte. Manchmal befiel ihn danach ein leichter Schwindel, als wäre er betrunken. In der Nähe des Lagers stand ein gewaltiger Walnussbaum mit einem so hohen, glatten Stamm, dass man nicht hinaufklettern konnte. Um auch von ihm zu ernten, schnitt sich Mitsos kräftige, etwa einen Meter lange Stecken zurecht und schleuderte sie nach oben in die Krone, so dass die Nüsse herunterprasselten.

Der Hauptmann Karafotias mochte Mitsos sehr. Wenn die Soldaten sich beschwerten, dass sie nicht genug zu essen bekamen oder neue Schuhe, Kleidung oder was auch immer brauchten, ließ Karafotias Mitsos vortreten und sagte zu den anderen Soldaten: „Schaut euch diesen Mann an! Ist bei ihm etwas zerlumpt, verlottert, kaputt oder schmutzig? Beklagt er sich, dass er Hunger hat, dass er etwas braucht? Nein, er beschwert sich nie! Er strahlt von Kopf bis Fuß, ist ordentlich und rasiert, seine Kleidung und Ausrüstung sind in tadellosem Zustand! Er sieht immer aus wie frisch aus Athen gekommen! Und warum? Versorge ich ihn etwa besser als euch? Nein, er bekommt auch nur dasselbe wie ihr! Aber er hält seine Sachen in Ordnung, ihr Nichtsnutze! Er ist ordentlich und fleißig, ihr Faulpelze! So solltet auch ihr aussehen, ihr Bauerntölpel!" Oder er sagte: „Mit dem Mandilaras allein würde ich ganz Albanien einnehmen, wenn ich ihn bei mir hätte! Das ist ein Soldat mit Herz und Seele!" Karafotias war unverheiratet; manchmal seufzte er: „Ach, hätte ich doch einen Sohn wie dich!"

Einmal stellte Mitsos einen Antrag auf Versetzung an die bulgarische Grenze, wo zwei Freunde von ihm dienten: sein Schulfreund Manolis Koufopoulos, der in Koronos im Nachbarhaus wohnte, und ein Junge aus Komiaki, Dimitris, dessen Eltern im Flusstal unterhalb des Kalogeros lebten. Aber Karafotias lehnte den Antrag rundweg ab: „Nein, ich versetze dich nicht! Solange du in der Armee bist, bleibst du bei mir. Das kommt gar nicht in Frage, du mein bester Feldwebel! Was willst du denn an der bulgarischen Grenze? Gefällt es dir hier etwa nicht?" Also blieb Mitsos, wo er war. Später erfuhr er, dass sein Schulfreund Manolis an der bulgarischen Grenze am ersten Tag des Angriffs der Deutschen getötet wurde: Eine Kugel traf ihn genau in den Hals. Auch Dimitris aus Komiaki fiel an der Grenze.

Auf dem Wachtposten

Ende des Sommers wurde Mitsos auf den Wachtposten Nummer 36 versetzt. Dieser lag zwischen Ieropigi und dem etwa zehn Kilometer nördlich davon gelegenen Dorf Kristallopigí. Der Wachtposten befand sich auf einer Hügelkuppe unterhalb des Bergzuges Malimas, der sich von Kastoria bis Kristallopigi erstreckt. Die Gegend war leicht bewaldet. Etwas unterhalb des Wachtpostens begannen die Felder des benachbarten winzigen Dorfes Agios Dimitris. Bis nach Ieropigi war es eine gute halbe Stunde zu Fuß.

Die Wachtposten hatten einen Abstand von etwa hundert Metern von der Grenze und lagen je ein bis anderthalb Kilometer voneinander entfernt. Zu beiden Seiten der Grenze zog sich ein fünfzig Meter breiter Streifen Niemandsland entlang, der nicht betreten werden durfte. Auf der anderen Seite der Grenze jeweils etwa auf halber Strecke zwischen den griechischen Wachtposten lagen die albanischen Posten, auf denen jetzt italienische Soldaten stationiert waren. Vom Ausguck des Wachtpostens aus konnten sie diese gut sehen und mit Hilfe eines Fernrohres ihre Bewegungen überwachen. Da der Wachtposten auf der Hügelkuppe lag, waren sie auf dem rückwärtigen Hof und auf dem anschließenden abschüssigen Hang vor den Blicken der Italiener geschützt.

Als Mitsos auf den Wachtposten kam, bestand dessen Besatzung aus *Vláchi,* die aus der Umgebung stammten, aber er ließ sie durch Männer seiner Kompanie ersetzen. Von den zwölf Soldaten auf dem Wachtposten waren zehn mit normalen Gewehren bewaffnet; zwei Männer bedienten das Maschinengewehr. Ferner gab es einen Sanitäter, zwei Gehilfen, die beispielsweise für den Transport von Munition und Verletzten eingesetzt werden sollten, und den Koch. Sie wohnten in einer Holzhütte; ein Stück weiter standen hölzerne Hochsitze, auf denen ständig Soldaten Wache hielten. In der Nacht wurden die Wachen alle zwei Stunden abgelöst, wenn es sehr kalt war, sogar jede Stunde.

Bewaffnet war der Wachtposten mit den Karabinern der Soldaten und einem auf einem Gestell montierten Maschinengewehr *(oplopolyvólo).* Vier Männer waren für seine Bedienung erforderlich: einer für das Zielen und einer für das Laden sowie die zwei Gehilfen für das Heranschaffen der Munition. Beim Vormarsch wurde das Maschinengewehr von einem Mann getragen. Die Munition war gezählt; über jede fehlende Kugel musste Mitsos Rechenschaft ablegen. Um die Hütte herum waren für den Fall eines Angriffs Schützengräben ausgehoben. Es gab eine Telefonverbindung mit dem Hauptquartier in Ieropigi und zwei Maultiere für Botengänge.

Jede Nacht mussten Kontrollgänge entlang der Grenze durchgeführt werden, egal ob es stürmte, regnete oder schneite. Mitsos ging etwa jeden zweiten Tag mit einem oder zwei Soldaten auf Kontrollgang, manchmal auch öfter. In den anderen Nächten schickte er seinen Gefreiten *(ypodhekaennéas).* Sie mussten bis zum übernächsten Wachtposten laufen, der bei Kristallopigi lag, einem kleinen Dörfchen etwa vier Kilometer hinter der Grenze. Hier gab es eine Fahrstraße nach Albanien mit einem Grenzübergang. Am Wachtposten musste Mitsos unterschreiben, dass er angekommen war und dass alles ruhig war. Auch tagsüber führten sie solche Patrouillengänge durch; jeder Gang dauerte eine gute Stunde. Gelegentlich begegnete ihnen eine Kontrollgruppe der Italiener, die auf der anderen Seite vorüber ging; dann grüßten sie sich kurz.

Das erste Vierteljahr verging weitgehend ereignislos. Mitsos musste häufig nach Ieropigi für Botengänge oder zum Herantransportieren von Munition, Verpflegung oder sonstigem. Gelegentlich musste er auch zu anderen Lagern der Umgebung reiten, oft über größere Entfernungen. Einmal war sein Maultier am Schluss eines langen Rittes so erschöpft, dass es auf der letzten Steigung zum Wachtposten schlichtweg umfiel. Mitsos musste die Soldaten vom Wachtposten rufen, damit sie schieben halfen.

Für die Nacht kehrte Mitsos jedoch stets auf den Wachtposten zurück. Die Soldaten hatten die immer gleiche tägliche Routine und besonders die eintönigen nächtlichen Wachen und die weiten Kontrollgänge bald satt. Die Sorge um die Zukunft zermürbte zusammen mit dem tatenlosen Warten die Nerven. Nach kurzer Zeit wollten alle, einschließlich Mitsos, den Wachtposten nur noch so schnell wie möglich wieder verlassen. Alle befürchteten einen Angriff der Italiener. Sie überwachten ständig deren Bewegungen; ebenso wurden sie ihrerseits von den Italienern beobachtet. Gelegentlich gab es kleine Schießereien: Der Wachtposten oder die Patrouille wurde „spaßeshalber" von drüben beschossen. Botengänge wurden deshalb möglichst im Dunkeln durchgeführt. Ab und an wollten auch Mitsos' Soldaten zu den Italienern hinüber schießen, aber er hielt sie stets davon ab.

Eines Tages bekamen sie aus dem Hauptlager in Ieropigi per Telefon die Nachricht, dass in zwei Tagen der Major zur Kontrolle vorbeikommen werde; dieser überprüfte gelegentlich die Lage auf den Wachtposten. Am nächsten Tag schickte Mitsos zwei Soldaten nach Kastoria, sie sollten eine Schnurrbartbinde und – wichse kaufen. Zu dieser Zeit waren alle Soldaten auf dem Wachtposten Kreter und alle hatten stolze, aufgezwirbelte Schurrbärte, Mitsos ebenfalls. Sie machten sich schön und sahen prachtvoll aus, als der Major ankam. Der war denn auch völlig hingerissen: *„Brávo, vre pallikária!* Was seid ihr denn für tolle Burschen! Einer schöner als der andere, toll! Ganz Griechenland ist stolz auf euch!"

Bei einer anderen Kontrolle – alles war in Ordnung – fragte der Major zum Schluss die Soldaten, ob jemand eine Beschwerde habe. Mitsos trat vor: „Ich habe eine! Ich bin jetzt seit fast einem Jahr Soldat – ohne einen Tag Urlaub. Ich möchte meine Eltern sehen, meine Familie!" – „Du hast recht", erwiderte der Major, „ich verstehe deine Beschwerde. Leider aber haben wir einen großen Mangel an Offizieren und Feldwebeln; wir können keinen Mann entbehren." – „Das kann ich nicht glauben!" gab Mitsos zurück. „Wie kommt das? Andere verbringen ihren ganzen Wehrdienst bequem in einem Büro in Thessaloniki oder Athen. Wo sind denn die Söhne der Reichen und der besseren Familien? Warum kommen die nicht mal an die Grenze, um uns abzulösen? Hier, in der vordersten Linie, sind immer nur die Söhne der einfachen, armen Familien. Sollen sich die Reichen doch auch mal um die Verteidigung ihres Besitzes und ihrer Heimat kümmern!" – „Beruhige dich, ich werde sehen, was sich machen lässt. Wenn es in meiner Macht steht, werde ich dir einen Urlaub verschaffen", erklärte der Major und wies seinen Gehilfen an, Mitsos' Namen, Dienstgrad und Wunsch zu notieren. Auf diesen Urlaub wartet Mitsos allerdings heute noch!

Das Jahr verging. Der Winter kam und das Leben auf dem Wachtposten wurde noch schwieriger. Die nächtlichen Wachen, Kontrollgänge und Botengänge wurden immer unerquicklicher und entsprechend sank die Stimmung unter den Soldaten weiter.

Mitsos ging gelegentlich in das *kafeníon* in Ieropigi, trank ein Tässchen griechischen Kaffee und ließ sich aus dem Kaffeesatz die Zukunft lesen. Wie alle anderen Soldaten interessierte ihn besonders, ob wohl allmählich seine Entlassung oder wenigstens eine Verlegung von der Grenze an einen weniger gefährlichen Ort in Sicht sei. Jedes Mal enttäuschte ihn jedoch die Wahrsagerin: „Von einer Entlassung keine Spur!" Aber dann gab es einmal eine Überraschung: Die Kaffeeleserin sah zwar noch immer keine Entlassung, aber sie rief beim Betrachten seiner Tasse erstaunt: „Oh, was ist denn das? Du wirst eine Reise machen. Aber was für eine Reise! Länder und Meere wirst du überqueren, sehr weit weg führt es dich! Und am Ende steht ein blondes Mädchen, das wartet voller Sehnsucht auf dich!"

Mitsos war völlig aus dem Häuschen. Das bedeutete sicherlich, dass er heim nach Naxos fahren würde! Und das blonde Mädchen, natürlich, das war Vásso, seine Freundin, die ihm immer so sehnsüchtige, liebevolle Briefe schrieb. Aber wie sollte es wohl dazu kommen? Hatte ihm der Major vielleicht doch einen Urlaub verschafft?

Ein paar Tage später traf ein Brief von Mitsos' Bruder Jannis ein, der ihm ein Telegramm mit der Nachricht ankündigte, dass sein Vater im Sterben liege, damit er endlich einmal nach Hause komme; er solle sich nicht beunruhigen. Wenige Tage später wurde ein Soldat geschickt, der ihn ersetzen sollte, und er wurde dringend mit seiner Waffe und Ausrüstung nach Ieropigi beordert.

Mitsos lief nach Ieropigi und wurde dort zum Hauptmann Karafotias gerufen. Der sagte zu ihm: „Kannst du eine schlechte Nachricht vertragen?" – „Ja freilich! Was ist schon dabei? Seit wir geboren sind, schulden wir ein Leben, und am Ende kommt immer der Tod – das ist nun einmal so…" – „*Brávo, pallikári!* Nun fass dir ein Herz und lies dies hier" – und er reichte ihm das Telegramm: „Vater schwer erkrankt! Komm sofort damit noch rechtzeitig!" Mitsos las es, blieb ruhig und trug es mannhaft. Dann bat er um Urlaub, damit er seinen Vater noch einmal sehen könne. „Ja, was sollen wir da nur machen?" überlegte der Hauptmann. „Ich kann dir nur fünf Tage Urlaub geben, das reicht nicht einmal für die Hinfahrt. Du musst zur Kommandantur nach Kastoria gehen: Der Oberst dort kann dir dreißig Tage Urlaub ausstellen, zusammen mit meinen fünf ist das schon was. Es ist allerdings nicht sehr wahrscheinlich, dass du tatsächlich Urlaub bekommst, mach dir keine allzu großen Hoffnungen. Wenn du den Oberst mit schlechter Laune erwischst, wird er dich zum Teufel schicken statt nach Naxos! Aber wer weiß, vielleicht hast du ja Glück."

Mitsos machte sich unverzüglich auf den Weg. Schnell war er in Kastoria. Dort ging er direkt zur Kommandantur. Im Vorraum zum Dienstzimmer des Obersts traf er einen Leutnant, den er kannte. Der grüßte ihn und fragte nach seinem Anliegen. „Oh je, Urlaub – das sieht schlecht aus!" meinte der Leutnant. „Wenn du jetzt hinein gehst, hast du keine Chance – gerade im Moment hat der Oberst ganz üble Laune. Aber das wird sich bald legen und dann wollen wir's versuchen. Setz dich da hin; ich werde dir im richtigen Moment Bescheid geben."

Mitsos setzte sich also hin und wartete ungeduldig. Drinnen im Zimmer hörte er den Oberst toben und fluchen, Gegenstände flogen an die Wand. Der Leutnant flüsterte ihm zu, dass der Oberst schon immer sehr launisch gewesen sei, aber in der letzten Zeit sei es besonders schlimm, weil er sich bei seiner Freundin mit Syphilis angesteckt habe. So warteten sie, bis es drinnen allmählich ruhiger wurde. Nun brachte der Leutnant dem Oberst einen Kaffee und meldete, dass ein Soldat warte. Dann winkte er Mitsos zu: „Jetzt ist ein günstiger Moment! Geh schnell! Nur Mut!"

Mitsos murmelte ein Stoßgebet und klopfte an die Tür. Als er zum Eintreten aufgefordert wurde, legte er eine schneidige militärische Begrüßung hin, meldete seinen Namen, Dienstgrad und so weiter. Er trug sein Anliegen vor und reichte dem Oberst das Telegramm. „Du bist der Mandilaras, was? Hauptmann Karafotias hat mir von dir berichtet. Er hat nur Gutes über dich gesagt. In Ordnung, dreißig Tage Urlaub!" knurrte der Oberst und stellte ihm das entsprechende Papier aus.

Mitsos flog geradezu hinaus. Er bedankte sich herzlich beim Leutnant und dann nichts wie weg! Als Soldat auf Heimaturlaub hatte er freie Fahrt mit allen Transportmitteln. Mit dem Bus fuhr er nach Amindio, wo er einen Tag am Bahnhof warten musste. Um Mitternacht am folgenden Tag stieg er in den Zug nach Athen und kam dort am Abend des nächsten Tages an.

In Athen ging er als erstes zum Haus seines Bruders Nikos. Er blieb dort zwei Tage und sah seine Brüder und viele andere Verwandte. Alle hatten Fleisch mit Reispilaf – sein Leibgericht – gekocht, um ihn zu bewirten. Dann fuhr er mit der Moschánthi, einem der damaligen kleinen, klapprigen Fährschiffe, nach Naxos. Er verbrachte wunderbare Tage dort: es war Karnevalszeit. Die Dörfler schlachteten die Eber und das ganze Dorf feierte. Mitsos überzog seinen Urlaub sogar um fünf Tage. Ein Offizier in Naxos stellte ihm eine Bescheinigung aus, dass kein Transportmittel zur Verfügung stand. Am letzten Abend vor der Abreise sang der Lautenspieler Peppo ein Lied für ihn, zu dem er mit seiner Freundin Vasso tanzte:

> „Chórepse dhiaskédhase
> Tachiá tha anachorísis
> Ta sýnora ta alvaniká
> Tha pas gia na frourísis."

> „Tanz und amüsier dich gut
> Bald schon musst du wieder geh'n
> Und fern an der Grenze dort
> Treu der Heimat Wache steh'n."

Vassos Mutter wollte nicht, dass ihre Tochter Mitsos heiratete; sie erhoffte sich etwas Besseres für sie. Aber an diesem Abend ließ Vasso ihn heimlich ins Haus; er kletterte über den Balkon herein, und sie verbrachten die Nacht zusammen... Als er am nächsten Morgen aufbrach, wollte sich Vasso nicht von ihm trennen: Sie wollte unbedingt mitkommen, mit an die Grenze! Sie klammerte sich an ihn, ließ ihn nicht gehen. Er redete auf sie ein, erklärte, appellierte an ihre Vernunft – alles umsonst. Schließlich machte er sich mit Gewalt los und lief davon, ohne sich noch einmal umzuschauen.

Auf dem Rückweg im Zug traf er seinen Freund Dimitris aus Komiaki, der auf dem Weg zur bulgarischen Grenze war; auch er war auf Urlaub in Naxos gewesen. Es war das letzte Mal, dass er ihn sah...

In Agia Kyriaki

Nach seinem Urlaub auf Naxos kam Mitsos nicht wieder auf den Wachtposten, sondern wurde nach Agia Kyriaki versetzt. Er war darüber heilfroh, nicht nur weil hier im Dorf das Leben einfacher und etwas abwechslungsreicher war als auf den Wachtposten mit den anstrengenden Nachtwachen und Kontrollgängen, sondern vor allem, weil bei einem Angriff der Italiener natürlich die Wachtposten am meisten gefährdet waren – Mitsos sah keine großen Chancen, dass sie einem Angriff standhalten könnten.

Agia Kyriaki lag etwa sieben Kilometer von Ieropigi entfernt; die Entfernung zur Grenze betrug zehn Kilometer. Hier war ein großes Waffenlager eingerichtet, für dessen Bewachung Mitsos zuständig war. Er verbrachte ungefähr drei Monate in Agia Kyriaki, von März bis Mai 1940. Das Dorf war von Flüchtlingen aus Kleinasien bewohnt, die im Vergleich zu den *Vláchi* aus Ieropigi etwas zugänglicher waren. Allerdings zeigten auch hier die Mädchen kein Interesse an den Soldaten. Mitsos freundete sich mit dem Bürgermeister des Dorfes an, einem gemütlichen, dicken Armenier, der ihm im *kafeníon* öfter einen doppelten Ouzo spendierte.

Die Militärstation war in einem großen, dreistöckigen türkischen Wohnhaus eingerichtet. Rundherum lag ein von einer hohen Mauer umschlossener Hof. Das unterste Stockwerk war an einen lokalen Tabakproduzenten vermietet. In der großen Halle arbeiteten die jungen Mädchen des Dorfes, trockneten, sortierten und verpackten den Tabak. In den oberen zwei Stockwerken befanden sich die Wohnräume der Soldaten und eine Art Dienstzimmer für Mitsos sowie das Waffenlager mit Waffen aller Art und anderen militärischen Ausrüstungsgegenständen. Mitsos konnte sich insbesondere an den nagelneuen, glänzenden Gewehren und Pistolen nicht satt sehen. Zu gerne hätte er auch so eine Pistole gehabt! Er tauschte jedoch nur sein altes Bajonett gegen ein neues aus.

In der Umgebung des Dorfes lebten besonders viele Krähen, die die Soldaten sehr ärgerten: Zum Beispiel nahmen sie häufig die im Hof aufgehängten Tornister der Soldaten auseinander und fraßen alles Essbare, was sie darin fanden. Die Plage wurde so lästig, dass Mitsos den Bürgermeister um Rat fragte, was sie dagegen unternehmen könnten. Der kannte einen Trick: „Schneidet ein Brot in der Mitte durch und gießt eine ganze Flasche Ouzo hinein, so dass es völlig durchtränkt wird; hier, ich spendiere sie dir. Streut das Brot auf dem Hof aus und lasst so viele Krähen wie möglich davon fressen – und dann auf sie mit Stöcken!"

Sie verfuhren so, wie der Mann ihnen geraten hatte. Kaum streuten sie das Ouzo-Brot im Hof des Waffenlagers aus, kamen scharenweise Krähen angeflogen, es wurden immer mehr. Die Soldaten warteten versteckt, bis die Krähen sich satt gefressen hatten; sie wankten jetzt träge und schwerfällig im Hof umher. Nun sprangen die Männer hervor, stürzten sich mit Stöcken auf sie und erschlugen fast alle der vollgefressenen, betrunkenen Vögel, die nur noch unbeholfen flattern konnten.

Mitsos freundete sich mit der Lehrerin des Dorfes an, die aus Athen stammte und sich hier einsam fühlte; sie empfand den höflichen Mitsos als angenehme Gesellschaft und freute sich, wenn er sie besuchte. So hielt sich Mitsos öfter mal ein Weilchen bei ihr auf. Wenn er abends länger unterwegs war, übertrug er seinem Unterfeldwebel die Aufsicht, erschien aber ab und an zu unerwarteten Kontrollen. Er fand jedoch stets alles in Ordnung: Seine Truppe war gewissenhaft und diszipliniert.

Am ersten April war Mitsos gerade zu Besuch bei der Lehrerin, da kam ein Soldat angelaufen und berichtete, er solle schleunigst ins Lager ans Telefon kommen, es wäre dringend. Mitsos stürzte los, aber als er aufgeregt und außer Atem ankam, wurde er von allen ausgelacht: Es war nur ein Aprilscherz, den der Bürgermeister des Dorfes ausgeheckt hatte. Kurze Zeit später rächte sich Mitsos: An einem unfreundlichen, kalten Tag mit Schneeregen ließ er nun seinerseits den Bürgermeister benachrichtigen, dass er dringend am Telefon verlangt würde. Es dauerte nicht lange, da kam der Bürgermeister angejapst und hastete die hölzerne Treppe hinauf ins Büro im oberen Stockwerk, ergriff den Telefonhörer, auf den Mitsos zeigte, und rief in der kleinasiatischen Mundart: *„Nai, mbros, mbre! –* Ja, hallo, Mann!" – „Hahaha", lachte Mitsos, „war nur ein kleiner Scherz!"

Der Leutnant in Agia Kyriaki hieß Tambakópoulos. Er war ein unsympathischer Typ, Mitsos konnte ihn nicht leiden. Tambakopoulos hatte ebenfalls ein Auge auf die Lehrerin geworfen, aber sie wollte nichts von ihm wissen. Daraufhin wurde der Leutnant so eifersüchtig auf Mitsos, dass er eine Beschwerde über ihn an den Hauptmann Karafotias in Ieropigi schickte. Kurz darauf wurde Mitsos nach Ieropigi zitiert. Dort las Karafotias ihm die Beschwerde vor: Er würde seine Pflichten vernachlässigen, keine Wachen aufstellen und so weiter. „Das hätte ich von dir nicht gedacht, wo du doch sonst immer so gewissenhaft warst!" tadelte ihn Karafotias.

Mitsos war empört, versicherte, nichts davon sei wahr, und wollte wissen, von wem der Brief stamme. Schließlich verriet es ihm der Hauptmann, und da begriff Mitsos den Zusammenhang. Er kochte vor Wut und erklärte Karafotias den wahren Grund für den Beschwerdebrief. Dieser meinte, dass er sich so etwas schon gedacht habe, er könne sich wirklich nicht vorstellen, dass Mitsos seine Pflichten vernachlässige, sein bester Soldat… Aber er könne die Beschwerde auch nicht völlig ignorieren. „Ich muss dich strafversetzen und werde dich für einige Zeit wieder auf einen Wachtposten schicken. Aber mach dir keine Sorgen, bei der ersten Gelegenheit hole ich dich wieder zurück."

So kam es, dass Mitsos Anfang Mai 1940 wieder auf einem Wachtposten eintraf, diesmal auf dem Posten 34.

Wieder auf dem Wachtposten

Der Wachtposten 34 lag in einer kleinen, abgelegenen Schlucht des Flusses Novosélos. Rundherum war dichter Wald, in dem Wildkatzen, Bären und Wölfe hausten. Die ganze Nacht hindurch und auch am frühen Vormittag noch sangen die Nachtigallen im Tal, das von nah bis fern von den schönsten Gesängen widerhallte. Mitsos konnte von dem herrlichen Konzert nicht genug bekommen: Es verschönerte nun die nächtlichen Gänge und tröstete ihn ein wenig über die Strapazen hinweg.

Am Fluss Novoselos lag auf albanischem Gebiet, aber direkt an der Grenze eine Wassermühle. Jeden Tag kam Mitsos' Truppe bei den Kontrollgängen an der Mühle vorbei. Wenn keine italienischen Soldaten in Sicht waren, schaute Mitsos gelegentlich kurz beim Müller herein. Die Dörfler ließen Mais und Kichererbsen in der Mühle mahlen und backten daraus ihr Brot; Getreide gedieh hier auf den Bergen nicht gut. Mitsos mochte das süßliche Kichererbsenbrot gern und tauschte oft seine *kouramána* im Dorf gegen ein solches Brot ein.

Manchmal trafen der italienische und der griechische Kontrolltrupp in der Nähe der Mühle an der Grenze aufeinander. Dann setzten sie sich an der kleinen Brücke über den Fluss für ein Weilchen hin, rauchten Zigaretten und wechselten ein paar Worte miteinander, soweit sie sich verständigen konnten. Bei einer solchen Gelegenheit prahlte ein italienischer Soldat: „Wenn wir Griechenland angreifen, dann stehen wir in zwei Tagen in Athen!" Sofort sprang einer der heißblütigen Kreter namens Fiotákis auf, steckte das Bajonett auf sein Gewehr und rief zornig: „Was?! Niemals! Wir werden euch ins Meer schmeißen! Ihr kommt niemals nach Athen!" Der Italiener wurde blass vor Schreck und wollte auch zur Waffe greifen; nur mit Mühe konnte Mitsos den Kreter beruhigen.

Eines Tages vertraute der Müller Mitsos an, dass ab und zu ein Spion nachts auf einem kleinen Pfad nicht weit von seiner Mühle die Grenze überquere. Von da an legte sich Mitsos jede Nacht mit vier Soldaten, die sich an verschiedenen Stellen zu beiden Seiten des Pfades im Gebüsch verbargen, auf die Lauer. Viele Nächte verbrachten sie ohne Erfolg im Wald versteckt, aber schließlich wurden sie für ihre Mühe belohnt: Im Morgengrauen sah einer der Soldaten einen jungen Mann von der griechischen Seite her zur Grenze kommen. Er alarmierte Mitsos und fragte leise, ob er schießen solle. „Nein, das übernehme ich!" flüsterte Mitsos. Nun sah auch er den Mann. Dieser näherte sich vorsichtig durch das Gebüsch schleichend der Grenze. Um ganz sicher zu gehen, wartete Mitsos ab, bis der Mann aufs Niemandsland vordrang. Dann zielte er gut und schoss. Der Mann brach zusammen; Mitsos hatte ihn ins Bein getroffen. Die Soldaten liefen hin und nahmen ihn fest. Die Kugel hatte das Bein durchschlagen; die Wunde war zwar nicht lebensgefährlich, blutete aber stark.

Mitsos fand ein Papier in den Taschen des Mannes, das die Stellungen der Griechen in allen Einzelheiten darstellte: Wo sich die Wachtposten befanden und wie viele Soldaten und welche Waffen wo stationiert waren, wo es Brücken in welcher Länge über die Flüsse gab und so weiter. Sie brachten den Mann zum Wachtposten, wo sie seine Wunde verbanden, dann telefonierte Mitsos mit dem Hauptlager in Ieropigi. Karafotias ließ den Verhafteten mit einem Maultier abholen. Er wurde nach Kastoria gebracht und kam dort vor das Kriegsgericht. Mitsos bekam ein Lob von der Kommandantur für diesen Erfolg.

Nach einiger Zeit auf dem Wachtposten 34 wurde Mitsos auf den benachbarten Posten 35 versetzt. Dieser lag ein Stück oberhalb der Schlucht des Novoselos auf einem Hügel, der nicht bewaldet, sondern nur mit Gestrüpp und Zwergsträuchern bewachsen war. Sie waren nun wieder in der Nähe des Dorfes Agios Dimitris; der nächste Wachtposten war Nr. 36, wo Mitsos zu Anfang stationiert gewesen war. Unterhalb des Postens zog sich dichter Wald hin. Hier befand sich ein kleines Lager mit etwa fünfzig Maultieren für das Militär. Zwei Maultiere gehörten ständig zum Wachtposten. Sie weideten auf dem Hang unterhalb der Hütte, der vom Feind nicht eingesehen werden konnte.

Mitsos hatte eine gute Truppe auf dem Posten, disziplinierte, fleißige Männer. Es waren mehrere Kreter darunter. Diese waren geschickte Jäger und fingen regelmäßig Hasen mit Drahtschlingen. Mitsos schickte ab und an einen Hasen zum neuen Aufseher des Waffenlagers in Agia Kyriaki und bekam dafür ein paar zusätzliche Patronen, mit denen sie Hasen und gelegentlich sogar ein Wildschwein schossen.

Einmal jedoch, als Mitsos mit zwei Soldaten zum Schlingenlegen unterwegs war, kam ein Offizier zur unangekündigten Kontrolle und erwischte den Posten schlafend! Der Offizier war außer sich. Als Mitsos zurückkehrte, bekam er sofort vierzig Tage Gefängnis verpasst. Alle Soldaten mussten zum Appell antreten. Der Koch hatte beim Appell stets anzugeben, was für ein Essen er für den Tag zubereitete. Auf dem Speiseplan stand Bohnensuppe mit einer Sardelle für jeden, aber im Topf schmorten zwei riesige Hasen! Der Koch zog Mitsos panisch beiseite: „Was soll ich jetzt sagen?!" – „Sag die Wahrheit", erwiderte Mitsos. Also gab der Koch seinen Namen an und fügte dann hinzu: „Ich koche heute … ähm" – „Ja was nun?" fragte der Offizier ärgerlich. „Ähm … Hase!" – „Was, Hase?!" ereiferte sich der Offizier. „Hase?! Und ihr beklagt euch, dass es euch schlecht geht?! Wer isst schon Hase?!"

Mitsos beeilte sich, den Offizier zum Essen einzuladen, und sie tischten ihm gleich einen halben Hasen auf. Während des Essens sah man dem Offizier deutlich an, wie seine Laune sich nach und nach besserte. Nachher fasste Mitsos sich ein Herz und bat ihn, ihm die Strafe zu erlassen: „Ich diene jetzt schon fast zwei Jahre hier an der Grenze! Wir zählen die Tage, bis unser Wehrdienst vorbei ist … bitte haben Sie Nachsicht!" Der Offizier gab Mitsos das Papier, auf dem er seine Gefängnisstrafe vermerkt hatte, und sagte: „Da – zerreiß es! Wirf es weg! Aber es darf nicht noch mal vorkommen!"

Außer Hasen und Wildschweinen lebten in den Wäldern um den Wachtposten auch Bären und Wölfe. Eines Nachts kehrte Mitsos auf seinem Maultier von einem Botengang nach Ieropigi zurück; der Mond schien hell, es war eine ruhige, friedliche Nacht. An einer Stelle musste er eine kleine Schlucht auf einer Holzbrücke überqueren, da sah er auf der anderen Seite direkt vor der Brücke eine Bärin mit ihrem Jungen, das munter im Mondlicht spielte. Was tun? Er traute sich nicht an den Bären vorbei. Und er hatte zwar sein Gewehr dabei, aber wenn man seinen Schuss auf einem der Wachtposten hörte, würde das Alarm auslösen und zu einem Riesenaufstand führen. Außerdem musste er für jede fehlende Patrone umständlich Rechenschaft ablegen. Also entschloss er sich, umzukehren und einen anderen Weg zu nehmen, obwohl er dafür einen weiten Umweg in Kauf nehmen musste.

Wölfe gab es viele. Sie trieben sich nachts in der Nähe des Wachtpostens herum – nicht selten konnten die Soldaten ihr Geheul hören. Eines Nachts wurde ein Landpolizist auf dem Weg zu einem einsamen Dorf namens Dhérveno von Wölfen überfallen und getötet. Auch Mitsos machte sich Sorgen, wenn er nachts Botengänge durchführen musste. Als er einmal in der Nähe dieses Dorfes vorbei musste, band er ein langes Seil am Sattel seines Maultieres an, das er hinter sich herzog: das sollte angeblich helfen.

Auf dem Wachtposten gab es einen riesigen Schäferhund namens Bello. Dieser streifte nachts in den umliegenden Wäldern umher, kämpfte mit den Wölfen und verjagte sie. Die Soldaten hatten ihm ein Stachelhalsband umgebunden, so dass die Wölfe ihn nicht am Nacken fassen konnten, wie es ihre Art ist. Oft kehrte er morgens von den Kämpfen völlig zerzaust zurück. Bello hätte zwar niemals einen Soldaten angerührt, aber er hasste Offiziere aller Dienstgrade; er erkannte sie an ihrer Mütze und den Stiefeln. Kaum sah er einen Offizier, stürzte er sich auf ihn; und was seine Stärke anging, hätte er jeden Mann zerreißen können. Darum wurde er tagsüber angebunden.

Hauptmann Karafotias aus Ieropigi kam gelegentlich zu unangemeldeten Kontrollen vorbei. Das war natürlich lästig, und Mitsos beschloss, etwas dagegen zu unternehmen. Einmal wurde er heimlich von einem Soldaten aus Ieropigi per Telefon benachrichtigt, dass Karafotias zu einem seiner Überraschungsbesuche aufgebrochen sei. Mitsos informierte seine Männer: Schnell brachten sie alles in Ordnung und hielten sich bereit. Dann schnitt er zwei Stränge des Seiles, mit dem Bello festgebunden war, durch, so dass der Hund nur noch von einem Strang gehalten wurde. Der Ausguck hielt scharf Wache: Gegenüber war eine kleine Lichtung, in der der herankommende Reiter für einen Augenblick zu sehen war. Kaum entdeckte er den Offizier, alarmierte er die Soldaten, und alle stellten sich auf ihre Plätze, Mitsos neben das aufgestellte Maschinengewehr.

Karafotias kam in den Hof geritten. Sowie der Hund ihn wahrnahm, sprang er ihn auch schon an. Das Seil riss auf der Stelle, und der Hund war mit einem einzigen riesigen Satz beim Pferd und warf den Offizier mit seinen Vorderpfoten herunter. Karafotias blieb hinterm Pferd hängen und brüllte um sein Leben: „Mandilaras!! Rette mich!!" Mitsos stand schon bereit, und bis Bello auf die andere Seite um das Pferd herumgelaufen war, hatte er ihn gepackt, beruhigte ihn und band ihn mit einem Seil, das er in der Tasche stecken hatte, wieder an. Dann half er Karafotias auf die Beine. Der Hauptmann war noch ganz bleich und befahl Mitsos zitternd, von jetzt an den Hund, wenn er zur Kontrolle käme, an eine doppelte Kette zu legen; er versicherte ihm auch, dass er ihm von nun an immer vorab Bescheid geben wolle.

Dies ereignete sich am 15. August 1940, dem Tag, an dem die Italiener das griechische Kriegsschiff „Elli" versenkten, das zum Feiertag der Muttergottes nach Tinos gefahren war, zum großen Wallfahrtsort der *Panagía*. Von diesem Unheil verkündenden Vorfall wussten die Soldaten an der Grenze freilich noch nichts. Bis heute sind die genauen Umstände des Angriffs nicht geklärt. Es gibt jedoch Berichte, nach denen der Angriff auf englische Machenschaften zurückzuführen ist: Es lag im Interesse Englands, einen neuen Kriegsschauplatz im Balkan zu entzünden, um die deutschen Truppen möglichst fern von der Heimat zu halten.

Zurück zu alltäglicheren Themen: Der Wachtposten hatte natürlich keine Toilette, und Mitsos ärgerte sich über die dadurch entstehende Verunreinigung der Umgebung. Also beschloss er, ein Plumpsklo zu bauen und damit gleichzeitig die durch das untätige Warten entnervten Soldaten zu beschäftigen. Sie begannen mit dem Aushub einer Grube in der Nähe der Hütte. Als sie ein zwei Meter tiefes Loch gegraben hatten, kam Karafotias zu einer seiner Kontrollen. „Was macht ihr denn da?!" fragte er zunächst empört. Als er jedoch hörte, worum es sich handelte, war er begeistert. Er versprach sogleich, Mitsos schnellstens eine Toilettenschüssel zu schicken. Mitsos ließ die Soldaten über dem Loch eine Holzhütte errichten, die als Toilette ausgestattet wurde; auf dem Dach der Hütte bauten sie einen Verschlag, der als Ausguck dienen konnte. Schon bald kamen Soldaten der umliegenden Wachtposten vorbei, die Karafotias beauftragt hatte, die fortschrittlichen Verbesserungen auf Wachtposten 35 zu besichtigen; auch auf allen anderen Posten sollten nun umgehend Toiletten gebaut werden.

So verging der Sommer, und es wurde herbstlich. Alle Soldaten begannen die Tage bis zu ihrer Entlassung zu zählen: Im Oktober waren die zwei Jahre der regulären Militärzeit vorüber. Mitsos schrieb nach Athen und ließ sich von seinem Bruder Nikos seinen Anzug schicken: Er konnte es kaum erwarten, endlich die Soldatenkleidung abzulegen. Jedes Mal, wenn er nach Ieropigi beordert wurde, umringten ihn die Soldaten auf dem Wachtposten bei seiner Rückkehr und hofften, dass er die gute Nachricht bringen werde: die Entlassung. Denn die politische Lage wurde immer gespannter und alle fürchteten einen Angriff der Italiener; umso eiliger hatten sie es, vom Wachtposten wegzukommen…

Dann geschah im September ein Unfall auf dem Wachtposten. Als Mitsos mit vier Soldaten von einem bewaffneten Kontrollgang entlang der Grenze auf den Wachtposten zurückkehrte, befahl er den Soldaten wie immer, die Gewehre zu entladen, und er hörte auch, dass es befolgt wurde, prüfte aber nicht nach, ob wirklich alle Gewehre leer waren. Die am Posten gebliebenen Soldaten hatten schon zu Mittag gegessen; nun servierte der Koch gerade das Essen für die Zurückkommenden. Da sagte einer der Soldaten im Spaß: „Willst du mal sehen, wie gut ich zielen kann?" Er zielte auf den Koch und drückte ab. Bam!! Im Lauf war noch eine Patrone! Der Koch war sofort tot.

Dieser unglückselige Unfall mit dem völlig sinnlosen Verlust eines Menschenlebens als tragische Folge hatte weitreichende Konsequenzen für Mitsos. Er wurde zum Militärgericht nach Kastoria beordert und dort zu sechs Monaten Haft verurteilt. Da es jedoch keinen Ersatz für ihn gab, wurde er zunächst bis zu seiner bald anstehenden Entlassung wieder auf den Wachtposten geschickt und hätte die Gefängnisstrafe erst danach absitzen müssen. (Schließlich kam er auch um diese Haftstrafe wegen des Kriegsausbruches herum.) Mitsos gab seinen Anzug bei dem älteren Ehepaar in Ieropigi, mit dem er sich angefreundet hatte, in Verwahrung; wer weiß, wann er ihn brauchen würde! Er hinterlegte hier auch den breiten Gürtel seiner Militärkleidung: Der gefiel ihm so gut, dass er ihn mit nach Hause nehmen wollte. Als er bei der nächsten Kleiderkontrolle keinen Gürtel trug, bekam er zwar Ersatz, aber später erfuhr er, dass ihm 40 Drachmen Strafe angerechnet worden waren, die sein Bruder Jannis in Naxos bezahlen musste.

Mitsos' Rückkehr nach Hause schien wieder in unerreichbare Ferne gerückt. Jedes Mal, wenn er nach Ieropigi kam, ließ er sich aus dem Kaffeesatz lesen, aber noch immer konnten die Kaffeeleserinnen ihm keine Entlassung prophezeien. Auch ein Feldwebel, mit dem Mitsos ins Gespräch geriet, meinte: „Auf deine Entlassung wartest du vergebens. Du wirst sehen, wir werden überhaupt nicht entlassen werden…!" Mitsos deutete das so, dass gewiss bald der Krieg ausbrechen und er umkommen würde. Deprimiert haderte er mit seinem Schicksal und verfluchte innerlich den Leutnant Tambakopoulos, durch dessen Lügen er wieder auf dem Wachtposten gelandet war.

Endlich kam der Oktober. Jetzt waren zwei Jahre herum, seit sie eingezogen worden waren. Unentwegt rätselten die Soldaten, warum ihre Entlassungsbescheide noch nicht eingetroffen seien. Von Tag zu Tag hofften sie auf eine Nachricht aus dem Hauptlager. Tatsächlich wurde Mitsos bald erneut nach Ieropigi gerufen, und als er auf den Wachtposten zurückkehrte, konnte er seinen Soldaten endlich die gute Nachricht verkünden: Ja, sie werden entlassen! Aber – so musste er gleich die Begeisterung dämpfen – sie müssen bis zum Eintreffen weiterer Anweisungen noch auf dem Posten bleiben. Welch eine Enttäuschung! Die gesamte Besatzung des Wachtpostens war deprimiert. Wann kämen sie endlich von hier weg?

In seiner Verzweiflung schrieb Mitsos seiner Freundin: „Geliebte Vasso, ich bin wegen eines unglückseligen Unfalls durch eine Nachlässigkeit von mir in Schwierigkeiten geraten. Nun ist meine Entlassung wieder in weite Ferne gerückt; und bei der unsicheren Lage, wo wir jeden Tag einen Angriff auf unsere Grenzen erwarten, erscheint es mir äußerst ungewiss, ob ich überhaupt jemals zurückkehren werde. Ich habe so ein ungutes Gefühl; es scheint mir, als würde ich Naxos nie wiedersehen! Deshalb empfehle ich dir zu heiraten, wenn sich eine gute Gelegenheit bietet: Du sollst nicht meinetwegen zur alten Jungfer werden! Warte nicht mehr auf mich; betrachte dich als frei…"

Kapitel 7: Der Albanische Krieg

Μικρός λαός και πολεμά διχώς σπαθιά και βόλια
για όλου του κόσμου το ψωμί, το φως και το τραγούδι.
Κάτω από τη γλώσσα του κρατεί τους βόγγους και τα ζήτω
κι αν κάνει πως τα τραγουδεί ραγίζουν τα λιθάρια.

Γιάννης Ρίτσος, Λιανοτράγουδα

Es ist der 28. Oktober. Griechenland feiert den „Tag des *óchi*" (*óchi* heißt
„nein"). Es ist der Tag, an dem der griechische Diktator Metaxas das Ul-
timatum der Italiener ablehnte, der Tag, an dem der Albanische Krieg
begann. Der italienische Botschafter hatte am 28. Oktober 1940 morgens
früh um drei Uhr dem griechischen Diktator ein Telegramm von Mussolini überreicht: Bis um sechs Uhr morgens sollte Griechenland sich bereit
erklären, Italien die Nutzung nicht genauer bezeichneter militärischer
Basen und Einrichtungen zu gestatten; eine Ablehnung würde als
Kriegsgrund angesehen. Nun stand Metaxas ideologisch zwar den Ach-
senmächten nahe, aber er war sich der großen Abhängigkeit Griechenlands von England (insbesondere aufgrund einer enormen Verschuldung) bewusst. Außerdem war ihm klar, dass eine Anlehnung an die
Achsenmächte eine Teilung des griechischen Staates bedeuten würde:
Deutschland sah vor, dass Teile des Landes an Bulgarien und Italien ab-
getreten würden; und England würde in diesem Fall Kreta und andere
griechische Inseln für sich beanspruchen wollen. Auch das griechische
Königshaus war ausgesprochen England-freundlich. Abgesehen von all
diesen Überlegungen wäre es aber ohnehin unmöglich gewesen, in so
kurzer Zeit die Grenzposten vor Albanien zu benachrichtigen, so dass
Kampfhandlungen unabwendbar geworden waren. Und tatsächlich erfolgte der Angriff der italienischen Truppen auf die Grenzposten an vielen Stellen schon vor sechs Uhr: Die Italiener hatten mit Absicht das Ul-
timatum so gestellt, dass es nicht zu erfüllen war. Das Telegramm diente
nur der Rechtfertigung des Angriffs und war in Wirklichkeit eine Aufforderung zur bedingungslosen Kapitulation.

Metaxas antwortete jedenfalls dem italienischen Gesandten (nach
dessen Aussage mit Tränen in den Augen): *„Alors c'est la guerre?"*, was
einer Ablehnung gleichkam. Er sah persönlich keine Chance für Griechenland, dem Angriff der Italiener Widerstand zu leisten; dennoch betrachtete er es als eine Frage der Ehre, sich nicht kampflos zu ergeben. Ein
deutlicheres *„Óchi!"* als Metaxas sprachen das griechische Volk und die
an der Grenze stationierten Soldaten aus, die dem italienischen Angriff
mit einer in Anbetracht ihrer militärischen Unterlegenheit kaum zu erwartenden Entschlossenheit widerstanden.

Mitsos hat sich schon früh morgens die Dokumentarsendungen über den italienischen Angriff im Fernsehen angeschaut und kommt nun von Erinnerungen erfüllt bei uns vorbei. Alles wird wieder lebendig in ihm: das Donnern der Artillerie, das Pfeifen der Gewehrkugeln und der Granatensplitter, das Stöhnen der Verwundeten. Er denkt an die Toten, die begraben werden mussten: Männer, mit denen sie monatelang zusammen gelebt hatten, mit denen sie gefeiert und gelacht und monotone und schwere Stunden verbracht hatten.

Der furchtbare, mörderische, unmenschliche Krieg: Wie waren sie doch beschossen und bombardiert worden! Und was hatten sie den Geschützen der Italiener entgegenzusetzen? Ein paar rostige Gewehre, ein paar Handgranaten und ein Maschinengewehr, dem durch eine Granate ein Stück vom Holzgriff weggeschossen worden war. Das war die Ausrüstung seiner Truppe, mit der er die Italiener drei Wochen lang abgewehrt hatte, ganz zu Beginn des Krieges!

Und danach, beim Vormarsch in Albanien, war es nicht anders gewesen. Schweres Geschütz hatten sie fast gar nicht besessen. Einmal war seine ganze Kompanie am Ochrid-See zwischen die feindlichen Linien geraten, und der Hauptmann hatte beim benachbarten Bataillon um Beschuss der Italiener durch einige Granaten gebeten, damit sie sich in deren Schutz zurückziehen konnten – und wie hatte da die Antwort gelautet? Leider stünde keine Granate zur Verfügung. Keine einzige! So hatten sie Krieg geführt: ohne schweres Geschütz, ohne Transportfahrzeuge, zerlumpt, verlaust, barfuß!

Und doch hatten sie die Italiener zurückgeworfen, die Italiener, die sich vor den Granaten und vor den Bajonetten im Nahkampf wie die Hasen fürchteten, die Italiener, die eigentlich nicht kämpfen wollten. Nein, sie wollten den Krieg nicht, die italienischen Soldaten, mit Ausnahme einiger Faschisten, die schwarze Uniformen trugen. Aber es waren so viele getötet worden – wie die Kaninchen hatten sie sie abgeschossen, am Sonntag vor Ostern, als der Rückzug schon begonnen hatte! Schrecklich war er, dieser Krieg, und das war einer der schlimmsten Tage gewesen. Ach, möge Gott geben, mögen die Heiligen helfen, dass es keinen Krieg mehr gebe, dass diese furchtbaren Zeiten nicht zurückkehren! Mögen unsere Kinder und Enkelkinder nie einen Krieg erleben! Und doch, werden nicht auch heute Kriege geführt, nicht in unserem Land vielleicht, aber in unserem Interesse? Nicht dass wir, das dumme Volk, davon etwas hätten! Aber andere, die Mächtigen der Erde, die Reichtum anhäufen, mehr als sie jemals brauchen können, und die dazu bedenken- und gewissenlos über die Leichen ganzer Völkerscharen gehen! Ja, und wir, das dumme Volk, wir wählen sie! Nein, wir haben es nicht anders verdient!

Mitsos seufzt und nickt vor sich hin. Dann beginnt er, uns vom 28. Oktober 1940 zu erzählen, als vor vierundsechzig Jahren der Albanische Krieg begann.

Der Angriff der Italiener

> …Μια μέρα θα νικήσει ο άνθρωπος.
> Μια μέρα η λευτεριά θα νικήσει τον πόλεμο.
> Αδέρφια μου. Αδέρφια μου,
> μια μέρα θα νικήσουμε για πάντα.
>
> Γιάννης Ρίτσος, Οκτώβρης 1940

Am 27. Oktober war Mitsos abends mit zwei seiner Soldaten in einem viele Kilometer vom Wachtposten entfernt gelegenen Dorf gewesen. Es war der Tag nach seinem Namenstag, und sie nutzten die Gelegenheit, um ein bisschen zu feiern, aßen gut in einem *kafeníon* und tranken reichlich. Erst spät in der Nacht machten sie sich auf den Rückweg. Unterwegs versuchten die beiden Soldaten noch, von einem abgelegenen Hof eine Ziege zu stehlen, aber es gelang ihnen nicht. Mitsos war vorgegangen und wartete auf sie – er wollte als Feldwebel mit solchen Sachen nichts zu tun haben. Bald holten die beiden Soldaten ihn wieder ein und sie gingen schnell weiter. Der Weg zog sich dahin. Es war ein langer Tag gewesen, und Mitsos war erschöpft und außerdem vom Alkohol leicht benommen. Endlich erreichten sie den Wachtposten. Mitsos vergewisserte sich, dass alles in Ordnung war, dann fiel er wie betäubt ins Bett. Aber im ersten Morgengrauen wurden sie geweckt: Der Wachtposten wurde beschossen!

Es war schnell klar, dass es sich um einen ernst gemeinten Angriff handelte. Sie wurden von einer etwa drei Kilometer entfernten Stellung der Italiener mit schwerem Geschütz beschossen. Die Luft war erfüllt von pausenlosem Donnern und vom bedrohlichen Pfeifen der Granaten, die über ihnen explodierten. Granatensplitter flogen durch die Luft und schlugen in die Hütte ein. Die Soldaten flüchteten in die Schützengräben. Sie waren gut trainiert und wussten, wie sie sich zu verhalten hatten. Anderthalb Jahre hatten sie diesen Augenblick gefürchtet, sich auf ihn vorbereitet und ihn erwartet. Nun war der Ernstfall eingetreten! Griechenland war in Gefahr, und sie waren entschlossen, es zu verteidigen, komme was wolle. Noch war es so dunkel, dass sie kaum erkennen konnten, was eigentlich vor sich ging. Mehrere der Soldaten wurden durch die Granatensplitter verletzt; bald gab es auch den ersten Toten. Der tapfere Hund Bello war mit den ersten Einschlägen auf Nimmerwiedersehen verschwunden.

Die Soldaten hatten auf dem Wachtposten einen großen Baumstamm aufgestellt und mit Lumpen und Zweigen umwickelt. Dieser sollte im Falle eines Angriffs der Italiener angezündet werden, um das Hauptlager und die benachbarten Wachtposten zu alarmieren. Außerdem hatten sie rote Leuchtraketen, die abgeschossen werden sollten, wenn der Druck der Angreifer so stark würde, dass Verstärkung unbedingt notwendig wurde. Die Anweisungen lauteten, einen Angriff unter allen Umständen und mit allen Mitteln abzuwehren; nur im äußersten Notfall war ein geordneter, defensiver Rückzug erlaubt. Bei übermäßiger Bedrohung durch die Angreifer sollte für je drei Wachtposten zusammen ein weiteres größeres Maschinengewehr mit einem Leutnant und zwei Soldaten zur Verfügung gestellt werden. Nun zündeten die Soldaten des Wachtpostens den Baumstamm an. Hell loderten die Flammen auf und beleuchteten gespenstisch die Holzhütte. Auch auf den benachbarten Wachtposten wurden die Signalfeuer entzündet. Kaum kamen die Männer dazu, sich klarzumachen, was geschehen war: der Krieg hatte begonnen!

Als es heller wurde, sahen sie vor sich die Stellung der Italiener in der Ebene von Trestenik, von der aus sie bombardiert wurden. Auch von den nur einen halben Kilometer entfernten italienischen Grenzposten aus wurden sie beschossen. Bald versuchten die feindlichen Soldaten, von dort aus die Grenze zu überqueren und die griechischen Wachtposten einzunehmen. Den Granaten und der Bombardierung von der Ebene aus konnten die Soldaten auf dem Wachtposten nichts entgegensetzen. Die feindlichen Grenzposten jedoch lagen in Reichweite des Maschinengewehres, und kaum sahen sie, dass Soldaten von dort aus die Grenze zu überwinden versuchten, beschossen sie sie nach Kräften. Schon am frühen Vormittag fiel der eine der Soldaten, die das Maschinengewehr bedienten. Für den Rest des Tages nahm Mitsos seine Stelle ein.

Den ganzen Vormittag über erfolgten Angriffe der Italiener. Immer wieder kamen die italienischen Soldaten dem Wachtposten so nah, dass sie sie auch mit ihren normalen Gewehren erreichen konnten. Durch heftigen Beschuss konnten sie den Feind jedoch immer wieder zurückwerfen und in Deckung zwingen. Bald war der Hang unterhalb des Wachtpostens von Verletzten und Toten übersät.

Mitsos erfuhr im Laufe des Tages per Telefon vom Hauptlager in Ieropigi, dass mehrere Wachtposten hinter dem Berg Grámmos, der vierzig Kilometer südwestlich lag, von den Italienern überwältigt worden waren. Die Italiener drangen an diesem ersten Tag auf griechischem Boden etwa dreißig Kilometer weit bis nach Samarína vor. Außerdem bombardierte die italienische Luftwaffe an diesem und den folgenden Tagen militärische Ziele wie den Hafen von Piräus, aber auch Städte: In Patras gab es zahlreiche Opfer unter der Bevölkerung. In der Grenzregion von Kastoria konnten die Griechen den angreifenden Italienern noch widerstehen; keiner der näheren Wachtposten war gefallen. Der Hauptmann Karafotias beschwor Mitsos, die Stellung um jeden Preis zu halten; er versprach ihm dafür eine Beförderung zum Unterleutnant.

Als mittags der Beschuss vorübergehend nachließ, fanden sie Zeit, ihre Lage zu überblicken. Von den zwölf Soldaten waren vier in den Stellungen getötet worden. Die Hütte lag in Trümmern. Munition und Nahrungsvorräte hatten sie genügend, aber das Wasser war knapp. Mitsos fragte, wer Wasser holen wollte; zwei Soldaten meldeten sich und brachen mit einem Maultier zur nahen Quelle auf, wo sie die Wasserfässer auffüllen sollten. Sie kamen jedoch nicht weit: Als sie auf dem gegenüber liegenden Hang waren, tauchte ein italienisches Flugzeug auf und feuerte auf sie; die Soldaten wurden ebenso wie das Maultier getötet und die Wasserfässer zerschmettert.

Gegen Abend wurden sie vom Hauptquartier benachrichtigt, dass eine Feuerpause vereinbart war, damit beide Seiten ihre Verletzen und Toten bergen konnten. Bald darauf sahen sie die italienischen Sanitäter, die die verletzten Soldaten mit Tragen abholten; die Getöteten wurden begraben. Auch auf dem Wachtposten begruben sie nun die Gefallenen.

Jeder Soldat hatte ein Verbandspäckchen bei sich, mit dem leichte Verletzungen sofort versorgt werden konnten. Schwerer Verletzte wurden nun, während der Feuerpause, von den Sanitätern mit Tragen zur Sanitätsstation ein Stück hinter der Grenze gebracht und von dort (wenn nötig) per Maultier zum Lazarett transportiert. Abends gab Mitsos telefonisch die Anzahl der Verletzten und Gefallenen durch. Später in der Nacht kamen Soldaten als Ersatz für die Verluste, so dass die Besatzung des Wachtpostens wieder auf zwölf Mann aufgestockt wurde. Einen der neuen Männer setzte Mitsos als *skopeftís*, als Zieler am Maschinengewehr, ein. Von da an hatte er während des ganzen Krieges dieselben Männer bei sich, die das Maschinengewehr bedienten. Sie stammten beide aus der Gegend von Kozáni: Der für das Zielen zuständige Mann hieß Chasapídhis, der andere Chasagiólis.

Im Schutz der Dunkelheit schickte Mitsos erneut zwei Soldaten los, die mit anderen Fässern und dem zweiten Maultier Wasser holten.

In der Nacht begann die Bombardierung durch die Italiener erneut. Die nächsten Tage wurden sie fast ununterbrochen mit Granaten beschossen. Auch nachts ging die Bombardierung weiter, wodurch sie wachgehalten und zermürbt werden sollten: Sie kamen nicht zur Ruhe. Das laute, bedrohliche Pfeifen der Granaten zerrüttete die Nerven. Sie konnten sich nur schwer vor den Granaten schützen: Diese explodierten etwa zwanzig Meter über ihnen in der Luft und die Splitter schlugen in die Schützengräben ein. Besonders gefürchtet waren die Granaten, die in den Schützengräben explodierten, da die seitlich wegschießenden Metallstücke gleichzeitig mehrere Soldaten töten konnten. Um das zu verhindern, waren die Gräben im Zickzack angelegt. Auch der ständige Beschuss durch die Maschinengewehre der Italiener war für die Griechen sehr gefährlich: Sie mussten ja immer wieder aus der Deckung herausschauen, um selbst auf den Feind schießen zu können und die angreifenden Soldaten abzuwehren. Bei jedem Angriff der Italiener gab es Verletzte oder Tote unter der Besatzung des Wachtpostens. Immer größer wurde der „Friedhof" auf dem rückwärtigen Hang, auf dem sie die Gefallenen notdürftig verscharrten. Die abends eintreffenden Ersatz-Soldaten waren meist völlig verängstigt, manche weinten. Es war nicht einfach, ihnen den nötigen Mut zu machen, und viele überlebten nicht lange.

Die Soldaten schliefen kaum; weil die Hütte zerstört war, legten sie sich irgendwo in ein Gebüsch auf der rückwärtigen Seite des Hügels oder schliefen gleich in den Schützengräben: Sie verließen die Gräben so selten wie möglich. Wasser holten sie nachts von der Quelle. Der Koch hatte den Wachtposten verlassen. Die Verpflegung wurde ihnen nun abends von den ein Stück hinter der Grenze lagernden Versorgungstruppen gebracht – das Essen war aber stets knapp und meist ziemlich schlecht; manchmal bekamen sie gar nichts. Nur Munition gab es ausreichend; kistenweise wurde sie mit Maultieren zum Wachtposten heraufgetragen.

In den nächsten Tagen wurden zwischen den Wachtposten weitere provisorische Stellungen eingerichtet: Die Bewachung der Grenze wurde durch in Zelten untergebrachte Trupps verstärkt, damit die Italiener nicht zwischen den Wachtposten auf griechisches Gebiet durchbrechen konnten.

Alle zwei, drei Tage unternahmen die Italiener einen größeren Angriff und versuchten unter welchen Opfern auch immer die griechischen Wachtposten einzunehmen. Es gelang den Griechen jedoch jedes Mal, den Angriff abzuwehren und die Italiener zurückzuwerfen. Auch wenn der Feind sich relativ ruhig verhielt, mussten sie ständig auf der Hut sein und die Grenze überwachen. Sie konnten alle Bewegungen der Italiener verfolgen und hatten auch die beiden benachbarten griechischen Wachtposten im Blick. Nachts führten sie die üblichen Patrouillengänge durch. Angriffe durch den Feind erfolgten in der Nacht nicht, sie wurden jedoch sehr häufig bombardiert.

Als Mitsos an einem relativ ruhigen Tag mit zwei Soldaten und zwei Maultieren nach Ieropigi unterwegs war, um Nachschub an Munition und Nahrungsmitteln zu beschaffen, wurden sie in den Feldern auf halbem Wege von einem feindlichen Flugzeug entdeckt. Es tauchte plötzlich hinter einer Hügelkuppe auf, nahm sofort Kurs auf sie und steuerte im Tiefflug auf sie zu. Sie warfen sich auf den Boden, als wollten sie mit ihm verschmelzen. Schon schlugen rundherum Kugeln ein: Sie wurden vom Flugzeug aus beschossen. Danach drehte es eine weitere Runde über ihnen und bombardierte sie. Von der Erschütterung durch die Explosion der Bomben wurden sie ein Stück in die Luft geschleudert. Wie durch ein Wunder wurde keiner verletzt. Aus dem Augenwinkel sah Mitsos ein Schwein, das ein Stück entfernt auf dem Feld stand. Es machte einen Satz und rührte sich dann nicht mehr: Vor Schreck war es tot umgefallen.

Mitsos haderte mit seinem Pech, dass er noch nicht entlassen worden war; eigentlich hätte er jetzt schon wieder zu Hause sein müssen! Und er verfluchte den Leutnant Tambakopoulos, der ihn mit seinen erlogenen Beschuldigungen wieder hierher auf den Wachtposten verbannt hatte!

Täglich forderte Mitsos beim Hauptlager Verstärkung an: Der Druck durch den Feind war so stark, dass sie ihre Stellung nur mit Mühe halten konnten. Eine Zeit lang war sogar das Maschinengewehr durch einen Granatensplitter funktionsuntüchtig geworden, und sie besaßen nur noch ihre Gewehre, die ja eine viel geringere Reichweite hatten, um die Feinde abhalten. Die Italiener nutzten die Situation für besonders hartnäckige Angriffe; keinen Moment Ruhe gönnten sie den Griechen. Und doch gelang es ihnen nicht, bis zum griechischen Wachtposten vorzudringen; unzählige Italiener wurden beim Versuch, den Hang hinaufzukommen, getötet. Erst nach zwei Tagen wurde von Ieropigi ein neues Maschinengewehr gebracht.

Nachdem sie über eine Woche lang die Stellung gehalten hatten, wurde Mitsos endlich benachrichtigt, dass sie Unterstützung bekommen würden. Am nächsten Tag traf die Verstärkung ein: Ein Leutnant mit einem größeren Maschinengewehr auf einem Maultier und zwei weitere Soldaten. Der Leutnant trug einfache Soldatenkleidung, da die Feinde es besonders auf die Offiziere abgesehen hatten. Mitsos erkannte ihn sofort: Es war Tambakopoulos! Der Leutnant schwitzte Blut und Wasser und wurde blass, als er die bis auf die Grundpfeiler zerstörte Hütte sah. Auch er erkannte Mitsos: „Du hier, Mandilaras…!" Und er sah so aus, als suche er ein Mauseloch, um sich darin zu verkriechen. „Ja, allerdings! Ich bin's!" entgegnete Mitsos: „Herzlich willkommen an der Front! Jetzt wirst du sehen, wie es hier zugeht! Warte ab, bis erst die Granaten einschlagen! Hier kannst du beweisen, ob du ein Mann bist!" Insgeheim nahm er sich vor, den Leutnant bei der ersten Gelegenheit zu erschießen, während eines Angriffs, wenn es nicht auffiel.

Doch Tambakopoulos hatte Glück: Nach drei Tagen wurde er verwundet. Morgens, als er seinen Tee holte, explodierte eine Granate über ihnen, und ein Splitter schlug ihm zwei Finger von der Hand ab, mit der er die Kanne hielt. Die Finger fielen in die Kanne, und Kanne und Leutnant fielen zu Boden. Nun durfte er, der glückliche Verwundete, zurück hinter die Front und entging Mitsos' Rache: Der hörte nichts mehr von ihm.

Aber auch mit dem neuen größeren Maschinengewehr konnten sie wenig ausrichten: Die drei Kilometer vor ihnen in der Ebene gelegene italienische Stellung, von der aus sie ununterbrochen beschossen wurden, war auch damit natürlich nicht zu erreichen. Mitsos appellierte immer wieder an das Hauptlager in Ieropigi, dass sie dringend Kanonen brauchten, um diese Stellung auszuschalten. Zwei Wochen lang hielten sie den Wachtposten nur mit den beiden Maschinengewehren. Dann endlich kam Bescheid, dass in Kürze Verstärkung von der bulgarischen Front eintreffen werde. Das Bataillon, dem Mitsos angehörte, wurde durch eine Gebirgs-Batterie verstärkt: ein *lóchos* mit etwa zweihundert Soldaten und zwölf Kanonen. Am nächsten Nachmittag kam ein Hauptmann dieser *orivatikí polyvolarchía* zum Wachtposten. Er brachte vier Kanonen mit. Diese wurden über die Straßen von Traktoren gezogen; als es in steileres Gelände ging und die Traktoren nicht mehr eingesetzt werden konnten, spannten die Soldaten große Maultiere vor die Kanonen und brachten sie so bis auf einen halben Kilometer an den Wachtposten heran.

„Von wo aus werdet ihr beschossen?" fragte der Hauptmann, nachdem er Mitsos begrüßt und ihm gratuliert hatte. „Warte nur ein Weilchen, gleich wirst du es sehen!" erwiderte Mitsos. Tatsächlich dauerte es nicht lange, bis vier Granaten angeflogen kamen und rund um den Wachtposten einschlugen. Der Hauptmann maß die Richtung und die Entfernung, aus der sie kamen. Per Telefon teilte er seiner Geschützstellung die Daten mit, und sie führten in der Abenddämmerung ein paar Probeschüsse durch. Der Hauptmann beobachtete, wo die Granaten einschlugen, und gab Korrekturen durch.

Dann sagte er zu Mitsos: „Morgen früh wirst du sehen, was wir mit den Italienern machen! Ich selber muss unten bei den Kanonen bleiben, aber du stell' dich hier auf den Ausguck und schau zu, wie es dann da unten zugeht!"

Im ersten Morgengrauen nahmen die Soldaten der Gebirgsbatterie die italienische Stellung unter Beschuss. Die Schüsse waren gut gezielt: Mitsos sah, wie die Bomben im italienischen Lager einschlugen. Hastig zogen die Feinde sich zurück. Bald lag die Stellung zerbombt da. Die Besatzung des Wachtpostens jubelte. Aber es dauerte nicht lange, da wurden sie von noch viel größeren Kanonen beschossen, aus gut zehn Kilometern Entfernung: An den Hängen des Bergzuges Moráva (östlich von Koritzá, albanisch Korçë) lag eine große, gut ausgerüstete Stellung der Italiener, die sich in einem griechischen Kloster, dem Profitis Elías, einquartiert hatten. Der Hauptmann raufte sich die Haare: Sie hatten keine Geschütze, mit denen sie diese Stellung erreichen konnten.

Der Vormarsch in Albanien

...Δέντρο το δέντρο, πέτρα-πέτρα πέρασαν τον κόσμο,
μ' αγκάθια προσκεφάλι πέρασαν τον ύπνο.
Φέρναν τη ζωή στα δυο στεγνά τους χέρια σαν ποτάμι.
Σε κάθε βήμα κέρδιζαν μια οργιά ουρανό – για να τον δώσουν.
Α, τι τραγούδι τράνταξε τα κορφοβούνια –
ανάμεσα στα γόνατά τους κράταγαν το σκουτέλι του φεγγαριού και δειπνούσαν,
και σπάγαν το αχ μέσα στα φυλλοκάρδια τους
σα νάσπαγαν μια ψείρα ανάμεσα στα δυο χοντρά τους νύχια.
...

Γιάννης Ρίτσος, Ρωμιοσύνη

Am 13. November 1940, gut zwei Wochen nach Beginn des Krieges, war die Front wieder begradigt: Ein Bataillon der griechischen Gebirgsjäger, der gefürchteten *Tsoliádhes*, hatte die italienischen Truppen, die auf griechisches Gebiet vorgedrungen waren, zurückgeworfen. Am nächsten Tag, dem Namenstag des Heiligen Phillip, begann der Einmarsch des griechischen Heeres in Albanien. Mitsos' Truppe wurde in die vorrückende Armee eingegliedert. Die 9. Division, in der er diente, kämpfte weiterhin im östlichen Teil der albanischen Front nahe der Grenze nach Jugoslawien. Insgesamt wurden sechzehn griechische Divisionen an der albanischen Front eingesetzt. Ihnen standen 27 weit besser ausgerüstete italienische Divisionen gegenüber.

Am ersten Tag durchquerte Mitsos' Kompanie die Ebene von Trestenik, ohne auf Widerstand zu stoßen. Die Italiener hatten ihre Stellungen in der Ebene verlassen. Weil es an Transportmitteln mangelte, mussten die Soldaten von Mitsos' Truppe die Kanonen der Gebirgsbatterie schieben helfen; es ging nur langsam voran. Nachmittags erreichten sie die Ausläufer des Gebirgszuges Morava, auf dessen Abhängen sich das feindliche Heer am Kloster des Profitis Elias verschanzt hatte. Hier befand sich die Batterie mit schwerem Geschütz, von der aus der Wachtposten beschossen worden war, nachdem die Griechen das näher gelegene Lager zerbombt hatten. Diese Stellung der Italiener musste auf jeden Fall eingenommen werden, damit die schweren Geschütze ausgeschaltet werden konnten. Die Situation war für die Griechen jedoch denkbar ungünstig, da sie den steilen Hang des Morava ohne jede Deckung hinauf mussten und dabei von oben aus leicht beschossen werden konnten.

Die Nacht verbrachten sie in der Ebene unterhalb des Klosters in schnell ausgehobenen Schützengräben, die Zeltplanen über den Rücken geworfen. Jeder Soldat trug eine halbe Zeltplane bei sich; aus zwei ganzen Planen wurde ein Vier-Mann-Zelt aufgebaut. Sie machten sich jedoch nur selten die Mühe, Zelte aufzustellen, schon allein deshalb, weil sie dann leichter zu sehen waren. Meist legten sie sich einfach zu zweit, Rücken an Rücken, unter eine Plane.

Es nieselte die ganze Nacht. Mitsos war hungrig, erschöpft und von Pessimismus erfüllt: Er glaubte nicht, dass er den morgigen Tag überleben würde. Wie sollten sie im vollen Schussfeld der Italiener den steilen Hang hinaufkommen?

Morgens in aller Frühe erfolgte das Signal zum Angriff. Die Griechen hatten unglaubliches Glück: Nach dem nächtlichen Regen bedeckte eine dichte Nebeldecke die Ebene und die niedrigen Abhänge. Im Schutz des Nebels rückten sie leise vor und überraschten die Italiener in ihrem neben dem Kloster aufgeschlagenen Lager beim Frühstück. Mitsos stieß im Dunst auf einen Italiener, der vor seinem Zelt saß. Als er Mitsos' Bajonett sah, sprang er erschrocken von seinem Frühstück auf und rannte hastig davon. Etwas weiter fielen die ersten Schüsse. Mitsos dachte nicht daran, auf den Italiener zu schießen, er hatte es nur auf dessen Rucksack abgesehen, den er stehen gelassen hatte. Darin gab es bestimmt etwas zu essen! Und tatsächlich fand Mitsos im Rucksack mehrere leckere Brötchen, *paniótes*! Er zog sich in ein Gebüsch zurück und aß erst einmal alles auf.

Die Griechen eroberten die gesamte Batterie, ohne auf nennenswerten Widerstand zu stoßen. In der Eile der Flucht ließen die Italiener alle schweren Waffen und sogar die meisten Gewehre zurück. Von den Kanonen hatten sie die Schlüssel weggeworfen, aber die Griechen fanden einige im Gebüsch wieder. In den Räumen des Klosters lagen ganze Berge aufgeschichteter Granaten. Sie hatten große Beute gemacht! Die Griechen bestaunten die Ausrüstung der Italiener: Was hatten sie dem schon entgegenzusetzen?

Mitsos' Truppe nahm etwa sechzig Italiener gefangen. Hier wie auch anderswo machten sie die Erfahrung, dass die Italiener nicht wirklich kämpfen wollten: Bei der ersten Gelegenheit warfen sie die Waffen weg. Mitsos brachte die sechzig Kriegsgefangenen mit nur vier seiner Soldaten viele Kilometer hinter die Front zu einem Lager. Wären die Italiener ernsthaft kampfwillig gewesen, dann hätten sie die Griechen mit Leichtigkeit überwältigt. Die Kriegsgefangenen wurden in einem großen Stallgebäude untergebracht. Es war Abend geworden. Alle bekamen Bohnensuppe und Cognac.

Die Italiener zerlegten einen getöteten Esel und kochten und verspeisten ihn. Ein Mann, der vom Kopf gegessen hatte, sprang danach auf das Fensterbrett des Gebäudes, in dem sie sich befanden, so als wolle er eine Rede halten, und schrie dann: „I-aaah! I-aaah! I-aaah!" Alle applaudierten und lachten; Stimmung kam auf. In null Komma nichts bauten die Italiener sich Gitarren aus alten Kisten, Holzstücken und Drähten, und bald war ein regelrechtes Fest im Gange. Mitsos blieb mit seinen Soldaten über Nacht und kehrte erst am nächsten Morgen zu seiner Truppe zurück.

Mitsos' *tágma* (Bataillon) folgte auf dem Vormarsch einer großen Landstraße und zog durch eine enge Schlucht zwischen den nördlichen Abhängen des Bergzuges Moráva und dem Berg Ívanit; letzterer wurde von einer anderen Kompanie eingenommen. Am 22. November marschierten sie an der Stadt Koritzá vorbei. Dort rückte eine Abteilung der griechischen Landpolizei ein. Die Einwohner der Stadt waren zum Teil Griechen. Manchmal kamen Frauen herbei, um die Kanonen zu bestaunen. Oft während ihres Vormarsches in Albanien halfen die Frauen der nahegelegenen Dörfer auch dabei, die Verpflegung und sogar die schweren Munitionskisten die Berge hinauf zu tragen. Ansonsten hatten die Soldaten nur wenig Kontakt zur Bevölkerung.

Während sie allmählich weiter ins Landesinnere vordrangen, kam es zu den ersten schweren Kämpfen mit den feindlichen Truppen. Vor den Angriffen ließen die Soldaten der kämpfenden Truppe ihre mit Namensschildern versehenen Rucksäcke zurück, damit sie ungehindert vordringen konnten. Dann rückten von den zwölf Mann einer *omádha* zunächst die zehn mit normalen Gewehren ausgerüsteten Soldaten vor, während das Maschinengewehr sie deckte. Danach feuerten die Soldaten mit ihren Gewehren, während das Maschinengewehr vorrückte. Jeweils drei *omádhes* zusammen *(dhimiría)* verfügten zusätzlich über ein größeres Maschinengewehr, das von zwei Personen getragen wurde. Mitsos als Feldwebel gab die Anweisung, wann wer vorrücken sollte und überwachte das Feuer durch das Maschinengewehr. Wenn sie dem Feind sehr nahe kamen, machten sie plötzliche Ausfälle und warfen Handgranaten auf die feindlichen Soldaten; für den Nahkampf hatten sie Bajonette.

Abends schlugen sie ihr Lager stets hinter einem Hügel oder einem Bergkamm auf, so dass sie vom Feind nicht gesehen werden konnten. Die nachfolgenden Versorgungstruppen brachten die Rucksäcke sowie den Topf mit dem Essen, das meistens von eher bescheidener Qualität war. Wenn das Wetter so schlecht war, dass keine Versorgungstransporte möglich waren, gab es nur Konserven.

Von je sechs *omádhes* übernahm stets eine für die Nacht den Außenposten, das heißt sie lag direkt an der Front, während die anderen sich etwas weiter zurückzogen. Diese Truppe stellte zwei Wachen auf, die alle zwei Stunden abgelöst wurden: Ein Soldat stand an einem geeigneten Ausguck vor dem Lagerplatz Wache, während ein anderer als beweglicher Posten die Front entlang ging, bis er jeweils mit dem Posten der nächsten Truppe zusammentraf. Für den Fall eines nächtlichen Überraschungsangriffs hatten diese vorgeschobenen Truppen die Aufgabe, den Feind so lange abzuwehren, bis die anderen Soldaten kampfbereit waren. Im schlimmsten Fall würden sie geopfert, um die restliche Truppe zu retten. Die weiter hinten liegenden *omádhes* stellten nur jeweils einen normalen Posten auf.

Bei Regen blieben sie den ganzen Tag in ihren Zelten. Dann zerrte die zermürbende Untätigkeit an den Nerven. Mitsos gewöhnte sich das Rauchen an; es half ein wenig, um die Zeit zu vertreiben. Der Tabak, den sie von der Armee bekamen, war allerdings miserabel. Wenn einer der Soldaten gekaufte Zigaretten auftreiben konnte, stürzten sie sich wie die Raben darauf. Manche Soldaten schrieben Tagebuch oder machten sich Notizen, aber Mitsos hatte dafür nichts übrig und lachte über die Tintenkleckser. Alle schrieben jedoch an ihre Verwandten und lasen hundertmal die Briefe, die sie aus der Heimat bekommen hatten. Ab und zu zog Mitsos die *Ágia Epistolí,* den Heiligen Brief, aus der Tasche, faltete das zerknitterte Heftchen auseinander und las darin, doch hier kamen ihm die schönen Worte von Nächstenliebe und Vergebung merkwürdig fremd vor – was hatten sie schon mit seiner Realität zu tun?

In Mitsos' Kompanie diente ein Mann aus Skado, dem Nachbardorf von Koronos. Sein Name war Pétros Partsinévelos. Mitsos kannte ihn; sie hatten sich schon in Kastoria und auf den Wachtposten ab und zu gesehen. Petros' Vater war Feldwächter in Skado und hatte einmal Mitsos' Vater und seinen Bruder Jannis verklagt, weil sie ihn verprügelt hatten, als er ihre Herde daran hindern wollte, auf das Gemeindeland von Skado vorzudringen. (Bei der Gerichtsverhandlung in Syros kamen die beiden jedoch mit einer glimpflichen Geldstrafe davon, weil sich die Prügelei selbst auf koronidiatischem Gebiet abgespielt hatte.) Nun kam Petros gelegentlich zu Mitsos und bat ihn, einen Brief an seine Verlobte zu schreiben – er selbst hatte nicht schreiben gelernt.

Eines Abends saßen die beiden wieder zusammen. Für den nächsten Morgen war ein besonders schwieriger Angriff auf die italienischen Stellungen geplant; ein Angriff, bei dem sicher viele der griechischen Soldaten getötet werden würden. Petros klagte Mitsos seine Sorgen: Er glaubte ganz sicher, dass er morgen sterben würde, und es tat ihm leid um den schönen Verlobungsring, den er trug; er wollte nicht, dass der verloren ginge. Da bot Mitsos ihm an, den Ring für ihn aufzubewahren. „Meinst du etwa, du wirst nicht getötet werden?" fragte Petros erstaunt. „Na, wieso denn, ich bin doch nicht dumm! Warum soll ich mich töten lassen?" erwiderte Mitsos. In Wahrheit war auch ihm jedoch vor dem morgigen Tag bange, und überhaupt war er überzeugt, dass es den Krieg nicht überleben würde – war ihm nicht von allen Kaffeeleserinnen stets versichert worden, dass er keinen Entlassungsschein von der Armee bekommen würde? Das konnte ja wohl nur bedeuten, dass er sterben würde!

Jedenfalls gab Petros ihm seinen Ring, erleichtert darüber, dass er diese Sorge los war, und Mitsos steckte ihn in seine Tasche. Tatsächlich forderte der Angriff am nächsten Morgen viele Opfer unter den Griechen. Mitsos überstand alles unverletzt, aber als er abends nach Petros suchte, fand er ihn weder unter den Lebenden noch unter den Verletzten, und konnte nichts über sein Schicksal in Erfahrung bringen. Also hatte er mit seiner Vorahnung wohl doch recht gehabt! Immer wieder ging Mitsos ihre letzte Unterhaltung durch den Kopf, und er musste auch an die Verlobte zu Hause denken, die vergeblich auf ihren Liebsten warten würde… Den Verlobungsring behielt Mitsos zunächst in seiner Tasche, aber als sie einige Zeit später in einer kleinen Ortschaft an einem *kafeníon* vorbeikamen, verwandelte er ihn in eine Runde Ouzo, zu der er seine Truppe einlud…

Die vorrückende Armee kam an einer griechischen Kirche namens Ágios Nikólaos vorbei. Mitsos' kompletter *lóchos,* das heißt die Kompanie von zweihundert

Mann, ging zum Gottesdienst in die Kirche: Von Militärgeistlichen wurde eine Liturgie für sie abgehalten. Drinnen in der Kirche hörten sie das Flugzeug nicht, das über die Kirche hinweg flog. Aber sie hörten die Bombe auf dem Dach aufschlagen und Sekunden später die Explosion, die die Kirche erbeben ließ. Wie durch ein Wunder geschah keinem etwas: Die Bombe war auf dem schrägen Dach der Kirche abgerutscht und explodierte seitwärts im Gebüsch. Hätte sie das Dach durchschlagen, wären viele von ihnen getötet worden. Die Soldaten stürzten aus der Kirche hinaus: Werden sie angegriffen? Wo ist der Feind? Die draußen aufgestellten Wachen berichteten von dem Flugzeug, das die Bombe abgeworfen hatte. Sie gingen in Deckung und warteten auf weitere Angriffe, aber es rührte sich nichts mehr, und so marschierten sie schließlich weiter und übernachteten am Fuße eines Hügels.

In dieser Gegend wurde bei einem Gefecht der Oberleutnant Liberis, unter dem Mitsos in Goudi gedient hatte, getötet; ein Bekannter aus Naxos berichtete ihm später davon.

Etwas nördlich von Koritza kreuzte die Straße einen großen Fluss namens Devóll. Die sich zurückziehenden Italiener hatten die Brücke zerstört, also mussten die Truppen auf die Pioniere warten. Innerhalb kurzer Zeit konstruierten diese eine Holzbrücke, auf der das Heer einschließlich der Militärfahrzeuge den Fluss überquerte. Die Griechen waren beeindruckt von den guten Straßen, die die Italiener gebaut hatten: Darauf verstanden sie sich offenbar besser als aufs Kriegführen.

Mitsos' Kompanie wurde nun zum Óchrid-See an der Grenze zwischen Jugoslawien und Albanien abkommandiert. Hier waren die Berge rundherum schon verschneit und die Aussicht auf den See war herrlich. Aber die Soldaten hatten keine Muße, die Naturschönheiten zu bewundern. Auf einem trapezförmigen Hügel direkt am See hatten sich starke italienische Truppen verschanzt. Ihnen gegenüber stand ein Bataillon der griechischen Gebirgsjäger. Mitsos' Kompanie sollte unterstützend von der Seite feuern und durch ihren Beschuss die Bewegungen des Gebirgs-Bataillons decken. Nachdem sie in Stellung gegangen waren, begann der Angriff der Griechen. Es wurde heftig bombardiert. Bald sahen sie, wie die Italiener sich durch ein kleines Tal vor ihnen zurückzogen. Nun lief Mitsos' Kompanie jedoch Gefahr, vom eigenen Heer abgeschnitten zu werden: Sie waren zwischen die italienischen Truppen geraten. Also erbat der Hauptmann per Feldtelefon unterstützenden Artillerie-Beschuss durch das benachbarte Bataillon, so dass ihnen der Rückzug ermöglicht würde. Er wurde enttäuscht: Die Antwort lautete, dass leider keine Granate mehr zur Verfügung stünde. Keine einzige Granate! Und so sollten sie Krieg führen! Sie hielten die Stellung bis zum Abend und zogen sich dann im Schutz der Dunkelheit verstohlen zwischen den italienischen Stellungen hindurch zurück.

Eine Nacht über lagerte Mitsos' Kompanie am Ufer des Ochrid-Sees. Die Soldaten warfen Handgranaten in den See und erbeuteten auf diese Weise eine Menge Fische, die sie zum Abendessen brieten.

Nach diesem Abstecher bis fast zur jugoslawischen Grenze wandten sie sich wieder nach Norden und drangen ins Landesinnere vor. Nun mussten sie hinauf in die wilden albanischen Berge. Sie verfolgten die sich zurückziehenden italienischen Truppen durch das Gebirge nach Norden. Auf dem Vormarsch machte Mitsos' gesamtes Bataillon (tausend Mann) an einer Stelle in einem engen Tälchen Mittagspause. Gerade wurden die dampfenden Essenskessel gebracht, und die Männer warteten hungrig auf ihre Portionen. Da flog plötzlich ein einzelnes Flugzeug niedrig über sie hinweg, drehte danach um und verschwand wieder. Mitsos rief seine Männer zusammen: „In die Büsche! Gleich wird hier die Hölle los sein! Schnell, in Deckung!" Er versteckte sich mit seinen Soldaten so gut wie möglich zwischen den Felsblöcken im Bachtal. Die übrigen Soldaten hörten jedoch nicht auf sie und trafen keine Vorsichtsmaßnahmen.

Aber nach kaum zehn Minuten hörten sie wieder Flugzeuge brummen, diesmal waren es mehrere. Sie kamen schnell näher, flogen direkt über das Tälchen hinweg und bombardierten die Griechen! Geschrei, Panik, Davonlaufen … es gab mehrere Tote und viele Verletzte; die Essenskessel waren zersprengt. Nur Mitsos' Truppe blieb unversehrt. „Woher hast du das gewusst?" fragten die anderen Feldwebel ihn. „Na, das war doch nicht schwer zu erraten", antwortete Mitsos, „ein einzelnes Flugzeug, das wieder umkehrt, muss doch ein Späher, ein Erkundungsflugzeug sein und bringt sicherlich andere herbei!"

Im Schnee

Auf den Bergen hatte es schon geschneit. Bald mussten die Soldaten über Schnee marschieren. Die Italiener hatten sich auf einem nahen Berg mit schweren Geschützen verschanzt und beschossen die Griechen von dort aus. Abends musste Mitsos' Kompanie in geringer Entfernung von den Stellungen der Italiener einen Kamm überqueren, um hinter der nächsten Hügelkuppe das Lager aufzuschlagen. Auf dem Kamm waren sie für den Feind gut sichtbar und wurden unter Feuer genommen. Einer nach dem anderen krochen die Soldaten von Mitsos' Truppe durch den Schnee über die Kuppe; alle kamen glücklich herüber. Früh am nächsten Morgen wurde das Signal zum Angriff geblasen. Sie rückten von Deckung zu Deckung vor, beschossen die Italiener ununterbrochen und eroberten deren Stellungen schließlich ohne große Verluste.

So drangen sie auf den Fersen der zurückweichenden Italiener nach Norden vor. Immer wieder mussten sie den Feind unter schwerem Beschuss aus seinen Stellungen vertreiben. Nach und nach nahmen sie eine Reihe von Bergrücken ein. Je höher sie in die Berge vordrangen, desto tiefer lag der Schnee. Bald war alles von einer dichten Schneedecke eingehüllt.

Das Vorrücken auf dem Schnee wurde sehr beschwerlich. Auf einem steilen Abhang sah Mitsos plötzlich aus einem Gebüsch direkt neben sich einen Gewehrlauf herausragen, der genau auf ihn zielte. Sein Herz blieb für einen Augenblick stehen, aber der erwartete Schuss blieb aus, nichts geschah. Mitsos trat heran, packte den Lauf mit einer schnellen Bewegung und zog ihn heraus: Zum Vorschein kam ein durch einen Kopfschuss getöteter Italiener, der hier steif gefroren sitzen geblieben war. Jetzt rutschte der Tote mit seinem Gewehr den verschneiten Hang hinab…

Auch ihr Lager mussten die Soldaten nun auf dem Schnee aufschlagen. An das Aufstellen von Zelten war nicht mehr zu denken. Viele Männer waren abends zu erschöpft, um noch für ein Feuer und einen tauglichen Schlafplatz zu sorgen und zogen sich üble Erfrierungen zu, besonders an den Füßen. Zweimal fand Mitsos morgens einen seiner Soldaten erfroren vor. Jeden Tag bekamen die Männer eine Feldflasche voll Cognac. Denjenigen, die in der Nacht Wache stehen mussten, gab Mitsos ihre Ration erst danach zum Aufwärmen; durch den Alkohol hätten sie sonst noch leichter Erfrierungen erlitten.

Mitsos selbst überstand die ganze Kriegszeit ohne Erfrierungen. Jeden Abend suchte er Holz und Gesträuch zum Feuermachen. Zum Anzünden schabte er, wenn er kein trockenes Gezweig fand, aus einem hohlen Baum etwas morsches Holz heraus. So hatte seine Truppe immer ein gutes, wärmendes Feuer. Einmal fand Mitsos einen großen umgestürzten Baumstamm im Wald und rief seine Soldaten zusammen, damit sie ihn zum Lager schleppten. Sie legten ihn ganz auf das Feuer; er brannte mehrere Tage lang. Die Soldaten tauften den Stamm Mussolini.

An jedem neuen Lagerplatz richtete Mitsos sich auch einen geeigneten Schlafplatz her. Im Wald hatten die Hirten überall um große Bäume herum in hohen Haufen noch beblätterte Buchenäste als Viehfutter für den Winter aufgeschichtet. Dort zog er sich jeweils ein paar Äste heraus und legte sie unter seine Schlafstelle. Auch seinen Soldaten riet er, sich solche Schlaflager zu bereiten. Jeder Soldat hatte zwei kleine, dünne Decken, eine als Unterlage und eine zum Zudecken; darüber breiteten sie ihre Zeltplanen. Die Decken waren so kurz, dass die Soldaten zusammengerollt schlafen mussten. Mitsos legte sich stets auf den Bauch und zog die Arme und Beine unter sich, um sie vor dem Frost zu schützen. Wenn es schneite, mussten sie ab und zu aufstehen und den Schnee von der Zeltplane abschütteln. Sie schliefen stets in voller Montur, mitsamt den Stiefeln und dem wärmenden Soldatenmantel, der *xlaíni*. Der wachhabende Soldat bekam zusätzlich einen Umhang aus Ziegenhaar, die *kápa*. Dieser fror bei starkem Frost steif und stand dann wie ein kleines Zelt.

Anfang Dezember erreichte Mitsos' Bataillon den über 2000 Meter hohen, westlich von Pogradec gelegenen Bergzug Kámia. Hier hatte sich ein Bataillon der *Mavromelanochítes* verschanzt, der italienischen Faschisten, die schwarze Uniformen trugen. Da zuviel Schnee lag, konnten die Griechen nicht weiter vorrücken; sie mussten auf besseres Wetter warten. Zweiundvierzig Tage lagen sie hier in Stellung.

Nach der ersten Nacht im tiefen Schnee fand sich Mitsos' *omádha* morgens drei Meter tiefer wieder: Über Nacht war der Schnee von der Wärme des Feuers weggeschmolzen. Am Morgen mussten die Soldaten als erstes Stufen in den Schnee hacken, um aus ihrem Loch wieder herauszukommen. Zum Frühstück tranken sie Tee, um sich etwas aufzuwärmen. Für dessen Zubereitung schmolzen sie Schnee; Quellen mit gutem Wasser gab es nur wenig, und sie mussten die

Deckung verlassen, um sie aufzusuchen. Als sie einmal beim Frühstück saßen und ihren Tee tranken, hörten sie einen Abschuss, und dann kam eine große Granate angeflogen und sauste – bwwwwwt – gerade in ihr Loch hinein. Allen setzte das Herz einen Schlag aus, aber die erwartete Explosion blieb aus: die Granate hatte sich so sanft in die Schneewand gebohrt, dass sie nicht explodierte.

Bei Angriffen suchten sich die Soldaten irgendeine Deckung: einen Felsblock, einen Baumstamm, ein Gebüsch. Oft setzten sie sich in alte Granatentrichter, da dort selten erneut eine Granate einschlug. Einmal hockte Mitsos mehrere Stunden lang in einem solchen Loch im Schnee: Sie standen unter heftigem Beschuss. Nach einiger Zeit bekam Mitsos Durst, aber seine Wasserflasche war leer. Schnee mochte er nicht lutschen, weil überall tote Soldaten lagen, nur notdürftig verscharrt, damit die Geier und Raben sie nicht fräßen. Schließlich wurde sein Durst so unerträglich, dass er sich trotz des starken Beschusses aus dem Granatentrichter herauswagte und quer über den Hang zu einer kleinen Quelle lief, wo er trank und seine Flasche auffüllte. Dann kehrte er zu seinem Loch zurück, aber was sah er, als er ankam? Der Granatentrichter war jetzt doppelt so groß: In der Zwischenzeit war eine zweite Granate eingeschlagen! Hätte Mitsos noch drin gesessen, wäre nichts von ihm übriggeblieben.

Viele Male wurde Mitsos bei den Angriffen und Bombardierungen um ein Haar durch Kugeln oder Granatensplitter verletzt. Siebzehn Löcher zählte er in seinem Soldatenmantel. Aber wie durch ein Wunder kam er immer heil davon. Einmal wurde sein Helm durch einen Granatensplitter gespalten; das Stück Metall fiel ihm vor die Füße. Aber wieder wurde nicht einmal seine Haut geritzt! Oftmals musste er an die Frau am Bahnhof bei ihrer Abfahrt zur Grenze denken und an die *Ágia Epistolí*, die er in der Tasche trug.

Sie verbrachten Weihnachten am Berg Kamia, ebenso Neujahr. Sie konnten die Front nicht verlassen, auch ein Kirchenbesuch war nicht möglich. Dennoch kamen sie zu ein bisschen Musik. Kaum zu glauben, aber drei Soldaten aus Mitsos' Truppe hatten Instrumente dabei, die sie in ihrem Gepäck mit sich trugen: eine Klarinette und zwei Geigen. Gelegentlich spielten sie auf, so auch an einem schönen, mondhellen Abend, als Mitsos' Truppe die Außenwache übernommen hatte. Sie spielten und sangen, und bald begannen sie sogar zu tanzen:

> „Kameraden, ich bin verwundet, ich sterbe im Schnee
> wenn ihr nach Hause kommt und meine Mutter nach mir fragt
> sagt ihr nicht, dass ich gefallen bin
> und dass der Schnee mich begraben hat.
> Sagt ihr, ich habe geheiratet; ich habe mir eine Frau genommen
> und wir schicken ihr die besten Grüße…"

Nach einiger Zeit wurden sie beschossen: Die Italiener hatten sie gehört. Sofort ließen sich alle in den Schnee fallen. Glücklicherweise wurde niemand verwundet.

In einer anderen Nacht, als Mitsos' Truppe an der vordersten Front lag, desertierte der aufgestellte Wachposten. Er verschwand einfach; sie hörten nichts mehr von ihm. Die Italiener nutzten die Gelegenheit: Als sie bemerkten, dass der Posten fehlte, schlichen sie sich an der schlafenden Truppe vorbei und fielen sie von hinten an. Plötzlich explodierten Handgranaten, sie wurden aus dem Schlaf gerissen. Sofort erwiderten sie das Feuer, aber die Italiener waren schon wieder weg, sie flüchteten, sobald die Griechen zu schießen begannen. Keiner der Soldaten erlitt eine ernsthafte Verletzung: Die Italiener hatten sich nicht nah genug herangewagt.

Ende Januar lagen sie immer noch in derselben Stellung. Der Vormarsch der Griechen war ins Stocken geraten, vor allem wegen des hohen Schnees, der die Durchführung von Angriffen erschwerte; aber auch den Italienern gelang es nicht, Gebiet zurückzuerobern. Am 29. Januar erfuhren sie, dass Metaxas gestorben war, und sie erhielten Anweisung, besonders wachsam zu sein, denn es wurde ein größerer Angriff der Italiener befürchtet, die vielleicht hofften, dass nach dem Tod des Oberbefehlshabers die Moral der Truppen gebrochen sei. Tatsächlich wurden sie mehrfach bombardiert, aber die Italiener wagten keinen allgemeinen Angriff, als sie sahen, dass die Griechen ihre Stellungen unverzagt hielten.

Metaxas' Nachfolge übernahm ein eher unbekannter Politiker namens Aléxandros Koryzís, der die englandfreundliche Politik des Königs verfolgte. Griechenland befand sich in einer schwierigen politischen Situation. Es hatte einen Angriff der deutschen Armee zu befürchten, obwohl Deutschland an Griechenland selbst wenig interessiert war. Die Haltung der Nachbarländer Bulgarien, Jugoslawien und Türkei war unklar; mit Unterstützung war kaum zu rechnen. Griechenland hoffte, wenigstens auf das verbündete Jugoslawien bauen zu können, so dass es die Grenze in diesem Bereich weniger absicherte.

Noch komplizierter gestaltete sich die Zusammenarbeit mit England. Dieses wollte Hilfe gegen die Deutschen schicken; die Verteidigung sollte jedoch erst südlich von Thessaloniki auf der Höhe des Olymps stattfinden. Die Engländer wollten sich weitgehend auf die Verteidigung des strategisch für sie wichtigeren Kretas beschränken. Außerdem waren nach Meinung der Griechen die Truppen, die die Engländer zur Verfügung stellen wollten, nicht stark genug. Mit so unzureichender Hilfe befürchteten die Griechen mehr Schaden als Nutzen: Die Einmischung Englands könnte die Deutschen erst zum Einmarsch veranlassen. Tatsächlich war dieser Effekt von den Engländern durchaus erwünscht: Es ging ihnen vor allem darum, deutsche Truppen weit entfernt von England in Kampfhandlungen zu verwickeln, um ihr eigenes Land zu schonen. Ständige diplomatische Bemühungen waren im Gange, um das Dilemma der Verteidigung Griechenlands zu lösen, jedoch mit wenig Erfolg: Schließlich setzten sich die Engländer mit ihren Plänen durch, und es wurde eine Verteidigungslinie am Olymp vorbereitet.

Der griechische König unterstützte die englische Seite, während der Diktator Metaxas die Zusammenarbeit mit England äußerst problematisch gesehen hatte. Aus diesem Grund argwöhnen viele Griechen, dass Metaxas keines natürlichen Todes starb, sondern auf Veranlassung des Königs ermordet wurde… Von all diesen Dingen wusste das in Albanien kämpfende Heer freilich nichts.

Läuse

Außer den Italienern hatten die griechischen Soldaten noch mit einem viel hart-näckigeren Feind zu kämpfen, der ihnen im wahrsten Sinne des Wortes zu Leibe rückte: den Läusen. Alle griechischen Soldaten hatten Kleiderläuse, die ihnen das Leben zur Hölle machten. Der Juckreiz brachte sie fast um: Die Soldaten kratzten sich, bis sie bluteten. Sie schüttelten die Kleidung aus und suchten sich die Läuse ab, so gut sie konnten, aber es nützte alles nichts; sie wurden sie nicht los. Die Griechen beneideten die italienischen Soldaten: Die bekamen ein Läusepulver und hatten keine Last mit dieser Plage!

In einer sternklaren Nacht mit starkem Frost zog Mitsos sein wollenes Un-terhemd aus und hängte es an einen Baum in der Hoffnung, der Frost würde die Läuse abtöten. Morgens nahm er das steifgefrorene Hemd wieder herunter und legte es ans Feuer, um es vor dem Anziehen etwas aufzuwärmen. Aber kaum wurde das Hemd warm, begannen die Läuse darauf wieder zu krabbeln! Voller Abscheu warf Mitsos das Hemd ins Feuer. Jetzt waren die Läuse garantiert hin-über, aber sein Hemd auch. Von nun an musste er frieren, und Läuse hatte er immer noch.

Mitsos verzweifelte an seiner Lage, deprimiert fragte er sich, was eigentlich der Sinn seiner ganzen Mühen und Plagen sei. Woraus bestand denn sein Besitz, den er hier verteidigte? Aus einem rostigen Klappbett, einer Schaufel und einer Spitzhacke und ein paar lächerlichen Habseligkeiten, die er in Athen in einem winzigen gemieteten Zimmer zurückgelassen hatte! Sollten doch die Italiener oder die Deutschen oder wer auch immer kommen und ihm seinen Besitz weg-nehmen! (Tatsächlich fand Mitsos, als er schließlich nach Beendigung des Krie-ges nach Athen zurückkehrte, dass ihm seine Sachen in der Zwischenzeit ge-stohlen worden waren.) Seine Heimat verteidigen, hieß es. Aber kümmerte sich seine Heimat etwa um ihn? Warum sollte er sich also für sie aufopfern? Sollten doch mal die anderen ran, die wirklich etwas zu verteidigen hatten, die sonst ein gutes Leben führten und auch jetzt wieder das bessere Los gezogen hatten und sich in den Büros und Schreibstuben versteckt hielten!

Eines Nachts, als er im Schneesturm Wache stand, erwog Mitsos ernstlich, sich mit seiner Truppe den Italienern zu ergeben. Den Tag über hatten die Italie-ner sie von ihren Stellungen aus angegriffen und es war zu heftigen Kämpfen gekommen. Abends, nachdem sich die feindlichen Soldaten zurückgezogen hat-ten, war der Hang mit Dutzenden von Toten und Verletzten übersät, die von den italienischen Sanitätern in der Dämmerung eingesammelt worden waren… Mit-sos tat der Anblick in der Seele weh – er hatte genug von diesem Krieg! So dach-te er lange darüber nach, ob es nicht besser wäre, sich zu ergeben, um all dem ein Ende zu bereiten. Aber schließlich entschied er sich dagegen; er hätte dadurch ja auch die benachbarten griechischen Truppen in Gefahr gebracht. Nein, zum Va-terlandsverräter wollte er doch nicht werden…

Nach vierzig Tagen am Berg Kamia wurde Mitsos' Einheit endlich zum Entlausen abgelöst. Ein Bataillon aus Chios war eingetroffen, um sie zu ersetzen. Während die einfachen Soldaten von Mitsos' Truppe schon abzogen, musste er ebenso wie die anderen Feldwebel und Leutnants noch zwei, drei Tage dableiben, um die Chioten einzuweisen. Diese kamen zum ersten Mal an die Front und waren die Verhältnisse hier und vor allem den ständigen Granatenbeschuss noch nicht gewöhnt, und es dauerte einige Zeit, bis sie Mut fassten.

Schließlich kam der Bescheid, dass sich nun auch die Feldwebel und Leutnants zum Entlausen ins Tal begeben sollten. Sie mussten einen langen, steilen, tief verschneiten Abhang hinunter, um unten im Tal auf die Straße zu stoßen. Während sich die anderen Feldwebel an den mühseligen Abstieg machten, hatte Mitsos eine andere Idee: Er entlud sein Gewehr, setzte sich auf seinen Hintern, stellte das Gewehr als Steuer zwischen seine Füße und los ging's! In rasender Fahrt rutschte er den gesamten Abhang hinab und war im Nu unten auf der Straße. Zufrieden schaute er zu den anderen hinauf, die sich noch oben auf dem Hang abmühten; sie trafen erst eine Stunde später ein!

An der Straße wurden sie von Autos abgeholt und zu ihrer Truppe gebracht. Aber kaum hatten sie Wasser erhitzt, um ihre Kleidung zu kochen und sich selbst zu säubern, kam der Befehl: Alle wieder zurück! Die unerfahrenen Chioten hatten sich von den Italienern zurückwerfen lassen; diese hatten die vorderen Stellungen eingenommen. Also mussten sie wieder auf den Berg und den Chioten helfen, die verlorenen Stellungen zurückzuerobern. Sie verspotteten die Chioten, heizten ihnen aber dann kräftig ein und griffen gemeinsam die Italiener entschlossen an, bis sie sie wieder vertrieben hatten.

Abends kamen sie endlich wieder zurück und konnten sich in Ruhe entlausen. Erst sehr spät in der Nacht kam Mitsos ins Bett und freute sich darauf, endlich einmal in Ruhe und Sicherheit schlafen zu können. Aber nach nur allzu kurzer Nachtruhe wurde er in der ersten Morgenfrühe schon wieder aus dem Schlaf gerissen, lange bevor er ausgeschlafen hatte: Im Dorf begann der Hodscha vom Minarett aus mit lauter Stimme die gläubigen Moslems zum Gebet zu rufen. „Das hat mir gerade noch gefehlt!" dachte Mitsos. Er hatte hier, nahe bei einer kleinen Stadt, ein kleines Maschinengewehr für etwaige Straßenkämpfe zugeteilt bekommen. Das holte er nun und schritt sofort zur Tat: Er verschoss ein ganzes Magazin in Richtung Minarett! Totenstille kehrte ein, vom Hodscha hörte man nichts mehr: Der war geflüchtet. Ein Offizier kam eilig angelaufen: „Was machst du denn da, bist du verrückt geworden?" Ärgerlich erklärte Mitsos ihm den Grund seiner Aktion, da lenkte der Offizier ein: „Na schön, ich kann's schon verstehen. Aber mach so etwas nicht noch mal!"

Nach einer Erholungspause von einigen Tagen mussten sie wieder an die Front. Sie sollten nun einen anderen Hügel etwas weiter nördlich erobern. Auch hier wurde Mitsos' Kompanie, die für ihre Tapferkeit und Disziplin bekannt war, für die schwerste Aufgabe herangezogen: Die Einnahme des Hügels versprach schwierig zu werden. Der Feind hatte oben auf dem steilen Berg eine weitaus günstigere Position als die angreifenden Griechen. Aber wieder hatten sie Glück:

Die Italiener ergaben sich praktisch kampflos, als sie sahen, dass sie umzingelt waren. Die meisten Soldaten warfen ihre Waffen weg und riefen: *„No guerra, no bono guerra!"* In diesen Tagen erhielt Mitsos eine Nachricht von einem Freund namens Samarákis, den er aus Kastoria kannte und der in einer benachbarten Kompanie diente. Er war bei einem Angriff verwundet worden und lag im Lazarett. Dort hatte er von anderen Verwundeten erfahren, dass Mitsos in der Nähe an der Front kämpfte und schickte ihm nun eine Nachricht, ob er ihn besuchen kommen wolle. Ein paar Tage später fand Mitsos eine Gelegenheit dazu. Er hatte einige Kilometer zu laufen. Auf dem Weg holte er vier Soldaten ein, die auf einer Trage einen verletzten Italiener zum Lazarett transportierten. Er hörte, wie die vor ihm gehenden Soldaten miteinander redeten. Einer meinte zu den anderen: „Sagt mal, warum sollen wir uns hier abmühen und den Spaghetti so weit schleppen? Warum soll er ins Lazarett? Was meint ihr, wie viele von unseren Soldaten der umgebracht hat! Die Lazarette sind sowieso schon überfüllt, und dann ist nachher wieder für unsere eigenen Soldaten kein Platz, so wie neulich. Ich habe jedenfalls keine Lust mehr, ihn zu tragen! Los, wir kippen ihn hier in die Schlucht und dann gehen wir zurück und sagen, wir hätten ihn abgeliefert! Soll er doch krepieren!" Die anderen waren einverstanden. Sie hatten Mitsos noch nicht bemerkt, der hinter ihnen ging. Nun mischte der sich ein: „Also, Leute, das werdet ihr nicht tun! Ihr werdet den Verletzten schön brav zum Lazarett tragen, und wenn einer von euch müde wird, werde ich ihn ablösen. Schämt ihr euch nicht? Was sind denn das für Sachen? Stellt euch vor, ihr wäret an seiner Stelle! Dieser Mann hat auch eine Mutter und einen Vater zu Hause, die um ihn bangen und vielleicht sogar eine Frau und kleine Kinder! Also los, macht voran, ich helfe euch!" So brachten sie den Verletzten gemeinsam zum Lazarett.

In Elbasan

...Όταν σφίγγουν το χέρι ο ήλιος είναι βέβαιος για τον κόσμο,
όταν σκοτώνονται η ζωή τραβάει την ανηφόρα με σημαίες και ταμπούρλα.
Τόσα χρόνια όλοι πεινάνε, όλοι διψάνε, όλοι σκοτώνονται.
Από τις τρύπες του πανωφοριού τους μπαινοβγαίνει ο θάνατος.
Το ψωμί σώθηκε, τα βόλια σώθηκαν,
τώρα γεμίζουν τα κανόνια τους μόνο με την καρδιά τους.
...

Γιάννης Ρίτσος, Ρωμιοσύνη

Während die griechischen Truppen langsam weiter nach Norden vordrangen, besserte sich allmählich das Wetter und der Frühling machte sich bemerkbar: Die Temperaturen stiegen, und der Schnee begann zu schmelzen. Am 9. März, fast fünf Monate nach Beginn des Krieges, starteten die Italiener einen groß angelegten Angriff auf das griechische Heer. Sie wollten versuchen, den Makel des Verlierers loszuwerden, ehe sich die Deutschen in das Kriegsgeschehen einmischten. Vor allem auf den weiter westlich gelegenen Kriegsschauplätzen lie-

ferten sich die feindlichen Heere noch einen Monat lang erbitterte, sehr verlust-
reiche Schlachten, ohne dass die Italiener jedoch entscheidende Erfolge für sich
verbuchen konnten.

An der östlichen Front, im Einsatzbereich der 9. Division, hatte Mitsos' Bataillon fast die Stadt Elbasan erreicht, die etwa vierzig Kilometer von der albanischen Hauptstadt Tirana entfernt liegt. Es blieb noch ein Berg zu erobern: Kurz
vor Elbasan lag die wichtigste Stellung der Italiener in dieser Region auf einem
steilen Hügel, gut verschanzt und mit schwerem Geschütz ausgestattet. Sie hatten
sich dieser Stellung nun soweit es ging genähert und schlugen am Abend des 11.
April hinter dem nächsten Kamm das Lager auf. Der Feind hatte sie noch nicht
bemerkt. Mitsos belehrte seine Männer darüber, wie wichtig es sei, dass sie sich
nicht blicken ließen, da sie in Schussweite der Italiener lagen. Trotz dieser War-
nungen wagten sich zwei Soldaten unvernünftig weit vor; der eine wollte dem
anderen die Stellungen der Italiener zeigen. Sie wurden sofort entdeckt, und kurz
darauf ging der Beschuss auch schon los. Granaten schlugen rundherum ein und
explodierten. Mitsos verbarg sich unter einem dicken, umgestürzten Baumstamm, der ihn vor den umherfliegenden Splittern schützte. Einer der Soldaten
aus seiner Gruppe wurde getötet, ein verheirateter Mann, was Mitsos besonders
leid tat. „Seht ihr, wovor ich euch gewarnt habe?" ermahnte er seine Männer.
„Ich sage euch so etwas nicht zum Spaß! Hier heißt es vorsichtig sein, es geht
schließlich um unser Überleben!"

Doch obwohl sie diese erste Attacke bis auf das eine Opfer gut überstanden hatten, sah es sehr schlecht für sie aus. Um den Gipfel einnehmen zu können, musste eine Kompanie der Griechen trotz der fast aussichtslosen Lage versuchen, unter welchen Opfern auch immer den Hang hinaufzukommen und die Stellungen
einzunehmen. Das Los fiel auf die kampferprobte Kompanie, in der Mitsos diente. Die anderen vier Kompanien verschanzten sich und bereiteten sich darauf vor,
den Angriff durch Beschuss zu unterstützen, wobei die Griechen allerdings den
gut ausgerüsteten Italienern wenig entgegenzusetzen hatten.

Es lag Schnee. Die griechischen Soldaten übernachteten in provisorischen
Gruben, die jeder für sich ausgehoben hatte. Sie erhielten rote Leuchtraketen zum
Anfordern von Verstärkung und grüne für den Fall, dass sie die Stellung einnähmen;
außerdem wurden sie mit Drahtscheren ausgerüstet, die sie für das Überwinden der Stacheldrahtrollen und -zäune, die das Lager der Italiener umgaben,
benötigten. Auf der Hügelkuppe stellten sich die Wachen in ihren *kápes*, den
Ziegenmantel-Zelten, auf.

Am nächsten Morgen, dem 12. April, dem Feiertag des heiligen Lazarus,
sollte der Angriff erfolgen. Wie immer sollten sie das Gepäck zurücklassen und
nur mit ihren Waffen und ihrer Ausrüstung vordringen. Die Stellung musste um
jeden Preis erobert werden. Mitsos wusste, was das bedeutete: Er schätzte, dass
von den zweihundert Mann seiner Kompanie höchstens zehn lebend oben an-
kommen würden. Wie sollten sie in offener Schusslinie der Italiener den steilen,
verschneiten Hang hinauf kommen und oben die dicken Stacheldrahtrollen überwinden, während die Feinde sie von oben in aller Ruhe abschießen konnten? Er

machte sich jedoch wenig Gedanken darüber: Dieses Lebens war er ohnehin überdrüssig...

Morgens in aller Frühe wurden sie geweckt und schmolzen Schnee für ihren Tee. Es war noch völlig dunkel. Mitsos brachte seinen zwei Maschinengewehr-Soldaten den Tee; es waren immer noch dieselben wie auf dem Wachtposten, Chasapidis und Chasagiolis. Aber der Zieler Chasapidis wollte weder trinken noch essen. Als Mitsos ihn nach dem Grund fragte, erzählte er, was er in der Nacht geträumt hatte: Er sei von einer Kugel genau in die Brust getroffen worden und das Blut sei in dickem Strahl aus der Wunde gespritzt. Sein Vater und sein Schwiegervater hätten ihn an einen Baum gelehnt und dort sei er gestorben... Chasapidis war sicher, dass er sterben würde, und beschwor Mitsos, ihn nicht liegen zu lassen, so dass ihn die Vögel fräßen; er möge ihn bitte im Schnee begraben. Mitsos tröstete ihn und versicherte ihm, der Traum habe gewiss eine gute Bedeutung. Aber auch er glaubte, dass keiner von ihnen den Tag überleben würde.

Bald hatten sie ihren Tee getrunken und waren bereit zum Angriff. Jetzt warteten sie nur noch auf das Signal. Das erste Morgengrauen kündigte sich am Nachthimmel an. Lange Zeit rührte sich nichts, und die wartenden Soldaten begannen unruhig zu werden. Endlich tauchte der Hauptmann auf, aber er wies Mitsos an, seinen Posten zurückrufen. Die *kápes* sollten sie stehen lassen. Dann solle er seine Soldaten zusammensammeln und alle sollten mit ihrem Gepäck zwei Kilometer hinter die Front kommen und dort auf weitere Anweisungen warten. „Mit dem Gepäck?" wunderte sich Mitsos. „Also machen wir doch keinen Angriff! Um den sind wir anscheinend herumgekommen! Aber wieso? Da ist etwas im Gange; irgendetwas stimmt da nicht!"

An der bezeichneten Stelle sammelte sich die ganze Kompanie; alle waren verwundert, gespannt. Auch der Hauptmann wusste nicht, was los war.

Nach einiger Zeit kam ein berittener Major und hielt eine Ansprache: „*Paidhiá*,[27] ich bringe euch eine traurige Nachricht: Nach Italien hat nun eine weitere, noch stärkere Großmacht unsere Heimat angegriffen. Das deutsche Heer ist von Bulgarien aus in Griechenland eingefallen, hat die Grenztruppen überwältigt und rückt auf griechischem Boden vor. Wir müssen dort zu Hilfe eilen, müssen nach Griechenland zurück und bei Sarandáporos und Elassóna wie unsere Väter in einer weiteren, heldenhaften Schlacht unsere Heimat verteidigen..." – „Ja ja, rede du mal schön!" dachte Mitsos bei sich. „Was sollen wir wohl noch für eine Schlacht schlagen? Erschöpft, halb verhungert, verlaust, zerlumpt, mit verrotteten Waffen... Wir können froh sein, wenn wir überhaupt wieder auf griechischem Boden gelangen!"

Immerhin war ihnen der aussichtslose Angriff auf die italienischen Stellungen erst einmal erspart geblieben. Heimlich und leise zogen sie sich weiter zurück; die *kápes*, die zeltartigen Mäntel der Wachen, ließen sie stehen, damit die Italiener nicht sofort merkten, dass sie fort waren. Auf diese Weise bekamen sie

---

[27] Das griechische *paidhiá* (Kinder) wird häufiger als im Deutschen und auch für Erwachsene benutzt und bedeutet dann etwa „Jungens, Kameraden, Männer, Leute, ... "

einen guten Vorsprung, bevor die Italiener die Verfolgung aufnahmen. Und so begann der Rückzug des griechischen Heeres aus Albanien.

Schon am 6. April hatte das deutsche Heer Griechenland von Bulgarien aus angegriffen, nachdem Ministerpräsident Koryzis die Forderung der Deutschen, die Zusammenarbeit mit den Engländern zu beenden, abgelehnt hatte. Die griechischen Grenzposten konnten die ersten drei Tage trotz schwerster Angriffe ihre Stellungen halten. Danach drangen die Deutschen jedoch über die weniger stark geschützte jugoslawische Grenze ein, gelangten hinter die Linien und marschierten ungehindert Richtung Thessaloniki. Nun brach die bulgarische Front innerhalb weniger Tage zusammen, während sich englische, australische und neuseeländische Truppen an der vorbereiteten Linie südlich von Thessaloniki konzentrierten, um hier die deutsche Armee abzufangen. Dadurch gerieten die griechischen Truppen in Albanien in Gefahr, abgeschnitten zu werden, während gleichzeitig die Fortsetzung des Kampfes hier im Norden sinnlos geworden war. So wurde am 12. April der Befehl zum Rückzug gegeben. Es war dabei höchste Eile geboten, damit die griechischen Truppen nicht zwischen das italienische und das deutsche Heer gerieten. Der Rückzug der griechischen Truppen erfolgte fluchtartig und regellos: Das Heer löste sich in Verwirrung auf.

Freilich brach auch die von den Engländern organisierte Verteidigung auf der Olymp-Linie unter dem massiven Ansturm der Deutschen schnell zusammen, genau wie die Griechen befürchtet hatten. Während die griechische Regierung sich unentschlossen und entscheidungsunfähig zeigte, unterschrieben wenig später griechische Offiziere auf eigene Faust die Kapitulation.

Der Rückzug

Den ganzen Tag marschierte das griechische Heer nach Süden. Das 34. Bataillon, in dem Mitsos diente, war am weitesten vorgedrungen und sollte nun den Rückzug decken. Sie wanderten ohne Pause. Mitsos warf all sein Gepäck weg außer einer leichten Decke, seinem Gewehr und der Munition. Hundertzwanzig Kilometer hatten sie bis zur Grenze zurückzulegen. Das war für alle ein Gewaltmarsch, und für so manche Soldaten war es nicht mehr zu schaffen. Die Männer waren erschöpft, verwundet, viele hatten schlimme Erfrierungen an den Füßen. Dutzende blieben zurück, lagen links und rechts am Weg und flehten die Vorüberziehenden an: „Nehmt uns mit, nehmt uns mit!" Aber wie sollten sie jemanden mitnehmen, wo ihre Füße kaum sie selbst trugen? Transportmittel gab es nicht...

Sie marschierten den ganzen Tag. Nachmittags hatten sie den breiten, reißenden, durch die Schneeschmelze angeschwollenen Fluss Devoll zu überqueren, an dem die Straße schon über eine weite Strecke entlang geführt hatte. Es gab nur eine Brücke weit und breit, nämlich dieselbe zerstörte, durch eine Holzkonstruktion reparierte Brücke, die sie auch auf ihrem Vormarsch benutzt hatten. Die Überquerung zog sich hin, da das gesamte Heer über diese Brücke musste. Eine Kompanie wurde dazu abgeordnet, den Rückzug zu decken, das heißt sie musste noch auf der Nordseite bleiben und, falls Italiener auftauchten, die Brücke verteidigen, bis das gesamte griechische Heer abgezogen war. Wieder fiel das Los auf Mitsos' Kompanie. So begaben sie sich neben der Straße in Stellung, während die anderen Kompanien die Brücke überquerten. Die Soldaten hoben schnell provisorische Gräben aus oder versteckten sich im Gebüsch seitlich der Straße. Zweimal flog ein Flugzeug vorbei und nahm die Brücke unter Beschuss; die Soldaten, die sich noch auf der Nordseite befanden, zitterten bei dem Gedanken, sie könnte zerstört werden. Aber glücklicherweise trafen die Bomben nicht.

Es wurde spät. Mitsos' Kompanie wartete immer noch auf der falschen Seite der Brücke. Alle saßen wie auf heißen Kohlen. Ein Trupp von Pionieren stand bereit, um die Brücke zu sprengen, wenn alle drüben waren. Der Major war schon auf der anderen Seite des Flusses und verfolgte von dort aus das Geschehen. Als keine griechischen Kompanien mehr erschienen, fragte Mitsos' Hauptmann beim Major an, ob sie nun auch hinüber dürften, aber der Befehl lautete, zu warten, bis weitere Anweisungen erfolgten. Mitsos' Truppe hatte ein Fernrohr, mit dem der Posten die Straße beobachtete. Plötzlich kam dieser aufgeregt angelaufen: „Mandilaras!! Schnell!! Komm und schau!!" Durch das Fernrohr sahen sie in der Ferne auf der entlang des Flusses verlaufenden Straße eine ganze Abteilung italienischer Soldaten herankommen, teils zu Fuß, teils leicht motorisiert. Mitsos alarmierte den Hauptmann, der meldete es dem Major. Er erhielt die Anweisung: Abwarten und ganz nahe herankommen lassen, erst auf Befehl schießen.

Sie warteten unruhig. Die Italiener kamen näher und näher; jetzt waren sie in Reichweite der Maschinengewehre, aber kein Schießbefehl kam. Noch näher rückten die Italiener heran, wurden langsamer, als sie sich der Brücke näherten. Nun waren die vordersten Soldaten schon in Reichweite ihrer Gewehre. Sie hatten die seitlich der Straße versteckten Griechen noch nicht bemerkt. Erst als die ersten Italiener sich anschickten, die Brücke zu überqueren, erteilte der Major den Befehl: Feuer aus allen Waffen!

Sofort eröffneten die Griechen den Beschuss. Die völlig überraschten italienischen Soldaten hatten keine Chance zur Gegenwehr; sie wurden einfach dahingemetzelt. Tote und Verletzte stürzten übereinander; viele fielen in den Fluss und wurden von den reißenden Wassern davongetragen. Die Luft war erfüllt von Schreien. Mitsos schoss nur auf die Beine, aber was half es? Die breite Straße wurde schwarz von den Gefallenen. Mitsos wandte seine Augen ab, verfluchte sein Schicksal: „Was haben diese Menschen, diese jungen Männer uns nur getan, dass wir sie so hinschlachten müssen? Auch sie wollen den Krieg nicht; auch sie wollen nichts weiter als lebend nach Hause zurückkehren… Wie viele Verwandte in der Heimat werden nun wieder vergeblich warten!"

Hastig zogen sich die überlebenden Italiener zurück. Und nun erhielt auch Mitsos' Kompanie endlich den Befehl zum Abzug. Beim Überqueren der Brücke wurden sie von albanischen Freischärlern, die sich seitlich in den Wäldern versteckt hielten, beschossen, ohne dass jemand getroffen wurde. Während Mitsos' Kompanie so schnell wie möglich davon marschierte, machten sich die Pioniere an die Arbeit. Schon bald hörten sie die gewaltige Explosion. Als sie sich umschauten, sahen sie dicke Holzbalken hoch in die Luft fliegen und klatschend in den Fluss stürzen – von der Brücke blieb nichts übrig.

Es war Abend geworden. Ein prächtiger Vollmond ging über den Bergen auf. Der nächste Tag war der letzte Sonntag vor Ostern, *ton Vaïon*. Und sie marschierten, marschierten, marschierten, die ganze Nacht hindurch – auf die Heimat zu!

Im Morgengrauen erreichten sie Koritza. Hier genehmigte der Hauptmann den erschöpften Soldaten eine halbe Stunde Ruhepause. Mitsos zog sich in den Windschatten zwischen die Büsche zurück. Und kaum hatte er sich hingesetzt, übermannte ihn auch schon der Schlaf. Als er nach einiger Zeit wieder aufwachte, brauchte er eine ganze Weile, bis er sich daran erinnern konnte, wo er eigentlich war und was er hier wollte. Schließlich fiel ihm nach und nach wieder ein, was vorgefallen war: dass er bei Elbasan gewesen war, dass der Angriff nicht stattgefunden hatte, dass sie auf dem Rückzug waren, die Brücke überquert hatten und bei Koritza Pause gemacht hatten, wo er eingeschlafen war. Aber wo war das Heer? Wo waren die anderen? Es war keiner mehr zu sehen! Erschrocken blickte Mitsos sich um – wo musste er hin? Er trat auf die Straße und lief zur nahen Kreuzung. Dort bückte er sich und legte sein Ohr auf den Asphalt, und da hörte er tatsächlich den Schritt der Soldaten – krrrap krrrap – weit weg, aber er konnte die Richtung ausmachen. Nun lief er aber! Er rannte hinterher so schnell er konnte, und in einer halben Stunde hatte er seine Kompanie wieder eingeholt.

Ein Stück hinter Koritza stießen sie auf eine *polyvolarchía* mit ihren Kanonen. Es gab zu wenig Transportfahrzeuge für die Kanonen, weshalb sie von den Soldaten mühselig geschoben werden mussten. Mitsos traf einen Bekannten, einen Freund aus Koronos namens Manolis, der bei dieser Batterie diente. Sie begrüßten sich erfreut, erzählten, wie es ihnen ergangen war und was sie von zu Hause gehört hatten. Mitsos hatte nagenden Hunger und fragte Manolis, ob er etwas zu essen habe. „Etwas Trockenbrot", antwortete der, „aber es ist von Mäusen angeknabbert. Wenn dir das nichts ausmacht…" – „Ach was, immer her damit!" rief Mitsos, der den ganzen vorigen Tag nichts gegessen hatte. Sie teilten sich das mäusezerfressene Trockenbrot. Später kamen Fahrzeuge für die Artillerie, so dass Manolis' Einheit vorausfahren konnte, während Mitsos' Kompanie marschieren musste. Mitsos richtete Grüsse an die Heimat aus, falls der andere das Glück haben sollte zurückzukehren. Post wurde schon seit geraumer Zeit nicht mehr transportiert, und Mitsos' Familie hatte seit langem nichts von ihm gehört. Viel später erfuhr Mitsos, dass Manolis während der Besatzungszeit von einem Offizier in Koronos erschossen wurde, als jemand ihn beim Stehlen einer Ziege erwischte.

Sie erreichten den Bergzug Morava und mussten wieder durch die enge Schlucht zwischen dem Morava und dem Berg Ivanit hindurch. Als sich das ganze Bataillon im Tal befand, flog ein deutsches Flugzeug über sie hinweg. Es bombardierte sie jedoch nicht, sondern warf stattdessen Flugblätter ab: „Griechisches Heer, marschiere unbesorgt voran! Wir werden euch nicht angreifen!" Die deutsche

Armee wollte keine Kämpfe mit dem griechischen Heer, sondern sah ihren eigentlichen Feind in den in Griechenland operierenden englischen Truppen.

Jetzt dauerte es nicht mehr lange und sie erreichten die Grenze und betraten wieder griechischen Boden! Voller Erleichterung küssten die Soldaten die Erde, Hoffnung lebte in ihnen auf. So weit hatten sie es schon einmal geschafft! Es war später Nachmittag geworden. Rundherum wuchs dichter Wald. Die Männer schlugen sich in die Büsche und suchten sich geeignete Plätze zum Übernachten. Ein leichter Nieselregen setzte ein, und die nasse Kälte drang bis auf die Knochen. Es wurde eine sehr ungemütliche Nacht für die Soldaten. Die Offiziere fanden Unterschlupf in einer kleinen, feuchten Kapelle und versuchten vergeblich mit ihren Funkgeräten Verbindung zur Kommandantur aufzunehmen.

Der nächste Morgen dämmerte grau, nebelig und wolkenverhangen herauf. Immer noch nieselte es. Als es ganz hell geworden war, rief der Hauptmann Mitsos zu sich: er solle die Männer seiner Kompanie zum Appell antreten lassen und ihm die Kampfkraft melden. Mitsos schaute sich um, suchte die Büsche, Felsüberhänge und hohlen Baumstämme ab und meldete schließlich dem Hauptmann: „Melde Kampfkraft der Kompanie zur Zeit neun Mann, und ich macht zehn, und Sie macht elf!" Der Hauptmann raufte sich die Haare: Die Kompanie sollte zweihundert Mann umfassen! Die meisten Soldaten, die in der Nähe wohnten, waren einfach davongelaufen und in ihre Dörfer zurückgekehrt. Aber auch fast alle Offiziere hatten sich aus dem Staub gemacht: Sie hatten ihre Truppen führerlos zurückgelassen. Was nun? Wo sollten sie hin?

Die Soldaten waren mit ihren Kräften am Ende. Sie waren erschöpft von ihrem sechsunddreißigstündigen Gewaltmarsch und ausgezehrt von den monatelangen Strapazen und dem schlechten Essen; die letzten zwei Tage hatten sie fast gar nichts zu sich genommen. Ihre Kleidung war schmutzig und zerlumpt, die Stiefel fielen auseinander, viele Männer liefen barfuß. Ein kretischer Feldwebel, der sich aufs Handeln verstand, bot sich an, ins nächste Dorf zu gehen und etwas zu Essen zu besorgen. Alle legten das Geld, das sie bei sich hatten, zusammen; der Hauptmann gab seinen ganzen Monatssold. Der Kreter zog mit einem Maultier los – und kam nie wieder. Sie warteten lange, dann gaben sie auf.

Aus Mitsos' Truppe waren nur noch die beiden Maschinengewehr-Soldaten da, Chasapidis und Chasagiolis, der immer noch tapfer das Maschinengewehr schleppte. Die beiden wohnten in einem Dorf, das in der Nähe von Kozani lag, etwa 70 Kilometer hinter Kastoria. Mitsos entschied, dass es das Beste wäre, sich ebenfalls davon zu machen. Er rief Chasapidis und Chasagiolis zu sich, und sie versteckten sich zunächst in der Nähe im Wald. Nach einiger Zeit bemerkte der Hauptmann, dass nun auch Mitsos fehlte, und sie hörten ihn verzweifelt rufen: „Mandilaras, wo bist du? He, komm zurück, Mandilaras! Hast auch du mich verlassen, der du meine letzte Stütze warst? Was soll ich jetzt anfangen?" Dann fügte er leiser hinzu: „Na, dann haue ich eben auch ab, es hat ja doch keinen Zweck mehr…" Unbemerkt schlich Mitsos mit seinen Begleitern durch den Wald davon.

Der Rückweg nach Athen

Nun waren sie also auf sich allein gestellt. Ihr nächstes Ziel war klar: sie wollten so schnell wie möglich nach Hause! Aber in welche Richtung mussten sie gehen? Nach Süden jedenfalls; bloß nicht wieder nach Albanien zurück! Aber wo war Süden? Die Sonne war hinter dichten Wolken verborgen, die Landschaft von Wolken und Nebel verhüllt, und einen Kompass hatten sie nicht. Chasapidis und Chasagiolis wollten in die eine Richtung gehen, Mitsos plädierte für die andere. Er erinnerte sich daran, was sie im Unterricht bei der Armee gelernt hatten, und schaute nach dem Wuchs der Bäume: Diese wurden auf den Hügelkämmen durch die ständigen Nordwinde nach Süden gebeugt. Ein Weilchen stritten sie sich, dann ging Mitsos einfach los und die anderen beiden folgten ihm schließlich nach.

Nachdem sie einige Zeit durch dichten Wald gelaufen waren, gelangten sie schließlich in offeneres Gelände. Die Nebelwolken rissen auf und die Landschaft wurde erkennbar. „Mandilaras, du hattest recht! Wir laufen richtig!" rief Chasapidis erfreut. Sie kamen an den ersten kleinen Siedlungen und Höfen vorbei. Bei mehreren fragten sie nach etwas zu essen, aber die Menschen schüttelten bedauernd die Köpfe: „Hier ist vor euch schon ein ganzes ausgehungertes Heer durchgezogen! Wir haben nichts mehr!" Schließlich erspähte Mitsos einen kleinen Hof, von dem eine Rauchsäule aufstieg: Es sah so aus, als befeuere jemand seinen Ofen. Schnell gingen sie zum Haus und baten um etwas Essbares. Eine ältere Frau holte ein frischgebackenes Brot hervor. Mitsos wollte gleich zugreifen, aber sie bat ihn, noch zu warten, ging zur Feuerstelle und schmolz ein großes Stück Butter in einem Topf. Dann schnitt sie das Brot seitlich auf und goss die ganze Butter hinein. Selten hatte Mitsos etwas so gut geschmeckt! Sie dankten der Frau herzlich, erhielten Segenswünsche für ihren weiteren Weg und brachen wieder auf.

Bald kamen sie wieder durch Wälder; auf kleinen Pfaden ging es die Berge hinunter, immer das Tal hinab. Gegen Mittag fanden sie ein reiterloses Pferd, das sich mit dem Zügel im Gebüsch verfangen hatte. Es trug Satteltaschen mit der Ausstattung eines Arztes mit chirurgischen Instrumenten; von einem Reiter war aber nichts zu sehen. Froh bestieg Mitsos das prächtige Tier. Nicht lange danach stießen sie auf einen größeren Pfad, dem sie folgten. Plötzlich tauchte ein Offizier vor ihnen auf. Er stellte sich in den Weg und fragte Mitsos, wo er mit dem Pferd hinwolle. „Das nehme ich mit nach Naxos!" antwortete Mitsos forsch. „Wieso interessiert dich das?" – „Steig ab!" befahl der Offizier. „Warum sollte ich das tun?" fragte Mitsos. „Ich nehme das Pferd, gib es mir!" schnauzte der Offizier ihn an. Da brauste Mitsos auf: „Was sagst du da?! Mit welchem Recht willst du mir das Pferd wegnehmen? Weil du Offizier bist, was? Warum bist du dann nicht bei deiner Truppe? Bist wohl davongelaufen, so wie unsere Offiziere auch, was? Na, dann kannst du jetzt auch weiterlaufen! Schöne Offiziere seid ihr, einfach die Soldaten im Stich lassen! Jetzt scher dich zum Teufel und zwar schnell! Hau ab oder ich schieße!" und er lud sein Gewehr. Eingeschüchtert zog der Offizier sich zurück.

Später kamen sie durch ein größeres Dorf. Ein älterer Mann stand an der Straße und sah sie kommen. Er begrüßte sie und sagte dann mit ernster Miene zu Mitsos: „Mein Junge, ich will dir einen guten Rat geben und hoffe, dass du auf ihn hören wirst. Du kommst aus Albanien, bist heil aus dem Krieg zurück. Nun möchtest du sicher auch lebend deine Heimat erreichen, deine Verwandten wiedersehen, deine Mutter, die dich geboren hat, nicht wahr? Also, dann rate ich dir, lass das Pferd hier! Ganz Nordgriechenland wimmelt von Gewehren und Patronen und von vagabundierenden Soldaten oder Dieben, die nur allzu schnell für ein Pferd jemanden erschießen würden. Glaube mir, du würdest zu Pferd nicht weit kommen! Gib es mir, ich werde dich gut bezahlen. Geh du dann zu Fuß und in Sicherheit nach Hause. Wie viel willst du haben?"

Mitsos ließ sich überzeugen und meinte, der Mann solle ihm geben, was er wolle; er wisse sowieso nicht, was ein Pferd jetzt koste. Der Mann holte ein Bündel Scheine aus der Tasche und gab Mitsos das Geld; der stieg vom Pferd herunter. Sie verabschiedeten sich und kauften sich als erstes im Dorf etwas zu essen. Mitsos war gut bezahlt worden: Mit dem Geld kam er bis nach Athen.

Bald darauf kamen die Wanderer an den großen Fluss Aliákmonas[28], der von der Schneeschmelze mächtig angeschwollen war. Eine Brücke gab es nicht. An der Furt stand ein Dörfler mit einer Stute, der die Soldaten, die in großen Scharen diesen Weg entlang kamen, auf die andere Seite übersetzte. Die Stute kannte den sicheren Übergang, obwohl sie tief im Wasser versank: Mitsos wurde bis zu den Knien nass. Der Dörfler wollte unverschämte 20 Drachmen pro Person – und Mitsos bezahlte; was blieb ihm anderes übrig?

Abends erreichten sie das Dorf, aus dem Chasapidis stammte. Sie wurden von dessen Frau und Eltern überschwänglich begrüßt, durften aber wegen der Läuse nicht gleich herein, sondern mussten sich draußen ausziehen und waschen. Sie bekamen frische Kleidung; ihre Sachen hatten eine gründliche Reinigung nötig! Dann wurden sie hereingebeten und bewirtet – ach, wie schmeckte ihnen das Essen!

Am nächsten Tag gingen Mitsos und Chasagiolis weiter zu dessen Dorf, das ganz in der Nähe lag. Wieder wurden sie herzlich willkommen geheißen. Mitsos lief nun nicht gleich weiter, sondern machte hier eine längere Pause: Insgesamt zehn Tage verbrachte er bei Chasagiolis. Dessen Familie wollte ihn gar nicht mehr fortlassen. Schon nach wenigen Tagen lief er allerdings noch einmal zurück zur Grenze, nach Ieropigi, wo er seinen Anzug abholen wollte. Er dachte sich, dass er in Zivil sicherer sei als in Soldatenkleidung, außerdem hatte er das Khaki gründlich satt. Einen ganzen Tag brauchte er bis Ieropigi. Kurz vor den ersten Häusern traf er auf einen Einwohner, der ihn erkannte und ihn warnte, es seien italienische Soldaten im Dorf, er solle sich bloß nicht erwischen lassen. In der Dämmerung schlich sich Mitsos über kleine Pfade ins Dorf und gelangte ohne Zwischenfälle zum Haus seiner Freunde. Diese waren sehr erfreut, Mitsos zu se-

---

[28] Der Aliakmonas entspringt im Grammos-Gebirge, fließt von da aus nach Osten zum See von Kastoria und dann weiter durch die Gebirge südöstlich von Kastoria bis zur Thessalischen Ebene, wo er in der Nähe von Thessaloniki ins Meer mündet.

hen; die Frau berichtete ihm stolz, dass sie für den Fall seiner glücklichen Rückkehr seinen Anzug schon gewaschen und gebügelt habe.

Mitsos übernachtete bei dem Ehepaar, das ihn freundlich bewirtete. Am nächsten Tag brach er in aller Frühe auf, um zu Chasagiolis' Dorf zurückzukehren. Kurz hinter Ieropigi sah er am gegenüberliegenden Hang drei Männer, Albaner, die auf Raubzug waren. Er sah, wie sie sich bereitmachten, um ihn zu überfallen, sobald er nahe genug heran käme. Umkehren und einen anderen Weg nehmen wollte er nicht, denn das hätte einen großen Umweg bedeutet. Also lud er sein Gewehr, nahm es in Anschlag und näherte sich vorsichtig. Als die drei sahen, dass er bewaffnet war, verschwanden sie, und Mitsos kam ohne Zwischenfälle wieder zu Chasagiolis zurück.

Am Karfreitag beging Ministerpräsident Koryzis Selbstmord, vermutlich weil er sich nicht mit dem König über die weiter zu verfolgende Strategie einigen konnte. Das Land war nun führerlos. Der unentschlossene König war nur auf seine eigene Rettung bedacht. Die Engländer kämpften noch auf griechischem Boden, wurden aber von den Griechen gebeten, abzuziehen, damit das Land von weiteren sinnlosen Kämpfen verschont bleibe. Am Ostersonntag, dem 20. April 1941, unterschrieb General Geórgios Tsolakóglu auf eigene Verantwortung und ohne Wissen der handlungsunfähigen Regierung die Kapitulation des in Nordgriechenland befindlichen Heeres. Dadurch gerieten Tausende von griechischen Soldaten nominell in deutsche Kriegsgefangenschaft, aus der sie jedoch sofort wieder entlassen wurden. Am 23. April verließen König und griechische Regierung Athen und setzten sich nach Kreta ab. Am 27. April rückte die deutsche Armee in Athen ein. General Tsolakoglu wurde am 30. April von den Deutschen als Ministerpräsident des besetzten Landes eingesetzt. Die englischen Truppen zogen nun vom Festland ab und konzentrierten sich ganz auf die Verteidigung Kretas, das von deutschen Fallschirmjägern angegriffen wurde. Es kam zur größten Luftlandeoperation der Militärgeschichte. Kreta wurde von den Engländern und den griechischen Widerstandskämpfern in erbitterten Kämpfen noch bis Ende Mai gehalten; die Deutschen erlitten dort schwere Verluste. Am 31. Mai flohen der griechische König und die Regierung auf einem englischen Schiff nach Ägypten.

Mitsos verbrachte Ostern im Hause von Chasagiolis. Dessen Mutter bemühte sich, sie gut zu bewirten, aber es wurde kein sehr frohes Fest. Griechenland war in die Hände der Deutschen gefallen, die schnell vordrangen. Hier im Dorf waren allerdings noch keine fremden Soldaten eingetroffen.

Kurz nach Ostern gingen Chasagiolis, sein Vater und andere Männer aus der Familie auf die Felder, um sie umzugraben und Getreide zu säen: Der Frühling war gekommen. Hier hatten die Felder tiefgründige und fruchtbare Erde und die Bauern benutzten Schaufeln zum Umgraben, nicht Hacken wie auf dem steinigen Naxos. Mitsos ließ sich auch eine Schaufel geben und zog trotz des Protestes seiner Gastgeber mit aufs Feld. Dann machte er sich an die Arbeit. Zurück im Vollbesitz seiner robusten jugendlichen Kräfte arbeitete er in guter naxiotischer Manier, so dass es den anderen die Sprache verschlug: Er schaffte mehr als alle anderen zusammen, und so bewältigten sie das ganze große Feld an einem Tag. „Mensch, was bist du denn für einer!" staunten die Makedonier. „Du würdest ja die ganze Thessalische Ebene in einer Woche umgraben!" Die Familie versuchte, Mitsos zum Dableiben zu überreden. Am liebsten hätten sie ihm die Tochter zur Frau gegeben, aber die war schon verlobt. Mitsos wollte davon jedoch sowieso nichts wissen: Er sehnte sich nach Hause zu den Seinen zurück. So verabschiedete er sich schließlich und zog, von vielen Segenswünschen begleitet, davon.

Kurz hinter dem Dorf traf Mitsos zwei Soldaten, die ebenfalls auf dem Weg nach Athen waren. Die beiden schlossen sich ihm an, und sie marschierten gemeinsam weiter. Beide hatten keinen Pfennig Geld und liefen barfuß; aber Mitsos hatte genug für alle drei in der Tasche. Die Straße führte zunächst durch das Tal des Aliakmonas. An einer Brücke über den Fluss standen deutsche Soldaten, die die vorbeiziehenden griechischen Soldaten entwaffneten. Die Deutschen machten sich über die klapprigen, alten Gewehre der Griechen lustig, zerschlugen sie am Brückengeländer und warfen sie dann unter die Brücke. Dort, neben dem Fluss, hatte sich schon ein großer Haufen angesammelt.

Am nächsten Tag erreichten sie Kozani. Mitsos ging in eine Bäckerei, um Brot zu kaufen. Das Brot war rationiert, deswegen bekam er nur einen Laib, der allerdings riesig war. Als er gerade aus der Bäckerei trat, fuhr ein deutscher Lastwagen vorbei und zerriss dabei ein über die Straße gespanntes dickes Eisenkabel. Das Kabelende pfiff durch die Luft und schlug Mitsos zu Boden; seine Stirn wurde aufgeschürft.

Hinter Kozani überquerten sie erneut den Aliakmonas, der hier durch ein weites Tal floss[29]. Bald ließen sie die Ebene hinter sich, und es ging wieder in die Berge hinauf. Hier lagen die geschichtsträchtigen Orte Sarandaporos und Elassona, wo Mitsos' Truppen den Engländern bei der Verteidigung gegen die Deutschen hätten helfen sollen. Nun war freilich alles vorbei: Die Verteidigung war vor dem massiven Ansturm der Deutschen zusammengebrochen, und die Engländer hatten sich zurückgezogen. Vor den ersten Hügeln lag in der Nähe der kleinen Stadt Sérvia ein großer Soldatenfriedhof. Zu Hunderten lagen hier die deutschen Soldaten begraben: Die Einnahme der englischen Stellungen auf den Bergen hatte viele Opfer gekostet. Mitsos erschauerte beim Anblick der Gräber: Auf jedem war das Gewehr des Toten aufgespießt mit seinem Helm darauf. Einige deutsche Soldaten bewachten den Friedhof.

Bis nach Elassona waren es über fünfzig Kilometer. Sie wanderten über niedrige Berge und durch enge Täler. Im Osten erhob sich gewaltig und schneebedeckt der Olymp. Während sie die lange Straße entlang zogen, musste Mitsos an die Erzählungen seines Vaters denken, der in dieser Gegend im Ersten Weltkrieg gekämpft hatte. Was hatte er nicht für Geschichten von seinen Erlebnissen erzählt! Auch bei der Rückeroberung von Thessaloniki war er dabei gewesen. Und nun war Mitsos selbst Soldat und hatte in einem Weltkrieg gekämpft! Griechenland war wieder in fremde Hände gefallen, und schwere Zeiten standen bevor. Bislang war er noch ganz gut durchgekommen und hatte alles überlebt. Aber

---

[29] Heute befindet sich an dieser Stelle ein Stausee.

wer weiß, was die Zukunft noch bringen würde! Ob er selbst wohl auch einmal seine Erlebnisse seinen Kindern erzählen würde, so wie sein Vater ihm seine Geschichten erzählte?

Fünfundvierzig Kilometer hinter Elassona erreichten die Wanderer die kleine Stadt Tírnavos. Nun hatten sie fast die Hälfte des Weges geschafft. Mitsos lud seine Gefährten in eine kleine *ouzerí* (Kneipe) am Straßenrand ein. Er bestellte eine Runde Ouzo und ein wenig zu essen; der Anisschnaps war ganz vorzüglich. Ein deutscher Jeep hielt vor der *ouzerí* und zwei Soldaten stiegen aus, kamen in die Kneipe und bestellten sich Ouzo. Mitsos ließ ihnen gleich noch zwei Runden Ouzo bringen mit ein paar Häppchen dazu. Dann bezahlte er alles und trat an ihren Tisch. Er zeigte auf seine zerschlissenen Stiefel und die bloßen Füße seiner Begleiter und bedeutete den Deutschen, dass sie noch bis nach Athen müssten. Und es klappte: Die Deutschen ließen sie mitfahren! Glücklich kletterten sie auf die Ladefläche des Jeeps und los ging's! Mit jedem Kilometer, den sie hinter sich ließen, wurde Mitsos' Herz leichter.

Zwischendurch gab es noch einmal einen Halt: Am Straßenrand stand ein deutscher Jeep, der zwei griechische Soldaten, die die Straße entlang gewandert waren, überfahren hatte. Mitsos und seine Begleiter mussten die Toten begraben. Sie durften nicht in ihre Taschen schauen, um ihre Namen herauszufinden; die beiden wurden einfach verscharrt, ohne dass jemand etwas von ihrem Tod erfuhr…

Bis nach Lamía, über hundert Kilometer, konnten sie mitfahren, dann bog der Jeep ab. Aber Mitsos und seine zwei Kameraden fanden ein anderes deutsches Fahrzeug, das sie bis nach Thíva mitnahm, weitere 150 Kilometer! Danach gingen sie zu Fuß weiter, aber wieder hatten sie Glück: Kurz hinter Thiva wurden sie von einem griechischen Lastwagen mitgenommen, der bis nach Athen fuhr. Irgendwo in der Stadt stiegen sie aus. Es war mitten in der Nacht. Über drei Wochen waren vergangen, seitdem sie in Elbasan losmarschiert waren. Nach den 120 Kilometern in Albanien hatten sie noch fast 600 Kilometer in Griechenland zurückgelegt, davon etwa 350 zu Fuß.

Sie waren wieder daheim. Die beiden anderen gingen ihrer Wege. Mitsos war erschöpft und verwirrt; er kannte sich nicht mehr aus und fand sich nicht zurecht. Im Morgengrauen traf er schließlich jemanden, den er nach dem Weg fragen konnte; der Mann brachte ihn nach Kypseli, wohin er selbst unterwegs war. Dort fand Mitsos den Weg zum Haus seines Bruders Nikos. Er klopfte an und rief. Wenig später hörte er die verschlafene Stimme seines Bruders, der wissen wollte, wer da sei. Als Mitsos seinen Namen nannte, war die Überraschung und Freude groß: Sie hatten ihn schon tot geglaubt. Nikos kam schnell zur Tür und öffnete. Auch er war in Albanien gewesen und kurz vorher von dort sehr abgemagert und in schlechter Verfassung zurückgekehrt; er hatte sich Verwundungen zugezogen und eine Lungenentzündung, die nicht mehr ausheilte. Nikos wollte Mitsos sogleich ins Haus ziehen, aber dieser meinte, er müsse sich erst einmal draußen entlausen. Also bekam er heißes Wasser und frische Kleidung. Seine alte Kleidung warf er weg, nachdem er die *Ágia Epistolí*, die sich noch immer darin befand, herausgenommen hatte.

Nun war er endlich, nach all den Strapazen, wieder zu Hause! Kaum konnte er glauben, dass tatsächlich alles überstanden war, dass er heil angekommen war, dass er überlebt hatte und in Sicherheit war. Auch seine Familie war ganz aus dem Häuschen, ihn wieder bei sich zu haben; die gesamte Verwandtschaft kam, um ihn zu begrüßen. Sie hatten Mitsos schon aufgegeben, weil sie so lange nichts mehr von ihm gehört hatten. In Koronos war sogar schon die Totenmesse für ihn gelesen worden!

Kapitel 8: Die Besatzungszeit

Η σκλαβιά πικρό φαρμάκι – μάυρη κι άραχλη ζωή.
Φασιστάδες, μάυροι δράκοι – μας πατήσανε τη γη.
Σφάζουν, δέρνουν κι ατιμάζουν – και ρημάζουν τα χωριά,
κι ότι βρουν όλα τ᾽ αρπάζουν – μαθημένοι στη κλεψιά.
...
Και πετιούνται λεοντάρια – από μέσα απ᾽ τη σκλαβιά,
αντριομένα παλληκάρια – που ζητούνε λευτεριά.
Λευτεριά, ουράνιο δώρο, Λευτεριά, τρανή θεά,
στενό πια δε θάχεις χώρο – θάχεις σύνορα πλατιά.

Αντάρτικο τραγούδι

Das Jahr neigt sich dem Ende zu: Es ist Ende November. In der letzten
Woche hat es endlich gut geregnet: Mehrere Tage lang war es regnerisch
und stürmisch. Heute hat sich das Wetter wieder beruhigt und es ist ein
strahlender, frischer Morgen mit herrlichen Farben, der einzigartige ägäi-
sche Wintertag. Die Insel hat sich in ihr grünes Winterkleid gehüllt:
Überall sprießt und wuchert es – dichtes Gras, emsig hervorschießende
Kräuter und hier und da schon ein paar Farbtupfer: erste vorwitzige
Anemonen und zwischen den Steinen einige schüchterne Krokusse.

Mitsos ist heute schon früh unterwegs gewesen und hat auf den benachbarten Feldern die ersten *chórta* gepflückt, das beliebte Wildgemüse:
Löwenzahn und andere rosettenartig wachsende Korbblüter. Fleißig hat
er die im Schutz der Sträucher an den Feldrändern wachsenden Blattrosetten ausgestochen; und nun kommt er mit seiner wohlgefüllten Tüte zu
uns herein. Er schüttet die *chórta* in eine große Schüssel, setzt sich dann
vor den Kamin und wärmt sich am munter prasselnden Feuer. Das ver-
brennende Olivenholz strahlt eine behagliche Wärme aus und verströmt
einen herrlichen Wohlgeruch: der Geruch des naxiotischen Winters.

Wir setzen uns auf niedrigen Hockern vor das Feuer und beginnen,
die *chórta* zu putzen. Das ist viel Arbeit: Von jeder Rosette müssen sorgfältig die Wurzel abgeschnitten und die welken Blätter entfernt werden.
Danach werden die *chórta* gründlich gewaschen und dann kurz in Salzwasser gekocht. Man isst sie mit Öl und Zitronensaft übergossen. Dazu
passen am besten Kartoffeln, die Nikos in der Pfanne über dem Feuer
schön knusprig brät.

Während wir so dasitzen und arbeiten, beginnt Mitsos zu erzählen:
„Endlich gibt es wieder *chórta*!" ruft er. „Auf die habe ich mich schon ge-
freut! Da, schau, nur *radhíkia* habe ich gesammelt, die bitteren, und hier
und da eine *galatsídha* und ein *chiroboskó*. Das sind die leckersten und die
gesündesten außerdem. Die reinste Medizin! Für den Magen, für die Le-

ber, ja sogar für die Augen. Wenn man jeden Tag *chórta* essen könnte ... etwas Besseres gibt es nicht! Ja, wenn ich daran zurück denke – während der Besatzungszeit, da haben die Menschen praktisch nur *chórta* gegessen, den ganzen Winter über. Brot gab es keins mehr und Fleisch schon gar nicht, keine Kartoffeln, keine Bohnen, nichts. Wie viele sind damals verhungert! Und wenn es nicht die *chórta* gegeben hätte, dann wären wohl alle verreckt, das ganze Dorf! Die haben uns gerettet damals, die *chórta*, gesegnet mögen sie sein! Ich bin freilich nur zwei, drei Male zum Sammeln in die Livadia gelaufen – ja, das eine Mal hatte ich meine Pistole dabei, und das wäre mir fast noch zum Verhängnis geworden..." und so spinnt sich die Erzählung fort, Erinnerungen quellen hervor an die Zeit der italienischen Besatzung, die schlimmste Zeit, die das Dorf Koronos durchmachte.

Hungersnot

...Σε τούτο το σπίτι με τις πολλές καμάρες, τις πολλές φτωχοφαμίλιες
τα παιδιά κρυώνουν, οι γυναίκες κρυώνουν,
βάζουν στις πλάτες τους εφημερίδες, φασκιώνουν τα πόδια τους σαν άρρωστα μωρά.
Τ' άδεια κατσαρόλια κουδουνίζουν μόνα τα μεσάνυχτα.
Ο πεθαμένος έμεινε τρεις μέρες στο σιδερένιο κρεβάτι.
Μεγάλες μύγες κάθονταν στο στόμα του. Αυτός δεν πεινούσε.
...
Γιάννης Ρίτσος, Η Τελευταία π.Α. Εκατονταετία

Mitsos blieb nur kurze Zeit in Athen, nachdem er aus dem Krieg zurückgekehrt war. Schon nach wenigen Tagen brach er nach Naxos auf, voller Vorfreude auf das Wiedersehen mit seinen Eltern. Die Überfahrt nach Naxos verlief ohne Zwischenfälle; und so kam er endlich wieder in sein Heimatdorf. Seine Eltern waren überglücklich, ihren schon tot geglaubten Sohn wieder bei sich zu haben. Auch die übrigen Verwandten und Nachbarn begrüßten ihn erfreut. So mancher Scherz wurde darüber gerissen, dass seine Familie für ihn schon die Totenmesse gehalten und *kólliva*[30] serviert hatte.

Als die erste Begrüßungsfreude sich gelegt hatte, fragte Mitsos nach seiner Freundin Vasso. Er erfuhr, dass sie inzwischen geheiratet hatte, und war zutiefst enttäuscht! Am meisten ärgerte es ihn, dass sie einen dummen und hässlichen, ja fast verwachsenen Mann geheiratet hatte. Dieser hatte die stolze und schöne Vasso schon länger umworben, und sie hatte Mitsos erzählt, ihre Mutter wolle, dass sie ihn heirate, da er einer der „Reichen" des Dorfes war: Er war Bäcker. Vassos Mutter hatte einen Witwer mit zwei Kindern aus erster Ehe geheiratet und war

---

[30] *Kólliva* heißt die auf Beerdigungen und bei Gedenkfeiern servierte Speise aus gekochtem Weizen mit Mandeln, Nüssen, Zucker, Petersilie und Rosinen. Der Ursprung dieses Brauches liegt in der antiken Sitte, auf das Grab Getreide zu streuen zur Versinnbildlichung der Hoffnung auf ein Weiterleben nach dem Tode (s. a. S. 58).

nicht besonders glücklich mit diesem Mann, der erheblich älter war als sie. Sie hatte selbst ein Auge auf den schmucken, jungen Mitsos geworfen und sich darüber geärgert, dass er ihr keine Aufmerksamkeit geschenkt hatte; nun gönnte sie ihm auch ihre Tochter nicht. Sie erzählte Vasso, dass Mitsos ein Frauenheld sei, hinter dem alle Weibsbilder her wären und der ihr bestimmt nicht treu bliebe. Außerdem war er ihr zu arm. So ließ sich Vasso überzeugen und heiratete den Bäcker.

Mitsos war entsetzt, wie schnell Vasso ihn vergessen und der Heirat zugestimmt hatte. Er dachte kaum noch an den Brief, den er vom Wachtposten aus geschrieben und mit dem er sie freigegeben hatte. Aber auch Vasso war unzufrieden. Bei ihrem ersten Zusammentreffen machte sie Mitsos schwere Vorwürfe wegen seines Briefes, aufgrund dessen sie geglaubt habe, er werde nicht zurückkehren. Bis heute kann Mitsos es nicht verwinden, dass seine schöne, lebenslustige Geliebte den hässlichen Bäcker heiratete. Die Ehe verlief nicht besonders glücklich: Eines der drei Kinder, die sie bekamen, war behindert, und die beiden anderen brachten es nicht weit im Leben; sie blieben unverheiratet und bereiteten ihrer Mutter viele Sorgen.

Mitsos blieb zunächst für fast ein Jahr in Koronos und half seinem Vater bei der Versorgung und Bewachung der Herde. Naxos wurde nach der griechischen Kapitulation, wie viele griechische Inseln und große Teile des südlichen und westlichen Festlandes, vom italienischen Heer besetzt (Athen und Thessaloniki sowie Westkreta und einige weitere Inseln besetzte das deutsche Heer, und Teile Nordgriechenlands fielen unter bulgarische Besatzung). Es kamen etwa zweitausend italienische Soldaten auf die Insel, und das Joch der Fremdherrschaft lastete schwer auf der Bevölkerung. Die Besatzermächte beuteten die Ressourcen Griechenlands gnadenlos aus sowohl zur Versorgung ihrer Heere als auch für Lieferungen an die Mutterländer. So nahmen die Italiener auf Naxos die Hälfte der Ernte für sich in Anspruch – ein schwerer Aderlass.

Schon zu Kriegszeiten war das Leben in den Bergdörfern ganz wesentlich erschwert worden, nicht nur dadurch, dass ein großer Teil der jungen Männer im Krieg war, sondern auch dadurch, dass die Maultiere der Dörfler beschlagnahmt worden waren: Für die Bedürfnisse des griechischen Heeres wurden in allen Regionen Griechenlands die Hälfte der Maultiere rekrutiert. Auf Naxos hatte der für das Eintreiben dieser Abgabe zuständige Grieche veranlasst, dass sämtliche Maultiere (und auch einige besonders große Esel) aus den Bergdörfern beschlagnahmt wurden; die Maultiere der niedrigeren Regionen wurden dagegen mit der Begründung verschont, sie würden für das Betreiben der Schöpfbrunnen gebraucht. Damit wurde das Leben für die Bergbewohner dramatisch erschwert: Für die Erhaltung einer Familie war ein Maultier damals unentbehrlich, sowohl für das Pflügen der Felder als auch für Transporte aller Art.

Am schlimmsten traf es auf Naxos das Dorf Koronos. Der Abbau des Schmirgels war gänzlich eingestellt worden. Damit fiel die einzige Einnahmequelle der Koronidiaten weg, und sie konnten ihre Schulden bei den Lebensmittelhändlern nicht tilgen, geschweige denn neue Vorräte kaufen. Vom produzierten Getreide,

Wein und Öl beschlagnahmten die Italiener die Hälfte oder noch mehr. Wer dagegen protestierte, wurde geschlagen oder inhaftiert.

Wer konnte, versteckte seine Vorräte, solange er noch welche besaß, in verborgenen Kellerräumen, in zugemauerten Kammern, hinter doppelten Wänden und auf den Feldern in alten, tief in die Erde gegrabenen Höhlen, deren Eingänge verborgen in den Terrassenmauern lagen und die einst die Vorväter als Verstecke vor den Piraten angelegt hatten. Leider gab es jedoch auch Verräter, die solche Verstecke den Italienern preisgaben. Die Italiener konfiszierten nach Belieben, was immer sie an Vorräten finden konnten, kontrollierten die Öl- und Getreidemühlen und nahmen ihren Anteil und darüber hinaus. Auch von den Herden beschlagnahmten sie, was ihnen gefiel; und manchmal schlachteten sie die einzige Milchziege eines armen Familienvaters, wodurch sie seine kleinen Kinder zum Hungertod verurteilten. Es gab aber natürlich auch italienische Soldaten, die sich anständig verhielten und ein gutes Verhältnis zu der griechischen Bevölkerung hatten.

Schon im Winter 1941/42, im ersten Winter der Besatzungszeit, wurde in Koronos praktisch nichts mehr angebaut: Ohne ihre Last- und Pflugtiere konnten die Bauern ihre Felder kaum bewirtschaften. Das Saatgut wurde von der hungernden Bevölkerung aufgegessen; und wenn einer den Versuch machte, einige Kartoffeln einzupflanzen, so wurden sie von seinen hungrigen Nachbarn sofort wieder ausgegraben und verzehrt.

Getreide und Mehl waren kaum zu bekommen: So wie es die Koufitena prophezeit hatte, verfielen die Backöfen unbenutzt. An Fleisch war außer in Hirtenfamilien nicht zu denken. Auch Salz konnte man nicht mehr kaufen; wer in der Nähe des Meeres wohnte, kochte mit Meerwasser. Auf die Produktion von Salz hatte der Staat ein Monopol gehabt; nun wurde die Produktion (auf Naxos in der Lagune südlich der Chora) eingestellt. Das gleiche galt für die Streichhölzer: Die Frauen mussten jetzt besondere Sorgfalt darauf verwenden, das Feuer nicht ausgehen zu lassen.

Bald blieb den hungernden Menschen nichts als das wilde Gemüse. Alles Essbare wurde gesammelt: alle Sorten *chórta*, Brennnesseln, die Blätter der Artischocken und die Triebspitzen der wilden Eichen. Auch davon konnte man leben, solange man Öl hatte. War auch dieses jedoch aufgebraucht, dann blähten sich die Bäuche der Kinder und der Erwachsenen ballonartig auf, und der Tod klopfte an die Tür.

Viele Bergbewohner gingen jeden zweiten Tag hinunter in die Livadia, um von dem dort wesentlich üppiger wachsenden Wildgemüse zu ernten. Sie wurden jedoch meist von den eifersüchtig über ihren Besitz wachenden Bauern vertrieben, selbst dann, wenn sie keine angebauten Feldfrüchte stehlen wollten: Nicht einmal die wilden Kräuter, die auf den Weiden und am Rande der Felder wuchsen, gönnten die Bewohner der Ebenen ihren Nachbarn. Dabei wollten viele besonders religiöse Koronidiaten selbst dann nicht stehlen, wenn sie keine andere Überlebensmöglichkeit mehr hatten: Eher sahen sie zu, wie ihre Kinder verhungerten, als dass sie sich versündigten. Und die Hungersnot forderte viele Opfer:

Insgesamt verhungerte während der Besatzungszeit ein Drittel der Dorfbewohner! Es gab kaum eine Familie, die keine Toten zu beklagen hatte, und manche Familien wurden fast gänzlich ausgelöscht.

In ihrer Not begannen die Familien alles, was sie besaßen, zu verkaufen, und zwar nicht etwa für den tatsächlichen Wert, sondern, von den Händlern schamlos ausgebeutet, gegen jeweils ein paar Kilo mottenzerfressenes Getreide oder Bohnen. Als erstes gaben die Mütter ihre Schmucksachen, alte Goldmünzen, die Ikonen und deren silberne Votivkärtchen her, Gardinen und Tischtücher, die guten Bestecke, die Gläser und alle anderen Kostbarkeiten, die sie besaßen. Dann tauschten sie auch alle entbehrlichen Haushaltswaren des täglichen Gebrauchs ein, die von Wert waren, ihre Möbel, Nähmaschinen und Bettdecken, ja schließlich sogar die landwirtschaftlichen Geräte und die Zinkbleche, mit denen die Dächer der Häuser gedeckt waren und die die Bauern in der Ebene für die Eimer ihrer Schöpfbrunnen brauchten.

So wanderte nach und nach sämtliches Hab und Gut der Koronidiaten in die Tragaia und die „unteren" Dörfer, die Mitgift der Mädchen, die gehüteten Familienerbstücke, Jahrhunderte alte Goldmünzen, kostbare gewebte und gestickte Decken und Tücher. All ihren Besitz, auf den die Koronidiaten so stolz gewesen waren und den sie sich in langen Jahren harter Arbeit erworben hatten, all diesen bescheidenen Reichtum verloren sie innerhalb weniger Jahre an die von ihnen als ungehobelt und dumm verachteten Bauern der unteren Dörfer.

Diese hatten bis zum Krieg einen wesentlich niedrigeren Lebensstandard gehabt und sehr einfach gelebt. Während die Koronidiaten nicht nur Teller, Gläser und Besteck für den alltäglichen Gebrauch hatten, sondern auch Festtagsgeschirr in ihrer guten Stube verwahrten, besaßen die meisten Bauern der unteren Dörfer kein vollständiges Geschirr, sondern aßen aus einer Schüssel, die in die Mitte des Tisches gestellt wurde. Auch ihr Besteck war knapp, so dass sie auf die Felder keine Gabeln mitnahmen, sondern dort mit schnell zurechtgeschnitzten gespaltenen Schilfhalmen aßen. Nun gelangten diese Bauern völlig unverdient in den Besitz all der Kostbarkeiten der Bergdörfer: Vom Schicksal ohnehin begünstigt, kamen sie nun auch noch zu allem denkbaren Hausrat und kompletten Aussteuern sowie Familienschätzen. Und das für jeweils ein bisschen Mehl, verdorbenes Getreide oder ein paar Bohnen, die in besseren Jahren kaum an die Tiere verfüttert worden wären!

Es ist sehr traurig, dass die Bewohner der unteren Dörfer in dieser Zeit der Prüfung nicht die Solidarität besaßen, ihre Nahrungsmittel mit den Bergbauern zu teilen; eher sahen sie dem grausamen Hungertod so vieler unschuldiger Kinder, Mütter und Väter zu, als dass sie freiwillig ihr Gut mit ihnen geteilt hätten. Doch damit nicht genug: Ihnen standen außerdem viele unbezahlte Arbeiter zur Verfügung, denn wer von den Bergbewohnern noch die Kräfte dazu hatte, der ging lieber für einen Teller Bohnensuppe auf den Feldern der Ebene arbeiten, als dass er in Koronos verhungerte. So zogen viele Jungen des Dorfes in die Livadia, wo sie den ganzen Tag über nicht etwa für Lohn, sondern lediglich für eine spärliche Mahlzeit auf den Feldern arbeiteten. Sie säten, pflanzten, hackten, gossen und ernteten; und wenn sie nicht auf den Feldern übernachten mussten, um sie zu bewachen, schliefen sie zusammen mit den Kindern der Bauernfamilie in einem einzigen, verlausten Bett.

Obwohl sie keinen Lohn bekamen, gelang es diesen jungendlichen Arbeitern doch, ihre Familien in Koronos zu unterstützen: Wann immer sie konnten, gruben sie nachts heimlich Kartoffeln aus oder stahlen, was sie sonst bekommen konnten, und trugen dann mitten in der Nacht schwere Säcke mit den erbeuteten Nahrungsmitteln den fünfzehn oder gar zwanzig Kilometer weiten Weg ins Dorf, um ihre Familie, ihre jüngeren Geschwister oder ihre alten Eltern zu ernähren. Dabei waren die Säcke für die oft noch minderjährigen Kinder so schwer, dass sie manchmal nicht in der Lage waren, sie allein hochzuheben: Sie konnten die Säcke nur dann zum Ausruhen absetzen, wenn sie jemanden trafen, der sie ihnen wieder auf die Schulter hob; ansonsten gab es nur zwei, drei Stellen auf dem Weg, wo sie die Säcke auf einem Mäuerchen absetzen konnten. Und so schleppten sie ihre schwere Last in finsterer Nacht, auch bei Regen und Kälte, den über drei Stunden weiten Weg ins Dorf hinauf, etwa sechshundert Höhenmeter aufwärts!

Und als wäre dies alles noch nicht genug gewesen, gab es dann auch noch einige skrupellose Räuber, die bewaffnet an bestimmten Stellen des Weges lauerten und den herankommenden Koronidiaten ihre Lasten abnahmen und sie auch noch verprügelten. Vom weiten Weg erschöpft, hatten nur wenige Dörfler die Kraft, sich zur Wehr zu setzen. Dem berüchtigtsten dieser Räuber wurde allerdings eines Tages von einem jungen *pallikári* aus Koronos der Garaus gemacht. Als dieser mit seinem Sack Wildgemüse und ein paar gestohlenen Kartoffeln von der Chora herauf kam und von dem Räuber angehalten wurde, tat er erschöpft und verängstigt, so dass dieser unbesorgt herantrat. Da hob er jedoch plötzlich seinen Stock und schlug den Räuber so gründlich zusammen, dass man nie wieder etwas von ihm hörte.

Im Laufe der Zeit fielen so viele Dörfler dem Hunger zum Opfer, dass die Überlebenden es kaum mehr schafften, die Toten zu beerdigen. Die Totenglocken wurden nicht mehr geläutet, weil die noch Lebenden bei ihrem Klang verzweifelten, und viele Tote wurden ohne Priester und ohne Totenmesse einfach irgendwo verscharrt. Einmal kam Mitsos' Schwager Nikiforakis morgens zu ihm und bat ihn, ihm zu helfen, einen Nachbarn zu beerdigen. Dieser war einer der *fanaritzídes* des Dorfes gewesen, ein guter, ruhiger Mann, der mit Geschick all die kleinen Töpfchen, Pfännchen, Lampen und anderen Hausgeräte aus Metall hergestellt hatte; ja sogar hübsche kleine Ringe hatte er aus dünnem Blech angefertigt, die die jungen Männer des Dorfes ihren Auserwählten zur Verlobung schenkten. Nikiforakis hatte den Mann am Morgen tot aufgefunden; Familie, Frau und Kinder hatte er nicht gehabt, wer sollte sich nun um seine Beerdigung kümmern? Mitsos und Nikiforakis trugen ihn zum Dorf hinaus und verscharrten ihn auf einem ungenutzten Landstück.

Mit der großen Not und der Erschöpfung der Menschen versank das Dorf in einer Art Starre. Es war all der Dinge beraubt, die einmal seine Substanz ausgemacht hatten: Der Schmirgelabbau, die fröhlichen Feste, die Wertsachen, das Gold, der Stolz der Bewohner, die Reichsten und Tüchtigsten, ja die Auserwählten der Insel zu sein – alles war dahin und verloren! Die Häuser waren verwaist, ihres Schmuckes beraubt, Verfall und Regen preisgegeben. Die Menschen begannen wieder viel über die Prophezeiungen der Koufitena und der *onirevámeni*, der „Träumenden", zu sprechen. War nicht all diese Not vorhergesagt worden? War sie nicht angekündigt worden von den Heiligen? Ja, sie hatten alles gewusst, auch wenn sich die Bewohner der anderen Dörfer über sie lustig gemacht hatten! Aber was half das Wissen? Von allen Dörfern der Insel war gerade das auserwählte Dorf Koronos von der schlimmsten Heimsuchung betroffen! Und der Grund für diese besondere Bestrafung war nicht schwer zu erraten: Sie hatten noch immer nicht der *Panagía*, die ihnen ihre Anwesenheit durch so viele Wundertaten bezeugt hatte, ihre Kirche gebaut...

Mitsos' Erlebnisse auf Naxos

Vergleichsweise am besten erging es in Koronos noch den Hirtenfamilien. Auch diese hatten kein Brot, aber die Milch der Ziegen und Schafe und gelegentliche Fleischmahlzeiten bewahrten sie vor dem schlimmsten Hunger. Außerdem waren die Hirten skrupelloser als die strenggläubigen Bauern: Sie waren sozusagen beruflich an das Stehlen gewöhnt, was sie natürlich auch jetzt fleißig weiter betrieben. Dennoch litten auch die Hirten: Die meisten büßten große Teile ihrer Herden an die Besatzer ein.

Mitsos' Familie war eine der wenigen, deren Herde nur geringe Verluste erlitt. Sie bewachten die Tiere Tag und Nacht, und sobald sie italienische Soldaten kommen sahen, trieben sie die Herde in das dicht bewaldete Landstück von Lakkous, das kaum einsehbar hinter einem kleinen Hügel versteckt lag. So konnten die Italiener nichts finden und mussten stets mit leeren Händen wieder abziehen. Außerdem hatte sich eine Tochter von Kaminaris, Vassara, mit den in Lionas stationierten Italienern angefreundet. Von den meisten Familienmitgliedern wurde sie zwar wegen dieser verräterischen Haltung verachtet, aber sie wehrte so manches Unheil von der Familie ab. Vassara war mit einem kretischen Polizisten, der in Koronos stationiert gewesen war, verlobt gewesen. Dieser war jedoch im Krieg gefallen und so blieb sie unverheiratet.

Mitsos verbrachte einen großen Teil seiner Zeit in Lakkous, wo er die Herde versorgte und bewachte. Eines Tages tötete er eine fast zwei Meter lange, armdicke Vierstreifennatter, die in den *mitátos* eingedrungen war. Als sein Vater jedoch am nächsten Tag zum *mazomós* kam und die tote Schlange sah, raufte er sich die Haare: Seit Jahren hatte diese auf dem *mazomós* gelebt, und Boublomanolis hatte ihr stets eine Schale Milch hingestellt, damit sie in der Nähe blieb und die Mäuse und Ratten fing.

Manchmal kam Mitsos' jüngerer Bruder Adonis oder einer der Cousins, um ihn für die Nacht abzulösen, damit er nach Koronos gehen konnte. Dann füllte er jedes Mal eine große Feldflasche mit Milch für seine erst fünfjährige Schwester

Maria und die drei Kinder seiner älteren Schwester Koula. Als er sich eines Abends in der Dämmerung dem Dorf näherte, sah er ein ganzes Stück vor den ersten Häusern plötzlich einen Menschen, der auf allen Vieren dahinkroch. Als er näher kam, erkannte er Vrestas, einen der *onirevámeni,* der Propheten. „Was ist denn mit dir los?" fragte Mitsos verwundert. „Ach Mitso, ich kann nicht mehr", stöhnte der Mann und versuchte sich mit letzter Kraft aufzurichten, „mit mir ist es aus! Ich schaffe es nicht mehr bis ins Dorf…!" Mitsos holte seine Feldflasche aus dem Gürtel und gab sie Vrestas; der hob sie an den Mund und leerte die halbe Flasche in einem Zug. Dann gab er sie ihm zurück und bedankte sich: „Mensch Mitsos – mögen deine Gebeine geheilt werden! Du hast mich gerettet! Du hast mich ins Leben zurückgeholt!" Und damit stand er auf und ging ins Dorf, als wäre nichts gewesen.

Vor seiner Freundschaft mit Vasso hatte Mitsos eine Zeit lang eine Beziehung mit einem anderen Mädchen gehabt: mit Maria Manolas aus der Sippe der Christákidhes. Diese war besonders freundlich und gutmütig und dazu außergewöhnlich schön. Mitsos war sehr verliebt in sie und erwog, sie zu heiraten. Maria stammte jedoch aus einer der ärmsten Familien des Dorfes und hatte keinerlei Mitgift. Sie hatte fünf Schwestern und nur einen Bruder, der als Jüngster der Familie vor der unlösbaren Aufgabe stand, alle seine Schwestern verheiraten zu müssen, bevor er selbst an eine Heirat denken konnte. Außerdem war Maria nur zwei Jahre jünger als Mitsos, darum waren seine Eltern gegen die Verbindung, und so trennte Mitsos sich schließlich von ihr.

Später freundete Maria sich mit einem Cousin von Mitsos namens Giorgos an. Eines Tages kam dieser zu Mitsos und sagte, er wolle ihm eine Frage stellen, die er ihm ehrlich beantworten solle. Dann fragte er ihn, ob er noch Absichten mit Maria habe, und als Mitsos verneinte, eröffnete er ihm, dass er sie heiraten wolle. Mitsos sagte, er habe nichts dagegen, sie hätten seinen Segen, und er versprach ihm, dass er an Maria nicht mehr denken würde. Mitsos mochte seinen Cousin gern: Dieser war ein rechter *pallikári* und ein ehrlicher und sympathischer Mann. Kurz darauf heirateten die beiden. Im selben Jahr ging Mitsos nach Athen. Später hörte er, dass Maria, die mit ihrer Familie nun ebenfalls in Athen wohnte, eine Tochter bekommen hatte, die Irini getauft wurde. Dann brach der Krieg aus. Giorgos, zwei Jahre älter als Mitsos, wurde eingezogen und kam wie Mitsos nach Albanien an die Front. Er überlebte viele gefährliche Schlachten und erwies sich als tapferer Soldat. Aber als seine Truppe schließlich zum Ausruhen zurückgerufen wurde, tötete ihn eine Granate, als er am Fluss seine Strümpfe wusch.

Als Mitsos nun nach Naxos zurückkehrte, begegnete er der verwitweten Maria, die wieder in Koronos lebte. Maria besuchte ihn, um sich zu erkundigen, ob er ihren Mann in Albanien getroffen hätte, und bat ihn, ihr vom Krieg zu erzählen. Sie stand nun völlig mittellos da. Ihre Eltern waren bettelarm, ihre Geschwister lebten in Athen. Maria versuchte, Mitsos wieder für sich zu gewinnen, und hoffte sehnlichst, er möge sie heiraten, aber das kam für ihn nicht in Frage. Er half ihr jedoch in diesen schweren Zeiten und lebte in dem einen Jahr auf Naxos mehr oder weniger mit ihr zusammen: Er versorgte sie mit Milch, Essen und

Feuerholz und verbrachte auch viele Nächte mit ihr. Die kleine Tochter Irini erkrankte im Winter schwer und starb schließlich; sie beerdigten sie ohne Priester. Nicht lange danach verließ Mitsos die Insel und ging auf der Suche nach einem besseren Schicksal nach Athen. Maria überlebte die Besatzungszeit und zog danach wieder nach Athen. Dort heiratete sie nach einiger Zeit erneut, einen guten Mann, mit dem sie doch noch ihr Glück fand. Mitsos sah sie noch einmal viele Jahre später, als sie in Athen zur Beerdigung seiner Mutter kam.

Das erste Opfer der Besatzungszeit in Mitsos' Familie wurde der älteste Sohn Nikos. Aufgrund der schwierigen Lebensbedingungen und einer tiefen Depression schaffte er es nicht, sich von seinen Verletzungen und der aus Albanien mitgebrachten Lungenentzündung zu erholen, und wurde schließlich in sehr schlechter körperlicher und psychischer Verfassung ins Krankenhaus eingeliefert, wo er nach einigen Monaten starb. Seine Verwandten wurden nicht benachrichtigt, so dass sie ihn nicht beerdigen konnten. Sein Tod war ein schwerer Schlag für die Familie. Mitsos war über den Verlust seines geliebten Bruders zutiefst erschüttert. Als er vier Jahre später heiratete, benannte er seinen ersten Sohn nicht nach seinem Vater, wie es üblich ist, sondern nach seinem verstorbenen Bruder. Nikos' Frau Sofia heiratete nicht wieder. Zusammen mit ihrer kleinen Tochter Katerina wohnte sie weiterhin in Kypseli.

Während seiner Zeit auf Naxos blieb Mitsos nicht ständig in Koronos, sondern ging oft zu seinem Bruder Jannis in die Chora, half dort in dessen Lebensmittelgeschäft oder verrichtete für einen bescheidenen Lohn irgendeine Arbeit, die ihm sein Bruder vermittelte. Jannis' Schwiegervater Politikakis stand mit den Italienern auf gutem Fuß; er beförderte sie mit seinem Boot, und sie kamen oft in seine Taverne, um einen Schnaps zu trinken und eine Kleinigkeit zu essen. Im Laufe der Zeit lernte er etwas Italienisch. Auch Jannis machte gute Geschäfte mit den Italienern und kam auf diese Weise vergleichsweise gut über die Runden. Er versuchte, Mitsos zu überreden, ganz zu ihm in die Chora zu kommen, aber dem gefiel es dort nicht, und außerdem wollte er seinen Vater mit der Herde nicht allein lassen.

Im späten Oktober brannte Boublomanolis seinen Schnaps, und als Mitsos das nächste Mal in die Chora ging, bekam er eine Fünf-Liter-Flasche für Jannis mit. Mitsos brach sehr zeitig auf, um Diebe und italienische Kontrollen möglichst zu vermeiden, aber als er im Morgengrauen kurz vor der Chora an einem italienischen Posten vorbeikam, wurde er von der Wache angehalten. Die Soldaten nahmen ihm die Flasche mit dem *rakí* ab; dann ließen sie ihn weiterziehen. Mitsos eilte in die Stadt zu seinem Bruder und berichtete ihm, was vorgefallen war. Jannis machte sich schnurstracks zum italienischen Posten auf und forderte die Flasche zurück. Als die Italiener Jannis erkannten und erfuhren, dass die Flasche für ihn bestimmt gewesen war, entschuldigten sie sich und gaben sie heraus; sie hatten sie allerdings inzwischen halb leer getrunken!

Im Winter sammelte Mitsos' Mutter viele *chórta* (Wildgemüse) in der Umgebung von Koronos. Es regnete ungewöhnlich viel, so dass nicht nur das wilde

Gemüse üppig spross, sondern auch die Ziegen und Schafe besonders viel Milch gaben. Als Stamata kein Öl mehr hatte, mit dem das gekochte Wildgemüse normalerweise übergossen wird, schüttete sie jeweils eine ganze Kanne Milch in die Schüssel mit den *chórta* – das war nahrhaft und schmeckte auch gut.

Mitsos selbst ging nur zwei, drei Mal zum Sammeln von Wildgemüse hinab in die Livadia, wo die *chórta* besser gediehen als in den Bergen. Einmal war er mit einem befreundeten Koronidiaten unterwegs. Bald fanden sie ein gut bewachsenes Feld und begannen, die Pflanzen auszustechen. Es dauerte jedoch nicht lange, da wurden sie von mehreren in der Nähe arbeitenden Bauern entdeckt. Diese eilten sofort mit ihren Schaufeln und Hacken herbei, um sie zu vertreiben. Mitsos' Freund wollte davonlaufen, aber Mitsos beruhigte ihn: Er hatte eine Pistole, die ihm sein Bruder Jannis von den Italienern verschafft hatte. Mitsos ließ also die Choraiten nahe herankommen, dann zog er seine Pistole und rief: „Wer noch einen Schritt näher kommt, fängt sich eine Kugel!" Da rief einer der Bauern: „He, bist du das etwa, Mandilaras?" Nun erkannte auch Mitsos ihn: Sie waren einmal gemeinsam mit dem Fährschiff nach Athen gefahren und hatten sich dabei angefreundet. Sie begrüßten sich, und der andere meinte: „Sammelt nur so viel, wie ihr wollt! Macht euch keine Sorgen!"

Mitsos und sein Begleiter machten sich also wieder eifrig an die Arbeit. Bald hatten sie den Sack gefüllt und traten den Rückweg an. Ein Stück weiter kamen sie an einem Kartoffelfeld vorbei und gruben schnell noch ein paar Kartoffeln aus; die kamen auch in den Sack. Jetzt mussten sie es nur noch schaffen, unbehelligt wieder ins Dorf zurückzukehren! Aber kurz hinter dem Dorf Melanes trafen sie auf eine italienische Patrouille, die einen Querweg entlangging. Die Italiener winkten Mitsos und seinen Freund sogleich zur Kontrolle heran. Nun wurde es brenzlig: Mitsos trug ja die Pistole! Er ging ganz dicht hinter seinem Kumpanen her und warf dabei die Pistole unauffällig seitlich ins Gestrüpp. Sie fiel unterhalb des Weges in einen Heidestrauch. Die Italiener kontrollierten die beiden, durchsuchten ihre Taschen und leerten auch den Sack aus – alles war in Ordnung, sie fanden nichts Verdächtiges. Also durften sie weiter, auch die Patrouille machte sich wieder auf den Weg. Nachdem sie ihre *chórta* wieder eingesammelt hatten und ein Stück weitergegangen waren, warteten sie, bis die Italiener außer Sicht waren. Dann kehrte Mitsos zurück und holte die Pistole aus dem Heidestrauch.

Ein anderes Mal nahmen ihn mehrere Koronidiaten mit, die in den Livadia Kartoffeln stehlen wollten: Mitsos sollte mit der Pistole falls erforderlich die Feldbesitzer oder Diebe abwehren. Sie fanden bald ein geeignetes Feld, und die Männer begannen eifrig mit dem Ausgraben. Sie füllten für jeden einen Sack, ohne dass jemand sie bemerkte. Abends trug Mitsos den Sack nach Koronos zurück. Unterwegs fand er am Wegesrand noch eine Ziege, die band er an seinem Gürtel fest und nahm sie ebenfalls mit ins Dorf.

Bei einer anderen Gelegenheit war Mitsos mit einem Bruder des Bürgermeisters von Koronos in der Umgebung der Stadt zum Stehlen unterwegs. Auf dem Rückweg kamen sie nahe beim Dorf Kinidaros vorbei. Mitsos' Begleiter ging voran und führte ihn durch bewirtschaftete Gärten. Bald wurden sie von

Kinidarioten entdeckt, die natürlich annahmen, sie wollten etwas aus ihren Gärten stehlen. Mehrere Männer rannten mit Stöcken herbei, um sie zu verjagen oder zu verprügeln. Mitsos stellte seinen Sack ab, ließ die Männer herankommen und rief dann: „Kommt nur und bringt uns um, wenn ihr könnt!" Tatsächlich kam es nicht selten vor, dass die Bergbewohner, die sich beim Stehlen erwischen ließen, gleich von den Bauern erschlagen wurden.

Aber nun rief einer der Kinidarioten: „Was, du bist es, Boublomitsos? Sag das doch gleich!" Es war Morós, einer von vier Brüdern einer berühmten Musikerfamilie aus Kinidaros, den Konitópouli. Moros spielte Geige, seine Brüder *santoúri*[31] und Laute und der jüngste Bruder Vangélis sang dazu. Moros war sehr bekannt auf Naxos: Er galt als der beste Geiger der Insel. Er kannte Mitsos, der sich auf allen Festen und Feiern sehen ließ und, da er so gut tanzte, Zuschauer und Gäste anlockte, worüber die Musiker sich natürlich freuten. Nun fragte Moros, was sie hier wollten. Mitsos erklärte, sie hätten sich in den Gärten verlaufen, seien aber nicht zum Stehlen gekommen. Moros nahm sie mit nach Hause und bewirtete sie; dann zogen sie weiter.

Im Frühjahr ernährten sich die Boublides hauptsächlich von Milch; sie besaßen noch etwa siebzig Tiere. Nur gelegentlich machte Boublomanolis Käse. Die meiste Milch verbrauchten sie sofort für die eigene Familie und die vielen Verwandten. Was sie an Käse produzierten, verkauften sie nicht; der Käse bedeutete ihnen Leben und Überleben in dieser kargen Zeit. Nun mussten sie den *mitátos* noch besser bewachen, damit niemand ihren Käse stahl.

Nachdem es die zahme Schlange nicht mehr gab, hielten sie eine Katze auf der *mándra*, die die Mäuse fangen sollte. Eines Tages entdeckte Mitsos jedoch angefressenen Sauerkäse auf dem Regal. Er legte sich auf die Lauer, um den Räuber zu fangen, zunächst ohne Erfolg. Aber als er einige Tage später frühmorgens in den *mitátos* trat, erwischte er einen großen Kater, wie er von dem Käse fraß. Mitsos hob blitzschnell seinen Stock und hieb dem Kater, der an ihm vorbei ins Freie entwischen wollte, auf den Schädel, so dass er auf der Stelle tot war. Dann steckte er ihn ein, und als er am selben Abend in die Stadt ging, nahm er ihn mit und tauschte ihn bei den Italienern gegen drei *paniótes* ein: Die Italiener aßen Katzen!

Tatsächlich dezimierten die italienischen Soldaten die Katzenbestände der Chora während der Besatzungszeit erheblich. Sie aßen auch Maultiere und Esel, was den Naxioten sehr sonderbar vorkam. Am meisten wunderten sich die Griechen aber über die Angewohnheit der Italiener, Frösche zu essen. Es wird erzählt, dass sie sich einen Spaß daraus machten, einen alten Mann, der am größten Flusslauf der Insel bei Kinidaros wohnte, zum Essen von Froschschenkeln zu zwingen. Allerdings sei dieser schließlich so begeistert von dem Leckerbissen gewesen, dass er im Laufe der Zeit sämtliche Frösche in diesem Tal ausgerottet habe!

---

[31] Ein *santoúri* ist ein harfenähnliches Saiteninstrument, das waagerecht liegend mit kleinen Schlägern gespielt wird.

Mehrmals kamen während der Besatzungszeit entfernte Verwandte zum *mazomós* des Boublomanolis und baten um eine Ziege oder ein Schaf, das sie mit Milch versorgen solle, damit ihre Kinder nicht verhungern müssten. Boublomanolis wollte nichts hergeben; er sagte: „Wenn wir allen, die uns darum bitten, eine Milchziege geben, dann haben wir selbst bald keine mehr!" Mitsos jedoch ließ einen Mann, der weinend zu ihm kam, ein Tier aussuchen, und der nahm ein prächtiges Schaf mit einem kleinen Lämmchen und übertrug Mitsos dafür einen kleinen Olivenhain im Flusstal nach Lionas in einer Flur namens Amádhes. Wenige Jahre später traf Mitsos den Mann mit einer kleinen Herde von fünf, sechs Schafen, der Nachkommenschaft dieser zwei Tiere. So eine Herde war damals viel wert und konnte eine ganze Familie ernähren. Trotzdem forderte der Mann nach dem Krieg den Olivenhain zurück beziehungsweise eine Bezahlung dafür, und zwar nicht wenig: 2000 Drachmen. Mitsos wollte zuerst nicht zahlen und wäre dazu auch nicht verpflichtet gewesen. Aber schließlich überredete ihn sein Onkel Sorakis, und er bezahlte, um Streit zu vermeiden.

Im Dorf Koronos waren keine italienischen Soldaten stationiert. Die nächsten Militärposten lagen in Lionas und in Komiaki. Häufig kamen jedoch italienische Patrouillen durch das Dorf. Einmal trafen mehrere Italiener mit acht Maultieren in Koronos ein und wollten über Nacht bleiben. Die Tiere sollten bei Sorakis untergebracht werden, weil sein Haus im Untergeschoss einen großen Stall hatte und in der Nähe der *Plátsa,* des Dorfplatzes, lag. Die Maultiere wurden also in den Stall gebracht und bekamen ihre Fresssäcke umgehängt; dann schütteten die Italiener in jeden Sack drei Kilo Gerste und gingen danach zum Essen ins *kafeníon*. Kaum waren die Italiener verschwunden, kam Sorakis mit einem großen Sack in den Stall und leerte alle Fresssäcke wieder aus. Über zwanzig Kilo Getreide! Was für ein Segen! Am nächsten Morgen rief er in aller Frühe den Müller und ließ es mahlen. Endlich wieder Brot nach so langer Zeit! Etwas später kam einer der Italiener und führte die Maultiere zur Tränke. Aber keines der Tiere wollte trinken: Hungrige Maultiere trinken nicht, das tun sie stets erst nach dem Essen. Die Italiener begriffen wohl, was geschehen war, aber sie mussten schnell weiter, und so bekam Sorakis keine Schwierigkeiten.

Die italienischen Besatzer machten sich während der Besatzungszeit bei der griechischen Bevölkerung besonders dadurch verhasst, dass sie über die offiziell festgelegten Abgaben hinaus viel stahlen und sich nahmen, was immer ihnen beliebte. So war einmal ein italienischer Soldat nach Pentakrines zwischen Skado und Mesi gekommen und hatte von dem dort ansässigen koronidiatischen Bauern namens Petroúlis eine Ziege verlangt, die er schlachten wollte. Anstatt aber eines der einjährigen Tiere zu nehmen, suchte er sich die einzige Milchziege aus und führte sie trotz der eindringlichen Bitten des Bauern davon. Kaum war der Italiener jedoch außer Sicht, holte Petroulis sein gut verstecktes Gewehr, überholte ihn auf kleinen Pfaden und lauerte ihm hinter einem Felsen auf. Als der Italiener dort vorüber ging, erschoss er ihn einfach, vergrub ihn an Ort und Stelle und führte seine Ziege wieder nach Hause zurück.

Diebesgeschichten

Wie schon erläutert war es unter den Hirten schon immer von Bedeutung gewesen, im Stehlen tüchtig zu sein, aber nun, während der Besatzungszeit, wurde diese Kunst zu einer Überlebensgarantie. Ein besonders berüchtigter Dieb aus Koronos hieß mit Spitznamen „Daïs" (dieses Wort, türkischen Ursprungs, bedeutet etwa dasselbe wie *pallikári*). Auch dessen Vater, der ebenfalls Daïs genannt wurde, war ein berühmter Dieb gewesen, der mit viel Geschick Ziegen stahl. Nur einmal war er selbst bestohlen worden. Das kam so: Daïs wollte ein großes Fest geben und beauftragte seine Freunde am Vortag, ein paar Ziegen für den Schmaus zu stehlen. Die Freunde gingen zu dem *mazomós,* an dem auch die Ziegen des Daïs zusammen mit den Tieren des dortigen Hirten lebten, und stahlen (ob unwissentlich oder mit Absicht, ist nicht überliefert) ausgerechnet die Ziegen des Daïs. Sie brachten sie zu dessen Haus und fragten ihn, was sie mit den Tieren machen sollten. Der kam gar nicht heraus, um die Ziegen anzuschauen, sondern antwortete nur, sie sollten sie sofort schlachten, dann hätten sie ihre Ruhe. Das taten die Freunde, und sie feierten ein gelungenes Fest mit vielen Gästen und leckerem Ziegenfleisch. Ein paar Tage später ging Daïs zum *mazomós,* um nach seinen Tieren zu schauen, aber der Hirte berichtete ihm, seine Tiere seien schon seit einigen Tagen verschwunden. Da begriff Daïs, was geschehen war, und raufte sich die Haare – aber nun war es zu spät!

Der Sohn Daïs also erwarb sich ebenfalls großen Ruhm als Dieb und zog während der Besatzungszeit häufig in die Umgebung der Chora, um dort aus Geschäften oder Lagerräumen etwas zu stehlen, oder um einem Bauern ein Rind oder eine Ziege zu entwenden. Er hatte ein schlaues Maultier mit dem Namen Dóno. Dieses hatte er als einziges Maultier der Bergdörfer vor dem Einzug zum Militär bewahrt, indem er behauptete, es sei lahm. Nun nahm er das Maultier stets auf seine Diebeszüge mit, belud es mit dem Diebesgut und sagte zu ihm: „Nun mach dich auf den Weg, Dono, und lass dich nicht aufhalten! Wenn einer kommt, um dir was wegzunehmen, dann stoße und tritt ihn kräftig und lass ihn nicht an dich heran! Ab mit dir und nicht getrödelt!" Wenn das Maultier losmarschiert war, genehmigte sich Daïs erst einmal ein Gläschen in einer Taverne und lief danach hinterher. Er war mit einer Pistole bewaffnet und fürchtete weder Polizisten noch erzürnte Bauern.

Bald war Daïs überall in der Chora verschrien und gefürchtet, aber die meisten Menschen kannten ihn nur vom Hörensagen. Da er von kleiner Statur war, wirkte er nicht sehr verdächtig. Als er einmal nach einem Raubzug in einer Taverne in der Chora saß, begannen die Leute an den Nebentischen über den berüchtigten Daïs zu reden, der schon wieder mehrere Tiere in der Umgebung gestohlen haben sollte. „Dieser Ganove!" rief einer. „Ich verstehe nicht, was die Polizei macht! Können die ihn nicht endlich mal schnappen?" – „Wenn wir den in die Finger kriegen!" sagte ein anderer. „Irgendwann werden wir ihn schon erwischen! Und dann hängen wir ihn auf!" – „Jawohl!" ereiferten sich andere. „Aufhängen werden wir ihn! Das Fell werden wir ihm über die Ohren ziehen! Der soll uns nicht entwischen!"

Daïs hörte in aller Ruhe zu, dann stand er auf und bezahlte seine Rechnung. Danach wandte er sich an die diskutierenden Choraiten und sagte: „Der Daïs, von dem ihr da die ganze Zeit redet, der bin ich! Nun, wer wollte mich aufhängen? Wer sich mit mir anlegen möchte, der soll vortreten!" Es wurde still in der Taverne, alle guckten, aber keiner wagte sich zu rühren. Also verließ Daïs das Haus und lief in aller Ruhe hinter seinem Maultier her…

Schließlich wurde Daïs aber doch von der Polizei eingesperrt; da man ihm aber nichts wirklich nachweisen konnte, sollte er bald wieder entlassen werden. Daïs hatte allerdings eine bessere Idee. Abends rief er die Polizisten zu sich und schlug ihnen vor, dass sie ihn in der Nacht hinauslassen sollten. Er wisse, wo er ein Rind stehlen könne, das würden sie sich dann teilen. Die Polizisten hatten erst Bedenken, aber auch sie hungerten, und Daïs versicherte ihnen, dass er sich nicht erwischen lassen werde. Also ließen die Polizisten ihn des Nachts hinaus, und er brachte wenig später das Rind, das sie in der Polizeistation versteckten. Dann sperrten sie ihn wieder ein.

Am nächsten Morgen kamen die Choraiten zur Polizei gelaufen und riefen: „Schon wieder der Daïs! Schnell, kommt und sucht, dass ihr ihn endlich erwischt!" – „Was hat er denn gemacht, der Daïs?" fragten die Polizisten. „Er hat uns unser Rind gestohlen! Bei uns ist er heute gewesen und hat uns unser einziges Rind geraubt!" – „Seid ihr ganz sicher?" fragten die Polizisten. „Natürlich! Der Daïs ist es gewesen!" ereiferten sich die Choraiten. „Dann kommt mal mit und schaut!" erwiderten die Polizisten und führten die Bauern zur Zelle. „Hier haben wir euren Daïs. Er war die ganze Nacht hinter Schloss und Riegel! Der kann es nicht gewesen sein. Ist das Rind euch vielleicht einfach davongelaufen?" So mussten die Choraiten unverrichteter Dinge wieder abziehen, und etwas später entließen die Polizisten Daïs, der sich zufrieden mit seinem halben Rind davonmachte.

Seit alters her war ein geschickter und fähiger Dieb wie der Daïs besonders in Hirtenfamilien als Bräutigam für die Töchter beliebt, da er sich und seine Familie gut ernähren konnte. So wird die Geschichte erzählt von einem berühmten Dieb aus Apiranthos, der zwei ebenfalls im Diebeshandwerk sehr geschickte Söhne hatte und eine noch unverheiratete Tochter. Als er seinen Tod herannahen fühlte, rief er seine Söhne zu sich und nahm ihnen das Versprechen ab, dass sie ihre Schwester nur mit einem Mann verheiraten sollten, der ein mindestens ebenso guter Dieb sei wie sie. Nach dem Tod des Vaters beratschlagten die Söhne lange, wer ein würdiger Bräutigam sei und verheirateten die Schwester schließlich mit einem Filotiten, der als ausgezeichneter Dieb bekannt war.

Einige Zeit nach der Hochzeit beschlossen die Brüder, das junge Ehepaar auf seinem *mazomós* zwei Wegstunden südlich von Filoti zu besuchen, um zu schauen, wie es ihrer Schwester erginge. Sie ließen dem Schwager Nachricht überbringen, dass sie ihn am nächsten Tag aufsuchen wollten. Kaum hatte der Schwager diese Nachricht erhalten, lief er zu seiner Frau und rief: „Schnell, Frau, wir müssen den Eber schlachten! Morgen wollen uns deine Brüder besuchen, die werden gewiss den Eber stehlen, wenn wir ihn nicht verstecken! Los, komm, wir wollen ihn schlachten und ihn dann in der großen Truhe verbergen!" Gesagt, getan. Die Brüder kamen und wurden gut bewirtet, man trank und plauderte. Gegen Abend verabschiedeten sich die Besucher und brachen wieder auf. Sie gingen aber nur gerade außer Sichtweite, dann hielten sie an und flüsterten untereinander: „Der Schlaukopf, der Schwager, der hat den Eber geschlachtet und versteckt, damit wir ihn nicht stehlen! Aber den werden wir schon überlisten. Wo mag er ihn versteckt haben?" Sie kamen überein, dass der Eber nur in der großen Truhe versteckt sein könne. Also beschlossen sie, in der Nähe bis Mitternacht zu warten und dann in den *mitátos* einzudringen und den Eber zu entwenden.

In der Zwischenzeit sagte der Schwager zur Frau: „Warte nur ab, deine Brüder haben bestimmt bemerkt, dass der Eber fehlt, und werden gewiss in der Nacht zurückkehren, um ihn zu suchen. Wir müssen Wache halten!" Sie machten aus, abwechselnd je eine Stunde zu wachen, doch bei der zweiten Wache schlief die Frau ein. Die Brüder, die sich unbemerkt angeschlichen hatten, fanden beide schlafend vor, und es gelang ihnen, den Eber geräuschlos aus der Truhe zu holen und aus dem *mitátos* zu tragen. Schleunigst machten sie sich auf den Weg. Der Eber war eine schwere Last, darum verabredeten sie, dass sie ihn immer abwechselnd tragen sollten: Einer wollte jeweils ein gutes Stück vorlaufen und dann dort warten und sich dort ausruhen, bis der andere ihn mit der Last erreiche, dann sollte er den Eber übernehmen und der andere vorlaufen.

Einige Zeit darauf wachte der Schwager auf, fand seine Frau schlafend vor und schaute sogleich in der Truhe nach – sie war leer. Augenblicklich lief er los, hier und da ihm wohlbekannte Abkürzungen benutzend, bis er im schwachen Sternenlicht den einen der Brüder mit der Beute vor sich ausmachte. Seitlich vom Pfad durch die Gebüsche schleichend überholte er ihn; dann stellte er sich unter einen Baum an den Pfad und wartete, bis der andere herankam. „Hier bist du schon?" fragte der, vom Tragen erschöpft, und überreichte ihm den Eber. Der Schwager lud sich das Schwein wortlos auf den Rücken, während der andere eilig vorlief. Dann schlug er sich in die Büsche und brachte den Eber über andere Pfade nach Hause zurück. Der Mann, dem er den Eber abgenommen hatte, lief munter vor, aber schon nach einer kurzen Strecke traf er auf seinen Bruder, der auf ihn wartete. „Wo ist der Eber?!" fragte der voll böser Ahnung. „Der Eber? Den habe ich dir doch gerade übergeben!" rief der andere. „Aah! Der Schwager hat uns überlistet, das Schlitzohr!" Nun gingen sie also ohne Beute nach Hause, aber doch in der tröstlichen Gewissheit, dass sie ihre Schwester einem würdigen Manne anvertraut hatten.

Und dann war da noch der Hausierer aus Koronos, der in den Dörfern der Livadia umherzog und dort seine Waren verkaufte. Die Geschäfte liefen schlecht und ihm ging das Geld aus. Eines Abends kam er hungrig an einem etwas außerhalb eines Dorfes gelegenen Haus vorbei, sah drinnen Licht schimmern und hörte Stimmen. „Hier sollte ich mich nach etwas zu essen umschauen", sagte er hoffnungsvoll zu sich. Auf dem Weg zum Haus kam er am Hühnerstall vorbei, schaute hinein und sah eine Reihe Hühner und einen Hahn auf der Stange sitzen und schlafen. Kurz entschlossen schnappte er die Hühner eins nach dem andern und drehte ihnen die Hälse um, dem Hahn erging es auch nicht besser. Dann stopfte er sie alle zusammen in einen Sack, den er ein Stück weiter versteckte.

Nun ging er zum Haus und klopfte an. Die Bewohner saßen gerade beim Abendessen und luden ihn freundlich ein, mitzuessen. Er setzte sich dazu und sie aßen und tranken gut, unterhielten und amüsierten sich. Schließlich bedankte sich der Hausierer und fragte, ob er seinen Gastgebern nun ein Liedchen singen dürfe. „Natürlich, nur zu, *páno choriané* (Gebirgsdörfler)!" antworteten diese. Also sang der Mann:

„O kókoras pou ékrase kai éferne tin iméra
Mes' to tsouváli ébike me óli tou tin paréa!"

„Der Hahn der krähte in der Früh und brachte uns den Tag,
Der ging mit allen seinen Lieben zusammen in den Sack!"

„Brávo, páno choriané! Pes to páli! Bravo, Nachbar! Sing noch mal!" rief das Ehepaar fröhlich. Nachdem der Hausierer ein Weilchen gesungen hatte, verabschiedete er sich, bekam noch etwas Essen mit für den nächsten Tag, sammelte dann seinen Sack ein und machte sich auf den Weg.

Am nächsten Morgen wunderte sich die Hausfrau, dass die Hühner noch nicht aufgestanden waren, und ging zum Hühnerstall, aber von Hühnern keine Spur! *„Poulí, Poulíiiiii!"* lockte sie, doch vergeblich. „Mann, weißt du, wo die Hühner sind?" fragte sie ihren Mann. „Nein, keine Ahnung – sind sie denn nicht im Stall?" Dann ging ihm plötzlich ein Licht auf: „Ah, jetzt verstehe ich! Das war der *páno chorianós*! Er hat es uns doch sogar selbst gesagt! Und wir Esel haben es nicht kapiert!"

Allgemein waren die Naxioten auch unter den Bewohnern der anderen Inseln als Diebe verschrien. Noch viele Jahre nach dem Krieg wurde in den Fähren, die von Piräus kommend über Naxos nach Ios und Santorini fuhren, vor der Ankunft im Hafen von Naxos folgende Meldung durchgesagt: „Achtung, Achtung! Wir nähern uns dem Hafen von Naxos! Allen Gästen wird empfohlen, sich in den Frachtraum zu begeben und ihr Gepäck zu bewachen!"

Eine andere Anekdote illustriert den Charakter der Naxioten: ein Choraite, ein wahres Unikum, von dem auch viele andere Geschichten erzählt werden, fuhr als junger Mann häufig zur Nachbarinsel Paros und führte dort Schattentheater-Vorstellungen *(Karagiózis)* mit selbstgebastelten Figuren und einem aufgespannten Bettlaken auf. Er hatte dabei großen Erfolg beim Publikum; die Leute aus Paros kamen in Scharen zu seinen Vorstellungen und schauten ihm ausdauernd und friedlich zu. Einmal schmiss aber kurz nach dem Beginn einer Vorstellung plötzlich jemand aus dem Publikum mit großem Schwung eine Tomate auf die „Bühne", so dass die Figuren durcheinander gerieten und das Laken herunterrutschte. Über dem Tuch erschien nun der Kopf des Spielers, der hinter der Bühne versteckt war und von dort aus die Figuren an Stangen bewegte. Er hatte gleich begriffen, worum es sich handelte, und rief erbost ins Publikum: „*O Naxiótis na fýgi!* Der Naxiote soll verschwinden!" Tatsächlich stellte sich heraus, dass der Attentäter Naxiote war, und der Schausteller spielte erst weiter, als die übrigen Zuschauer ihn herausgeschmissen hatten.

Während der Besatzungszeit traf Mitsos wieder mit seinem Cousin Karavelis zusammen. Dieser hatte sich aus Nordgriechenland, wo er seine Soldatenzeit verbracht hatte, eine Braut mitgebracht, ein nur dreizehnjähriges Mädchen namens Dhéspina, mit der er jetzt in Koronos lebte. Auch er war im Krieg eingezogen worden; als älterer Jahrgang kam er aber nicht zur kämpfenden Truppe, sondern zu den Versorgungseinheiten, und erlebte daher keine größeren Strapazen. Nach Beendigung des Krieges kehrte er nach Naxos zurück. Hier zog er nachts wieder häufig durch die Berge, um zu räubern. Dabei stahl er auf Robin-Hood-Art nicht nur für sich, sondern versorgte auch die Ärmsten des Dorfes, sowohl Verwandte als auch Nicht-Verwandte, und bewahrte dadurch so manche Familie vor dem Verhungern.

Wie früher nahm er Mitsos gelegentlich auf seine Raubzüge mit. Als sie einmal auf den Hängen oberhalb von Keramoti umherstreiften und etwas zum Stehlen suchten, landete Mitsos beim Sprung von einer Terrassenmauer auf einem federnden, dicken Polster aus Zweigen. Er rief Karavelis herbei, da er den Verdacht hatte, dass unter den Zweigen etwas versteckt wäre, und als sie nachsuchten, fanden sie ein riesiges *kazáni*, einen Kessel zum Herstellen von Käse: Sie waren auf das größte *kazáni* der Insel gestoßen, das über 250 Liter Milch fasste und vier Männer brauchte, um aufs Feuer gehoben zu werden. Es gehörte Hirten aus Keramoti, die es hier vor den Italienern versteckt hatten. Karavelis hätte es natürlich gern mitgenommen, aber das war völlig unmöglich; und so mussten sie es zu seiner Enttäuschung an Ort und Stelle lassen.

Der italienische Posten in Komiaki wurde von einem Offizier namens Mími geleitet. Bei ihm hatten sich die komiakitischen Bauern schon öfter beschwert, dass Karavelis ihnen ihre Tiere stahl, und als er wieder einmal ein Kalb erwischt hatte, kam der italienische Offizier mit ein paar Soldaten nach Koronos, um Karavelis festzunehmen. Das waren finstere Aussichten: Es war mit reichlich Prügel zu rechnen, und mehrere Männer waren sogar schon von den Komiakiten im Gefängnis totgeschlagen worden. Tatsächlich traf Mimi Karavelis in seinem Haus in Koronos an und verhaftete ihn. Dann sperrte er ihn zunächst in die Zelle der Polizeistation des Dorfes und ging mit seinen Soldaten einen Kaffee trinken.

Als die Italiener Karavelis danach von der Polizeistation abholten, um ihn nach Komiaki zu bringen, riet ihnen der koronidiatische Polizist, Karavelis lieber Handschellen anzulegen. Mimi lachte aber nur: „Haha, der soll uns ausbüchsen? Hier habe ich meine Pistole, da mach dir mal keine Sorgen!" Als sie gerade aufbrechen wollten, kam Karavelis' Frau Despina zur Polizeistation, um den Offizier zu bitten, ihren Mann freizulassen. Karavelis nutzte die Gelegenheit: In dem Augenblick, in dem der Offizier durch sie abgelenkt war, riss er sich los, sprang zur Tür hinaus und verschwand blitzartig in den engen Gassen des Dorfes. Die Soldaten schossen hinterher, konnten aber nichts ausrichten – Karavelis war entwischt.

Nun befürchtete Karavelis jedoch, die Italiener könnten vielleicht seine Frau mitnehmen, um ihn dadurch zu zwingen, sich zu stellen. Also holte er heimlich seine Pistole, die er in einem Weinberg am Rande des Dorfes versteckt hatte, und verbarg sich auf dem Weg nach Komiaki in der Nähe der Kirche Agios Nektarios. Nach einiger Zeit kam die italienische Patrouille mit Mimi daher, aber ohne Karavelis' Frau – zu Mimis Glück, denn Karavelis war entschlossen, ihn zu erschießen, wenn er seine Frau dabei hätte. Karavelis versteckte sich für den Rest der Besatzungszeit in den Bergen um Filoti; Despina wurde von Stamata aufgenommen. Nach der Befreiung Griechenlands gingen sie wie die meisten anderen Familienmitglieder nach Athen.

Auch Karavelis' Brüder stahlen während der Besatzungszeit. Ein großer Aufruhr entstand, als Giorgos und Jannis kurz vor Weihnachten ein Rind aus einem Stall in Mesi entführten. Sie gingen dabei geschickt vor, stahlen das Rind in der Nacht, ohne dass jemand etwas merkte, banden ihm Lumpen um die Füße, damit es keine Spuren hinterließ, und führten es an Skado und Koronos vorbei bis zum Kakoriaka in die Nähe der apiranthitischen Schmirgelminen. Hier gab es am Rande einer Steilwand namens Skoútella unterhalb einer Quelle mit einer mächtigen Platane eine große Höhle, die Turkospiliá, deren Eingang hinter dichtem Gebüsch so gut verborgen war, dass man sie nicht entdecken konnte, wenn man nicht genauestens Bescheid wusste. In diese Höhle führten sie das Rind und schlachteten und zerteilten es. Einen Teil des Fleisches brachten sie nach Koronos, wo sie es sofort aufaßen; den Rest salzten sie ein.

Am nächsten Morgen entdeckten die Mesoten den Verlust und verdächtigten gleich Karavelis. So kamen am Nachmittag zwölf mit Stöcken bewaffnete Mesoten zum *mazomós* in Kambi, wo Kaminaris seine Tiere hielt. Auf dem *mazomós* befand sich zu der Zeit nur Kaminaris' jüngster Sohn Kostas. Als der die Mesoten kommen sah, lief er davon. Benachbarte Hirten berichteten Kaminaris' Frau in Koronos von den Geschehnissen, als sie gegen Abend ins Dorf zurückkehrten.

Mitsos war an dem Tag in der Chora gewesen und kehrte von dort gegen Abend mit einem Sack mit Nahrungsmitteln von seinem Bruder Jannis nach Koronos zurück. Nun bat ihn seine Tante, kaum dass er angekommen war, nach Kambi zu gehen, wo die Tiere ohne Aufsicht seien; sie erklärte ihm aber nicht genauer, was vorgefallen war. Mitsos machte sich also sofort wieder auf den über zwei Stunden langen Weg. Als er nichtsahnend am *mazomós* ankam, stürzten sich die Mesoten mit ihren Stöcken auf ihn; nur mit Mühe gelang es ihm, die Schläge mit seinem Stock abzuwehren. Schließlich erkannte ihn einer der Mesoten und sagte zu den anderen: „Hört auf zu schlagen! Das ist nicht Kostas! Das ist der Boublomitsos, der ist in Ordnung und hat nichts damit zu tun!"

Die Mesoten ließen von ihm ab und Mitsos ging in den *mitátos*. Doch die aufgebrachten Männer waren nicht dazu zu bewegen, nach Hause zu gehen, sondern wollten ihren Schaden ersetzt haben; die ganze Ziegenherde wollten sie mitnehmen. So blieben die Mesoten die Nacht über am Kambi. Sie fanden ein kleines Fass mit eingesalzten *askoúdhes* (eine spezielle Oliven-Sorte) und aßen es leer und wollten zuerst auch eine Ziege schlachten, aber da ermahnte sie einer

der Männer: „Ihr seid hier, um einen Diebstahl anzuklagen und wollt selber stehlen? Wie soll das denn zueinander passen?" So ließen sie von der Idee wieder ab.
Mitsos verbrachte keine besonders gemütliche Nacht. Morgens früh wollte
er die über hundert hochträchtigen, hungrigen Ziegen aus der *mándra* auf die
Weide führen, aber die Mesoten stellten sich am Eingang zum Pferch auf, ließen
ihn nicht heraus und drohten wieder damit, die Tiere zu schlachten. Mitsos versuchte, die Männer zu beruhigen, und bat sie abzuwarten, bis die Polizei käme.
Nicht lange darauf sah er mehrere Männer aus der Richtung des Dorfes zum *mazomós* kommen; als sie näher kamen, erkannte er unter anderem Kaminaris und
Karavelis. Gleichzeitig tauchten auch auf dem Pfad in Richtung Lionas Menschen auf: allen voran eine Frau, Kaminaris' Tochter Vassara, dahinter mehrere
der in Lionas stationierten Italiener.

Nun änderte sich die Lage am *mazomós*. Die Italiener wiesen Mitsos an, die
Mesoten zu entwaffnen. Er sammelte zwölf starke Stöcke aus wildem Olivenholz
ein und warf sie in der Nähe in eine Felsspalte, in der sie klappernd verschwanden. Einer der Mesoten wollte seinen Stock nicht hergeben, doch da bekam er
eine Salve vor die Füße, so dass er seine Meinung schnell änderte. Die Italiener
durchsuchten den *mazomós*, ohne eine Spur vom Rind zu finden, und so wurden
die Mesoten wieder nach Hause geschickt. Mitsos und Karavelis ließen die Tiere
hinaus und brachten sie auf ein nahe beim Dorf gelegenes Landstück namens
Skali. Karavelis trieb die Herde, Mitsos hielt für alle Fälle Karavelis' Pistole bereit. Von da an hielten sie die Herde dort.

In der Zwischenzeit kochten die Frauen der Familie in Koronos Rindfleisch.
Kaminaris bat sich die Füße aus, auf die er ganz besonderen Appetit hatte. Weil
er darauf bestand, brachten seine Söhne sie ihm schließlich auf ein Landstück in
einiger Entfernung vom Dorf, wo er sich zu der Zeit aufhielt. Dort versteckte er
die Rindsfüße zunächst.

Die Mesoten hatten aber noch nicht aufgegeben und kamen am nächsten
Tag zu diesem Landstück, um dort bei Kaminaris nach Spuren des Rindes zu
fahnden. Und sie fanden die Füße! Sofort alarmierten sie die Italiener in Komiaki. Kaminaris wurde wegen seines Alters verschont und Karavelis entwischte,
aber seine Brüder Giorgos, Jannis und Kostas wurden verhaftet und auf der Wache arg geschlagen; sie brauchten lange, um sich davon wieder zu erholen. Später
wurde die Sache vor Gericht ausgetragen, aber Mitsos weiß nicht, wie sie
schließlich endete.

Die Deutschen auf Naxos

Im September 1943, als Mitsos schon nicht mehr auf Naxos war, fiel Italien in
die Hände der Alliierten. Nun wurden die von den Italienern besetzten griechischen Inseln, auch Naxos, von den Deutschen eingenommen. Es kamen nur wenige deutsche Soldaten auf die Insel. Sie richteten ihr Hauptquartier im Kastro in
der Chora ein. Dann bezogen sie mit Waffen und Geschütz an einem Engpass des
Weges unterhalb der Tragaia Stellung und warteten dort auf die von Apiranthos
herabkommenden Italiener. Obwohl die Italiener den Deutschen zahlenmäßig

weit überlegen waren, ergaben sie sich kampflos. Die Deutschen nahmen die italienischen Soldaten gefangen und verfrachteten sie auf Schiffe, mit denen sie angeblich nach Athen transportiert werden sollten. Kurz vor der Küste versenkten sie jedoch die Schiffe, indem sie sie bombardierten. (Eine ganze Reihe Italiener entgingen dem Massenmord, indem sie von Griechen versteckt wurden. Auch Mitsos' späterer Schwiegervater Beokostas versteckte bis zum Abzug der Deutschen einen Italiener bei sich zu Hause.)

Ertrunkene italienische Soldaten wurden zu Dutzenden an der Küste von Naxos südlich der Chora angetrieben. Manche mutigen Griechenjungen schlichen sich dorthin, um vielleicht bei den Leichen eine Uhr oder sonst etwas Wertvolles zu erbeuten. Gelegentlich wurden sie dabei vom Kastro aus beschossen und mussten sich dann schnell in Deckung werfen.

Außer in der Chora richteten die Deutschen nur in Apiranthos einen dauerhaften Posten ein; in Sangri nahmen sie eine geeignete, ebene Fläche als Flughafen in Funktion. Die übrige Insel kontrollierten sie regelmäßig durch Patrouillengänge. Es fanden kaum erwähnenswerte Aktionen der Deutschen auf der Insel statt.

Nach und nach formierte sich jedoch auch hier ein Widerstand: Viele junge Männer der Insel wurden von der griechischen Befreiungsarmee *(Ierós Lóchos)* angeworben und verließen Naxos über den südlich von Filoti gelegenen Strand von Agiassós, von wo aus sie auf englischen Unterseebooten eingeschifft wurden, die sie nach Nordafrika oder in den Nahen Osten brachten; dort wurden sie in der Befreiungsarmee organisiert. Zu nennenswerten Kampfhandlungen kam es auf Naxos erst wieder, als am 13. bis 15. Oktober 1944 die etwa siebzig im Kastro verschanzten deutschen Soldaten von griechischen Widerstandskämpfern überwältigt wurden, unterstützt von der englischen Marine, die das Kastro bombardierte. (Der Kommandant der Deutschen hatte sich am Tag zuvor aus freien Stücken auf ein englisches Kriegsschiff begeben, das er offenbar für ein deutsches hielt, und war dort gefangen gesetzt worden. Die deutschen Soldaten entschlossen sich gegen eine Kapitulation und verschanzten sich im Kastro. Sie konnten den Angreifern drei Tage standhalten.)

Einmal gab es während der deutschen Besatzung eine größere Aufregung in Koronos. Ein kleines Militärflugzeug der Deutschen war über die Insel geflogen, von Moutsouna aus das Tal des Kakoriaka herauf, und hatte es dann nicht ganz über die Bergspitze geschafft, so dass es am Pass Richtung Koronos, der *Pórta*, auf einem fast ebenen Hangstück bruchlandete. Den zwei Piloten passierte nichts; sie kletterten aus dem Flugzeug und liefen zu Fuß nach Apiranthos zum Posten der Deutschen. Nach einiger Zeit kam eine Patrouille zur *Pórta*, um das verunglückte Flugzeug sicherzustellen. Allerdings kam sie zu spät: Es gab kein Flugzeug mehr, das war verschwunden!

Kaum hatten die Koronidiaten nämlich bemerkt, was geschehen war, da waren sie schon in Scharen angelaufen gekommen und hatten alles vom Wrack abmontiert und mitgenommen, was für sie verwendbar war: Zuerst bauten sie den Tank mit dem Treibstoff aus, den sie für ihre Feuerzeuge und Lampen verwenden wollten, dann montierten sie die Räder ab, die Flügel und alle sonstigen

Blechstücke, dann auch die Sitze, den Motor; Schrauben und Eisenteile wurden mitgenommen – einfach alles! Die deutsche Patrouille hatte Mühe, den Ort des Absturzes auszumachen; schließlich fanden sie lediglich einige eingedrückte Sträucher und etwas aufgerissene Erde.

In der Nähe der Unglücksstelle trieben sich ein paar Keramioten herum, die auch noch etwas hatten erbeuten wollen, aber zu spät gekommen waren. Von diesen erfuhren die Deutschen, dass die Koronidiaten das Flugzeug zerlegt und abtransportiert hatten. Nun brach die Patrouille sofort nach Koronos auf, um die Schuldigen zu finden und zu bestrafen. Das Dorf hätte in eine schlimme Lage kommen können, da die Deutschen einen Sabotageakt argwöhnten: In solchen Fällen erschossen sie für gewöhnlich einige Männer als abschreckenden Racheakt.

In Koronos suchten die Soldaten als erstes einen Dolmetscher, der ihnen beim Einziehen von Erkundigungen helfen sollte. Der Bürgermeister ließ Sorakis rufen, der im Ersten Weltkrieg in Deutschland in Kriegsgefangenschaft gewesen war und die deutsche Sprache dort leidlich erlernt hatte. Mit Mühe gelang es Sorakis, die Deutschen davon zu überzeugen, dass es sich nicht um Sabotage gehandelt habe, sondern dass die armen, gedankenlosen Dörfler einfach alles für sie Brauchbare eingesammelt hätten. Schließlich wurde nichts weiter unternommen, und die Koronidiaten konnten ihre Beutestücke behalten. Noch heute kann man im kleinen Museum des Dorfes und auch in manchen Haushalten Teile des Flugzeugs bewundern.

In Athen unter deutscher Besatzung

...Δω πέρα έχουμε πάντα μπόλικο ήλιο
λίγο ψωμί και πολλές φυλακές
και μπόλικη καρδιά – το ξέρεις.
Τι να σου πούμε; Βέβαια θά 'μαθες, που ένα μεγάλο σκουριασμένο σύγνεφο
περνάει ξανά βαρύς οδοστρωτήρας στα καινούργια στάχια του ήλιου μας
στα καμένα Καλάβρυτα της δόξας μας και στα ξανθά χωράφια όπου μπουμπούκιαζε
μπαρουτοκαπνισμένη ακόμα η κόκκινη νιόβγαλτη παπαρούνα.
...
Γιάννης Ρίτσος, Γράμμα στη Γαλλία

Im Winter 1941/42 wurden von den Deutschen auf Naxos Schmirgelarbeiter angeworben, die in Lárimna in der Nähe von Athen in unterirdischen Stollen Kohle abbauen sollten. Die lokalen Arbeiter hatten die Stollen wegen wiederholter Unglücksfälle verlassen, und die Deutschen waren auf der Suche nach Ersatz nach Naxos gekommen, wo es seit langem betriebene Minen geben sollte. Nun taten sie dort kund, dass Arbeiter für die Ausbeutung der Kohleminen in Larimna gesucht würden. Etwa vierzig Mann meldeten sich freiwillig, darunter Mitsos – er hatte genug vom Hunger und den Entbehrungen auf Naxos. Seine Familie wollte ihn nicht gehen lassen: Alle machten sich Sorgen und hielten den Arbeitsdienst für die Deutschen für zu gefährlich. Boublojannis kam zum Hafen und versuchte unter Tränen, Mitsos davon abzuhalten, sich einzuschiffen; er war überzeugt, dass die Deutschen das Schiff versenken würden. Mitsos ließ sich jedoch nicht von seinem Entschluss abbringen.

So fuhr er gegen Ende des Winters im Jahre 1942 zusammen mit etwa vierzig anderen Schmirgelarbeitern auf einem alten, klapprigen Schiff, das die Deutschen konfisziert hatten, nach Athen. Die Fahrt mit dem schwer beladenen Schiff dauerte gut vierundzwanzig Stunden. Sie brachen bei schon stark bewegter See auf, dann wurde der Wind immer stärker, und sie gerieten in einen heftigen Sturm. Es blitzte, donnerte, regnete und hagelte; gewaltige Brecher beutelten das kleine Schiff. Die angeworbenen Arbeiter befanden sich ungeschützt auf dem Oberdeck: Es gab keinerlei Unterstand. Oft rauschten große Wellen über das Deck. Die Männer klammerten sich, so gut es ging, an der Reling oder an den Tauen fest. Einmal wurde ein kleiner, schmächtiger Koronidiate namens Petros von einer großen Welle mitgerissen, aber gerade als der Brecher ihn über die Reling tragen wollte, erwischte ihn Mitsos am Gürtel. Mit Mühe gelang es ihm, ihn festzuhalten und wieder in Sicherheit zu ziehen.

Ähnliches passierte auch bei regulären Fährfahrten, und nicht selten wurden Gepäckstücke und Koffer von Bord gespült. Eine Anekdote berichtet von einem Naxioten, dessen Truhe bei einem Sturm vom Schiff gerissen wurde. Als seine Freunde ihm zuriefen: „Deine Truhe ist über Bord gegangen!", da klopfte er sich nur auf die Brusttasche und antwortete ungerührt: „Keine Sorge, hier habe ich den Schlüssel!"

Nach der Ankunft in Piräus wollten die Deutschen die Schmirgelarbeiter gleich zu den Kohleminen nach Larimna transportieren. Die Arbeiter baten jedoch darum, erst ihre Verwandten in Athen aufsuchen zu dürfen, die sie mit etwas Essen und anderem Notwendigen versorgen könnten. Die Deutschen lehnten es ab, alle Männer gehen zu lassen, aber man einigte sich darauf, dass einige der Arbeiter die Verwandten aller aufsuchen und so die Besorgungen für alle erledigen sollten. Unter anderem wurde auch Mitsos für diese Aufgabe bestimmt. Einige der Boten kamen nicht wieder; sie hatten schließlich doch Angst bekommen. Mitsos machte jedoch seine Runde wie vereinbart, sah auch seine Brüder und kehrte dann nach Piräus zurück.

Nun wurden sie nach Larimna gebracht, das gut 100 Kilometer nördlich von Athen am Golf von Euböa liegt. Sie waren noch etwa dreißig Männer, darunter Mitsos' Freunde Giorgos Manolas, genannt Proedhrákis, und der erst neunzehnjährige Matthaíos Sidherís. Die Arbeit in den Stollen war den Koronidiaten vertraut. Es gab Gleise und Waggons wie auch in den Schmirgelminen und die Abbautechnik war ähnlich. Die Arbeit ging ihnen leicht von der Hand und das auch im wörtlichen Sinn: Die Kohle war ja viel leichter als der extrem schwere Schmirgel. Sie machten ihre Sache so gut, dass die Deutschen staunten.

Die Stollen waren hundert, ja hundertfünfzig Meter tief in den Berg getrieben. Das oberständige Material war im Gegensatz zu den Schmirgelminen nicht sehr stabil, daher waren die Arbeiter stets durch herabstürzende Steine gefährdet. Um eine ausreichende Abstützung der Decke und Sicherung der Mine kümmerten sich die Deutschen nicht: Es gab ja genügend Arbeiter! Darum verloren nach und nach die meisten Männer die Lust: Die Arbeit war ihnen zu gefährlich und sie fürchteten sich auch vor den barschen deutschen Soldaten.

Die Koronidiaten wohnten in einem Lager in der Nähe der Stollen. Sie wurden von den Deutschen mit Essen versorgt, allerdings meistens mit Konserven. Auf den aufgelassenen Feldern unterhalb der Hügel, in denen die Minen lagen, stand die *vroúva* mannshoch, ein wildes, der Rauke ähnliches Gemüse, das von den Griechen gern gegessen wird. Ganze Arme voll sammelten die Naxioten und kochten sie, aber sie mussten die *vroúva* ohne Öl essen – woher hätten sie welches bekommen sollen? Der Tageslohn, den die Arbeiter von den Deutschen bekamen, war niedrig; er hätte gerade gereicht, um sich eine Mahlzeit davon zu kaufen. Außerdem war die Inflation so hoch, dass die ausbezahlten Gelder nach ein paar Tagen nur noch die Hälfte wert waren.

Aus all diesen Gründen verließen mehrere der koronidiatischen Arbeiter nach einiger Zeit heimlich das Lager und flüchteten. Mitsos konnte sich zunächst nicht zum Ausreißen entschließen; er wusste nicht, was er sonst anfangen sollte, um seinen Lebensunterhalt zu verdienen. Außerdem waren einige der Ausreißer von den Deutschen geschnappt und ins Gefängnis gesteckt worden. Aber schließlich setzte sich eines Nachts die ganze restliche Mannschaft geschlossen ab, nur Matthaios und Mitsos blieben übrig. Da beschlossen auch sie, sich aus dem Staub zu machen.

Es gelang ihnen, frühmorgens noch im Dunkeln unbemerkt mit ihren wenigen Habseligkeiten das Lager zu verlassen. Sie kamen ohne Zwischenfälle aus dem kaum bewachten Lager heraus zum nächsten Dorf namens Kókkina. Aber was nun? Beiden knurrte der Magen, aber sie waren noch nicht bezahlt worden und besaßen also keinen Pfennig Geld. Matthaios bot sich an, zum Betteln ins Dorf zu gehen. Tatsächlich sah er bedauernswert aus, dünn und zerlumpt, wie er war. Er brachte denn auch etwas Brot und Käse mit.

Nachdem die beiden Ausreißer sich gesättigt hatten, wollten sie nach Athen aufbrechen. Aber hinter dem Dorf hatten die Deutschen inzwischen eine Straßensperre errichtet, um die flüchtigen Arbeiter zu schnappen. Während sie noch überlegten, wie sie an der Straßensperre vorbei kämen, näherte sich ein Schäfer mit einer großen Schafherde, der vom Dorf her die Straße entlang zog. Das war eine gute Gelegenheit! Mitsos und Matthaios zogen sich rasch zwischen den Büschen um, weil ihre Arbeitskleidung vom Staub in den Minen auffällig rot gefärbt war, dann schnitten sie sich lange Stöcke zurecht und schlossen sich dem Schäfer an. Unter schäfertypischem Pfeifen, Rufen und Fluchen trieben sie die Herde an der Straßensperre vorbei; die Deutschen hielten sie nicht an. Die beiden Ausreißer dankten dem Schäfer und trennten sich von ihm, nachdem sie außer Sichtweite waren. Dann liefen sie weiter, immer die Straße entlang, und kamen ohne Zwischenfälle nach Athen.

Mitsos arbeitete bis zum Ende der Besatzungszeit im Herbst 1944 für die Deutschen; andere Arbeit gab es praktisch nicht. Das Leben in Athen war schwierig: auch hier hungerten die Menschen und hatten unter den schweren Repressionen durch die Besatzer zu leiden. Trotzdem leisteten die Griechen den Deutschen jeden erdenklichen Widerstand. Häufig wurden Streiks durchgeführt und das Volk ging zu Demonstrationen auf die Straße, obwohl derlei Aufbegehren teilweise brutal niedergeschlagen wurde. Am 25. Juni 1944 konnte die Exekution von fünfhundert Straßenbahnarbeitern, die wegen eines Streiks zum Tode verurteilt worden waren, durch einen Generalstreik der Athener Arbeiter verhindert werden. Im Hinterland und in den Bergen, aber auch in den Athener Vororten organisierten sich griechische Widerstandskämpfer zu einer schlagkräftigen Partisanen-Armee, der ELAS. Diese arbeitete im Lauf der Zeit mit massiver Unterstützung durch die Bevölkerung so effektiv, dass das deutsche Heer nach und nach die Kontrolle über das Hinterland verlor und Truppenbewegungen erheblich erschwert wurden.

Nach der Flucht aus Larimna schloss Mitsos sich einer Truppe von Koronidiaten an, die in Rafina arbeiteten, einer kleinen Hafenstadt östlich von Athen. Hier war er viele Monate lang tätig. Auch sein Freund Proedrakis war wieder dabei. Die Arbeiter wohnten in Rafina in einem beschlagnahmten Hotel.

Zunächst mussten sie in der Nähe der Stadt tiefe Bunker und Stollen für Kanonen und anderes schwere Geschütz anlegen. Dafür trieben sie in gut zehn Metern Tiefe einen Tunnel unter einem Hügel hindurch. Die Arbeiter bildeten zwei Gruppen von je zwölf Mann. Die eine bestand nur aus Naxioten, davon die meisten Koronidiaten, die andere aus Athenern. Nun trieben die Naxioten den Tunnel von der einen Seite in den Berg und die Athener von der anderen; in der Mitte sollten sie sich treffen. Aber als sie sich der Mitte näherten, erschien es Mitsos, dass er die Schläge der anderen Gruppe nicht an der richtigen Stelle hörte. Er informierte den Vorarbeiter darüber, doch der wehrte ab: Er sei sicher, dass der deutsche Ingenieur keinen Fehler gemacht haben könne und dass sie richtig auskommen würden. Aber es kam, wie Mitsos vermutet hatte: Die andere Gruppe hatte den Stollen zwei Meter höher getrieben! Das Dach des unteren Stollens traf auf den Boden des anderen. Als der deutsche Ingenieur kam und die Bescherung sah, war er so verzweifelt, dass er sich erschießen wollte. Nun musste die andere Gruppe ihren Stollen noch zwei Meter tiefer ausgraben.

Danach wurden große Betonfundamente gegossen, auf denen die Geschütze stehen sollten. Diese mussten stets in einem Stück gegossen werden. Für ein besonders großes Fundament wurden die Arbeiter in zwei Schichten eingeteilt. Die erste Schicht vom frühen Nachmittag bis um zwölf Uhr nachts bekamen die Naxioten zugewiesen, die zweite danach die Athener. Die Arbeit war sehr anstrengend: Sie mussten den Beton mit der Hand mischen und dann in schweren Kästen zu je zwei Mann vor Ort tragen und ausleeren. Stunde um Stunde schaufelten und schleppten sie. Endlich war das Ende ihrer Schicht erreicht. Die Naxioten wurden zum Hotel gebracht, und die Athener übernahmen die Arbeit. Aber die waren den Anstrengungen nicht gewachsen und gaben bald auf. (Sie waren wohl klüger als die Naxioten, die unbedingt die *pallikária* spielen mussten!) Und kaum waren die Naxioten in ihre Betten gesunken, da wurden sie wieder herausgerissen: Sie mussten ein zweites Mal ran, um die Arbeit zu beenden! Also wieder in die noch schweißnassen Kleider, in den Stollen und an die Arbeit. Um zehn Uhr morgens hatten sie die Fundamente fertig. Sie hatten es geschafft. Aber nun waren sie so erschöpft, dass sie vom leichtesten Hauch umgeblasen worden wären; wie sie in ihre Betten kamen, weiß Mitsos nicht mehr.

Für das Wochenende wurden die Arbeiter auf offenen Lastwagen nach Athen gebracht. Einmal wurden sie am Montagmorgen auf der Rückfahrt nach Rafina unterwegs bei Pikérmi angehalten: Hier sollten vierzig Griechen als Racheakt für die Erschießung eines deutschen Offiziers durch die Partisanen gehenkt werden. An den Kiefern, die die Straße säumten, wurden Schlingen befestigt und Bänke darunter aufgestellt. Die unglücklichen Gefangenen, darunter auch Jugendliche, wurden auf einem Lastwagen herangebracht. Je zwei Männer mussten auf eine Bank steigen und sich gegenseitig die Schlinge umlegen. Ein Gefangener rannte davon: Augenblicklich wurde er von den auf den umliegenden Hügeln aufgestellten Soldaten erschossen. Dann gingen deutsche Soldaten die Reihe entlang und stießen die Bänke um. Die Gehenkten zappelten noch eine Weile in den Schlingen. Dann wurden die Leichen herabgenommen und in der Nähe verscharrt. Erst danach durften die Arbeiter weiterfahren.

Noch eine ganze Zeit lang waren sie in den Stollen tätig, schafften die Kanonen hinein und mussten sie gelegentlich zu je zwölf Mann wieder hinausschieben, um sie zu ölen und zu säubern.

Später hoben sie entlang der Straße von Rafina nach Athen einen zwei Meter tiefen Graben aus, in dem ein Kabel verlegt wurde. Während sie damit beschäftigt waren, führte an einem Tag die deutsche Artillerie, die in der Nähe stationiert war, eine Übung durch und schoss mit Granaten gerade in die Gegend, wo Mitsos und seine Gefährten arbeiteten. Sie sprangen in den Graben und suchten darin Deckung. An die fünfzig Granaten schlugen ein, bevor jemand die Artillerie benachrichtigte, dass in der Gegend Arbeiter zugange seien.

Fast ein Jahr lang arbeitete Mitsos in Rafina, bis zum Spätwinter 1943. Nachdem die Arbeiter den Graben fertiggestellt hatten, wurden sie entlassen, und Mitsos musste sich eine neue Arbeit suchen.

Eine Zeit lang arbeitete er für die Deutschen in Malakássa nördlich von Athen. Auch hier waren wieder viele Naxioten tätig. Sie bauten eine große Straße und wohnten in einem provisorischen Lager nahe der Baustelle. Nachts kamen Partisanen von den umliegenden Hügeln herab, kontaktierten die Arbeiter und setzten sie zu Sabotageakten ein: Dann rissen sie die Straßen, die sie tagsüber bauten, wieder ein, errichteten Straßensperren, blockierten die nahen Eisenbahngleise oder sprengten Schienen und Brücken: Sie wollten die Truppenbewegungen erschweren und die Verlegung deutscher Soldaten nach Russland verhindern. (Russland und Griechenland hatten schon wegen der gleichen Religion stets ein gutes Verhältnis gehabt; außerdem wurde der Widerstandskampf in Griechenland vor allem von kommunistisch orientierten Menschen geführt, die dem noch nicht von den Deutschen unterworfenen Russland alle mögliche Hilfe leisten wollten).

In Malakassa bekamen die Arbeiter alle vierzehn Tage ihren Lohn ausbezahlt und wurden dann am Samstagnachmittag nach Athen gefahren, wo sie ihre Kleidung waschen und den Sonntag bei ihrer Familie verbringen konnten; Montag früh ging es zurück. Bei einer solchen Fahrt am Samstagabend wurden sie kurz hinter dem Lager an einer Straßensperre angehalten. Ein deutscher Soldat kontrollierte die Arbeiter, dann sortierte er zwei aus, Mitsos und einen anderen: „Du Partisane!" rief er und ließ sich die Namen sagen.

Mitsos hatte als Name Karatsás angegeben, da sein Cousin Michalis Mandilaras (Mavromichalis) als Partisan gesucht wurde: Er hatte eine Aluminiummine, in der er für die Deutschen gearbeitet hatte, in die Luft gesprengt und sich danach den Widerstandskämpfern angeschlossen; nun war eine Million Drachmen auf seinen Kopf ausgesetzt. (Michalis war im Jahr 1944 kurz vor dem Abzug der Deutschen aus Griechenland auch an dem wirkungsvollsten Sabotage-Akt, der Sprengung der Brücke am Gorgopótamos bei Lamía, beteiligt. Er erlebte kaum glaubliche Abenteuer im Widerstandskampf, von denen hier jedoch nicht genauer berichtet werden kann – sie wären ein eigenes Buch wert.) Nun blätterte der Deutsche in einem Heft, in dem die gesuchten Partisanen aufgeführt waren. Der Name Karatsas war darin nicht zu finden, aber trotzdem beharrte der Deutsche darauf, dass Mitsos und der andere Mann Partisanen seien.

Während die übrigen Arbeiter weiterfahren durften, wurden die beiden ins benachbarte Lager verfrachtet. Im Hof des Lagers bedeutete der Soldat ihnen, was sie erwartete: Am nächsten Tag sollten sie erschossen werden! Er befahl: Jacke aus, Hemd aus, Schuhe aus, Hose aus – sie mussten sich bis auf die Unterwäsche ausziehen. Mitsos wollte sein Portemonnaie mit dem Lohn von vierzehn Tagen aus der Hosentasche nehmen, aber da bekam er von dem Deutschen einen Tritt mit dem eisenbeschlagenen Stiefel in den Rücken, dass er zu Boden ging; noch lange hatte er Schmerzen davon. Der Deutsche nahm das Portemonnaie mit dem Geld darin an sich. Mit dem anderen Arbeiter verfuhr er ebenso; der Mann blieb bewusstlos am Boden liegen. Auch Mitsos tat, als wäre er nicht bei Bewusstsein. Nachdem der Deutsche gegangen war, blieben die zwei Schicksalsgenossen im Hof des Lagers liegen.

Das Lager war von mehreren Reihen dicker Stacheldrahtrollen umgeben. Es gab einen Wachtposten, der innerhalb des Stacheldrahtes immer um das Lager herum ging. Solange es noch ein wenig hell war, schaute Mitsos sich unauffällig um. Er musste hier raus: Morgen erwartete ihn die Exekution! In der Nähe lag ein umgekippter Holzpfahl; der konnte ihm nützlich werden. Außerdem merkte er sich eine Stelle, an der die Stacheldrahtrollen etwas weniger dicht lagen. Es wurde dunkel. Mitsos beobachtete den Posten, den er an seiner im Dunkeln glühenden Zigarette erkennen konnte. Um zwölf Uhr wechselten die Posten, und die neue Wache blieb einen Moment länger am Wachhaus an der gegenüberliegenden Seite des Lagers. Das war Mitsos' Chance: Er huschte zum Holzpfahl, zog ihn ganz aus der Erde heraus und hielt ihn sich über den Rücken, dann kroch er, durch das Holz leidlich geschützt, Stück für Stück unter den Stacheldrahtrollen hindurch. Kurz zuvor hatte es geregnet, so dass die Erde weich war und etwas nachgab. Vor allem musste es schnell gehen; Mitsos sah, wie die Glut der Zigarette sich wieder näherte. Er war schon fast draußen, als der Posten an ihm vorbeiging. Mit angehaltenem Atem lag er regungslos da: Der Deutsche bemerkte ihn nicht! Endlich war er unter der letzten Rolle hindurch: Er hatte es geschafft!

Aber seine Unterwäsche und sein halber Rücken waren am Stacheldraht hängen geblieben, das Blut lief ihm die Beine herunter.

So unauffällig wie möglich kroch Mitsos seitlich des Fahrwegs weiter. Nichts rührte sich. Endlich erreichte er die Straße. Ein Auto erschien in der Ferne; schnell warf Mitsos sich in den Straßengraben. Erst als es nicht mehr zu sehen war, stand er wieder auf und lief die Straße entlang Richtung Süden. Immer weiter blieb das Lager hinter ihm zurück. Aber es war sehr weit nach Athen – wie sollte er jemals die Stadt erreichen? Ein bitterkalter Wind wehte, und ohne Schuhe konnte er nur mit Mühe laufen. Er musste vor dem Morgengrauen ein Transportmittel finden, sonst würde er sicher wieder geschnappt werden.

Ein griechischer Lastwagen näherte sich, was Mitsos daran erkannte, dass er im Gegensatz zu den Militärfahrzeugen der Deutschen mit Kohle betrieben wurde. Mitsos stellte sich an die Straße und winkte dem Lastwagen zu, ihn mitzunehmen. Der Wagen hielt jedoch nicht an und im Vorbeifahren rief der Fahrer: „He, hast wohl einen Ouzo zu viel gesoffen?" Er hielt ihn für betrunken oder verrückt, dass er so nackt herumlief. Noch zwei weitere Lastwagen fuhren an Mitsos vorbei ohne anzuhalten. Nun wurde es allmählich brenzlig; es konnte nicht mehr lange dauern bis zur Morgendämmerung.

Als der nächste Lastwagen vorbeifuhr, schrie Mitsos: „Nehmt mich mit, Leute, rettet mich; ich soll erschossen werden!" Und tatsächlich bremste der Wagen. Mitsos erklärte den Fahrern schnell seine Lage. Am Dialekt der beiden erkannte er, dass sie Naxioten waren, und erfuhr, dass sie aus dem Dorf Komiaki stammten. „Wo willst du hin?" fragten sie. „Nach Athen will ich, nach Kypseli!" Gerade dahin waren auch die beiden Komiakiten unterwegs. Der vor Kälte zitternde Mitsos musste sich auf die Ladefläche legen und wurde mit der Plane gut zugedeckt, damit er sich ein wenig aufwärmte und weil Kontrollen durch die Deutschen zu befürchten waren. Sie kamen jedoch ohne Schwierigkeiten nach Athen, und die Fahrer setzten Mitsos auf dem zentralen Platz in Kypseli ab.

Inzwischen war es fast hell geworden. Nun hatte er noch eine ganze Strecke zu laufen. Die Gegend war erst wenig bebaut, rundherum standen einige kleine Hütten und Baracken. Mehrere Straßenjungen rannten herbei und riefen: „Schaut mal, der Verrückte!" Zwei, drei Jungen bewarfen ihn gar mit Steinen, einer traf ihn am Kopf. Mitsos hob einen Ast auf und drohte den Jungen: Sollte er, der der Exekution durch den Feind entgangen war, am Ende von griechischen Bengeln erschlagen werden? Frauen schauten aus den Häusern heraus; als sie Mitsos' Zustand sahen, brachte ihm eine Frau eine alte, abgelegte Hose, eine andere ein Hemd, eine dritte Schuhe; aber Mitsos nahm nur die Schuhe an. So kam er schließlich beim Haus von Verwandten von ihm an: einem entfernten Cousin namens Bábis und seiner Frau Evgenía. Endlich war er in Sicherheit! Evgenia wusch und säuberte seinen Rücken mit Alkohol und verpflegte ihn, aber es dauerte noch über eine Woche, bis die Wunden einigermaßen verheilt waren.

Nach diesem Erlebnis suchte Mitsos eine Arbeit möglichst weit weg von Malakassa. Ein Komiakite, der als Bauunternehmer für die Deutschen tätig war, stellte ihn als Arbeiter ein. Etwa einen Monat lang waren sie in dem kleinen Ort Ambeláki auf der Insel Salamína südlich von Athen beschäftigt. Als er an einem Wochenende in Kypseli war, wurde ihm bei einem Besuch beim Barbier, einem Mann aus Skado, die Backe geritzt. Bald entzündete sich die Stelle. Zuerst beachtete Mitsos es kaum, aber die Wunde wurde immer größer, und es entstand ein entstellendes Geschwür. Mitsos holte sich in der Apotheke Rat und Salben und ging danach zu mehreren Ärzten, aber alle Mittel blieben wirkungslos. Die Entzündung wurde immer schlimmer und breitete sich über seine ganze Wange aus. Da sprach ihn auf dem Weg zur Baustelle in Ambelaki jemand an und empfahl ihm ein Kräuterweiblein, das in der Nähe der Ortschaft wohnte.

Abends nach der Arbeit machte Mitsos sich zum Haus der Alten auf. Diese schlug entsetzt die Hände zusammen, als sie Mitsos sah: „*Pallikári mou*, was ist denn mit dir passiert?" Sie ließ sich von Mitsos beschreiben, woher und wie lange er diese Entzündung habe. Dann beruhigte sie ihn: „Hab keine Sorge, bald wird deine Wange wieder so schön und zart sein wie die eines neugeborenen Babys. Kennst du eine Pflanze, die im Frühjahr einen weißen Blütenstand treibt und deren Wurzeln wie Süßkartoffeln aussehen?" – „Meinst du die *sperdhoúklia?"* – „Ja, genau, so werden sie genannt. Such dir reichlich von dieser Pflanze und grabe ihre Wurzeln aus. Diese zerstampfst du jeden Abend zu einem Brei, streichst ihn auf dein Gesicht, bindest ein sauberes Tuch darüber und lässt es über Nacht wirken. So einen Umschlag machst du dir jede Nacht eine Woche lang; dann wird die Wunde mit Gottes Hilfe abgeheilt sein."

Mitsos bedankte sich bei der Alten und zahlte ihr einen Tageslohn. Gleich am nächsten Tag grub er auf einem aufgegebenen Feld neben der Baustelle die stärkehaltigen Wurzeln der *sperdhoúklia* aus, des Asphodills. Diese Wurzeln dienten den alten Griechen zur Zeit Homers als Nahrung und wurden damals schon für ihre heilende Wirkung gerühmt. Jeden Abend machte Mitsos sich einen Umschlag, wie ihm die Alte beschrieben hatte. Schon nach zwei Tagen verspürte er eine deutliche Besserung. Nach einer Woche war die Entzündung abgeheilt und eine weitere Woche später war jede Spur des Geschwürs verschwunden.

Als Mitsos an einem Morgen in Kypseli zu dem Platz gehen wollte, wo sie zur Arbeit abgeholt wurden, warnte ihn eine entgegenkommende alte Frau: „Kehre um, *pallikári mou*, gehe nicht hier entlang! Da hinten nehmen die Deutschen alle Männer gefangen und wollen sie erschießen!" Mitsos nahm einen anderen Weg, aber auch am Ende dieser Gasse standen deutsche Soldaten. Er wurde festgenommen und mit anderen Griechen zum zentralen Platz von Kypseli gebracht. Dort mussten sie sich hinsetzen. Ein Deutscher ging die Reihen entlang und musterte alle Griechen genau: Auf wen er zeigte, der wurde gepackt und auf einen Lastwagen geladen, mit dem die Gefangenen zur Exekution gefahren werden sollten. Glücklicherweise ging er an Mitsos vorüber…

Nun hatte Mitsos das Arbeiten für die Deutschen erst einmal gründlich satt. Aber er fand schnell eine neue Beschäftigung: Zusammen mit seinen Brüdern Giorgos und Christos produzierte und verkaufte er Holzkohle. Diese war damals nicht nur als Heizmaterial gefragt, auch viele Lastwagen wurden mit Kohle betrieben. Mitsos und seine Brüder zogen auf den nordöstlich von Athen gelegenen Berg, den gut tausend Meter hohen Pendélis, und sammelten dort dicke Äste und Wurzeln vor allem von der wilden Pistazie *(skiniá, Pistacia lentiscus)*, die hier reichlich vorkam. Diese schichteten sie sorgfältig zu mehrere Meter hohen Haufen auf. Obenauf legten sie frische Zweige und bedeckten schließlich alles sorgfältig mit Erde. Ganz unten ließen sie mehrere Löcher zum Anzünden. Der Meiler musste gut vierundzwanzig Stunden brennen. Wenn die Kohlen fertig waren, begannen die Flammen aus den Luftlöchern herauszuschlagen; dann schlossen sie die Löcher nacheinander mit Erde. Danach dauerte es noch einige Stunden, bis der Meiler abgekühlt war.

Die fertigen Kohlen brachten sie mit einem großen, von Hand geschobenen Karren nach Athen. Unterwegs mussten sie einmal übernachten; es ging langsam voran mit dem schweren Karren. Auch andere Karren waren unterwegs: Viele Männer arbeiteten als Köhler auf dem Pendelis.

Bei einem solchen Gang hatten Mitsos' Brüder einmal Pech: Ihr Karren brach zusammen. Glücklicherweise nahm sie aber ein Lastwagen mit, und so überholten sie die anderen Köhler. Doppeltes Glück! Die Köhler gerieten mit ihren Karren in eine Straßensperre der Deutschen, und wieder wurden viele Männer als Racheakt wegen einer Partisanenaktion erschossen. Auch ein Koronidiate namens Psarogiórgis war unter den Erschossenen. Am nächsten Tag kam dessen Vater zu Mitsos und fragte ihn, ob sie seinen Sohn gesehen hätten, der nicht zurückgekehrt sei. Mitsos brachte es nicht über sich, ihm die schlechte Nachricht mitzuteilen, aber schließlich erfuhr der Vater, was geschehen war. Er flehte Mitsos an, mit ihm zu gehen und den Toten zu holen. Sie machten sich zusammen auf den Weg. Die etwa zwanzig Leichen lagen in einem alten Stall. Der Vater suchte seinen Sohn heraus, und sie transportierten den Leichnam auf dem Karren nach Hause.

Später arbeitete Mitsos in der Nähe von Mégara westlich von Athen in einem Steinbruch. Er war als Vorarbeiter eingestellt worden, das heißt, er musste die Arbeit überwachen sowie die Sprengungen vornehmen und bestimmen, wo die Löcher für das Dynamit getrieben werden sollten. Er hatte mehrere Verwandte als Arbeiter eingestellt, zum Beispiel Karavelis, der inzwischen auch nach Athen gekommen war, den Cousin Babis und mehrere Männer aus der Familie der Petrouládhes. Außerdem war ihnen ein Mann aus der Gegend von Megara für Hilfsarbeiten zugeteilt. Dieser brachte ihnen zum Beispiel das Wasser und die Verpflegung. Er war ein recht einfältiger, schmächtiger Mann namens Synodhinós. Sie schliefen in einem Unterstand im Steinbruch auf Strohlagern.

Direkt hinter dem Steinbruch begannen die bewaldeten Berge. Hier hielten sich viele Partisanen versteckt. Ab und zu kamen die Partisanen nachts zum Steinbruch herunter und unterhielten sich mit den Arbeitern, fragten sie, ob sie gut zu essen bekämen und regelmäßig bezahlt würden. Aber mit dieser Arbeit waren Mitsos und seine Gefährten recht zufrieden: Die Deutschen belästigten sie kaum, Essen bekamen sie ausreichend und die Arbeit war nicht zu anstrengend.

Nicht weit entfernt unterhalb des Steinbruchs befand sich ein Lager der Deutschen, die von hier aus Aktionen gegen die Partisanen durchführten. Die Arbeitern im Steinbruch hatten mit den Soldaten wenig zu tun. Einmal gab es jedoch einen Unglücksfall: Bei einer Sprengung wurde ein großer Stein bis zum Lager geschleudert, traf dort einen ahnungslos dasitzenden deutschen Offizier und brach ihm den Arm. Das erzeugte einige Aufregung im Lager, und auch im Steinbruch hörten die Arbeiter schnell von dem Vorfall. Mitsos als der Verantwortliche rannte unverzüglich davon und versteckte sich ein Stück den Berg hinauf im dichten Wald – er war überzeugt, dass er erschossen werden würde, wenn man ihn erwischte. Nach einigen Stunden riefen ihn seine Gefährten jedoch wieder herunter und versicherten ihm, er habe nichts zu befürchten; der Deutsche wolle nur mit ihm reden. Schließlich ließ Mitsos sich überzeugen und kehrte zum Steinbruch zurück. Dort wartete der Offizier schon mit verbundenem Arm auf ihn. Mitsos näherte sich zögernd, da trat der Offizier auf ihn zu, schüttelte ihm die Hand und bedankte sich aus tiefstem Herzen bei ihm: Mit seinem gut gezielten Steinschuss hatte Mitsos ihm endlich den lang ersehnten Heimaturlaub verschafft!

Eines Tages erschien ein griechischer Faschist am Steinbruch und fragte nach den Partisanen. Mitsos tat so, als wüsste er von nichts, und erklärte, dass er sich in der Gegend überhaupt nicht auskenne. Der Faschist nahm Synodinos als Ortskundigen mit: Er sollte die Deutschen, die einen großen Angriff auf die Partisanen planten, auf die Berge führen. Bald konnten sie sehen, wie die Soldaten vom Lager aus losmarschieren.

Mitsos rief seine Arbeiter zusammen und sagte: „Los, nichts wie weg; gleich geht hier der große Tanz los! Das will ich nicht aus der Nähe erleben!" Die anderen Arbeiter wollten zuerst nicht weggehen, nur Babis kam mit. Aber sie hatten sich noch nicht weit vom Steinbruch entfernt, da hörten sie in den Bergen schon die ersten Schüsse widerhallen. Bald darauf sahen sie, wie auch ihre Gefährten eilig den Steinbruch verließen und hinter ihnen herliefen.

Auf dem Berg war bald die Hölle los; ununterbrochen schallte das Geknatter von Schüssen herüber. Nach hartem Kampf konnten die Partisanen gegen Abend die Angreifer schließlich zurückwerfen: Die Deutschen zogen sich wieder zurück. Synodinos wurde von den Partisanen geschnappt. Ein paar Tage später erfuhr Mitsos, wie es ihm ergangen war: Einer der Partisanen, die ihn gefangen hatten, setzte ihm die Pistole ans Ohr, als wolle er ihn erschießen; dann aber meinte er: „Nee, für dich ist sogar die Kugel zu schade!" Die Partisanen holten das Brenneisen, mit dem sie die Maultiere und Esel mit dem Namen der Widerstandsorganisation kennzeichneten: ELAS. Sie erhitzten den Stempel im Feuer und brannten Synodinos das Zeichen auf den Hintern. Dann ließen sie ihn laufen. Nach dem Kampf gaben die naxiotischen Arbeiter einschließlich Mitsos die Arbeit im Steinbruch auf und verließen Megara; Mitsos sah Synodinos nicht wieder.

Schließlich wurde Mitsos, kurz bevor die Deutschen aus der Gegend von Athen abzogen, noch einmal festgenommen und zwangsweise für eine andere Arbeit eingesetzt: Zweiundvierzig Tage lang hatten sie in einem Lager in Lamia nördlich von Athen Fahrzeuge zu zerlegen, die die Deutschen konfisziert hatten; die Einzelteile sollten nach Deutschland transportiert und dort wieder verwendet werden. Über hundert Autos zerlegten sie und häuften ganze Stapel aus den unterschiedlichen Blechen und sonstigen Einzelteilen auf. Es erging ihnen aber nicht schlecht: Sie bekamen ausreichend zu essen und wurden auch bezahlt.

Wenig später, im Oktober 1944, wurde Attika durch die Partisanen und britische Truppen befreit. Viele deutsche Soldaten gerieten in Kriegsgefangenschaft. Mitsos ging mit seiner Pistole in der Tasche zu einem Bahnhof nördlich von Athen, von wo die deutschen Kriegsgefangenen abtransportiert wurden, und schaute sich die Kolonnen der Soldaten an, in der Hoffnung den zu erkennen, der ihn in Malakassa als Partisan aussortiert und ausgeraubt hatte: Er war fest entschlossen, ihn zu erschießen. Er entdeckte ihn allerdings nicht, so sehr er auch schaute…

Mit dem Abzug der deutschen Armee hatte die entbehrungsreiche Besatzungszeit endlich ein Ende, doch die Leiden des griechischen Volkes waren noch nicht vorüber.

...
Είδαμε πάλι σήμερα τον ήλιο ματωμένο στο πλευρό του κόσμου
σαν την πληγή στο πλευρό του Χριστού απ' τη λόγχη των βαρβάρων
είδαμε τις φωτεινές μας μέρες υβρισμένες
σαν τις σκισμένες, ποδοπατημένες εικόνες της Παναγίας
είδαμε τις ελιές μας σαν τους κόμπους του λυγμού να φράζουν το λαιμό της χώρας μας
είδαμε τους ξένους να αλλάζουν το μούστο των αμπελιών μας σε χολή και ξύδι
είδαμε τα πιο ωραία παιδιά μας στα σίδερα
είδαμε κείνες τις καρδιές που φούσκωναν σα μεγάλα καρβέλια ευτυχίας για να θρέψουν
τον κόσμο
είδαμε κείνες τις καρδιές να τις τσαλαπατάνε λασπωμένες μπότες.

...
Αδέρφια μου,
τι θέλουν στο τόπο μας οι ξένοι;
Να φύγουν, να φύγουν, να φύγουν.
Αν δίναμε τα χέρια μας, αδέρφια μου. Τι μας χωρίζει;

...
Εμείς κανέναν δε μισούμε. Αφήστε μας,
ν' αγαπάμε τον κόσμο, να σας αγαπάμε.
εμείς άλλον εχθρό δεν έχουμε
παρά μονάχα κείνον που δε σέβεται τον Άνθρωπο.
Λοιπόν τι μας χωρίζει, αδέρφια μου;
Αν δίναμε τα χέρια –
ο ήλιος περιμένει. Αργήσαμε.
Αν δίναμε τα χέρια – ο ήλιος είναι
ενα φαρδύ, φαρδύ, φαρδύ παράθυρο
που περιμένει να τ' ανοίξουμε σ' όλο τον κόσμο.

Γιάννης Ρίτσος, Διακήρυξη

Kapitel 9: Der Bürgerkrieg

…Μέσα στ'αλώνι όπου δειπνήσαν μια νυχτιά τα παλληκάρια
μένουνε τα λιοκούκουτσα και το αίμα το ξερό του φεγγαριού
κι ο δεκαπεντασύλλαβος απ' τ' αρματά τους.
Μένουν ολόγυρα τα κυπαρίσσια κι ο δαφνώνας.
…

Γιάννης Ρίτσος, Ρωμιοσύνη

Weihnachten ist gekommen. Es ist allerdings nicht sehr weihnachtlich hier in Agios Dimitris: Warm und sonnig ist es, ein milder, freundlicher Tag. Weihnachten spielt keine so große Rolle in Griechenland wie im nördlicheren Europa; es wird zwar gefeiert, aber ohne Schnee, ohne Kälte und ohne lange dunkle Winterabende will nicht die passende Stimmung aufkommen. Einen Weihnachtsbaum haben wir auch nicht, nur ein bisschen Weihnachtsschmuck, den wir hier und da aufgehängt haben. Aber Geschenke haben die Kinder natürlich bekommen und nachdem die erste Freude abgeklungen ist, streiten sie sich schon darum, wer womit spielen darf. Es gibt Geschrei, Gezanke, Tränen.

Mitsos ist eben hereingekommen und hat von den Kindern etwas Gebäck serviert bekommen. Jetzt ermahnt er sie: „Na, was ist denn das? Was höre ich da für ein Geschrei? Schämt ihr euch denn gar nicht, euch so zu streiten? Ihr seid doch Geschwister! Andere Brüder und Schwestern habt ihr nicht auf der Welt! Da sollt ihr euch nicht streiten, sondern euch vertragen, euch gegenseitig helfen und euch lieb haben. Wo kommen wir denn hin in dieser Welt, wenn schon die kleinen Geschwisterchen sich streiten, sich ihre Spielsachen neiden und sich hauen und schlagen? Und dann auch noch zu Weihnachten! Ihr erinnert mich an die Kefalloniten während des Bürgerkrieges. Das waren Zustände! Da wollte der eine Nachbar den anderen abschlachten! Pfui Schande! Dass wir Menschen uns nicht besser benehmen können!" Und während er sein Gläschen *rakí* trinkt, erzählt er uns von seinen Erlebnissen während des Bürgerkrieges.

Die englische Besatzung

Nach dem Abzug der Deutschen wollten die Engländer in Griechenland die Monarchie wieder einführen, während das Volk den ungeliebten König ablehnte und für die Einrichtung einer Demokratie war. Schon während der deutschen Besatzung war es zu schweren Konflikten zwischen den griechischen Partisanen und den Engländern gekommen. Der Befreiungskampf der Griechen gegen die deutschen Besatzer (und gegen die griechischen Kollaborateure) war ganz überwiegend von der EAM, der Nationalen Befreiungsfront, und ihrer Widerstands-Armee ELAS getragen worden. Diese arbeiteten mit der Kommunistischen Partei zusammen, wurden aber nicht von ihr dominiert. Im Zuge dieser Zusammenarbeit entwickelte sich die vorher unbedeutende Kommunistische Partei zu einer von großen Teilen der Bevölkerung getragenen Massenpartei, die die Ziele des Kommunismus nun unter der speziellen griechischen Situation angepassten Bedingungen verfolgte. Obwohl die Kommunistische Partei erklärte, dass es ihr nur um die Befreiung der Nation ging und nicht um einen Klassenkampf, behagte die Stärke der Organisation den Engländern ganz und gar nicht: Sie wollten auf jeden Fall eine Machtübernahme der Kommunisten nach der Befreiung verhindern. Dabei fanden sie Unterstützung bei den ehemaligen Anhängern des Diktators Metaxas sowie dem im Exil lebenden griechischen Königshaus. Schon im Jahr 1942 begannen die Engländer mit dem Aufbau einer zweiten Befreiungsorganisation, deren Aufgabe es allerdings vor allem war, die sich abzeichnende „kommunistische Gefahr" zu bekämpfen. Diese konnte jedoch wegen des großen Rückhaltes der ELAS in der Bevölkerung kaum etwas ausrichten. Dagegen befreiten ELAS und EAM durch ihren Partisanenkrieg nach und nach den größten Teil des Landes und stellten im Frühjahr 1944 eine provisorische Regierung auf.

Im Exil, im „freien Griechenland", spielten sich ähnliche Dinge ab. Etwa 20.000 griechische Soldaten waren während der Besatzungszeit nach Ägypten geflohen und wollten von dort aus ihre Heimat vom Faschismus befreien. Sie gerieten nun in Konflikt mit den dort agierenden Engländern sowie mit der in Kairo stationierten griechischen Exilregierung unter Giorgos Papandreou. Die Soldaten lehnten die offiziell eingesetzten metaxistischen Offiziere ab und wollten selbst das Kommando übernehmen. Daraufhin kam es zum offenen Konflikt und zur Meuterei, die jedoch an der Übermacht der Engländer scheiterte, woraufhin sämtliche griechischen Soldaten in Konzentrationslager nach Libyen und Eritrea verfrachtet wurden!

Nach der Befreiung von den Deutschen im Oktober 1944 erklärten sich die EAM und die ELAS bereit, die griechische Exil-Regierung anzuerkennen. Um dem Blutvergießen und den innergriechischen Konflikten ein Ende zu setzen, unterschrieben die Führer der kommunistischen Partei und der ELAS eine Erklärung, in der sie den „Terrorismus" der Widerstandskämpfer und der Meuterer ablehnten und der Bildung einer Regierung unter Zusammenarbeit mit den Alliierten zustimmten sowie die offizielle neue griechische Armee akzeptierten. So kam nun die von England dirigierte Exil-Regierung unter Giorgos Papandreou nach Athen und übernahm das Ruder – während das ganze Land de facto von der ELAS kontrolliert wurde. Churchill empfahl dem Oberbefehlshaber der alliierten Truppen, die militärischen Formationen der Kollaborateure als „Sicherheitsbataillone" beizubehalten. Am 2. Dezember 1944 begann die Entwaffnung der ELAS gemäß dem „Friedensvertrag". Am 3. Dezember fand in Athen die größte Demonstration der griechischen Geschichte statt, als Hunderttausende auf den Straßen gegen die Entwaffnung protestierten. Das Militär schoss ohne Provokation von den Dächern der Häuser auf die Demonstranten; es gab Dutzende von Toten. In dieser angespannten Lage führten die Engländer nun eine bewaffnete Intervention in Athen durch *(Dhekemvrianá)* und es kam in einem 33 Tage währenden Straßenkrieg zu schweren Kämpfen zwischen britischen Truppen und griechischen Widerstandskämpfern. Die Kommunistische Partei entschloss sich dennoch gegen den bewaffneten Widerstand; die ELAS-Einheiten in Nordgriechenland wurden nicht zur Verstärkung mobilisiert. So wäre eine friedliche Entwicklung immer noch möglich gewesen, wenn sich auch die britische Seite an die Bedingungen des Friedensvertrages gehalten hätte. Es wurde nun jedoch eine von den Briten unterstützte, verhängnisvolle Konterrevolution durchgeführt – wie sonst in keinem europäischen Land: Während die Widerstandskämpfer, die das Land von den deutschen Besatzern befreit hatten, gnadenlos verfolgt wurden, gingen die früheren Kollaborateure straffrei aus und wurden an führende Stellen im Staat gesetzt.

Giorgos Papandreou, der Ministerpräsident der ersten Regierung, blieb nur knappe vier Monate im Amt; er trat nach der Zerschlagung der Demonstration im Dezember zurück. Er wurde abgelöst durch den gemäßigten, patriotischen, Venizelos nahestehenden Offizier Nikólaos Plastíras. Dieser hatte sich schon in den Balkanfeldzügen und im Feldzug gegen die Türkei hervorgetan. Nach der Kleinasiatischen Katastrophe hatte er die Regierung abgesetzt und das schwierige Werk der Kapitulationsverhandlungen und der Verurteilung der schuldigen Politiker sowie der Eingliederung der Flüchtlinge übernommen. Nachdem er die Dinge auf den richtigen Weg gebracht hatte, hatte er Wahlen ausgeschrieben und das Land in die Demokratie zurückgeführt. Nun trat jedoch auch Plastiras schon nach wenigen Monaten zurück, als ein Brief von ihm bekannt wurde, in dem er während des Krieges in Albanien der Regierung zu Verhandlungen mit Italien geraten hatte. Nach ihm übernahm der Offizier Voúlgaris die Regierung. Dieser wurde im Herbst 1945 von einer rechtsgerichteten Regierung abgelöst. Auch in der Zeit danach wechselten die Regierungen in schneller Folge: bis Ende 1949 wurde das Land von nicht weniger als zwölf verschiedenen Präsidenten regiert, die alle dem rechten politischen Spektrum angehörten. Am 16. Juni 1945 wurde Áris Veluchiótis, der Anführer der Partisanen, ermordet. Nach und nach wurde der überall im Land noch schwelende Widerstand der Partisanen zerschlagen. An die hunderttausend Menschen wurden inhaftiert oder auf Verbannungsinseln deportiert, tausende wurden hingerichtet.

Schließlich kam es im Juni 1946 zum Bruch zwischen der Regierung und der Kommunistischen Partei. Diese organisierte erneut einen bewaffneten Widerstand und der griechische „Bürgerkrieg" begann. Hauptschauplatz der Kämpfe waren die Berge Nordgriechenlands, wo die Kommunisten größere Landesteile unter ihre Kontrolle brachten und auch eine Gegenregierung aufstellten. Ab dem Jahr 1947 übernahmen die USA die Rolle der „Schutzmacht"; das britische Militär verließ das Land. Die Kommunistische Partei wurde nun verboten und der Ausrottungskampf vom offiziellen griechischen Heer mit großer Härte weitergeführt. Hunderttausende von Bauern in Nordgriechenland wurden umgesiedelt, womit Rekrutierungen durch die Widerstandsarmee verhindert werden sollten. Schließlich stellte die Kommunistische Partei im Jahr 1949 den Kampf ein. Insbesondere die Makedonier, die den Kampf maßgeblich getragen hatten, wurden durch Umerziehungs-Maßnahmen, Inhaftierungen und Umsiedlungen streng gemaßregelt; Tausende wanderten in den Ostblock aus. Nach den etwa 100.000 Opfern des Zweiten Weltkrieges hatte der Bürgerkrieg weitere 160.000 bis 400.000 Tote gefordert.

Im Herbst 1944, zum Ende der Besatzungszeit, wohnte Mitsos mit seinen Brüdern im Stadtteil Kypseli bei einer Tante, der jüngsten Schwester seines Vaters. Er arbeitete wieder als Bauarbeiter. Eines Tages sah er auf der Straße seinen früheren Hauptmann Karafotias. Er wollte ihn begrüßen, aber Karafotias winkte ihm von fern zu und bedeutete ihm, er solle nicht näher kommen. Er wollte wohl unerkannt bleiben, weil er als Offizier jetzt von den Partisanen verfolgt werden könnte oder weil er mit dem Bürgerkrieg nichts zu tun haben wollte. Mitsos sah ihn später nie wieder, doch er freute sich, dass Karafotias den Krieg überlebt hatte.

Während der unruhigen Zeiten um den Jahreswechsel herum wurde Mitsos häufig von den Partisanen kontaktiert und bei nächtlichen Aktionen eingesetzt. Mehrmals errichtete er Straßensperren. Manchmal nahm er seine Brüder Christos und Giorgos mit. Als sie in einer Nacht auf einer Straße tiefe Löcher aushuben, um die Straße danach zu sprengen, wurden sie wiederholt von nicht weit entfernt verschanzten Engländern beschossen. Während Mitsos seine Brüder anwies, nur auf dem Boden liegend zu arbeiten, stand er selbst furchtlos aufrecht, obwohl die Kugeln der Engländer teilweise in unmittelbarer Nähe vorbeizischten. Christos beeindruckte diese Kaltblütigkeit sehr.

In einer Nacht führte Mitsos eine besonders spektakuläre Sabotageaktion durch. Er wurde spätabends von den Partisanen abgeholt und zunächst zusammen mit anderen Männern zu einem Lager gebracht. Dort mussten sie einige Zeit warten. Mitsos untersuchte unauffällig einen Kanister, der in einer Ecke stand: Er enthielt Olivenöl! Öl war in diesen Zeiten kaum zu bekommen, und wie die meisten Menschen litt Mitsos unter Vitaminmangel. Rasch füllte er seine Feldflasche mit Öl und trank auch gleich einen kräftigen Schluck.

Nach einiger Zeit kamen die Partisanen, um ihnen ihre Aufgaben zuzuteilen. Mitsos wurde als Sprengungsexperte gefragt, ob er die *Odhós Patissíon*, eine der zentralen Straßen Athens, sprengen könnte. Er bejahte und überschlug, wie viel Sprengstoff er etwa brauchte. Er sollte die Straße auf der Höhe der Bushaltestelle Angelopoúlou unpassierbar machen. Einen Block weiter lag ein Büro der Partisanen, wo er den Sprengstoff bekommen sollte. Mitsos nahm eine dicke Eisenstange mit, mit der er die nötigen Löcher in den Asphalt treiben wollte.

Dann wurde er mit einem Jeep vor Ort gebracht. Auf der einen Seite neben ihm befand sich ein niedriges Haus mit einem unterhalb der Straße gelegenen Vorhof mit hölzerner Überdachung. Mitsos machte sich an die Arbeit. Quer über die Straße trieb er eine Reihe von sechs Löchern in den Boden. Die etwa zwanzig Zentimeter dicke Asphaltschicht zu durchstoßen, war anstrengend, aber danach trieb er die Löcher in der weichen Erde schnell so tief, wie seine Stange reichte. Ab und zu schossen die in der Nähe verschanzten Engländer in seine Richtung. Mitsos sah dann das kurze Aufblitzen beim Abschuss und warf sich seitlich in den niedrigen Vorhof. Mehrmals zischten die Kugeln ganz in seiner Nähe über den Asphalt. Mitsos fürchtete um sein Leben, aber er machte weiter.

Plötzlich fuhr ein Jeep vor. Mitsos stockte das Herz; er fürchtete, es seien Engländer. Aber zu seinem Glück war es eine Patrouille der Partisanen. Sie fragten ihn, was er hier mache. Mitsos antwortete, er sei hergebracht worden, um die

Straße zu sprengen. Alles war in Ordnung: „Mach nur weiter!" ermunterten ihn die Partisanen und fuhren wieder davon.

Als Mitsos mit den Löchern fertig war, ging er zum nahe gelegenen Büro und holte sich Dynamit, Kapseln und Zündschnüre; Sprengstoff stand reichlich zur Verfügung. Also nahm er eine ganze Kiste mit und füllte die Löcher bis oben hin. Dann befestigte er die Kapseln und Zündschnüre. Von der Seite der Engländer abgewandt, zündete er sich eine Zigarette an und legte mit dieser der Reihe nach an allen Lunten Feuer. Gerade als er die letzte Zündschnur in Brand setzte, explodierte der erste Sprengsatz. Im Hechtsprung rettete Mitsos sich in den überdachten Vorhof gleich daneben. „Bam! Bam! Bam!" explodierten einer nach dem anderen die Sprengsätze; Steine, Erde, Asphaltstücke flogen prasselnd durch die Luft.

Nun begannen die Engländer, wie wild herüberzuschießen. Eine Rakete setzte einen als Straßensperre umgekippten Straßenbahnwagen ein Stück weiter in Brand; eine andere traf das Haus, in dessen Vorhof Mitsos steckte, und ließ das Holzdach über ihm einstürzen. Nach einiger Zeit, als sich die Lage etwas beruhigt hatte, arbeitete Mitsos sich heraus; glücklicherweise waren die Hölzer morsch, und er konnte sich einen Weg bahnen. Er lief zum Büro der Partisanen, aber da war alles verschlossen; die Leute hatten sich aus dem Staub gemacht.

Mitsos lief zu Fuß wieder nach Kypseli zurück. Unterwegs wurde er noch einmal von Partisanen angehalten: „Werktrupp Straßensperren!" meldete er und durfte weiter. In der ganzen Stadt wurde geschossen. Als er eine kleine Senke kurz vorm Haus seiner Tante durchquerte, traf ihn ein Granatensplitter am Fuß und schlug den Absatz seines Schuhs weg; wie durch ein Wunder blieb er unverletzt. Irgendwo sammelte er aus den Trümmern einen großen Stamm auf und trug ihn als Feuerholz für seine Tante nach Hause; außerdem brachte er ihr die Feldflasche voll Öl.

Am nächsten Tag ging er zur *Odhós Patission* und schaute sich die Verwüstung an, die er angerichtet hatte. Er hatte gute Arbeit geleistet: Sogar zu Fuß war die Stelle kaum zu passieren!

Die Einberufung

Anfang 1945 wurde Mitsos' Jahrgang erneut eingezogen: Das wieder aufgestellte griechische Heer sollte unter Leitung der Engländer, die auch selbst wieder Truppen ins Land riefen, zum Kampf gegen die Partisanen eingesetzt werden. Die einberufenen Männer wurden beordert, sich beim Musterungsbüro am *Sýntagma*-Platz zu melden. Mitsos wollte nicht wieder Soldat werden, und schon gar nicht für die verräterische Fremdregierung und gegen die Partisanen, die für ein freies Griechenland kämpften. Einige seiner Verwandten, wie zum Beispiel sein Bruder Nikiforos, hatten sich den Partisanen angeschlossen; und Mitsos selbst war ja oft genug für sie tätig gewesen. Aber wer sich nicht rekrutieren lassen wollte, wer sich weigerte, gegen seine eigenen Landsleute zu kämpfen, mit dem wurde kurzer Prozess gemacht: Täglich wurden junge Männer erschossen.

Als Mitsos am besagten Morgen zum *Sýntagma*-Platz kam, wartete schon eine lange Schlange von Rekruten vor dem Tor des Lagers. Mitsos reihte sich ein. Da fiel ihm in letzter Sekunde siedend heiß ein, dass er einen *Rizospástis* in der Hosentasche hatte, die Zeitung der Kommunistischen Partei, die er am frühen Morgen in Kypseli gekauft hatte. Er hatte sie gedankenlos so wie sonst in die Tasche gesteckt, um sie später in Ruhe zu lesen. Nun war er in eine gefährliche Lage geraten, denn der *Rizospástis* war damals zwar nicht verboten (die Kommunistische Partei wurde schließlich von der Mehrheit der Griechen unterstützt), aber in dieser Situation bedeutete er für Mitsos so gut wie ein Todesurteil: Er hatte ihn ausgerechnet vor dem Musterungsbüro der Armee bei sich, als er dazu einberufen wurde, die kommunistischen Partisanen zu bekämpfen! Was tun? Hier war schnelles Handeln geboten. Schon wurden die Tore geöffnet, und die Schlange der wartenden Männer setzte sich in Bewegung! „Komm nah hinter mich!" flüsterte Mitsos dem hinter ihm gehenden Mann zu, und als der nahe an ihn herantrat, warf er die Zeitung mit einer schnellen Bewegung aus der Hosentasche seitlich in einen Strauch.

Die Rekruten wurden in einen Raum geführt, wo sie registriert und eingemustert wurden. Es ging langsam voran. Endlich war Mitsos an der Reihe. „Dimitris Emmanouil Mandilaras!" – „Wo wohnhaft?" fragte ihn der registrierende Offizier. „In Kypseli", antwortete Mitsos und nannte die Straße. „Soso", brummte der Offizier und musterte Mitsos misstrauisch: Kypseli war die Kommunisten-Hochburg von Athen. Dann begann er in den Heften, die er vor sich liegen hatte, zu blättern. Er wies einen dabeistehenden Soldaten an, Mitsos' Taschen zu durchsuchen. Der fand ein zerknittertes Papier in Mitsos' Hemdtasche: die *Ágia Epistolí*, die er noch immer treu bei sich trug. Der Soldat reichte das Papier dem Offizier, der es auseinanderfaltete. Als er sah, worum es sich handelte, mokierte er sich mit verächtlichem Grinsen: „Ach, und so was hast du in der Tasche…!" Dann fuhr er Mitsos unwirsch an: „Stell dich da vorn hin und warte!" Wie ihm geheißen stellte sich Mitsos an die Wand und wartete.

Er wartete sehr lange. Immer neue Rekruten kamen ins Zimmer und wurden eingemustert; einige wurden wie Mitsos aussortiert und mussten an der Seite warten. Schließlich wandte Mitsos sich an den Offizier: „Herr Offizier, wie lange werde ich hier noch warten müssen? Wann soll ich denn eingemustert werden?" Der Offizier antwortete mit beißendem Spott: „Du eingemustert? Haha! Warte bis morgen früh, dann wirst du sehen!" und er bedeutete ihm mit einer Handbewegung, was Mitsos morgen früh erwarte: Die Exekution!

Mitsos wartete schweigend. Natürlich, er sollte als Kommunist erschossen werden. Sein Name war ihm zum Verhängnis geworden: Sein Cousin Michalis Mandilaras war während der Besatzungszeit als gefährlicher Partisan gesucht worden; eine Million Drachmen hatten die Deutschen auf seinen Kopf ausgesetzt. Und was hatte er Schreckliches verbrochen? Die deutschen Feinde hatte er bekämpft und die griechischen Kollaborateure, die Verräter! Für die Freiheit seiner Heimat hatte er gekämpft! Mit den Engländern, die die Partisanen unterstützten, hatte er zusammengearbeitet, am Olymp, wo sie von den Bergen aus operierten. An einem der englischen Offiziere, Captain Bill, hatte er sogar einen guten Freund gefunden – doch das ist eine andere Geschichte. Nun war die Heimat wieder frei, die Engländer dirigierten das Land – und was war der Lohn für seine Mühen? Jetzt wurden die Freiheitskämpfer von ihrer eigenen Regierung verfolgt! Die echten Patrioten sind bei den Regierungen immer unbeliebt, denn es geht ihnen nicht um ihr eigenes, sondern um aller Wohl, und darum sind sie nicht käuflich oder bestechlich … und somit unbequem.

Bittere Gedanken gingen Mitsos durch den Kopf. Wofür nur hatte er sich die langen Jahre auf dem Wachtposten und im Krieg abgequält? Für das Vaterland, hieß es! Und was war der Dank des Vaterlandes dafür? Die Exekution! Wie ein Verräter sollte er erschossen werden, nachdem er so viele Gefahren und Strapazen für seine Heimat durchgestanden hatte! War er denn ein Verbrecher, ein schlechter Mensch? Hatte er sich irgendetwas zuschulden kommen lassen? Warum hassten diese Menschen die Kommunisten so sehr, die doch nur für ihre Rechte und ihre Freiheit, für ein bisschen Brot und Milch für ihre Kinder kämpften? Da wäre er doch besser zu den Partisanen in die Berge gegangen! Aber was nützte jetzt noch das Grübeln? Nun war sowieso alles zu spät!

Plötzlich wurde Mitsos von jemandem angesprochen, der gerade registriert worden war: „He, Mandilaras! Dass ich dich wiedersehe! Wie geht es dir?" Mitsos konnte sein Gegenüber nicht mehr einordnen, aber der klärte ihn schnell auf: „Mensch, Mandilaras, hast du mich vergessen?! Erinnerst du dich nicht, ich war doch dein Leutnant bei der Militärausbildung in Goudi! Was machst du hier, bist du auch einberufen worden?" – „Ja, aber nun will mich der Offizier nicht registrieren, sondern morgen erschießen lassen, weil ich angeblich ein Kommunist bin!" – „Warte mal", meinte der Leutnant und wandte sich an den Offizier: „Diesen Mann da müsst ihr passieren lassen! Er war bei der Ausbildung in meiner Truppe und mein bester Soldat! Er hat sich nie das Geringste zuschulden kommen lassen!" Der Offizier schaute ihn misstrauisch an und fragte dann: „Garantierst du für ihn?" – „Jawohl, ich garantiere für ihn und übernehme die volle Verantwortung!" erwiderte der Leutnant. „Na gut", lenkte der Offizier ein. Er rief Mitsos herbei; und so wurde dieser schließlich doch noch eingemustert. Wieder wurde er Feldwebel. Er wurde einer Einheit zugeteilt, die vorläufig im Lager am *Syntagma*-Platz untergebracht war.

Welch ein Glück! Mitsos bedankte sich mit einem herzlichen Händedruck beim Leutnant; leider sah er ihn nie wieder. Wieder einmal so grade noch davongekommen! Aber wie viele andere junge Männer wurden in dieser und anderen Nächten erschossen! Offiziell hieß es dann, sie hätten sich nicht gemeldet und wären wohl fahnenflüchtig auf die Berge gegangen.

Mitsos' zwei Jahre ältere Schwester Koula war gegen Ende der Besatzungszeit schwer erkrankt und nach Athen gebracht worden; nun lag sie in einem Krankenhaus ganz in der Nähe des *Syntagma*-Platzes. Ihr Mann Nikiforakis arbeitete in Athen als Bauarbeiter. Ihre drei Kinder waren in Koronos geblieben, während Koula in Athen im Krankenhaus lag, und wurden dort von Nikiforakis' Mutter versorgt. Mitsos war in den vorherigen Wochen mehrmals im Krankenhaus gewesen und hatte Koula besucht. Sie litt an einer rheumatischen Erkrankung, die an sich heilbar war; es fehlte jedoch an Medikamenten, und Koulas' Gesundheitszustand verschlechterte sich zusehends.

Mitsos schlief in der ersten Nacht im Lager am *Syntagma*-Platz sehr unruhig: Er musste ständig an seine Schwester denken und hatte schlechte Träume. Morgens wurde seine Unruhe so übermächtig, dass er beschloss, eine kurze Abwesenheit vom Lager zu riskieren. Nach dem Appell nutzte er einen unbewachten Augenblick und kletterte über den mit Stacheldraht bewehrten Zaun, der das Lager umgab: nur nicht erwischen lassen! Keiner bemerkte ihn. Dann rannte er, so schnell es ging, zum Krankenhaus, das ganz in der Nähe lag. Außer Atem hastete er auf die Station. Dort angekommen setzte sein Herz einen Schlag aus: Koulas Bett war leer. Mit bangen Ahnungen fragte er die Schwester, und sie bestätigte ihm, dass Koula in der Nacht gestorben sei, und erzählte, dass sie die ganze Nacht nach ihrem Bruder Dimitris gerufen habe... „Der bin ich!" flüsterte Mitsos; die Kehle war ihm wie zugeschnürt. Er wollte seine Schwester noch einmal sehen und wurde dazu in den Keller verwiesen, wo die in der Nacht gestorbenen Patienten aufgebahrt waren. Zehn Leichen musste er aufdecken, ehe er sie fand, und nahm traurigen Abschied von ihr... Dann musste er schleunigst wieder ins Lager zurück, damit niemand seine Abwesenheit bemerkte.

Am nächsten Tag wurde Mitsos' Einheit zu einem Lager in Koukákia nicht weit von Piräus gebracht und dort einquartiert. Sie blieben hier nur kurze Zeit, danach sollten sie nach Pátras an der Nordwestecke des Peloponnes weiterverlegt werden. Kurz vor der Abfahrt erbat sich Mitsos von einem freundlichen Vorgesetzten einen Tag Urlaub, da seine drei jüngeren Brüder Christos, Giorgos und Nikiforos als Partisanen oder Sympathisanten der Kommunisten inhaftiert worden waren; er wollte nun, wo er Feldwebel war, versuchen, sie aus dem Gefängnis herauszuholen. Giorgos befand im Polizeigefängnis in Kypseli, Nikiforos in einem Militärkrankenhaus in Chaïdhári und Christos war im Militärlager in Goudi inhaftiert.

Zuerst ging Mitsos nach Kypseli, wo Giorgos im Gefängnis saß. Dieser war verhaftet worden, als er gemeinsam mit anderen Partisanen in die Häuser von Reichen einbrach, wo sie vor allem Lebensmittel stahlen, die sie an das hungernde Volk verteilten. Bei einer solchen Aktion waren einige Partisanen, darunter auch Giorgos, von der Polizei geschnappt und verhaftet worden. Nun saß er schon einige Zeit in Kypseli im Gefängnis. Mitsos trat dort forsch auf und verlangte, zu seinem Bruder geführt zu werden. Die Wachen weigerten sich anfangs, aber er ließ nicht locker. Schließlich gaben sie nach, und er konnte tatsächlich erreichen, dass Giorgos noch am selben Abend entlassen wurde. Dieser hatte schon einige Misshandlungen erdulden müssen und wäre in wenigen Tagen ins Exil nach Nordafrika geschickt worden!

Sofort machte sich Mitsos wieder auf den Weg und eilte nach Chaïdari zum Krankenhaus, in dem Nikiforos lag. Dieser war an einem fiebrigen Infekt erkrankt. Es war nichts Ernstes, aber nach den Strapazen der Besatzungszeit war Nikiforos abgemagert und sehr geschwächt. Wieder gelang es Mitsos ohne größere Schwierigkeiten, ihn aus dem Krankenhaus heraus zu holen. Nikiforos kämpfte danach noch mehrere Jahre lang nördlich von Athen mit den Partisanen und erlitt in dieser Zeit schwere Erfrierungen an den Füßen. Er verbrachte während des Bürgerkrieges insgesamt elf Monate im Gefängnis.

Als letztes musste Mitsos noch nach Goudi, um Christos zu befreien, der schon seit neun Monaten inhaftiert war. Christos hatte eigentlich nichts Schlimmes gemacht, aber ein verräterischer und missgünstiger Besitzer eines kleinen Ladens, dem er ein paar Pakete Zigaretten schuldete, hatte ihn bei der Sicherheitspolizei angeschwärzt, dass er mit den Kommunisten zusammenarbeite. Im Militärlager in Goudi waren die Engländer stationiert und die Sache gestaltete sich schwierig. Nach einigem Drängen wurde Mitsos ins Lager gelassen und kam auch in den Bereich, in dem das Gefängnis lag, hinein; aber dann wollten ihn die Wachen nicht weiterlassen, so sehr er auch bat und drohte. Das Gefängnis wurde von englischen Soldaten bewacht. Hier war auch General Scobie einquartiert, der Oberbefehlshaber der englischen Armee. Dieser fürchtete sich vor Anschlägen, so dass es ganz und gar unmöglich war, ohne spezielle Erlaubnis dorthin vorzudringen – Mitsos wurde der Zutritt verwehrt. Schließlich fand er einen höheren Offizier, der sich sein Anliegen anhörte. Mitsos schilderte ihm die Lage, versicherte dem Offizier, dass sich sein Bruder noch nie etwas hatte zuschulden kommen lassen, und beschwor ihn, alles zu versuchen, um ihn aus dem Gefängnis zu holen. Der Offizier versprach ihm gutwillig, sich darum zu kümmern. Tatsächlich erfuhr Mitsos nach einigen Tagen, dass auch Christos wieder frei war. Auch er war im Gefängnis misshandelt worden.

Die Ankunft in Kefallonia

Nach einem kurzen Aufenthalt in Patras wurde Mitsos' Kompanie im Februar 1945 nach Kefaloniá verlegt. Kefallonia ist die größte der ionischen Inseln und landschaftlich sehr reizvoll mit tief eingeschnittenen Buchten und hohen, bewaldeten Bergen. Hier waren noch viele Partisanen aktiv und Gewalttaten waren an der Tagesordnung: Der Bürgerkrieg hatte hier schon zahlreiche Opfer gefordert. Nun sollte zusätzliches Militär auf die Insel, um sie zu befrieden, das hieß, die Partisanen sollten ausgemerzt und die linksgerichteten Bürger eingeschüchtert und zur Ruhe gebracht werden.

Die zweihundert Soldaten fuhren mit einem *kaïki*, einem kleinen Fährboot, von Patras aus nach Sámi, einem Hafenort an der Ostseite von Kefallonia. Das Wetter war schlecht: Während der Überfahrt kam ein heftiger Sturm auf. Die Wellen beutelten das kleine Schiff und die auf dem offenen Deck untergebrachten Soldaten wurden hin und her geschleudert. In Patras hatte jemand Mitsos seine *chlaíni*, den Soldatenmantel, gestohlen, so dass er nun von der Gischt und vom strömenden Regen bis auf die Haut durchnässt wurde; er fror erbärmlich. Und vom Major wurde er obendrein getadelt, weil er seine *chlaíni* nicht trug.

Wegen des schlechten Wetters brauchten sie fünfzehn Stunden für die Überfahrt. Am Abend erreichten sie endlich den kleinen Hafen. Das *kaïki* ankerte an einem flachen Felsen im Hafenbecken, eine Mole gab es nicht. Die Soldaten mussten an Land springen; dabei stützten sie sich mit ihren Gewehren ab. Einer nach dem anderen sprang hinüber. Da krachte plötzlich ein Schuss, und ein Soldat stürzte mitten im Sprung ins Wasser. Es dauerte einen Moment, bis sie verstanden hatten, was geschehen war: Der Soldat hatte sein Gewehr nicht entladen und nicht gesichert, und beim harten Aufsetzen des Gewehrs auf dem Felsen war ein Schuss losgegangen: Der Mann hatte sich selbst erschossen.

Die Soldaten wurden von der Bevölkerung begeistert begrüßt. Die lebensfrohen Insulaner hatten für ihren Empfang ein regelrechtes Fest mit Musik und Tanz gerichtet. Sie freuten sich, dass die Soldaten hier nun wieder Recht und Ordnung einführen würden, denn die Bewohner waren zerstritten: Rechte und Linke drangsalierten sich gegenseitig und die Insel war in Aufruhr; die Menschen bangten um ihr Leben und ihren Besitz. Erfreut über den herzlichen Empfang mischten sich die Soldaten unter die Volksmenge und feierten bis in die Nacht hinein.

Die Kompanie wurde vorläufig in einem Schulgebäude untergebracht. Am nächsten Morgen wies der in Sami stationierte Hauptmann Sklavoúnos die Feldwebel und Offiziere in ihre Aufgaben ein. Als Mitsos danach die Wache verließ, sprachen ihn zwei Mädchen aus einem einige Kilometer entfernt liegenden Dorf namens Ágia Efimía an: Sie wollten zum Hauptmann. Mitsos führte sie hin, und die Mädchen berichteten aufgeregt, dass im Dorf eine wilde Schlägerei im Gange sei: Die Menschen würden sich sicher noch abschlachten, wenn das Militär nicht einschreite. Der Hauptmann beorderte Mitsos, mit seiner *omádha*, seiner Truppe von zwölf Mann, nach Agia Efimia zu gehen und dort für Ruhe zu sorgen. Sie sollten dann zunächst in diesem Dorf stationiert werden.

Mitsos rief seine Männer zusammen, und sie packten ihre Rucksäcke und brachen nach Agia Efimia auf. Sie hatten eine Strecke von etwa acht Kilometern zurückzulegen, immer am Meer entlang. Nach einem kräftigen Marsch von einer guten Stunde kamen sie an einer Quelle vorbei, die in etwa fünfzig Metern Entfernung vom Meer aus den Felsen sprudelte. Es war nun nicht mehr weit bis zum Dorf. Mehrere Frauen waren an der Quelle und wuschen Kleidung. Die durstigen, ermüdeten Soldaten luden ihre Rucksäcke ab, um einen Augenblick zu rasten. Mitsos beugte sich als erster nieder, um von dem verlockenden, klaren Wasser zu trinken. Aber kaum hatte er den ersten Schluck im Mund, da spuckte er es auch schon wieder aus: es war salzig! Die Frauen lachten und riefen: „He, Meerwasser willst du trinken?!‟

In Agia Efimia

Bald erreichten sie das Dorf. Agia Efimia war ein schöner Hafenort; die Häuser reihten sich rund um eine malerische Bucht mit prächtigem Ausblick auf die gegenüberliegende Insel Ithaka. Im Hafenbecken schaukelten verträumt mehrere Fischerboote. Im Moment war es allerdings alles andere als friedlich: Das Dorf war in Aufruhr. Nachdem die Bewohner von der Ankunft der Soldaten, die die Partisanen bekämpfen sollten, erfahren hatten, waren die politisch rechtsgerichteten Männer übermütig geworden und jagten die Linken; die wiederum schlugen zurück. Auf dem Dorfplatz war eine wilde Schlägerei im Gange. Mitsos stellte sich mit seinen Soldaten mit den Gewehren im Anschlag auf, schoss mit seinem Maschinengewehr kurz vor die Füße der Menschen und brüllte: „Wenn ich in fünf Minuten noch jemanden auf der Straße sehe, eröffne ich das Feuer! Alle in die Häuser! Bis morgen früh will ich niemanden sehen!" Augenblicklich verschwanden alle in ihren Häusern, in Blitzesschnelle waren die Straßen leer, und bis zum Morgen herrschte Totenstille!

Am nächsten Morgen brachte Mitsos einen Anschlag am *kafenion* an, der die Dorfbewohner zur Ablieferung sämtlicher Waffen aufforderte. Er drohte mit saftigen Gefängnisstrafen für alle, bei denen nach Ablauf einer vierundzwanzigstündigen Frist noch eine Waffe gefunden würde. Es dauerte nicht lange, da kamen die ersten Männer und brachten ihm alte Gewehre, Säbel und Bajonette. Im Laufe des Tages sammelte sich ein großer Haufen an. Am nächsten Morgen rief Mitsos einen Fischer namens Panagiótis herbei und ließ die Waffen in dessen Boot verladen und mitten in der Bucht versenken.

Mitsos' Truppe blieb etwa zwei Monate lang in Agia Efimia. Sie waren in einem leerstehenden, vornehmen Haus, das einem Amerikaner gehörte, untergebracht. Mitsos' nächster Vorgesetzter war ein äußerst unsympathischer, faschistischer Typ, der die Kommunisten hasste und die Partisanen fanatisch verfolgte. Er befehligte außer über Agia Efimia auch über die nördlich davon gelegene Halbinsel Erissó, auf der noch zwei weitere *omádhes* stationiert waren. Der Leutnant hatte erfahren, dass sich die lokalen Kommunisten in einem alten, verfallenen Haus in einem kleinen Nachbardorf träfen. Er beauftragte Mitsos, das Haus nach Informationen und Waffen zu durchsuchen und eventuell Anwesende zu verhaften. Dieser ging also mit drei Soldaten hin, betrat dann aber zunächst allein das Haus. Es war niemand da, aber Mitsos fand eine Auflistung der Kommunisten im Dorf; sechzehn Namen waren aufgeführt. Er steckte den Zettel in seine Tasche und verbrannte ihn später. Seinem Vorgesetzten meldete er, dass sie nichts gefunden hätten.

Nach einigen Tagen beorderte der Leutnant Mitsos, mit ihm zusammen ein Haus zu durchsuchen, dessen Bewohner Handgranaten versteckt haben sollten. Sie gingen zu einem schönen, herrschaftlichen Haus direkt an der Hafenpromenade. Es hatte zwei Eingänge; der Leutnant übernahm den einen Eingang und die dahinter gelegenen Zimmer und Mitsos die andere Seite. Es waren nur zwei Mädchen im Haus. Mitsos machte sich an die Arbeit. Das eine Mädchen ging hinter ihm her, voller Unruhe schaute es ihm zu. Von der anderen Seite des Flurs her war zu hören, wie der Leutnant Sachen auf den Fußboden warf, Schränke und Schubladen ausleerte und Möbel von der Wand rückte. Mitsos flüsterte dem Mädchen zu: „Wo sind die Handgranaten? Schnell!" Sie führte ihn zu einer Truhe und holte zwei Handgranaten heraus, die Mitsos in seiner Manteltasche verschwinden ließ. „Wenn du mich verrätst, erschieße ich dich eigenhändig!" wisperte er. „Keine Sorge", flüsterte das Mädchen. Nun machte sich Mitsos wieder an die Durchsuchung, fluchend und schimpfend, um den Schein zu wahren; auch er leerte alles aus. Sie fanden natürlich nichts. Der Leutnant verwüstete vor Wut das Haus und bedrohte und beschimpfte die Mädchen. Es half aber alles nichts, er musste unverrichteter Dinge abziehen.

Kurze Zeit danach wurde in der Nähe des Ortes eine autogroße Mine angeschwemmt. Alles war in heller Aufregung. Mitsos ließ Spezialisten aus Argostóli, der Hauptstadt von Kefallonia, herbeirufen, denen es gelang, die Mine unbeschadet zu entschärfen. Sie gewannen riesige Mengen Sprengstoff, der im Keller der Militärstation gelagert wurde. Bald darauf kam der Fischer Panagiotis zu Mitsos und fragte diplomatisch, ob er vielleicht gern Fisch äße: Er wollte etwas Sprengstoff zum Fischen haben. Von da an versorgte Mitsos den Fischer regelmäßig mit Sprengstoff, und der lud ihn dafür zum Essen ein. Er fing haufenweise besten Fisch, und Mitsos aß bei ihm köstliche Fischsuppen, bis er Fisch fast nicht mehr sehen konnte. Panagiotis fischte nur in einiger Entfernung vom Dorf, damit niemandem auffiel, wie er die Fische fing. Mitsos gab ihm Bescheid, wenn sich ein Offizier zu Kontrollen ankündigte, damit er an diesem Tag das Dynamitfischen unterließ. Im Laufe der Zeit verbrauchten sie den halben Sprengstoffvorrat.

Panagiotis hatte drei unverheiratete Schwestern, und er selbst war auch ledig. Sie wurden gute Freunde und Panagiotis versuchte, eine seiner Schwestern mit Mitsos zu verheiraten, aber der wollte nicht: Er hatte noch keine Lust, zu heiraten, in Kefallonia bleiben wollte er auch nicht und außerdem war er völlig mittellos: Er besaß rein gar nichts. Wie sollte er da eine Familie gründen?

Mitsos war außer für das Dorf selbst auch für den Hafen zuständig. Jede Nacht fuhr eine kleine Fähre zum Festland hinüber. Damit sich die gesuchten Partisanen nicht einfach per Schiff absetzen konnten, brauchte jeder, der ausreisen wollte, eine Erlaubnis für die Überfahrt. Diese Passagierscheine stellte Mitsos aus; dabei hatte er zu kontrollieren, ob die Reisenden als Partisanen gesucht waren. Dann fertigte er eine Liste der Passagiere an, die er zu den Akten legte. Nachts um zwei, wenn das Fährschiff abfuhr, ging er zum Hafen und überprüfte die Passagierscheine aller Reisenden. Auch die Waren, die transportiert wurden, musste er kontrollieren.

Mitsos war mit den Passierscheinen sehr großzügig und stellte sie allen aus, ohne weiter nachzuforschen. Ausweisen konnten sich die meisten Menschen ohnehin nicht, Pässe oder Personalausweise gab es kaum. So konnten die Partisanen einfach einen falschen Namen angeben: Mitsos ließ jeden ausreisen, dessen Name nicht auf der Liste der gesuchten Partisanen stand. Auf diese Weise verhalf er vielen Männern zur Flucht.

Eines Abends kam der faschistische Leutnant zur Wache und beschuldigte Mitsos, für die kommende Nacht einem Partisanen einen Passagierschein ausgestellt zu haben. „Hier ist die Liste", meinte Mitsos: „Schau selbst nach!" Der Leutnant deutete auf einen Namen: „Der ist es, er hat einen falschen Namen angegeben: Bourneliós! Der Verbrecher hat drei Priester getötet!" – „Na, sie werden ihm wohl irgendetwas getan haben!" meinte Mitsos. (Viele Priester kollaborierten während des Krieges und der Besatzungszeit mit den Deutschen und verrieten die Widerstandskämpfer an den Feind.) Dem Leutnant gefielen diese Worte gar nicht, und er schaute Mitsos scharf an. Daraufhin lenkte der ein: „Der Mann ist jetzt bestimmt im Hotel; da gehen alle hin, die abreisen wollen. Dort können wir ihn leicht schnappen!" So brachen sie mit mehreren Soldaten zum Hotel auf.

Tatsächlich trafen sie den Partisanen dort an. Da der Leutnant dabei war, spielte Mitsos den Bösen; er schnauzte den Mann an, warf ihm vor, einen falschen Namen angegeben zu haben, und versetzte ihm ein paar Ohrfeigen. Sie nahmen Bournelios fest und brachten ihn zur Militärstation. Dort war inzwischen die Petroleumlampe erloschen, und es war vollkommen finster, bis einer der Soldaten sie wieder angezündet hatte. Mitsos war mit Bournelios als letzter hereingekommen; sie standen noch an der Zimmertür. Das war die Gelegenheit: Er gab Bournelios einen Stoß – los, hau ab!! Der zögerte keine Sekunde, sprang über den Flur, auf die Veranda und mit einem Hechtsprung in den etwas tiefer gelegenen Garten. Ein Zitronenbäumchen fing ihn auf, dann war er in den Gärten verschwunden. Kaum war er weg, begann Mitsos zu schreien: „Schnell, er entwischt uns!" und schoss ein paar Mal in die Luft. Die anderen rannten hinterher, schossen und riefen und suchten die Gärten ab – nichts! Der Leutnant schäumte vor Wut und biss in seine Pistole.

Nun hatte Mitsos aber doch etwas zuviel des Guten getan und seine Vorgesetzten schöpften Verdacht, dass er den Partisanen half. So wurde er nach Varí versetzt, einem kleinen Dorf etwa zehn Kilometer weiter nördlich in den Bergen.

In Vari

Auf dem Weg nach Vari wurde Mitsos von zwei seiner Soldaten begleitet. Es war Frühling geworden. Unterwegs kamen sie an einem Weinberg vorbei, in dem am Rand der Terrassen *koukiá*, Saubohnen, angepflanzt waren. Diese können auch roh gegessen werden, und einer der beiden Soldaten fragte Mitsos, ob er sich ein paar pflücken dürfe. „Ja, geh nur und pflück dir welche!" meinte Mitsos. Kaum war der Soldat ein Stück in den Weinberg gegangen, da schrie er plötzlich: „Mandilaras, der Bournelios ist hier!" So ein Zufall! Dass sie ihn auf diese Weise noch einmal treffen würden, damit hatte freilich keiner gerechnet! Nun rannte der Partisan wie ein Hase davon und entwischte ihnen wieder.

Das kleine Dorf Vari liegt auf der Halbinsel Erisso im Norden von Kefallonia. Hier verbrachte Mitsos etwa zwei Monate. Der faschistische Leutnant war auch hier sein Vorgesetzter. Meist hielt er sich in einem etwa auf halber Strecke zwischen Vari und Agia Efimia gelegenen Dorf auf, aber er kam häufig nach Vari und in das Nachbardorf Plagiá.

Mitsos und seine *omádha* sollten auf Anweisung des Leutnants bei einer Partisanen-Witwe untergebracht werden, die mit ihrer Tochter ein kleines Haus bewohnte. Als Mitsos dort mit seiner Truppe ankam, war die arme Witwe den Tränen nahe: Wie sollte sie die zwölf Männer in ihrem Haus unterbringen und womöglich auch noch verpflegen? Mitsos erklärte dem Leutnant, dass er sich weigere, in dieses Haus einzuziehen und so der armen Witwe und ihrer Tochter zur Last zu fallen; eher wolle er mit all seinen Soldaten auf der Straße kampieren. Brummend meinte der Leutnant, dann solle er sich eben selbst um eine Unterkunft kümmern.

Die Witwe empfahl Mitsos heilfroh ein unbewohntes Haus, das ganz am oberen Ende des Dorfes stand und Verwandten von ihr gehörte, die ausgewandert waren; sie half das Haus herzurichten. Dann bedankte sie sich herzlich bei Mitsos, reichte ihm eine große Flasche Wein und sagte: „Von diesem Wein habe ich ein ganzes Fass im Keller, von dem seit dem Tod meines Mannes niemand mehr trinkt. Nimm diese Flasche und komm immer, wenn sie leer ist, dass ich sie dir wieder auffülle! Auch zum Essen kannst du gern kommen; ich will dir Bescheid geben, wenn ich etwas Gutes gekocht habe." Mitsos machte jedoch von dieser Einladung nie Gebrauch; er wollte die Witwe in diesen hungrigen Zeiten nicht noch zusätzlich belasten. Aber den Wein nahm er an und füllte sich noch öfter seine Flasche auf.

Vom Heer bekamen die Soldaten nur Konserven geliefert; sie hatten keinen Koch. Mitsos mochte die Konserven nicht und tauschte sie darum meistens bei den Dorfbewohnern gegen etwas anderes ein. Für gewöhnlich bekam er Eier: Das ganze Frühjahr lang ernährte er sich hauptsächlich von Eiern!

Wie auch Naxos war Kefallonia nach der Niederlage Griechenlands zunächst von italienischen Soldaten besetzt worden, die später vom deutschen Heer vertrieben und größtenteils umgebracht worden waren. Einige Italiener hielten sich jedoch immer noch auf den Bergen versteckt. Mitsos bekam den Auftrag, zwei Italiener, die sich bei einem Hirten in der Nähe von Plagia befinden sollten, aufzustöbern und festzunehmen. Mitsos ging mit zwei Soldaten zum Hirtenhof, und tatsächlich trafen sie die Italiener dort an. Mitsos wollte sie festnehmen, aber der Hirte bat für sie: „Lass die Männer hier, ich bitte dich! Wenn du sie verhaftest, werden sie bestimmt erschossen! Es sind gute Jungen; sie helfen mir. Ich werde dafür sorgen, dass sie sich gut verbergen, damit niemand sie entdeckt." Mitsos zögerte erst, aber schließlich ließ er die Italiener da, schärfte dem Hirten aber ein, sie gut zu verstecken, damit er keinen Ärger bekäme. Seinem Vorgesetzten gegenüber behauptete er, er habe alles durchsucht, aber niemanden gefunden.

Später kam Mitsos bei seinen Kontrollgängen gelegentlich bei diesem Hirten vorbei, der ihn dann stets einlud und ihm einen Schnaps servierte. Bei einem der Besuche fiel Mitsos auf, dass die Hirten aus der nach dem ersten Andicken übrigbleibenden Molke nicht durch ein zweites Andicken *anthótyro* produzierten wie auf Naxos, sondern einfach nur die Rückstände mit einem Tuch ausfilterten, das sie zum Abtropfen aufhängten. Der dabei entstehende Weichkäse war geschmacklich nicht mit dem naxiotischen *anthótyro* zu vergleichen. Außerdem ging viel Molke verloren, aus der man noch guten Käse hätte gewinnen können. An einem ruhigen Vormittag ging Mitsos zum Hirten und zeigte ihm, wie man *anthótyro* herstellt. Der Hirte war begeistert von dem leckeren süßen Quark, den Mitsos produzierte. Später, als die ersten Käselaibe reif waren, kam er noch einmal und bedankte sich bei Mitsos für seine Hilfe.

Der geflüchtete Partisan Bournelios stammte aus dem Nachbardorf Plagia, und es war zu vermuten, dass er sich auf den umliegenden Bergen versteckt hielt. Etwas außerhalb des Dorfes Plagia wohnte Bournelios' Freundin, ein ungewöhnlich schönes Mädchen namens Charoúla. Eines Tages nahm der Leutnant Mitsos mit, um bei ihrem Haus nach Bournelios zu suchen. Sie trafen nur eine Tante von Charoula an; das Mädchen selbst war nicht zu Hause. Der Leutnant drohte der Tante: „Sag Charoula, wenn sie kommt, sie soll sich keine Hoffnungen machen, dass ihr hübscher Freund ungestraft davonkommt! Ich werde ihn schon noch schnappen! Und dann werde ich ihn eigenhändig in Stücke hacken und braten und sie mit seinem Fleisch füttern, Stück für Stück!! Glaubt nur nicht, dass ihr mir entwischen könnt!"

Auf dem Rückweg trafen sie zwei Hirtenjungen, die auf dem Weg zu Charoulas Haus waren. Diese wurden verdächtigt, für die Partisanen zu arbeiten. Der Leutnant beauftragte Mitsos, sie zu durchsuchen. Er schoss unterdessen mit seiner Pistole auf einen Baumstamm und übte sich im Zielen. Mitsos durchsuchte die beiden verängstigten Jungen und tatsächlich fand er bei dem einen ein zusammengefaltetes Zettelchen. Er bedeutete dem Jungen zu schweigen und ließ das Zettelchen unbemerkt in seine Tasche gleiten. Dann teilte er dem Leutnant mit, dass er nichts gefunden habe, worauf der die beiden Jungen unter Drohungen entließ und schlecht gelaunt weiterging. Zu Hause las Mitsos das Zettelchen durch. Tatsächlich war es eine Nachricht von Bournelios an Charoula, sie solle in der nächsten Nacht zu einem bestimmten Kiefernwäldchen auf dem Berg kommen, dort wolle er sie treffen. Mitsos verbrannte das Zettelchen im Ofen. Später ging der Leutnant erneut zu Charoula, um seine Drohungen noch einmal bei ihr persönlich vorzubringen. Er beschimpfte sie und drohte ihr auf die schaurigste Weise.

Zwei Tage später kamen zwei Männer zur Wache und lieferten einen großen, prallgefüllten Beutel für Mitsos ab. Es war gebratenes Fleisch darin, Käse, gutes hausgebackenes Brot und ein Fläschchen Wein. Mitsos ließ die Männer hereinrufen und fragte, was das bedeute. Sie erklärten ihm leise, dass sie die Väter der Hirtenjungen seien. Sie bäten ihn, diese kleinen Geschenke anzunehmen mit ihrem herzlichsten Dank und tausend guten Wünschen. Mitsos behielt nur das Fläschchen Wein und ein Stück Brot, dann schickte er die protestierenden Männer mit ihrem Beutel wieder davon.

Trotz aller Drohungen gelang es dem Leutnant nicht, Bournelios und die anderen noch auf den Bergen versteckten Partisanen zu schnappen, und hier in Erisso unternahmen sie auch keine größeren Aktionen: Der Leutnant wagte sich nicht in die Wälder. Allerdings verhielten sich auch die Partisanen ruhig.

Kurz nach Ostern teilte der Leutnant Mitsos mit, er wolle ein Fest ausrichten; alle Soldaten sollten ein wenig dazu beisteuern. Also sammelten sie, jeder gab etwas, Mitsos natürlich auch: Zum Feiern war er immer zu haben. Sie luden die Jugend der Umgebung ein, insbesondere natürlich die Mädchen. Hier waren die Menschen anders als an der albanischen Grenze bei den zurückgezogenen, abweisenden *Vláchi* mit ihren unnahbaren Mädchen. Die kefallonitischen Mädchen waren verrückt nach den Soldaten und ließen sich keine Gelegenheit zum Tanz entgehen. Entsprechend kam schnell Stimmung auf. Den ganzen Abend wurden die neuesten europäischen Tänze getanzt; Mädchen und Soldaten konnten nicht genug bekommen.

Mitsos war einer der ansehnlichsten Soldaten und bei seinen Tänzerinnen sehr beliebt. Auch Charoula, die schöne Freundin des Bournelios, war zum Tanz gekommen. Nach einiger Zeit merkte Mitsos, dass sie sich unauffällig durch die Reihen in seine Richtung vorarbeitete. Es dauerte nicht lange, da tanzten sie miteinander, und Charoula war eine gute Tänzerin! Ja, so konnte man sich das Leben wohl gefallen lassen! Aber Charoula hatte mehr im Sinn als nur den Tanz und sie flüsterte Mitsos zu: „Bist du der Feldwebel aus Agia Efimia?" Mitsos bejahte ihre Frage. „Hat es, als du dort warst, mal ein Vorkommnis mit einem Partisan gegeben?" – „Meinst du mit Bournelios? Ja, das war ich…" Daraufhin flüsterte sie: „Tausend Dank, dass du meinen Freund gerettet hast! Wir werden es dir nicht vergessen!" Mitsos winkte ab: „Sag nichts weiter dazu! Ich wünsche euch alles Gute!" Sie tanzten noch ein Weilchen, aber Mitsos bemerkte, dass der Leutnant herüberschaute. Er war eifersüchtig: Das schönste Mädchen sollte nur mit ihm tanzen! Mitsos wollte keinen Verdacht erregen, also trennten sie sich wieder.

Auch im Mai war Mitsos noch in Vari. Ende des Monats erfuhren sie, dass das faschistische Deutschland besiegt und der menschenfressende Krieg beendet war. Mitsos schoss vor Freude mit dem Maschinengewehr in die Luft: Er verfeuerte einen gesamten Patronengürtel von dreißig Schuss. Das ganze Tal hallte wider, und in Vari und Plagia kamen die Menschen verwundert aus den Häusern, um zu schauen, was los sei.

Eines Tages erhielt Mitsos einen Brief von seinem Bruder Jannis, der ihm berichtete, dass seine geliebte Frau bei der Geburt ihres zweiten Kindes gestorben sei. Mitsos war zutiefst erschüttert. Das Kind, ein Mädchen, hatte überlebt. Sie wurde nach ihrer verstorbenen Mutter auf den Namen Katina getauft. Und tatsächlich ähnelte sie ihrer Mutter sehr und wurde ebenso schön wie diese. Gemeinsam mit ihrem älteren Bruder Manolis wurde sie von Jannis' Schwiegermutter und den Schwägerinnen aufgezogen.

Im Norden der Halbinsel Erisso liegt ein kleiner Hafenort namens Fiskardhó. Auch von hier aus fuhr jede Nacht ein kleines Fährschiff ab, und wieder fiel Mitsos die Aufgabe zu, Passagiere und Fracht zu kontrollieren. Hier war das allerdings weit unbequemer als in Agia Efimia, weil er eine Strecke von etwa acht Kilometern zu laufen hatte, um nach Fiskardo zu gelangen. Dabei führte sein Weg durch die von den Partisanen kontrollierten Bergwälder, und es war für Soldaten nicht ungefährlich, sich dort hindurch zu wagen. Darum nahm Mitsos manchmal zwei Soldaten als Begleitung mit. Oft ging er allerdings auch allein, weil es ihm widerstrebte, die Soldaten mitten in der Nacht so weit durch die Gegend zu schleppen. Außerdem hatte er keine allzu großen Sorgen wegen der Partisanen: Er hoffte, dass er sich bei ihnen schon einen Ruf als Helfer verschafft hatte.

Als er einmal Ende Mai mit zwei Soldaten am frühen Abend nach Fiskardo unterwegs war, gerieten sie in einem Dorf kurz vor dem Hafen in eine Feier. Sie hatten noch einige Stunden Zeit bis zur Abfahrt der Fähre, darum gesellten sie sich zu den Feiernden und tanzten und tranken reichlich. Um ein Uhr nachts brachen sie schließlich wieder auf. Sie erreichten Fiskardo rechtzeitig und Mitsos kontrollierte das Schiff.

Dann machten sie sich auf den Rückweg. Aber Mitsos wurde bald von Müdigkeit übermannt, angetrunken und übernächtigt, wie er war. Er schlug seinen Begleitern vor, sie sollten schon ein Stück vorgehen und in einem bestimmten

Dorf etwa auf halbem Weg nach Vari auf ihn warten. Er wollte sich ein Momentchen ausruhen und sie dann über eine Abkürzung durch die Wälder wieder einholen. Mitsos legte sich ins hohe Gras unter einen Baum, um ein Weilchen die Augen zu schließen. Aber – wie konnte es anders sein – er fiel in tiefen Schlaf!

Gegen Morgen wachte er auf und fuhr erschrocken hoch. Einen Augenblick lang konnte er sich an nichts erinnern: Wo war er nur und was wollte er hier? Endlich besann er sich: Er war auf dem Rückweg von Fiskardo nach Vari! Nun aber auf und zum Dorf, wo er mit den beiden Soldaten verabredet war! Er lief, so schnell er konnte, auf den kleinen Pfaden durch die Wälder, immer in Sorge, die Partisanen könnten ihn entdecken; zu so ungewöhnlicher Zeit wäre er vielleicht nicht sicher.

Endlich erreichte er das Dorf. Aber von seinen Soldaten fand er keine Spur: Die waren nach Vari weitergegangen, nachdem die verabredete Zeit vergangen war. Mitsos lief in größter Eile weiter. Beim Aufstieg nach Vari kamen ihm vier schwer bewaffnete Soldaten entgegen: der Suchtrupp, der ausgeschickt worden war, um ihn aufzuspüren! Seine zwei Begleiter hatten angenommen, die Partisanen hätten ihn erwischt. „Hier bin ich schon!" rief Mitsos ärgerlich, „ich war nur ein bisschen eingenickt!" Sie kehrten um; alle waren froh, dass er heil zurück war.

Während seiner Zeit in Vari hatte Mitsos nur wenig mit den Partisanen zu tun; die Armee unternahm keine nennenswerten Aktionen. Er war hauptsächlich damit beschäftigt, innerhalb der Bevölkerung für Frieden zu sorgen: Er war Polizei, Gericht und Strafvollzug in einem. Und da gab es einiges zu tun: Um die Moral der Kefalloniten war es leider nicht sehr gut bestellt. So kamen mehrmals Mädchen des Dorfes zu ihm und beschwerten sich, dass junge Männer sie belästigten, wenn sie im Wald Holz suchten. Die Mädchen der Dörfer zogen nämlich regelmäßig in die umliegenden Bergwälder, um dort das zum Kochen und fürs Heizen benötigte Feuerholz zu holen. Dazu brachen sie frühmorgens auf, stiegen hoch auf die Berge und sammelten dort riesige Bündel Holz, so groß, dass die Soldaten sie kaum hätten tragen können. Nachmittags kehrten sie schwer mit den Bündeln beladen zurück. Die Mädchen kannten die Männer nicht, von denen sie belästigt wurden: Sie stammten aus Dörfern, die nicht in unmittelbarer Nähe lagen. Aber Mitsos schickte seine Soldaten mehrere Tage lang in die Wälder, um nach den Tätern zu fahnden, und schließlich schnappten sie ein paar junge Burschen. Die Mädchen wurden zur Wache gerufen und sie bestätigten, dass es sich um die Richtigen handele. Die Männer gestanden ihre Untaten im Übrigen auch ein. Mitsos hatte einen Soldaten in seiner Truppe namens Barbaniótis, der recht einfältig war, aber ein guter Schläger. Nun beorderte er diesen, einen nach dem anderen in den Keller mitzunehmen und ihnen ihre schlechten Angewohnheiten gründlich auszutreiben. So geschah es, und die Mädchen wurden nicht wieder belästigt.

Bei anderer Gelegenheit hatte Mitsos es mit einem noch übleren Fall zu tun: Er wurde von einer Frau zu einem Haus gerufen, in dem ein Witwer mit seiner Tochter wohnte; sie berichtete ihm, dass der Mann versucht habe, seine eigene Tochter zu vergewaltigen. Sie suchten den Ort des Geschehens auf. Das Mädchen war zunächst kaum ansprechbar, verschüchtert und verängstigt, aber schließlich bestätigte es den Bericht der Nachbarin. Angewidert und empört nahm Mitsos den Mann mit zum Posten und übergab ihn an Barbaniotis.

Eines Tages wurde Mitsos' Kompanie nach Lixoúri beordert. Diese kleine Stadt liegt auf einer großen Halbinsel namens Palíki gegenüber der Hauptstadt Argostoli. Sie setzten von Argostoli aus mit Booten nach Lixouri über. Zusammen mit einer weiteren Kompanie aus Argostoli sollten sie die ganze Halbinsel von Partisanen säubern. Auch ein Kriegsschiff war da, das, wenn erforderlich, die Partisanen beschießen sollte. Sie durchkämmten das gesamte Gebiet, ohne allerdings verdächtige Personen anzutreffen. Die Partisanen waren wohl schon gewarnt worden und hatten entweder die Halbinsel verlassen oder sich so gut in den Schründen und Felsen der Berge versteckt, dass sie nicht zu finden waren. Mitsos hatte einige Sorge, die Partisanen könnten sie von ihren Verstecken aus beschießen, aber es rührte sich nichts.

Am Berg Ainos

Nun waren in ganz Kefallonia mit Ausnahme der zentralen Bergregion keine Partisanen mehr aktiv. Nach der Operation in Lixouri kehrte Mitsos für kurze Zeit nach Vari zurück. Dann wurde er Anfang Juni erneut versetzt, jetzt in die gefährlichste Region, nämlich in den Süden der Insel in das Dorf Dhigaléto am nordöstlichen Abhang des über 1600 Meter hohen Aínos. Zu seinem Bereich gehörte auch ein Gebiet namens Pirgí etwas südlich von Digaleto, das drei kleine Dörfer umfasste. Auf dem Ainos hielten sich noch viele Partisanen versteckt, unter anderem auch der berühmte Astrapójannos („Blitzhans"), der seinen Namen nach einem noch berühmteren Held der Befreiungskämpfe gegen die Türken erhalten hatte.

Mitsos ging wie immer zu Fuß von Vari nach Digaleto. Er brach erst nachmittags auf. Bei Einbruch der Dunkelheit erreichte er ein Dorf kurz vor Sami und beschloss, hier zu übernachten. In einem *kafeníon* erkundigte er sich nach dem Bürgermeister. Diesem berichtete er, dass er ein Feldwebel auf dem Weg zu seiner neuen Truppe sei, und fragte ihn, ob er hier vielleicht irgendwo unterkommen könne. „Natürlich!" rief der freundliche Mann. „Komm mit!" Er brachte ihn zu einem vornehmen Haus. Die Bewohner nahmen ihn liebenswürdig auf und richteten ihm ein prächtiges Bett mit den schönsten weißen Laken und weichen Decken her: Noch nie hatte Mitsos in einem so feinen Bett geschlafen! Er wurde von der Familie zum Abendessen eingeladen und speiste fürstlich, danach wusch er sich und zog frische Sachen an, bevor er sich hinlegte, denn er hatte größte Sorge, er könne das schöne Bett beschmutzen und einen schlechten Eindruck hinterlassen. Am nächsten Morgen bedankte er sich und marschierte dann weiter nach Digaleto.

Mitsos fand sich schnell in seine neue Truppe ein und war bald bei den Soldaten sehr beliebt. Im Dorf waren jedoch nicht nur reguläre Soldaten stationiert, sondern auch eine merkwürdige paramilitärische Truppe: Etwa dreißig Männer mit faschistischer Einstellung, die vom Staat Waffen erhalten hatten und Jagd auf die Partisanen machen sollten. Ihr Anführer war ein besonders unangenehmer Mann namens Kyrinaíos. Sie hatten sich in einem leerstehenden Haus einquartiert und führten sich nun schrecklich auf: An die Partisanen auf den Bergen wagten sie sich nicht heran, aber in Digaleto und den umliegenden Dörfern schikanierten sie alle Bürger, die politisch links orientiert waren oder die Familienangehörige hatten, die als Partisanen auf den Bergen lebten. Sie zogen in der Gegend umher, drangen einfach in die Häuser der Menschen ein und nahmen sich, was sie gerade brauchten oder vorfanden: eine Flasche Öl, einen Krug Wein oder das Brot, das die Hausfrau gerade gebacken hatte. Sie schlachteten einer armen Partisanenwitwe die einzige Ziege, mit deren Milch sie ihre zwei kleinen Kinder ernährte. Aber damit nicht genug: Sie nahmen die Männer und Söhne der politisch links stehenden Familien gefangen und folterten und töteten sie gar.

Kurz bevor Mitsos nach Digaleto gekommen war, hatten die Faschisten unter Kyrinaios sechs junge Männer aus dem Dorf gefangengenommen und sie in einem ein Stück vom Dorf entfernten Waldstück erschossen. Darunter befand sich auch der einzige Sohn einer armen Familie in Digaleto, ein begabter junger Mann, der in Patras studiert hatte. Der Vater der Familie hatte sich aus Angst vor den Faschisten in den Bergen versteckt, und nun lebten die Mutter und ihre junge, schöne Tochter namens Eléni allein im Haus. Dieses lag unterhalb der Straße, und als die Faschisten das nächste Mal durch das Dorf marschierten, warfen sie jeder einen großen Stein von oben auf das Haus, so dass die Ziegel zertrümmert wurden und das Dach halb einstürzte – diese Art von Späßen gefiel ihnen. Die beiden Frauen kamen zu Mitsos und beklagten sich, aber er konnte kaum etwas unternehmen, da die Faschisten in staatlichem Auftrag handelten und ihre Aktionen von der Obrigkeit unterstützt wurden. Er ging wiederholt zu Kyrinaios und legte Beschwerde ein, aber der lachte ihn nur aus.

In der folgenden Zeit führten die Faschisten sich immer schlimmer auf. Sie holten die Männer, die politisch auf der anderen Seite standen oder mit den Partisanen sympathisierten, einfach aus ihren Häusern oder von ihrer Arbeit und folterten sie: Sie schlugen sie und brachen ihnen gar mit Stockschlägen die Beine. Eines Tages schnappten sie den Vater der schönen Eleni, als er im Wald nahe dem Dorf etwas Holz sammelte, um es seiner Familie zu bringen. Sie nahmen ihn mit in ihr Quartier, um ihn zu foltern, aber die Tochter rannte zu Mitsos und flehte ihn an, ihren Vater zu befreien. Mitsos ging mit mehreren Soldaten zum Haus der Faschisten und forderte, sie sollten den Mann freilassen. Die Faschisten fügten sich, als sie sahen, dass die Soldaten bewaffnet waren. „Wenn ihr den Mann anrührt, erschieße ich euch alle persönlich!" drohte Mitsos.

Immer öfter kamen Bürger zu Mitsos und beklagten sich, doch Mitsos konnte ihnen wenig helfen: „Sie sind mir auch zuwider, und ich billige ihre Methoden nicht! Aber was soll ich machen?" Er ließ Kyrinaios zu sich bitten und forderte ihn auf, sich zu mäßigen und nicht die unschuldige Bevölkerung zu terrorisieren. Der zeigte sich jedoch uneinsichtig und bedrohte Mitsos sogar: „Wenn du mich in meiner Arbeit behinderst, dann knöpfen wir uns dich als nächsten vor!" Aber da sprangen die Soldaten, die sich in der Wache befanden, auf und schnappten ihre Gewehre: „Was, du bedrohst unseren Feldwebel? Das lass dir nicht geraten sein!" Kyrinaios bekam einen gehörigen Schrecken und machte sich aus dem Staub.

Anfang Juli kam ein Bauer mehrere Male zur Wache und beschwerte sich, dass ihm von einem Partisan namens Platsáras sein Maultier entwendet worden sei. Der hätte zwar versprochen, es bald zurückzugeben, habe es aber doch nicht wieder hergebracht. Mitsos suchte einen Bruder des Platsaras auf, der im Dorf wohnte und trug ihm auf, ihn zu benachrichtigen, dass er das Maultier abliefern solle. Es tat sich jedoch nichts. Mitsos durchforstete auch mit seinen Soldaten mehrmals die Gegend, um das Maultier aufzutreiben, fand aber nichts.

Eines Tages kam der Leutnant aus Sami mit einer *omádha* Soldaten ins Dorf und wies Mitsos an, er solle für alle Soldaten eine Ausgangssperre anordnen. Er habe Informationen, dass sich in der Umgebung des Dorfes noch Partisanen befänden, und er wolle mit seiner und Mitsos' Truppe das ganze Gebiet durchsuchen. Mitsos wollte die Partisanen gern vor der drohenden Aktion warnen und fragte den Leutnant, ob er sich noch Zigaretten holen dürfe. Auf dem Weg ging er beim Bruder des Platsaras vorbei und sagte ihm, er solle sofort loslaufen und die Partisanen informieren, dass für die Nacht eine große Razzia geplant sei. Später fragte der Leutnant Mitsos, ob er die Gegend gut kenne, ansonsten solle er einen Führer nehmen. Mitsos ließ Platsaras' Bruder benachrichtigen, dass er ihn als Führer brauche. Dieser war bis zum späten Nachmittag wieder zurück. Er hatte die Partisanen gewarnt, nur seinen Bruder hatte er nicht gefunden: Der war irgendwo mit dem Maultier unterwegs.

Abends zogen die etwa dreißig Soldaten los. Der fast volle Mond war schon aufgegangen, so dass die Gegend hell erleuchtet war. Sie marschierten zunächst auf einem Pfad durch dichten Tannenwald zum letzten Dorf am Hang des Berges Ainos; dort wollten sie die Felder und den Waldrand durchsuchen.

Mitsos ging als Erster voreneg. Er demonstrierte Eifer, weil er sich auch hier schon als Partisanen-freundlich verdächtig gemacht hatte. Ein Landpolizist, ein unangenehmer, faschistischer Mann, hielt sich während der ganzen Aktion in Mitsos' Nähe: Er sollte ihn offenbar überwachen. Als Mitsos nun so schnell voran eilte, rief ihm der Leutnant zu: „He, Mandilaras, du bist wohl lebensmüde! Lauf nicht so weit vor! Sie werden dich erschießen!" Aber Mitsos meinte nur: „Sollen sie doch! Ich habe keine Angst!"

Aber wie sie so durch den Wald liefen, kam ihnen plötzlich ein Mann mit Maultier entgegen: Es war Platsaras, der das Tier gerade zur Tränke brachte. Mitsos rief ihn an, stehen zu bleiben, aber der Partisan rannte zwischen den Bäumen davon. Mitsos schoss hinter ihm her, damit er sich nicht verdächtig machte. Er hatte nicht die Absicht, den Mann zu treffen, verletzte ihn jedoch am Bein. Dennoch entkam Platsaras. Später hörte Mitsos von seinem Bruder, dass er in Patras im Krankenhaus lag. Das Maultier blieb zurück, und sie konnten es seinem Besitzer zurückgeben.

Als sie ein Stück weiter bei dem Dorf ankamen, wo die Suche beginnen sollte, ordneten sich die Soldaten einer neben dem anderen in einer langen Reihe an; so durchkämmten sie einen breiten Streifen mit Getreidefeldern und Gestrüpp, der unterhalb des bewaldeten Berges lag. Mitsos befand sich am äußersten linken Ende der Reihe (auf der Bergseite) und ging größtenteils durch Wald, während die weiter rechts angeordneten Soldaten über die dort liegenden Felder liefen. Nachdem sie einige Zeit vorgedrungen waren, ohne auf etwas Verdächtiges zu stoßen, fiel an der anderen Seite der Front ein Schuss. Da sahen sie nicht weit vor ihnen einen Wachtposten der Partisanen von einem Baum herunter springen. „Soll ich schießen?" fragte der Landpolizist leise. „Nein", gab Mitsos zurück, „wir wollen ihn lebendig fangen!" Der Posten hatte sie nun auch erblickt. Mit seinem Gewehr im Anschlag rief Mitsos ihm zu, er solle herbei kommen. Aber in einem geeigneten Augenblick bedeutete er ihm unauffällig zu verschwinden; der Späher tauchte augenblicklich in den Büschen unter.

Später durchquerten sie ein Tal mit spärlichem Baumbewuchs. Plötzlich fiel wieder ein Schuss: Ein Scharfschütze der Partisanen hatte sie vom gegenüberliegenden Hang aus erspäht. Der Mann hatte gut gezielt: Die Kugel streifte Mitsos an der Kehle und schürfte ihm etwas Haut ab!

Allmählich graute der Morgen. Nun kamen auch Mitsos und seine Begleiter, wie die Soldaten an der anderen Seite der Reihe, aus dem Wald heraus und näherten sich einem Dreschplatz, der nah am Waldrand lag. Schon von fern entdeckte Mitsos drei Menschen auf dem Dreschplatz: zwei Männer und ein Mädchen. Es waren Partisanen, die hier übernachtet hatten. Mitsos rief sie an, und sie sprangen erschrocken auf. Der eine der Männer war Astrapojannos, das Mädchen war seine Freundin. Mitsos rief ihnen zu, sie sollten mit erhobenen Händen herbei kommen. Dabei bedeutete er ihnen, auf der unbewachten Seite entlang zu gehen, links, am Waldrand. Die beiden Männer verstanden den Hinweis: Kaum erreichten sie die ersten Büsche, rissen sie aus und rannten in den Wald hinein. Mitsos schoss niedrig hinter ihnen her und leerte ein ganzes Magazin, aber die Partisanen liefen weiter und entkamen in den dichten Wald.

Das Mädchen war am Dreschplatz zurückgeblieben, ebenso die Jacke des Astrapojannos, mit der sie sich zugedeckt hatte. Als Mitsos herankam, flüsterte das Mädchen in Panik: „Rette mich!" – „Was soll ich machen, Mädchen", meinte Mitsos, „jetzt kann ich dir auch nicht mehr helfen! Nun geh immer vor uns her und verhalte dich ruhig, dann wird dir nichts geschehen." Er nahm Astrapojannos' Jacke an sich und fand darin dessen Pistole und Messer. Der Landpolizist bettelte sehr um das schöne verzierte Messer, und schließlich überließ er es ihm, aber die Pistole behielt er selbst.

Insgesamt sammelten die Soldaten an die siebzig Menschen ein, hauptsächlich Bauern, die auf den Dreschplätzen übernachtet hatten oder schon so früh zur Mahd auf den Feldern waren. Fast alle wurden freigelassen, nur drei oder vier wurden verhaftet und nach Sami ins Gefängnis gebracht. Was aus dem Mädchen wurde, weiß Mitsos nicht.

Am nächsten Morgen erhielt Mitsos durch den Leutnant aus Sami Nachricht, dass er die Pistole von Astrapojannos abgeben solle: Der Landpolizist hatte verraten, dass er diese an sich genommen hatte, und nun wollte irgendein Offizier sie haben. Mitsos weigerte sich jedoch, die Pistole herzugeben. Als der Leutnant darauf bestand, erklärte er, dass er selbst nach Sami gehen wolle, um sie abzugeben. In Sami ging er direkt zum Hauptmann Sklavounos. Dort stellte er klar, dass er die Pistole behalten werde: „Sollen die, die Trophäen haben wollen, doch selbst auf die Berge gehen!" Er zeigte auf die Wunde an seiner Kehle: „Schauen Sie, unter welcher Gefahr ich die Pistole ergattert habe! Ich gebe sie auf keinen Fall ab; ich habe mein Leben dafür aufs Spiel gesetzt, und nun werde ich sie auch behalten!" Der Hauptmann meinte: „Ja, behalt sie nur. Mach dir keine Sorgen, ich werde die Sache klären. Ich sehe, dass du sie dir wirklich verdient hast!" Und so behielt Mitsos die Pistole und nahm sie später mit nach Hause. Er bewahrte sie gut versteckt auf, erst auf Naxos, dann in Athen, nachdem sie dorthin umgezogen waren. Schließlich zeigte er sie Karavelis. Der war begeistert von der schönen Pistole und bot sich an, sie einem Spezialisten zum Säubern zu geben und auch Patronen zu besorgen. Mitsos gab sie ihm gutgläubig – und sah sie nie wieder!

Eines Abends wurde Mitsos auf Schreie aufmerksam, die aus dem Haus kamen, in dem sich der Schlägertrupp unter Kyrinaios einquartiert hatte. Er ging hin, um nach dem Rechten zu schauen. Die Faschisten hatten vier Männer geschnappt, die der Zusammenarbeit mit den Partisanen verdächtigt wurden. Sie sollten am nächsten Tag nach Argostoli ins Gefängnis gebracht werden. Nun wurden die Gefangenen von den Faschisten im Keller des Hauses gefoltert. Mit dreien waren sie schon fertig, die lagen bewusstlos in der Ecke. Gerade richteten sie den vierten für die Folter her, indem sie ihn zusammengekrümmt an ein Gewehr schnürten; sie hatten Stöcke und Peitschen, mit denen sie ihn wie die anderen schlagen wollten. Aber nun schritt Mitsos ein: „Schämt ihr euch nicht, wehrlose Männer zu foltern?! Schande über euch! Was sind denn das für barbarische Sitten?" und er band den Gefangenen los. Der sagte nichts, sondern musterte Mitsos nur mit einem schnellen Blick.

Nun war das Maß aber voll, und Mitsos ging zum Hauptmann Sklavounos nach Sami. Er berichtete ihm in allen Einzelheiten die Gräueltaten der Faschisten und fragte ihn: „Wer hat denn nun das Sagen auf der Insel? Was für eine Rolle spielt eigentlich das Militär, wenn diese Faschisten daherkommen und sich aufführen, wie sie wollen? Bin ich nun der Verantwortliche für diese Region oder nicht? Es ist eine Schande für das ganze Land, was sich in Digaleto abspielt! Täglich kommen Bürger zu mir und beklagen und beschweren sich; und was soll ich darauf sagen? So kann es nicht weitergehen! Entweder die verschwinden oder ich! Wenn Kyrinaios noch einen Tag länger bleibt, dann sammle ich meine Männer ein und verlasse die Insel!"

Als Sklavounos genau hörte, was vor sich ging, war auch er entsetzt und gab Mitsos den Auftrag, die Faschisten zu entwaffnen und zu vertreiben. Er setzte ein Schreiben auf, in dem er Kyrinaios aufforderte, die Waffen abzugeben und die Gegend sofort zu verlassen, und gab es Mitsos mit.

Am nächsten Tag schickte Mitsos einen Soldaten zu Kyrinaios, der ihm das Schreiben vom Hauptmann übergab. Daraufhin kam dieser zur Wache und fragte, was das bedeuten solle. Mitsos erklärte ihm, dass er die Waffen abgeben und die Gegend verlassen müsse; er habe sich mit seinen unmenschlichen Methoden bei allen Bürgern verhasst gemacht. Als Kyrinaios zu seinem Quartier zurückging, ließ Mitsos ihn durch einen seiner Soldaten begleiten, der das weitere Geschehen überwachen sollte.

Doch der Soldat kam bald zurück und berichtete, dass sich die Männer weigerten, ihre Waffen abzugeben. Da zog Mitsos mit seiner *omádha* zum Quartier der Schlägertruppe, umstellte es und ließ auch das Maschinengewehr herbringen und auf das Haus richten. Dann rief er: „Alle einzeln mit erhobenen Händen herauskommen und dabei die Waffen fortwerfen, sonst eröffnen wir das Feuer!" Nach kurzer Zeit erschien der Erste, dann kamen alle Männer nacheinander heraus und warfen ihre Waffen weg. Bald standen alle entwaffnet auf dem Hof. Rundherum hatten sich viele Einwohner des Dorfes versammelt. Kyrinaios hatte plötzlich all seinen Mut verloren. Er bat Mitsos, ihm wenigstens seine Pistole zu lassen, damit er lebendig von hier entkommen könne, sonst würden ihn die Dörfler sicherlich lynchen. „Das ist dein Problem", erwiderte Mitsos, „du selbst hast dir diese Menschen zu Feinden gemacht! Nun sieh zu, wie du damit zurechtkommst! Fort aus dem Dorf und lass dich hier nie wieder blicken!"

Aber Kyrinaios saß die Angst im Nacken und er bettelte so lange, bis Mitsos ihm die Pistole schließlich doch ließ, und bedankte sich dann unterwürfig bei ihm. So zogen die Faschisten davon, und die Dörfler spuckten hinter ihnen her.

Nun war Mitsos' Zeit in Digaleto bald zu Ende: Er wurde nach Argostoli versetzt. Unter Segenswünschen und Hochrufen begleiteten ihn die Einwohner aus dem Dorf. In Argostoli verbrachte Mitsos noch ein paar Wochen, ehe er die Insel verließ. Hier war er für das Gefängnis zuständig. Dieses war in einem alten venezianischen Fort am Stadtrand in der Nähe des Meeres eingerichtet. Es gab einen Innenhof, auf den man von einer Brüstung aus hinunterblicken konnte, die sich oben um das ganze quadratische Gebäude herumzog. Am ersten Tag wollte sich Mitsos mit dem Gebäude bekannt machen und trat auf die Brüstung. Unten im Hof befanden sich die Gefangenen, die gerade ihren Rundgang machten.

Kaum erschien Mitsos' Kopf über dem Geländer, da hörte er auch schon einen der Gefangenen rufen: „Sei gegrüßt, Mandilaras! Möge deine Mutter, die dich geboren hat, hundert Jahre leben!" – „Woher kennst du mich denn?" fragte Mitsos höchst verwundert. „Wie sollte ich dich je vergessen?" rief der andere zurück. „Ich habe dich tief in mein Herz geschlossen! Du hast mir die Prügel meines Lebens erspart, erinnerst du dich nicht? Mögen deine Gebeine geheiligt werden!" Es war der vierte Gefangene aus Digaleto, den Mitsos aus den Klauen der Faschisten befreit hatte!

In Argostoli verbrachte Mitsos seine verbleibende Zeit angenehm: Hier gab es keine Zusammenstöße mehr mit den Partisanen, und die Arbeit im Gefängnis war einfach. Die Gefangenen verhielten sich ruhig und machten keine Schwierigkeiten. Jeden Tag kamen ihre Frauen, Schwestern oder Mütter und brachten ihnen Essen. Da fand Mitsos oft Gelegenheit, sich mit den Besuchern zu unterhalten. In der schönen Stadt Argostoli gab es häufig Anlässe zu Vergnügungen und die Soldaten gingen regelmäßig zum Feiern und Tanzen. Bald fand Mitsos eine junge Frau, die es ihm besonders angetan hatte, und er stellte ihr eine Zeit lang nach, allerdings ohne Erfolg. Schließlich beschwerte sich das Mädchen beim Kommandanten über ihn. Der rief aus: „Was, mein Mädchen, der schönste und beste Soldat der ganzen Kompanie wählt dich aus und du willst ihn nicht!?" Aber dann sprach er mit Mitsos, und der ließ sie von da an in Ruhe. Es gab ja auch genügend andere Schönheiten, die den Soldaten nachliefen! Als Mitsos schließlich nach einem guten halben Jahr im September 1945 die Insel verließ, war er fast ein bisschen traurig. Es hatte ihm doch ganz gut gefallen! Von den Bürgern wurde er herzlich verabschiedet. Sie wollten ihn gar auf den Schultern zum Schiff tragen!

In Patras

Nun kam Mitsos wieder nach Patras, wo er noch etwa ein Jahr verbrachte, bis er im Herbst 1946 endgültig aus der Armee entlassen wurde. Mitsos traf hier einen alten Bekannten wieder: Eines Tages sah er auf der Toilette eine ELAS-Tätowierung auf dem Hinterteil eines Soldaten! Er sprach den Mann sofort an: „He, die Tätowierung da, woher hast du die?" Der andere antwortete: „Ach, ich habe mal in einem Steinbruch gearbeitet in der Nähe von Megara, meinem Heimatort…" – „Was, du bist es, Synodinos?!" unterbrach Mitsos ihn. „Woher kennst du denn meinen Namen?" wollte Synodinos erstaunt wissen. „Ja, weißt du denn nicht mehr", rief Mitsos, „ich war doch euer Vorarbeiter!" Nun erkannte Synodinos ihn auch und war höchst erfreut, ihn wieder zu sehen. Mitsos nahm den etwas einfältigen und linkischen Mann in seine Truppe.

In Patras waren keine Partisanen mehr aktiv, und Mitsos hatte nicht viel zu tun. Sie mussten allerdings einige Male in die Berge ziehen und dort nach Partisanen fahnden. Einmal wanderten sie in einem mehrere Tage dauernden Marsch bis zum Táigetos-Massiv im südlichen Peloponnes zwischen Kalamáta und Sparta, fanden dort jedoch keine Partisanen.

Eine andere Unternehmung führte die Kompanie zum Massiv des Helmós, der etwa fünfzig Kilometer östlich von Patras liegt. Am ersten Tag wanderten sie bis in die Nähe des Massivs, dann zelteten sie bei Kalávryta. Am nächsten Tag erstiegen sie den schwer zugänglichen, zerklüfteten Berg. Die unteren Hänge waren mit Wein bebaut und trugen reiche Frucht. Gerade standen die duftenden, süßen Trauben in voller Reife[32]. Die hungrigen Soldaten pflückten sich, so viel sie essen konnten. Mitsos staunte über die großen, prallen Trauben. Dann verließen sie die bewirtschafteten niederen Regionen und gelangten auf kahle, nur als Ziegenweide genutzte Hänge.

Sie kamen am *mazomós* eines Hirten vorbei. Als sie sich dem Hirtenhaus näherten, traten zwei Jungen heraus. Mitsos winkte ihnen, sie sollten verschwinden, damit sie nicht als mögliche Informanten der Partisanen mitgenommen würden. Die beiden liefen auf den nächsten Kamm und verbargen sich zwischen den Felsen. Das Hirtenhaus hatten sie offen gelassen. Als die Soldaten die großen Käselaibe sahen, die drinnen auf langen Brettern lagerten, wollten sie sich sofort

---

[32] Im nordwestlichen Peloponnes wurden (und werden) in großem Maßstab Weintrauben für die Produktion von Rosinen angebaut, die etwa bis zu den Weltkriegen das hauptsächliche Exportgut Griechenlands darstellten und deswegen für seine Wirtschaft von besonderer Bedeutung waren.

darüber hermachen, doch Mitsos hielt sie davon ab: „Wer sich am Käse vergreift, wird erschossen!" Noch mehrere Stunden wanderten sie über die unwegsamen Berge, aber Partisanen fanden sie keine. So früh, wie er es rechtfertigen konnte, brach Mitsos die Suche ab und kehrte um.

Am Fuß des Berges trafen sie wieder mit dem Major zusammen, der die Aktion überwachte. Mitsos hatte, weil er keine Lust hatte, so viel zu schleppen, nur einen Patronengürtel statt der angeordneten sieben mitgenommen. Als der Major das sah, trug er ihm zur Strafe auf, das Maschinengewehr seiner Truppe samt Munition allein nach Patras zurückzutragen. „Ja, keine Sorge, das mach ich!" sagte Mitsos wütend. „Wenn du willst, setz dich auch noch oben drauf!"

Tatsächlich trug er das Maschinengewehr bis nach Kalavryta, wo sie wieder übernachteten. Sie hatten fast nichts mehr zu essen und bekamen von der Armee auch nichts gebracht. Mitsos hatte ein wenig Geld dabei und schickte Synodinos ins Dorf, um etwas Essbares zu besorgen: Der sah so schwächlich und herunter-gekommen aus, dass er sich gut als Bettler eignete und sicher etwas auftreiben würde. Er brachte erst Brot, dann schickte Mitsos ihn noch mal los, um Eier und etwas Öl zu kaufen und sich eine Pfanne auszuleihen. Synodinos kaufte Eier von einer alten Frau, aber statt einer *dhrachmí* pro Stück bezahlte er nur ein Zehntel, eine *dhekára*; die Alte merkte es nicht. Als Mitsos das erfuhr, ging er selbst noch mal hin und gab der Alten das restliche Geld. Sie freute sich, meinte aber: „Es macht nichts, ihr armen Soldaten, esst nur!"

Am nächsten Morgen trug Mitsos das Maschinengewehr noch ein ganzes Stück weiter, dann beorderte ihn der Major, dem seine Strenge inzwischen leid tat, es an jemand anderen abzugeben.

Abgesehen von solchen gelegentlichen Exkursionen verlief die Zeit in Patras ru-hig und angenehm. Regelmäßig ging Mitsos abends aus, besuchte Feiern oder setzte sich ein Weilchen in eine Taverne. Einmal sprach ihn in der Taverne je-mand an: Es war der Bruder der beiden Mädchen, bei denen sie in Agia Efimia die Handgranaten gesucht hatten! Er arbeitete auf einer Fähre, die zwischen Pat-ras und Agia Efimia verkehrte. Nachdem er erfahren hatte, dass Mitsos jetzt hier diente, wollte er sich bei ihm für seine Hilfe bedanken.

An einem freien Tag suchte Mitsos den Partisan Platsaras im Krankenhaus auf und entschuldigte sich bei ihm für die ungewollte Verletzung. Die Wunde war schon fast verheilt und Platsaras wurde kurz darauf entlassen.

Vor allem aber stand Mitsos der Sinn nach hübschen Mädchen! Als er ein-mal abends unerlaubterweise mit einer Freundin durch die Straßen von Patras streifte, begegnete ihm sein Kommandant. Er schimpfte aber nicht, sondern meinte nur: „Mensch, was seid ihr ein hübsches Paar!" Dann seufzte er: „Ach, Mandilaras, wenn ich deine Jugend hätte!"

So oft sich eine Gelegenheit bot, ging Mitsos tanzen. Ein Soldat aus seiner Truppe, der aus Komiaki stammte, nahm ihn einmal zu einer Hochzeit mit. Dort spielte eine Gruppe, deren Musik Mitsos besonders gut gefiel, und er tanzte nicht nur immer wieder, sondern sang auch mit. Die Leute waren begeistert, aber auch den Musikern gefielen seine Stimme und sein Tanz, und sie spielten immer wieder Stücke für ihn, zu denen er *tsámiko* tanzen sollte, einen besonders schönen und schwierigen Tanz.

Schließlich sprach ihn in einer Pause der Chef der Musiker an. „Woher kommst du?" fragte er. „Tja, auch wenn ich dir das sage, du wirst es doch nicht kennen... Hast du schon mal was von den Kykladen gehört? Von einer Insel der Kykladen namens Naxos komme ich!" – „Ha, das glaube ich dir nie und nimmer! Du kommst entweder aus Roúmeli oder aus Moriá, so wie du *tsámiko* tanzt! Aber wie dem auch sei, ich mache dir einen Vorschlag: werde Musiker! Du bist ein Naturtalent! Schließ dich uns an! In sechs Monaten habe ich eine Berühmtheit aus dir gemacht! Du wirst singen, und Klarinette spielen werde ich dir auch beibringen. Ausgaben wirst du keine haben; du isst und wohnst bei uns. Was hältst du davon?"

Mitsos entgegnete, er könne nicht, er sei ja noch Soldat. Der Musiker erwiderte ihm: „Sobald du entlassen wirst, melde dich bei uns! Du hast so ein Talent, das soll nicht verloren gehen!" Der Vorschlag war für Mitsos sehr verlockend, wie gern würde er sein ganzes Leben der Musik widmen! Aber schließlich meldete er sich doch nicht bei den Musikern, als er entlassen wurde. Da hatte er nur noch einen Gedanken: Er wollte zurück zu seinen Verwandten, seiner Familie. Später jedoch dachte er noch manches Mal daran zurück und versuchte sich auszumalen, wie sein Leben wohl verlaufen wäre, wenn er diese Gelegenheit wahrgenommen hätte...

Im Frühjahr 1946 bekam Mitsos zwei Wochen Urlaub und fuhr nach Naxos. Er freute sich riesig, seine Eltern und sein Heimatdorf wieder zu sehen. Wie im Flug vergingen die Tage. Schließlich war es höchste Zeit abzufahren. Aber nun musste er erst auf ein Fährschiff warten. Als Soldat im Urlaub durfte er alle Transportmittel gratis beanspruchen, ja er konnte sogar verlangen, extra gefahren zu werden. Aber als die Fähre nach mehreren Tagen endlich kam, wollte der Kapitän ihn nicht ohne Bezahlung mitnehmen. Es kam zum Streit und schließlich drohte Mitsos, er werde das Schiff im Hafen von Piräus für einen Monat festlegen lassen, wenn er bezahlen müsse. Das half, und er durfte einsteigen.

Als sie die Insel Ándros passiert hatten, kam ein Matrose zu Mitsos, brachte ihm einen Teller Essen und zwei Bier und sagte, das schicke der Kapitän, er solle nicht nachtragend sein und ihn bitte nicht melden. „Nichts für ungut!" dachte sich Mitsos, machte es sich bequem und begann zu essen. Ihm gegenüber stand das Postgepäck; dabei war auch eine ganze Anzahl großer Weinflaschen. „Ach, ein Schlückchen Wein könnte ich zu dem leckeren Essen jetzt auch wohl gebrauchen!" dachte Mitsos. Da hörte er plötzlich ein „bam!" und was sah er? Eine der Weinflaschen war zerplatzt! Die untere Hälfte stand noch, und es war einiger Wein darin geblieben. „Das kommt ja wie gerufen!" freute sich Mitsos und holte sich den Überrest der Flasche. Er trank den ganzen Wein aus, wobei er ihn aus Sorge vor Glassplittern durch sein Taschentuch filterte.

Abends erreichten sie Piräus. Mitsos übernachtete dort; er hatte jedoch keine Zeit, sich mit seinen Brüdern zu treffen, da er schon zwei Tage verspätet war und schleunigst weiter musste. Am nächsten Morgen brach er ganz früh auf und stellte sich an die Straße nach Korinth. Bald wurde er von einem Auto bis Korinth mitgenommen. Dort stellte er sich an die Straße nach Patras und wartete wieder auf eine Mitfahrgelegenheit. Aber es zeigte sich lange Zeit kein Auto. Mitsos wurde immer unruhiger: Nun war er schon drei Tage zu spät!

In der Nähe war ein Zigeunerlager. Ein Mädchen näherte sich Mitsos und fragte ihn nach ein paar Zigaretten. Aber was für ein Mädchen! Mitsos konnte sich nicht zurückhalten … er begann ein Gespräch, und nach einiger Zeit zogen sie sich unauffällig in ein benachbartes Tälchen zurück. Das Mädchen wollte Mitsos kaum gehen lassen und erklärte, sie werde mit ihm nach Patras kommen; sie wollte Mitsos heiraten! Der hatte nun allerdings keine Hochzeit im Sinn, sondern nur noch eines: Er musste schnellstens nach Patras, sonst würde es furchtbaren Ärger geben!

Mitsos stellte sich wieder an die Straße, aber zwei, drei Autos fuhren vorbei, ohne anzuhalten. Endlich tauchte wieder eins auf, ein kleiner Lastwagen. Mitsos gab Zeichen, dass er mitfahren wollte. Aber auch der hielt nicht an! „Na warte, dir werde ich es zeigen!" rief Mitsos, kniete sich hin, zielte und zerschoss den einen Reifen! Nun hielt der Lastwagen und der Fahrer kam herausgesprungen: „Aah, du hast mich ruiniert!" schrie er. „Wer ruiniert hier wen?" erwiderte Mitsos empört. „Ich habe meinen Urlaub schon drei Tage überzogen und finde kein Transportmittel! Für wen diene ich eigentlich als Soldat? Für dich, du Dummkopf! Und du willst mich hier sitzen lassen, so dass ich vors Militärgericht komme?! Nun flicke schnell den Reifen, dass wir weiter kommen!" – „Schrei nicht so! Ich mach ja schon!" Der Mann machte sich an die Arbeit; nach einer halben Stunde ging es endlich weiter.

In Patras angekommen, rannte Mitsos zur Kaserne und meldete sich außer Atem bei seinem Vorgesetzten. „Mandilaras, da bist du ja endlich! Was hast du nur so lange gemacht?!" fragte der ärgerlich. „Ich konnte dich zwei Tage lang decken, aber heute musste ich dich melden! Lauf schnell zur Kommandantur, vielleicht ist die Meldung noch nicht weitergegangen; wenn du Glück hast, erlässt der Hauptmann sie dir. Sonst gibt es bösen Ärger!"

So schnell er konnte, rannte Mitsos zur Kommandantur, meldete sich beim Major und trug ihm sein Anliegen vor: „Ich habe mich auf dem Rückweg vom Urlaub verspätet, weil ich kein Transportmittel finden konnte!" – „Wo warst du denn?" – „Auf den Kykladen. – „Auf welcher Insel?" – „Auf Naxos." – „Und wo da?" – „Im Dorf Koronos." – „Du lügst ja! So ein Dorf gibt es auf Naxos nicht!" – „Doch, natürlich! Wenn man in die Berge hinauffährt, kommt man erst durch Filoti, dann durch Apiranthos, dann kommt Koronos und als nächstes Komiaki." – „Meinst du vielleicht Vothri?" – „Ja, genau, so hieß es früher!" – „Aha! Ja, dann sag mal: Wen kennst du dort alles?" Mitsos begann, ein paar Leute aufzuzählen. „Gut! Und kennst du auch den Koronidhiatopétros, den Ippóti, den Nerovitsonikolí?" fragte der Kommandant lächelnd. „Ja freilich, die wohnen in unserer Nachbarschaft!" rief Mitsos. „In Ordnung", sagte der Kommandant, „ich sehe, dass du die Wahrheit sagst. Ich war im Exil in Koronos und habe sehr gute Erinnerungen daran. Mach dir keine Sorgen, ich werde die Meldung nicht weiterschicken." Er suchte sie gleich heraus und zerriss sie. „Hätte ich gewusst, dass du dahin fährst, dann hätte ich dir noch zehn Tage mehr Urlaub gegeben!"

Nach einiger Zeit wurde Mitsos mit der Lagerhaltung beauftragt. Von nun an war er für die Nahrungsmittelvorräte zuständig: für die Anlieferung, das Lagern und die Ausgabe der Lebensmittel. Sie bekamen viel tiefgefrorenes Fleisch geliefert, das aber oft in so schlechtem Zustand war, dass Mitsos es nicht essen mochte. In seiner Truppe war ein Soldat aus Patras, der bei einem Fleischer gearbeitet hatte. Dieser schlug Mitsos vor, er solle ihm am Wochenende öfter freigeben, damit er arbeiten könne, dann wolle er ihm dafür frisches Fleisch aus der Fleischerei bringen. So kam Mitsos doch noch zu gutem Essen.

Mitsos hatte einen Freund aus Kindertagen namens Giorgos Manolas; dieser war auch während der Besatzungszeit zeitweilig mit ihm zusammen gewesen, so zum Beispiel in Larimna und Rafina, wie schon berichtet (s. S. 203ff.). Giorgos war drei Jahre jünger als Mitsos und hatte somit im albanischen Krieg noch nicht gedient, war aber nun zum Bürgerkrieg eingezogen worden. Er wurde in Koronos nur mit seinem Spitznamen Proedrakis gerufen, das heißt Bürgermeisterchen. Diesen Spitznamen hatte er bekommen, weil er in der Schule in seiner Altersstufe immer der Anführer gewesen war: Er war eine starke, aktive Persönlichkeit. Nun hatte in Griechenland eine Volksabstimmung stattgefunden, in der die Bürger über die Wiedereinsetzung des Königs entscheiden sollten. Proedrakis hatte gegen den König gestimmt, und zwar offen, ohne den Stimmzettel zu verschließen. Seine Vorgesetzten hatten ihn daraufhin verärgert in ein besonders faschistisches Bataillon versetzt. Dieses diente auf dem Festland nördlich von Patras bei Xiroméri. In dieser Gegend waren die Einwohner besonders königsfeindlich eingestellt und machten Jagd auf die Soldaten; deshalb wurden hier die schlimmsten Faschisten hingeschickt. Auch Mitsos' Bataillon wurde einmal zur Verstärkung nach Xiromeri bestellt. Sie konnten jedoch nichts ausrichten: Sobald sie sich den Dörfern näherten, wurden sie von den auf den Hängen verschanzten Einwohnern mit einem Hagel von Steinen vertrieben.

Wie dem auch sei, die Soldaten in diesem faschistischen Bataillon machten Proedrakis das Leben zur Hölle. Eines Tages bekam Mitsos einen Brief von ihm, in dem er erklärte, er könne dieses Leben nicht mehr aushalten; er habe beschlossen, erst so viele der anderen Soldaten wie möglich zu erschießen und dann sich selbst. Mitsos sei seine letzte Hoffnung: Vielleicht könne er ihn hier herausholen!

Mitsos brauchte nicht lange zu überlegen. Er kaufte fast alle Lebensmittel für die Armee bei einem großen Händler in Patras, der mit dem Major befreundet war. Als er den Händler am nächsten Tag sah, machte er so ein betrübtes Gesicht, dass der ihn fragte, was los sei. Mitsos berichtete von seinem Freund, der sich umbringen wolle, wenn er nicht versetzt würde. „Wie heißt er und wo dient er?" fragte der Händler. Mitsos gab ihm Auskunft und der Händler versprach ihm, sich darum zu kümmern.

Am nächsten Morgen in aller Frühe, als Mitsos in die Küche ging, um die Zubereitung des Frühstücks zu überwachen, erschien plötzlich jemand im Seiteneingang: Es war Proedrakis! Überglücklich begrüßte er Mitsos. „Willst du bei mir als Koch arbeiten?" schlug Mitsos ihm vor. „Und ob ich will!" rief Proedrakis; und so waren sie noch etwa einen Monat lang bis zu Mitsos' Entlassung zusammen.

Mitsos freundete sich mit einem Leutnant an, der für das Waffenlager und die Soldatenausrüstung zuständig war. Dieser hatte mehrere Kinder und er erzählte Mitsos, dass sein Gehalt ihm nicht reiche und er seine Kinder kaum versorgen könne. Von da an schickte Mitsos ihm jede Woche ein Paket mit Nahrungsmitteln: Fleisch, Reis, Zucker, Kaffee und so weiter. Und dann, im Herbst 1946, wurde Mitsos vom Militär entlassen – endlich, endlich war seine Soldatenzeit vorbei! Er musste seine Ausrüstung bei diesem Leutnant abgeben, aber der sagte zu ihm: „Behalte ruhig alles! Wenn du kannst, nimm auch dein Gewehr mit!" Die Uniform wollte Mitsos nicht, die konnte er nicht mehr sehen! Aber er behielt den warmen Mantel (die *chlaíni*), sein Gewehr und sein kurzes Schwert, und tatsächlich gelang es ihm, die Waffen unbemerkt nach Naxos zu bringen.

...
Είδαμε πάλι σήμερα τον ήλιο ματωμένο στο πλευρό του κόσμου
σαν την πληγή στο πλευρό του Χριστού απ' τη λόγχη των βαρβάρων
είδαμε τις φωτεινές μας μέρες υβρισμένες
σαν τις σκισμένες, ποδοπατημένες εικόνες της Παναγίας
είδαμε τις ελιές μας σαν τους κόμπους του λυγμού να φράζουν το λαιμό της χώρας μας
είδαμε τους ξένους να αλλάζουν το μούστο των αμπελιών μας σε χολή και ξύδι
είδαμε τα πιο ωραία παιδιά μας στα σίδερα
είδαμε κείνες τις καρδιές που φούσκωναν σα μεγάλα καρβέλια ευτυχίας για να θρέψουν
τον κόσμο
είδαμε κείνες τις καρδιές να τις τσαλαπατάνε λασπωμένες μπότες.

...
Αδέρφια μου,
τι θέλουν στο τόπο μας οι ξένοι;
Να φύγουν, να φύγουν, να φύγουν.
Αν δίναμε τα χέρια μας, αδέρφια μου. Τι μας χωρίζει;

Εμείς κανέναν δε μισουμε. Αφήστε μας,...
ν' αγαπάμε τον κόσμο, να σας αγαπάμε.
εμείς άλλον εχθρό δεν έχουμε
παρά μονάχα κείνον που δε σέβεται τον Άνθρωπο.
Λιοπόν τι μας χωρίζει, αδέρφια μου;
Αν δίναμε τα χέρια –
ο ήλιος περιμένει. Αργήσαμε.
Αν δίναμε τα χέρια – ο ήλιος είναι
ενα φαρδύ, φαρδύ, φαρδύ παράθυρο
που περιμένει να τ' ανοίξουμε σ' όλο τον κόσμο.

Γιάννης Ρίτσος, Διακήρυξη

Kapitel 10: Familienleben

...Ένα κρεβάτι και μια κούνια στη γωνιά
στη τρύπια στέγη του άστρα και πουλιά,
κάθε του πόρτα ιδρώτας κι αναστεναγμός,
κάθε παράθυρό του κι ουρανός.
Και όταν ερχόταν η βραδιά
μεσ᾿ το στενό σοκάκι ξεφαντώναν τα παιδιά.
Αχ, το σπιτάκι μας κι αυτό είχε καρδιά.

Τάσσος Λειβαδίτης, Δραπετσώνα

Fast ein Jahr ist vergangen, seit ich begonnen habe, Mitsos' Erinnerungen aufzuzeichnen. Es ist Februar. Die Tage werden zwar schon wieder länger, aber es ist kalt und ungemütlich draußen. Gestern hat es geregnet, und vorm Haus stehen noch die Pfützen. Mitsos ist gealtert und schwächer geworden. Er wohnt noch allein, aber er kann kaum noch im Garten arbeiten und ist traurig, dass er so nutzlos geworden ist. Sein Enkel Nikiforos ist nun schon sechzehn Monate alt und sein bester Freund. Wenn das Wetter nicht zu schlecht ist, kommt Mitsos im Laufe des Vormittags bei uns vorbei und holt Nikiforos zu einem Spaziergang ab. Sie rüsten sich beide mit Stöcken aus und machen sich auf den Weg: zur Kapelle, über das Grundstück, zu den Hühnern. Es geht langsam voran, weil Nikiforos alle naselang etwas vom Boden aufheben oder untersuchen muss: einen Stock, einen kleinen, alten Eimer, ein paar Blumen. Seine Fundstücke gibt er seinem Großvater, damit er sie für ihn trägt; und wenn Mitsos etwas fallen lässt, hebt er es ihm wieder auf: Alles muss seine Richtigkeit haben. Sie finden einen Ball, den Nikiforos mit Hilfe seines Stocks hin und her schießt. Dann sammelt er Sand und Steine in seinen Eimer und schüttet sie in die Pfützen. Mitsos versucht ihm beizubringen, dass er nicht in die Pfützen treten und sich schon gar nicht hineinsetzen soll, aber mit wenig Erfolg.

So spazieren sie zur Kapelle und läuten die Glocke: dang dang dang! Dann laufen sie die Straße am Meer entlang, bis es wieder zu Mitsos' Haus hinaufgeht, und teilen sich dort eine Tasse Milch und ein Stück *chalvás*[33]. Mitsos zeigt seinem kleinen Enkel, wie er die Gabel halten soll, damit er sich nicht verletzt. Und auf dem Rückweg erklärt er ihm, wie ein echter *pallikári* gehen soll: aufrecht und ohne zu trödeln und zu stolpern! Geradeaus soll es gehen, immer vorwärts, mit kräftigem, entschlossenem Schritt!

---

[33] *Chalvás* ist eine in Griechenland gern gegessene Süßspeise, die aus Sesampaste und Zucker oder Honig hergestellt wird.

Bei uns angekommen setzt Mitsos sich ein Weilchen hin und singt ein Lied für Nikiforos, einen schönen alten *rembétiko;* dazu klatscht er im Takt. Nikiforos tanzt: Er dreht und dreht sich im Kreise, lässt sich nicht abhalten, strahlt und lacht, wenn wir für ihn klatschen, und versucht auch zu hüpfen und die Beine zu schwingen – ja, der Wille ist schon da! So amüsieren sich die zwei, der eine am Anfang, der andere am Ende seines Erdenweges; der eine kann noch nicht tanzen, dem anderen will es nicht mehr recht glücken. Aber in beiden pulsiert das gleiche Blut, die gleiche Lebenslust, die gleiche Freude...

Die Rückkehr nach Naxos

Im Herbst 1946 kehrte Mitsos nach seiner Entlassung aus dem Militärdienst nach Athen zurück. Dort wohnte er zunächst für eine Weile bei seinen Brüdern. Er schaute sich nach Arbeit um, aber die Bauunternehmer, bei denen er gearbeitet hatte, gab es nicht mehr: Sie waren gestorben oder weggezogen.

Mitsos traf in Athen seinen Freund Matthaios Sideris. Dieser war fünf Jahre jünger als er, hatte sich ihm aber schon als Junge oft angeschlossen. Später hatten sie manchmal zusammen gearbeitet, so zum Beispiel während der Besatzungszeit in Larimna. Matthaios war ein Enkel des Beofotis, des alten Fischers, mit dem Mitsos sich angefreundet hatte, als er am Limnari die Schafe hütete. Er war schon als kleines Kind verwaist: Seine Mutter war bei seiner Geburt (im Jahr 1922) gestorben und sein Vater verunglückte wenige Jahre später tödlich bei der Arbeit in der Schmirgelmine, als ein Paket mit Dynamit, das er zu nahe an einer Öllampe aufgehängt hatte, explodierte. Der kleine Sohn wurde von seinem Onkel Beokostas aufgenommen und wuchs in dessen Familie auf.

Matthaios war außerordentlich gutherzig, stark und tapfer, ein echter *pallikári.* Schon mit fünfzehn Jahren arbeitete er in den Schmirgelminen. Im Sommer sollten die Arbeiter entlohnt werden und wurden dazu auf der *Plátsa* zusammengerufen. Der Direktor bezahlte erst die Arbeiter, die politisch rechts standen oder zur Familie oder Clique des Bürgermeisters gehörten; dann sagte er, das Geld sei jetzt alle und er werde an einem anderen Tag wiederkommen, um die Übrigen zu bezahlen. Da stellte sich ein armer, alter Arbeiter, Kýrios mit Namen, vor das Podest, auf dem der Direktor stand, und rief: „Du bleibst hier, bis du uns alle bezahlt hast! Nur über meine Leiche gehst du fort!" Statt einer Antwort trat ihm der Direktor mit seinem Stiefel vom Podest aus ins Gesicht; Kyrios stürzte zu Boden. Nun kletterte der Direktor vom Podest herunter und wollte sich aus dem Staub machen. Er hatte jedoch seine Rechnung ohne Matthaios gemacht. Der sprang vor und stürzte sich auf ihn; und ehe Polizei oder Gesinnungsgenossen zu Hilfe eilen konnten, schlug er ihn windelweich. Dann verschwand er durch die Menschenmenge und flüchtete auf die Berge. Niemals hätte die Polizei ihn dort erwischt, obwohl Verstärkung von anderen Inseln angefordert wurde. Aber als die Polizisten sahen, dass sie ihn nicht fangen konnten, sperrten sie seinen Onkel Beokostas ein, um ihn auf diese Weise zu zwingen, sich auszuliefern. Tatsächlich kam Matthaios, als er davon erfuhr, ohne Zögern von den Bergen herab und stellte sich der Polizei. Obwohl noch minderjährig wurde er inhaftiert und verbrachte ein Jahr in Syros im Gefängnis.

Während der Besatzungszeit war Matthaios zeitweise wieder auf Naxos und half Beokostas, seine Familie zu ernähren. Einmal begleitete er ihn zur Bucht von Azalas bei Moutsouna, wo sie fischen wollten (Beokostas war ein ebenso leidenschaftlicher Fischer wie sein Vater Beofotis). Sie wurden jedoch von Moutsounioten entdeckt, die sie an die dort stationierten Italiener verrieten. Die Italiener fuhren mit einem Boot zu der Bucht, an der Beokostas und Matthaios fischten, um sie festzunehmen. Als die beiden das Boot kommen sahen, liefen sie davon. Matthaios war schnell außer Reichweite – wie sollten die Italiener ihn erwischen, der sogar Hasen mit der bloßen Hand fing? Aber Beokostas war nicht mehr so flott, und die Italiener schnappten ihn. Matthaios war am Fuß der Hügel stehen geblieben, um das weitere Geschehen zu verfolgen. Nun hielt der Italiener Beokostas die Pistole an den Kopf, bedeutete Matthaios, wieder herunterzukommen, und rief: „Ich töte Alten!" Daraufhin kam Matthaios wieder zurück, aber nicht etwa ängstlich und eingeschüchtert, sondern unerschrocken, ja drohend. „Ich dich töten!" schrie der Italiener und zielte nun auf ihn, aber Matthaios ging unverzagt näher und rief: „Na los, schieß schon!" Je näher er kam, desto weiter wich der Italiener zurück, bis er schließlich mit seinen Begleitern in das Boot stieg und wieder abfuhr: Der unbewaffnete Junge hatte die Italiener allein durch sein Auftreten vertrieben.

Während des Bürgerkrieges leistete Matthaios seinen Militärdienst ab und wurde gegen die Partisanen eingesetzt. Ebenso wie Mitsos unterstützte er jedoch heimlich die Linken, so dass die Partisanen ihn, als sie ihn einmal schnappten, gleich wieder freiließen: „Geh, Matthaios, wir wissen, wer du bist; du hast von uns nichts zu befürchten!"

Im Jahre 1946 arbeitete Matthaios in Athen, und Mitsos traf ihn hier nach seiner Entlassung vom Militär. Matthaios hatte gerade vor, für einen Monat nach Naxos fahren und schlug Mitsos vor, dass sie zusammen fahren sollten. So fuhren sie gemeinsam mit der Fähre nach Naxos und liefen hinauf ins Dorf. Mitsos ging natürlich zuerst zu seinen Eltern, die sich freuten, ihn heil wieder zu Hause zu haben. Am Nachmittag traf er sich dann mit Matthaios in einem *kafenion*. Wie sie so dasaßen und mit Freunden plauderten, kam ein schönes Mädchen vorbei, und Mitsos warf ihr einen prüfenden Blick zu. Das Mädchen war Matthaios' Cousine, Beokostas' mittlere, schon verheiratete Tochter Katina. Sie war gerade auf dem Weg nach Hause und erzählte dort ihrer jüngeren Schwester Angeliki von ihrer Begegnung: „Angeliki, im *kafenion* habe ich zusammen mit Matthaios einen jungen Mann gesehen, der gerade erst im Dorf angekommen sein muss – er kommt mir bekannt vor, aber ich weiß nicht, wer er ist. Aber er sieht sehr gut aus, ein *levendópaidho*[34]! Er hat mir einen Blick zugeworfen, dass ich glaubte, der Blitz habe mich getroffen! Den solltest du zum Mann nehmen! Wenn du das schaffst, ziehe ich den Hut vor dir! Der ist es wert!"

---

[34] Zusammengesetzt aus *levéndis* und *paidhí;* bedeutet etwa dasselbe wie *pallikári,* das heißt: starker, schöner, junger Mann, Prachtkerl.

Inzwischen war auch Matthaios zu Beokostas' Haus gekommen und erzählte seinem Onkel von seinem Freund. Beokostas trug ihm auf, Mitsos für den Abend zum Essen einzuladen. Nun mischten sich auch die Cousinen ein und fragten Matthaios, mit welchem *pallikári* er im *kafenion* gesessen habe. „Ach, meint ihr etwa Mitsos? Wartet nur, ich werde euch schon bekannt machen! Heute Abend bringe ich ihn zum Essen mit!"

So kam Mitsos zum ersten Mal in das Haus, in dem er zehn Jahre seines Lebens wohnen sollte. Beokostas' Frau Irini hatte getrocknete Fische gebraten *(goupáki)*, ein köstliches Essen. Von diesem Tag an kam Mitsos häufig in das gastfreundliche Haus. Die hübsche, gutherzige und tüchtige Angeliki gefiel ihm immer besser, je näher er sie kennenlernte. Auch sie hatte bald nur noch für Mitsos Augen. Ihre Schwester riet ihr zu der Verbindung: „So einen Mann kriegst du nicht noch einmal! Lass den bloß nicht entwischen!" Und Matthaios legte bei Mitsos gute Worte für Angeliki ein: „Sie ist eine Seele von Mensch! Eine bessere Frau kannst du dir nicht vorstellen! Nimm sie und du wirst es nicht bereuen! Sie wird dir immer treu sein und dir in allen Lebenslagen beistehen!"

Nachdem sie sich etwa einen Monat lang kannten, wurde die Sache beschlossen: Mitsos gab Angeliki sein Wort. Einige Tage später nahm er seinen Vater zu Beokostas mit. Boublomanolis und Stamata hatten beide Gefallen an Angeliki gefunden und nichts gegen die Verbindung einzuwenden. Auch das Thema der Mitgift war schnell geklärt. Boublomanolis sagte zu Beokostas: „Was soll ich dir sagen? Wir sind arm und ihr seid arm, daran lässt sich nichts ändern. Tiere und Ländereien brauchen wir nicht, wir haben genug Besitz, um davon leben zu können. Aber Mitsos ist abgesehen von Adonis, der ja erst neunzehn ist, der einzige meiner Söhne, der noch in Koronos geblieben ist. Ich habe also nur den Wunsch, dass er hier in meiner Nähe wohnen bleibt, damit ich in ihm eine Hilfe und Stütze habe. Ein Haus, das wir Mitsos vererben könnten, besitzen wir jedoch nicht; das Haus, in dem wir wohnen, werden wir ja unserer Tochter Maria geben. Wo soll das junge Paar also wohnen?"

Beokostas und seine Frau Irini versicherten, dass sie das Haus, in dem sie wohnten, Angeliki zugedacht hätten. Sie könnten bequem gemeinsam darin wohnen. Die drei älteren Kinder waren verheiratet und lebten in Athen beziehungsweise in der Chora. Nur der jüngste Sohn Vassilis war noch unverheiratet, aber er leistete gerade seinen Militärdienst bei der Marine und würde danach sicher nach Athen gehen. Also stand genug Platz für die junge Familie zur Verfügung. Auch an Feldern und Olivenhainen sollte Angeliki einen angemessenen Anteil vererbt bekommen, und Mitsos sollte sie jetzt gemeinsam mit Beokostas bewirtschaften. Zusammen mit dem Erlös des Schmirgelabbaus und einem Anteil an Milch und Käse von Boublomanolis sollte das für den Lebensunterhalt der Familie ausreichen. Damit war die Sache beschlossen.

Am 20. Februar 1947 heirateten Dimitris Emmanouil Mandilaras, dreißig Jahre alt, und Angeliki Sideri, zweiundzwanzig Jahre alt, in der Dorfkirche Agia Marina. Es war der letzte Sonntag der Karnevalszeit, die Eber waren geschlachtet und das Dorf feierte. Trauzeugen waren ein Freund von Mitsos aus Kindertagen namens Fríxos Koufópoulos und eine Verwandte von Angeliki namens Stélla (tou Kardheríni). Gegen Abend holte Frixos den Bräutigam von seinem Vaterhaus ab und brachte ihn mit dem halben Dorf im Gefolge zum Haus der Braut, dann wurden beide von den Dörflern zur Kirche begleitet. Karavelis und seine Brüder Kostas und Giorgos waren da und schossen fleißig mit ihren Pistolen in die Luft. Das war freilich verboten, aber welcher Polizist wagte es wohl, sie daran zu hindern?

Es wurde ein großes Fest mit vielen Verwandten und Freunden. Bei Beokostas und beim Nachbarn Axaonikiforos, einem Bruder von Kostas' Frau Irini, waren große Tische gedeckt. Die Hirten aus Mitsos' Verwandtschaft hatten so viel Fleisch beigesteuert, wie man nur wünschen konnte, und auch an Wein mangelte es nicht. Die besten Musikanten des Dorfes waren da und bis zum Morgengrauen wurde getanzt: Es war ein gelungenes Hochzeitfest und der Auftakt einer glücklichen Ehe.

Mitsos und Angeliki wohnten nun zehn Jahre lang, bis 1957, im Haus von Beokostas in Koronos, recht weit unten im Dorf in der Nachbarschaft Livadaki. Es waren schwierige, von Armut geprägte Jahre. Bis 1949 zog sich der Bürgerkrieg hin, und auch danach ging es nur langsam wieder aufwärts in Griechenland. Aus den Dörfern waren viele Menschen abgewandert, in die Chora, nach Athen oder auch nach Amerika oder Australien. Das Dorfleben ging noch seinen traditionellen Gang: Die moderne Lebensweise mit elektrischem Strom, fließendem Wasser und Fahrstraßen samt Autos und Bussen hatte Koronos noch nicht erreicht.

Einige Jahre nach dem Krieg wurden an die Männer, die als Feldwebel oder Offiziere im Krieg in Albanien gedient hatten, Tapferkeitsmedaillen verliehen. Auch Mitsos hatte ein Anrecht darauf; sein Hauptmann Karafotias hatte sie ihm schon zu Beginn des Krieges versprochen. Aber seine Medaille wurde falsch ausgestellt: auf den Namen Dimitris Emmanouil Mangióros. Es gab einen Mann dieses Namens in Koronos; der war allerdings mehrere Jahre älter als Mitsos und nur einfacher Soldat bei den Versorgungstruppen gewesen und hatte Albanien nicht einmal erreicht. Trotzdem zögerte der Mann nicht, die Medaille anzunehmen und sie an die Wand zu hängen. Mitsos bekam vom Gemeindesekretär Bescheid, dass seine Medaille offenbar auf den falschen Namen ausgestellt worden sei, er solle sich bei der Militärbehörde melden, dann werde das korrigiert werden. Doch Mitsos kümmerte sich nicht darum: Er wollte vom Krieg und vom Militär nichts mehr wissen!

Im übrigen hatte er alle Hände voll zu tun, um seine Familie zu versorgen: Er arbeitete in den Schmirgelminen und bewirtschaftete die Felder, Weinberge und Ölhaine der Familie. Abends betrieb er eine Wassermühle und sonntags ging er oft nach Lakkous, um seinen Bruder Adonis beim Hüten der Schafe und Ziegen abzulösen.

Am 10. Oktober 1947 wurde das erste Kind des jungen Paares geboren, ein Junge, den Mitsos nach seinem verstorbenen Bruder Nikos taufte. 1949 folgte Kostas, nach dem Schwiegervater benannt, und 1951 Manolis, der den Namen von

Mitsos' Vater erhielt. Schließlich wurde im Jahre 1955 eine Tochter geboren, die nach Angelikis Mutter Irini getauft wurde.

Als der zweite Sohn Kostas noch ein Baby war, wurden Mitsos und seine Familie zur zweiten Hochzeit von Mitsos' Bruder Jannis eingeladen. Vier Jahre nach dem Tod seiner ersten Frau Katina hatte ihn ein Freund überredet, die Schwester seiner Frau zu heiraten. Die Braut namens Stathoúla Pittará stammte aus Melanes. Ihr Vater Státhis war ein reicher Mann, dem viele Ländereien gehörten. Mit Stathoula bekam Jannis später noch drei Kinder namens Matina (abgeleitet von Stamata), Poppi und Stathis. Die Hochzeit fand in Melanes statt, und es wurde das schönste Fest, das Mitsos jemals erlebte.

Mitsos brachte einen stattlichen Ziegenbock mit, der für das Fest geschlachtet wurde. Es waren viele Gäste aus Koronos gekommen. Mitsos hatte seine Frau Angeliki und den Schwiegervater Beokostas mitgebracht. Außerdem waren zwei hervorragende Lautenspieler da: Péppos, der Boublomanolis' Schwester Kyriaki geheiratet hatte, und Mariolás, der früher mit Beokostas' mittlerer Tochter Katina befreundet gewesen war. Es wurde den ganzen Tag bis spät in die Nacht hinein gefeiert. Einige ältere Koronidiaten und Angeliki mit dem Baby Kostas brachen abends wieder nach Koronos auf, als sich eine Mitfahrgelegenheit mit einem Lastwagen nach Sífones ergab, bis wohin die Straße damals reichte.

Mitsos blieb mit den anderen Koronidiaten bis zum Morgengrauen, dann gingen sie zu Fuß zurück. Es war schon Vormittag, als sie das Dorf Keramoti erreichten. Dort kamen sie an einem Haus vorbei, das etwas außerhalb des Dorfes am Weg nach Koronos lag. Als dessen Bewohner die Lautenspieler sahen, luden sie sie allesamt spontan in ihr Haus ein, brachten Essen und Wein, und das Schmausen begann von neuem. Nach dem Mahl spielten die Musikanten auf, und die Männer tanzten und sangen dazu. Bei dieser Gelegenheit sang Mariolas ein besonders schönes Lied, das er in Erinnerung an seine Jugendliebe Katina verfasst hatte, an die Beokostas ihn nun erinnerte:

„Apó paidhiá agapiómaste
Ki ítan to óniró mas
Mian iméra ja na smíxoume
Na zísoume i dhyó mas.

Ma álla légame emís
Kai álla ípe i míra
S'eséna állon dhósane
Ki egó mian állin píra.

Ki ésvise to óniró mas
Kai dhen smíxame i dhyó mas."

„Als Kinder schon liebten wir uns
Und es war unser Traum
Uns eines Tages zu verbinden
Und gemeinsam zu leben.

248

Aber anderes sagten wir
Als unser Schicksal sprach
Dir gaben sie einen anderen
Und eine andere nahm ich.

So zerrann unser Traum
Und wir verbanden uns nicht."

Beokostas

Bevor wir uns nun mit dem Leben der jungen Familie beschäftigen, will ich erst einige Zeilen über Mitsos' Schwiegervater Beokostas schreiben.

Der erste Vorfahr von Beokostas, von dem wir wissen, war ein Gerichtsflüchtiger namens Hatsikyriakákis aus Kleinasien, der zu Beginn des neunzehnten Jahrhunderts nach Naxos kam und sich in Koronos niederließ. Er nahm den Namen Sidherís an, da er von Beruf Schmied war (*sidherás*). Er heiratete eine Frau aus Keramoti namens Lemoniá und bekam mit ihr vier Söhne: Manolis, Michalis, Jannis und Stylianós (Stélios). Diese wurden mit unterschiedlichen Spitznamen bedacht, die auch auf ihre Nachfahren übertragen wurden. Der älteste Sohn Manolis übernahm nach dem frühen Tod des Vaters dessen Rolle als Familienoberhaupt und wurde darum Pateromanólis genannt. Er siedelte sich im Dorf Mesi an. Der zweite war ein hoch gewachsener, kräftiger Mann, der keiner Rauferei aus dem Weg ging und gern den *pallikári* spielte; daher wurde er Michálaros getauft (Vergrößerungsform von Michalis). Er zog in das Dorf Komiaki. Der dritte war ein ruhiger, lässiger Typ, wohl auch ein bisschen faul, der das gute Leben schätzte: Er verbrachte seine Zeit am liebsten bei einem Tässchen Kaffee und einer Wasserpfeife im *kafenion*, weshalb man ihn Beojánnis nannte (vom türkischen „*Béis*"). Der vierte schließlich, das Nesthäkchen der Familie, war empfindlich und von etwas schwacher Gesundheit und wurde Saliakostélios genannt (von *sáliakas*, Schnecke). Beojannis und Saliakostelios blieben ebenso wie ihre Nachfahren in Koronos.

Beojannis heiratete eine Frau aus Koronos namens Dhéspina Melissourgoú und bekam drei Söhne, Beomanolis, Beokostas und Beofotis, und eine Tochter namens Lemoniá, die als Hausmädchen nach Konstantinopel ging und sich dort niederließ. Der im Jahre 1853 geborene Beofotis war der alte Fischer, den Mitsos am Limnari kennengelernt hatte. Als junger Mann ging er nach Athen und lebte im Stadtteil Réndi, wo er als Gärtner arbeitete. Er heiratete eine Frau aus Apiranthos namens Angeliki Felá (tou Mamídhi). Sie bekamen sieben Söhne und zwei Töchter. Das erste Kind namens Jannis wurde 1876 geboren; dann folgten Dimitris, Adonis (der Vater von Mitsos' Freund Matthaios), Manolis, Nikolas, Mitsos' Schwiegervater Kostas (1890 geboren) und Matthaios, der als Soldat im Makedonischen Krieg fiel. Die zwei Töchter hießen Despina und Lisa, diese war das letzte Kind. Alle Kinder wurden in Athen geboren, aber etwa um die Jahrhundertwende ging Beofotis zurück nach Naxos, so dass die jüngeren Kinder dort aufwuchsen, während seine älteren Söhne in Rendi blieben.

Der erste Sohn von Beokostas' Bruder Nikolas hieß nach seinem Großvater Fotis. Er war ein besonders tüchtiger *pallikári,* der im Stadtteil Rendi sehr bekannt wurde. Dort hatten sich viele *prezákidhes* (Drogensüchtige) und Rauschgifthändler eingenistet, die des Nachts die Straßen unsicher machten. Die Polizei wurde mit ihnen nicht fertig und beschäftigte sich bald nicht mehr mit der Angelegenheit. Da fragte Fotis bei der Polizei an, ob er die Sache übernehmen dürfe. Nach und nach gelang es ihm, die *prezákidhes* aus Rendi zu vertreiben und Ordnung und Ruhe wiederherzustellen. Sein Bruder Giorgos spielte im Fußballverein *Olympiakós,* der damals besten griechischen Mannschaft, und wurde auch deren Kapitän. Auch in der Nationalmannschaft spielte er. Er war einer der besten Fußballspieler Griechenlands: durch nichts zu bremsen brauste er wie ein Bulldozer übers Feld.

Im Jahr 1917 wurde Beokostas von seinem guten Freund Giorgos Mandilaras (Mitsos' Onkel Sorakis) mit Annéza Manolá, Tochter des Koutsokéris (Jákovos Manolás), verheiratet und bekam mit ihr zwei Kinder namens Fótis und Marina. Im Jahr 1920 ging er zusammen mit seinem *koumbáros* (Trauzeugen) Sorakis und einem weiteren Koronidiaten namens Jakoumákis nach New York, wo sie mit Handkarren auf den Straßen Knoblauch verkauften. Es war eine schwierige Zeit in Koronos. Nach den harten Jahren des Ersten Weltkrieges war der Schmirgelabbau noch nicht wieder in Schwung gekommen; die Menschen hungerten.

Beokostas kehrte schon nach etwa zwei Jahren zurück, etwas eher als seine zwei Gefährten, weil er die Nachricht erhielt, dass seine Frau schwer erkrankt war. Tatsächlich starb sie, bevor er Naxos erreichte, vermutlich an Tuberkulose. Der Tod seiner geliebten Frau war ein schwerer Schlag für den gutherzigen Beokostas. Im Jahr 1923 heiratete er ein zweites Mal. Seine Frau hieß Irini Axaopoúlou, Axaoiríni genannt, Cousine des Priesters Papa-Stelios. Wieder wurde das Paar von Sorakis getraut, der inzwischen ebenfalls aus Amerika zurückgekehrt war. Axaoirini und Beokostas bekamen noch drei weitere Kinder: Katina, Angeliki und Vassilis. Beokostas hatte einiges Geld aus Amerika mitgebracht, aber er verlieh und verschenkte es bald an Verwandte und Freunde. Im Jahr 1926 heiratete auch Sorakis: Er nahm eine entfernte Verwandte von Beokostas namens Ariétta Sidherí zur Frau.

Beokostas' zweiter Schwiegervater Axaovassílis war ein knurriger, unfreundlicher Mann, vor dem die Enkelkinder sich fürchteten, weil er sie ungnädig mit Stockschlägen verjagte, wenn sie zum Beispiel ein paar Maulbeeren von seinem riesigen Baum am Sidheríti pflücken wollten. Er hatte die Angewohnheit, kein Mittagessen auf die Felder mitzunehmen, sondern reichlich zu frühstücken. Wenn die Bauern auf den umliegenden Feldern zu Mittag aßen, riefen sie ihn und luden ihn ein, sich dazu zu setzen, aber er antwortete dann unwirsch: „Ich habe mein Essen schon im Bauch!" Wenn jemand ihn fragte, warum er nichts zu Essen mitnahm, deutete er erst auf seinen Bauch, dann auf seinen Rücken: „Besser hier als hier!"

Sein Bruder Petros hatte andere Gewohnheiten; er aß sein Mittagessen auf den Feldern wie andere Menschen auch. Er wurde sogar besonders schnell hungrig, hatte dann keine Lust mehr zu arbeiten und sagte: *„Ádhio tsouváli dhen stéketai! Ein leerer Sack kann nicht stehen!"* Nach dem Essen wurde er schläfrig und legte sich meist zu einem kleinen Nickerchen hin mit den Worten: *„Gemáto tsouváli dhen tsakízi! Ein voller Sack lässt sich nicht knicken!"*

Auch Axaovassilis hatte nichts gegen ein kleines Mittagsschläfchen einzuwenden. Eines Mittags hatte er sich für ein Weilchen in seinem Weinberg bei der Kapelle des Heiligen Jannis in den Feldern nördlich des Dorfes unter einem Olivenbaum hingelegt und war in der warmen Sonne eingeschlafen. Da hatte er einen merkwürdigen Traum: Ihm erschien die *Panagía* und bedeutete ihm, er solle mit der Hacke unter seinem Kopfkissen einen Schlag tun. Kaum war er wieder aufgewacht, stand er auf, ergriff seine Hacke und begann dort zu graben, wo sein Kopf gelegen hatte. Und er fand eine kindskopfgroße, runde, schwere Kugel aus einem ihm unbekannten, dunklen Gestein. Er nahm die merkwürdige Kugel mit nach Hause. Im Dorf befand sich zu der Zeit ein wandernder Goldschmied, der in einem Kellerloch eine Werkstatt eingerichtet hatte und für die Dörfler die Ikonen versilberte. Axaovassilis ging abends zum Goldschmied und zeigte ihm die Kugel. „Ach, das ist nichts!" sagte der und ließ sie unter sein Bett kullern. Aber ein Jahr später stiftete derselbe Goldschmied der Ikone der Maria in der Dorfkirche die silberne Ikonenverschalung, und Axaovassilis war überzeugt, dass die Kugel aus Silber gewesen war und der Goldschmied die Ikone damit veredelt hatte.

Axaovassilis' Bruder Axaojannis war der Vater des Papa-Stelios, des Priesters von Koronos. Dieser war ein starker und strenger Mann, außerdem sehr geizig. Von Mitsos' Erfahrungen mit ihm bei der Getreideernte haben wir schon berichtet. Es ranken sich aber noch zahlreiche weitere Anekdoten um diese Persönlichkeit. So war Papa-Stelios einmal in Moutsouna, wo ihn drei Moutsouunioten zum Essen einluden. Sie hatten einen großen, fünf Kilo schweren Zackenbarsch gefangen und eine leckere Suppe damit bereitet. Allerdings wollten sie sich ein Späßchen mit dem Koronidiaten erlauben, und so teilten sie den Fisch in nur drei Stücke und taten sich jeder eines auf, gaben dem Priester aber nur Suppe. Papa-Stelios sagte nichts dazu, aber dann meinte er: „Lasst uns nun das Tischgebet sprechen!" Alle standen auf, er sprach das Tischgebet und fuhr dann fort: „... und Gott sah die Sündigen und nahm die heiße Brühe und verbrannte sie!" Und damit tauchte er die Kelle in die heiße Suppe und schüttete sie mit Schwung auf die drei Moutsouunioten. Die fuhren erschrocken auf und sprangen zur Tür hinaus. Schnell schloss Papa-Stelios von innen zu, setzte sich gemütlich hin und aß die ganzen fünf Kilo Fisch auf!

Während der Besatzungszeit sammelte Papa-Stelios in der Tragaia und in der Nähe von Engares Blindgänger, öffnete sie und verkaufte den Sprengstoff an die Fischer. Später im Alter verwirrte sich sein Verstand, so dass er im Mai zum Beschneiden in den Weinberg ging und die ganzen Blüten abschnitt, oder er zog mit seiner Frau und allen Gerätschaften zur Getreideernte los und mähte dann oben an der alten Windmühle die wilden Sträucher.

Beokostas war ein besonderer Mensch. Alle, die ihn kennengelernt haben, bezeichnen ihn als Heiligen (*ágios ánthropos* = heiliger Mensch; im Griechischen eine geläufigere Bezeichnung als im Deutschen). Er war ruhig, ernst, gutmütig, besonnen und weise. Jeden Fremden, den er im Dorf antraf, lud er zu sich nach Hause ein, bewirtete ihn und unterhielt sich mit ihm. Wenn er den Eindruck hatte, dass der Gast arm war, steckte er ihm oft sogar ein wenig Geld zu. Es verging kaum eine Woche, in der er nicht zwei, drei Mal einen Fremden mitbrachte.

Beokostas war ein sorgfältiger und fleißiger Arbeiter. Er war ein hervorragender Gärtner und baute alle Arten von Gemüse an, auch manche, die im Dorf zu der Zeit noch unbekannt waren, wie zum Beispiel Möhren und Sellerie. Oft besuchten ihn die Lehrer des Dorfes oder der Arzt, die keine eigene Landwirtschaft betrieben, um etwas Gemüse von ihm zu bekommen.

Außer den *potistiká*, den zu bewässernden Terrassen in der Nähe des Dorfes, besaß Beokostas verschiedene größere Landstücke. In der Nähe des Tholos unterhalb des Argokili besaß er ein großes mit Oliven bestandenes Grundstück namens Psiláki, auf dem er unter den Bäumen Getreide anbaute. Ein weiteres großes Feld lag in Richtung Limnari. Einmal kam jemand zu ihm gelaufen und rief: „Beokostas, der Soundso hat seine Tiere auf dein Feld am Kalogeros getrieben und will es dir wegnehmen!" Beokostas antwortete in aller Ruhe: „Keine Sorge, mein Kind! Das Feld ist an seinem Platz. Wir werden weggehen, einer nach dem anderen, aber das Feld wird bleiben, wo es ist. Das kann niemand mitnehmen!"

Beokostas produzierte auch hervorragenden Wein. Das ganze Jahr lang sammelte er in den Gassen des Dorfes die Pferdeäpfel auf und düngte damit seinen Weinberg. Alle Arbeiten führte er mit Sorgfalt und Geschick durch. Bei der Ernte sortierte er geduldig jede schlechte Traube aus. Darum war sein Wein stets einer der besten des Dorfes. Im Winter kamen häufig die Jäger zu ihm und brachten ihm erlegte Wildtauben, Steinhühner oder Hasen, damit Beokostas sie dann zum Essen einlud und sie von dem leckeren Wein trinken konnten.

Dem Nachbarn Mariolás hatte es der Wein besonders angetan. Fast jeden Tag kam einer aus der Familie mit einer leeren Flasche zu Beokostas, um sich ein wenig Wein zu „borgen". Schließlich merkte Beokostas, dass das Tonfass, in dem er den Wein lagerte, schon halb leer war, und seufzte ein wenig, als die Marioládhes wieder mit einer leeren Flasche kamen. Seine Frau Irini hörte das und beruhigte ihn: „Warte, das werde ich schon regeln! Die werden nicht nochmal kommen!" Sie nahm einige Korken und kochte sie, während Kostas sich mit den Nachbarn unterhielt, und dann vermischte sie den Wein, den sie in die Flasche füllte, mit etwas Korkensud, der eine stark blähende Wirkung hat. Die Mariolades gingen mit ihrer Flasche wieder nach Hause, setzten sich zu Tisch und aßen und tranken tüchtig dazu. Bald tat der Korkensud seine Wirkung, und den armen Männern begannen die Bäuche zu kneifen. Sie wollten aber alle nicht unhöflich sein und verkniffen sich darum möglichst lange das erleichternde Ablassen. Aber schließlich konnte es der Erste nicht mehr aushalten. Die anderen taten es ihm bald nach, so dass ein wahres Konzert ertönte... Das war tatsächlich das letzte Mal, dass sie bei Beokostas um Wein baten.

Eine Zeit lang arbeitete Beokostas als Postbote. Dadurch wurde er in Koronos und den Nachbardörfern sehr bekannt; auch Mitsos kannte ihn von dieser Tätigkeit her schon als Junge. Mindestens einmal in der Woche zog er durch das Dorf und rief: „Der Postbote! Morgen geht die Post! Wer etwas nach Athen schicken will, der soll es bis heute Abend bringen!"

Beokostas besaß ein gutes Maultier. Mit ihm ritt er auch durch die Nachbardörfer, holte Briefe und Pakete ab, die die Menschen nach Athen schicken wollten und kaufte auch Waren, die er an seinen Bruder Beojannis lieferte, der in Athen ein Lebensmittelgeschäft betrieb. Eines Tages hatte er an die 200 Eier im Dorf Mesi gekauft, die er in einem Stoffsack sorgfältig auf den Sattel seines Maultieres legte. Das Tier war nicht schwer beladen, und bei Pentakrines dachte Beokostas sich, er könne eigentlich ein Stückchen reiten; der Weg war ja noch weit. Die Eier hatte er völlig vergessen. Er sprang also mit Schwung auf den Sattel: Krack! Da fiel ihm freilich wieder ein, was da auf dem Sattel lag! Er blieb trotzdem sitzen: Das Unglück war ja nun mal geschehen. Zu Hause rettete seine Frau noch eine ganze Reihe Eigelbe und sie aßen tagelang Omelett.

Außer Briefen schickten die Dörfler auch landwirtschaftliche Erzeugnisse aller Art zu ihren Verwandten nach Athen: Brot, Käse, Fleisch, Lämmer, Wein, *rakí*, Öl, Kartoffeln; umgekehrt sandten auch die Athener ihren Verwandten im Dorf allerlei Waren aus der Stadt. Beokostas transportierte die Waren aus Koronos mit gemieteten Maultieren zur Chora und lud sie dort aufs Schiff und brachte ankommende Briefe und Pakete ins Dorf hinauf. Nicht selten gingen jedoch Sachen verloren, Pakete wurden beschädigt oder über Bord gespült, nicht haltbare Ware verdarb, wenn das Schiff wegen Sturm nicht auslaufen konnte. Diese ständigen Ärgernisse verleideten Beokostas schließlich den Beruf des Postboten, und so gab er ihn wieder auf.

Beokostas war sehr stark, er war sich seiner Kraft jedoch kaum bewusst, da er ein sehr friedfertiger Mann war. Bei einer Gelegenheit hob er allein einen 200 Kilo schweren *kýlindhros* hoch, eine Marmorwalze zum Abdichten der Dächer, und trug ihn aus der *Káto Gitoniá*, dem untersten Dorfviertel, zu seinem Haus. In Amerika wollte einmal jemand mit ihm boxen, aber er mochte nicht. Der andere ließ jedoch nicht ab und stieß ihn immer wieder an: „Komm schon, lass uns boxen!" Schließlich wurde es Beokostas zu bunt, und er rief: „Nun lass mich mal in Ruhe!" und stieß den anderen von sich. Dabei setzte er nicht einmal seine ganze Kraft ein, aber der Mann flog von dem Stoß mit so viel Schwung in die Ecke, dass er sich den Kopf aufschlug und ins Krankenhaus musste: Es war nicht klug, sich mit Beokostas anzulegen.

Eine ganze Reihe von Naxioten war gemeinsam zum Arbeiten nach Amerika gegangen, und sie trafen sich nun gern des Abends, unterhielten sich und machten auch ihre Späße. Nur Sorakis war schwer hereinzulegen, weil er zu schlau war. Da dachten sich die anderen einen Streich aus und überredeten Beokostas, dabei mitzumachen. Als Sorakis hereinkam, sagte also einer: „He, Leute, ich kann in diese Flasche hineinkriechen! Glaubt ihr das? Kommt, ich zeige es euch!" Er tat so, als versuche er es, aber ohne Erfolg. Nach mehreren Versuchen meinte er: „Warum klappt es denn nicht? Ich verstehe das nicht!" Er schaute sich um: „Einer von euch muss den bösen Blick haben und mich daran hindern! Wir wollen allen – einem nach dem anderen – die Augen zuhalten, um zu sehen, an wem es liegt." Sie hielten also mehreren nacheinander die Augen zu, aber es klappte weiterhin nicht. Da sagte einer: „Los, Beokostas, jetzt halte Sorakis die Augen zu!" Beokostas hatte sich aber vorher die Hände mit Ruß eingeschmiert und als er nun Sorakis die Augen zuhielt, machte er dessen Gesicht ganz schwarz. Die Männer riefen begeistert: „Bravo, er hat es geschafft!" – „Bravo, er ist in der Flasche!" Nun gab Beokostas Sorakis frei, und alle kugelten sich vor Lachen. Schließlich witterte Sorakis Verdacht, ging zu einem Spiegel und sah die Bescherung. Er drehte sich zu Beokostas um und sagte: „Wenn du nicht mein *koumbáros* wärest, würde ich dir jetzt den Bauch aufschlitzen!" Bis ins hohe Alter hinein konnte er Kostas diesen Streich nicht vergessen. Aber er hielt trotzdem seine enge Freundschaft mit ihm stets aufrecht: In Koronos kam er fast jeden Abend zu Besuch in das gastfreundliche Haus.

Während der Besatzungszeit lebte Beokostas' ältester Sohn Fotis in Athen und arbeitete dort, Marina war in Athen verheiratet, und auch Katina hatte geheiratet und wohnte mit ihrem Mann Christos Gavalás in der Chora. Nur die fünfzehnjährige Angeliki und der dreizehnjährige Vassilis lebten noch bei den Eltern in Koronos. Angeliki war von allen Geschwistern ihrem Vater Beokostas an Aufrichtigkeit und Ehrlichkeit am ähnlichsten. Sie war kräftig und furchtlos, auch ziemlich eigensinnig und manchmal störrisch. Als sie noch zur Schule ging, kamen so manches Mal Frauen zur Mutter Axaoirini und beschwerten sich, dass Angeliki ihre Töchter verhauen habe. Darauf antwortete Irini stets ungerührt: „Wenn Angeliki sie geschlagen hat, dann müssen sie sie wohl geärgert haben! Sie hatten es sicherlich verdient!"

Zu Beginn der Besatzungszeit verheiratete sich eine entfernte Cousine von Beokostas und verließ ihre Stelle als Hausmädchen bei der reichen Familie Palaiológos, die in einem venezianischen Wohnturm, einem *pírgos*, in der Nähe von Sangri wohnte. Es gelang Beokostas, an ihrer Stelle seine Kinder Angeliki und Vassilis als Gehilfen im *pírgos* unterzubringen. Sie sollten bei der Familie wohnen und gegen Verköstigung mitarbeiten, Angeliki in der Küche und Vassilis im Garten. Die Familie besaß große Ländereien und Ölbaumhaine, die sie von Arbeitern bewirtschaften ließen.

Am ersten Tag nach der Ankunft im *pírgos* mussten die Kinder im Keller schlafen, da die Leute befürchteten, sie hätten Läuse (was nicht der Fall war: Im Gegensatz zu den unteren Dörfern waren Läuse in den Bergdörfern praktisch unbekannt). Zum Zudecken bekamen sie *tsourápes*, die Matten aus Ziegenhaar, in denen die Olivenmasse in den Ölmühlen ausgepresst wurde. Am nächsten Morgen waren Vassilis und Angeliki schwarz von den öligen Rückständen der Oliven in den *tsourápes* und mussten erst einmal gründlich gewaschen werden.

Von da an erging es ihnen aber gut im *pírgos*. Die Arbeit war nicht schwer und das Essen gut – und wer hatte in der Besatzungszeit schon ausreichend zu essen? Sie aßen mit am Familientisch und schlossen schon bald mit den Kindern der Familie, Jákovos und Maria, dicke Freundschaft.

Der *pírgos* der Palaiologi lag direkt am alten Hauptweg von der Chora in die Tragaia und nach Apiranthos, und es herrschte reger Fußverkehr. Auch Beokostas kam oft beim Turm vorbei. Wenn möglich benachrichtigte er Vassilis vorher durch andere Koronidiaten. Dann versteckte dieser ihm Brot oder andere Nahrungsmittel im Garten oder warf sie ihm aus dem Turm herunter. Zur Zeit des schlimmsten Hungers schwoll auch Beokostas' Bauch wegen Vitaminmangel an: Seit über einem Monat war ihnen das Öl ausgegangen. Daraufhin schmuggelte Vassilis eine ganze Flasche Öl aus dem Turm und ging bei der nächsten Gelegenheit zu einem Besuch nach Koronos und brachte sie seinen Eltern.

Die Palaiologi hatten auch in der Chora ein Wohnhaus. Auch dorthin wurde Vassilis öfter zu irgendwelchen Arbeiten mitgenommen, oder er transportierte Sachen zwischen der Chora und Sangri hin und her. Einmal half er im Haus in der Chora beim Zerlegen eines Ebers. Er hatte seinen Vater benachrichtigt, und als der kam, stopfte er ihm unauffällig die Manteltaschen mit Fleisch voll.

Als die Deutschen auf die Insel kamen und die italienischen Soldaten gefangen nahmen, blieben die Depots der Italiener für kurze Zeit unbewacht. Vassilis war gerade in der Chora, und es gelang ihm, vier Gewehre zu entwenden. Als er kurz darauf mit einem Esel etwas nach Sangri transportieren sollte, band er die Gewehre unter den Bauch des Esels und ritt los. Unterwegs, schon spät abends, begegnete er zwei deutschen Soldaten. Sie kontrollierten ihn, aber glücklicherweise entdeckten sie die Gewehre nicht. Vassilis versteckte sie am Turm im Heu und brachte sie nacheinander heimlich nach Koronos. Zwei der Gewehre verkaufte Beokostas während der Besatzungszeit; für das eine bekam er einen Sack mit fünfzig Kilo Bohnen.

Nach dem Ende der Besatzungszeit kehrten Vassilis und Angeliki wieder zu ihren Eltern nach Koronos zurück.

Die Wassermühle

Beokostas besaß einen Anteil an der oberen der zwei Wassermühlen von Koronos namens *mýlos tis vrýsis* (Mühle der Quelle). Vor dem Krieg wurde die Wassermühle abwechselnd von den verschiedenen Teilhabern betrieben. Während der Besatzungszeit war der Betrieb der Mühle (mangels Getreide) eingestellt worden, und die anderen Betreiber waren gestorben. Nachdem Mitsos und Angeliki geheiratet hatten, schlug Beokostas vor, die Mühle wieder in Stand zu setzen. Mitsos war einverstanden. Das Geschäft des Müllers war zwar anstrengend, aber auch einträglich: Er hatte ein Anrecht auf ein Zehntel des Getreides, das er mahlte, und das bedeutete in diesen hungrigen Zeiten Leben für die Familie.

Die Mühle lag am Bach nördlich des Dorfes in Richtung Skado. Damals führte der Bach noch viel Wasser und floss fast das ganze Jahr; nur in besonders trockenen Sommern versiegte er manchmal. Oberhalb der Mühle lagen die Becken, in denen die Frauen ihre Wäsche wuschen. Das Wasser des Baches wurde über eine offene Wasserleitung zu einer Zisterne geführt, aus der die Mühle im Sommer betrieben wurde, wenn das Wasser knapp wurde. Dann konnte die Mühle nur alle paar Tage arbeiten, wenn die Zisterne vollgelaufen war.

Die Mühle war in einem kleinen, zweistöckigen Gebäude eingerichtet, das sich an den Hang anlehnte. Das Wasser wurde von der nahegelegenen Zisterne *(stérna)* über eine Rinne *(kanáli)* auf ein schmales, hohes Bauwerk geleitet, das direkt am Mühlengebäude stand. In diesem fiel das Wasser mehrere Meter tief bis auf die Höhe des unteren Stockwerks der Mühle. Über ein kleines Loch schoss es von dort aus in starkem Strahl ins Mühlengebäude hinein. Hier befand sich das waagerecht liegende Mühlrad mit seinen etwa dreißig löffelförmigen Flügeln, das von dem Wasser angetrieben wurde. Gelegentlich wurden die Flügel abgerissen; dann musste der Müller das Rad mühselig reparieren.

Im darüber gelegenen Stockwerk befand sich das Mahlwerk: der untere, unbewegliche Stein, durch dessen Mitte die vom Flügelrad angetriebene Achse verlief, und der obere, bewegliche Stein, der mittels einer Metallspange, der sogenannten Schwalbe *(chelidhóni)*, an der Achse befestigt wurde. Der obere Stein hatte in der Mitte eine tellergroße Öffnung, durch die das Getreide zugeführt wurde. Aus dem großen Holztrichter, in den die Getreidesäcke entleert wurden, rieselte das Korn nach und nach in einen kleinen Trichter über der Mitte des oberen Steines. An diesem saß ein kleiner Holzzapfen, der bei jeder Drehung von einem Vorsprung am oberen Stein angestoßen wurde, so dass das Getreide allmählich nachrutschte. Der obere Stein konnte mittels einer Hebelstange nach oben oder unten verschoben werden, je nachdem wie fein das Mehl gemahlen werden sollte.

Bei häufigem Betrieb musste der obere Stein etwa ein Mal pro Woche abgehoben und mit einem speziellen Hammer aufgeraut werden. Danach ließ der Müller einige Kilo Weizen durchlaufen, die nachher an die Tiere verfüttert wurden, um Staub und Steinstückchen zu entfernen. Die Mühlsteine bestanden aus etwa zehn radialen Segmenten, die von einem mit einer Schraube angezogenen Eisenring zusammengehalten wurden. Sie wurden von der Insel Milos bezogen und bestanden aus einem hellen, sehr harten vulkanischen Gestein. Um die Mühlsteine herum war ein Blechstreifen aufgestellt, der das Mehl, das zwischen den Steinen herausflog, auffing. An einer Stelle hatte dieser eine Lücke; dort sammelte sich das Mehl in einer ordentlich verputzten Vertiefung an, und der Müller füllte es in Säcke. Er hatte eine Waage, mit der er die Säcke wog, um seinen Anteil zu berechnen. Die Mehlsäcke brachte er mit seinem Esel den Besitzern, sofern diese sie nicht selbst abholen konnten.

Mitsos betrieb die Mühle während der ganzen Zeit, die die Familie in Naxos verbrachte. Somit hatte er immer reichlich Getreide zur Verfügung, auch wenn er für die ärmsten Dörfler das Getreide meist umsonst mahlte, das heißt, ohne sein Zehntel zu nehmen. Jede Woche brachte er über fünfzig Kilo Mehl für das Brotbacken nach Hause. Davon siebten die Frauen einen Anteil gröberes Mehl und Kleie aus, der an das Schwein verfüttert wurde; so wurde es schnell fett und sein Fleisch war besonders wohlschmeckend. Die Frauen backten mehr Brot, als sie über die Woche brauchten, und schickten jedes Mal anonym mehrere Laibe an die ärmsten Familien des Dorfes.

Oft kehrte Mitsos von der Arbeit in den Minen etwas früher heim als die anderen Arbeiter und ging dann direkt zur Mühle, insbesondere wenn die anderen Bauern darauf warteten, dass er die Zisterne öffnete, damit sie gießen konnten. Oft arbeitete er bis spät in die Nacht, um alles Getreide, das ihm gebracht worden war, zu mahlen. Am Freitag hatte er häufig bis nach Mitternacht zu tun, weil die Frauen üblicherweise samstags ihr Brot buken. Und morgens musste er schon vor der Dämmerung aufstehen, um rechtzeitig in den Minen oder auf den Feldern zu sein.

Manchmal, wenn Mitsos besonders viel Getreide zu mahlen hatte, geschah es, dass er während des Mahlens an die Mehlsäcke gelehnt einnickte. Einmal hatte er dabei einen Alptraum: Ihm war, als stünde er am Eingang der Mühle und blicke nach oben zur Quelle. Da sieht er plötzlich einen furchterregenden Giganten den Hang heruntersteigen. Der Gigant kommt direkt auf die Mühle zu. Als Mitsos klar wird, dass der Riese ihn packen will, ergreift er die große Eisenstange, die zum Anheben des Mühlsteins verwendet wird, bedroht ihn mutig und ruft ihm zu, er solle verschwinden. Der Gigant wirft ihn jedoch zu Boden und setzt ihm sein schweres Knie auf die Brust. Mit diesem Schrecken in den Gliedern wacht Mitsos auf. Und tatsächlich liegt ihm ein schweres Gewicht auf der Brust und drückt ihm den Atem ab: Ein Mehlsack ist auf ihn gefallen!

Aus Angst nicht vielleicht vor Giganten, aber doch vor Dämonen und dem Teufel wagten sich, wie schon berichtet, viele Dörfler nachts nicht aus dem Dorf heraus. Tatsächlich hatte Mitsos einige Male unheimliche Erlebnisse an der Mühle, aber er ließ sich keine Angst einjagen, sondern ging der Sache stets auf den Grund. So sah er in einer dunklen Nacht auf dem Rückweg von der Mühle ein unheimliches schwarzes Wesen vor sich auf dem Weg, aber es war nur ein Esel. Ein anderes Mal, als er in der Mühle arbeitete, hörte er von draußen ein lautes Geplansche. Er ging mit seiner Laterne heraus und sah zwei Hunde, die sich im Wasser des Flusses balgten.

Gelegentlich nahm Mitsos seinen ältesten Sohn Nikos mit zur Mühle. An einem Abend, als die beiden an der Mühle waren, setzte ein schrecklicher Platzregen ein, der gar kein Ende nehmen wollte. Sie warteten mehrere Stunden, während ihr Hunger immer größer wurde. Schließlich ließ der Regen etwas nach, und sie brachen auf. Aber sie mussten den Bach durchqueren, um nach Hause zu kommen, und dieser war durch den heftigen Regen zu einem wilden Fluss angeschwollen, der über Steine und Felsen das Tal herab sprang. Wie sollten sie hinüber kommen? Mitsos schnitt einen starken Ast von einer Platane, setzte den kleinen Nikos auf seine Schultern und schärfte ihm ein, sich gut an seinen Haaren festzuhalten: Er dürfe auf keinen Fall loslassen, sonst würde das Wasser ihn fortreißen und nach Lionas schwemmen. Dann watete er vorsichtig in das Wasser hinein, indem er sich mit dem Ast stromabwärts abstützte. An der tiefsten Stelle reichte ihm das reißende Wasser bis zur Brust! Sie kamen jedoch unbeschadet hinüber und liefen schnell nach Hause, wo Angeliki sich schon Sorgen gemacht hatte.

Von der oberen Mühle floss das Zisternenwasser weiter zur unteren Mühle (der Ochsenmühle, *voudhómylos)* und wurde danach auf die unterhalb gelegenen Beete geleitet. Das ganze Tal entlang zogen sich Terrassen, die in festgelegter Reihenfolge alle paar Tage oder einmal die Woche bewässert wurden. Im Sommer reichte das Wasser oft nicht bis zu den weit unten im Tal gelegenen Feldern; daher gab es viele Streitereien um die Reihenfolge beim Bewässern.

Das erste Feld direkt unterhalb der Mühle gehörte Beokostas. Nach seiner Heirat bearbeitete es Mitsos gemeinsam mit seinem Schwiegervater. Sie düngten reichlich mit Mist, und die Beete brachten üppige Ernte: Blumenkohlköpfe, die kaum am Stock zu tragen waren, Tomaten, aus denen die Frauen für das ganze Jahr Tomatenmark herstellten, Weißkohl, Salat und Bohnen. Im Tal oberhalb des Dorfes besaß Beokostas ebenfalls ein, zwei Beete, einen kleinen Apfelbaum und zwei Walnussbäume.

Einmal in der Woche wurden auch am anderen Bach, der durch das Dorf floss, die Beete bewässert. Auch hier gehörten Beokostas die obersten Beete direkt unterhalb der Zisterne und er war als erster mit Bewässern an der Reihe. Oft ging Mitsos schon in der Nacht hin, wenn er sich ausrechnete, dass die Zisterne voll sein müsste. Es gab eine Hauptwasserleitung, die an allen Beeten entlang führte. Diese sperrte der Bauer, der bewässern wollte, mit einem Lumpen und einem Stein ab und öffnete den Zulauf zu seinen Feldern. Nun ließ er der Reihe nach alle Beete voll laufen; dann versperrte er wieder seinen Zulauf, öffnete die Hauptleitung und rief dem Nächsten, der schon auf seinem Feld wartete, zu, dass er nun gießen könne.

Wenn Mitsos zu den Minen gehen musste, bot sich Beokostas oft an, das Bewässern zu übernehmen, damit Mitsos rechtzeitig wegkam. Als Beokostas so an einem frühen Morgen zu ihrer Terrasse kam, hatte schon ein anderer Dörfler, der Ippótis, der an der *Plátsa* ein *kafenion* besaß, die Zisterne geöffnet und mit dem Bewässern seines weiter unten gelegenen Feldes begonnen. Beokostas protestierte sofort: „Was machst du denn da? Warum hast du das Wasser schon geöffnet? Warte gefälligst, bis du an der Reihe bist!" – „Ich gieße, wann ich will, und da wirst du mich nicht dran hindern!" erwiderte Ippotis. Beokostas schimpfte erneut, aber Ippotis kümmerte sich nicht um ihn. Da packte Beokostas ihn, drückte ihn neben der Bewässerungsrinne zu Boden, hielt seinen Kopf ins Wasser und drohte: „Wenn du das noch mal machst, ertränke ich dich!" Der andere ging zur Polizei, aber der Polizist wollte keine Anzeige aufnehmen, sondern meinte: „Beokostas hatte recht! Die Reihenfolge ist schon seit Jahrzehnten schriftlich festgelegt. Darüber kannst du dich nicht einfach hinwegsetzen!"

Weit unten im Tal des Mühlbachs lag ein Feld, an dem Papa-Stelios und Beokostas' Frau Axaoirini je einen Anteil besaßen. Als sie es untereinander aufteilten, nahm Papa-Stelios, der sowieso schon die besseren Ländereien hatte, die reichere, fruchtbarere Hälfte für sich in Anspruch. Zum Ausgleich wurde ein guter Birnbaum (der Sorte *stravoriá*), der auf einem steinigen, nicht bebauten Stück des Feldes lag, Irinis Anteil zugesprochen. Kurz nach der Teilung ging Papa-Stelios zu dem Feld, sprengte einen großen Felsblock mit Dynamit und baute aus den Steinen, die dabei anfielen, eine Mauer, die seinen Teil von Axaoirinis abgrenzte. Dabei schloss er jedoch auch den Birnbaum mit ein. Als Axaoirini am Abend von den Feldnachbarn davon erfuhr, war sie empört und schimpfte schrecklich auf den Priester. Am nächsten Tag ging sie mit ihren zwei Töchtern

Katina und Angeliki zum Feld und hinderte Papa-Stelios daran, weiter an der Mauer zu bauen. Sie drohte, sie werde ihn so mit Steinen bewerfen, dass er gleich an Ort und Stelle begraben würde. Auch die Nachbarn gaben ihr Recht. Aber der Priester gab nicht nach, und schließlich meinte Beokostas, es lohne sich nicht, darum zu streiten. Axaoirini verzieh ihrem Cousin diesen Betrug jedoch nicht. Wenig später verkaufte sie das Feldstück an den Besitzer des benachbarten Grundstücks; sie wollte nichts mehr damit zu tun zu haben.

Beokostas hatte übrigens ein besonderes Verfahren, wenn er mit jemandem ein Landstück teilen musste (was eigentlich nie ohne Streit abging): Er fragte den anderen: „Willst du lieber teilen oder lieber wählen?" Natürlich wollte der andere lieber wählen, so dass Beokostas das Grundstück aufteilte, und der andere sich dann seine Hälfte aussuchen konnte. So war Beokostas für seine Gerechtigkeit und seine weisen Entscheidungen bekannt.

Auf seinem Beet am Mühlbach, ganz nah bei der Stelle, wo die Frauen des Dorfes ihre Wäsche wuschen, pflanzte Mitsos einen Maulbeerbaum. Seit jeher hatte er eine besondere Schwäche für Maulbeeren, ebenso wie für Feigen. Mitsos kannte einen Bauern in Keramoti, der sich gut auf Obstbäume verstand und im Anpflanzen und Veredeln ein Meister war. Dieser bat ihn eines Tages, ihm seinen Weinberg gründlich durchzuhacken; er war selbst schon etwas älter. Mitsos erbat sich als Lohn ein Maulbeerbäumchen, das er auf sein Beet an der Mühle pflanzen wollte. Tatsächlich bekam er sein Bäumchen, und in wenigen Jahren wurde ein stattlicher Baum daraus. Wenn er im späten Frühling Früchte trug, pflückte sich nicht nur Mitsos davon, wenn er zur Mühle ging, sondern auch die Frauen, die zum Waschen kamen, und alle freuten sich über die süße Erfrischung.

Jahre später, nachdem Mitsos mit seiner Familie längst nach Athen gezogen war und nur gelegentlich für kurze Zeit ins Dorf kam, fällte ein Nachbar, ein missgünstiger, geiziger Mann, den Baum, weil er angeblich sein daneben gelegenes Beet beschattete. Hinterher bereute er es allerdings selbst und die Frauen des Dorfes verwünschten ihn für seine unbedachte Tat. Mitsos fand nur noch den Stamm vor, der auf seinem Beet lag. Traurig trug er ihn ins Dorf, um ihn zu verheizen. Aber in der ersten Gasse begegnete ihm einer der Sattler des Dorfes. Als der den Stamm sah, rief er: „Mensch Mitsos, kannst du mir den Stamm geben? Er hat gerade die richtige Form für ein Sattelholz! Du bekommst von mir auch die entsprechende Menge Feuerholz!" Mitsos überließ den Stamm also dem Sattler, der ihm ein paar Tage später das Brennholz lieferte.

Als Mitsos an einem anderen Abend den Pfad zur Mühle entlang ging, hörte er auf der anderen Seite des Tales einen Schuss und gleich darauf ein Pfeifen und Rauschen in der Luft, und dann schlug etwas neben ihm im Gebüsch auf. Sogleich schaute er nach und fand eine tote Waldschnepfe. Erfreut dankte Mitsos dem unbekannten Jäger. Zu Hause rupfte und grillte er den Vogel, ließ ihn sich schmecken und trank dabei so manches Glas, wobei er mit sich selbst auf das Wohl und die Gesundheit des Jägers anstieß.

Als er am nächsten Abend ins *kafenion* ging, hörte er, wie ein Mann am Nebentisch von seiner Jagd erzählte: Er habe am Vorabend eine Waldschnepfe geschossen, aber sie sei so weit entfernt auf der anderen Talseite heruntergefallen, dass er nicht nach ihr gesucht habe, und so sei der leckere Bissen verloren gegangen… Da wandte Mitsos sich um und rief: „Oh nein, mach dir keine Sorgen! Gerade als die Schnepfe vom Himmel fiel, kam ich vorbei! Ich habe sie mit nach Hause genommen und gestern Abend gleich aufgegessen und manches Gläschen auf dein Wohl getrunken!" Der Jäger freute sich: „Na, ich hoffe, sie ist dir gut bekommen! Da bin ich ja froh, dass mein Schuss nicht umsonst war!"

In den Schmirgelminen

Mitsos' Vater besaß, wie schon berichtet, keinen Anteil an einer Schmirgelmine, sondern sammelte seinen Schmirgel auf einem Grundstück im Tal unterhalb der Minen. Als Kind hatte Mitsos darum wenig mit den Minen und der Seilbahn zu tun, außer dass er sich wie die anderen Jungen gelegentlich an einer Stelle, wo die Seilbahn niedrig über den Grund schwebte, an einer Lore festklammerte und ein Stück mittragen ließ. Das war aufregend genug, aber nichts im Vergleich zu dem Abenteuer, das ein *vrakás* eines Tages erlebte, einer der alten Männer des Dorfes, der noch die traditionellen Pluderhosen trug. Gerade als er nichts ahnend an der besagten Stelle mit seinem Esel entlang ritt, kam eine Lore vorbei und verhakte sich an seiner Pluderhose, mit dem Ergebnis, dass der Mann vom Esel gehoben und hoch durch die Luft über das ganze weite Tal bis zur nächsten Station getragen wurde; dort wurde er von den Arbeitern befreit.

Als Jugendlicher hatte Mitsos manchmal für einen Tageslohn in einer Mine ausgeholfen. Jetzt, nach dem Krieg, arbeitete von der Familie nur noch Adonis beim Schmirgel, da alle anderen Brüder das Dorf verlassen hatten. Jannis, der in der Chora wohnte, war in die Liste der Schmirgelarbeiter eingetragen, arbeitete aber selbst nicht in den Minen, sondern kaufte die für die Rentenansprüche notwendige Menge Schmirgel. Eine Zeit lang ging das gut, auch weil er mit dem Bürgermeister befreundet war, der ihn unterstützte. Dann wollte der Direktor ihn aber doch aus der Liste streichen, und darum kaufte Jannis einen Anteil an einer Mine namens Miaoúlis[35]. Hier arbeitete auch sein Schwager Nikiforakis (der Mann der verstorbenen Schwester Koula). Als Mitsos sich in Koronos niederließ, übertrug ihm Jannis seinen Anteil, und nun arbeitete er regelmäßig im Miaoulis.

Im ersten Jahr nach Mitsos' Rückkehr, im Jahr 1947, als der Schmirgelabbau nach dem Krieg wieder aufgenommen wurde, akzeptierten die Qualitätskontrolleure auch den überall angesammelten Schmirgelschotter, so dass Adonis und Mitsos schnell ihr Jahressoll zusammen hatten. Danach wurde der normale Minenbetrieb wieder aufgenommen.

Der Miaoulis war eine ertragreiche, nicht zu tiefe Mine, die Schmirgel bester Qualität lieferte. Ein gerader Stollen führte zunächst etwa dreißig Meter durch Marmorschichten, ehe der Schmirgel begann. Auf dieser Strecke waren Gleise

---

[35] Andreas Miaoulis, bedeutender Schiffseigner aus Hydra, war im Unabhängigkeitskampf gegen die Türken ab 1821 als Admiral und Führer der griechischen Flotte tätig.

für Loren verlegt. Vom Rand der Schmirgellinse an arbeiteten sich die Männer an deren oberen Rand vor, so dass es relativ steil aufwärts ging. Während sie so den Schmirgel allmählich abtrugen, entstand ein immer höher werdender Hohlraum mit einem steilen Schotterhang, über den die Schmirgelbrocken hinunter gerollt wurden. Der Schmirgel wurde mit Hämmern, Meißeln und großen Eisenstangen losgebrochen und vor allem mit Dynamit gesprengt. Für die Sprengungen trieben die Männer mit den Eisenstangen Löcher ins Gestein, die mit Dynamit gefüllt wurden. Die Sprengungen wurden meist vor der Mittagspause durchgeführt, damit sich der ungesunde Staub ein wenig legen konnte, bevor die Arbeiter nach der Pause wieder in die Mine gingen.

Im Miaoulis gewannen die Arbeiter oft auch große, kompakte Brocken Schmirgel, die sie den Hang hinunter schoben, in die Loren kippten und hinausfuhren. Um sie zu zerkleinern, erhitzte man diese Brocken vor der Mine durch ein starkes Feuer aus dichten Ginsterbüschen und zerschlug sie dann mit einem großen, schweren Hammer. Diese Arbeit übernahm meist der Vorarbeiter, der darin besonders erfahren und geschickt war und kleine Risse und Sprünge im Stein (*nerá* = „Wässer") erkannte und ausnutzte.

Bei der Arbeit fiel Mitsos einmal auf, dass sich die Hammerschläge an einer Stelle hohl anhörten. Neugierig geworden arbeiteten sie sich in dieser Richtung voran und brachen bald in eine kleine natürliche Höhle durch. Eifrig schlugen sie das Gestein weg, bis ein genügend großer Durchbruch entstanden war, dass sie durchschlüpfen konnten. Mit ihren Öllampen in der Hand kletterten sie in die Höhlung und sahen vor sich einen riesigen Stalaktiten, der aussah wie ein Priester in einem herrlichen Tropfstein-Mantel. Ehrfürchtig bestaunten die Männer das Wundergebilde der Natur. „Lasst uns in dieser Richtung nicht weiter arbeiten!" meinte Mitsos. „Das soll so bleiben, wie es ist!" Tatsächlich ließen die Arbeiter den Stalaktiten-Riesen unberührt, und er steht heute immer noch da. Allerdings ist es für den Ungeübten ziemlich abenteuerlich, in der stockfinsteren Mine über den etwa zehn Meter hohen, rutschigen, steilen Schotterhang zu ihm hoch und wieder hinunter zu klettern, und es erscheint dem Besucher kaum glaublich, dass die Arbeiter hier nicht nur furchtlos herumklettern, sondern auch noch schwer arbeiten konnten!

Vrestas, der letzte der koronidiatischen Propheten, arbeitete ebenfalls im Miaoulis. Er fiel immer noch ab und zu in seine merkwürdigen Zustände und hielt danach den anderen „Lehren" und Vorträge. Manchmal begann er in der Mittagspause zu reden und zu reden und zu reden und konnte gar kein Ende finden. Die Arbeiter saßen im Eingang der Mine, wo sie vor dem kalten Nordwind geschützt waren. Dort hatten sie eine kleine Steinplatte als Tisch aufgestellt mit Steinen zum Sitzen drum herum. Alle hörten andächtig zu, nur Mitsos war schon wieder aufgestanden und ärgerte sich darüber, dass die anderen nicht zur Arbeit kamen; er glaubte nicht an die Prophezeiungen. Schließlich ging er zu den Loren, die am oberen Ende der leicht abschüssigen Gleisstrecke standen, und schubste sie an, so dass sie polternd und aneinander schlagend das Gleis herunter gerollt kamen. Die Arbeiter dachten bei dem Lärm, die Mine stürze ein und sprangen erschrocken zum Eingang hinaus. Vrestas schimpfte später schlimm über den ungläubigen Mitsos (er hatte wohl schon vergessen, dass dieser ihn während der Besatzungszeit mit einer Feldflasche Milch vor dem Hungertod gerettet hatte) und orakelte, dass Mitsos bald seinen Tod in der Mine finden und man ihn in Stücken hinaus tragen würde – diese Prophezeiung traf allerdings nicht ein.

Beokostas besaß einen Anteil an einer anderen Mine, dem Rinídhi, ebenfalls mit einem guten Schmirgelvorkommen. Zu derselben Schmirgellinse waren auch von zwei anderen Seiten aus Stollen getrieben worden, die sich später trafen. So wurde schnell eine beträchtliche Menge Schmirgel abgetragen, und es entstand ein großer Hohlraum. An mehreren Stellen ließen die Arbeiter breite Stützpfeiler stehen. Schließlich ging der Schmirgel zur Neige, und die Mine wurde aufgegeben.

Eines Morgens schlug Beokostas Mitsos vor, zum Rinidi zu gehen und den einen Stützpfeiler wegzunehmen. Sie schlugen zuerst den Schmirgel am oberen Ende des Pfeilers weg, dann entfernten sie nach und nach den ganzen Pfeiler. Sie hatten einen Jungen mitgenommen, der während der ganzen Zeit aufpasste, ob sich in der Höhlendecke Risse bildeten. Wenige Jahre zuvor war ein Koronidiate zu Tode gekommen, als die Decke der Mine, in der er einen Stützpfeiler entfernte, einstürzte (und das war ein wirklich starker *pallikári*, der Konservenbüchsen öffnete, indem er sie zusammendrückte!). Beim Rinidi musste außerdem stets jemand draußen am Eingang wachen, da es dort ein Loch in der Decke gab, durch das gelegentlich Sand und Schotter herabfielen und den Eingang verschütteten. Beokostas und Mitsos überstanden aber alles ohne Probleme. Dann mussten sie das Gestein noch herausschaffen, was mehrere Tage in Anspruch nahm. Sie hatte aber nun ausreichend Schmirgel für ihr Jahressoll gewonnen. Der Schmirgel wurde mit dem der anderen Teilhaber gemischt, damit jeder Arbeiter Schmirgel der verschiedenen Qualitätsstufen im gleichen Verhältnis bekam; dann wurde er bis zum Wiegen vor der Mine gelagert.

Wenn die Arbeiter ihr Jahressoll erreicht hatten, wurde die Arbeit in den Minen eingestellt. Nun mussten sie den Schmirgel zur nächsten Station transportieren, wo er sortiert und gewogen wurde. Schmirgel von zu schlechter Qualität wurde aussortiert. Die Qualitätsbegutachter gingen jedoch nicht nach objektiven Kriterien vor, sondern richteten sich bei der Beurteilung des Schmirgels vor allem nach den politischen Ansichten seines Besitzers. Mitsos war als Kommunist bekannt, darum wurde von seinem Schmirgel meist über die Hälfte als von zu schlechter Qualität abgelehnt. In einem Jahr verwarf der Begutachter den größten Teil von Mitsos' Schmirgel, so dass ein großer Haufen unterhalb der Verladestation entstand. Am nächsten Morgen erfuhr Mitsos von einem Freund, dass andere Arbeiter, Verwandte des Qualitätsbegutachters, seinen Schmirgel wieder aufgesammelt und auf ihre eigenen Haufen geworfen hatten: Für sie war der Schmirgel gut genug!

So ging es mehrere Jahre lang. Schließlich wurde Mitsos klar, dass er als Schmirgelarbeiter nie zu einer Rente kommen würde, und er begann zu überlegen, ob es nicht besser sei, mit seiner Familie nach Athen zu ziehen und sich dort wieder als Bauarbeiter ein Auskommen zu suchen.

Politisch unerwünscht

Auch abgesehen von den Problemen beim Schmirgelabbau war das Leben im Dorf schwierig genug. Mitsos liebte sein Heimatdorf und auch die Arbeit auf dem Feld und die wenige Hirtentätigkeit, die er noch ausübte. Aber obwohl er fleißig und unermüdlich arbeitete und auch durch die Mühle ein gewisses Zubrot in Form von Getreide verdiente, war es ihm doch kaum möglich, die junge Familie zu ernähren. Bezahlte Arbeit gab es kaum im Dorf, jedenfalls nicht für politisch unerwünschte Bürger. Allerdings konnte Mitsos manchmal eine Arbeit im Austausch gegen Güter ausführen.

So half er jedes Jahr einem Nachbarn beim Kalkbrennen und bekam dafür den Kalk, den Angeliki zum monatlichen Weißen des Hauses und des Hofes benötigte. Dieser Mann errichtete seinen *kamíni*, den Kalkbrennofen, stets kurz vor Ostern in der Nähe der *Pórta*, also am Pass südlich von Koronos. Dort gab es sowohl geeignete Kalksteine als auch genügend Brennmaterial in Form der sehr leicht entzündlichen, dichten Ginsterbüsche (*frýgano*, Dorniger Ginster). Etwa einen Monat vor dem Errichten des *kamíni* wurden die Ginsterbüsche gerodet und mit großen Steinen beschwert zum Trocknen ausgelegt. Dann trugen die Arbeiter die flachgedrückten stacheligen Sträucher an ihren Hirtenstöcken über der Schulter zum *kamíni*, wo sie zunächst als Windschutz aufgeschichtet wurden.

Der Kalkbrennofen wurde stets an derselben Stelle errichtet, wobei jedes Mal ein rundes Mauerwerk benutzt wurde, dass etwa wie ein Windmühlenstumpf aussah. Darin wurde eine zweite dicke Mauer aus den zu brennenden Kalksteinen aufgeschichtet, die nach oben hin kuppelförmig geschlossen wurde. Unten blieb in der Mitte ein Hohlraum für das Feuer; an einer Seite wurde eine Öffnung für das Einschieben der Ginstersträucher gelassen. Oben auf die Kuppel schaufelten die Arbeiter eine Schicht von kleineren Steinen und Kieseln. Danach begannen sie mit dem Befeuern des *kamíni*. Zwei Tage und Nächte lang wurde ununterbrochen mit *frýgana* beheizt, bis die Kuppel einsank; dann war der Kalk fertig. Wenn der Ofen abgekühlt war, wurde er aufgebrochen, und jeder Arbeiter erhielt seinen Anteil an Kalk in Form großer Steine, die er zu Hause an einem trockenen Platz aufbewahrte. Wenn der Kalk verwendet werden sollte, vermischte man ihn mit Wasser und trug ihn dann mit einer Bürste aus Binsen auf die Wände auf. Der Kalk war stark ätzend, schäumte mit Wasser gewaltig auf und wirkte auch desinfizierend. Ein stets schön und sauber geweißtes Haus war der Stolz jeder Hausfrau.

Mitsos versuchte, wann immer er Gelegenheit hatte, für ein Tagewerk in die Chora zu gehen, um etwas Geld dazu zu verdienen. Manchmal half er seinem Bruder Jannis gegen einen kleinen Lohn in seinem Geschäft; der konnte oft auch ein paar Lebensmittel für ihn abzweigen. Als er einmal auf dem Rückweg von einem Gang in die Chora war, überholte er kurz hinter der Stadt den Bürgermeister, der ebenfalls gerade nach Koronos aufgebrochen war und ein schwer beladenes Maultier mit sich führte. Als er Mitsos vorbeikommen sah, wies er ihn kurzerhand an, das Maultier nach Koronos zu treiben; so konnte er schneller gehen und lief eilig vor. Mitsos trieb also das Maultier vor sich her, und der Weg zog sich dahin und wollte kein Ende nehmen. Aber das arme Maultier hatte es noch schwerer als Mitsos, und als sie sich in der Dämmerung dem Dorf näherten, war es am Ende seiner Kräfte. Auf dem letzten steilen Stück zur *Pórta*, dem Pass, musste Mitsos das Tier schieben, damit es hinauf kam. Danach ging es zum Dorf hin wieder abwärts und damit zunächst einmal besser; aber als sie schließlich die ersten Häuser erreichten, war das Maultier schon ganz benommen vor Erschöpfung.

Im Dorf mussten sie, um zum Haus des Bürgermeisters zu gelangen, an einer Stelle schräg rechts in eine Gasse abbiegen, aber in seinem Tran wollte das Maultier nach links laufen. Mitsos sprang rufend vor, um es auf den rechten Weg zu scheuchen. Rechts neben ihm wurde die Gasse etwa um einen halben Meter vom Dach eines Hauses überragt, dessen Eingang ein Stockwerk tiefer in der nächsten Gasse lag. Das Maultier erschrak bei Mitsos' Ruf, scheute und tat trotz seiner Erschöpfung, schwer beladen wie es war, einen höchst erstaunlichen Sprung auf das flache, mit Ziegeln gedeckte Hausdach. Es strauchelte und stolperte erst über das Küchendach, dann über das Wohnzimmer – und dort brach es ein. Im Wohnzimmer hatte sich gerade die Familie an den Tisch gesetzt und die Hausfrau servierte das Essen, als plötzlich das Poltern zu hören war und – was war das?! Die Frau schaute nach oben und sagte völlig konsterniert: „Also, man könnte meinen, das wären Maultierbeine, die da von der Decke herabhängen!"

Aber dann gab es noch große Schwierigkeiten für Mitsos, denn es erwies sich als fast unmöglich, das Maultier aus dem Dach wieder heraus zu bekommen; die zusammengelaufenen Dörfler schafften es erst nach stundenlangen Mühen unter Einsatz von starken Holzpfählen und Seilen. Außerdem waren viele Dachziegel zerbrochen, und die Geschädigten wollten Beokostas' Haus abdecken, um sich Ersatz zu verschaffen. Nur mit Mühe konnte Mitsos sie davon abhalten, indem er darauf hinwies, dass es ja nicht sein Maultier gewesen sei. Schließlich wurden irgendwo anders Dachziegel aufgetrieben, und es gelang, den Streit zu schlichten.

Mit der Landwirtschaft, dem Schmirgelabbau und dem Betrieb der Mühle war Mitsos die meiste Zeit des Jahres schon mehr als ausgelastet, aber trotzdem wurden ihm oft auch noch andere Arbeiten zugewiesen. Gerade in dieser Aufbauphase nach dem Krieg fielen nämlich in der Gemeinde viele Arbeiten an, die die Dörfler durchzuführen hatten. Nur selten wurden die Arbeiter dafür entlohnt; bei solcher bezahlten Arbeit jedoch wurde Mitsos nie eingesetzt: In den Genuss kamen nur die Verwandten der Einflussreichen im Dorf. Häufiger handelte es sich um unbezahlte Zwangsarbeit, und in solchen Fällen war Mitsos' Tür die erste, an die der Gemeindeangestellte klopfte. Oft beschwerte sich Mitsos darüber, dass er stets nur zu den Zwangsarbeiten gerufen wurde, aber es half ihm nichts: Wer sich weigerte, wurde eingesperrt.

Etwa im Jahre 1950 wurde eine neue Stützmauer zwischen der Dorfkirche Agia Marina und dem Schulgelände errichtet. Natürlich war Mitsos unter den Arbeitern, die dazu herangerufen wurden. Er arbeitete zusammen mit dem Vater der Taufpatin seines Sohnes Kostas, einem älteren, lustigen Koronidiaten namens

Andríkos. Zunächst mussten sie die alte Stützmauer abreißen. Gleich dahinter lag der Gemeindefriedhof. An einer Stelle fanden sie direkt hinter der Mauer ein Grab: Nachdem sie mehrere Steine entfernt hatten, sahen sie von der Seite genau in die Grabkammer hinein. Ein älterer Mann, der ihnen zuschaute, erinnerte sich daran, wer hier begraben lag: ein *vrakás*, der während der Besatzungszeit verhungert war.

In der Nähe wühlte eine Sau mit ihren Ferkeln in der Erde. Da hatte Andrikos eine seiner urigen Ideen. Er schnappte sich eines der Ferkel, steckte es in das hohle Grab und schob eine Steinplatte vor die offene Seite. Nun war von drinnen dumpf das Gequieke des verängstigten Ferkels zu hören. Mitsos lief schnell zum Haus der Tochter von Aristidis. Diese war eine schreckliche Klatschbase und darum nicht besonders beliebt. Nun rief Mitsos, sie solle schnell zum Grab ihres Vaters kommen, da sei etwas nicht in Ordnung, sie hörten merkwürdige Geräusche.

Beunruhigt kommt die Frau mit, ganz außer Atem nähert sie sich und lauscht am Stein: Deutlich ist im Grab ein Rumoren zu hören, ein Grunzen und Schnarchen. Die Frau richtet sich totenblass auf, bekreuzigt sich und ruft: „Um Gottes Willen! Mein Vater ist ein Gespenst geworden und spukt herum! Oh Sünde! Was hat er getan, dass er nicht in Frieden ruhen darf?!" Sie ruft einen Jungen herbei, der neugierig in der Nähe steht: „Schnell, lauf und hol den Priester! Sag ihm, es ist sehr dringend, er soll sofort zum Friedhof kommen!" Jetzt wird das Rumoren im Grab lauter, und plötzlich stößt das Ferkel von drinnen den Stein heraus und kommt quiekend hervor geschossen. Entsetzt schreit die Frau auf: „Ahh! Zu Hilfe, *Panagía mou!* Mein Vater hat sich in ein Schwein verwandelt…!"

In einem Winter sollte kurz vor der Kommunalwahl ein bedeutender Abgeordneter der rechten Partei namens Aristídhis Protopapadhákis nach Koronos kommen. Dieser stammte aus dem Nachbardorf Apiranthos und war später über viele Jahre Minister. Er wurde einer der wichtigsten Politiker nach dem Ministerpräsidenten und hatte einiges zu sagen im Land. Auch sein Vater war ein bedeutender Offizier und Politiker gewesen. In Apiranthos wurde Protopapadakis fast von der gesamten Bevölkerung gewählt, aber in Koronos sah die Lage etwas anders aus: Es gab viele Stimmen für die anderen Parteien. Darum kam Protopapadakis mehrmals für eine Wahlrede nach Koronos.

Der erste dieser Besuche fiel mitten in den Winter. Das Wetter war denkbar ungünstig: Zwei Tage vor der Wahlveranstaltung schneite es ununterbrochen; bis nach Sifones lag der Schnee, und die *Pórta* war von bis zu zwei Meter tiefen Schneewehen verschüttet. Morgens wurden die Glocken der Dorfkirche geläutet, um die Dörfler herbeizurufen. Dann marschierten die mit Gewehren bewaffneten Polizisten auf der *Plátsa* auf. Sie brachten die Männer zum Dorfausgang, von wo aus sie den Weg bis nach Sifones freischaufeln mussten. Es war eine Hundearbeit: Der nasse Schnee war schwer zu schaufeln, ein bitterer Nordwind wehte, Pausen erlaubten die Polizisten nicht, und ein Mittagessen gab es auch nicht. Die Männer, die politisch auf der richtigen Seite standen, das heißt die Anhänger von Protopapadakis, zogen nach und nach ab; die übrigen wurden jedoch unbarmherzig bei der Arbeit gehalten. Erst gegen Abend erreichten sie Sifones, wo der Schnee aufhörte, und konnten endlich zu Tode erschöpft nach Hause gehen, nachdem ihnen ein mitleidiger Mann aus Sifones etwas Brot, Oliven und Wein gebracht hatte.

Als Mitsos schließlich im Dunkeln wieder zu Hause eintraf, stellte er fest, dass seine hochträchtige Ziege, die er im Stall unter der Treppe bei seiner Mutter untergebracht hatte, gerade an diesem Tag geworfen hatte. Es war ihre erste Geburt, und sie hätte etwas Hilfe gebraucht: Nun war das arme Tier verendet. Das war ein schwerer Schlag für Mitsos, nicht nur, weil er die Ziege verloren hatte, sondern vor allem, weil er auf die Milch gehofft hatte, die für seine Kinder brauchte. Der wahre Hohn zeigte sich allerdings erst am nächsten Morgen: Über Nacht hatte der Wind auf Süd gedreht, die Temperaturen waren gestiegen, und aller Schnee war weggeschmolzen!

Bei dieser Wahlveranstaltung, der ersten nach dem Bürgerkrieg, versprach Protopapadakis den Koronidiaten: „Bei der nächsten Wahl komme ich mit dem Auto nach Koronos!" Aber auch zur nächsten Wahl war die Straße noch nicht fertig und der Abgeordnete kam zu seiner Wahlrede wieder auf dem Maultier. Da konnte sich ein Bruder des Andrikos einen Scherz nicht verkneifen. Dieser hieß Jángos, genannt Karoúmbas, und war ein wahrer Komiker. Er kam mit seiner Schubkarre zum Dorfeingang und wartete dort auf den Abgeordneten. Als der eintraf, rief er ihm unbedacht zu: „Na, Karoumbas, was machst du denn da?" Karoumbas antwortete: „Ich bin mit meiner Limousine gekommen, um dich abzuholen, damit du wie versprochen mit dem Personenkraftwagen ins Dorf einziehst!"

Schließlich wurde die Fahrstraße von Moni nach Koronos und weiter nach Mesi dann doch gebaut, wieder größtenteils von den Dörflern in Zwangsarbeit. Die Arbeiter planierten den Berg mit Hacken und Schaufeln; wenn nötig wurde auch gesprengt. Für den Straßenbelag zerschlugen die Jungen des Dorfes für eine Drachme pro Eimer Steine zu Kies. Der Straßenverlauf wurde nach politischen Aspekten festgelegt: Es wurden möglichst die Felder und Weinberge der linksgerichteten Mitbürger zerschnitten und unbrauchbar gemacht, während die der Verwandten und Freunde der herrschenden Politiker wo möglich mit einem praktischen Anschluss an die Straße versorgt wurden. Zwei von Mitsos' drei Weinbergen wurden von der Straße zerstört: eine gute Terrasse gleich oberhalb des Kastro und der Weinberg bei Agios Konstantinos in der Nähe von Komiaki. Als er dort im Winter den Weinberg durchhackte, kam der Ingenieur, der den Straßenbau überwachte, vorbei und sagte zu Mitsos: „Mach dir nicht die Mühe, den Weinberg zu hacken; er wird sowieso von der Straße zerschnitten!" Mitsos erwiderte nichts; was sollte er auch sagen? Seine Felder wurden zerstört, sein Schmirgel wurde weggeworfen, wie konnte er noch länger im Dorf leben?

Bei der ersten Wahl gab es im Dorf Koronos siebzehn Stimmen für die Kommunisten. Theoretisch war die Wahl natürlich geheim, aber trotzdem wussten alle, wer links gewählt hatte: unter anderem Mitsos und seine Freunde Frixos und Proedrakis. Viele Dörfler sympathisierten mit den Kommunisten, trauten sich jedoch aufgrund der Drangsalierungen nicht sie zu wählen. Tatsächlich erhielt in Koronos die sozialistische Partei bei dieser ersten Wahl nach dem Krieg die meisten Stimmen, aber Protopapadakis setzte trotzdem einen rechten Bürgermeister ein, so als wäre dieser gewählt worden.

Protopapadakis kam direkt nach der Wahl nach Koronos und traf sich mit dem Bürgermeister und anderen Honoratioren des Dorfes, um die Wahlergebnisse zu diskutieren. Die Männer versammelten sich im Haus des Grammatikós, des Gemeindesekretärs *(grammatéas)*. (Im Haus des Grammatikos befand sich auch das einzige Telefon des Dorfes, so dass dieser sich mittels eines zweiten Hörers im Nebenzimmer über alle Angelegenheiten der Dörfler bestens informieren konnte.). Direkt nebenan lag das Haus von Mitsos' Großmutter Kyriaki. Nun lauschte Mitsos vom Fenster aus und hörte, wie sich Protopapadakis aufregte, tobte und schrie: „Lieber hätte ich die Wahl verloren, als diese siebzehn kommunistischen Stimmen in Koronos erleben zu müssen! Dieses Mal sind es noch siebzehn, aber beim nächsten Mal werden es hundert sein und danach noch mehr! Diese Männer müssen auf jeden Fall aus dem Dorf verschwinden! Keiner von ihnen darf bleiben, sonst sind wir erledigt! Ihr müsst sie ins Exil schicken, müsst sie zerschlagen, vernichten!" Als Mitsos so viel gehört hatte, verschwand er und lief nach Lakkous, um erst einmal außer Reichweite zu sein.

Um Bürger ins Exil zu schicken (irgendwo nach Nordafrika), waren sechs Unterschriften von den Honoratioren des Dorfes erforderlich. Also sammelte der Bürgermeister noch am selben Abend und am nächsten Tag Unterschriften. Es unterschrieben: der Bürgermeister, der Grammatikos, der eine Lehrer, der Polizeichef und ein weiterer reicher Bürger, Verwandter des Bürgermeisters. Schließlich fehlte nur noch die Unterschrift des zweiten Lehrers namens Pavlópoulos. Dieser weigerte sich jedoch zu unterschreiben, und so wurde die Verbannung verhindert. Am nächsten Tag erfuhr Mitsos in Lakkous davon durch einen Freund und kehrte ins Dorf zurück.

Später kam heimlich die Frau des Priesters bei Mitsos vorbei und erzählte ihm, wie es zugegangen sei. Als der Lehrer Pavlopoulos unterschreiben sollte, da sagte er: „Nein! Ich weigere mich zu unterschreiben! Das mache ich auf keinen Fall! Als Beispiel will ich euch den Boublomitsos nennen. Der ist ein tadelloser Bürger, fleißig, ehrlich, ohne Fehl; ein vorbildlicher Familienvater. Wenn ich nun unterschreibe und er deswegen ins Exil geschickt wird, dann wird er mich, wenn er eines Tages zurückkommt, sicherlich umbringen und meine Enkelkinder in der Wiege schlachten – und es wird sein gutes Recht sein! Nein, ich unterschreibe nicht!"

Noch ein weiteres Mal berichtete ihm die Frau des Priesters, was sie über ihn gehört hatte. Bei einem Treffen der Rechten sagte der andere Lehrer: „Ja, also der Boublomitsos zum Beispiel, der ist ja eigentlich ein guter Mann; da kann man nichts gegen sagen. Aber er ist eben ein Kommunist! Na, aber ich habe ihm eine Akte verpasst, dass er im Leben nichts werden kann, nicht mal Müllarbeiter! Dafür habe ich gesorgt!"

Zur Arbeit in Athen

Während der letzten Jahre, die sie auf Naxos verbrachten, ging Mitsos manchmal für ein, zwei Monate zu seinen Brüdern nach Athen, um dort Geld zu verdienen. Aber auch in Athen war es nicht immer einfach, Arbeit zu finden; oft gab es nur tageweise etwas. Dann setzten sich die arbeitsuchenden Männer morgens in ein *kafeníon* namens Violétta an der *Platía Kypsélis*; hierher kamen auch alle, die einen Arbeiter brauchten.

Eines Morgens saßen Mitsos und ein Freund von ihm, Jannis „Lalákis" aus Skado, im *kafeníon* und warteten auf ein Arbeitsangebot. Sie tranken einen Kaffee, zwei Kaffee, die Zeit verging. Schließlich sagte Mitsos: „Komm, lass uns nach Hause gehen, etwas essen und ein Gläschen Wein trinken; es kommt ja doch niemand mehr!" Aber Jannis meinte: „Ach, warte noch ein bisschen; vielleicht ergibt sich doch noch etwas. Wir haben ja sowieso nichts anderes zu tun." Also saßen sie noch ein Viertelstündchen im *kafeníon*, da kam ein Mädchen herein, offenbar ein Hausmädchen. Sie schaute sich an den Tischen um, und Mitsos fragte sie, was sie wolle. Sie antwortete, dass sie zwei Arbeiter suche. „Wir sind Arbeiter und haben für heute noch nichts zu tun!" meinte Mitsos, „Um was für eine Arbeit handelt es sich denn?" – „Ach", antwortete das Mädchen, „das Hündchen meiner Herrin ist gestorben, und sie sucht zwei Arbeiter, die es begraben sollen. Würdet ihr das machen?" – „Na klar! Wir machen alles!" – „Und wie viel wollt ihr dafür?" – „Unseren üblichen Tageslohn, fünfzig Drachmen für jeden." Das Mädchen war einverstanden und führte sie zu einem vornehmen Haus weiter unten in Kypseli.

Drinnen im Salon saß weinend die Herrin und vor ihr lag in einer kleinen Zinkbadewanne in ein sauberes Laken gehüllt das tote Hündchen. Mitsos musste sich das Lachen verkneifen, aber Jannis sagte ernst und einfühlsam: „Unser herzliches Beileid, liebe Frau! Was für eine Tragödie! Woran ist das arme Tier denn verstorben?" Die Frau berichtete unter Tränen, dass das Hündchen ganz plötzlich erkrankt sei; sie sei mit ihm zum Arzt gegangen, aber es habe nichts mehr genützt. Dann bat sie die beiden, ihr Hündchen würdevoll zu bestatten. Sie nahmen die Badewanne mit dem Hündchen, liefen zu einem ungenutzten Grundstück in der Nähe, vergruben den Hund und kehrten mit der Wanne wieder zurück. Die Herrin erwartete sie und Jannis erklärte ihr: „Wir haben Ihren Hund bestattet. Gott vergebe seine Sünden! Mögen Sie leben und sich seiner erinnern!" und was man sonst noch auf Beerdigungen sagt. Die Frau bedankte sich immer noch weinend, bezahlte sie und bat sie dann in die Küche, wo sie ihnen einen Teller gutes Essen und Bier servieren ließ. Nach dem Essen verabschiedeten sich die zwei Arbeiter und kehrten zum *kafeníon* zurück. „Nun, wie war das Begräbnis?" erkundigten sich die anderen spöttisch, während Mitsos sich vor Lachen nicht mehr halten konnte.

Auch vor der Arbeit ging Mitsos oft in dasselbe *kafeníon,* um einen Kaffee zu trinken. So saß er eines Morgens dort, bevor er sich zu seiner Arbeit aufmachen musste: Er war für einige Tage bei einem Hausabriss eingestellt. Da kam ein Koronidiate herein, Giorgos Mandilaras aus der Sippe der Dzouánidhes, und fragte:

„Leute, gibt es vielleicht eine Arbeit für mich? Ich hole heute meine Frau hier aus dem Krankenhaus ab und habe keinen Pfennig für die Überfahrt nach Naxos!" Mitsos schlug ihm vor: „Wenn du es so nötig hast, dann geh nur und übernimm meine Stelle! Vielleicht finde ich ja noch etwas anderes." Überglücklich bedankte sich Dzouanogiorgis und zog los, nachdem ihm Mitsos erklärt hatte, wo er hin musste. Mitsos wartete vergeblich auf ein anderes Angebot und ging schließlich nach Hause.

Dzouanogiorgis sollte auf der Baustelle eine einzelne noch stehende Wand mit einem großen Fenster abreißen. Er war in dieser Arbeit unerfahren und grub unterhalb der Wand, anstatt sie von oben her einzureißen. Da stürzte plötzlich die ganze Wand um. Wäre er einfach stehen geblieben, dann wäre ihm nichts passiert, da er gerade dort stand, wo sich das Fenster befand. In seinem Schrecken sprang Dzouanogiorgis jedoch davon, und da traf ihn der schwere Rahmen des Fensters im Nacken und brach ihm die Wirbelsäule. Er lebte noch vierzig Tage, quälte sich gelähmt ab, dann starb er.

Dzouanogiorgos hatte seinen Namen nach einem Onkel erhalten. Dieser Giorgos hatte einen guten Freund aus der Familie der Fafoúlidhes. Auf einem Fest der Argokiliotissa tanzte dieser Freund, und Giorgos ärgerte ihn, indem er immer wieder seinen Stock auf das Tanzfeld vorstreckte. Schließlich wurde der Fafoulis darüber so wütend, dass er sein Messer zog und Giorgos erstach. Dann floh er auf die Berge und entwischte später nach Kleinasien. Um eine Blutrache zu umgehen, versprachen die Fafoulides dem Bruder des Getöteten eine Schwester des Mörders zur Frau. Diese floh jedoch in der Nacht vor der Hochzeit: Sie liebte einen anderen. Es dauerte einige Jahre, bis die Gemüter sich wieder beruhigten und die Sache in Vergessenheit geriet.

Als Mitsos an einem Nachmittag im Jahr 1949 nach der Arbeit im *kafeníon* saß und einen Kaffee trank, kam ein Koronidiate herein, der gerade aus Naxos angekommen war. Er sagte zu Mitsos: „*Zoí se sas!* Mögest du leben! Herzliches Beileid! Weißt du, dass dein Vater gestorben ist?" Nein, Mitsos wusste es noch nicht. Boublomanolis hatte schon länger über Schmerzen in der Nierengegend geklagt, aber ansonsten hatte es keinen Anlass zur Sorge gegeben; er war ja erst 65 Jahre alt gewesen. Zur Beerdigung fahren konnte Mitsos nicht, da nur einmal in der Woche ein Schiff ging. So waren von den Kindern nur Jannis, Adonis und Maria bei der Beerdigung anwesend.

Stamata, Mitsos' Mutter, blieb nach dem Tod ihres Mannes vorerst auf Naxos, zusammen mit dem zweiundzwanzigjährigen Adonis und der erst vierzehnjährigen Maria. Ein Jahr später zog Maria zu ihren Brüdern nach Athen; nicht lange danach folgte ihr auch die Mutter. Im Jahr 1953 verließ schließlich auch Adonis die Insel; nun blieben von der Familie auf Naxos nur noch Jannis in der Chora und Mitsos mit seiner Familie in Koronos. Die Herde wurde zunächst gegen einen Anteil am Käse und an den Zicklein und Lämmern verpachtet. Nach einigen Jahren, als auch Mitsos gänzlich nach Athen gezogen war, verkauften die Brüder sie jedoch endgültig. Das Landstück in Lakkous hatte Boublomanolis zu drei Vierteln Adonis überschrieben und zu einem Viertel Mitsos. Adonis hatte als Junggeselle im Dorf recht gut gelebt und einiges Geld zusammengespart. Er hatte sich zum Beispiel als einer der ersten Dörfler einen richtigen Anzug angeschafft. Als nun auch der letzte der Geschwister das Dorf verließ, entschlossen sie sich, Lakkous zu verkaufen. Die Käufer waren entfernte Verwandte; sie besitzen das Land noch heute und leben weiterhin als Hirten. Adonis verteilte das Geld aus dem Erlös an seine Brüder, die alle schon verheiratet waren, und behielt für sich selbst am wenigsten.

Das Elternhaus in Koronos war der einzigen Tochter Maria überschrieben worden. Diese verheiratete sich jedoch bald in Athen und kam erst nach vielen Jahren für einen kurzen Besuch nach Naxos zurück. Heute ist das Haus nur noch eine Ruine. Dach und Zwischendecke sind eingestürzt, und auf einem stehengebliebenen Holzbalken vor dem Kamin kräht der Hahn des Nachbarn.

Bei seinen Aufenthalten in Athen wohnte Mitsos meist bei seinem Bruder Giorgos in dessen aus selbst angefertigten Zementsteinen gebautem Haus, das nahe bei einem Steinbruch in Kypseli lag. Auch Giorgos arbeitete damals als Bauarbeiter. Nach wie vor trafen sich die Brüder gelegentlich mit anderen Koronidiaten, die ebenfalls kommunistische Ideen vertraten, und diskutierten über ihre Probleme und die politische Situation.

Als Giorgos und Mitsos einmal beide keine Arbeit hatten, kamen sie zusammen in Galátsi, dem benachbarten Stadtteil, an einem Rohbau vorbei. Das Betonskelett war schon gegossen, aber im untersten Stockwerk war der Boden noch nicht planiert; der Fels stand dort noch fast bis zur Decke. Sie blieben stehen und schauten sich sachverständig den Bau an und diskutierten, was hier zu tun sei, da kam der Besitzer und fragte sie, was sie da schauten. Sie kamen ins Gespräch und er erzählte ihnen, dass er mit seiner Schwester nun schon einen Monat daran arbeite, den Felsen abzutragen, aber sie hätten erst ein kleines Stück geschafft. Mitsos und Giorgos boten sich an, gegen den gängigen Tageslohn die Arbeit zu übernehmen, und versprachen dem Mann, dass sie schnell damit fertig sein würden.

Am nächsten Morgen kamen sie mit ihren Werkzeugen, unterhöhlten den Fels und trieben dann schräg von oben ihre Eisenstangen hinein, so dass ein großes Stück losbrach. Schon am ersten Tag beseitigten sie ein ordentliches Stück vom Felsen. Als der Besitzer abends vorbeikam, staunte er über die Fortschritte: „Mensch, was seid ihr denn für welche?! Wie habt ihr das so schnell geschafft? Für so ein Stück haben wir uns einen ganzen Monat lang abgequält!"

Nach einer Woche hatten Mitsos und Giorgos den ganzen Fels abgetragen und den Boden ordentlich planiert. Der Mann war sehr zufrieden und bezahlte sie mit goldenen englischen Liren, die damals als Zahlungsmittel gebräuchlich waren. Mitsos erklärte ihm: „Wenn du noch einmal Arbeiter brauchst, frag oben am Steinbruch nach Mandilaras; das sind wir!" Der Mann lachte. „Warum lachst du denn?" fragte Mitsos erstaunt. „Ach", antwortete der andere, „wenn du wüsstest, wie gut ich eure Adresse kenne! Wie viele Nächte habe ich vor eurem Haus verbracht! Ich bin von der Sicherheitspolizei und musste euch ständig beschatten. Und was habe ich gesehen? Nichts! Ja, wenn jemand so arbeitet wie ihr, dann ist er abends hundemüde und fällt nur noch ins Bett. Es ist eine Schande, dass ehrliche Arbeiter so verfolgt werden! Aber was soll ich machen? Es ist meine Arbeit…"

Die Kinder

Der erstgeborene Sohn Nikos war ein gesundes, munteres Baby, das nicht viel Lust zum Schlafen hatte, insbesondere nicht nachts, wenn Mitsos endlich seine wenigen Stunden Nachtruhe suchte. Dessen Nerven wurden durch das nächtliche Quengeln des Babys arg strapaziert. Glücklicherweise gab es den guten, geduldigen Großvater Beokostas, der den kleinen Nikos so manche Nacht im Haus umher trug und in den Schlaf wiegte. Die Wiege, in der das Baby schlief, war über dem Ehebett aufgehängt, damit sie des Nachts bequem zu schaukeln war. Das hatte allerdings auch seine Nachteile: So brachte es der kleine Nikos einmal fertig, von oben ein Bächlein auf seine Eltern herabplätschern zu lassen.

Der zweite Junge Kostas war wesentlich empfindlicher als der robuste Nikos. Immer schon kränklich litt er im Alter von zwei Jahren an so schwerer Bronchitis, dass Mitsos ihn, begleitet von seiner Mutter Stamata, nach Athen brachte, wo er fast zwei Monate im Krankenhaus behandelt wurde. Angeliki blieb mit Nikos und dem gerade geborenen dritten Jungen, Manolis, auf Naxos zurück.

Auf der Rückfahrt nach Naxos herrschte schlechtes Wetter, es wurde stürmisch. Stamata setzte sich mit dem Kind auf dem Arm in eine geschützte Ecke, während Mitsos den großen Koffer, den sie dabei hatten, bewachte. Einmal hob eine riesige Welle, die über das Deck schlug, den Koffer hoch und drohte ihn über die Reling tragen; im letzten Moment erwischte Mitsos ihn und konnte ihn niederdrücken. In Naxos angekommen nahm sie ein Bewohner des Dorfes Sifones mit dem Wagen bis dorthin mit; von da aus mussten sie zu Fuß weitergehen, da die Straße dort endete. Es war dunkel geworden, und der Weg war beschwerlich. Mitsos trug den schlafenden Kostas, den er in seinen Militärmantel eingehüllt hatte. Den Koffer hatten sie in Sifones gelassen, wo ihn Mitsos am nächsten Tag abholen wollte. Das kleine Kind war eine ungewohnte Last für Mitsos; es erschien ihm viel schwerer als so mancher Sack mit Lebensmitteln, den er den ganzen Weg von der Chora heraufgeschleppt hatte.

Das dritte Kind war zur Enttäuschung der Frauen, die schon eifrig Mädchenkleider genäht hatten, wieder ein Junge. Angeliki hatte allerdings eine besondere Schwäche für kleine Jungen und liebte ihre Söhne abgöttisch. Der kleine Manolis wurde nun jedenfalls in Mädchenkleider gesteckt, und er sah auch wie ein Mädchen aus mit seinen niedlichen blonden Locken. Wenn Besucher Mitsos zu seinem hübschen Töchterchen beglückwünschten und ihm versicherten, es sei ein Königreich wert, dann forderte dieser Manolis gereizt auf, sein Röckchen hochzuheben, damit die Besucher sich selbst überzeugen könnten, dass es sich um einen Jungen handele.

Im Jahr 1955 wurde schließlich doch noch eine Tochter geboren, die nach Angelikis Mutter Irini genannt wurde.

So verbrachten die Kinder ihre ersten Lebensjahre im Dorf, in ärmlichen und einfachen Verhältnissen, aber in einer Umgebung, die voller Anreize und Herausforderungen war. Immer noch war das Dorf bevölkert von Heerscharen von Kindern, die durch die Gassen tobten und Unfug im Sinn hatten. Nikos ging mit seinen Freunden des Nachts auf den Feldern Süßkartoffeln stehlen (tagsüber wurden die Kinder vom Feldhüter vertrieben), die sie mitsamt der Erde roh verspeisten und die ihnen wie die köstlichsten Delikatessen erschienen. Oder sie schlichen sich mit ihren Steinschleudern zu den Weinlauben der Nachbarn und erbeuteten die schönsten Trauben: Der eine der Jungen schoss mit der Steinschleuder den Stiel der Traube durch, der andere stand darunter und fing sie auf, damit sie nicht beschädigt wurde.

Nikos kletterte manchmal durchs Fenster in das Haus seiner Großmutter Stamata, um ein wenig Quittenmarmelade zu naschen. Einmal fand er eine Flasche Tinte, die er für Sauerkirschaft hielt. Sofort öffnete er sie und begann zu trinken. Der Saft erschien ihm jedoch seltsam geschmacklos, gar nicht süß, deswegen trank er sicherheitshalber noch ein bisschen mehr: Die halbe Flasche leerte er. Es schadete ihm nicht, außer dass er eine Woche lang schwarzes Pipi pinkelte!

Mit fünf, sechs Jahren musste Nikos zu Hause immer mehr Aufgaben übernehmen: Er brachte mit dem Esel Mehlsäcke nach Skado, seine Mutter schickte ihn Wasser oder Holz holen, und er führte die Ziege auf die Weide oder brachte sie zum Bock. Solcherlei Unternehmungen führten dazu, dass die Dorfkinder schon von kleinauf wussten, was Sache war. So hatte Nikos schon mit vier Jahren eine „richtige" Freundin (diese war zwei), wobei es denn allerdings mit der praktischen Umsetzung des theoretischen Wissens noch etwas haperte...

Einmal vergaß Mitsos seinen Schlüssel in Lakkous, und er scheute sich nicht, seinen erst sechsjährigen Sohn den weiten Weg zum *mazomós* zu schicken, um den Schlüssel zu holen (die Dörfler schafften damals den Weg in einer guten Stunde; wir brauchen heute in normalem Wandertempo allerdings über zwei Stunden für die Strecke!). Nikos nahm einen sogar nur fünf Jahre alten Freund mit auf den Weg, den sie natürlich rennend und springend zurücklegten. Dieser Freund erkrankte später an Kinderlähmung und hinkte seitdem, wofür die Leute Nikos die Schuld gaben.

Mitsos hatte ein schwieriges Verhältnis zu seinem ältesten Sohn, den er öfter mit einer Tracht Prügel bedachte. Zum Beispiel gab es Schläge, als Nikos einen Stein die längste Treppe von Koronos hinabschoss, der zu seiner Überraschung ausgerechnet in das einzige Fenster weit und breit sprang. Ein anderes Mal war Nikos mit einem älteren Freund unterwegs, und sie hatten über den Weg zur Mühle ein dünnes Seil gespannt und sich in der Nähe versteckt, um zuzugucken, wie die Leute darüber stolperten. Es kam dann allerdings eine hochschwangere Frau vorbei und stürzte über das Seil. Der ältere Freund, der Anstifter des Streiches, machte sich unerkannt aus dem Staub, aber Nikos bereute sofort, was sie da angerichtet hatten, half der Frau auf die Beine und brachte sie zum Dorf. Die Frau ging natürlich sofort zu Boublomitsos und keifte und schrie, dass die ganze Nachbarschaft zusammenlief. Mitsos wollte vor Ärger und Scham im Boden versinken. Danach setzte es wieder Prügel, wobei sich Mitsos am meisten darüber empörte, dass Nikos nicht auch weggelaufen war, anstatt ihm diese Schmach anzutun. Er hatte keinerlei Verständnis für den heldenhaften Großmut des kleinen Jungen, den auch die drohenden Prügel nicht schreckten…

Zu Hause wurden die Kinder oft von der Großmutter Irini versorgt. Diese war eine strenggläubige, aber auch wahrhaft gute Frau, die nicht nur in die Kirche ging, sondern Nächstenliebe auch praktizierte: Mit ihren bescheidenen Mitteln half sie den Armen und Bedürftigen des Dorfes, wo sie nur konnte. Stundenlang erzählte sie den Kindern Geschichten von den Heiligen und von Jesus, aber auch von der Hölle, die die bösen Menschen erwarte, und vom Teufel. Nikos konnten diese Geschichten allerdings nicht sehr beeindrucken. Er glaubte nicht an Dinge, die er nicht sehen und überprüfen konnte. Einmal erzählte die Großmutter den Kindern, dass der wahre Glaube Berge versetzen könne. „Dann versetze doch diesen Berg dort, Großmutter!" forderte Nikos sie auf. „Das kann ich nicht, mein Kind", musste sie eingestehen. „Aber warum denn nicht? Glaubst du denn nicht?" fragte Nikos provozierend. „Vielleicht ist mein Glaube nicht stark genug…" antwortete die arme Frau.

Dem jüngeren, leichtgläubigen Manolis impfte die Großmutter eine solche Furcht vor dem Teufel ein, dass er ihn einmal, als er sich abends ein wenig verspätet hatte, leibhaftig durch die Gassen laufen sah, mit Hörnern, Hufen, Schwanz und allem, was dazugehört.

Von seinen übrigen Verwandten liebte Nikos besonders seine Onkel Matthaios und Boublojannis. Er sah diese zwar nicht oft, aber bei jeder Gelegenheit bekam er ein kleines Geschenk von ihnen, einen Ball, ein paar Murmeln, einige *leptá* Taschengeld. Nikos zerschlug auch Steine zu Kies für den Straßenbau, um sich ein paar Drachmen zu verdienen, aber trotzdem waren seine Taschen meist leer. Wenn er ein wenig Geld hatte, ging er zum Geschäft und kaufte zwei, drei Köpfe von eingesalzten Heringen, die er mit seinen Freunden zusammen briet und als besondere Köstlichkeit verspeiste. Als er einmal blank war, bestellte er im Geschäft trotzdem einen ganzen Hering: der Hunger war groß! „Hast du denn auch Geld?" fragte ihn der Besitzer. „Nein, aber ich habe Ehre (*prósopo*, „Gesicht")!" antwortete Nikos. So wurde der Fisch angeschrieben, und Mitsos musste ihn später bezahlen.

Schwierig wurde es, als Nikos in die Schule kam. Als die Kinder am ersten Tag vor der Schule auf dem Schulhof spielten, war noch alles in Ordnung. Aber dann pfiffen die Lehrer auf ihren Trillerpfeifen, und alle mussten sich in Reihen aufstellen. Das kam für Nikos nicht in Frage: Zwang und Autorität akzeptierte er schlichtweg nicht. Als die Lehrer riefen und schimpften, er solle sich auch aufstellen, begann er mit Steinen zu werfen, so dass die Lehrer sich ins Schulgebäude flüchten mussten. Da warf er noch die Fensterscheiben ein und rannte dann wieder nach Hause.

Am nächsten Tag wollte er nicht zur Schule gehen, aber seine Mutter hielt ihn an der einen Seite und seine Großmutter an der anderen, und so brachten sie ihn mit Gewalt hin. Aber als er sich in der Reihe aufstellen sollte, endete es im gleichen Fiasko wie am Tag zuvor, und er rannte wieder davon. Am Nachmittag aber kam die Lehrerin zum Haus und sprach mit Nikos. Sie war ganz jung, eben erst eingestellt und voller guter Absichten (im Gegensatz zu den Lehrern vom älteren Schlag, die den Kindern ihr Wissen einprügelten). „Nikos, komm doch in die Schule!" bat die Lehrerin ihn nun. „Du wirst sehen, wie schön das wird! Du wirst eine Menge interessanter Dinge lernen und sollst auch vorne neben mir am Pult sitzen!" Auf diese Weise überredete die Lehrerin Nikos (der einem hübschen Mädchen nie etwas abschlagen konnte), und die zwei Jahre, die er bei ihr Unterricht hatte, saß er mit ihr vorn am Lehrerpult. Er war ein ausgezeichneter Schüler, der Beste in seiner Klasse. Alle Aufgaben erledigte er mit Leichtigkeit, und später wurde er hinausgeschickt, wenn die Schüler eine Arbeit schreiben mussten, da er doch alles immer fehlerfrei löste und den anderen Schülern nur vorsagte. In Mathematik war er beim Lösen der Aufgaben schneller als sein Lehrer, was diesen ordentlich fuchste...

Nikos' bester Freund war aber sein Großvater Beokostas, der ihn schon als Baby durchs Haus getragen hatte, als sein Vater ihn wegen seiner nächtlichen Quengelei am liebsten aus dem Fenster geworfen hätte. Er fütterte ihn als Kleinkind mit in Wein getunktem Brot und schaukelte ihn auf seinen Knien.

Als Nikos acht Jahre alt war, kam er das erste Mal ans Meer. Bis dahin hatte er es nur aus der Ferne vom Fenster des Hauses aus gesehen, von wo es durch das enge, steile Tal unterhalb des Dorfes wie senkrecht stehend wirkte, so dass er sich wunderte, warum es nicht auslief. Nun zog die ganze Familie (außer Mitsos) für zehn Tage zum Limnari: Beokostas, Axaoirini, Angeliki und die vier Kinder. Sie wohnten in einem kleinen Unterstand nahe am Strand. Verpflegung hatten sie sich auf dem Esel ausreichend mitgenommen; außerdem fischte Beokostas viel. Sie badeten im flachen Wasser am Strand, die Kinder spielten nach Herzenslust, jagten Krebse und versuchten, kleine Fische zu fangen. Die Tage vergingen wie im Fluge und sie verbrachten eine großartige Zeit.

Dieser erste Ausflug zum Meer hinterließ bei Nikos einen unauslöschlichen Eindruck. Die Schönheit der unendlich scheinenden glitzernden Wasserfläche und der Reichtum der darunter verborgenen Tiefen beeindruckten ihn zutiefst. Von da an nahm Beokostas Nikos häufig zum Fischen mit. Meistens wanderten sie zu den Fels- und Kiesstränden bei der verfallenen Kapelle des Heiligen Dimitris nördlich von Moutsouna. Manchmal zogen sie nachmittags los, legten abends ihre Angelschnüre aus, setzten sich dann an den Strand und schauten den blinkenden Sternen zu. Sie schliefen irgendwo in einer Felshöhle nahe am Meer oder einfach draußen auf einem glatten Felsen. Im ersten reinen Morgenlicht standen sie auf und holten ihre Angeln wieder ein. Diese Ausflüge mit Beokostas weckten in Nikos solch eine Liebe zum Meer und zu den stillen Buchten unterhalb von Koronos, dass er sich mit vierzig Jahren endgültig am Meer niederließ, dort in Agios Dimitris, wo er so viele schöne Tage seiner Kindheit verbracht hatte.

Vor allem aber beeindruckte Beokostas seinen Enkel mit seiner besonnenen, ruhigen Art und seiner Weisheit und Lebensphilosophie. Auf dem Rückweg vom

Fischen kamen sie meist an den Weinbergen in der Nähe des Argokili vorbei, in denen sich im Herbst die Stöcke unter der Last der reifenden Trauben bogen. Nikos war vom weiten Weg durstig geworden und fragte: „Ach, Großvater, kann ich mir nicht eine Traube pflücken?" Der Großvater verneinte. „Aber, Großvater, da sind doch so viele Trauben! Wenn eine fehlt, wird man es doch gar nicht merken!" – „Aber, mein Kind, wenn jeder, der an diesem Weinberg vorbeikommt, sich eine Traube pflückt, was soll dann der Besitzer ernten? Wenn alle so denken, wird für ihn, der die ganze Arbeit und Mühe gehabt hat, nichts übrig bleiben!" So lehrte der alte Mann seinen Enkel, der Welt im Allgemeinen und dem Mitmenschen im Besonderen mit Liebe und Respekt zu begegnen.

Schon bald jedoch zog die Familie nach Athen um, wo das Leben so anders war, und kehrte auf die Insel nur für die Ferien zurück.

Kapitel 11: In Athen

Πρωί-πρωί σαν ξεκινώ
χαμόγελο στον ουρανό,
χαμόγελο στους γείτονες πετάω.
Σκληρή κι αν είναι η δουλειά
την βγάζω με ψωμί κι ελιά
κι έμαθα με χαμόγελο την φτώχια να περνάω.
Και δεν με νοιάζει μια σταλιά
που ειν' τα ρούχα μου παλιά,
γιατί εγώ την φτώχια μου απόφαση την πήρα
και παίρνω με χαμόγελο και την σκληρή μου μοίρα.

Λαϊκό τραγούδι

Dieses Jahr liegt Ostern spät. Der Ostersonntag fällt auf den ersten Mai, den Tag, an dem die Menschen der Arbeiterkämpfe gedenken, der Streiks, der Revolutionen, der Kämpfe für ein besseres Leben. Außerdem wird der erste Mai in Griechenland als Tag der Blumen gefeiert. Alter Tradition gemäß flechten die Menschen am ersten Mai Blumenkränze, die sie über der Haustür aufhängen, um die guten Geister zu beschwören. Ein schöner Brauch, der die Traditionen des antiken Griechenlands aufrechterhält: Die alten Griechen hatten eine große Schwäche für Blumen, insbesondere für wohlriechende, und banden zu allen Gelegenheiten Blumenkränze, die sie aufhängten oder auf den Häuptern trugen – vom letzteren ist man heute leider abgekommen.

Auch wir pflücken Blumen auf dem Grundstück und flechten daraus einen großen Kranz für die Haustür und drei kleine, die die Kinder sich aufsetzen. An Blumen herrscht kein Mangel: An den Feldrainen stehen dicht die kräftigen, strauchigen Kronen-Wucherblumen mit ihren herrlichen, sonnenartigen Blüten, dazwischen wachsen vielerlei Sorten Klee, Wicken, Malven, Winden, leuchtendroter Mohn, der kleine tiefblaue Gauchheil, wilder Lavendel, Leinkraut, Bocksbart und Margeriten.

Währenddessen gart schon das Essen: Aus dem Holzofen dringt ein verlockender Duft des dort brutzelnden Zickleins, Kartoffeln schmoren auf dem Blech, mit Olivenöl übergossen und mit Oregano und Thymian gewürzt; das frischgebackene Brot steht auf dem Tisch. Nur die Salate müssen noch bereitet werden, wozu wir im Garten die Zutaten ernten: Kopfsalat, Radieschen, Möhren, Zwiebeln und Knoblauch, dazu Petersilie, Dill und zur Verzierung einige orangerote Ringelblumenblüten.

Wir erwarten Gäste: entfernte Cousins, Enkel des Kaminaris, die Nikos schon seit zwanzig Jahren nicht mehr gesehen hat. Ein anderer Gast ist schon eingetroffen: Vassilis, der jüngste Bruder von Mitsos' verstorbener Frau Angeliki. Dieser wohnt am Nordende der Insel im malerischen Hafenort Apollonas, wo er seit fünfundzwanzig Jahren ein Hotel betreibt. Er ist ein hervorragender Koch und ein Liebhaber der rauschenden Feste und des guten Essens, wovon schon sein gewaltiger Leibesumfang zeugt. Sein Hotel wird heute jedoch nur noch von wenigen Gästen besucht und bringt kaum mehr etwas ein: Die Touristen wohnen jetzt lieber in den kleinen, neuen Pensionen des Ortes, als in einem großen Hotelbau. Allerdings gibt es eine Anzahl von Gästen, die trotzdem immer wieder kommen und die schon fast Familienmitglieder geworden sind. Sie sind nun alle schon etwas in die Jahre gekommen und können doch die herrlichen Zeiten nicht vergessen, die sie in Apollonas verbracht haben, die Gelage im Garten des Hotels unter dem Lorbeerbaum und den Bananenstauden, die Ströme von Wein, die Musik, den Spaß. Vassilis war und ist ein Meister in all diesen Dingen!

Die Zeiten, in denen Vassilis und Mitsos zu Fuß von Apollonas nach Agios Dimitris liefen und danach zur Stärkung eine ganze Ziege verspeisten, sind nun jedoch vorbei. Mitsos ist alt geworden; auch Vassilis ist schon fast achtzig und durch sein übermäßiges Körpergewicht ziemlich unbeweglich. Immer noch liebt er freilich den guten Wein, die Musik und den Spaß! Nun sitzt er mit Mitsos im Windschatten unter den Feigenbäumen und tauscht mit ihm Neuigkeiten aus, während sie darauf warten, dass das Essen aufgetragen wird.

Der Umzug nach Athen

Anfang 1957 entschloss sich Mitsos, mit seiner Familie nach Athen umzuziehen. Seine Frau Angeliki war natürlich traurig, ihre Eltern verlassen zu müssen, aber sie sagte zu ihrem Mann: „Mach dir keine Sorgen! Wir wollen tun, was du für richtig hältst. Und vergiss nicht: Auch wenn wir auf einem nackten Felsen leben müssten, ich werde dir immer wie ein *pallikári* zur Seite stehen!"

Mitsos fuhr etwa einen Monat früher ab als der Rest der Familie, um sich eine Arbeit zu suchen und das für den Umzug erforderliche Geld zu verdienen. Angeliki und die Kinder folgten ihm am 11. Februar nach. Das Schiff kam in aller Morgenfrühe in Piräus an. Mitsos war zum Hafen gekommen, um seine Familie abzuholen. Sie wurden von einem Koronidiaten, der einen Baustoff-Handel besaß, zum Stadtteil Peristéri gebracht, wo sie für kurze Zeit bei Angelikis Schwester Katina wohnten. Es war noch dunkel und die Kinder, die hinten auf dem offenen Wagen saßen, staunten über die vielen Lichter und die Autos.

In Peristeri wurden sie von Katina und Christos herzlich aufgenommen. Kaum hatten sich alle begrüßt, da bemerkten sie, dass Kostas fehlte. Besorgt machten sie sich auf die Suche. Schließlich fanden sie ihn: Er war, in dörflicher Unkenntnis der Toilette, den Hügel auf der Suche nach einem unbebauten Grundstück hinauf gelaufen, wo er in Ruhe sein Geschäft verrichten konnte.

Abends schickte Mitsos den zehnjährigen Nikos los, in einer Taverne ein halbes Kilo Wein zu kaufen. Mitsos wartete und wartete, aber Nikos kehrte nicht zurück, so dass der Vater schließlich aufbrach, um nach ihm zu schauen. Nikos war in eine der Tavernen der Nachbarschaft gegangen und hatte den Wein verlangt. Er wunderte sich sehr über die gelbe Farbe des in Athen üblichen geharzten Retsina-Weines: „He, was ist denn das? Wein sollst du mir geben, habe ich gesagt!" Die Umstehenden lachten. Angesichts des großen Publikums kam Nikos eine gute Idee. Waren sie nicht nach Athen gezogen, um Geld zu verdienen? Also wollte er gleich hier damit anfangen! Wozu hatte er denn in der Schule Gedichte gelernt? Die sollten ihm nun endlich einmal nützlich sein!

Und so kam es, dass Nikos, als Mitsos ihn endlich fand, mitten in der Taverne auf einem Tisch stand und Gedichte aufsagte. Ein besonderer Renner beim Publikum war ein Gedicht mit dem Titel „O Fagás – Der Vielfraß", das er mit eindrücklicher Mimik und Lautmalerei vortrug. Die Tavernengäste standen um ihn herum, johlten und klatschten und riefen: „Noch mal, noch mal!" Mitsos genierte sich seines Sohnes und traute sich nicht, ihn herauszuholen. Nach dem Ende seiner Darbietung nahm Nikos seine Mütze ab, zog mit ihr durch die Reihen und sagte: „Der Sehende *(o anichtomátis)* bittet die Blinden um eine kleine Spende!" Lachend warfen die Zuschauer Münzen in die Mütze. Nun bemerkte Nikos seinen Vater, ging zu ihm, zeigte ihm die wohlgefüllte Mütze und sagte: „Siehst du, wie man hier das Geld verdient!"

Nach etwa einem Monat zog die Familie nach Kypseli zu Mitsos' Verwandten. Mitsos' Bruder Giorgos wohnte immer noch in seinem Haus am Steinbruch; auch alle anderen Geschwister wohnten in der Nähe. Nur Jannis lebte noch in Naxos. Sein Haus in Kypseli vermietete er. In eines der Zimmer mit einer kleinen Küche zog nun Mitsos mit seiner Familie ein. Auch Mitsos' Bruder Adonis, der noch unverheiratet war, wohnte damals in Jannis' Haus. Mitsos arbeitete als Bauarbeiter, und Angeliki nahm etwas später eine Arbeit als Büglerin in einer Wäscherei an. In der Nachbarschaft lag auch das Haus von Mitsos' verstorbenem Bruder Nikos, in dem seine Witwe Sofia und Tochter Katina wohnten.

Auch Giorgos vermietete stets einige kleine Zimmer. Bei ihm wohnten Stamata und Maria. Im Januar desselben Jahres 1957 war ein Mann namens Xenofóndas Kardhakáris, Bruder eines Mieters aus Kérkyra (Korfu) für einige Tage zu Besuch gekommen, erkrankte jedoch und lag mit Fieber im Bett. Maria brachte ihm einen Tee, was zur Folge hatte, dass der Mann nach seiner Genesung um ihre Hand anhielt. Maria nahm den Antrag an, allerdings unter der Bedingung, dass sie nicht nach Kerkyra gehen, sondern in der Nähe ihrer Brüder bleiben würden. Der Bräutigam war einverstanden; er wollte sowieso seiner Heimat und seinem gestrengen Vater den Rücken kehren. Kurz nach der Hochzeit wurde er jedoch von einem Bruder, der in Kanada arbeitete, eingeladen, ebenfalls dorthin auszuwandern. So kam es, dass sich Maria im Herbst desselben Jahres gemeinsam mit ihrer Mutter auf die lange Reise in das fremde Land machte.

Acht Jahre lang lebten sie in Toronto. Xenofondas arbeitete als Bauarbeiter und verdiente außerdem durch Untervermieten von Zimmern seines gemieteten Hauses einiges Geld. Maria arbeitete in einem kleinen griechischen Geschäft. Auch Adonis ging im Jahr 1960 für drei Jahre nach Toronto und arbeitete als Tellerwäscher. Maria wurde jedoch in Kanada nicht heimisch, verstand sich nicht recht mit den Verwandten ihres Mannes und fühlte sich nicht wohl. Sie bekam zwei Töchter namens Matoúla (Stamata) und Alexándhra in Kanada und war mit einer dritten schwanger, als sie nach Athen zurückkehrte; diese wurde auf den Namen Níki getauft. Xenofondas kehrte einige Monate später als seine Familie nach Griechenland zurück. Mit dem mitgebrachten Geld eröffnete er eine kleine Fabrik, die Buchstützen, Briefbeschwerer, Aschenbecher und Schmuckgegenstände aus Onyx herstellte. Der Betrieb lief gut und wuchs auf etwa fünfundzwanzig Angestellte an. Später übernahm ihn einer seiner Schwiegersöhne.

Mitsos' Bruder Christos lebte ebenfalls in der Nachbarschaft; er hatte eine kleine Wohnung gemietet. Seine Frau namens Katina Vroútsi stammte aus Filoti. Sie bekamen fünf Kinder: Manolis, Mitsos, Nikos, Maria und Jannis. Christos war wie die anderen Brüder zunächst als Bauarbeiter tätig. Er hatte außerdem das Schmiedehandwerk erlernt und arbeitete zeitweise bei einem Schmied in der Nachbarschaft. Später fand er eine Anstellung beim städtischen Wasserwerk.

Die etwa gleichaltrigen Kinder von Christos und Mitsos verbrachten ihre freie Zeit miteinander; sie wuchsen praktisch gemeinsam auf. Auch die beiden Mütter Angeliki und Katina befreundeten sich eng und arbeiteten zeitweise zusammen. Katina war etwas strenger und rauer als Angeliki: Sie war eine sehr starke und energische Frau. Sie liebte von allen Kindern ihren Neffen Nikos besonders, der ganz wie sie selbst tüchtig und von unermüdlicher Aktivität war. Angeliki war von etwas sanfterem Wesen und darum bei den Kindern besonders beliebt. Wenn diese etwas ausgeheckt hatten, dann setzte es von Katina schon mal ein paar Schläge, während Angeliki die Kinder niemals schlug. Manchmal weinte sie, wenn sie besonderen Unfug angestellt hatten, und das beeindruckte die Übeltäter weit mehr als alle Schläge.

Giorgos war noch unverheiratet. Er war ein schmucker junger Mann, ein wenig launisch, aber humorvoll und meist zu Späßen aufgelegt. Über viele Jahre war er mit seiner Schwester Maria und mit unverheirateten Cousinen ausgegangen und hatte darum für sich selbst noch keine Lebensgefährtin gefunden. Mitsos' *koumbáros* Frixos betrieb zu der Zeit in Kypseli ein Lebensmittelgeschäft. Im Jahr 1959 fragte er Adonis, ob er es kaufen wolle. Adonis hatte einiges Geld gespart; er hatte in diesen Jahren auch außerhalb Athens gearbeitet, zum Beispiel in Zákinthos, wo es nach einem verheerenden Erdbeben reichlich Beschäftigung für Bauarbeiter gegeben hatte. So kaufte er nun den Laden gemeinsam mit seinem Bruder Giorgos.

Das Geschäft florierte bald. Adonis war bei seinen Kunden wegen seiner Anständigkeit und Freundlichkeit sehr beliebt. Mitsos' zwölfjähriger Sohn Nikos half ebenso wie andere Neffen im Geschäft und wurde von Giorgos in aller Frühe noch vor der Schule mit einem Haufen Geld in den Taschen auf den zentralen

Markt in Athen geschickt, wo er Gemüse und Obst einkaufte. Ein Jahr später ging Adonis nach Kanada und überließ Giorgos das Geschäft. Weiterhin halfen dort viele seiner Neffen aus. Giorgos war manchmal etwas reizbar und schimpfte nicht selten mit den Jungen; aber an den Wochenenden organisierte er unermüdlich Ausflüge mit den Verwandten ans Meer, ging mit den Neffen zur Jagd und lud außerdem immer wieder zum Feiern und Tanzen ein. Im Jahr 1963 heiratete er eine aus Koronos stammende Frau namens Margaríta Axaopoúlou, mit der er vier Söhne (Manolis, Takis, Nikiforos und Nikos) bekam. Margarita besaß selbst ein Lebensmittelgeschäft in Galatsi, dem benachbarten Stadtteil. Nun verkaufte Giorgos sein Haus am Steinbruch und zog zu seiner Frau, und sie betrieben ihren Laden gemeinsam.

Ein Jahr zuvor war auch der letzte noch in Naxos verbliebene Bruder Jannis mit seiner zweiten Frau und seinen fünf Kindern nach Athen gekommen. Er übernahm jetzt Giorgos' Geschäft in Kypseli. Nach wie vor war Jannis besonders sympathisch, fröhlich und immer zum Feiern aufgelegt. Eine Zeit lang erteilte er sogar Tanzunterricht in einem Lokal in Athen.

Nikiforos, der zweitjüngste Bruder, hatte im Jahr 1950 mit 26 Jahren geheiratet. Dazu war es so gekommen: Er hatte zu einer Party bei seinem Bruder Giorgos ein erst vierzehnjähriges Mädchen namens Iríni Andrí aus Komiaki mitgebracht. Diese stammte aus einer sehr armen Familie. Sie hatte sechs Schwestern, die alle noch unverheiratet waren. Ihr Vater war sehr streng und hatte strikte Anweisung gegeben, zu welcher Uhrzeit seine Töchter abends zu Hause sein müssten. Nikiforos brachte nun Irini abends nach Haus, aber sie verspäteten sich um einiges. Da ließ ihr Vater sie nicht mehr herein und bestand darauf, dass die beiden unverzüglich heirateten. Das war schnell erledigt, denn zu der Zeit war es üblich, die Hochzeit in einer einfachen Zeremonie mit dem Priester zu Hause zu begehen. Nikiforos' Brüder griffen ihm für die Hochzeit und auch in den Jahren danach finanziell unter die Arme. Die beiden wurden trotz der überstürzten Eheschließung ein sehr glückliches Paar und blieben ihr Leben lang ineinander verliebt. Auch zu den Schwiegereltern hatte der liebenswürdige und aufrichtige Nikiforos ein ausgezeichnetes Verhältnis. Sie sagten oft, dass er ihr liebster Schwiegersohn sei. Irini bekam zunächst einen Sohn, den sie Nikos tauften, und viel später noch zwei Söhne namens Manolis und Jannis. Ebenso wie sein Bruder Christos nahm auch Nikiforos später eine Stelle als Arbeiter beim Athener Wasserwerk an.

Im Jahr 1963 kehrte Adonis aus Kanada zurück. Er sagte zu seinem Bruder Mitsos: „Nun war ich zwar in Amerika, aber von Amerika habe ich nichts gesehen! Die ganzen Jahre habe ich in einem Keller gewohnt und in einem Keller gearbeitet, und das von morgens früh bis abends spät, tagaus, tagein, wie ein lebendig Begrabener. Jetzt werde ich feiern, bis das Geld, das ich mitgebracht habe, aufgebraucht ist, um all die verlorene Zeit nachzuholen!" Adonis war nämlich ebenso lebenslustig wie seine Brüder, ein großer Tänzer und Sänger, immer gut aufgelegt und fröhlich. Mitsos schaffte jedoch heimlich sein Sparbuch zur Seite, um ihn am Verschwenden zu hindern, damit er sich mit dem Geld ein Haus bauen könne. Bald begann er unter Mitsos' Anleitung mit dem Bau. Erst viele Jahre später, im Jahr 1970, heiratete er. Seine Frau Polyxénia Bótsi stammte aus Kerkyra. Sie bekamen zwei Kinder, die sie Kyriaki und Manolis tauften; heute wohnt die Familie immer noch in demselben Haus. Mitsos zog im Jahr 1963 mit seiner Familie für etwa drei Jahre in ein Nachbarhaus, wo sie eine kleine Wohnung mieteten. Auch Christos mietete sich eine Wohnung in der Nähe.

Als Soldat hatte Mitsos sich das Rauchen angewöhnt (beim Militär rauchten alle) und jetzt rauchte er immer noch. Eines Tages, als sich die Familie zum Abendessen setzte – Angeliki hatte den Tisch schon gedeckt – wollte Mitsos sich noch schnell eine Zigarette drehen, aber als er in den Beutel griff, war dieser leer: Der Tabak war alle. Darüber geriet er in eine solche Wut, dass er den kompletten gedeckten Tisch einfach umkippte. Teller, Gläser, Schüsseln stürzten klirrend zu Boden. Die Kinder sprangen schreiend aus dem Fenster: „Unser Vater ist verrückt geworden!" Sie flüchteten sich zu ihrem Onkel Christos und verbrachten dort die Nacht. Mitsos erschrak sehr über seine eigene Tat: Schnell war sein Zorn verflogen. Er haderte mit sich: „Dieses kleine, dumme Ding, die Zigarette, bringt es fertig, dass meine eigenen Kinder Angst vor mir bekommen und aus dem Haus flüchten! So eine Macht hat es über mich, dass ich deswegen verrückt spiele! Jetzt ist aber Schluss damit!" Kurzentschlossen holte er seinen Maurerhammer und schlug sein Tabakbeutelchen kurz und klein.

Am nächsten Tag erzählte er einem seiner Freunde auf dem Bau davon, und da beschloss dieser, ebenfalls mit dem Rauchen aufzuhören. Sie vereinbarten Folgendes: Wer von den beiden innerhalb eines Monats wieder zu rauchen anfinge, der sollte dem anderen ein teures Hemd spendieren. Mitsos hielt durch – er hatte mit dem Rauchen ein für alle Mal Schluss gemacht. Sein Freund war dagegen nicht so standhaft. Schon am nächsten Tag fiel Mitsos auf, dass er nach dem Mittagessen verschwand; misstrauisch geworden ging er ihn suchen und entdeckte ihn unter der Treppe des Baus, wo er heimlich rauchte. Am gleichen Abend bummelten sie die Geschäftsstraße entlang, und Mitsos suchte sich ein gutes, teures Hemd aus, das der andere bezahlte. An diesem Hemd hatte Mitsos jahrelang seine Freude, ja, er besitzt es heute noch!

Mitsos' und Christos' Kinder gingen gemeinsam zur Schule. Eines Tages arbeitete Mitsos für einen Lehrer namens Dhimitroukállis. Als dieser Mitsos' Namen hörte, fragte er, ob er verwandt sei mit vier Kindern namens Mandilaras, die er in seiner Klasse hätte, zwei, die Nikos hießen, einen Manolis und einen Kostas. Mitsos bestätigte, dass zwei davon, ein Nikos und der Kostas, seine Söhne seien, die anderen seine Neffen. „Bravo!" rief da der Lehrer. „Herzlichen Glückwunsch! Auf die kannst du stolz sein. Alle vier sind Asse! Sie sind die besten Schüler, die mir in meiner Laufbahn begegnet sind. Achte nur darauf, dass sie was Ordentliches studieren. Es wäre zu schade, wenn solche Begabungen verloren gingen!"

Aber bei Mitsos' Akte war seinen Söhnen die Möglichkeit eines Universitätsstudiums in Griechenland verwehrt, ja nicht einmal einen Führerschein konnten sie ohne weiteres erwerben (wegen angeblicher „gesellschaftlicher Untragbarkeit"). Nikos lernte nach Beendigung der Schule Maschinenbau-Ingenieur an einer Fachhochschule, und Kostas ging illegal mit Hilfe einer schwedischen Touristin, die er auf Rhodos kennengelernt hatte, nach Schweden, wo er Elektrotechnik studierte.

Im Jahr 1964, als der erste Sohn schon 18 Jahre als war, wurde Angeliki wieder schwanger und gebar im Juni darauf eine Tochter, die von der kinderlosen Frau von Mitsos' Freund Babis nach ihrem eigenen Namen Evgenia getauft wurde.

Streiks und Kämpfe

Noch viele Jahre lang bis zu seiner Pensionierung im Jahr 1977 arbeitete Mitsos als Bauarbeiter. Obwohl sein Arbeitstag lang und die Arbeit meist sehr anstrengend war, verlor er nie seine gute Laune und seinen Mut. Er stand morgens stets als Erster auf, nahm sich einen Teller von dem vom Vorabend übrig gebliebenen Essen und dazu ein Gläschen Wein, aß und trank und sang ein Lied dazu.

Anfangs war das Arbeitsleben der Bauarbeiter sehr hart, aber nach und nach wurden mehr Maschinen eingesetzt, die die Arbeit erleichterten, und die Arbeiter konnten kürzere Arbeitszeiten und eine bessere Bezahlung durchsetzen. Dafür waren allerdings, wie schon berichtet, viele Streiks und Kämpfe erforderlich.

Eine Zeit lang arbeitete Mitsos als Vorarbeiter auf einer Baustelle im Stadtteil Kioúrka. Ein erst kürzlich aus seinem Heimatdorf in Athen eingetroffener Arbeiter erzählte Mitsos gleich am ersten Tag stolz, wie viele Kommunisten er im Bürgerkrieg umgebracht habe. Mitsos sagte nichts dazu und tat eher so, als stünde er politisch rechts, damit er keine Schwierigkeiten bekam. Aber als der Bauherr ihn fragte, wie viel Lohn er dem neuen Arbeiter zahlen solle, da gab Mitsos den niedrigsten Lohn an: achtzig Drachmen pro Tag. Nach zwei Wochen standen Mitsos und der Neue nach der Arbeit zusammen oben auf dem Bau und blickten über die Stadt, die zu ihren Füßen ausgebreitet lag. Da seufzte der andere und meinte: „Ach, so viele Hochhäuser! Ein ganzes Meer! Wenn ich doch auch nur eines davon besäße! Ich habe gehört, dass es Leute gibt, denen nicht nur ein Hochhaus gehört, sondern zwei oder drei oder gar noch mehr. Und ich, ich lebe mit meiner Frau und meinen zwei Kindern in einem Zimmer. In einem einzigen jämmerlichen Zimmer! Und teure Miete bezahle ich auch noch dafür. Mir gehört nicht mal ein Zimmer, in dem ich mein eigener Herr bin!" – „Tja", antwortete Mitsos, „die Kommunisten, die du im Bürgerkrieg umgebracht hast, worauf du so stolz bist, die haben dafür gekämpft und sich töten lassen, dass alle Menschen ein Haus bekommen. Alle, auch du! Nicht einer zehn und zehn andere gar keines." – „Ja", meinte sein Kumpel, „du hast vielleicht recht. Ich habe mich geirrt damals. Jetzt sehe ich, dass die Kommunisten Recht haben."

Zu der Zeit mussten die Bauarbeiter vormittags und nachmittags arbeiten, auch samstags. Auf einem Bau beschloss Mitsos, dass er samstags nur noch vormittags arbeiten wollte: Er packte mittags seine Sachen ein und erklärte dem Bauherrn kurzerhand, dass er nun nach Hause ginge. Der wollte Mitsos als guten Arbeiter nicht verlieren und gewährte ihm daher jeden Samstag diesen vorzeitigen Feierabend.

Aber sonst lief es nicht so einfach. Oft beschlossen die Bauarbeiter zu streiken, zum Beispiel, weil ihnen die Bauunternehmer nicht die *énsima* anschrieben, auf die sie ein Anrecht haben. Bei den Demonstrationen gab es häufig regelrechte Straßenschlachten: Die gut trainierten Bauarbeiter ließen sich von der Polizei nicht einschüchtern. Bei den Demonstrationen wurden stets die größten, faschistischsten und brutalsten Polizisten eingesetzt, die aber doch nicht gegen die stärkeren und entschlossenen Bauarbeiter ankamen. Als bei einer Demonstration der Zug der Arbeiter vor dem Ministerium angelangt war, sollten die Polizisten die Demonstranten vertreiben, aber sie zögerten. Da hörte Mitsos, wie Ministerpräsident Karamanlis durch ein Megafon den Polizisten zurief: „Auf sie! Los, was zögert ihr! Das sind Kommunisten! Schlagt sie!"

Also stürzten sich die Polizisten auf die Arbeiter, aber die schlugen zurück. Sie liefen zu den nahe gelegenen Baustellen und rissen große Bretter ab, die sie als Waffen einsetzten; als Wurfgeschosse wurden die riesigen Pflastersteine verwendet. Mitsos kletterte auf das Dach einer Baustelle, kippte den frisch gemauerten Schornstein um und bewarf die Polizisten mit den Backsteinen. Bald entdeckten diese ihn allerdings, da sprang er vom Dach herunter und rannte durch die Gassen davon. An der nächsten Ecke wurde er jedoch von vier Polizisten geschnappt, die riefen: „Das ist der, der vom Dach aus mit Steinen geschmissen hat! Na warte, jetzt kannst du was erleben!" Mitsos protestierte und behauptete, er sei nur ein harmloser Passant. Aber die Polizisten begannen auf ihn einzuschlagen; einer erwischte ihn böse am Kopf, das Blut strömte. Glücklicherweise ermöglichte ihm einer der Polizisten unauffällig zu entwischen, und er rannte davon, was seine Füße hergaben. Nun fuhr er mit dem Bus zurück nach Kypseli, aber sogar in die Busse drangen die Polizisten ein, zerrten die Arbeiter heraus und schlugen sie. Es gab mehrere Tote.

In Kypseli angekommen ging Mitsos blutverschmiert, wie er war, ins *kafeníon,* um sich mit einem Schnaps wiederzubeleben. Da saßen ein paar Alte, auch Bauarbeiter, schon 65 und 70 Jahre alt, die noch keine Rente bekommen hatten, weil die Bauunternehmer sie um ihre *énsima* betrogen hatten. Einer von ihnen schimpfte: „Pfui, du Kommunist! Warst beim Streik, was? Und hast auch noch gekämpft! Schäm dich! Dich hätten sie wohl besser erschlagen!" Da brauste Mitsos auf: „Was?! Du Idiot! Bist schon steinalt und arbeitest immer noch, du Blödmann! Meinst du nicht, dass es dein Recht wäre, allmählich mit Arbeiten aufzuhören und wenigstens deinen Lebensabend noch in Ruhe zu genießen?! Dafür kämpfen wir, du Hornochse! Dich beuten die Bauherren aus, die selber noch nie in ihrem Leben geschwitzt haben; von deinen *énsima* bauen sie sich Hochhäuser! Und darum kannst du jetzt immer noch nicht in Rente gehen, kapierst du das nicht? Gerade solche wie du sind schuld daran, dass es auch uns anderen, die wir unsere Rechte durchsetzen wollen, immer noch so schlecht geht! Schäm du dich mal lieber!" – „Ja, Recht hat er, der Boublomitsos!" mischten sich ein paar andere Arbeiter ein.

Als Nikos schon wie sein Onkel Vassilis bei Texaco als Tankwagenfahrer beschäftigt war, kam er manchmal nachmittags an der Baustelle vorbei, wo sein Vater arbeitete, um ihn abzuholen und nach Hause zu fahren. Mitsos arbeitete zu der Zeit in Polytía in Kifissiá. Als Nikos eines nachmittags vor der Baustelle auf ihn wartete, sah er einen Mann aus dem gegenüberliegenden Haus kommen, der ihm wie ein Naxiote vorkam. Er sprach ihn an, und tatsächlich bestätigte ihm der Mann, dass er aus Naxos käme. Nikos fragte ihn, aus welchem Dorf er stamme, und er antwortete, er sei Koronidiate. „Unmöglich!" rief Nikos. „Da komme ich selbst her, und ich würde dich kennen!" Der andere erläuterte, er käme aus Skado, dem Nachbardorf. Da hatte Nikos eine Eingebung und fragte: „Bist du vielleicht Petros Partsinevelos?" Wie oft hatte ihm sein Vater vom Albanischen Krieg erzählt, davon, wie ihm Petros Partsinevelos aus Skado seinen Verlobungsring anvertraute! Aber jetzt war er doch überrascht, als der Mann ausrief: „Ja, genau, der bin ich! Woher weißt du das denn?" In dem Augenblick sah Nikos, wie sein Vater von der Baustelle kam. „Komm schnell her!" schrie er ihm aufgeregt zu, „weißt du, wer das hier ist?" Petros und Mitsos erkannten sich zunächst nicht, aber die Sache war bald aufgeklärt, und sie begrüßten sich erfreut. Mitsos gestand, dass er den Ring mit seinen Soldaten vertrunken habe, aber Petros war darüber nicht böse: „Da hast du gut daran getan! Ich bin zwar heil aus dem Krieg zurückgekehrt und habe meine Verlobte auch geheiratet, aber es ist nicht gut gegangen, und inzwischen sind wir geschieden."

Im Jahr 1966 zog die Familie in den Stadtteil Glyfádha. Das war ihr Glück, denn so wohnten sie während der Militärdiktatur nicht mehr im Kommunistenviertel Kypseli, dessen Einwohner automatisch doppelt verdächtig waren, und kamen dadurch um einige Schwierigkeiten herum. Mitsos hatte bei einem Bau den Besitzer eines großen Mehrfamilienhauses in Glyfada kennengelernt. Dieser bot ihm die Stelle als Hauswart in seinem Haus an. Mitsos nahm das Angebot an, und so zog die Familie um und lebte für etwa fünf Jahre in Glyfada. Ihre Wohnung lag im Kellergeschoß des Hauses, hatte aber nach hinten Fenster und Zugang zum Garten. Nun begann eine erholsame Zeit für Mitsos: Die Stellung als Hauswart war nicht annähernd so anstrengend wie die Arbeit auf dem Bau.

Mitsos befreundete sich eng mit dem Besitzer, der in einer der Wohnungen lebte. Dieser war ein älterer, gutmütiger Mann. Häufig lud er Mitsos in eine nahe gelegene Taverne ein, wo sie gebratenen Stockfisch aßen und dazu einen Liter Wein tranken. Die Frau dieses Mannes war wesentlich jünger als er und gutaussehend, allerdings von recht zweifelhaftem Charakter. Sie hatte ihren Mann wegen seines Alters aus dem ehelichen Schlafzimmer verbannt und suchte nun frischeren Ersatz für die Nächte. Eine Zeit lang versuchte sie es auch bei Mitsos, der jedoch auf solche Geschichten nicht scharf war; er hätte sich zudem vor dem Ehemann geschämt. So kam nach und nach schlechte Stimmung auf; die Ehefrau ärgerte sich über Mitsos und suchte Streit. Auch die Mieter waren nicht alle nach Mitsos' Geschmack, und nach und nach wurde ihm die Angelegenheit verleidet. So beschloss Mitsos im Jahr 1973 seine Stelle aufzugeben und wieder umzuziehen.

Nikiforos Mandilaras

Τον είδαμε γονατισμένον στην πιο όρθια στάση, να φυσάει με την ανάσα του
κάτω απ' το μεγάλο καζάνι, να συντηρεί τη φωτιά
καταναλίσκοντας τη φωτιά του. Ανυπόμονος – λαχάνιαζε
πιεσμένος απ' το δέρμα του, μη χωρώντας μέσα στο δέρμα του.

Το φώς έτρεμε πέρα στον ορίζοντα καθώς ανοιγοκλείναν τα πλευρά του.
Ο σφυγμός του φούσκωνε τις ρώγες των σταφυλιών
κ' έκανε τα καινούργια φύλλα να στροβιλίζονται ασάλευτα.

Έτσι, σκυμμένος, ξοδεύτηκε για να μείνουμε όρθιοι,
εσύ κι εγώ, χωρίς ποτέ του να σκεφτεί
πως θάπρεπε μια μέρα να του χρωστάμε κάτι.
Μπορείς, λοιπόν, να μην μείνεις τουλάχιστον όρθιος;

Γιάννης Ρίτσος, Μπορείς;

In der Zwischenzeit waren für Griechenland wieder dunkle Wolken aufgezogen.
Im Jahr 1967 übernahmen am 21. April erneut Diktatoren die Macht im Land:
die Offiziere der Junta. Unter den vielen Opfern der Diktatur war Mitsos' Cousin
Nikiforos.

Nikiforos wurde am 18. Februar 1928 in Koronos als Sohn von Mitsos' Onkel Sorakis (Giorgos Mandilaras) und seiner Frau Arietta Sideris geboren und
wuchs im Dorf in ärmlichen Verhältnissen auf. Er hatte eine Schwester namens
Katerina, die acht Jahre jünger war als er. Nikiforos besuchte die Grundschule im
Dorf und danach das Gymnasium in der Chora. Er war ein ausgezeichneter Schüler und stets der Beste seiner Klasse. In den Jahren 1942/43 wurde er Mitglied
der Widerstandsbewegung in Koronos und lernte Widerstand, Kampf und die
Leiden des Volkes unter der Fremdherrschaft so schon als Fünfzehnjähriger
intensiv kennen. Im Jahr 1946 starb seine Mutter Arietta. Für die beiden letzten
Schuljahre (1946/47) ging Nikiforos zu seinem Onkel Adonis Sideris nach Syros,
wo er sich ebenfalls besonders auszeichnete. (Wegen seiner politischen Ansichten und seiner Kritik an gewissen Lehrern der Schule wurde ihm allerdings nicht
gestattet, als bester Schüler wie üblich bei der Parade am Jahrestag des Beginns
des Befreiungskampfes gegen die Türken, dem 25. März, die Fahne zu tragen).

Seine ehemaligen Schulkameraden haben ihn nicht nur als hervorragenden
Schüler, sondern auch als ausgezeichneten Mitmenschen in Erinnerung: Er war
immer positiv eingestellt und optimistisch, stets fröhlich, höflich und offen. Auch
äußerlich beeindruckend – hochgewachsen und gutaussehend – blieb er den
Menschen, deren Lebensweg er kreuzte, in unvergesslicher Erinnerung. Ein
Journalist schrieb später über ihn: „Wenn er eine Türschwelle überschritt, füllte
sich der ganze Raum." Und auf einer Gedenkveranstaltung sagte jemand über
ihn: „Dieser Mann erweckte den Eindruck, dass er, wenn er sich aufrichtete, mit
einem Spucken die Sonne auslöschen könnte."

Schon während seiner Schulzeit in Syros wurde aufgrund seiner politischen Ansichten und wegen der Verteilung linksgerichteter Zeitungen eine Akte über ihn angelegt. Noch als Schüler trat er in einer Gerichtsverhandlung gegen einen fortschrittlichen, nach einem wissenschaftlichen Vortrag wegen „Atheismus" angeklagten Lehrer als einziger Zeuge der Verteidigung auf, wo er eine umfangreiche Zeugenaussage ablegte, die zur Freisprechung des Lehrers führte. Damit war seine Laufbahn vorgezeichnet: Nach Abschluss der Schule schrieb er sich – von seinen Onkeln unterstützt – in der Athener Juristischen Fakultät ein. Während seiner Studienzeit arbeitete er zeitweise als Bauarbeiter oder Tellerwäscher, um das Geld für seinen Lebensunterhalt zu verdienen.

Im Jahr 1953 gründete Nikiforos gemeinsam mit Freunden die „Vereinigung der Koronidiaten" in Athen, die nicht nur eine Zeitschrift herausgab und Veranstaltungen verschiedener Art organisierte, sondern sich auch für die Probleme des Dorfes einsetzte, insbesondere für die Rechte der Schmirgelarbeiter. Er wurde zum Vorsitzenden der Vereinigung gewählt und wirkte in der Folgezeit sehr aktiv für die Interessen seines Dorfes und dessen Bürger. Im Jahr 1954 schloss er das Studium zum Rechtsanwalt mit Auszeichnung ab.

Während dieser ganzen Zeit stand Nikiforos aktiv mit linksgerichteten Organisationen in Verbindung. Im Jahr 1949 setzte er sich für den ebenfalls aus Naxos (aus dem Dorf Apiranthos) stammenden Manolis Glézos ein. Dieser hatte gemeinsam mit einem zweiten Mann am 31. Mai 1941 während der deutschen Besatzung in einer Nacht-und-Nebel-Aktion die Hakenkreuz-Fahne von der Akropolis heruntergeholt und die griechische aufgezogen. Sein als Kommunist organisierter Kamerad war von den Deutschen exekutiert, er selbst inhaftiert worden. Auch Manolis' Bruder Nikos war wegen linksgerichteter politischer Ansichten schon vor dem Krieg unter der Regierung Metaxas inhaftiert worden, und wurde wie viele Schicksalsgenossen während der Besatzungszeit von den Deutschen erschossen. Nun, nach der „Befreiung" Griechenlands, war Manolis Glezos wieder im Gefängnis, diesmal unter der Fahne der englisch-amerikanischen Besatzung: Er wurde im Jahr 1949 wegen Staatsfeindlichkeit und Verrat dreifach zum Tode verurteilt! Nikiforos sammelte unter anderem Unterschriften für einen Appell an die Vereinten Nationen für Glezos' Freilassung. Tatsächlich konnte später der Freispruch erwirkt werden. Manolis Glezos war sein Leben lang politisch aktiv und setzte sich stets für die Unterdrückten und Verfolgten sowie für die Versöhnung der Völker ein. Eine Zeit lang war er Bürgermeister von Apiranthos und in den letzten Jahren Abgeordneter im Europa-Parlament.

Nachdem Nikiforos zwei Jahre im Büro eines bekannten naxiotischen Rechtsanwaltes gearbeitet hatte, erlangte er im Jahre 1956 die Genehmigung zur Berufsausübung. Im selben Jahr lernte er seine zukünftige Frau Áspa Kalodhíki kennen, deren Vater, Lehrer und Herausgeber mehrerer Bücher, in der Widerstandsbewegung gekämpft hatte, und die in den folgenden Jahren an seiner Seite stand, ihn unterstützte und mit ihm zusammenarbeitete. Nikiforos machte sich schnell einen Namen als hervorragender Rechtsanwalt, indem er in zahlreichen Prozessen politisch Verfolgte, Widerstandskämpfer, links stehende Politiker, aber auch einfache Bauern, Arbeiter und Studenten verteidigte. Er besaß ein überragendes Gedächtnis, hatte das gesamte Gesetzbuch sowie alle mit den Prozessen zusammenhängenden Daten im Kopf, konnte hervorragend argumentieren und mit Dutzenden Aussagen vieler Zeugen gleichzeitig arbeiten. Er deckte unbeirrbar Falschaussagen und falsche Zeugen auf und schlug Gericht und Publikum durch lange, geharnischte Plädoyers in seinen Bann. Er war eine Kämpfernatur, ein Mensch, der in seinem Leben von Anfang bis Ende mit allen Kräften und ohne Furcht ein klares, hochgestecktes Ziel verfolgte. Obwohl er selbst kaum Geld hatte und sich nicht selten etwas leihen musste, nahm er von mittellosen Klienten kein Geld an und verteidigte sie ohne Honorar.

Von 1961 an war Nikiforos Vorstandsmitglied der Vereinigung Demokratischer Rechtsanwälte Griechenlands und wurde auch in dieser Position wieder sehr aktiv. Er hielt bei vielen Gelegenheiten mitreißende Reden, in denen er besonders am König und seinem Umfeld, an der NATO, der EG, den Amerikanern und der Herrschaft der Reichen scharfe Kritik übte. Er kämpfte für den Frieden, für die Abschaffung der Atomwaffen, für die Rechte der Bauern und Arbeiter und bezog auch Stellung in der Zypern-Frage. Dabei glaubte er zutiefst an Recht und Gerechtigkeit und lehnte jede Form von Gewalt ab. Im Lauf der Jahre wurde er wiederholt wegen Beschimpfung und übler Nachrede angeklagt und musste sich vor Gericht dafür verantworten; mal konnte er einen Freispruch erreichen, mal hatte er Strafe zu zahlen. Die herrschenden Politiker, die er in seinen Reden oft heftig angriff, reagierten auf ihre Weise: Wenn er irgendwo eine Rede halten wollte, wurden vorher in den Dörfern die *kafenía* geschlossen, in den Städten die Plätze abgesperrt, die Zuhörer wurden vertrieben oder verhaftet, und oft bestand die Zuhörerschaft am Ende nur noch aus den stets reichlich anwesenden Polizisten.

Bei vielen Gelegenheiten veröffentlichte Nikiforos Artikel in verschiedenen Athener Zeitschriften. Im Jahr 1960 gründete der 32jährige eine eigene Zeitschrift, die vierzehntäglich erscheinenden *„Naxiaká Chroniká"* (Naxische Chroniken), deren alleiniger Autor, Redakteur und Herausgeber er war. Sie enthielt Artikel zu allen Belangen der Insel, zur aktuellen Politik, zu Skandalen, wirtschaftlichen und gesellschaftlichen Problemen, zu wissenschaftlichen Themen, ferner eine humorvolle Spalte zum Leben in Athen und auf den Dörfern, die er in Form eines Briefwechsels zwischen zwei Brüdern gestaltete, und vieles mehr. Auch in dieser Zeitschrift, die von der Leserschaft mit Begeisterung aufgenommen wurde, äußerte er klar seine Ansichten, verurteilte Missstände aller Art und übte scharfe Kritik an den Verantwortlichen.

Unter den bekannteren Prozessen, an denen Nikiforos teilnahm, waren im Jahr 1958 ein Prozess gegen einen (auch in andere Skandale verwickelten) Bauunternehmer wegen eines Arbeitsunfalls in Komiaki, bei dem dreizehn Arbeiter zu Tode gekommen waren, 1959 der Prozess gegen Manolis Glezos und dessen Gesinnungsgenossen, in dem er dessen Schwester verteidigte, 1959/60 ein Prozess gegen 42 Kommunisten, unter anderem den späteren Vorsitzenden der Partei, sowie 1965 gegen „unbekannte Polizeibeamte" wegen der Ermordung eines Studenten namens Sotíris Pétroulas bei einer Demonstration in Athen.

In einem weiteren wichtigen Prozess war Nikiforos selbst Angeklagter wegen übler Nachrede (in seiner Zeitschrift) gegen den Präsidenten des *nomós* (Department) Kykladen Levídhis, und zwar im Zusammenhang mit Affären um den oben erwähnten Bauunternehmer. Im Laufe der Gerichtsverhandlung deckte Nikiforos einen Skandal nach dem anderen auf und wies zahlreiche widerrechtliche Machenschaften von Levidis nach. Der Prozess erregte großes Aufsehen in den Athener Zeitungen. Nikiforos wurde letztendlich freigesprochen und Levidis wenig später seines Amtes enthoben.

Nach dem zweiten Weltkrieg war zunächst Giorgos Papandreou zum Regierungschef ernannt worden. Schon nach zwei Monaten wurde er durch den Offizier Nikolaos Plastiras (siehe auch S. 253) abgelöst. Auch dieser regierte nur kurz; danach kamen die von den Engländern und Amerikanern unterstützten rechtsgerichteten Kräfte an die Macht. Im Jahr 1950, nach dem Ende des Bürgerkrieges, errangen die linken Parteien unter Sophoklís Venizélos, dem Sohn von Eleftherios Venizelos, den Wahlsieg; auch Plastiras stellte in Zusammenarbeit mit Papandreou wieder kurzfristig die Regierung. Auch während dieser Zeit spielte jedoch die rechte, teilweise paramilitärisch organisierte Partei eine große Rolle im Staat; nach wie vor wurden Linke verfolgt und mehrere Kämpfer für die politische Freiheit exekutiert (unter anderem Nikos Belojánnis). Im Jahr 1952 gewann der konservative General Aléxandhros Papágos (der „Sieger" des Bürgerkrieges) die Wahlen und blieb bis zu seinem Tod im Jahr 1955 an der Macht. Danach wurde vom König der rechte Politiker Konstantínos Karamanlís zum Ministerpräsidenten berufen. Aus den Wahlen im Jahr 1955 gingen (allerdings unter massiven Wahlfälschungen) die Rechten als stärkste Partei hervor.
Im Oktober 1961 trat Nikiforos als Kandidat für die linksgerichtete Partei PAME („Alldemokratische bäuerliche Front") an. In der Zeit des Wahlkampfes war er fortwährend Drohungen, Beschimpfungen und sogar tätlichen Angriffen ausgesetzt. Später wurden ein Offizier und drei Polizeibeamte dafür verurteilt, dass sie ihn während des Wahlkampfes verfolgt und an der Ausübung seiner Aktivitäten als Wahlkandidat gehindert hatten. Trotz all dieser Schwierigkeiten erhielt Nikiforos innerhalb seiner Partei die meisten Stimmen im Bereich der Kykladen. Gewinner der Wahl waren erneut (wiederum unter erheblichen Wahlfälschungen) die Rechten. Bei der nächsten Wahl im Jahr 1963 konnte sich dagegen die Zentrums-Partei unter Giorgos Papandreou durchsetzen. Dessen Regierung wurde im Jahr 1965 durch den König entmachtet, indem er eine Anzahl von Abgeordneten „aufkaufte" und wieder eine rechte Regierung einsetzte (mit einer Stimme Mehrheit im Parlament). Diese Aktion war ein direkter Vorläufer des Umsturzes durch die Militärdiktatur zwei Jahre später, die kurz vor den nächsten Wahlen stattfand, bei denen ein klarer Sieg der Zentrums-Partei abzusehen war.
Während all dieser Zeit stand Nikiforos mittels Reden, Versammlungen und Zeitungsartikeln an der Seite des für Demokratie und Freiheit demonstrierenden Volkes. Insbesondere nach dem Putsch durch den König gingen die Athener Bürger täglich zu Tausenden auf die Straße, trotz teilweise gewaltsamer Versuche der Regierung, diese Demonstrationen zu unterbinden.

In den Jahren 1966 und '67 war Nikiforos schließlich im entscheidenden politischen Prozess um den Fall „ASPIDA" (*aspídha* = Schild) tätig, in dem er einen der angeklagten Offiziere verteidigte. Mehrere demokratisch eingestellte Offiziere waren der paramilitärischen, widersetzlichen Organisation und des geplanten Regierungsumsturzes angeklagt worden. Als Anführer der Verschwörung wurde der in Amerika geborene Andreas Papandreou, Sohn des Politikers Giorgos Papandreou, betrachtet, der aufgrund seiner Immunität als Abgeordneter jedoch nicht angeklagt werden konnte. Als Zeugen der Anklage fungierten dieselben Offiziere, die später die Hauptdrahtzieher der Junta waren. Bei der ganzen Angelegenheit handelte es sich um eine konstruierte Farce zur Beseitigung und Einschüchterung unbequemer, demokratisch eingestellter Offiziere als Teil der Vorbereitung für den Militärputsch, oder es war nichts als eine Art Spielchen der Offiziere untereinander, wodurch das erwünschte politische Klima und eine Rechtfertigung für den Militärputsch geschaffen werden sollten.

Während der Gerichtsverhandlungen konnte Nikiforos, der bald zum wichtigsten Rechtsanwalt des Prozesses wurde, täglich die Lügen der Zeugen und die konstruierte Anklage aufdecken; er enthüllte mit nicht zu bremsendem Elan unbeirrt und mit fundiertem Wissen um die Fakten innerhalb der Anklage gerade die Delikte, für die die Angeklagten verurteilt werden sollten: der paramilitärischen Organisation und regierungs- und verfassungsfeindlichen Machenschaften. Er deckte mit seinen Fragen die gesetzeswidrigen Aktionen der Ankläger auf, darunter insbesondere auch die des späteren Diktators Papadhópoulos, behielt stets alle Zeugenaussagen im Überblick und konnte so Widersprüche und Lügen aufdecken. Auf diese Weise sprengte er zügig die Anklage.

Die Reaktion darauf war unverhohlener Hass von Seiten der bloßgestellten und lächerlich gemachten Offiziere. Einer von ihnen sprach tatsächlich im Gerichtssaal während seines Verhörs durch Nikiforos eine klare Drohung aus (ohne dass der Gerichtsvorsitzende einschritt): „Mit dir, Mandilaras, werden wir noch ein Wörtchen reden!" Diese von einem „tödlichen Blick" begleiteten Worte wurden in einer Athener Zeitung erwähnt unter der Überschrift: „Das Leben von Mandilaras ist bedroht". Wegen seiner scharfen Aussagen und der Eskalationen im Gerichtssaal wurde Nikiforos vom Militärgericht zu einer Geldstrafe verurteilt (!).

Bei den für das Jahr 1967 angesetzten Wahlen wollte Nikiforos als Kandidat der Zentrumspartei von Giorgos Papandreou antreten und hatte mit den ersten Wahlreden begonnen, obwohl auch innerhalb der Partei ein gewisser Widerstand gegen den allzu aufrichtigen Kämpfer existierte. Aber die Wahlen fanden nie statt: am 21. April 1967 stürzte die Junta die Regierung und drang mit Panzern in die Hauptstadt vor.

Schon ab dem Jahr 1963 hatte der Offizier Papadopoulos einen Militärputsch vorbereitet, für den Fall, dass die Linke zu mächtig würde. Er hatte geheime Akten eines „Prometheus-Planes" an sich gebracht, der anhand von NATO-Richtlinien für den Fall einer drohenden kommunistischen Machtübernahme ausgearbeitet worden war. Es war ihm gelungen, gleichgesinnte Offiziere auf wichtigen Positionen im Militär zu platzieren, während Papandreou es versäumt hatte, das

Militär von den extremsten Offizieren zu säubern, oder ein solcher Versuch vom König verhindert worden war. Nun befahl Papadopoulos dem Militär einfach die Durchführung des Prometheus-Planes, wobei er die Unterstützung der amerikanischen Regierung hatte.

Das Militär agierte bei der Durchführung des Putsches sehr schnell und sehr effizient. In der ersten Nacht wurden in Athen und anderen großen Städten Griechenlands etwa 10.000 Menschen verhaftet: ehemalige Partisanen, Politiker und Abgeordnete aller Parteien, hohe Beamte, Gewerkschaftler, Schriftsteller, Journalisten, Schauspieler und so weiter. Der König stellte sich der Junta zunächst nicht entgegen; er durchschaute wohl kaum die Reichweite der Geschehnisse und nahm eher die Militärdiktatur in Kauf als die drohende Machtübernahme durch die Linke. Am nächsten Tag, dem 22. April, setzte er entscheidende Artikel der Verfassung außer Kraft; bis auf weiteres wurden Börsen, Banken, Schulen und Universitäten geschlossen und für die Bürger eine Ausgangssperre verhängt. Insgesamt wurden etwa 100.000 Menschen inhaftiert. Die Nachrichten in Radio und Zeitungen wurden streng zensiert. Folter (nach aus Amerika importierten Methoden), Schikanen der Angehörigen und Verbannung wurden zur täglichen Praxis. Im ersten Monat wurden etwa 8.000 Menschen ermordet.

Gegen Ende des Jahres versuchte der König gemeinsam mit ihm nahe stehenden Offizieren von Nordgriechenland aus einen Gegenputsch in Gang zu setzen, jedoch ohne Erfolg. Daraufhin flüchtete er nach Rom. Im Jahr 1973 wurde das Königtum von der Junta abgeschafft.

Trotz der gnadenlosen Repressionen formierte sich in Griechenland ein starker Widerstand gegen die Diktatur. Auch die Auslandsgriechen organisierten einen aktiven Widerstand, als dessen Führer Andreas Papandreou gewählt wurde. (Auch dieser war jedoch von der CIA gesteuert, wie ein Neffe von Mitsos, Nikos Mandilaras, Sohn des Tsitojannis, der den Widerstand der Auslandsgriechen in Hessen in Zusammenarbeit mit der SPD organisierte, erfahren musste – aber das gehört an eine andere Stelle.)

Noch in der Nacht des Putsches verließ Nikiforos, sobald er über die Geschehnisse informiert worden war, seine Wohnung und versteckte sich in den folgenden Tagen bei verschiedenen Freunden. Im Morgengrauen brachen Soldaten auf der Suche nach ihm seine Wohnungstür auf. Fast zwei Monate lang hielt sich Nikiforos in Athen versteckt. Oft verbrachte er während dieser Zeit die Nächte bei seinem Cousin Mitsos in Glyfada, schlief in Nikos' Bett, während dieser im Garten übernachtete. Unauffällig und unvorhersehbar kam und ging er, häufig begleitet von einem befreundeten Rechtsanwalt (der später Minister wurde). Mitsos' Haus wurde, wenn Nikiforos anwesend war, von der Geheimpolizei beschattet: Ein Verräter informierte die Polizei über seine Bewegungen. Er wurde jedoch nicht verhaftet. Die Junta-Drahtzieher warteten auf eine günstige Gelegenheit, sich seiner endgültig zu entledigen.

Schließlich beschloss der 39jährige Nikiforos, die Flucht ins Ausland zu wagen. Er vertraute sich einem befreundeten Rechtsanwalt an, der ihn an den Kapitän eines Frachtschiffes vermittelte, das Griechenland demnächst in Richtung Zypern verlassen sollte. Am 17. Mai verließ Nikiforos Athen und ging an

Bord des Schiffes Rita V, das am folgenden Mittag ablegte. Am 22. Mai fanden Fischer an einem Strand von Rhodos die Leiche eines zunächst nicht identifizierten Mannes. Zuvor war das Schiff in der Nähe von Rhodos per Funk vom Marineministerium aufgefordert worden, über die mögliche Anwesenheit eines nicht gemeldeten Passagiers an Bord Auskunft zu geben und unverzüglich den Hafen von Rhodos anzulaufen. Der Kapitän des Schiffes gab später in der Gerichtsverhandlung an, Nikiforos nach dieser Anfrage auf dessen Wunsch hin mit einer Schwimmweste ins Meer gelassen zu haben. Zur selben Zeit fanden in der nahegelegenen Küstenregion von Rhodos hektische, heimliche Suchaktionen der Polizei statt: diese war schon informiert. Die griechische Öffentlichkeit und seine Familie erfuhren von Nikiforos' Ermordung erst am nächsten Tag aus ausländischen Zeitungsberichten. Der Leichnam wurde von einem für gefälschte Bescheinigungen bekannten, eigens aus dem Ausland eingeflogenen Arzt untersucht, der Tod durch „Ertrinken" feststellte. Ein viel später veröffentlichtes Foto des Leichnams zeigt jedoch deutlich eine Kopfwunde und ein Einschussloch in der Brust, und der bei der Bestattung anwesende Priester sprach später von einem gebrochenen Arm. Zwei befreundete Rechtsanwälte und ein Onkel von Nikiforos brachen sofort nach Rhodos auf und wohnten der hastigen Beerdigung bei. Auch sie sahen die Spuren des gewaltsamen Todes.

Am 31. Mai erhob die Witwe Aspa Mandilara Anklage gegen Unbekannt wegen der Ermordung ihres Mannes und des Vaters ihrer siebenjährigen Tochter Arietta. Im Dezember wurde der Kapitän des Schiffes in Rhodos wegen fahrlässiger Tötung zu einer Haft von zwölf Monaten verurteilt. Nach seiner Freilassung reiste er zu Verwandten nach Südafrika, wo er wenig später einem Verkehrsunfall zum Opfer fiel (Verwandte zweifelten später an, dass es sich um einen Unfall gehandelt habe). Nach dem Sturz der Junta wurden die Akten zum Fall Nikiforos noch drei Mal geöffnet, in mehr oder weniger ernst gemeinten Versuchen, die Wahrheit aufzudecken. Ohne Erfolg! Entscheidende Zeugen wurden entweder nicht angehört oder waren nicht aufzufinden oder verweigerten die Aussage. Nach wie vor bleiben die genauen Sachverhalte und Ereignisse dieser Tage im Dunkeln. All diese Umstände lassen vermuten, dass hinter dem Verbrechen eine mächtigere Organisation als die Junta stand, eine Organisation, die noch immer Macht hat, und die in Griechenland auch jetzt noch die Fäden zieht.

Die Militärregierung hielt sich bis zum Jahr 1974. Im November dieses Jahres wurde Papadopoulos nach einem blutig niedergeschlagenen Studentenaufstand durch einen erneuten Militärputsch gestürzt, nachdem er sich geweigert hatte, dem Verrat Zyperns an die Türkei zuzustimmen. Der als Folterknecht berüchtigte General Dhimítrios Ioanídhis übernahm die Militärregierung. Acht Monate später stürzte dieser die zyprische Regierung, was zum Einmarsch der Türken in Zypern führte. Das griechische Heer wurde mobilisiert; statt den Zyperngriechen jedoch zu Hilfe zu kommen, fiel es ihnen in den Rücken und ließ den Türken freie Hand. Aufgrund dieses Debakels kam die Junta schließlich zu Fall und wurde von einer Zivilregierung abgelöst. Die erste Regierung stellte die rechte Partei unter Konstantinos Karamanlis, der aus dem Exil in Paris zurückkehrte und bis 1980 im Amt blieb. Nach zwei Jahren unter Georgios Rallis kam schließlich im Jahr 1981 die sozialistische Partei unter Andreas Papandreou an die Macht. Dieser versprach dem Volk zunächst eine weit links orientierte Politik, unter anderem den Austritt aus der NATO und der EG sowie den Abzug der amerikanischen Militärbasen, wovon jedoch nichts verwirklicht wurde. Tatsächlich wurde im Lauf der Jahre immer deutlicher, dass auch Andreas Papandreou in Griechenland in Wirklichkeit die amerikanischen Interessen vertrat.

Im Jahr 1975 kamen die Hauptdrahtzieher der Junta vor Gericht; mehrere Offiziere wurden zum Tode verurteilt, was später in lebenslange Haft umgewandelt wurde. Trotz zahlreicher einschlägiger Zeugenaussagen wurde der Rolle der USA bei der Diktatur nicht weiter nachgegangen.

Der Tod von Nikiforos hinterließ eine nicht zu füllende Lücke, nicht nur für seine Familie, seine Freunde und seine Mitstreiter, sondern für das ganze Land. Mit ihm starb eine Hoffnung für Griechenland. Was bleibt, ist die Erinnerung an einen außergewöhnlichen Mitmenschen, an einen unerschrockenen Kämpfer für Freiheit und Demokratie.

Noch ist er nicht vergessen: Viele Plätze und Straßen in Griechenland erhielten seinen Namen. (Die Sozialistische Partei erinnert sich seiner allerdings immer nur kurz vor den Wahlen.) In seinem Heimatdorf wurde im Jahr 1983 seine Büste aufgestellt. Sein Geburtshaus in Koronos verfällt unbeachtet. Im Jahr 1993 veröffentlichte die Vereinigung der Koronidiaten in ihrer Zeitschrift einen Brief von Nikiforos an seinen Vater, datiert vom 20. Februar 1953. Dort schrieb er anlässlich seines kürzlichen Geburtstages, den dieser vergessen hatte: *„Ich hoffe, dass sich die folgenden Generationen an mich erinnern werden, weil ich den Traum meines Vaters aus den Tagen, als ich geboren werden sollte, erfüllen werde: dass ich ein bedeutender Mensch werden würde und die Geschichtsbücher über mich schreiben werden...“*

Tankwagenfahrer

Nikiforos' Tod war ein schwerer Schlag für die Familie, von dem sich insbesondere die warmherzige Angeliki lange nicht erholte. Bis fast zum Ende der Militärdiktatur wohnte die Familie noch in Glyfada, danach beschloss Mitsos, in die Nähe seines Schwagers Vassilis zu ziehen.

Angelikis ältester Bruder Fótis arbeitete seit dem Jahr 1950 als Rechnungsführer bei der erdölverarbeitenden Gesellschaft Texaco. Ein Jahr später, nach der Absolvierung seines Militärdienstes, begann auch sein jüngerer Bruder Vassilis bei Texaco zu arbeiten, und zwar als Tankwagenfahrer. Vassilis war von eher kleiner Statur, aber er hatte die Kraft seines Vaters Beokostas geerbt. Da er auch ein wenig heißblütig war, wurde er zu einem berüchtigten Raufbold, mit dem man sich besser nicht anlegte. Er konnte hervorragend boxen, übte diesen Sport auch ernsthaft aus und wurde mehrmals griechischer Meister in seiner Gewichtsklasse. Schließlich gab er das Boxen jedoch auf Anraten eines Freundes hin auf. (Dieser sagte ihm, nachdem Vassilis eine Reihe von Nasen und Kiefern zerschlagen hatte: „Hör auf, sonst wird deine Kraft dich ruinieren!")

Im Dezember 1955 heiratete Vassilis Póppi Papapávlou, deren Eltern Flüchtlinge aus Kleinasien waren. Ihr Vater besaß im Stadtteil Petrállona in der Nähe des Zentrums von Athen ein Mehrfamilienhaus, in dem seine Familie lebte. Dort zog nun auch Vassilis ein. Vassilis und Poppi bekamen drei Kinder namens Kostas, Irini und Christos, der als Nachzügler der Familie erst im Jahr 1968 geboren wurde, drei Jahre nach Mitsos' jüngster Tochter Evgenia.

Im selben Jahr 1968 kaufte sich Vassilis einen eigenen Tanklaster. Diesen behielt er bis zum Jahr 1979, als er Athen verließ und in Apollonas im Norden von Naxos ein Hotel baute. Im Herbst des Jahres 1968 beendete Mitsos' ältester Sohn Nikos seinen Militärdienst und arbeitete nun zunächst für zwei Jahre als Beifahrer mit Vassilis zusammen.

Nikos war es wegen seiner Akten aufgrund der sogenannten „gesellschaftlichen Untragbarkeit" zunächst nicht möglich einen Führerschein machen. Schließlich wandte er sich an den Oberst, unter dem er seinen Militärdienst absolviert hatte und der ihn wie einen Sohn aufgenommen hatte, nachdem er von seiner Verwandtschaft mit Nikiforos Mandilaras erfahren hatte. (Hier hatte Nikos unglaubliches Glück, denn nach all den Ereignissen um seinen Onkel Nikiforos war er überzeugt gewesen, dass er während seiner Militärzeit, die er ja zur Zeit der Junta absolvierte, irgendeinem „Unfall" zum Opfer fallen würde – das wäre durchaus nichts Ungewöhnliches gewesen. Wie durch ein Wunder geriet er dann jedoch an einen offenbar demokratisch eingestellten Oberst, der ihn aus echter Sympathie und um ihn zu beschützen in sein Büro nahm. Nikos verbrachte daraufhin bei diesem außergewöhnlichen Mann seinen Militärdienst so angenehm, dass er kaum wieder gehen wollte.) Dieser Mann erreichte, dass Nikos Anfang 1970 die Erlaubnis bekam, seinen Führerschein zu machen. In der Zeit danach arbeitete er im Winter teilweise noch mit Vassilis zusammen oder fuhr dessen Lastwagen, wenn Vassilis in Naxos war. Im Sommer arbeitete er aber gewöhnlich mit anderen Kollegen, insbesondere von 1974 an mit einem Mann namens Spýros, der aus Kefallonia stammte, und der später sein Trauzeuge wurde.

Als Ersatz für Nikos überredete Vassilis nun seinen Schwager Mitsos, ihn einen Sommer lang als Beifahrer zu begleiten: Er erklärte ihm, dass das doch wohl ein wesentlich angenehmerer Job sei als Bauarbeiter. Mitsos war allerdings anderer Meinung und wechselte nach wenigen Monaten wieder in seinen alten Beruf: Ihm schien das stundenlange Sitzen im Lastwagen anstrengender und ermüdender als das Häuserbauen. Allerdings konnte man mit Vassilis einiges erleben!

Eine Zeit lang hatte Vassilis in Patras für Texaco gearbeitet. Als er dort eines Abends in einer Taverne saß, sah er eine Bekannte aus Koronos in Gesellschaft einiger junger Männer. Er rief das Mädchen zu sich und fragte sie, was sie da mache; ihm kam ihr Verhalten ungehörig vor. Das Mädchen antwortete schnippisch, dass ihn das nichts anginge, worauf Vassilis ihr eine kräftige Ohrfeige versetzte. Sofort sprangen ihre Begleiter auf, die berüchtigtsten *mánges*[36] von Patras.

---

[36] Mit dem Ausdruck *mángas* (Pl. *mánges*) wird jemand bezeichnet, der einen betont männlichen und meist etwas aggressiven Stil in Verhaltens- und Redeweise pflegt.

Es kam zu Handgreiflichkeiten und schon streckte Vassilis den Anführer mit einem Faustschlag zu Boden. Die anderen stürzten sich auf ihn, und er setzte noch sieben weitere Männer auf dieselbe Weise außer Gefecht, aber da erhob sich die ganze Taverne, um ihn zu lynchen. Glücklicherweise befand sich ein Offizier im Restaurant, der mit seiner Pistole dazukam und die Leute in Schach hielt. Danach bekam Vassilis für die Zeit, die er noch in Patras verbrachte, Polizeischutz, das heißt, er wurde ständig von einem Polizisten begleitet, der ihn vor Angriffen auf sein Leben schützen sollte.

Auch in Athen spielte Vassilis bei jeder Gelegenheit den Helden. Mittags aßen Mitsos und er manchmal auf die Schnelle in einem in der Nähe von Texaco gelegenen Restaurant. Einmal erschien dort der Bruder des Besitzers, der bei der Marine war. Er geriet vor der Taverne in Streit mit Vassilis, weil seiner Meinung nach dessen Lastwagen die Straße versperrte. Er beschimpfte Vassilis, Vassilis schimpfte zurück, daraufhin wurden sie handgreiflich und Vassilis schickte den Matrosen mit zwei Faustschlägen zu Boden. Als der Restaurantbesitzer das sah, kam er mit einem langen Messer aus dem Geschäft gestürzt, um Vassilis den Bauch aufzuschlitzen. Aber der ging unerschrocken auf ihn zu und rief: „Na komm schon, du Schnecke, dass ich dich zertrete!" Da machte der Mann kehrt und zog sich in sein Restaurant zurück...

Schließlich hörte Vassilis' Chef, was der für ein Kraftprotz sei, und da er so gar nicht danach aussah, wollte er ihn auf die Probe stellen. Er sagte zu ihm: „Wenn du eines der Benzinfässer hier allein hochheben kannst, dann soll es dir gehören!" Das war nun gar nicht so einfach. Das Fass war gut 200 Kilo schwer, aber vor allem war es rund und damit sehr unhandlich, kaum zu greifen: Wie sollte es sich einer allein auf die Schulter heben? Aber Vassilis machte sich gleich ans Werk, rollte das Fass ein kleines Stück bis zu einer leicht abschüssigen Stelle, dann hockte er sich daneben und wuchtete es sich mit einem jähen Schwung auf den Rücken. Nun stand er auf und machte sich daran, das Fass davonzutragen. „He, was machst du denn da?!" schrie der Chef erschrocken. „Hör mal zu", meinte Vassilis, „ich bin ein Mann, und unter Männern hält man sein Wort! Du hast es ja selbst vorgeschlagen. Jetzt steh auch dazu!" – „Na gut", musste der andere klein beigeben, „wenn du das Fass aus dem Fabrikgelände hinaustragen kannst, dann soll es dir gehören!" Das tat Vassilis und konnte das Fass mit nach Hause nehmen.

Nachdem Mitsos nach Petrallona umgezogen war, hatten die Familien von Mitsos und Vassilis besonders engen Kontakt. Fast jeden Sommer fuhren Angeliki und Poppi mit den Kindern nach Naxos, wo sie die Ferien gemeinsam verbrachten. Zunächst wohnten Mitsos und Angeliki in Petrallona in einem Nachbarhaus von Vassilis zur Miete, aber etwa ein Jahr später kauften sie eine eigene Wohnung, ebenfalls ganz in der Nähe. Hier wohnte die Familie den Rest ihrer Zeit in Athen, bis Mitsos und Angeliki die Großstadt Mitte der neunziger Jahre endgültig verließen.

Agios Dimitris

Nach dem Umzug nach Athen gewöhnten sich die Kinder schnell an das Leben in der Großstadt. (Allerdings war das damalige Athen mit dem heutigen nicht zu vergleichen. Die Müllwagen wurden von Pferden gezogen und die Straßen von Handverkäufern aller Art, Schaustellern und so weiter bevölkert. In Kypseli, heute der dichtbesiedeltste Stadtteil von Athen, kletterten die Kinder auf einen noch kaum bebauten Hügel, schauten die steilen Straßen hinab und schlossen Wetten ab, wer das erste Auto sehen würde.) Nikos hatte allerdings eine so große Sehnsucht nach Naxos, dass er im ersten Jahr in Athen den Beginn der Sommerferien kaum erwarten konnte. Und kaum war die Schule am letzten Tag zu Ende, rannte er so schnell er konnte nach Piräus. Am selben Tag fuhr noch eine Fähre nach Naxos; das Geld für die Fahrkarte hatte Nikos sich schon zusammengespart. So erreichte er seine geliebte Insel schon am nächsten Morgen. Kaum war er an Land, kniete er nieder und küsste die Erde! Dann lief er nach Koronos zu seinen Großeltern. Mit der nächsten Gelegenheit schickte Beokostas Nachricht zu seiner Tochter, dass Nikos bei ihm auf Naxos sei. Nicht viel später kam auch Angeliki mit den übrigen Kindern, und sie verbrachten die gesamten Sommerferien auf der Insel.

In jeden Sommerferien fuhren Angeliki und die Kinder zumindest für einige Zeit nach Naxos. Dabei wohnten sie meist nicht in Koronos, sondern „campierten" am Meer, gemeinsam mit Beokostas und Axaoirini und meist auch mit Vassilis' Frau Poppi und deren Kindern. In den ersten Jahren gingen sie zum Limnari, wo Mitsos schon als Hirtenjunge übersommert hatte, und richteten sich im kleinen Unterstand ein. Später zogen sie meist an den Firolimnári, eine kleine Bucht etwa drei Kilometer nördlich von Moutsouna, nahe der verfallenen Kapelle Agios Dimitris. Hier wohnten sie in einem alten, verlassenen *mitátos* gleich oberhalb der Bucht, an der schon der Großvater Beofotis so gern gefischt hatte. Sie gingen häufig hinauf nach Koronos und brachten sich von da Verpflegung mit; ansonsten badeten und fischten sie. Angeliki lernte gut schwimmen und schnorcheln und wurde bald Meisterin im Harpunieren von Tintenfischen. Sie setzte auch Poppi eine Schnorchelmaske auf und nahm sie auf ihre Fischzüge mit. Nur mit Angeliki traute Poppi sich zu schnorcheln.

Die Männer fischten oder jagten Hasen und Steinhühner, während die Mädchen sich am Strand sonnten. Abends setzten sie sich auf die flachen Felsen am Meer, kochten und grillten über dem Feuer; danach warfen sie das batteriebetriebene Grammophon an und sangen und tanzten. Sie aßen hauptsächlich Fisch, den die Jungen mit ihren Harpunen fingen. Einmal kochten sie zum Spaß Fische und Hasen durcheinander und rührten alles mit ihren Harpunen um. Manchmal fischten sie auch auf die altbewährte koronidiatische Art mit Dynamit. Eines Abends warf Beokostas ein Stück Papier, in dem sie das Dynamit aufbewahrt hatten, ins Feuer, über dem die Fischsuppe brodelte. Was er nicht wusste: Im Papier steckte noch eine Kapsel! Da gab es auch schon einen ohrenbetäubenden Knall – der Topf wurde zehn Meter hoch in die Luft gesprengt! Sie fanden ihn im Gestrüpp wieder, aber er war durchlöchert, als hätte er einen Schrotschuss abgekriegt. Die Suppe war über die ganze Umgebung verspritzt … da war nichts mehr zu retten!

Im Jahr 1969 kauften Vassilis und Mitsos' Sohn Nikos gemeinsam ein Grundstück in Agios Dimitris, keinen halben Kilometer vom Firolimnari entfernt. Aus der Zeit als Hirtenjunge, als er mehrere Sommer auf den darübergelegenen Hügeln verbracht hatte, erinnerte sich Mitsos noch an die kleine, direkt am Meer gelegene Kapelle. Damals hatte noch ein Teil ihrer östlichen Wand gestanden; sie war aber schon lange nicht mehr genutzt worden und ihr Name war vergessen. Nun war die Kapelle gänzlich eingestürzt, und es waren kaum noch Spuren von ihr vorhanden.

Noch bis zum Krieg hatten in dieser Gegend etliche Familien gelebt. Die Menschen bewirtschafteten die wenigen steinigen Felder auf den unteren Hängen und den ebenen Flächen nahe am Meer, die ihnen mit je einigen Ölbäumen und Weinstöcken und einer kleinen Ziegenherde ein karges Leben ermöglichten. Nun waren fast alle Bewohner abgewandert, nur einige Hirten lebten noch hier und weideten ihre Herden auf den Hügeln.

Einer dieser Hirten namens Lefterovassílis lebte im *mazomós* Spiliá, der etwa einen Kilometer vom Meer entfernt oberhalb eines kleinen, steil eingeschnittenen, schluchtartigen Flusstales lag. Der *mazomós* hatte seinen Namen von mehreren Höhlungen erhalten, die sich unter überhängenden Felsen an der oberen Kante des Tales befanden (*spiliá* = Höhle). Eine dieser Höhlungen hatten die Hirten vorne zugemauert, so dass ein Raum entstand, den sie als *mitátos* benutzten und in dem sie ihren Käse herstellten und lagerten. Daneben lag ein kleines Haus, in dem die Hirtenfamilie wohnte. Dicht dabei, oberhalb der Schlucht, gab es eine ganzjährig wasserführende Quelle. (An der engsten Stelle der Schlucht sprangen die Hirtenjungen über den gut fünf Meter tiefen Abgrund.) Mit dem Wasser der Quelle bewässerten die Hirten einige Felder für den Gemüseanbau, außerdem gab es Feigen-, Zitronen- und Maulbeerbäume.

Hier in Spilia hatte auch schon Lefterovassilis' Vater Lefterogiórgis gewohnt. Während der Besatzungszeit, als Lefterovassilis etwa sechs Jahre alt war, träumte Lefterogiorgis eines Nachts, ein älterer Mann mit dem Namen Dimitris sei zu ihm gekommen und habe ihm seine alten, zerschlissenen Schuhe gebracht mit dem Auftrag, sie zu reparieren. Morgens erzählte er seiner Familie den Traum, und sie rätselten, was er bedeuten könne. Schließlich meinte ein Bruder seiner Frau, dass ihm wohl der Heilige Dimitris erschienen sei und der Traum bedeuten solle, dass sie eine Liturgie in einer diesem Heiligen geweihten Kirche abhalten sollten. Eine solche Kirche gab es in Apiranthos und da der Bruder gerade dorthin aufbrechen wollte, wurde er beauftragt, mit dem Priester dort einen Gottesdienst zu zelebrieren.

Aber am nächsten Tag erschien Vrestas, der Prophet aus Koronos, am *mazomós* des Lefterogiorgis und sagte zu ihm: „Du hast vorige Nacht geträumt, ein alter Mann namens Dimitris bringe dir seine alten Schuhe zum Reparieren." Er erwähnte noch weitere Einzelheiten des Traumes und fuhr dann fort: „Dieser Traum bedeutet, dass du eine Liturgie in einer Kirche des Heiligen abhalten sollst; aber die Kirche, die gemeint ist, ist nicht die Kirche in Apiranthos, sondern die kleine, verfallene Kapelle, die hier am Meer liegt und die ebenfalls diesem Heiligen geweiht ist. Wenn ihr dort eine Liturgie haltet, wird der Heilige

Dimitris euch dafür mit Brot und Fisch belohnen!" Vrestas sagte den Hirten noch vielerlei, ermahnte sie nicht zu fluchen, die zehn Gebote einzuhalten und weiteres mehr; schließlich machte er sich wieder auf den Weg.

Die Hirten ließen also einen Priester kommen und zelebrierten an der zerfallenen Kapelle eine Liturgie. Und in diesem Jahr (dem kleinen Vassilis blieb es unvergesslich, und noch heute laufen dem inzwischen über Siebzigjährigen Schauer über den Rücken, wenn er daran denkt) stand das Korn, das sie auf dem direkt oberhalb der Kapelle gelegenen Feld anbauten, brusthoch; und am Strand vor der Kirche tummelten sich im Sommer solche Mengen von Gelbstriemen (*goupáki,* eine kleine Fischart, die sich nachts in dichten Schwärmen an der Küste versammelt), dass die Menschen die Fische körbeweise aus dem Wasser schöpfen konnten. Man kann sich vorstellen, was ein solcher Reichtum für die Hirten in der hungrigen Besatzungszeit bedeutete.

Schon einmal zuvor war Vrestas mit einer Prophezeiung zum Lefterogiorgis gekommen, im Jahr 1938. Lefterogiorgis hielt seine große Herde im Bachtal bei Spilia. Da kam an einem trüben Wintertag Vrestas zum *mazomós* und sagte zu den Hirten: „Ihr müsst eure Tiere von hier fortnehmen, sonst werdet ihr sie alle verlieren, denn es wird eine große Flut kommen!" Die Hirten wollten ihm etwas zu essen und zu trinken anbieten, aber da sprach Vrestas mit einer fremden, seltsamen Stimme wie in Trance: „Ich habe ihn hierher geschickt, um euch zu warnen, und ich werde ihn solange bei euch warten lassen, ohne dass er etwas isst oder trinkt, bis ihr eure Tiere weggebracht habt!" Aber wohin sollten die Hirten ihre Herde führen? Sie hatten keinen anderen Platz; ringsherum stand auf den Feldern das Getreide kniehoch. Vielleicht nahmen sie die Warnung auch nicht so ernst.

Schließlich ging Vrestas wieder fort. Die Hirten wollten ihm wenigstens etwas zu essen für seine Kinder zu Hause mitgeben, aber er lehnte alles ab. Gegen Abend begann es zu regnen, erst leicht, dann stärker, bis es schließlich wie aus Kübeln schüttete, stundenlang. Der Fluss, der trocken gelegen hatte, begann zu fließen, und bald rauschten gewaltige Wassermassen das Tal hinab. Die Tiere suchten sich Unterschlüpfe unter den steilen Überhängen im Bachtal, aber das Wasser stieg immer höher, und schließlich wurde fast die gesamte Herde fortgerissen und ins Meer gespült. Bis zu den Inseln im Süden, den Koufonísia, wurden die Kadaver getrieben.

Als nun Vassilis und Nikos im Sommer 1969 das Grundstück in Agios Dimitris erworben hatten, wandte sich Mitsos an seinen Namenspatron und versprach ihm: „Heiliger Dimitris, wenn du mir beistehst und es mir möglich machst, dann werde ich deine Kapelle wieder aufbauen! *Axíosé me na se xanachtíso!"*

Dann ergab sich aber zunächst keine Gelegenheit für den Wiederaufbau. Mitsos hatte keine Gelegenheit, nach Naxos zu fahren, und arbeitete in Athen hart, um seine Familie zu ernähren. Im folgenden Jahr, also 1970, baute Vassilis ein Haus auf seiner Grundstückhälfte, in dem die Familien von nun an ihre Ferien verbrachten. Auch Nikos begann bald mit dem Bau eines Hauses: Im Jahr

1972 wurde mit Hilfe mehrerer Arbeiter aus Koronos und Komiaki der Beton gegossen. Gänzlich fertiggestellt wurde dieses Haus aber erst einige Jahre später.

Ende August 1971 hatte Mitsos einen merkwürdigen Traum: Ihm war, er befinde sich in seinem Vaterhaus in Koronos. Da sah er, als er zum offenen oberen Flügel der Haustür hinausschaute, einen Mann um die Ecke der Gasse kommen, einen alten, dünnen, unrasierten Mann mit einem hellen Strohhut. Der Alte kam geradewegs zum Haus und stieg die drei Stufen zur Tür hinauf. Die untere Türhälfte war mit dem üblichen, schweren Holzriegel von innen versperrt. Der Mann streckte seinen Arm herein, so als sei er hier zu Hause, öffnete den Riegel und trat ein. „Wer bist du?" fragte Mitsos ihn erstaunt. „Was willst du hier?" – „Ich suche dich!" erwiderte der Mann. „Mich? Aber was willst du denn von mir? Ich kenne dich doch gar nicht!" wandte Mitsos ein. Da antwortete der Mann: „Ich bin Dimitris. Ich wollte dich daran erinnern, dass du mir etwas versprochen hast!" Und damit drehte er sich um, ging ohne ein weiteres Wort hinaus, lief die Gasse hinunter und verschwand um die Ecke.

Am nächsten Tag während der Arbeit fiel Mitsos dieser Traum plötzlich wieder ein und er verstand sofort seine Bedeutung: Er sollte die Kirche wieder aufbauen! Als nach einigen Tagen ihre Arbeit auf dieser Baustelle beendet war, meldete er sich nicht arbeitslos, wie sonst üblich, sondern fuhr stattdessen nach Naxos. Dort waren zu der Zeit auch Beokostas, Angeliki mit den Kindern, Nikos Verlobte Betti Axaopoulou und deren Mutter Despina, außerdem Vassilis' Frau Poppi mit den Kindern Kostas, Irini und Christos.

Mitsos hatte kein Geld für den Bau der Kapelle, aber sein Schwager Vassilis, der als Tankwagenfahrer gut verdiente, übernahm die Kosten, während Mitsos die Arbeit leistete. Er machte sich sofort ans Werk. Zweiunddreißig Tage lang war er beschäftigt. Zunächst konnte er kaum ausmachen, wo sich die Kapelle befunden hatte: Die Wände waren völlig zerfallen. Aber er erinnerte sich, dass sie auf den Küstenfelsen südlich des Firolimnari gestanden hatte, wo im Meer in zwei, drei Metern Tiefe Süßwasserquellen hervorsprudeln und bei Windstille deutlich sichtbare kreisförmige Schlieren bilden. Und nach einigem Suchen fand er auf dem südlichsten Marmorfelsen die Fundamente der Kapelle unter dem Steinschutt, der von den eingestürzten Wänden stammte.

Er legte die Fundamente frei und schaffte weitere zum Bauen geeignete Steine herbei. Kies und Sand für den Mörtel und den Beton holte er vom Strand. Zement und Kalk brachten Hirten, die in der Nähe wohnten und einen kleinen Lastwagen besaßen, aus der Chora, und sie mussten sie nur von der drei Kilometer entfernten Fahrstraße abholen. Das besorgte Angelikis Cousin Axaovassilis mit seinem Maultier. Dieser kam oft aus Koronos herunter, ging mit Nikos und Kostas auf die Jagd und brachte ihnen Brot und andere Verpflegung.

Keiner half Mitsos beim Bauen; die Jugend beschäftigte sich mit Fischen und Baden. Nur die Frauen trugen ihm von dem knapp fünfhundert Meter entfernten Brunnen Glyfada (*glyfádha* = brackige Quelle) das Süßwasser für den Mörtel herbei.

Schließlich waren die Wände fertig; nun musste das Dach gegossen werden. Mitsos verschalte den Bau, dann schaffte er alles erforderliche Material herbei.

Er mischte den Beton mit der Schaufel und schüttete ihn eimerweise auf das Dach; dabei half ihm sein hochgewachsener Neffe Kostas, indem er ihm die Eimer anreichte. Endlich war das Dach fertig. Mitsos war erschöpft. Nun musste er noch verputzen, und das Dach musste einige Tage lang gewässert werden; für beides war viel Süßwasser erforderlich. Aber Mitsos hatte keine Lust mehr, Wasser zu schleppen, und auch die Frauen waren es müde geworden. Also wandte er sich an den Heiligen: „Nun, Heiliger Dimitris, kannst du auch noch ein wenig helfen! Lass es wenigstens regnen, damit wir kein Wasser mehr schleppen müssen!" Es war allerdings erst Mitte September und das Wetter noch sehr sommerlich, also bestand kaum Hoffnung auf Regen…

Weil so viele Leute da waren und nicht alle im Haus Platz fanden, schlief Mitsos im Weinberg; er hatte schon immer gern im Freien geschlafen. Er hüllte sich in eine Decke, legte sich in den Windschatten und schaute den Sternen bei ihrer nächtlichen Wanderung zu. In dieser Nacht wurde er von einem merkwürdigen Geräusch geweckt. Es dauerte ein Weilchen, bis ihm klar wurde, was es war. Schließlich begriff er: Es regnete! Große, schwere Regentropfen platschten auf die Weinblätter; das Laub raschelte. Mitsos sprang erfreut auf, dankte dem Heiligen und stellte Schüsseln und Fässer unter den Ablauf vom Dach und von der Terrasse. Es regnete zwar nicht sehr lang, aber heftig. Das frisch gegossene Dach der Kapelle wurde gut gewässert, und Mitsos sammelte so viel Wasser, dass er damit den Bau beenden konnte.

Kaum war die Kapelle fertig, reiste Mitsos zurück nach Athen: Er musste sich wieder eine Arbeit suchen und Geld verdienen. Vassilis fuhr zum Berg Athos und kaufte eine schöne hölzerne Trennwand für den Altarraum, die mit Bildern von Jesus, Maria und dem Heiligen Dimitris geschmückt war. Eine teure Glocke wurde in Athen gekauft und nach Naxos gebracht.

Endlich war alles fertig, und die Kapelle konnte benutzt werden. Aber als sie anfragten, ob sie eine Liturgie abhalten dürften, gab ihnen der *Dhespótis* von Naxos Bescheid, dass er die Kapelle vorher weihen müsse. Also wurde ein Weihfest organisiert. Mitsos war in Athen und arbeitete, aber Vassilis kümmerte sich um alles. Freunde, Verwandte und Nachbarn wurden geladen. Am vereinbarten Tag holte Vassilis den *Dhespótis* mit Nikos' Auto aus der Chora ab. Sie hatten ein üppiges Festmahl gerichtet: Die Männer hatten viele gute Fische gefangen, und die Hirten stifteten zwei Ziegen.

In einer kurzen Zeremonie weihte der *Dhespótis* die Kapelle, dann setzten sich alle an die Tische. Der *Dhespótis*, der so dick war, dass er kaum hinter den Tisch passte, aß fast eine ganze gekochte Ziege und kiloweise besten Fisch. Nach der Feier fragte Vassilis ihn, welche Bezahlung er verlange. Der *Dhespótis* antwortete: „Achttausend Drachmen, mein Kind!" Der übliche Tageslohn eines Bauarbeiters betrug zu der Zeit fünfzig Drachmen! Für eine kurze Ansprache verlangte der Priester soviel, wie ein Arbeiter etwa in einem halben Jahr verdiente, anstatt „Bravo!" zu rufen und „Herzlichen Glückwunsch!" und „Vielen Dank für eure Mühen!"

Vassilis hatte nur tausend Drachmen dabei, aber er lieh sich den Rest hier und da zusammen und bezahlte den fetten Priester. Als Mitsos davon erfuhr, war er außer sich vor Empörung: „Was, achttausend Drachmen?! Und du hast sie ihm auch noch bezahlt?! Den Bart hättest du ihm ausreißen sollen, dem Ziegenbock!" Später wurde bekannt, dass sich dieser *Dhespótis* haufenweise hübsche Knaben von den Geldern der gläubigen Gemeinde hielt...!

In den folgenden Jahren arbeitete Mitsos weiterhin in Athen als Bauarbeiter. Er war immer bei verschiedenen Unternehmern beschäftigt gewesen, je nachdem, wo er gerade eine Arbeit finden konnte. Meist übernahm er die anstrengendsten Tätigkeiten, mischte Beton, hackte, schaufelte. Er war ein geübter, fleißiger und ehrlicher Arbeiter. Etwa im Jahr 1975 nahm ihn schließlich ein Bauherr dauerhaft zu sich und beschäftigte ihn noch für einige Jahre bis zu seiner Pensionierung. Dieser Mann mit dem Namen Sidhéris, ein entfernter Verwandter, dessen Vorfahren ebenfalls aus Koronos stammten, übertrug dem fast sechzigjährigen Mitsos die Feinarbeiten, die bei der Fertigstellung der Wohnungen anfielen, etwa wenn die zukünftigen Käufer oder Mieter eine Tür oder eine Innenwand versetzt haben wollten, wenn ein Dach undicht war oder Kabel oder Leitungen anders verlegt werden mussten. Mitsos arbeitete mit Sorgfalt, riss ein, mauerte, verputzte. Der Architekt war sehr zufrieden mit ihm und sagte manchmal: „Ach, hätte ich dich doch eher getroffen! Dann wäre es auch dir besser ergangen!" Tatsächlich kam Mitsos auf diese Weise noch zu ein paar ruhigen Jahren, in denen er weniger schwer arbeiten musste, als er es sein ganzes Leben lang gewohnt gewesen war. Auch Mitsos' Frau Angeliki profitierte von dieser Bekanntschaft: Sie half ein paar Mal in der Woche der Frau des Architekten im Haushalt. Diese liebte die gutherzige und fleißige Angeliki sehr und behandelte sie wie eine Freundin.

Schließlich ging Mitsos im Jahr 1977 in Rente, arbeitete aber auch die ersten Jahre danach noch, weil die viel zu niedrige Rente nicht ausreichte, um die Familie zu versorgen. Die jüngste Tochter Evgenia war erst zwölf Jahre alt. Nikos war seit einigen Jahren verheiratet, hatte eine zwei Jahre alte Tochter und arbeitete wie sein Onkel Vassilis als Tankwagenfahrer, Kostas studierte in Schweden und Manolis arbeitete bei der griechischen Fluggesellschaft Olympiakí.

Im Jahre 1981 kaufte schließlich auch Mitsos ein Grundstück in Agios Dimitris, direkt oberhalb der Kapelle. Es umfasste 14.000 Quadratmeter; Mitsos wollte es später auf seine Kinder aufteilen. Das Landstück hatte Lefterovassilis gehört, der als Hirte am alten *mazomós* Spilia wohnte und dessen Vater die merkwürdigen Erlebnisse mit dem koronidiatischen Propheten Vrestas gehabt hatte. Die Hirten hatten es jedes zweite Jahr mit Getreide bebaut. Es handelte sich um dasselbe Landstück, das während der Besatzungszeit, nachdem sie an der verfallen Kapelle die Liturgie gehalten hatten, gemäß den Versprechungen des Heiligen so reiche Frucht getragen hatte.

Mitsos und Vassilis einigten sich schnell über den Preis und Mitsos bezahlte einen Teil gleich bar, ohne eine Quittung dafür zu verlangen. Den Rest versprach er für die nahe Zukunft, aber Vassilis traute ihm nicht und bestand darauf, dass er

Schuldscheine über das Geld aufnehmen müsse. So nahm Mitsos vier Schuldscheine auf, die er nach und nach abbezahlte.

Als nur noch ein Schuldschein übrig geblieben war, hörte er von einem
Bauunternehmer, der einen Arbeiter für eine schwierige unterirdische Ausgra-
bung suchte. Mitsos suchte den Arbeitgeber auf, um sich die Sache anzuschauen.
Er sollte in der Nähe des Syntagma-Platzes einen Gang unter eine alte Kirche
treiben. Das war nicht ungefährlich, da der Untergrund instabil war und jederzeit
Gefahr bestand, dass der Tunnel einstürzte. Außerdem war die Arbeit illegal: Es
ging darum antike Marmorstatuen finden, die der Arbeitgeber unter der Kirche
vermutete. Deswegen sollte nachts gearbeitet werden. Mitsos wies auf die
Schwierigkeiten und Gefahren hin und erklärte sich schließlich bereit, eine Woche lang zu graben, allerdings für das Dreifache des üblichen Tageslohns. Der
Auftraggeber war einverstanden, und so machte Mitsos sich an die Arbeit.

Er hatte schon viele Male unter der Erde gearbeitet, in Minen, Gängen, Tun-
neln, hatte Fundamente ausgehoben und Kanäle gegraben. Noch nie war die Arbeit jedoch so gefährlich gewesen wie hier, wo der Boden aus nur leicht verfes-
tigtem Material bestand und ständig große Brocken von der Decke zu stürzen
drohten. Jedes Mal, wenn er in das Loch hinein kletterte, fragte es sich, ob er lebendig wieder herauskommen würde; und während der Arbeit saß ihm stets die
Angst im Nacken. Er ging behutsam vor und setzte all sein Geschick ein; und
tatsächlich überstand er alles schadlos. Er fand mehrere Marmorstatuen, die er
unter größter Mühe aus dem Tunnel herausschaffte und dem Arbeitgeber aus-
händigte. Der war sehr zufrieden mit Mitsos' Arbeit und bezahlte ihm den vereinbarten Lohn. Mit diesem Geld konnte Mitsos den letzten Schuldschein abbe-
zahlen und war nun endlich Herr auf seinem Grundstück in Agios Dimitris. Im
folgenden Jahr baute er ein Haus für seinen zweiten Sohn Kostas auf dem ihm
zugedachten Grundstücksanteil. Kostas arbeitete jetzt zeitweilig als Computer-
fachmann für die schwedische Firma ASEA in Libyen. Im unteren Stockwerk
des Hauses in Agios Dimitris richteten Mitsos und Angeliki eine Wohnung für
sich ein.

Begräbnisse

Im Jahr 1964 starb die vierundsechzigjährige Großmutter Axaoirini. Sie litt seit
einer Typhus-Infektion, die sie im Alter von zwei Jahren durchgemacht hatte, an
einem Herzproblem, das ihr öfter Schwierigkeiten bereitete; nun erlag sie plötzlich im Hof ihres Hauses in Koronos einem Herzanfall. Es war Sommer; Poppi
und Angeliki waren mit den Kindern im Dorf. Irini wurde von ihrem Cousin Papa-Stelios begraben.

Beokostas war tief getroffen; nun war auch seine zweite Frau gestorben. Er
ging mit seinen Kindern nach Athen und lebte bei Vassilis, von dessen Frau Poppi umsorgt. Jedoch fühlte er sich hier, wo es nichts Rechtes für ihn zu tun gab,
nicht wohl und hatte keine Lebenslust mehr. Einst hatte er einen merkwürdigen
Traum gehabt: Ihm träumte, er wäre auf der Jagd, da sah er eine Schar von acht
Bienenfressern vorbeifliegen. Er hob sein Gewehr und schoss, und da fielen alle

acht Vögel tot zu Boden. Beokostas wusste diesen Traum sogleich zu deuten: Er werde alle seine acht Geschwister überleben und als Letzter sterben. Und so kam es tatsächlich: Einer nach dem anderen starben die Geschwister, bis Beokostas als Einziger übrig blieb. Als Erster war sein Bruder Beojannis gestorben. Dieser hatte Zeit seines Lebens im Stadtteil Rendi gewohnt. Von dort aus machte er sich eines Tages mit seinem Pferdewagen auf und verabschiedete sich von allen seinen Verwandten; am nächsten Tag starb er. Als Letzte starb Lisa, die jüngste von allen. Die Verwandten verheimlichten Beokostas ihren Tod zunächst. Als er es schließlich doch erfuhr, war er doppelt traurig: zum einen über den Verlust seiner Schwester, und zum andern darüber, dass nun als Nächster er an der Reihe wäre.

Im Februar 1973 erkrankte der dreiundachtzigjährige Beokostas an einer schweren Lungenentzündung und musste ins Krankenhaus. Er überstand die Krankheit jedoch gut und wurde geheilt wieder nach Hause entlassen. Er war noch rüstig, und es bestand kein Zweifel darüber, dass er noch viele Jahre leben konnte. Am nächsten Morgen stand er wie gewöhnlich auf, machte sich fertig, setzte sich in seinen Sessel und seufzte: „Ach, armer Kostas!" und starb. Sein Enkel Nikos hatte in dieser Nacht einen seltsamen Traum: Es war ihm, er fische mit Dynamit, und als das Dynamit explodiert war, schäumte die Meeresoberfläche auf und viele kleine getötete Fischchen glitzerten im Sonnenlicht.

Beokostas wurde in Athen begraben und nicht auf seinem geliebten Naxos, da es stürmte und die Schiffe nicht auslaufen konnten. Drei Jahre später sollten seine Gebeine ausgegraben werden; das Grab wurde anderweitig gebraucht. Seine Verwandten hofften, nun die Gebeine im Grab seiner Frau Axaoirini auf Naxos beisetzen zu können. Aber als das Grab geöffnet wurde, lag Beokostas noch genauso da wie am Tage der Beerdigung: Er hatte sich nicht aufgelöst! Katina, Angeliki und Poppi waren anwesend. Angeliki wurde ohnmächtig; sie hatte schon den Tod ihres geliebten Vaters sehr schlecht verkraftet. Beokostas wurde erneut an anderer Stelle vergraben. Die Verwandten baten wieder eindringlich darum, bei der Hebung der Grabstätte in drei Jahren benachrichtigt zu werden. Nach Ablauf der drei Jahre aber war das Grab plötzlich verschwunden: Es war gehoben worden, ohne dass jemand eine Nachricht geschickt hatte. So konnten Beokostas' Gebeine nicht nach Naxos gebracht werden.

Großmutter Stamata, die letzte ihrer Generation, lebte bis zu ihrem Tod bei ihrer Tochter Maria. In ihren letzten Lebensjahren verwirrte sich ihr Verstand, und es geschah gelegentlich, dass sie sich in der Nachbarschaft in Kypseli verlief und von Nachbarn nach Hause zurückgebracht wurde. Sie starb dreiundneunzigjährig im Jahr 1985.

Angeliki

Im Jahr 1977 starb Mitsos' und Angelikis Tochter Irini, erst 22 Jahre alt, an einer seltenen Form der Leukämie. Ihre Krankheit und ihr Tod waren ein sehr schwerer Schlag für die Familie, insbesondere für die Mutter, die schon die Ermordung von Nikiforos und den Tod ihres Vaters Beokostas nur schwer verkraftet hatte.

Im selben Jahr 1977 ging Mitsos in Rente, arbeitete aber noch einige Jahre weiter, um seine Schulden aus der Zeit von Irinis Erkrankung abzuzahlen. Nach und nach wurde der Wunsch in ihm immer drängender, ganz nach Naxos zu ziehen. Er sparte eisern, und so gelang es ihm im Jahr 1981, das schon erwähnte Grundstück in Agios Dimitris zu erwerben und darauf das Haus für seinen Sohn Kostas zu bauen, dessen unteres Stockwerk er für sich und seine Frau herrichtete. Nachdem die Tochter Evgenia im Jahr 1983 die Schule beendet hatte, verbrachten Mitsos und Angeliki zunehmend mehr Zeit in Agios Dimitris; für den Winter kehrten sie aber stets nach Athen zurück.

Angeliki hatte von ihrem Vater Beokostas die Liebe für das Meer und die Fischerei geerbt. Schon während ihrer Ferienaufenthalte auf Naxos hatte sie sich nicht nur im Schwimmen perfektioniert, sondern auch das Harpunieren erlernt. Sie wurde eine wahre Spezialistin für das Fangen von Tintenfischen; bei jeder Gelegenheit, sommers wie winters, ging sie unermüdlich stundenlang fischen. Besucher wurden stets im Überfluss bewirtet: Auch was die Gastfreundschaft betraf, stand Angeliki ihrem Vater Beokostas nicht nach. Die in Agios Dimitris ansässigen Hirten kamen aus dem Staunen nicht heraus, nicht nur wegen Angelikis Fähigkeiten im Schwimmen und Fischen, sondern auch wegen ihrer Trinkfestigkeit: Mit ihrer ruhigen, ernsten Art trank sie ohne mit der Wimper zu zucken alle Hirten unter den Tisch.

Im Jahr 1988 erlitt die damals 65 Jahre alte Angeliki einen leichten Schlaganfall in Agios Dimitris, was sie jedoch ihren Kindern verschwieg. Ebenso wenig kümmerte sie sich selbst darum und suchte keinen Arzt auf: Wer konnte sich schon vorstellen, dass ihr, der unermüdlichen und starken Frau etwas zustoßen könnte?

Im November waren Mitsos und Angeliki wieder in Athen. Ihr Sohn Nikos lebte seit 1985 in seinem Haus in Agios Dimitris auf Naxos; von seiner Frau Betti, die in Athen bleiben wollte, hatte er sich getrennt. An einem Tag im November besuchte er einen Freund in der Chora. Dessen Frau Katerina, gelernte Kindergärtnerin, kannte sich im Kaffeelesen aus, und so ließ sich Nikos spaßeshalber nach dem Mittagessen aus dem Kaffeesatz lesen. Katerina teilte ihm zunächst einige eher belanglose Sachen mit, dann erstarrte sie aber plötzlich und sagte, dass ein enges Familienmitglied von Nikos wie tot sei, jedenfalls in sehr ernstem Zustand. Nikos glaubte ihr nicht und lachte darüber. Wer sollte schon krank sein? Seine Geschwister waren bei bester Gesundheit, ebenso seine Eltern, und die Großeltern waren alle schon gestorben. Am nächsten Tag rief ihn jedoch sein Bruder Kostas an: Die Mutter Angeliki hatte auf der Straße in Petrallona einen schweren zweifachen Schlaganfall erlitten und lag im Koma im Krankenhaus; es sah sehr schlecht aus.

Nikos fuhr sofort nach Athen und verbrachte gemeinsam mit Mitsos die drei Monate, die Angeliki im Krankenhaus lag, an ihrer Seite. Wenige Tage nach dem Schlaganfall besuchte Angelikis ältere Schwester Marina sie im Krankenhaus.

Auf dem Rückweg erlitt auch sie vor ihrer Wohnungstür einen Schlaganfall, an dem sie sofort verstarb.

Nach über einer Woche wachte Angeliki aus dem Koma auf und erholte sich danach allmählich. Der Schaden war jedoch gewaltig: Sie trug eine halbseitige Lähmung davon, und auch ihre geistige und seelische Verfassung hatte erheblich gelitten: Sie war nun wieder wie ein kleines Kind, weinte und lachte leicht und konnte Gegenwart und Wirklichkeit nicht mehr ganz erfassen. Unermüdlich kümmerte sich Nikos um sie, konsultierte Ärzte, Heilpraktiker und Diätologen und brachte sie durch beharrliches Üben und ausdauernde Krankengymnastik wieder so weit, dass sie mithilfe eines Stockes selbständig laufen konnte. Im Sommer 1989 ging ihm schließlich das Geld aus, und er kehrte nach Naxos zurück und überließ Angeliki Mitsos' Pflege.

Angeliki und Mitsos zogen nun für die Sommer wieder nach Naxos und verbrachten die Winter zunächst in Athen; später lebten sie ganzjährig in Agios Dimitris unter der Obhut ihres Sohnes Nikos. Es folgten anstrengende, schwere Jahre für alle Betroffenen. Nach und nach verschlechterte sich Angelikis Zustand, insbesondere auch ihre psychische Verfassung, und im Februar 2001 starb sie nach dreizehnjähriger Krankheit. Sie wurde in Koronos im Grab ihrer Mutter Axaoirini bestattet.

Den 85jährigen Mitsos hatten die Anstrengungen der letzten Jahre und vor allem die regelmäßigen Nachtwachen erschöpft, und er brauchte einige Zeit, um sich zu erholen. Schließlich kehrten seine Kräfte und seine Lebenslust jedoch zurück. Er blieb in Agios Dimitris bei seinem Sohn Nikos, hackte in den Weinbergen, beteiligte sich an der Olivenernte, versorgte die Hühner und ließ sich keine Feier und kein Gelage entgehen. Abends erzählte er uns unermüdlich die vielen Geschichten und Erinnerungen, die hier aufgezeichnet sind.

Auch heute, im Jahr 2006, ist er noch munter, wenn auch seine Kräfte allmählich nachlassen. Die Dinge geraten ihm nach und nach durcheinander, er weiß nicht mehr, welcher Tag es ist, vergisst, seine Medikamente zu nehmen, wenn man ihn nicht daran erinnert, und glaubt häufig, er sei in Athen und nicht auf Naxos. Arbeiten kann er kaum noch, und auch beim Spazierengehen muss er sich vorsehen, dass er an abschüssigen Stellen nicht stürzt. Immer wieder meint er, sein letztes Stündlein habe geschlagen und verabschiedet sich vom Heiligen Dimitris, von der Kapelle, von uns und von der Welt. Seine Hauptbeschäftigung ist es, aufzupassen, dass die Ziegen, die auf den umliegenden Hügeln weiden, nicht in den Weinberg eindringen: so, wie in seiner Kindheit, als er noch Hirtenjunge war. Vor allem aber ist es sein inzwischen zwei Jahre alter Enkel Nikiforos, der seinem Leben einen Inhalt und einen Sinn gibt. Wann immer er an unserem Haus vorbeikommt, schaut er herein, um seinen Enkel zu begrüßen und von ihm begrüßt zu werden, und wenn das Wetter es zulässt, nimmt er ihn auf einen Spaziergang mit. Oder sie gehen ein Weilchen zu seinem Haus, und Mitsos teilt sich eine Süßigkeit mit Nikiforos und schaut ihm zu, wie er spielt und herumspringt. Auch Nikiforos liebt seinen Großvater und macht ihm viel Freude, passt auf ihn auf und bringt ihm seinen Stock, wenn sie spazieren gehen wollen.

Und jeden Abend geht Mitsos zur Kapelle seines Namenspatrons und zündet ein Öllämpchen an, ein kleines, warmes Licht im Fenster, weit zu sehen in der einsamen Weite der Nacht, sei sie friedlich und sternenklar oder aber stürmisch, finster und unwirtlich; ein Licht, das von Jahrtausende alten Gewohnheiten kündet sowie von einem Ort der Zuflucht und der Menschlichkeit.

Es ist Freitag, der sechste Mai, *Niá Paraskeví,* der Feiertag der *Panagía Argokiliótissa.* In der alten, kleinen Kirche am Argokili brennt ein Meer von Kerzen. Die flackernden Flammen symbolisieren die Sorgen, Wünsche und Hoffnungen ebenso vieler Menschen, die gekommen sind, um für ihre Gesundheit zu beten. Gegenüber der alten Kirche der *Panagía,* unterhalb des neuen Tempels, liegt die kleine Kapelle der Heiligen Auffindung, die der Heiligen Anna geweiht ist. Sie ist über die Felsspalte gebaut, in der die wundertätigen Ikonen aufgrund der Prophezeiungen gefunden wurden. Auch hier haben die Besucher viele Kerzen entzündet. Aus einer kleinen Spalte nahe dem Eingang träufelt Heiliges Wasser. Die Rückseite der Kapelle ist direkt an den Felsen gebaut. Hier können die Gläubigen über rohe, steile Stufen im schwachen Schein einiger aufgestellter Kerzen die enge Felsspalte hinaufklettern, auf deren Grund die Ikonen gefunden wurden. Am oberen Ende tritt man durch ein niedriges Türchen oberhalb der Kapelle wieder ans Tageslicht.

Der Ausblick ist wunderbar: Das liebliche Hochtal von Atsipapi bietet sich im frischen Frühlingsgrün dem Auge dar. Nicht weit entfernt sehen wir auf der gegenüberliegenden Anhöhe der Ammómaxi die alte kleine Kirche der *Panagía Kerá* bei Lioiri, malerisch zwischen vielen Natursteinmauern gelegen. Östlich vom Argokili am Tholos liegt kaum auszumachen in einem alten Olivenhain die verfallene Kirche der *Panagía Tholiótissa,* in deren Ruine die Wachsikone gefunden wurde, und aus der Ferne grüßen das blassblaue Meer, die Makares-Inseln und Donoussa.

Die Liturgie wird dieses Jahr im schon vollendeten unteren Stockwerk des neuen Gotteshauses gehalten. Der große, niedrige Raum ist gedrängt voll mit Gläubigen, auch vor der Kirche stehen die Besucher in dichten Trauben. Gegen elf Uhr ist die Liturgie beendet, und unter fortwährendem Glockengeläute wird die Heilige Wachsikone von Matrosen der Marine unter Begleitung mehrerer festlich geschmückter Priester um die drei Kirchen getragen. In langem Zug folgt die Menschenmenge der Ikone; andere sehen vom Wegesrand aus zu. Immer wieder tritt ein Gläubiger vor, um die Ikone zu küssen. Auf dem Hof zwischen der alten Kirche der *Panagía Argokiliótissa* und der Kapelle der Heiligen Auffindung hält der Zug an. Im Kreis stellen sich Priester und Gläubige um die Ikone auf; die Priester sprechen einige Gebete. Anschließend kehrt die Ikone in die Kirche zurück. Nun wird das geweihte Brot an alle Anwesenden verteilt. Danach verläuft die Menge sich allmählich. Bei den alten Klosterzellen können die Besucher noch einen Imbiss zu sich nehmen.

Mitsos, der mit uns zum Argokili gekommen ist, hat sich bis jetzt mit alten Bekannten aus dem Dorf unterhalten, nun steigt auch er zur alten Kirche hinunter, um eine Kerze anzuzünden. Erinnerungen an die Verstorbenen gehen ihm durch den Kopf. Er spricht nur ein kurzes Gebet.

Mitsos bittet um Gesundheit für seine Familie, denkt vor allem an die kleinen Enkelkinder. Um Frieden bittet er: Das ist das Wichtigste. Und für sich selbst bittet er um einen baldigen Tod. Er ist bereit für die Reise. Lange genug hat er sich abgerackert, sich abgemüht und gekämpft: es ist genug. Er fragt sich, was wohl kommen mag nach dem Tod – ein anderes Leben? Hauptsache es gibt auch guten Wein im Hades! Und vielleicht ein paar schöne Frauen ... das wäre doch keine Sünde, oder? Ach, in Wirklichkeit gibt es kein Danach, das weiß er: Es ist einfach Schluss.

Aber er fürchtet sich nicht. Hat er nicht das Leben ausgekostet bis zum Letzten, im Guten wie im Schlechten? Er wünscht sich nur ein friedliches Ende ohne Leiden für sich und ohne Lasten für andere! So flackert die kleine Kerzenflamme, und in ihrem Schein leuchtet der Abglanz der promethischen Glut, des trostspendenden, heimeligen Herdfeuers, der reinigenden, heiligen Flamme der Religionen, des Feuers der Weltenbrände und Revolutionen, und der symbolträchtigen Fackeln, die die Gläubigen bei den nächtlichen, ekstatischen dionysischen Umzügen trugen...

...Δυο πόρτες έχει η ζωή
άνοιξα μια και μπήκα
σεριάνισα ένα πρωινό
μα όσπου να 'ρθεί το δειλινό
από την άλλη βγήκα.

Εκεί που πάω δεν περνά
το δακρύ και ο πόνος.
Τα δάκρυα και οι καημοί
εδώ θα μείνουν στη ζωή
κ' εγώ θα φύγω μόνος.

Όλα είναι ένα ψέμα, μια ανάσα, μια πνοή,
σαν λουλούδι κάποιο χέρι θα μας κόψει μιαν αυγή.

Ευτυχία Παπαγιαννοπούλου

307

Glossar

ágiasma	Weihe, Besprengung mit Weihwasser
alóni, pl. alónia	Dreschplatz, s. S. 60ff.
askoúdhes	spezielle Olivensorte, s. S. 66
chasápiko	traditioneller Tanz
chlaíni, pl. chlaínes	warmer Soldatenmantel
chóra, pl. chóres	Land, Hauptstadt, Heimat
chórta	Wildgemüse, s. Fußnote S. 49
Dhéspotis	Bischof
énsimo, pl. énsima	Versicherung-Stempelmarken der Arbeitstage
fési, pl. fésia	Fez, Kopfbedeckung
flaskí, pl. flaskiá	aus Flaschenkürbis hergestellte Feldflasche
frýgano, pl. frýgana	Dornginster, *Genista acanthoclada*
kafeníon, pl. kafenía	Kaffeestube
kaïki, pl. kaïkia	Fischerboot
kápa, pl. kápes	steifer Soldatenumhang aus Ziegenhaar
kazáni, pl. kazánia	großer Kupferkessel
koumbáros, pl. koumbári	Trauzeuge, Pate der Kinder
kouramána, pl.kouramánes	Brot der Armee
linoú, pl. linoúdhes	Becken zum Weintreten, s. S. 75f.
lochías, pl. lochíes	Feldwebel
lóchos, pl. lóchi	Kompanie
mándra, pl. mándres	Mauer, Pferch, s. S. 89f.
mazomós, pl. mazomí	Hirtenstelle, s. S. 89f.
mitátos, pl. mitáti	einfaches Steinhaus, s. S. 89f.
omádha, pl. omádhes	Gruppe, militär.: Truppe von 14 Mann, s. S. 136
onirevámenos, pl.onirevámeni	Prophet, „Träumender", s. S. 29ff.
paidhí, pl. paidhiá	Kind
pallikári, pl. pallikária	starker, tapferer junger Mann
Panagía	die Heilige Jungfrau Maria
paniótes	italienische Brötchen
Papás, pl. Papádhes	Priester
pírgos, pl. pírgi	Turm, auch (venezianischer) Wohnturm
rakí	Traubenschnaps
rembétika	traditionelle Lieder, s. Fußnote S. 37
tsámiko	traditioneller Tanz
tsourápa, pl. tsourápes	Matten aus Ziegenhaar zum Ölpressen, s. S. 68f.
Vláchos, pl. Vláchi	Wlache, Volk in Nordgriechenland
vráka, pl. vrákes	Pluderhose
vrakás, pl. vrakádhes	Dörfler, der die trad. Pluderhosen trägt
vroúva	raukenähnliches Wildgemüse

Inhaltsverzeichnis

Zahlreiche Informationen zur Landschaft, Geographie, Geologie, Klima, Vegetation, Fauna und Flora, Geschichte, Kulturgeschichte und Volkskunde von Naxos, zu dem täglichen Leben hier und den Ereignissen, die in diesem Buch angesprochen wurden, finden Sie auf meiner homepage

http://azalas.de

Ich würde mich freuen, wenn Sie diese Seiten besuchen und mir vielleicht Ihre Kommentare zukommen lassen würden.

Die Insel Naxos ist unter dem Namen „Kyklos" Hintergrund eines großen Teiles eines Romans meines Vaters:

Winfried Scharlau: I megali istoria – die große Geschichte.

In diesem Buch finden Sie in romanhafter Darstellung manche Begebenheit (und Person) wieder, die auch in den Lebenserinnerungen von Dimitris Mandilaras vorkommt. Sie können das Buch per e-mail an den Autor zum Preis von 13,00 € zzgl. Versand bestellen.
winfried.scharlau@web.de